U0031997

BEST 嚴選

奇幻基地出版

刺客系列

蜚滋與弄臣3 最終部

The Fitz and The Fool Trilogy

刺客命運・下冊

Assassin's Fate

羅蘋・荷布 著
李鐳 譯

Robin Hobb

THE FARSEER

瞻遠家族家系表

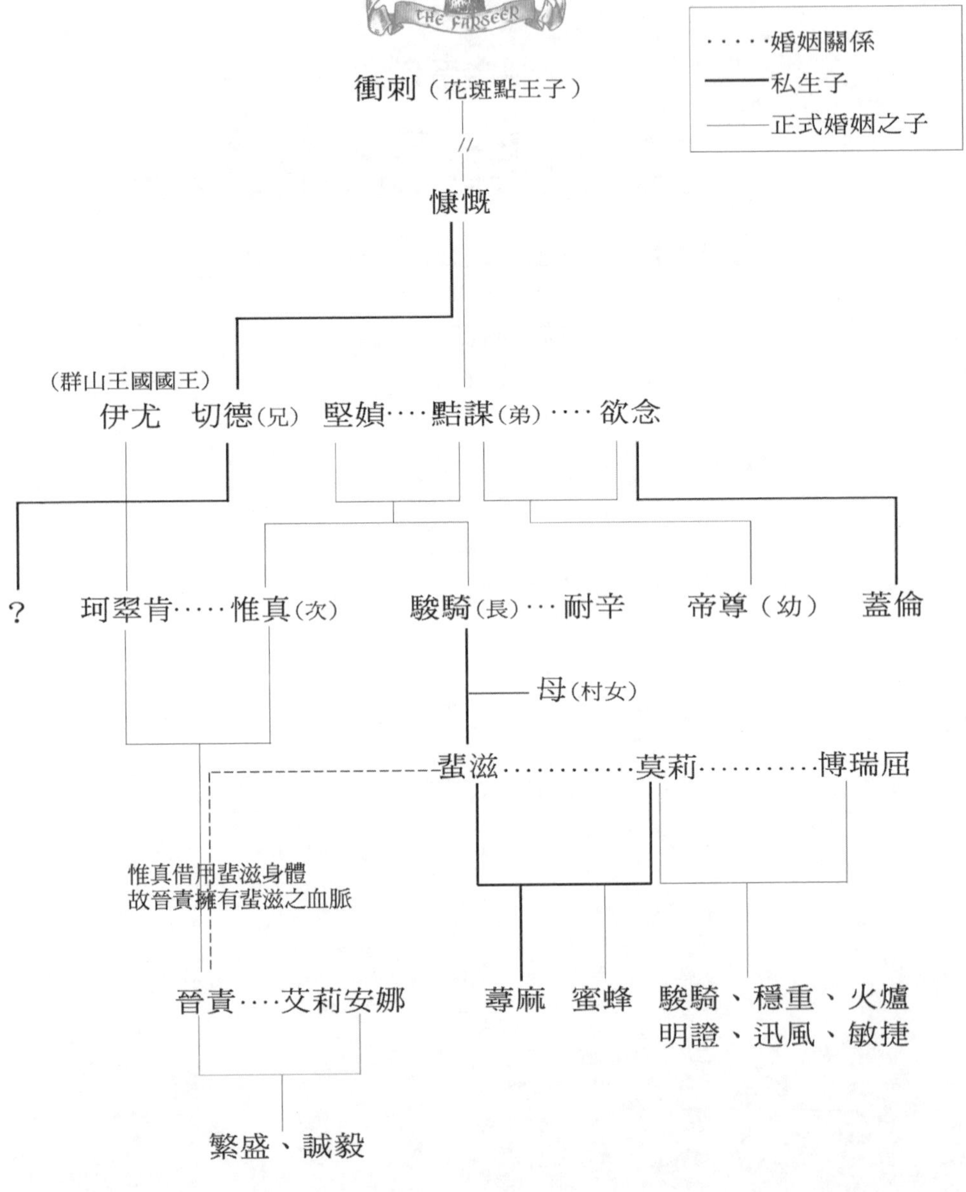

·····婚姻關係
——私生子
——正式婚姻之子

衝刺（花斑點王子）
//
慷慨
（群山王國國王）
伊尤　切德（兄）　堅媜····黠謀（弟）····欲念
?　珂翠肯·····惟真（次）　駿騎（長）···耐辛　帝尊（幼）　蓋倫
母（村女）
蜚滋·············莫莉············博瑞屈
惟真借用蜚滋身體
故晉責擁有蜚滋之血脈
晉責····艾莉安娜　蕁麻　蜜蜂　駿騎、穩重、火爐
明證、迅風、敏捷
繁盛、誠毅

獻給蜚滋與弄臣，
與我相識二十多年的兩位摯友。

刺客命運

目錄

下冊

上冊

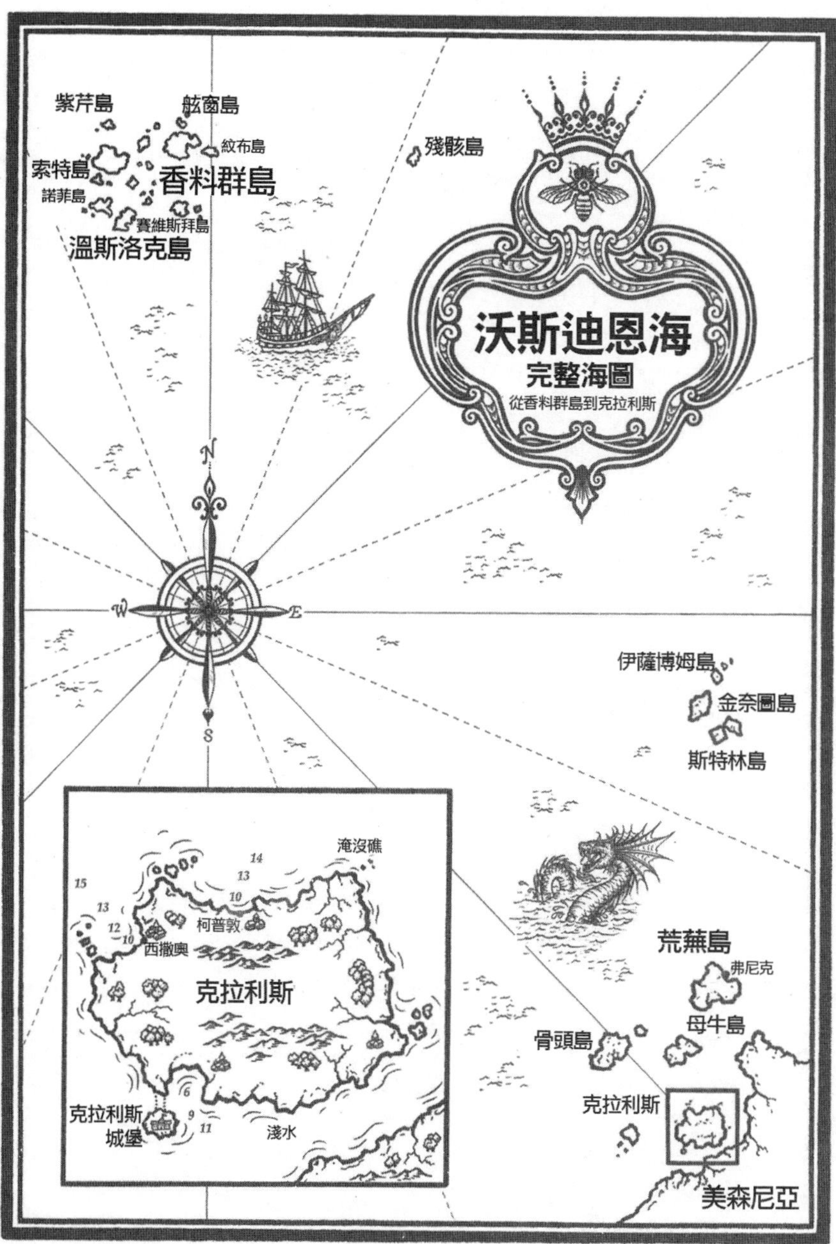

沃斯迪恩海
完整海圖
從香料群島到克拉利斯
紫芹島
舷窗島
紋布島
索特島
香料群島
諾菲島
賽維斯拜島
溫斯洛克島
殘骸島
伊薩博姆島
金奈圖島
斯特林島
淹沒礁
柯普敦
西撒奧
克拉利斯
克拉利斯
城堡
淺水
荒蕪島
弗尼克
母牛島
骨頭島
克拉利斯
美森尼亞

蝴蝶斗篷

黃蜂會在牠們的巢穴受到威脅時螫人。我曾經去為我的母親拿一個陶花盆。我從那一疊花盆的最上面拿了一個，卻不知道黃蜂已經在那個花盆和下面的花盆中間築了巢。牠們成群衝出來，追趕四處奔逃的我。一遍又一遍地螫我，那種疼痛就像火焰燒灼我的身體。牠們和蜜蜂不一樣。蜜蜂如果發動攻擊，自己也會死去。而黃蜂更像是人類，能夠一次又一次進行殺戮，自己卻安然無恙。我的臉頰和脖子都腫了起來，手變成了肉球，手指好像香腸。媽媽將蕨草的汁液和涼涼的泥巴敷在我被螫的地方。然後用油和火焰把那些黃蜂盡數殺死，燒掉了牠們的巢和未孵化的孩子，只為了向這些傷害了女兒的歹徒復仇。那時我還沒辦法清楚地說話。媽媽對這些黃蜂的恨意讓我吃驚。我真的不知道她能夠爆發出如此猛烈的怒火。黃蜂巢燃燒的時候，我看著媽媽，她向我點點頭。「只要我活著，就沒有人能夠傷害妳卻不會受到任何懲罰。」那時我知道了，當我將其他孩子做的事情告訴她時，我必須非常謹慎。我的父親曾經是一名刺客，而我的母親至今都還是殺手。

——《蜜蜂．瞻遠的日記》

有許多歌曲都唱到了揚帆前往世界的邊緣。在一些歌中，航船會越過一座巨大的瀑布，到達一片大陸，那裡生活著各種奇禽異獸，人們溫和而且睿智。在另一些故事裡，水手們到達的大陸上生活著能夠說話的智慧動物，他們認為人類令人厭惡，而且相當愚蠢。我最喜歡的故事是航船離開了全部已知海圖中標記的地方，發現了神奇的處所。在那裡，你還是一個孩子，能夠和那個還是孩子的你交談，警告他，幫他做出更好的選擇。但在眼前的這段航程中，我已經開始覺得當一個人航行到世界的邊緣，他只會得到無盡的工作和煩悶無聊，還有日復一日不會改變的海天一線。

也許，所謂駛出全部已知海圖的界線不過是讓你知道，一個人的未知領域只是另一個人眼中的池塘。派拉岡篤定地宣稱他見過克拉利斯，還有那裡所有的鄰近島嶼。那時他還是伊果的船，就連柯尼提也曾經在孩提時代去過那裡。伊果一直癡迷於關乎財富的各種先兆和預言。有許多傳聞都說他的這個特點也被柯尼提繼承了。我們在分贓鎮得到的新船員中，包括一名能力優秀的領航員。她從未去過克拉利斯，但她手中有一張來自於祖父的海圖。她是一名老練的水手。現在我們所在的位置已經遠遠超出了艾惜雅和貝笙所熟悉的航線，所以這名領航員大部分時間都和這兩位船長待在一起。每天晚上，他們都會對星空進行討論。領航員會告知派拉岡下一步的航線，而大多數晚上，派拉岡都會贊同她的計算。

日子一個又一個地緩慢消逝，現在我們幾乎遇不到什麼意外。有一天，空氣中一絲風都沒有，樂符拿出一支笛子吹奏起來，風也隨之出現了。如果這是魔法，那一定是我無法感覺到、也從未見過的魔法。我假裝這只是巧合。小堅的腳上扎了一根木刺，開始化膿了。艾惜雅把木刺取出來，給小堅敷上了兩種我不認識的草藥。小堅隨後休息了整整一天。小丑完全被船員們接納了，只要不和琥珀在一起，就會陪著派拉岡。牠會站在船首像的肩膀上，甚至在派拉岡的頭頂。當派拉岡乘著強風衝破一道道波浪的時候，牠就會在派拉岡前方振翅飛翔。

對於無聊來說，有一件事很應該哀傷，那就是只有當生活遭遇災難或者威脅時，人們才會明白它有多麼好。我曾經作為旁觀者見證過團隊成員之間感情的變化，看到過長久的航行或戰役給人際關係帶來的緊張。我希望這些來自於團隊內部的風暴能夠不要出現在這次航行中，能放過我們。但一天下午，當我和機敏一起修理一面船帆時，他說出了我一直在擔心的話：「柯尼提喜歡火星。他對她喜歡得有些過分了。」

「我已經注意到他喜歡她。」確實，我早就注意到幾乎所有船員都喜歡火星。安黛一開始把火星當做自己的競爭對手，並為此而常常做出魯莽的行為，只為了顯示自己才是更加優秀的水手。這讓貝笙不止一次對她大聲斥責。但這種競爭很快就變成了牢固的友誼。火星活潑而友善，能夠承擔任何艱難的工作。她將自己的深褐色鬈髮結成了一根不算整齊的粗辮子，赤裸的雙腳也因為在甲板上奔跑和攀爬纜索而生滿老繭。太陽將她的皮膚曬成褐色，讓她看上去就像一段拋光

的木材。體力工作讓她手臂上的肌肉日漸豐滿。她身上放射出健康和友善的光芒，柯尼提的眼睛一直都離不開她，吃飯的時候，他幾乎總是會坐在火星對面。

「每個人都注意到這件事。」機敏陰沉著臉說道。

「這是問題嗎？」

「不，還不算是。」

「但你認為這會成為問題？」

機敏難以置信地看了我一眼。「你不這樣認為嗎？他是一位王子，習慣於予取予求。而且他還是一個強姦犯的兒子。」

「他不是他的父親，」我平靜地說道。但我無法否認機敏焦慮的話語在我心中引起的共鳴。我小心地問出下一個問題：「火星現在擔心這件事嗎？她有沒有請你保護她？」

機敏停頓了一下才回答道：「還沒有。我覺得她還沒有看到危險，但我不想等到發生壞事以後再採取措施。」

「所以你想讓我干預？」

機敏從摺疊起來的厚實帆布上拔起他的針。「不，我只是想要你在有事情發生之前能夠知道。如果到了那一步，你也許會支持我。」

「不會到那一步的。」我平靜地說。

機敏轉頭看著我，睜大了眼睛。

「如果你夠聰明，你就什麼都不會做，直到火星請求你的保護。她不是那種會逃跑、躲到男人身後的女孩。如果有什麼困難，她自己應該能夠應付。我認為最容易讓她生氣的方式，就是在她請求幫助之前就插手她的事。如果你想這樣，我會去和船長談談。這是他們的船，他們有責任維持這艘船上的秩序。我知道你對火星有好感，但……」

「夠了，我會照你的建議去做。」機敏丟下這句話，就用力縫起了帆布。

那一天隨後的時間裡，我一直在看著火星和柯尼提。毫無疑問，柯尼提很在乎火星，火星可能也對此感到高興。我沒有看到火星對柯尼提有什麼特別的表示，但火星會因為他的笑話而放聲大笑。我也能看出機敏受到自己的榮譽和責任的束縛，卻還是因為他們兩人的互動而心煩意亂。這讓我對他們的青春生活既感無聊，又覺羨慕。我也曾經因為愛著我無法得到的人而被嫉妒和疑慮刺痛，那已經是多少年以前的事情了？能夠擺脫這種幼稚的混亂讓我感到寬慰，卻又在提醒我壓在自己肩頭的漫長歲月。

我並非對此完全不掛懷。我開始思考是否應該私下和火星談一談，卻又害怕這更像是一種對她的責備。如果我和柯尼提王子談這件事，我不知道他會有怎樣的反應。如果他對火星的注意只不過是出於友情呢？那樣我會覺得自己是一個亂管閒事的傻瓜。如果他對火星的感情是真誠的，我相信他的反應一定會像耐辛女士試圖警告我要遠離莫莉時一樣。隨著我和這個年輕人的友誼日漸增長，我面臨的局勢也變得更加複雜了。柯尼提的驕傲仍然讓他很不好相處，但明眼人都能看出來，他正在竭盡全力成為一名優秀的水手。他已經能愈來愈熟練地洗淨自己的衣服，以及完成其他各種自他出生時起就一直由僕人們代勞的事情了。但是如果船員們把他也加進自己的笑話中時，他還是無法判斷他們是在嘲諷他，或在善意地和他開玩笑。他的驕傲仍然是一堵正在努力鑿破的高牆，他正在努力。

我不止一次將蝴蝶斗篷從收藏它的地方拿出來，穿上它悄悄溜上甲板。在一艘幾乎沒有私人空間的船上，這件斗篷讓我有了一個小小的藏身之地，讓我能夠安靜地坐下來，不會受到任何人的打擾。所有人都對我視而不見。在切德身邊長期的間諜生活，已經永遠抹去了我偷聽別人談話的愧疚感。但我也不會有意去尋找在這艘船上竊竊私語的人。安黛和我們的分贓鎮領航員已經成為了一對密友，這肯定不關我的事。我也不想去聽艾惜雅和貝笙在後甲板上充滿愁思的閒聊。

一天晚上，我發現自己經常獨處的地方被兩個抽煙的分贓鎮水手佔據了。於是我悄然無聲地向前甲板走去。我看到柯尼提平躺在甲板上，心中略生警覺，便停住腳步，希望自己和王子之間有足夠的安全距離。隨後我又小心地向前邁出兩步，這才看到柯尼提的眼睛是閉上的。他的胸口不住地起伏，那種緩慢和穩定的節奏，很像是一個人熟睡中的樣子。

派拉岡說話了，他的聲音非常輕，就像是父母在睡著的孩子旁邊和別人交談：「我知道你在那裡。」

「我想你應該知道。」我的聲音一樣微弱。

「過來一些，我想要和你談談。」

「謝謝，不過我想，我最好還是在這裡和你說話。」

「隨你。」

我無聲地點點頭，盤腿坐在甲板上，背靠著船欄，仰起頭看著星星。

「怎麼了？」那艘船問道。他將雙臂抱在胸前，正回過頭來看我。

他的臉是那樣像多年以前的我，我甚至不知道自己說話的對象是他，還是我自己。「很久以前，我曾經想要遠離一切。離開我的家庭、我的責任。有一段時間，這似乎讓我很快樂。但實際上我並不快樂。」

「你是說我要恢復原身，成為兩頭巨龍，擺脫在你們的六個世代裡一直被困在這些木板中的命運。」

「是的。」

「你認為我會不高興？」

「我不知道。我只是覺得，你也許會想要重新考慮。你有一個家庭，你被愛著，你被……」

「我被困住了。」

「我也是，但……」

「我不打算再做一艘船。省省力氣吧，人類。」片刻之後，他又說道：「你也許相貌和我一樣，但我不是你。我的環境和你完全不同。我覺醒過來不是為了承擔這樣的勞役。」

我想要說，我也從不想承擔我的家族為我安排的角色。然後我又開始思考自己是否真的不願意。我看著柯尼提的胸口緩慢地起伏，非常緩慢。我起身打算跪在他身邊仔細看看。但活船說：

「他沒事，不要驚醒他。」

雕刻成他父親模樣的小護身符就躺在他的頸窩裡。白銀細鏈壓在他的肌膚上。我想到自己是多麼不喜歡被任何東西繞住脖子。

「它不會打擾他的。」派拉岡對我說。

「它能對他說話嗎？」

「為什麼你會在乎這個？這和你沒有任何關係。」

「也許。」說話一定要小心，蜚滋。我有些懷疑和這艘船討論這個護身符，可能會像和艾惜雅討論它一樣危險。我小心地吸了一口氣。「你的甲板上有一名年輕女子，名叫火星。她在我的保護之下。」

活船不以為然地哼了一聲。「我知道她。她讓我感到高興，她不需要你的保護。」

「她非常有能力，但我不希望看到她被情勢所逼，不得不採取自衛行動。如果發生這種事，我認為這對柯尼提也不會有好處。」

「你在暗示什麼？」活船問道，我感覺到他的意識突然開始壓迫我的防禦。我加厚自己的牆壁，但太晚了。活船的上唇翹起，幾乎像是要發出狼嚎。「你這麼小看他？」

「我從沒有聽過任何人斥責他的父親對艾惜雅做過的事情。他佩戴的巫木護身符中充滿了他父親的思想。為什麼我不應該對此感到擔憂？」

「因為他不是他的父親！他不具有他父親的記憶。」活船停頓一下，又惡狠狠地說：「擁有那些記憶的是我。我接受了它們，這樣就不必再有別人來背負了。」

就在這時，我面朝下被扔在粗硬的甲板上。我的手掌和膝蓋都被撞破了。我想要站起身，但彷彿有一個人突然壓在我的背上。那個人粗壯的前臂就像一根鐵棍扼住了我的喉嚨。我掙扎著要站起身，但他比我更高大，也更沉重。他的鬍鬚掃過我的臉頰，他的聲音就像在我耳邊炸響的雷鳴。「你還真是個軟弱的小人兒。就算你是一頭公鹿，我也會馴服你，然後騎著你好好跑一圈。」他的一隻手抓住我的頭髮，將我的臉壓在木板上。我拚命想要抓住他的手臂，把它從我的喉嚨上扯下來。但他的襯衫袖子布滿了光滑的刺繡，一下子就從我的手中滑開了。

我想要尖叫，卻無法吸進一口氣。我用雙手撐住甲板，想要甩開他的身體。我聽見另一個人在大笑，而我身上的這個人還在用力地壓迫我。他的前臂徹底壓住我的氣管，讓我完全無法呼吸。眼前的黑暗中開始有金星跳動，我不知道他打算對我做什麼，不禁感到一陣恐懼。

我猛然恢復了作為蜚滋的知覺。我的一雙手抓空了，從那個並不存在的前臂上落了下來。我吃力地喘息著，心中全是男孩一般的恐慌和憤怒。我踉踉蹌蹌地站起身，為自己遭受冒犯感到憤怒，卻更加無法逐走充斥在內心裡的黑暗畏懼。不要再這樣！我暗自發誓，完完全全地恢復了自己。這不是我的痛苦，不是我的怒火和恥辱。

「柯尼提完全不知道。」活船繼續輕聲說道，彷彿那一場記憶的風暴從沒有發生過。「不要走，公鹿之人。留下來，讓我再和你分享一點柯尼提的年輕時代。我有很多這樣的記憶。在無數個小時裡，他在這裡爬行，滿身傷口，流血不止。他只想到一個伊果碰不到他的地方去。無數個夜晚，高熱在摧毀他的身體，無數個白晝，他被打得眼睛腫脹，只能張開一條縫隙。讓我和你分享一些我精采的家人回憶吧。」

我感覺噁心，但這只增添了我的憤怒。「如果他……如果這些都是他承受的，他又怎麼能再把這樣的暴虐施加給別人？他又怎麼能容忍自己成為同樣的怪物？」

「真有趣，現在有另一個人和我同樣無法理解這件事了。也許這是他能夠擺脫這些回憶的唯一辦法。不要成為犧牲品，而是成為……勝利者？你無法想像他如何與那些襲擊他夢境的怪物作戰。他是如何努力成為和伊果完全相反的人。有時候，伊果會偽裝成善心的紳士。我不知道他是從哪裡學到這種偽裝的。

「伊果強迫那個男孩做的事情，強迫他成為的人，柯尼提從來都不理解。穿上精緻的蕾絲襯衫，在餐桌旁邊伺候伊果，這樣那個海盜就能毆打他、剝掉他的衣服。柯尼提就是那個用斧頭砍掉我的臉的人。你知道嗎？當他這樣做的時候，我正把他捧在手中。伊果看到他砍掉我的眼睛，就哈哈大笑。這是我們的契約。柯尼提砍瞎我，伊果就不會再強姦他。但伊果從沒有對任何人遵守過任何諾言。而我們遵守了。哦，在那些黑暗血腥的夜晚，我們是如何遵守著自己做出的那些承諾啊！」

我聽到活船咬緊了牙齒。激動的情緒如同強猛的波瀾衝擊著我，讓我的呼吸短促、心臟劇烈跳動。我感到奇怪，為什麼艾惜雅和貝笙沒有跑過來？當然，這艘船是在對我的心靈說話。

「哦，他們猜測、他們懷疑，但他們根本不知道我的甲板上都發生了什麼。現在他們不知道我們的交談。那麼多年以前，我的身體被困在一艘船裡，而心被困在一個飽受折磨的男孩身上！直到那一天，我們殺了他們。他毒死了所有人，用的是我臉上的一點碎片，混和在他們的湯裡。當他們全部中了毒，撲倒在地上，用手緊緊抱住肚子，虛弱得無法站起。柯尼提便了結了他們，用的就是他砍掉我的臉的那把斧頭。他奪走他們的生命，一個接一個，他們的血和記憶都滲透進我的甲板。每一個看著他的人都在恥辱和謙卑之中感覺到那把斧頭。伊果是最後一個。他將伊果砍成了碎塊，那可真令人高興。

「所以我也有了他們所有人的記憶，公鹿之人。」活船停頓了一段時間，轉過頭不再看我，而是望向無盡的海面。「你能想像嗎，人類？讓一個你深愛的年輕生命承受所有事，而你卻只無能為力地旁觀？也許你能殺死折磨他的人，但也會將他一同殺死！一次又一次，我感受到他的記憶。有兩次，我感受到他的死亡。我安全地托著他，直到他能夠再回到自己的身體裡。我能夠讓這些記憶黯淡，卻沒辦法將它們徹底去除。」

他的聲音變得異常悠遠，彷彿正在講述發生在一百年以前的事情。「柯尼提無法承受這些回憶。他會因此而殺死自己。所以他殺死了我。我們都同意如此。我像他一樣，不想背負著這些記憶活下去。我們殺了所有人，一個接一個，伊果是最後一個。然後柯尼提收集起船上的戰利品，鑿開我的船底，坐在救生艇上看著我傾斜、進水，最終翻覆沉沒。

「我想要死。我以為我會死。但我不需要空氣，也不需要食物。我懸浮在那裡，上下顛倒地沒在水中。波浪在推擠我，一股海流裹挾著我。當我意識到這股海流在把我帶回家、帶回繽城，

我便不再掙扎。終於，他們發現我倒扣在繽城港口。那真是一次鬼使神差般的航行。他們拖我上海灘，豎立起來，讓我碰不到潮水，並用鐵鍊把我鎖在那裡。瘋船、被遺棄的船。然後，貝笙．德雷、琥珀和艾惜雅找到了我。」

我們上方清澈的天空中有許多行星，派拉岡流暢地切開一道又一道波濤。一陣持續不斷的微風正將他向前推動。我們就像是這個世界上僅有的兩個生命。那個躺在甲板上的年輕人仍然沒有動一下。我不知道派拉岡是否在托著他，讓他能夠穩穩地安睡。他會將這個故事中的多少內容告訴柯尼提？為什麼他又要將這個故事講給我聽？

「我什麼都不會告訴他。」活船對我說，「當我變成龍離開時，這一切都會隨我而去。」

「你認為當你成為龍的時候，人類的記憶會消失嗎？」

「不。」他篤定地說，「龍的記憶與關於卵和龍之間的海蛇回憶讓我們得以完整。只要我們正確地結繭孵化，就什麼都不會忘記。我會甩掉這艘船和你們這些人類，但我永遠都會記得人類只為了取樂，能夠對彼此做出怎樣可怕的事情。」

我發現自己對此無話可說。我低頭看著熟睡中的年輕人。「那麼他永遠都不會知道他的父親經歷過什麼？」

「他對此已經知道得足夠多了。小依妲、溫特羅和索科知道的，他都知道。他不需要承受真實的記憶。為什麼他還要知道更多？」

「理解他的父親的所作所為？」

「哦，那麼知道了小時候的柯尼提承受的一切，能夠讓你理解長大以後的柯尼提所做的一切嗎？」

我傾聽著自己的心跳。「不能。」

「我也不能，他也不可能。所以，為什麼還要讓他扛起這個重擔？」

「也許這樣他就永遠不會做同樣的事了？」

「那個小子脖子上的那一小片龍的孵化外殼，被雕刻成他父親的樣子，在此之前的許多年裡都由他的母親佩戴，甚至比柯尼提佩戴的時間還要長久很多。那個女人年輕時是一名娼妓。你能想到嗎？她認為柯尼提是第一個願意好好對待她的人。她會愛上柯尼提，是因為他從那種生活裡拯救了她。」

「我不知道。」我低聲說。

「相信我，柯尼提對強姦有更深刻的理解，只是他不願說出口。我相信他不會將他的母親所深惡痛絕的事情施加在其他人的身上。」他吸了一口氣，發出一聲歎息，那聲音就像是捲過細沙的波濤。「也許正因為如此，他的母親才會在允許他上船之前，那樣緊地拴住他。」

柯尼提動了一下。他翻過身，睜開眼睛，一言不發地盯著天空。我屏住呼吸，一動不動地站立著。這件斗篷並不是一件完美的隱身衣。它能夠唯妙唯肖地模仿出周圍環境的色彩和紋理，甚至能顯示出足以亂真的空間感。但海風不斷地吹動它，我懷疑這會破壞它的偽裝。不過柯尼提並沒有朝我這裡看過來。他在對天空，或者是對這艘船說話：「我本應該出生在這片甲板上，我應

該在這裡長大，我真的很想這樣。」

「我們都很想如此。」派拉岡回答道，聲音異常溫和，「過去的已經無可挽回，我的兒子。我們只需要珍惜現在，並將它永遠留住。」

「當你變成巨龍的時候，就會離開我。」

「是的。」

柯尼提歎息一聲。「你甚至沒有想過會不會有其他可能。」

「任何其他的答案都是不可能的。」

「你會回來看我嗎？還是會永遠離開？」

「我不知道。我怎麼可能知道？」

柯尼提用非常年輕的口吻問道：「那麼，你希望自己會怎麼做？」

「我覺得我將不得不重新學習如何作為龍。我們會有兩個，我和不是我的那一頭。我說不出那以後會發生什麼。我只能告訴你，在我們剩下的這一段日子裡，我會和你在一起。」

我悄悄溜走了。這番談話不是給我聽的。我已經有了足夠的痛苦，不必再去聽另一個孩子被父親拋棄的故事。我已經在船首像這裡逗留了太久。琥珀和火星應該都已經要睡了。我走過甲板，伴隨著一連串停頓，好避開船員們的視線。在黑暗的走廊中，我站到琥珀的艙門外面，無聲地脫下斗篷，將它抖了抖，小心地摺疊好。然後我輕輕地敲了三次門。沒有人說話，於是我又輕輕將門推開。

弄臣仰臥在地板上。一點微弱的光亮從舷窗中照進來，剛好讓我能分辨出他。「蜚滋。」他親切地向我問好。

我低頭看著他，又看看上鋪。「火星不在？」

「今晚她要值夜。你又穿蝴蝶斗篷出去了？」

「你怎麼知道？」

「我聽到了門外有布帛抖動的聲音。我猜是那件斗篷，而你已經向我證實了。你去窺探什麼了？」

「我沒有，這是我獨處的一種方式，就算有別人在附近也看不見我，不過我和派拉岡聊了幾句。」

「那是一種危險的消遣方式，還是請遠離他比較好。」我關上門，讓自己背靠著門板。他將膝蓋收到胸前，嘗試挺身躍起。他失敗了，身子側面撞到床鋪上，看樣子應該會留下一些瘀傷。但他沒有哼一聲痛，只是慢慢站起來，坐到了床鋪上。「還不太能做到，但我會的。」

「我知道你會的。」我說道。如果只是單憑意志，也許弄臣早就能完全掌握他舊日的技巧了。

我將我的舊背包從床下拖出來，伸手進去，找到了那塊古靈火磚，確認它是正面朝上，然後將摺疊好的斗篷放到它旁邊，又伸手越過疊好的衣服和蜜蜂的書，透過襯衫摸到那兩瓶巨龍之銀，以及放在最裡面的切德的火藥罐。當我確認一切安全無虞之後，我輕聲問道：「弄臣，你還有做別的夢嗎？」

弄臣不以為然地哼了一聲。又過了一段時間，他說道：「我早就應該知道，派拉岡會知道我的夢。他都對你說了什麼？」

「他沒有對我提起你的夢。但他和我分享了一段清晰的回憶，一個塑造了柯尼提的小片段。」我將背包原樣塞回到床下，坐到弄臣身邊。我必須低下頭以免撞到上鋪。「人類到底是怎樣的怪物！我寧可做一頭狼。」

讓我吃驚的是，弄臣突然靠在我身上。「我也是。」過了一會兒，他又說道：「我很抱歉，我衝你發了火。這不公平。不過你懷疑我的夢也一樣不公平。你有沒有再碰觸過蜜蜂的意識？」

「沒有。我已經試過了幾次，但我找不到她。我必須非常小心。切德就在精技裡面，如同一陣狂躁的風暴。他已經兩次找上我，要求我加入他。一開始，我也能感覺到蕁麻在那裡，還有竭力要控制住切德的精技小組。他們要將切德束縛在他的身體裡。但最後那一次，我完全沒有感覺到他們。如果切德在追蹤我，而蜜蜂恰好被捲入其中，那麼她的能力很有可能會被燒毀。她非常想要依賴我，我卻推開了她。我知道我讓她感到困惑。」我站起身，讓弄臣知道這些就足夠了。我的痛苦和恥辱只是屬於我的。

「你那時沒有把一切事情都告訴我。」

「你當時很生氣。」我停了一下，「所以，現在輪到你了，你到底夢見了什麼？」

弄臣沒有說話。

我竭力讓自己的聲音保持輕鬆，「我想，應該是我們又一次都死掉了。」

弄臣深吸一口氣，他戴著手套的手在尋找我的手腕。「我不想睡著，蜚滋。我坐在這張床上，無論白天還是黑夜，都坐在一片黑暗中。我竭力不讓自己睡著。因為我不想要做夢。但我還是會入睡、會做夢。我有著強烈的願望，要說出自己的夢，要把它們寫下來，這種願望如此強烈，讓我感到噁心，但我無法這麼做，因為我什麼都看不見，即使我有紙筆也做不到。而我也不想把它們告訴任何人。」

「不說出自己的夢會讓你生病？」

「更像是擺脫不掉的念頭。真實之夢必須被說出來、被分享，至少要被寫下來。」他發出微弱的笑聲，「這就是僕人們最大的依靠。他們從可憐的半白者們那裡收穫夢，就像農夫收穫葡萄。所有的一切都會進入他們記錄夢與預言的圖書館。所有夢境都會得到篩選、整理，就像是給穀粒脫殼。然後妥善儲存所有精華。這些夢會被僕人們參考，或者交叉比對。僕人們通過閱讀它們來決定自己的行動，看看能夠從中得到什麼樣的預言、怎樣牟取暴利。」弄臣緊緊依偎著我，就像是一個孩子在逃避夢魘。我伸手摟住他，支撐他。他搖了搖頭。「蜚滋，他們一定會知道我們來了。他們擁有蜜蜂，而且會知道我們來了。我們都不會有好下場。」

「那就告訴我，不要讓我盲目地進入其中。」

他沙啞地笑了一聲。「哦，不。我才是那個盲目進入其中的人，蜚滋。你死了。你淹死了。在黑暗中，在冰冷的海水和血中，你淹死了。就在那裡。現在你知道了。我不知道這對我們有什麼好處，但你已經知道了。」我感覺到他的肩膀在昏暗的光線中垂了下來。「把我的夢告訴你，

我總算是稍稍鬆了一口氣。」

寒意爬上我的脊背。我也許能宣稱不相信他的夢，但我的打結的腸子無法相信謊言。「我就不會被凍死嗎？」我故作輕鬆地問道，「我聽說被凍死就像睡著一樣。」

「抱歉，」弄臣說道，我聽出他同樣在努力保持著聲音的平靜。「我不知道這件事會如何發生。我只是知道它會發生。」

「那麼你呢？」

「這是最糟糕的地方。我覺得我活著度過了那場劫難。」

我感到一陣安慰。但這種感覺很快就消失了。他對於自己能不能活下去並沒有把握。「那麼蜜蜂呢？」我的聲音開始顫抖，「我知道你夢到過她還活著。我們救出她了嗎？她回家了嗎？」

弄臣的話音有些猶豫。「我覺得她像你一樣。她是一個交叉路口，通向許多種可能的未來。我見到過她戴著一頂王冠，王冠向上的尖角依次是火焰和黑暗。但她也曾經像是斷開的鐐銬，那是被解放之物。有時她又變成了破碎的容器。」

「什麼是破碎的容器？」

「某種損壞到無法修復的東西。」弄臣輕聲說。

我的孩子，莫莉的女兒，損壞到無法修復。在我心中的一個角落裡，我明白她的經歷一定會對她造成這樣的影響。她會像弄臣和我曾經的那樣殘破。這個念頭讓我胸中疼痛難忍。我的聲音變得微弱沙啞，「是啊，誰不會殘破呢？我是殘破的，你也是殘破的。」

「我們全都被拼合起來，變得更加強大。」

「我們全都被拼合起來，但並沒有更加強大。」我糾正了他。我從來都不能確定自己是否明白帝尊的酷刑對我造成了什麼樣的影響。我的一部分已經死在那座牢獄裡，無論是具象還是抽象，都是如此。我一直活到今天，但從來都不知道自己失去的，是不是比找到的更多。思考這種問題是毫無意義的。「還有其他什麼？」我問道。

弄臣稍稍向前垂下頭，又猛地抬起。我改變了我的問題。「你已經有多長時間沒睡覺了？」

「我不知道。我會打盹，然後醒過來，我不知道自己睡了多久。失明是一種很特殊的感受，蜚滋。沒有白天，沒有黑夜。如果你想要明白這種感受，我可以告訴你，這也不是黑暗。」

「你還有其他夢或者想法想要告訴我嗎？」

「我夢到了一粒堅果，如果它裂開就會有很危險的事情發生。有時候，我會聽到一段不明所以的小曲：『陷阱就是設陷阱的人，設陷阱的人落進了陷阱。』但有時候，那並不總是夢。有時候，我會看見……就像是一個岔路口。只不過這個岔路口從一個中心分出了無數條岔路。我年輕的時候，經常能清楚地看到它。在你帶我復活之後，我有很長時間都看不見它了。直到蜜蜂那一天在市場上碰觸了我。那真的很不可思議。我碰到她，就知道她是無數條道路的中心。她也看見了那些道路。我必須將她拉回來，以免她會過快做出選擇。」

弄臣的聲音突然停住了。

「然後發生了什麼？」我有些惶恐地問。

弄臣笑了一聲。「然後我相信你用匕首捅了我的肚子。捅了不止一次，不過我在數到第二次的時候就昏過去了。」

「哦。」冰冷的感覺湧過我的全身，「我一直都不能確定你是否還記得那時的情景。」我感覺到他的身體重重地靠在我的肩膀上。「我很抱歉。」我說道。

「現在道歉已經太晚了。」他用戴著手套的手拍拍我，坐直身體，歎了口氣。「我已經原諒你了。」

我還能說什麼？

他繼續說道：「派拉岡。當我們在崔浩城碼頭上停住船，我抬起頭看到了派拉岡……他的身上正閃耀著許多條道路。在那個岔路口上，有返回克爾辛拉的路、進入崔浩城的路，但大部分道路都是通向克拉利斯的。其中最直接、最短的一條，就是以派拉岡為起點。」

「所以你堅持要我們必須和他對話？」

「現在你相信我了？」

「我不想相信。但我的確相信你。」

「我對自己的感覺和你一樣。」

我們兩個都陷入了沉默。我等待著。過了一段時間，我意識到他已經沉睡了。我輕輕將他從我的肩頭移開，放到床上，又把他的兩條腿也抬起來放好。這讓我想起以前將做噩夢的幸運放回到床上的時候。那已經是許多年以前的事情了。弄臣將膝蓋收在胸前，防禦性地蜷縮起身體。我再一次坐到他的床邊。他會睡著，不管是否入睡，他都會做夢。

而我則會使用精技。

我緩緩呼出一口氣，讓呼吸吹開自己的界限。轉眼之間，我就對活船有了更多的感知。「抱歉。」我喃喃說道，就像是在人群中撞上了一個陌生人。我沒有在理會活船的存在，而是向外伸展出去，去感知精技的流動。精技就在那裡，不過已經比我在幾個月以前感覺到的更加平靜了。它就像持續不斷的清風，漸漸充滿風帆，將我們推過一重重波濤。我隨著精技流動，讓它將我的思緒帶到遠方，帶向公鹿堡，到我的女兒蕁麻那裡。

她正在睡夢中。我和緩地進入她的夢鄉，輕輕喚醒她。「妳還好嗎？妳的孩子呢？」

切德死了。

這個訊息從她的意識流入我的意識中，我被她急迫的心情浸透了。她的哀傷奔湧而來，喚醒了我尚未成形的傷感。一段時間裡，我們都沉浸在哀慟之中。我沒有問她切德是怎樣死的。切德很老了，死神一定早已經在等待他。一直以來，他都是依靠精技和草藥來維持自己的青春活力，現在他的草藥被奪走、被禁止接觸精技，他的壽命也終於走到了盡頭。

這是我的錯，我們讓他服下精靈樹皮，壓制他的精技。他的精技經常會突然就變得異常強大。有時候，他會非常平靜，但有時候就像是一場嚴寒的風暴。兩名新學徒決定放棄訓練，因為切德的魔法實在是太嚇人了。就連閃耀也開始害怕他充滿力量的時刻，因為無論她多麼努力壓抑自己的精技，切德都會抓住她，帶她一同衝進精技裡。她很害怕，我們都很害怕！

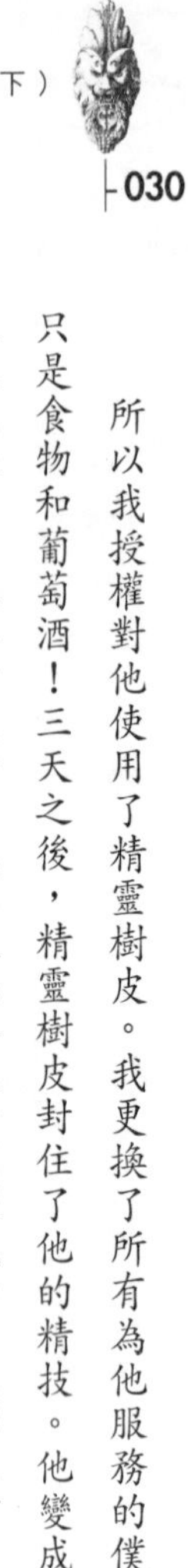

所以我授權對他使用了精靈樹皮。我更換了所有為他服務的僕人。我懷疑他們給他送去的不只是食物和葡萄酒！三天之後，精靈樹皮封住了他的精技。他變成了……一位老人。很和善，卻又很焦躁，而且非常衰老。我們讓他再次和閃耀見面。在那以前，我不得不將閃耀和切德分開。他……他似乎並不明白為什麼我們不讓他見女兒。他已經完全糊塗了，甚至會和黠謀的肖像說話……哦，蜚滋，我好害怕他在死去的時候，仍然認為我在毫無緣由地以殘忍的方式對待他，我奪走他的女兒和魔法，只是因為我要折磨他、要控制他。

我感覺到了謎語。我覺得他是聽見了蕁麻的哭聲，所以才醒了過來。我感覺到他就像是包裹蕁麻的盔甲，是鍛鋼甲片，支撐著蕁麻，讓她能夠屹立不倒。一切想要傷害蕁麻的東西首先都要通過他。哀傷已經讓我麻木，但寬慰之情突然又從我的心中飛起。很高興謎語和妳在一起。

我也很高興。我會將你的話告訴他。

妳收到我們的信鴿了嗎？

是的。你寫給切德的那封關於機敏的信就被他握在手裡。我不知道閃耀有多少次高聲地讀給他聽。蜚滋，我們發現他去世的時候，他正在微笑。那是平靜、甜美的微笑。

我突然想到一件事。我必須告訴機敏。但我又想了想。不行。

你的前一個想法是正確的，你必須告訴他。就像我必須告訴你。

我會的。我不知道該如何告訴機敏，又該何時告訴他，但我會做到。還有火星。我有些好奇自己現在是否能夠理解弄臣將自己的夢藏在心中的痛苦。我不想將這個訊息告訴他們，但又急不可耐地想要和他們分享這個訊息，彷彿哀慟是一種沉重的負擔，只有讓必須接受它的人一同分擔才好。

是的。蕁麻同意我的想法。知道你還活著實在是太好了。在過去這幾天裡，我一次又一次地向你技傳。我們都沒辦法用精技碰觸到你，所以很擔心發生了最可怕的事情。

我正在一艘活船上，這艘活船……無所不在。就在我用精技聯絡蕁麻的時候，我能夠感覺到活船也聽到了我對她說的每一句話。很抱歉讓你們擔心了。

我明白。我會立刻叫醒晉責，告訴他。

然後我自己的訊息毫無預兆地從心中迸發出來。弄臣夢到蜜蜂還活著。還記得上一次我能夠用精技接觸到妳的時候嗎？那是切德突然分開了我們。我感覺到蜜蜂。我知道她碰到了我。

全世界的風都從我們之間吹過，全世界的浪濤都在拍擊我們之間的海岸。還有什麼訊息能比這些更令人震撼？切德死了，蜜蜂仍然活著。

我感覺到蕁麻強烈的震驚向我撲來。她在哪裡？她怎麼樣了？他們有沒有對她不好？她以為我們拋棄她了嗎？她是怎麼活著通過那座精技石柱的？她還活著！我們卻竟然在幾個月之前就放棄了她！

我不知道。這個回答無異於一種折磨。有太多的事情我都還不知道。我不打算告訴我懷孕的女兒，她的小妹妹遭受了虐待，處境危急。我要對她說謊，這並不違背我的良心。我們兩個都已經有足夠多的傷痛，我不會再讓她背負這個重擔。我只是覺察到她拂過了我的感知。我知道她正

在前往克拉利斯，就像我們一樣。我不知道是在我們前面還是後面，只知道正在一艘前往克拉利斯的船上，僅此而已。弄臣也夢到她還活著。這一點希望還很渺茫，但我會將它時刻放在心上。

蕁麻的決心突然橫掃過我的精神。一位戰場上的統帥覺醒了。我會召集由戰士和精技使用者組成的軍隊。艾莉安娜已經不止一次向我提出過這個建議。我們都會過去，一定會奪回屬於我們的，在我們身後只會留下廢墟和屍體。

不！暫時不要派遣任何大規模的部隊，我們認為現在最好的方式是悄無聲息地進入那裡。

你會透過談判把她救回來嗎？

我從沒有想到過這件事。我出發時只是為了復仇，只是在計畫殺戮。而知道蜜蜂還在他們手中，我只是更加決意要讓他們流血。

我還在船上，正在前往克拉利斯。等我到達那裡之後，我會研判形勢，做出決定。也許我應該進行談判。我有很多種方式可以進行，而首先想到的就是俘虜人質。我開始做出各種假設，我知道蕁麻感覺到我的想法。

妳還好嗎？我問她。

身子很重。疲憊。快樂，有時候是。

有時候，當她想到她的孩子，而不是切德的死亡，或者是她的小妹妹遭受的折磨時。很抱歉叫醒了妳。切德的去世讓我很難過。我會告訴機敏。妳現在應該休息了。

蕁麻笑了。休息。當我想到小蜜蜂還在綁架者的手中，我該如何休息。哦，爸爸，難道生活就不能變得簡單一些嗎？

只有在短暫的瞬間，生活才是簡單的，我親愛的女兒，只有在短暫的瞬間。

我離開她，就像我們鬆開了握在一起的手。隨後，我繼續飄浮在精技裡。我不知道切德是否有一些殘餘還留在精技的流動中，也許那裡還會有惟真的靈魂，甚至是我父親的靈魂？我曾經在精技中遇到過一些靈體。我不知道他們是誰，只知道他們要比我更大得多。更大？應該是更加豐富，更加深沉，形體更加豐滿。艾達和埃爾？古早的古靈或精技使用者，能夠在這股洪流中以更加強大的形式存在嗎？

我聚集起自己的勇氣。蜜蜂，能聽到我嗎？我在自己的意識裡凝聚小女兒的形像。我看到她穿著舊衣服，看到她抬頭看我時懷疑的眼神。我嗅到了溫暖的夏夜裡金銀花漸漸消散的香氣，然後我看到了我對她的各種辜負。不，這樣做不行。這樣我永遠也找不到她。

我將不情願的心境推到一旁，試圖重建我們取得聯繫的那一刻。那時切德衝過來，就像是一場夏季風暴衝向一艘小艇，推動我們，要將我們打散並毀滅。

蜚滋，我的孩子！

精技洪流中傳來一陣回音。一個短暫的、關於切德的回憶，就像春風中的一陣花香，死去了，消失了。

失落的洪流太過強大。我再一次試圖向蜜蜂伸展過去，卻只能在黑水中摸索。我的孩子就像切德一樣不見了。

我從精技洪流中退出，睜開眼睛，看到弄臣黑暗的房間。他睡得很沉。房間裡也沒有別人。

我坐在地板上，收起膝蓋，緊緊頂住胸膛，把頭垂在上面。切德的孩子在哭泣。

克拉利斯

意外之子到來了。他的身上披著強大的力量斗篷，沒有人能看見，但所有人都能感覺到。這力量閃耀著、浮動著、混淆了眼睛和意識。在我的夢中，他是一個，然後是兩個，最後是三個生物。他張開斗篷，怒火在他體內燃燒。我在這火焰爆發出的高熱前步步後退。他合攏斗篷，隨即消失了。

意外之子以各種不同的偽裝出現，已經被夢到一百二十四次。在最近這三十年中則有七十次。每一次，做夢者的報告中都會提及不祥之兆的感覺。一名做夢者將它形容成以為會受到懲罰，因而瑟縮阿諛的僕人。另一個則報告說感覺到一種面對正義裁決的羞恥。

我也夢到了意外之子。我相信這是一個關乎於正義和懲罰的夢。而受到懲罰的將是最意想不到的人。我做這個夢已經超過十二次。我相信這個夢是無可避免的未來。我已經研究過其他關於意外之子的夢，試圖查清楚他從何處而來，又會將審判和懲罰帶給誰。但都無法找到相關資訊。

——第七二九號夢，克拉欣血脈的黛拉

克拉利斯是我見過的最奇怪的地方。我站在甲板上，完全忘了德瓦利婭派給我的差事，只是直直地盯住那座城市。在我面前是一片港灣，港灣中的水藍得不可思議。周圍的港口上全都是粉色、白色和淺綠色的方形房屋，有著平整的屋頂和許多窗口。一些建築的屋頂上搭著小尖頂帳篷，另一些屋頂的牆壁上爬滿了綠色的藤蔓，只露出窗口。

在這些建築物後面是一片連綿起伏的金色和褐色丘陵。丘陵上有一些孤立的粗大樹木，伸展出茂盛的枝杈。在一片山坡上能看到整齊排列的綠樹。那可能是一座果園。遠方的山丘上零星放牧著一群群牲畜。那些灰白兩色的也許是綿羊，另外一些應該是牛群，或者是一種我從未見過的牲畜，長著分岔的長角，肩膀處還有高高的隆起。我們的船帆已經收起，一些小船正在將我們帶入港灣。赤裸胸膛的水手們弓起腰推動船槳，將我們向碼頭拖曳。慢慢地、慢慢地，我們距離岸邊愈來愈近。

這座高低錯落、鱗次櫛比的城市伸出彎曲的兩臂，環抱住這座港灣。它的一隻臂膀是一座狹長的半島，不過這座半島在中間斷開了，彷彿一片陸地從那個斷口處脫離，漂進海中形成了一座大島。那座島上矗立著一座令人目眩的象牙白色城堡。那座島本身也是白色的，幾乎也是一樣耀眼奪目。它的海岸由閃閃發光的大塊岩石堆砌而成。那應該是石英石。我曾經找到過一塊那種閃光的石頭。樂惟告訴我，它之所以發光是因為裡面有石英。在城堡外面的島嶼地面上光禿禿的，沒有樹，沒有一點綠色。我覺得它就像是突然從海裡冒了出來，上面還有一座魔法城堡。

這座城堡的外牆很高，頂部有垛口。在城堡的每一角都豎立著一座塔樓。每座塔樓頂端都有一幢房子，看上去就像是巨大而恐怖的怪獸顱骨。這些顱骨的空眼窩盯著不同的方向。那一圈城牆的裡面有一座更高的堅固堡壘。堡壘的四角各豎立著一座細瘦的塔樓。這些高塔甚至比外城牆的塔樓還要高。高塔頂部全都有一幢體積很大的房屋，就像是被留下等待結子的洋蔥。我從未見過這麼高這麼細的高塔。在藍色的天空中，它們也閃耀著白光。

我盯著它。那裡是我的目的地，我的未來。

絕望試圖在我的心中升起，我用冰冷的岩石壓下它。我不在乎。我孤身一人，只有自己應該就足夠了。自從父親將我拋到一旁之後，我有了兩個夢。兩個我不敢去想的夢，因為我害怕文德里亞也許會瞥到它們。它們是讓我害怕、非常糟糕的夢。我在黑夜中醒來，將襯衫前襟塞進嘴裡，以免會有人聽到我的啜泣。但是當我平靜下來的時候，我明白了。我不可能看清自己的前路，但我知道，我必須一個人走上它，前往克拉利斯。

我離開德瓦利婭的艙室，是為了將一整個托盤的髒盤子送回到廚房去。通常她不會讓我做這種事。我認為她這樣做是為了向文德里亞證明，我不僅是可以信任的，而且正在迅速變成她的寵臣。我完美地表現出卑躬屈膝的樣子，甚至為此做了文德里亞不敢去做的事情——持續地向德瓦利婭釋放出我對她忠心耿耿的虛偽情緒。這樣做很危險。這意味著我必須一直堅守住自己的意識，不讓文德里亞進來。自從喝下海蛇涎液之後，文德里亞就強大得不可思議。但他只是像一頭公牛，能做出各種凶猛的大動作，善於拆毀牆壁。而我不是一堵牆，我是一粒小石子，就像堅果一樣硬，完全沒有能夠被他抓住的邊角。我感覺到他不止一次想要進入我。我不得不讓自己變得

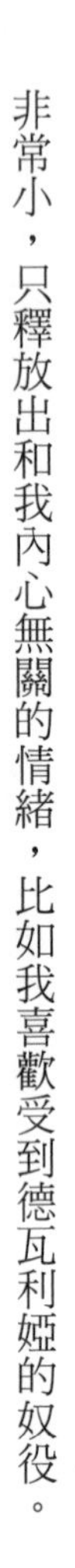

非常小，只釋放出和我內心無關的情緒，比如我喜歡受到德瓦利婭的奴役。

我偽裝得很好，現在我甚至會站在德瓦利婭的浴盆旁邊，為她捧著布巾，彎腰擦乾她滿是硬繭的腳和硬邦邦的腳趾。我揉搓著她的腳，聽到她喜悅的呻吟聲。之後我會為她穿上衣服，就好像在服侍王室貴族，而不是伺候一個我深深痛恨的老婦人。我欺騙她的能力幾乎讓自己也感到害怕，這其中當然也包括要不斷去想我自己是一個頹敗的奴隸。有時候，我很害怕這種想法會變成真實。我不想成為她的奴隸，但能夠不受到威脅和毆打實在是讓人感到無比輕鬆，我幾乎可以將此當做我能夠希望的最好的生活了。

我有一種熟悉的、被絞擰的感覺，我想，那一定是我的心。我曾經聽說過「心碎」和「心情沉重」，但從來都不知道被全世界拋棄的感覺原來是這樣的。我眺望著克拉利斯，竭力讓自己相信能夠獨自在這裡生活。因為我現在知道自己永遠也不可能回家了。我感覺到父親碰觸我的意識，我感覺到他踢開了我，狠狠地將我扔到一旁，讓我在驚駭中醒來，只覺得非常難受。我向狼父親伸展過去，牠也不明白這是為什麼。所以，一切都結束了。我只剩下自己，沒有人會來救我，沒有人會在乎我將有什麼樣的命運。

我明白這件事已經有好幾天的時間。實際上，我是在這些日子裡的每一個漫長夜晚明白這件事的。在德瓦利婭和文德里亞醒著時，我沒有時間去仔細思考這件事。那時我只是忙著抵禦文德里亞，逢迎德瓦利婭，讓她知道我是多麼懦弱和有用。在那些時候，父親對我的拋棄只是我心中持續不斷的隱痛，就像是包圍我們那無邊無際的水面。所以在白天，我的生命只能漂浮在這片痛苦的海洋上。

到了晚上，我便沉入到這片海洋之中，被完全淹沒。直到我碰觸了父親的意識，被他狠狠推開，我的孤獨才變得如此絕對。我曾經竭盡全力嘗試讓自己不要有那麼強烈的被拋棄的感覺，但這就像是要將一只茶杯的碎片拼成一只茶壺。當時那裡還有其他人的聲音。其中一個也許是我的姐姐，不過我無法確定。那裡有許多聲音，包括一個不斷呼吼和咆哮的聲音。我不知道自己是如何找到他們的，但我知道，我的父親察覺到了我。「逃！」他曾經這樣命令我，彷彿那裡有危險，但他沒有和我一起，他沒有抱住我、保護我的安全。他一直留在那些混亂的聲音中。他一直在注意他們，將我推到一旁。當我大著膽子再次向他呼喊時，他卻粗暴地推開我。他是那樣用力，讓我根本沒辦法抓住他。我從他身邊掉落，遠離了被援救的希望，被還有可能得到一點溫暖的人生徹底拋棄。我跌回到自己的身上，回到孤獨而渺小的自我之中，發現文德里亞正在我的邊界周圍嗅來嗅去。我甚至不敢大聲哭泣。

我緊緊築起自己的牆壁，讓它變得更緊、更緊。狼父親警告過我，將牆壁收攏太緊，就意味著沒有人能碰觸我。此時此刻，我不希望任何人能夠再接觸我的思想。我絕對不想再讓任何人喜歡我，更不要說是愛我。我也絕對、絕對不會去喜歡任何人。

我心中的痛楚突然變成了肚子的疼痛。它還混和著隱瞞自己的夢，不說也不寫所帶來的可怕感覺。但我完全不敢說出現在我做的那些夢。它們令人膽寒，又在不斷逗弄我的心神，在充滿誘惑的同時也讓我驚恐不已。它們在大聲呼喊著讓我將它們變成現實。在我們旅程中的每一天，它們對我而言都變得更加真實，彷彿我正在愈來愈靠近一個我無法逃避、一定會將其實現的未來。

我閉起眼睛，又睜開雙眼，看著面前這座色彩繽紛的城市。我要自己覺得它很漂亮，想像會在這裡成為一個快樂的人。我會沿著這些街道奔跑，向我認識的人問好，為德瓦利婭去跑腿做事。終有一天，我會逃出這裡。

不。我不能有這樣的想法，也不能有這種計畫。現在還不行。這是一個可愛的地方，一個能被叫做家的奇妙所在。我在這裡會非常快樂！我釋放出一點這樣的情緒。我已經發現，就算是看不見德瓦利婭的時候，也能將這樣的想法灌輸給她。現在我知道，德瓦利婭的意識是一個形體，就像文德里亞的一樣。我試著將自己的一點快樂想像滴在文德里亞的形體上。片刻之間，我感覺到了他的溫暖，然後他拍開了我的想法。他還不太明白該如何讓思想觸及我。有時候他的確會和我發生接觸，但我相信這只是偶然發生，並不是因為他懂得該怎麼做。我沒有聽過他直接的想法，但我感覺到他不信任我。而在他的不信任之後隱藏著傷痛。他曾經真心以為我會成為他的兄弟，給他別人從不曾給予過他的愛。他曾經見過一條關於我們的道路，那是我從不曾見過的。

我忽然想到，也許他像我一樣感覺被拋棄了，這個如同尖刺的想法讓我感到羞愧。我用力碾碎它，將它趕出我的意識。不。他也參與了對我的綁架。因為他，我的家才會被毀掉。他還使用手段殺死了在這段恐怖的旅途中唯一成為我朋友的人。既然他對我做了這些事，就沒有權利希望我還會愛他。

但這種怒火是一股強烈的情緒，我已經明白，任何強烈的情緒都會讓我的牆壁出現縫隙。我否認了這股恨意，這讓我的肚子比剛才更痛了，但我還是控制著自己的情緒。我將目光轉回到那座漂亮的城市上，那些方形的房子就像是陳列在架子上的小蛋糕，我能夠在這裡過著美好的生活。我將愉快的微笑掛在臉上，端著托盤向廚房走去，一路上避開快步奔走的水手們。隨著我們逐漸靠近目的地，這些水手的任務也變得愈來愈多了。一個水手向我罵了一句，我急忙為他讓路。更多的小艇正在迅速向我們駛來，船上的水手開始將收起的帆逐一固定住，一捲捲纜繩已經準備好了，小艇會把我們拉向碼頭，我們很快就要上岸了。

我敲了敲船長艙室的門，以免船長會在最後一次拜訪德瓦利婭。我聽到德瓦利婭用迷人的聲音告訴我可以進去。「把這些全打包好！」她一看見我就發出了命令。她指的是散落在房間各處的衣服。她剛剛試過這些衣服，又隨意丟下。每一次我們在港口停泊，船長都會為她購買更多的衣服。我不知道等我們上岸之後，她還會用這些衣服做什麼。那時她就不會再是奧布蕾蒂婭夫人了。這時德瓦利婭自己正小心地將珠寶首飾包進一條編織緊密的圍巾中，這也是船長送給她的。然後她捲起圍巾，將圍巾的角攏起來，繫成一個小包裹。這時我也差不多快將她綴滿蕾絲的輕薄衣裙全部收進箱子裡了。

「妳離開他會傷心嗎？」這個問題跳進我的腦子裡，又從嘴裡蹦出來。看到德瓦利婭突然皺緊眉頭，我急忙又說道：「他對妳那麼好，對於這樣能認識到妳真正價值的人，妳一定也很感激吧？」

德瓦利婭瞇起眼睛。這種恭維有些太過明顯了，但我只是盡可能讓自己臉上只有坦誠的疑

問，然後就轉身去固定箱子的扣鎖了。我側目向文德里亞瞥了一眼。他正在慢吞吞地收集自己可憐的一點物品，將它們塞進一只破爛的口袋裡。自從我成為德瓦利婭的新寵之後，她對於文德里亞提出的要求就愈來愈少了。我曾經以為他會因為不用做太多事情而感到高興，但德瓦利婭對他的忽視只是讓他對我更加不滿。我有一種不安的感覺，那就是他正在計畫著什麼。如果他真的在這樣做，也隱藏得很好。我也有一個計畫，正在腦海中慢慢成形。我不敢仔細去考慮它，唯恐文德里亞會從我的想法中瞥到它的端倪。這本應該是我首先就應該做出的計畫，在他們剛剛捉住我的那個冬天，我就應該如此做了。

不。不要在他們醒著的時候想這件事。我再一次只讓自己去想那些多彩的小房子，和我在這座漂亮的城市中能夠享有什麼樣愉快的生活。

德瓦利婭終於有了回答。「離開他應該會讓我感到傷心。」然後她深吸一口氣，端起肩膀。「但這不是我的人生。我從不依靠男人來獲得應該屬於我的一切。」聽起來，她幾乎在因為得到了船長的熱情招待而感到憤怒。她轉向文德里亞，「你還記得我們登陸以後你要做什麼嗎？」

「是的。」文德里亞聲音沉悶地回答道。

德瓦利婭略微向他側過頭。「你確定能做到？」

「是的。」文德里亞瞥向我，眼神閃爍了一下，我感到一陣不安。

「很好。」德瓦利婭站起身，撫了撫身上做工精美的衣服，又拍拍頭髮。我在今天早晨已經為她編好辮子，並小心地在她的腦後盤起。現在她又將自己的妝容整理了一番，彷彿正是船長想像中的那位美麗女子。閃閃發光的耳環掛在她的耳垂上，許多小銀環連綴成一片羅網，上面還點綴著發光的小寶石，遮住了她的脖子。但這片銀網上面還是她那張普普通通的圓臉，又被我的牙齒留下的疤痕永遠地破壞了。根據我從父親的卷軸上讀到的內容，我懷疑瞻遠的精技魔法能夠修復她的臉，但我沒有告訴她。這也許會是我今後能夠用到的一個談判籌碼，一個能夠讓我活下去的交換條件。或者至少能夠讓她有足夠的好奇，允許我多活一段時間。我竭力去回憶她第一次遇到我時，表面上對我是多麼友善，曾經多麼熱心地關懷我。文德里亞的魔法。

文德里亞鼓起勇氣問出一個問題：「他們知道我們回來嗎？西姆菲和費洛迪知道嗎？」

德瓦利婭沉默片刻。我以為她不會回答了，最後她說道：「用信鴿送信只會讓他們更加無法清楚瞭解狀況，我會站到他們面前，親自向他們解釋。」

文德里亞輕輕抽了一口冷氣，像是感到害怕。「他們看到只剩下我們兩個，一定會感到驚訝的。」

「只剩我們兩個？」德瓦利婭斷喝一聲，「我們按照承諾帶回了戰利品，意外之子。」

文德里亞瞥了我一眼。我們全都知道，德瓦利婭已經不再相信我是意外之子了。我以為文德里亞會知趣地閉上嘴，他卻又說道：「但妳已經知道蜜蜂是個女孩。」

德瓦利婭向文德里亞搗了一拳。「這沒有關係！不要再胡說了。你太愚蠢了，根本不懂這些事！我會處理好的。我會處理好所有的問題。你不能告訴任何人她是女孩。你不許說話，一個字都不能說，明白嗎？對於你那點孱弱的心智，要明白這個命令應該不會很難——不要說話。」

文德里亞張開嘴，最後只是在沉默中用力點了點頭。德瓦利婭來到窗口，望向無盡的藍色海洋。她會不會在希望自己不要回家？

在德瓦利婭沒有驅使我的幾分鐘裡，我盡量梳理好頭髮，又用她用過的洗臉水洗洗手，再用布巾把臉擦乾淨，最後才將水端走。我沒有什麼好衣服，不過它們都還算乾淨。我用自己最破爛的一件襯衫做了一只口袋，將我不多的幾件衣服放進去，之後將襯衫袖子繫在一起作為提把，把包裹背在肩頭。我已經選好了我的偽裝。我會做一個誠實的孩子，筆直地站在所有人面前，顯得安全無害，只想取悅德瓦利婭。不要讓任何人懷疑和害怕真正的我。

我們聽到水手們的喊聲。這座城市的噪音也愈來愈響亮。小船會將我們一直拉到碼頭旁。這些碼頭一端連接著忙碌的街區，像手指一樣伸進海灣。在我們之間，文德里亞和我一起將德瓦利婭裝滿華美衣服的箱子抬上了甲板。德瓦利婭將珠寶小包收進一只漂亮的刺繡袋子裡。這只袋子一直被她隨身攜帶。我們站在甲板上，避開船上的水手們，看著航船靠上碼頭，放下船錨，跳板也搭好了。

直到這時，船長才來到我們面前。他握住德瓦利婭的一雙手，鄭重地親吻了她的臉頰，並告訴德瓦利婭，他已經派人去一家乾淨且可靠的旅店，為她安排好了宿處。然後他遺憾地說，他沒辦法再陪同我們，不過他派遣了兩個強壯的人為德瓦利婭搬運箱子，並護送我們前往。他還承諾會陪德瓦利婭一起去克拉利斯城堡，諮詢德瓦利婭的未來。因為他很希望自己能夠在她的未來中成為一個重要的人。

奧布蕾蒂婭女士帶著虛偽的笑容感謝了船長。她帽子上精緻的羽毛在海風中一下一下地擺動著。她告訴船長，她在克拉利斯還有一些私人事務要處理，不過她會在晚上和他見面。同時，她的兩名僕人可以將箱子抬到旅店去，所以不需要有人護送。片刻間，船長因為擔憂自己的愛人而皺起了眉頭。但他的眉頭很快便又舒展開了。我感覺到文德里亞在操縱船長的意識。當然，奧布蕾蒂婭女士不會有事的。他不必為她感到擔憂。她很有能力，就像她很可愛，而且船長非常喜歡她的獨立。

即使如此，船長還是陪著我們一起走下了跳板。他再一次握住德瓦利婭的手，低頭看著她。而德瓦利婭也仰起頭回應船長充滿愛意的凝視。「小心，我的愛人。」船長提醒德瓦利婭，又俯身最後親吻她。

我感覺到文德里亞有了行動。當船長的臉貼近德瓦利婭時，文德里亞卸去了幻象，讓船長看到她真實的模樣。船長嘴唇沒有碰到德瓦利婭的嘴，他已經向後退去。在不到一次呼吸的時間裡，文德里亞已經恢復了德瓦利婭的美麗。但這時船長已經踉蹌著後退了一步。他眨眨眼睛，又用雙手的掌根在眼睛上揉搓了一下，然後才向德瓦利婭露出有些膽怯的微笑。「我實在是太久沒睡了。而且每次我站在一動不動的陸地上都會感到頭暈。奧布蕾蒂婭女士，今晚我們再見。我們將共進晚餐。」

「一定會的。」德瓦利婭有些虛弱地向他承諾。船長轉過頭，一邊揉搓著自己的眉毛，一邊向他的船走去。上船之後，他又回頭看了我們一眼。德瓦利婭抬起戴著蕾絲手套的手向他揮了

揮。船長笑得像個男孩，也朝她用力揮揮手，便回身去做他的事情了。德瓦利婭則只是站在原地盯著船長的後背。哀傷讓她本就平凡的臉變得更加黯淡無光。文德里亞一臉無辜地站在旁邊，裝出一副根本不知道剛剛發生了什麼的樣子。「他看見了我，」德瓦利婭低聲說道，聲音中充滿了責備的意味，「你讓他看見了我。」

文德里亞的眼睛望向遠方。「也許，有那麼一瞬間，我的控制失靈了。」他將目光轉回到德瓦利婭身上，然後又立刻移開。我看見文德里亞臉上掠過帶有惡意的滿足感，但也許那表情消失得太快，德瓦利婭並沒有捕捉到。「要維持這種幻象需要很大的力氣。」文德里亞又對她說：「那個船長不是容易被騙的人，讓他的全部船員都將妳看做奧布蕾蒂婭女士就更加困難了。我要讓妳在那位船長的眼裡完全變成另一副樣子，而他和妳在一起的時間又那麼多，這幾乎耗光了我所有的力氣。也許現在妳應該給我……」

「在這裡不行！」德瓦利婭喝道。她瞪著我們兩個，「抬起那只箱子，跟著我。」文德里亞抬起箱子的一端，我抓住另一端的把手，我們一同走在她後面。這只箱子並沒有多沉。我感到最大的不便只是因為文德里亞實在是太孱弱了。他兩隻手不停地輪替著抓住箱子把手，身體向後仰著，彷彿幾乎沒辦法把箱子抬起來。箱子不斷撞擊和摩擦著石板路面，又不停地撞在我的屁股和小腿上。每走上百來步，德瓦利婭都不得不停下來等我們追上她。文德里亞還在努力維持著她的外表。男人們全都會在她面前駐足觀望。有兩個女人為她的帽子和裙子感到驚歎。德瓦利婭驕傲地向前走著，當她回頭瞥向我們，眼睛裡閃耀著我從未見過的喜悅光芒。

這裡的街道上全都是我從未見過的人。水手、商人和工人——這些身分全都是我的猜想。他們穿著色彩各異的異國服裝。我看到一個頭髮像鐵鏽一樣紅的男孩，他的雙手和手臂上有許多斑點，就像鳥蛋上的花紋。有一個女人，個子比我見過的任何人都要高。她露出一雙棕褐色的手臂，從指尖到她寬闊的肩膀布滿了白色的紋身。一個穿著粉色裙子的禿頭小女孩蹦蹦跳跳地走在她同樣沒有頭髮的母親旁邊。那位母親的嘴唇上鑲著一圈小寶石。我轉過頭，很好奇那些寶石是如何被固定在皮膚上的，結果箱子又撞在我小腿上一個已經出現瘀青的地方。

我感覺到文德里亞努力想抬起這只箱子，同時還要維持奧布蕾蒂婭女士的幻象。德瓦利婭已經第三次停下來等待我們了。她說道：「我知道你又變得毫無用處了。好吧，你不需要這麼努力，現在我希望人們不會注意到我們，就是這樣。」

「我會努力的。」

德瓦利婭美麗的面容消失了。她變得很普通，甚至還不如普通人，根本不值得被注意。

德瓦利婭穿過人群，人們很不願意讓路給她。我們蹣跚著跟在她身後。我能感覺到文德里亞魔法的衰落。我回頭看了他一眼，他已經因為一邊抬箱子一邊維持幻象而滿頭是汗了。他的力氣已經難以為繼，步履就像是濕木頭上即將熄滅的火焰一樣搖搖晃晃。「我不能……」他叫了一聲，終於放棄了努力。德瓦利婭瞪了他一眼，我不知道她是否知道文德里亞已經不再用幻象庇護她了。但就在我們踉踉蹌蹌地跟在她身後時，人們開始注意到她。我看到一個女人朝著她臉上的傷疤打了個哆嗦。一個小男孩從嘴裡抽出手指，指向她。他的母親沒有讓他說話，帶著他匆匆走

開了。有兩次，一些膚色蒼白的人停住腳步，轉頭朝向德瓦利婭，彷彿是要向她問好，但德瓦利婭甚至沒有稍稍放慢腳步。人們都在盯著她看，她一定已經知道他們都看見了她真實的模樣。一個灰色鬍鬚水手看到她的時候厭惡地叫了一聲，對他膚色黝黑的同伴說：「羽毛帽子戴在豬頭上。」那兩個人全都哄笑起來。

德瓦利婭在街上停住腳步。她沒有回頭看正在追上去的我們，只是向身後說道：「不要管那只箱子了。那裡面的東西我不會再穿了。丟掉它吧。」然後她伸出手，揪下帽子上的羽毛，把它們扔在地上，大步向前走去。

我驚呆了。我聽出她話中的哭音。文德里亞立刻丟下他那一邊的箱子。我又用了一點時間才意識到德瓦利婭是認真的。她沒有回頭看我們，只是邁著僵硬的步伐一直向前走去。當我們終於追上她的時候，全都在不住地喘息著。我很快就想到，在我們的那一段船上旅程中，我很少會跑步，甚至連走路都不多。德瓦利婭的步速意味著我根本沒有時間觀察周圍。我只是瞥到了一座秩序井然的城市，有著整潔寬廣的街道。從我們身邊經過的人都很乾淨，雖然衣著樸素，但沒有衣不蔽體的人。女人們腰間繫著寬腰帶，寬鬆的褶皺裙襬幾乎還不到膝蓋，腳上穿著涼鞋。同樣寬鬆的上衫或者完全沒有袖子，或者鐘形的袖子一直垂過手腕。她們比公鹿公國的女人更高，但就算其中有人的頭髮是黑褐色，也沒有人把頭髮弄捲。一些男人的上半身只有一件背心，褲子就像女人的裙子一樣短。我想，這全都因為這裡炎熱的氣候所致。但在我看來，他們仍然都像是裸露著一半的身體。他們的膚色都比六大公國的人淺，個子也更高。沒有人對我淺色的頭髮多瞥一眼。我也沒有看見任何乞丐。

我們很快就離開碼頭，又把貨艙和旅店區甩在身後。沿途經過了一些粉色和淺黃色的房屋。我在船上已經見過它們了。這些房子的窗戶下面都有種花的小箱子，門旁擺有長凳。百葉窗大開著，讓明媚的陽光射進房間。我在一幢粉色的房子裡看見成排的紡車，紡織工們正在工作，我聽見劈劈啪啪的織布機聲音從他們身後被陰影遮住的房間裡傳出來。我們經過的一幢房子裡飄出了烤麵包的溫熱香氣。我的目光所及之處全都表明這裡是一個潔淨而充滿秩序的地方，這和我對克拉利斯的想像完全不同。殘忍的德瓦利婭一直讓我覺得這座城市中肯定充滿了狠惡凶戾的人，卻沒有想到是如此美麗和繁榮。

我們行走的大路上還有許多其他徒步之人，就像這座城市的港口區一樣，現在我們身邊來來往往的人也各有不同。他們之中大多數都是淺色頭髮和白皮膚，穿著克拉利斯服裝。但也有一些人顯然來自於外國，還有不少應該來自於很遙遠的地方。在人群中還有一些衣著像是衛兵的男女，他們都佩戴著繪有扭曲藤蔓圖案的徽章。他們之中的許多人都毫不掩飾地盯著德瓦利婭破相的臉。有一些人顯然認識她。但沒有人向她問好。那些認識德瓦利婭的人只是顯出一副震驚的表情，然後就轉開頭了。德瓦利婭也沒有向任何人問好，只是不斷超過一個又一個身邊的行人。

我們沿著海岸線一直向那座白島走去。海浪拍打在岸邊。灰色和白色的沙子在花崗岩骨骼上閃閃發亮。我們走在一條平坦的大道上，經過的房子之間都有蔬菜園和高大的樹木。我看到了不少小孩。他們都穿著和大人一樣的衣服，在家門口的院子裡玩耍，或者坐在房前的臺階上。我看不出他們是男孩還是女孩。德瓦利婭只是一直向前邁著大步。我看到她一邊走，一邊扯下頭髮上的別針，鬆開自己的辮子，遮住面孔。她摘下了項鍊和耳環，我幾乎以為她會隨手扔掉，不過她將它們全都塞進了自己的荷包裡。現在，一切奧布蕾蒂婭女士的痕跡都消失了。就連她的裙子也不再那麼漂亮，看上去只是讓人覺得有些古怪。

讓我驚訝的是，我能夠體會她的心情。她不像我的父親那樣充滿了翻騰的火焰。我父親的想法和情緒總是會噴湧出來，淹沒我的知覺。正是因為它們，我才會知道該如何為意識築起牆壁。德瓦利婭遠沒有那麼強大。我覺得我能感覺到她的內心，只是因為我在很長時間裡一直讓自己絲絲縷縷的想法進入她的意識。就像狼父親警告過我的那樣，一條路有出必有入。而現在，她的想法也滲透進我的心裡。我感覺到她充滿怨恨的怒意，哀歎自己從不曾美麗、從不曾感受到愛。身邊的人容忍她，只是因為她還有用處。我感覺到她的心正在過去的歲月中徘徊，那時她還知道什麼是愛，也能夠得到愛的回應。我看到一個個子很高的女人，正低頭向她微笑。是蒼白之女。然後，彷彿冰山從空中墜落，壓碎了一切，而這種感覺也驟然終止了。我們距離那座島愈近，我就愈能夠感覺到她那根植在憤怒之上的自我辯白。她會強迫他們承認，她沒有失敗。她不會允許他們嘲諷或譴責她。

她會進行她的復仇。

彷彿是感覺到我的思維正在拂過她的內心，她回頭瞪了我們一眼，厲聲喝道：「快一點，潮頭就要過去了，我想要早些趕回去，我可不想和香客們擠在一起。文德里亞，走路的時候抬起頭來，你看上去就像是一頭要被拉去宰殺的牛。還有妳，小母狗！管住妳的舌頭。四聖只想聽我說話。明白嗎？不要發出任何聲音，否則我發誓一定會殺了妳。」

這是她在這幾天裡第一次罵我。她的態度嚇了我一跳。文德里亞沒有抬頭，但我覺得德瓦利婭對我的責罵讓他很痛快。很明顯地，我失去了德瓦利婭的恩寵，至少我已經落回到和他一樣的境地了。文德里亞在走路的時候還有些步履蹣跚，但他的步子的確邁得更快。我很害怕和四聖見面，很想問問他們到底是什麼樣的人，但我只是咬住了自己的舌頭。有幾次，文德里亞轉過頭瞥我，幾乎像是希望我問他一樣。我沒有。我的祕密計畫不止一次企圖從思緒中滲透出來，我立刻把它狠狠推了回去。我要快樂地生活在克拉利斯。我在這裡會有一個美好的人生。我會變得很有用。當我感覺到文德里亞在看我，我便轉過頭，向他露出一個空洞的微笑。看到他驚訝的表情，我很想大聲笑出來，但還是努力控制住了自己。

我們離開那些小房子，走過一座非常高大的白色石砌建築。這座建築毫無優雅可言，只是清楚地顯示出它的功能。它的旁邊有一座大馬廄、一座鐵匠作坊，還有幾片開闊的場地。渾身汗水的士兵們正在那裡進行操練。他們的教練官喊出的號令迴蕩在這幢建築的周圍。灰塵隨著這些士兵們秩序嚴明的衝鋒、對陣和撤退揚起到半空中。

然後，我們進入了這座城鎮的一片街區。這裡應該是一座村莊，卻讓我更聯想起冬季慶的一排排攤販。牢固的石砌小房子前面掛著遮陽棚，人們成排地站在那些小房子前面。在遮陽棚下的影子裡，有一些人的皮膚比我還要白，蓬鬆的頭髮也都是白色的。他們坐在雕飾華麗、幾乎像王

座一樣的椅子裡。有一些人在出售小卷軸，另一些人的背後放著有許多抽屜的大櫃子，就像那個將海玫瑰號的名字告訴我們的預言商人用的大櫃子一樣。這些商人之中有一些繫著異域格調的圍巾，戴著閃光的耳環，穿著蕾絲馬甲背心。還有一些人只是穿著樸素的淺黃色、玫紅色或天藍色衣服。有一個男女莫辨的人，他或她面前擺放著一個鑲嵌金銀的托架，上面有一顆大水晶球。那個人正在用一雙鮭魚色的眼睛盯著這顆水晶球。一名女子靜靜地站在那個人身前，握著一個年輕男人的手。

這裡還有其他商販。他們出售各種幸運護身符，能夠保佑人們懷孕、羊群多產、莊稼豐收或幫助嬰兒晚上熟睡。一些更加年輕的商人舉著托盤，在人群中大聲叫賣這樣的護身符。他們的聲音高亢嘹亮，又持續不斷，就像是港口天空中的海鷗。

這裡還有各種攤販，出售甜食和小吃。那些充滿誘惑的香氣讓我想起我們在早晨吃過飯以後，就一直在不停地走路。但德瓦利婭沒有停下的意思。我能夠用一整個下午探索這個市場，她卻只是大步走了過去，根本不曾向身邊瞥過一眼。

我聽到一個人在悄聲說話：「我確定那就是她，是德瓦利婭！」

另一個人說道：「但其他人在哪裡？那些騎在漂亮白馬上的蟄伏者呢？」

就連這些人的議論也沒有讓德瓦利婭轉過頭。我們快步走了過去，越過一支長長的隊伍。一些人向我們發出咒罵，另一些人抗議我們過於無禮。但德瓦利婭只是不停腳地走過去。我們來到了這支隊伍的最前端。我看見一條由岩石和沙子堆砌而成的短堤道，一直延伸到一座高大的鐵柵門前。就在這道門後，堤道突然消失，只剩下了海水。那片海水的後面就是白色城堡所在的岩石島嶼了。鐵柵大門前站著四名身材魁梧的衛兵，其中兩個手持長矛、冷冷地看著這些排隊的人們；另外兩個腰間佩劍。他們顯然都是強大的戰士，藍眼睛、黑頭髮、肌肉發達，就連其中的女人都比我的父親更高。但德瓦利婭毫不猶豫地來到他們面前。

「我要過去。」

「不，妳不能。」說話的人甚至沒有看她，「妳要回到隊伍的最末端，耐心等待。當潮水完全退去的時候，我們會讓香客依照次序通過。這是規矩。」

德瓦利婭向他們逼近一步，咬著牙說：「我知道我們是怎麼做的。我也是教團的人。我是靈思拓・德瓦利婭，我回來了。四聖都想要盡快聽到我的報告。你們怎敢阻擋我。」她側目瞪了文德里亞一眼。我感覺到文德里亞在努力。他絲絲縷縷的魔法正在拍打這些衛兵。

一名衛兵側過頭，仔細審視德瓦利婭。「德瓦利婭。」他說出這個名字，彷彿很是熟悉。然後他抬起一隻手肘，頂了頂身邊的女衛兵，「是她嗎？德瓦利婭？」

另一名衛兵不太情願地將目光從焦急的香客隊伍中移開，細看德瓦利婭。她的眉頭皺得更緊了，她又轉頭去看文德里亞。「德瓦利婭離開這裡很長時間了。她率領著一支白馬和白色騎手組成的隊伍。這有可能是她，只是她穿上這樣一身衣服，顯得完全不同了。不過這一個？我認得他，他是德瓦利婭的怪物：文德里亞。他只聽德瓦利婭的話。所以，如果文德里亞在這裡，那麼我猜這的確應該是德瓦利婭。我們應該讓她過去。」

「現在讓他們過去？但堤道還在海水下面啊。」

德瓦利婭用不容置疑的語氣說道：「水應該不是那麼深了，這一點我能確定。我現在就要過去，給我打開門。」

衛兵從德瓦利婭面前退開，短暫商量了一下。一名衛兵一直緊皺眉頭，盯著德瓦利婭身上的華美衣裙，但另一名衛兵只是聳聳肩，拉開門閂，打開了大門。我們不得不後退一步，讓大門開啟。這讓我們擠進了正在等待的香客們中間。大門被打開以後，德瓦利婭在文德里亞和我的跟隨下向前走去。擁擠的香客們也紛紛邁開步子，想要搶在我們之前進入大門。持矛的衛兵們邁步向前，將長矛交叉在一起，把香客推回去。只有我們走了過去。

這條堤道表面是切割平整的石板，就像桌面一樣光滑。德瓦利婭腳步不停地走到堤道邊緣，沒有提起裙子，也沒有脫鞋，只是一直向前走去，彷彿堤道表面根本沒有海水。我們跟隨在她身後。海水一開始很淺，不算溫暖，但也不很冷。隨著我們一直向前走，水很快就變深了，浸沒了我的鞋子，又淹過我的腳踝，直到小腿。我開始感覺到海潮的牽扯。在我身邊，文德里亞皺著眉頭，語帶苦澀地說：「我不喜歡這樣。」德瓦利婭和我都沒有理他。但我很快也感到了和他一樣的不安。包圍我們的水愈來愈深，海浪的力量愈來愈大。我曾經涉水走過小河溪流，但這是大海。它有著令我感到驚訝的氣息和一種黏性。堤道另一端的大門一開始看上去並不遠。現在，隨著水漲過我的膝蓋，淹沒了我的大腿，安全的對岸彷彿一直在我面前向後退去。就連德瓦利婭的腳步也變慢了。我緊盯著她的後背，和沉重的海水戰鬥。也許正像他們說的那樣，海潮在退去，但波浪仍然在一陣一陣地拍擊。有時，浪濤一直會撲到我的腰上。文德里亞已經在喘息和哀歎之間發出了充滿焦慮的聲音。他落在後面——我回頭去瞥他的時候才意識到這一點。我努力走得更快。水正變得愈來愈冷。我喘息著，不斷從水中擠過去。就把他丟下吧。我心中狠狠地想著。我相信他感覺到了我的願望，哀號聲變得更加響亮了。我聽見他踉蹌摔倒、撞進水裡的聲音。他重新站起來的時候發出了嘶啞的哭聲。淹死吧！我向他射去這個意念。然後將自己牢牢關在牆壁後面。

陽光灑在我的頭頂，透過短髮炙烤著我的頭皮。海水壓迫著我，從腳和腿上吸走熱量。我舉起雙臂，把衣服包裹抱緊在胸前，將喉頭的乾渴和肌肉的痠痛都推到一旁。船上生活讓我對今天的這個難關更加缺乏準備。從水面上反射起來的陽光刺進我的眼睛裡。我抬起頭，努力去看德瓦利婭，但閃耀的光芒讓我雙眼模糊。我開始感覺到雙腿無力、頭重腳輕。

水變淺了嗎？也許。我有了一點信心，開始向前猛衝，低下頭，拱起肩膀，和海浪作戰。當我再次抬頭尋找德瓦利婭時，她已經站到堤道另一端的大門前，正在責備和咒罵不為她開門的衛兵。那道大門後面，一群人正等待著大門開啟，好離開這座城堡。他們神情疲憊，穿著皮革或布製的圍裙，宣稱他們是僕人的僕人。也許他們是想要回家。

我走出海水，來到德瓦利婭身後。讓我驚愕的是，她轉過身，抓住我的衣領，幾乎要將我從地上提起來。她對著衛兵，用力搖晃我，高聲喊道：「意外之子！你們想要耽誤他面見四聖嗎？」

衛兵們交換了一個眼神。個子高一些的衛兵又轉頭看著她。「那個古早的神話？」

文德里亞渾身顫抖著來到我們身邊。一名衛兵用手肘推了推同伴，「那是文德里亞。肯定就是那個奸詐的小閹人。所以她就是德瓦利婭。讓他們進去吧。」

德瓦利婭一直沒有鬆開我的衣領。大門打開，我們走了進去。我努力不去抵抗她的拖曳，但這意味著我必須用自己的腳尖走路。我沒辦法回頭去看文德里亞是不是跟上來了，只聽到鐵柵大門再次關閉的沉悶震響。

一條褐色的沙子路面在我們面前延伸出去，太陽在上面照射出點點反光。這條路很直，毫無特色可言，道路兩旁只有寸草不生的岩石。這裡是如此平坦空曠，我知道這一定是人工打造的地形。任何人都不可能通過這片開闊地卻不被發現。我從未見過一個如此看不到一點生命痕跡的地方。在這裡能見到的物體只有偶然出現的石塊。它們至多只有一只籃子那樣大。德瓦利婭突然放開了我。「不要亂走，也不要說話。」她向我下達了命令，然後就再一次邁開大步。她曾經華麗輕薄的裙子被水浸濕，黏在腿上。我跟上去，竭力追逐著她的腳步。當我抬起眼睛向前方望去時，只覺得比看著水面上的陽光更感到暈眩。那座城堡純白色的石牆閃閃發光。我們走了又走，卻彷彿絲毫沒有縮短和它的距離。漸漸地，我開始意識到自己嚴重低估了這是多麼巨大的一座城堡，也可能是要塞或宮殿。在船上的時候，我看見了八座塔樓。現在我抬起頭，只能看見兩座。兩座塔樓頂端的醜惡建築完全像是兩具骷髏。我搖搖晃晃地向前走著，在熾烈的太陽下低垂著頭，被強烈的光線刺激得只能半閉起眼睛。每次我抬起頭，漫長道路盡頭的那座巨大建築彷彿都在改變著外觀。

隨著逐漸靠近城堡，我只有仰起頭才能看見那道城牆的頂端。而城牆表面華麗的淺浮雕也變得清晰起來。在這一片平滑的白色牆壁上，它們是我能夠僅見的標記。我看不到任何窗口和門戶，連箭孔也看不見。城堡的這一邊完全沒有可以進入的孔道。但我們腳下的大路還是一直向那裡延伸過去。白色覆蓋著白色，那些浮雕花紋要比人高了許多倍，比它們下面的牆壁更加白得耀眼。我看了一會兒，不得不轉過頭，閉上眼睛。但是當我的眼皮落下，那些花紋又出現在我的眼前。它們進入到我的眼皮裡，就像是攀援的白色藤蔓。

我認識這花紋。

這不可能，但我的確知道它、記得它。這記憶來自於一個我不曾活過的人生，或者也許來自於一個我尚未見到的未來。這些藤蔓曾爬過我的夢。我曾經將它們畫在我的日記第一頁上，讓它們環繞我的名字。我還畫出葉片、綻放出花朵。我一直都錯了。它們其實是一種抽象的表達。這是一種我前所未有的想法。一位畫家能夠對應一個意念創造出一幅畫，而我會知道那個意念是什麼。我認出這藤蔓其實是一條經過了所有可能時間的河流，層層疊疊，從現在分散出千萬、億萬，乃至無窮個可能的未來，其中每一個未來的分支又會分生出無窮個可能的未來。在所有這些未來之中有一根閃亮的絲線，它細得不可思議，而可能、應當和注定的未來正是由它而體現。如果一系列的事件得到正確引導，如果白色先知在夢中知曉，在現實堅信，從而採取行動將這個世界導入某一條軌跡，時間都將依從它而前行。

我再一次張開眼睛，這不過是短短的一瞬。我再一次瞭解到，儘管我經歷過這麼多艱險，承受了這麼多苦難，一直來到這裡。無論我多麼痛恨將我帶到這裡的人，我突然感覺到了一種生命的歸屬。我終於來了。

一種篤定之心從我體內生出。它比我對自己曾經有過的一切瞭解都更加清晰。我本就應該來到這裡。這個地方，這一時刻，就是我的目的地。我曾經做過的十數個夢突然出現在我的意識中，和我更近期時做的夢聯繫在一起。那個模糊的計畫已經不再模糊。我感覺到一種強烈的確定性，就像我解放了自己舌頭的那一天。在我之前的人生中，只有一次如此清晰地看到了這些道路。在那個命中注定的冬日，那名乞丐碰觸了我，我看到了一切未來是如何從腳下開始。哦，我能夠實現如此偉大的善良。現在我終於來到了這裡。我的命運就在這裡，只有我能夠塑造它。一時間，我完全無法呼吸。隨著我的矚目凝視，感覺到自己的心在沸騰，就像吟遊歌者所歌唱的那樣。我來到了這裡，我一生的偉大事業就在我的面前。

直到文德里亞拖著腳步從我身邊走過，我才意識到自己停了下來。他用充滿怨毒的目光看著我。我卻發現自己已經全不在意。一抹微笑牽動著我的嘴角，我豎起牆壁。

「蜜蜂，快一點！」德瓦利婭向我喝令。

「來了！」我回答道。我聲音中的某個東西讓她驀然停住腳步，回過頭來看我。我收斂目光，低垂下頭。這件事不能告訴任何人，我需要將它謹守在我的心中。這種智慧就像是從淤泥水坑中挖掘出的閃耀寶石，我看到了它的光彩，但我知道，只有我更能掌握它，它才會變得愈來愈清晰。

而也像寶石一樣，如果我把它顯露出來，盜賊就會以他們能夠採取的任何手段偷走它。

我聽到我們身後有聲音響起，便回頭去看。潮水已經退了。堤道完全出現在水面上。人群如同一條海蛇湧到這條海水之間的狹長道路上，每一排大約有六到八個人。最前面的人差不多已經要走過堤道了。但就算他們登上島嶼，沒有了海水的限制，這一支長隊也沒有散開，依然保持隊形向前移動。

「快！」德瓦利婭再一次催促我。怪不得她一直要走得這麼快。如果我們不保持速度，朝聖的人就會超過我們，甚至把我們踩在腳下。

前方依然只有平滑的牆壁，但突然間，牆上出現了裂縫。黑色的縫隙在白牆上格外耀眼。這些裂縫變成了兩道大門的邊緣。很快，大門就敞開了。排列成密集隊形的衛兵穿戴著閃亮的銀色甲胄，披著淺黃色的斗篷，大步走出城門，沿大路兩邊站成兩隊。我以為他們會喝止我們，但德瓦利婭瞪了他們一眼，伸手比劃出一個符號，我們就大步走了過去，一句話也沒有說。

我們經過拱形大門，來到一片廣場上。一個人站到了我們面前。他的身材既高且瘦，佩著一把劍。雖然身披鎧甲，但他看上去還是形銷骨立、羸弱不堪。他的面色蒼白，夾雜著許多粉色的斑點，彷彿那裡的皮膚全都剝落了。從頭盔的邊緣冒出了一簇簇灰色的頭髮。他眯起眼睛。「靈思拓·德瓦利婭。」他的聲音中帶著譴責的意味。「妳率領一隊蟄伏者離開這裡，他們和那些俊美的坐騎都在何處？為什麼妳會孤身回來？」

「讓開，柏夫笛。現在沒有時間可以浪費。我必須立刻覲見西姆菲和費洛迪。」

那個人又在原地站立了片刻。他的目光掃過德瓦利婭破相的臉，仔細查看了文德里亞襤褸的衣衫，然後落在我身上。他眉頭緊皺，面色冷峻，顯然是對我們深深不以為然。然後，他終於讓到一旁，揮手擺出一個莊重的姿勢讓我們通過，「去吧，德瓦利婭。如果我從一個本就非常可疑的任務中回來，滿身傷痕，丟掉了全部人員和物資，我可不會如此匆忙就去向四聖報告自己的失敗。」

「我沒有失敗。」德瓦利婭只回了這麼一句。

當我們從他身邊匆匆走過的時候，他喃喃地說道：「如果說有誰能夠活著回來，那一定會是文德里亞。」然後我又聽到他啐了一口。

這片寬闊的廣場用黑白兩色的石板鋪成花紋，非常乾淨，似乎是剛剛才擦洗過。城牆以內排列著擺滿食物和飲料的攤商，還有色彩鮮豔的大車，上面放著有許多個抽屜的大櫃子。現在我知道，這些櫃子裡存放著藏有預言紙條的堅果。許多地方都懸掛著細長的旗幟和花環，在炎熱的天氣裡幾乎不動一下。大型帳亭的影子裡擺放了許多桌子和長凳。它們都在等待著飢渴的客人們。看上去，這裡像是一場嘉年華會，而且規模要比水邊橡林的冬季慶大得多。有那麼一瞬間，孩子氣的好奇心讓我忘記了自己現在是誰，我渴望著能夠在那些攤商之間遊蕩一番，購買各種甜食和色彩鮮亮的小東西。

「快一點，蠢貨！」德瓦利婭吼道。

這些喜悅不是為文德里亞和我準備的。我拋棄了那個曾經的孩子，繼續向前走去。

德瓦利婭催趕著我們向城牆內最漂亮的一幢建築走去。那就是城堡中心的堡壘。看上去，它是用白色的象牙建成的。它的門窗全都是鑲嵌金銀絲的骨頭或者石頭，這座堡壘就是那四根細長高塔的基座。我在船上就看到了那四座塔頂端碩大的房屋。無論如何，這四座又高又細的塔都不可能支撐住它們頂端的建築，但現在它們就穩穩地立在我的眼前。

「過來！」德瓦利婭向我厲喝一聲。這些天以來，她第一次狠狠抽了我一耳光。我感覺到嘴裡那道舊傷口又流血了。我抬起一隻手壓住傷口，繼續跟著她。

堡壘的兩扇大門敞開著，門兩側是高大的柱廊。我們登上寬闊的臺階，走進大門。陽光被陰影遮住，從我的頭頂和肩膀上消失了。我不禁打了個哆嗦。我的鞋還是濕的。堤道上的沙子被我一直帶到了這裡光潔無暇的地板上。隨著眼睛適應了這裡的光線，我才發覺自己正身處於怎樣的壯麗華美之中。

這道大門的門框可能是鍍金的，也可能是純金製成。我們正站在一座圓形的巨大門廳中，這裡的牆壁上掛著精采絕倫的畫作，畫中的物體比現實中更大上了許多倍。就連那些畫框也布滿了精緻美麗的裝飾花紋。更高處的牆壁上懸掛著流蘇織錦。我從未見過白色的木頭，但這裡的所有木雕壁板全是純白色的。我抬起眼睛，看到就連最高處的天花板上，也繪製著精細到不可思議的自然景觀。在如此氣勢恢宏的地方，我感覺到自己是如此渺小和格格不入。但德瓦利婭絲毫沒有不適應的感覺。

一名女子擋住了我們的去路。她穿著一身華麗的黃色長袍，色澤要比蒲公英更黃。她的袖子略微垂過手腕，長長的下擺落在地板上，立起的圓領頂住了她的下巴。她的頭髮被梳理成花朵的樣子，從兩側垂下，只露出蒼白的面孔，而那一雙被塗成紅色的嘴唇顯得格外刺眼。「德瓦利婭。」她只說出這個名字便皺起眉頭，等待著。我聽到遠處有門戶開啟和關閉的聲音。兩個人從我們身邊走過，出了大門。當他們出現在外面的帳亭中時，響亮的歡呼聲立刻傳入我的耳中。人群已經到達了外面的廣場。不過堡壘的大門很快就關閉起來，擋住了外面的聲音。

德瓦利婭說道：「我必須覲見西姆菲，還有費洛迪。立刻。」

那個女人露出可怕的微笑。「今天不是私人覲見的日子。四聖在政事大廳，準備傾聽冤情、判明罪責和進行處罰。妳一定知道，要覲見他們必須在數個月前就進行預約。不過，」她的笑容就像是一隻露出獠牙的貓，「也許我能夠為妳安排一個？」

聽到這句話，文德里亞一下子用雙手捂住臉頰，又遮住了嘴。

「不。我要見西姆菲。單獨和她見面，或者只能再加上費洛迪。只有這兩個人。而且我馬上就要見到他們，黛妮絲。」德瓦利婭又瞪了文德里亞一眼。他垂下雙手，縮起肩膀，彷彿在等著挨打一樣。

黃衣女子將嘴唇吮進口中，這讓她的臉上除了灰色的眼睛以外，只剩下一片白色。我驚訝地盯著她，忽然意識到她完全沒有眉毛。

「今天做不到。也許後天吧。我可以……」

「如果妳讓我的訊息白白等待兩天，我認為四聖會慢慢剝掉妳的皮。他們也許還會允許我親自動手。」

我本以為黛妮絲不可能更加蒼白了，但現在她的臉卻白得像是我父親上好的紙張。「我會將妳的要求傳達給侍從……」

「妳親自去說。」德瓦利婭打斷了她，「我們會在愉悅廳等待他們的召見。立刻給我們準備好食物和飲料，我們剛剛走了很遠的路。」

「妳不能指揮我。」白面女子說道，但德瓦利婭只是哼了一聲。

「跟我來。」她丟給文德里亞和我這個命令，然後就帶領我們離開了圓形門廳。有幾條走廊從這座門廳一直向堡壘中延伸出去，就如同輪軸上伸出的輻條。我們走進其中一條走廊，踩了光亮如鏡的地板，彷彿走廊兩旁的雕像都對我們的行為感到不以為然。我聽到身後又傳來大門打開的聲音，回頭去看，發現黛妮絲正在迎接一隊身穿華服的人。

德瓦利婭顯然對這裡非常熟悉。我們來到一道門前。這道門上鑲嵌著幾枚黃銅鑄成的太陽，她推開門，我們跟隨她走了進去。我在進門時好奇地用手指摸了摸門板。感覺上，它似乎是用大塊的骨頭或象牙做成的，但什麼樣的生物能夠擁有這樣巨大的骨骼或獠牙？

「把門關上！」德瓦利婭高聲喊道。我立刻從門板上縮回了手。文德里亞跟在我身後。他關上了門。我已經多久沒有靜靜地站在一個不會隨海浪顛簸的房間裡了？我深吸了一口氣，望向周圍。這也許是一個為等候者準備的房間，但它被設計得很不舒服。兩個乳白色的窗口中有光線射進來，卻看不到外面的風景。沿牆壁排列著一些硬木直背椅。一個白色木桌位於房間正中，上面空空蕩蕩，沒有桌布，也沒有我的母親喜歡布置的插滿鮮花的瓶子。這裡的地面也是堅硬的白色石板。白色木板牆壁上沒有一點花紋。巨大的白色橫樑懸在頭頂的天花板下。隨著房門關閉，外面沒有半點聲音能夠透進來。德瓦利婭看我正在環顧周圍，便命令我：「去坐下！」

我非常渴，還需要小便，但我知道現在沒有機會滿足這兩個需求。我走到一把椅子前，坐了上去。這把椅子太高了，我的腳只能懸在半空中，這讓我很不舒服。我將小衣服包裹墊在身後，一樣也很不舒服。

德瓦利婭沒有坐。她慢慢繞過整個房間，就像一隻老鼠貼著牆壁前進。文德里亞跟在她身後。結果德瓦利婭突然轉過身，抽了他一巴掌。「不要這樣！」幾乎要哭出來的文德里亞屏住呼吸瞪著我，接著坐到了距離我最遠的椅子上。他坐在椅子的邊緣，腳趾點在地上，腳跟無聲地抖動著。德瓦利婭伸手指住他，「完全沒有了？你一點力量都沒有了？」

文德里亞的下唇打著哆嗦。「妳知道，這種力量很少能對那些擁有強大白者血統的人產生作用。我沒辦法動搖黛妮絲的意志。而且，我一直在為妳影響船長和那些水手。那需要很大的力量……」

「安靜。」德瓦利婭解開上衣領口的釦子，伸手到胸部拿出那只皮口袋。文德里亞兩眼發光地看著她從皮口袋裡掏出那只小玻璃瓶。「幸好我還留了一些。你必須讓四聖認真傾聽我的話，相信我說的一切。」

文德里亞的五官皺在一起。「四個人？那會非常難。就算我喝下一整瓶藥劑也會非常難！寇爾崔，我也許能夠影響寇爾崔，但……」

「安靜！」德瓦利婭打開了瓶塞，但是當她傾斜玻璃瓶的時候，凝結在瓶底的藥劑卻紋絲未動。她將瓶塞重新塞好，搖晃瓶子。瓶底的藥劑還是沒有動一下。「真該死！」她說著又打開瓶子，將手指伸進去。她的手指太短了，搆不到瓶底的凝結物。她將瓶子遞給文德里亞。「吐口水進去！把藥劑化開再喝掉。」

我看著文德里亞將唾液吐進瓶子裡，然後搖晃玻璃瓶，讓裡面的東西混和在一起。我感到一陣反胃，便移開了視線。「沒有用！」文德里亞哀號一聲。

「把瓶子打破！」德瓦利婭命令他。

文德里亞立刻照做。他將玻璃瓶在地上敲擊。什麼都沒有發生。他不斷嘗試，一次比一次用力。突然間，瓶子一下子碎了。海蛇的涎液乾結成一團掉落出來。文德里亞撿起它，絲毫不在乎黏在上面的碎玻璃，直接把它放入了口中。德瓦利婭等待著，雙眼緊緊盯住文德里亞。

文德里亞透過鼻孔喘著粗氣。他說話的時候，血點噴濺到嘴唇上。「沒有，」他繼續哀號著，「什麼都沒有。」

德瓦利婭一拳打得他縮起脖子，倒在地上。他躺在地上，吃力地喘息著。德瓦利婭從他身邊走過，一屁股坐到一把椅子裡，很長時間裡一句話都沒有說。

終於，文德里亞跪起來，爬到距離我不遠的一把椅子前，爬上去坐好，就像是一堆髒衣服。

仍然沒有人說話。

我們等待著。沒有人送來德瓦利婭要求的飲食。

我們等待著，繼續等待著。

下午的陽光落在半透明的窗戶上。在毫無特徵的地板上映出方形的渾濁光斑。門開了，那個名叫黛妮絲的女人走了進來。「你們將在政事大廳接受接見。就是現在。」

「政事大廳？我可沒說過想要去那裡！」

黛妮絲轉身就走，根本沒有等待我們跟上。德瓦利婭嚴厲地揮手示意我到她的面前去。然後她一把抓住我的肩膀，提醒我：「什麼都不要說。」緊接著，她就將我向前推去。她的步伐讓我完全無法回頭看上一眼。我們跟著黛妮絲回到那座巨型門廳，又進入了另一條走廊。這條走廊比剛才那一條更加寬闊，也更華麗。我們走了更遠一段距離。我的膀胱每走一步都會痛一下。

在這道走廊的盡頭矗立著兩扇大門，上面鑲嵌了四枚光彩奪目的徽章。儘管走廊中光線昏暗，但那些徽章還是閃爍著耀眼的光芒。也許它們有某種特別的意義，但對我而言，它們只是藍色、綠色、黃色和紅色的四件東西。黛妮絲推動黃銅門把，大門打開了。

這個房間內非常明亮，白色的陽光從屋頂的四個天窗中傾瀉下來。我在驟然變亮的環境中眨了眨眼。德瓦利婭推著我走過一些默然站立、一動不動的旁觀者。我在拋光的白色地板上踉蹌了幾步。當德瓦利婭拉住我，我才抬起眼睛，看到前方是一座高臺。高臺上呈弧形擺放著四把象牙雕成的寶座。一個寶座上鑲滿了閃耀的紅寶石，另一個遍布翡翠。我不認識另外兩個寶座上那些璀璨的黃色和藍色寶石。這個世界上竟然有這麼多寶石？我想著這個問題，一時沒有去注意坐在寶座中的人。

那是兩個男人和兩個女人。其中一個女人年輕美麗，有著淺色皮膚和白金色的頭髮。她的嘴唇塗成紅色，眼眉和睫毛描畫成純黑色。那美麗的面孔雖然驚人，卻並不讓人感到舒適。她裸露出自己的兩隻白皙手臂，紅色絲衣緊貼在身上，讓上半身看上去就像是全身赤裸，只不過被塗上了一層紅色。寬大的黑色裙襬一直垂到膝蓋上。腳上是一雙紅色的涼鞋。鞋帶在她的小腿上纏繞交叉。我覺得這一套衣服穿在身上一定很痛苦。

坐在她旁邊的女人相貌異常莊嚴。一頭白髮筆直地披散下來。她的眼睛呈現出一種非常淺的藍色，粉色的嘴唇如同一朵衰老的玫瑰。她穿著淺藍色的長袍，這件衣服繁冗複雜的工藝和身邊女子簡單的紅衣黑裙形成了鮮明的對比。她的項鍊、耳墜和手鏈全都用大小一樣、閃爍著溫暖光暈的珍珠做成。

兩個男人坐在女人的兩旁、弧形的兩端。其中一個男人被塗繪得如同木偶。他的皮膚完全是白色的，甚至從頭皮到頭髮都敷著白粉。眼睛是深褐色的，這一點無法偽裝。他穿著墨綠色的緊身衣和長褲，披著春季蕨草一樣的綠色斗篷，看上去相當華美。現在他的眼睛正望向遠方，顯得若有所思。在弧形的另一端是一個肥胖的男人。他膚色很淺，頭髮介於黃白之間，更接近於白色。他的衣服完全是耀眼的黃色。就算把金鳳花、蒲公英和水仙花放在一起，也無法和他衣服上那樣豐富豔麗的金黃色調相比。他的雙手按在肚子上，每一根手指都戴著一枚金或銀的戒指，就

連拇指也不例外。厚重的黃色金環掛在他的耳朵上。他的下巴下面是一只扁平的黃金項圈，綴在上面的金片鋪展在他的鎖骨上。

我困惑地盯著他們。這些華而不實的寶座和他們精心安排的不同色調的衣服，讓他們看上去幾乎有些滑稽。高臺的兩邊站立著兩名非常高大的持矛戰士。他們無動於衷地看著聚集在高臺前的人群。我發覺那個穿綠衣的人盯住了我。就在這時，德瓦利婭用力按住我的肩膀，逼迫我彎下身去。我單膝跪倒，隨後另一條腿也彎曲起來。我向旁邊瞥了一眼，文德里亞已經跪下去了。我的視線越過他，看見沿牆壁站立著一排膚色白皙的人。他們都穿著淺色的寬鬆長外衣和長褲，頭髮都是很淺的淡金色，眼睛接近於無色，就像父親和我焚化的那位蝴蝶信使一樣。

德瓦利婭一直保持著深深鞠躬的姿勢，直到高臺上的一個女人開了口，我能從聲音中聽出歲月的滄桑。她的語氣顯得很厭煩。「起身，靈思拓．德瓦利婭。妳的鞠躬更像是冒犯，而不是恭敬。許多個月裡，妳沒有給我們傳來隻言片語，卻突然返回。在政事大廳見面才符合妳的所作所為！我們派遣跟隨妳的人呢？蟄伏者和那些駿馬呢？全都沒了？站直身子，解釋妳的行為。」

我的頭髮垂下來，遮住眼睛，透過髮絲，我看到德瓦利婭在說話：「榮耀之人，能否容許我從頭講述？我走過了一段漫長而又複雜的道路。這條路上的確有損失，雖值得哀痛，但那些生命並沒有被浪費，而是被用來交換你們派遣我去尋求的目標。我為你們帶回了意外之子。」

德瓦利婭抓住我的衣領，我被提了起來。就好像小狗被抓住頸後的皮一樣。我驚訝地盯著高臺上的四個人。他們的表情完全不同。那名紅衣女子彷彿對我很感興趣，那名老女人則顯得很憤怒；將面孔塗白的綠衣人非常吃驚，黃衣男人則向前傾過身子端詳著我，眼睛裡光芒閃爍，彷彿我是被捧到他面前的珍饈美味。他讓我感到害怕。

「哦……真的嗎？」聽老女人的語氣，好像德瓦利婭捏住了她的鼻子，將這個結果塞到了她面前。她的臉上全都是懷疑和鄙夷。她緩緩地搖搖頭，又轉眼去看那個塗成白臉的男人，對他說：「我告訴過你，讓她帶那些蟄伏者進入外面的世界很危險。她損失了一切，只把這樣一個破爛不堪的小孩子像寶貝一樣帶回來給我們看。她是在為失敗找藉口，而且是一個非常糟糕的藉口！」

「讓她把話說完，卡普拉。」那名相貌美麗的女子說道。她的聲音中也帶有怒意，但我不知道那股憤怒是針對德瓦利婭，還是坐在她旁邊的這個老女人。

卡普拉的目光掃過站立在房間中的其他人。這些人似乎全都在熱切地期待著德瓦利婭倒楣。卡普拉抬起自己瘦骨嶙峋的手臂。伴隨著晃動的珍珠手鏈，手指掃過整個房間。「你們所有人，全部離開。」

我繼續被德瓦利婭抓住衣領，脖子處感覺到一陣陣絞勒。此時旁觀者們已經慢慢地從這個房間裡魚貫而出。我聽到房門砰地一聲關閉了。卡普拉皺起眉看著某個人：「守門人，你也要出去。我們不需要你在這裡。」隨後響起了第二次更輕一些的關門聲。我扭頭看了一眼。所有人都走了。房間裡只剩下了我們和四聖，還有他們高大的衛兵。

老女人的目光回到了德瓦利婭的身上。「繼續。」

德瓦利婭放開我的衣領，我很高興能夠趴回到地上。我聽見她深吸了一口氣。「很好，諸位聖者，三年以前，你們為我提供了人員、馬匹和資金，允許我出發去尋找意外之子。有人說這個預言的時間已經結束了，我們已經承受了意外之子對於時間流的干預，現在我們能做的只有因循手中存留的時間線索，繼續向前探尋。但我們又發現了一連串關於一名新的野生白者的夢，其中一些特別的夢更是和意外之子相關。所以你們之中也有人相信我也許能夠發現他，並……」

臉上敷粉的男人打斷了她。「為什麼妳要說這些我們已經知道的事情？難道我們不是正在這裡嗎？你以為我們是笨蛋還是老糊塗？」

被稱作卡普拉的老女人皺起了眉頭。「她一定認為我們都是傻瓜。也許她以為我已經想不起當時正是我最熱切希望她能夠找到叛徒小親親，並把他帶回來。所以我才會同意妳的要求。我是要妳抓回在妳幫助下逃走的那個囚犯！」

「不，我不認為你們是愚蠢的！不。我只是想……請讓我將我的整個旅程告訴你們。我認為如果你們聽到這件事的原委，就會同意我的觀點。」我能夠感覺到德瓦利婭正在拚命整理思路，好更加妥當地說出自己的想法。「你們一定都記得，我的研究讓我相信，一個曾經效忠於恰斯國大公的人，是我希望觸發的這一系列事件的關鍵。所以，我首先派遣一些蟄伏者幫助小親親，去尋找我們的獵物，同時又盡量拖延他在路上的時間，另一方面，我的第一個任務則是前往恰斯國。我對夢境預言有著長期研究，並且對自己的研究結果很有信心。我需要那個人的幫助，就是那個埃里克。只有得到了他和那些忠於他的人，我才有希望跟蹤小親親，獲取我們的目標。我找到了埃里克，讓他看到我的侍者文德里亞的力量，並……」

「不要浪費時間了！」卡普拉厲聲喝道，「告訴我們，那些由妳率領的蟄伏者怎麼了？那都是我們最好的創造，是最有實力和前途的人！他們在哪裡？寇爾崔馬廄中那些精良的駿馬呢？」

房間中的沉寂是持續得太久了，還是只因為我心懷恐懼才有了這種感覺？

「死了。全部死了。」德瓦利婭直白地說道。她的謊言讓我不由得張大了嘴。奧拉利婭被賣做奴隸，她沒有死。而且德瓦利婭怎麼能確認其他人都死了？被留下來和深隱在一起的那個呢？

「死了？」穿紅色絲衣的女子顯得很驚恐，塗畫完美的嘴唇也駭然地張大了。

「妳確認他們都死了？」黃衣人向前俯過身，壓住他的大肚子，將一雙手掌放在渾圓的粉色膝蓋上。

「妳有沒有焚化他們的屍體？告訴我，妳沒有丟棄他們的屍體，不會讓好奇的手能夠染指他們！」綠衣人也一樣在感到恐慌。

卡普拉雙手一拍，響亮的擊掌聲在房間中震盪。「把他們的結局說清楚。每一個人都要說清楚。他們是如何死去的，每一具屍體又是如何處理的？先告訴我們這些。」

又是一陣沉默。德瓦利婭的聲音變得微弱，她的聲音中流顯示出一種奇怪的平靜。「我們滲透進六大公國，完全沒有被任何人注意到。有了文德里亞的幫助和預言，我們在完全無人知曉的情況下一路前行，最終找到了那個孩子。我當然也一直在追蹤小親親。正是小親親帶領我們找到了他——意外之子。我們能夠得到……他。我們……文德里亞蒙蔽了那些人的意識，讓他們對我們視而不見。我們離開那個地方，知道他們甚至不會記得曾經有這樣一個孩子生活在他們中間。一切都很順利。我們馬上就要登船回到這裡了。但那時……我們遭遇到一場攻擊，使我們分散了。我看到有一些人倒下，另一些人逃走。我聚集起了幾個人。我那時大膽使用了一種我不信任，也不理解的魔法。我們……」

「他們倒下了？他們逃走了？妳怎麼能確定他們死了？你怎麼能確定我們的祕密不會因為他們被捉住而洩漏出去？妳這簡直是一派胡言！」卡普拉將怒火轉向了身邊的另外三個人。「你們有沒有看到你們做了什麼？現在明白了嗎？你們派遣我們最優秀的蟄伏者，那些擁有最佳白者血統的人，那些本來有可能繁育出最好的後代、做出最寶貴的預言之夢的人！只派出普通士兵還不行，你們派出了我們最好的資產。而現在，他們都沒了。死了、逃散了。誰知道他們去了哪裡？變成奴隸？淪為乞丐？為了換取食物而出賣他們的夢？誰知道可能會有什麼樣的人利用他們來對付我們？」她又將怒火傾瀉在德瓦利婭的頭上，「妳在追蹤小親親？追蹤？他雙目失明，跛足難行，而妳只是在追蹤他？他現在怎麼樣了？他在哪裡？」

「請讓我細細講述經過。」德瓦利婭說道。她的聲音開始變得沙啞。是因為流淚？還是恐懼？或者憤怒？

穿綠衣的白面男人在卡普拉和德瓦利婭對話的時候一直在緩緩地搖著頭。現在他說道：「卡普拉最後提出的問題最重要。小親親在哪裡？妳承諾會把他帶回來。這是我們允許你釋放他和利用他的條件。妳說，這是妳的任務的一部分。我要說，這是任務的核心！妳承諾把他活著帶回來，或者能夠帶回充分的證據，證明他已經死了。至少妳帶回了這種證據吧？」

我聽到德瓦利婭舔濕嘴唇的微弱聲音，她再一次開始小心地挑選辭句：「不，我沒有證據。但我相信，他現在已經死了。」德瓦利婭突然將身子挺直了一點，與綠衣人對視，「我已經精準地促成了他的死亡，這是我一手造就的。」她提高了聲音，她所說的每一個字都彷彿是塞進我肚子的一塊寒冰：「你懷疑我、嘲笑我，說我的野心遠超過能力！但是我一個人研究了他的夢，一個人將所有資訊的碎片拼合在一起。我知道，我能夠利用小親親引領我找到意外之子。他做到了！是我一個人操縱一切，最終實現了目的！」

我竭力去理解德瓦利婭的話，從我在旅途中得到的各種零星情報中尋找線索。我回憶起自己從父親那裡偷來的紀錄，我曾經仔細鑽研過父親的許多祕密。而那些紀錄中的文字和德瓦利婭的話撞擊在一起——小親親。

我閉起眼睛。穿黃衣的人正舔著嘴唇，彷彿就要抑制不住自己的興致了。美麗的女人眼睛裡燃燒著殘忍的興奮之情。就連塗白臉的綠衣人也驚愕地張大了嘴。我閉起眼睛，這樣我就不必見到他們因為我父親的痛苦而產生的喜悅了。

在我緊閉的眼睛後面，我的痛苦正在劇烈地燃燒著。

我在市場上遇到的那位乞丐。那個碰觸了我、讓我看到全部未來的人、那個被我的父親刺傷的人、那個我的父親寧願拋棄我也要救治的人。他就是小親親。也是弄臣，是白色先知，是我父親最長久也最真實的朋友。我的一切懷疑都被證實了。這麼久以來，我都錯了。我感到噁心，因

為我終於知道了自己早就是這場可怕計畫中的一部分，正是我刺激父親刺傷了他最長久的朋友。

意識到這一切都是真實的，我感到一陣暈眩和虛弱。他們能夠做到這一點。德瓦利婭和那些白者們。他們能夠在夢中尋找線索，讓未來變成他們想要的樣子。他們能夠誘使我的父親殺死他的朋友、拋棄我。因為他們能夠給我父親想要的東西，那樣東西甚至比我更重要。他的弄臣，他的小親親死了嗎？或者他們在一起了？是不是因此他才會推開我？為了在他的生命中給他的老朋友騰出空間？苦澀的膽汁湧到我的喉嚨裡。如果肚子裡還有食物，我一定會把它們吐到這片潔白無瑕的地板上。

「證據。」卡普拉的聲音剛開始很平靜，但隨後就怒喝起來：「**證據**！妳承諾過會給我們帶回證據！妳會確保他死掉，或者把他帶回來。我警告過妳，警告過你們所有人，他是多麼危險的一個怪物。這一點我們都非常清楚！」卡普拉轉過頭看著她身邊的人，「你們卻合力反對我，是你們促成了這次愚蠢的嘗試。」

「鎮定。」那個美麗的女人壓低聲音說道。

「哦，還是妳鎮定一下吧，西姆菲！」老女人繼續高聲說道。片刻間，她們怒目而視，就像是兩個吵起來的廚房侍女。「這場災禍是妳造成的！妳和費洛迪一手泡製出這個虛幻的泡沫，又將它捧到寇爾崔面前。他愚蠢地相信，站到你們這一邊。當小親親最初被帶到這裡的時候，我已經對他有了深刻的認識。從一開始，我就知道他能幹什麼。我警告過你們，警告過你們所有人！我把他留在身邊，我一直在緊盯著他，努力改變他。當我知道他無法被改變，就警告過你們所有人。當他無法再保持沉默，不斷提出那些問題的時候，我們就應該讓他一了百了。」

「但你們沒有聽我的話。你們想要他的血脈。費洛迪還想要從他身上得到更多。你一直繞著他轉圈子，就像是害了相思病的鄉下男孩！所以你們否決了我！只有我真正和他相處過，知道他多麼堅信自己就是白色先知，是改變世界的人。難道他們從我們手中逃走過一次還不夠糟糕嗎？他破壞了我們半個世紀以來精心建構的一切計畫，難道這還不夠可怕嗎？一切都完了。我們的蒼白之女、我們美麗的埃麗絲多，還有科伯．羅貝，還有那些被釋放出來的該詛咒的龍。你們怎麼會把這一切都忘記？但你們真的忘了！你們對於小親親在第一次逃走之後造成的一切，和他摧毀的一切都視而不見！」

我稍稍轉過頭，能看見跪倒在地的文德里亞。他的頭低垂在胸前，彷彿這樣就能讓他變得更小、更加不被注意到。在我身邊，德瓦利婭看上去就像是一隻被很多塊石頭砸過的貓。她的眼睛瞇成一道細縫，垂著下巴，嘴唇彷彿被魚鉤掛住。高臺上那三個正在承受老女人怒火的人全都顯露出不同程度的惱恨表情。我能看出來，他們以前就聽過卡普拉這樣的斥責，但沒有人敢打斷她。

「我們本來已經抓住了他！」卡普拉的聲音幾乎變成尖叫，「小親親，這個有著可愛名字的叛徒。我們本可以把他關押在這裡。他是自願回來的。我們完全可以將他單獨軟禁，與其他人隔離，甚至讓他過著舒適的生活。我們可以讓小親親相信我們原諒了他，接受了他的任務。而你們發現了他在腐化我們的蟄伏者，讓他們離開克拉利斯之後，仍然拒絕承認他有多麼危險。我那時要求殺死他。但你們又再度拒絕。德瓦利婭比以往任何時候都更加嫉妒，她堅稱小親親還有一個祕密。當無論何種痛苦都無法從他口中挖出祕密時，當你們不過是從他那裡得到了他愛人的名字時，你們仍然拒絕傾聽我的意見！你們三個以為自己非常聰明。你們說，就讓他自以為逃出了克拉利斯。你們說他很虛弱，不會走多遠，隨時都能將他抓回來。我說不行，我禁止這樣做，但你們否決了我，說我又老又蠢。你們將他重新放進世界裡，還連續幾個月向我隱瞞你們幹出的勾當！當我發現的時候，又向我杜撰出更多的謊言？」

卡普拉似乎完全沉醉在自己的怒火之中。她的憤怒風暴沒有絲毫減弱的跡象，反而一直都在不斷地加強。「妳，德瓦利婭，妳承諾過會跟蹤小親親，他會引領妳去發現他的祕密。但到最後，他卻從妳的手心裡逃走了？還是妳決定放走他？」卡普拉用一根不住顫抖的細瘦手指點中德瓦利婭，「現在暫時不提因妳而遭到屠殺的那些蟄伏者，不去管那些無價的駿馬，甚至妳在這次嘗試中浪費的靈藥也可以不問！小親親在哪裡？」

德瓦利婭抬起頭，完全不掩飾自己的憤怒，泰然自若地說道：「死了。我確信他死了。就像妳所希望的那樣。他正是以我所希望的方式死掉的。死在他愛人的手裡！蜚滋駿騎・瞻遠一次又一次地將匕首刺進小親親的肚子。我已經徹底改變了小親親的相貌，所以他根本沒有認出那是誰！就算身體完全健康的人，在承受過那樣的重傷之後也不可能活下來，而小親親更是已經中了毒，雙目失明、身體破爛——這些都是我一手造成的。」德瓦利婭將身子挺得更直，「所以，我相信他死了。我只是讓他的催化劑帶走了瀕死的他。這樣我就能引開他們兩個，捉住獵物。只不過他們去的地方有重重守衛，而他們也自以為妥善地躲藏了起來。」德瓦利婭再一次抓住我的衣領，將我拉了起來，「告訴你們，這就是出現在那些預言中的人。還有！」卡普拉張開自己失去血色的雙唇想要說話，卻又被德瓦利婭當面吼道：「我相信這個孩子不僅是意外之子，他還有小親親的血統！正是西姆菲、費洛迪和寇爾崔夢寐以求的血統！這就是我帶回來的。我，德瓦利婭！」她的目光掃過高臺上的四個人，然後壓低聲音說道：「難道你們忘記了，是你們不允許我和埃麗絲多一起到那個世界去？你們單獨派出了她，讓她離開我，結果沒有人能為她守住後背。我明白地告訴你們，正如同我能夠成功完成這次任務，如果我當年和她一起行動，她就絕對不會失敗！」

德瓦利婭將我舉到他們面前，就像是在展示一隻被她捉住的兔子。那個穿著黃色華服的男人看著我，用一種令人畏懼的低沉聲音說：「她的下巴和耳朵的確很像小親親。她應該是他的孩子。」

「**她！**」卡普拉向黃衣人吼道，「費洛迪，你知道你在說什麼嗎？你聽到了自己的話嗎？你明白這意味著什麼嗎？我經常會好奇，你是否知道男性和女性的區別，或者你是否在乎這個！這根本不是意外之子。充其量她只不過是一個叛逆混帳的私生女。即使她是小親親的女兒，又有誰知道她的血管裡混雜了其他什麼人的血？她只是一個雜種。一個血脈被汙染的雜種，她不會帶給我們災難以外的任何東西。」卡普拉搖搖頭，銀色的長髮隨之微微擺動。「德瓦利婭，妳離開我們已經三年。在這些年中，蟄伏者的夢又增加了很多。妳說妳引導一系列事件發生，才找到這個

孩子，但我知道，妳已經讓這些事件脫離了掌握。我們現在完全被淹沒在關於意外之子怒火的噩夢中。兩重人生的先知會帶來復仇——那些恐怖的景象讓年輕的蟄伏者們在畏懼的痛哭中醒來。我們得到了許多關於毀滅者的夢！哦，是的，妳操縱了事件發生，但妳那渺小的復仇所造成的連鎖效應，將我們引入了非常危險的境地。『讓他看不見道路，狼便接踵而來！』這個關於意外之子的預言已經實現，對我們造成了損害。這已經結束了，我們正在從新的夢中尋找道路。但妳，妳『喚醒了熟睡的狼，攪動危機，讓牠憤怒。』妳放縱自己的虛榮和憤怒，將我們置於黑暗的道路上。妳想要復仇，這全都是因為妳的自私！」

德瓦利婭比她看上去更強壯。在我們打鬥的時候，我已經領教過這一點，而現在，她更是一直將我舉在半空中，向前送出去，完全不理會我的踢蹬和掙扎。

然後，她將我拋向卡普拉。

我撞上藍袍女人面前的高臺邊緣，重重地摔在堅硬的地板上，雙手捂住了被撞傷的肋骨。我肺裡的空氣全都被撞了出去，連尖叫一聲都做不到。雖然痛得要命，我卻喊不出一聲。

「妳這個愚蠢的老女人！」德瓦利婭沒有喊嚷，但聲音陰沉冰冷。兩名持矛的戰士抓住她的手臂，將她向遠處拖開。即使在這個時候，她依然像是沒有人敢碰她一樣冷冷地說道：「你們拒絕認真讀一讀我對那些夢的研究。是我從一開始就警告過你們，不要接納那個怪物。而你們卻拒絕聽從我的建議。我告訴過你們，他會解放龍族。你們說他做不到。我乞求你們讓我跟著埃麗絲多，讓我保護她。你們全都拒絕了我。你們說有科伯・羅貝就夠了。但他根本就不夠，所以埃麗絲多死了。她死得很悲慘，孤身一人，身軀殘破，沉陷在寒冷之中。而你們無比畏懼的龍則被釋放到這個世界上。」

德瓦利婭沒有掙扎。衛兵抓住她的手臂，但看起來他們反而覺得自己很愚蠢。文德里亞跪在地上，不停地前後搖晃，響亮地噴著鼻息。我趴在高臺下，看著德瓦利婭，努力地呼吸著。

「小親親死了，」德瓦利婭繼續說道。「我知道，我能感覺到。我以他能夠想像到的最可怕的方式殺死了他。我還偷走了他和他的催化劑正在細心打磨、準備用來對抗我們的武器。我將意外之子從預言中帶到了你們的面前。而你們所做的只是高高在上，拒絕我的啟示！我早就預料到卡普拉會無視我的發現，她一直都恨我，而費洛迪的心中只有淫樂的欲望；寇爾崔害怕如果他說了實話，你們就全都會與他為敵，指控他一直以來都只是個冒名頂替的騙子。但西姆菲呢？我本以為妳要好得多，我以為妳會更加睿智。我一直都相信，總有一天，妳會將另外三個人趕下臺，獨自統治克拉利斯，讓它變成它應有的樣子。但妳沒有。妳的手中握著一切時間的線索，卻任由它們在我們這一世散失飄零！我將你們所需要的帶了回來，這本來應該能彌補你們在小親親身上做出的蠢事。但你們卻像坐在石頭上的蟾蜍一樣，什麼都不會做。」

「妳怎麼敢攻擊我？妳怎麼敢這樣對我們說話？衛兵！十鞭。」卡普拉向抓住德瓦利婭的一名衛兵下達了命令，聲音宛如寒冰。

那個人放開德瓦利婭，讓他的同伴牢牢抓住她的手腕。德瓦利婭依然沒有掙扎。得到命令的衛兵以精準的動作向四聖鞠了一躬，便快步走出了房間。

「二十，」寇爾崔說道，「這些是為了馬匹。我所有的駿馬都損失了。」他的聲音中聽不出懊喪或者悲憫，聽口氣就像是在要一杯水。

「二十?!」卡普拉怒不可遏地說道，「你怎麼能裝作你受的傷比我更深?!你怎麼敢！」

「那就十好了。十鞭！」寇爾崔陰沉下臉，玩弄著一塊從袖子裡抽出來的綠色絲綢手帕，低聲嘟囔道：「牠們是無可替代的。」這讓卡普拉又瞪了他一眼。

「真是一團亂啊。真是……令人疲憊。十鞭。好了，我們結束這件事吧。」費洛迪倦怠地閉起眼睛，彷彿連思考眼前的事情都讓他覺得費力。

名叫西姆菲的美麗女子最後說話了：「德瓦利婭，妳太過分了。我常常會允許妳口出妄言，但妳的冒犯已經超出了誠懇的範疇。我無法保護妳。五鞭。」她以建議的口吻說道。在她的聲音中帶有遺憾，不過也不是很多。

卡普拉將帶著怒火的眼睛轉向西姆菲。「五鞭？**五鞭？**妳也在侮辱我！妳在侮辱寇爾崔，他損失了整整一代好馬。德瓦利婭根本沒有說她殺死了小親親，她只不過是相信小親親死了！她沒有服從命令，向我們挑釁，還……」

「那就十吧，」西姆菲讓步了，「就十鞭吧，結束這件事。這一天已經太長了。」

卡普拉還是在搖頭。「我們可以暫時完結，離開這個房間。但今天晚上，我希望在我的塔頂寓所中見到你們。」

我聽到衛兵的腳步聲，他的靴跟以極為精確的頻率踏在地板上，鐵鍊的叮噹聲如同伴隨著他腳步節奏的一首樂曲。我緩緩坐起身，背靠著高臺，感到眩暈和噁心。在我有些模糊的視野中，那名衛兵掀起一小塊光滑的白色地板，將鐵鍊扣在那裡的一只鐵環上。

德瓦利婭的聲音依然平靜而且充滿理性。「不，這不公平。這不正確。不。」將她向前拉過來的衛兵根本沒有注意她的話。她將指甲摳進那名衛兵的前臂，想要掙脫，而那名衛兵對此也完全無動於衷。她又用雙腳抵住光滑的地面，但衛兵還是毫不費力地將她向前拖去，來到手持鐵鍊的衛兵面前，那名衛兵抓住德瓦利婭的頭髮，將兩只半圓形的鐵環在她的脖子上合攏、扣緊。德瓦利婭掙扎著，而衛兵已經將一根螺栓穿過鐵頸環的鎖眼。隨後，兩名衛兵忽然後退離開。曾經在那麼長的時間裡對我施盡暴行的德瓦利婭，現在像狗一樣被鐵鍊鎖住，沉重的鐵環箍住她的脖子，將她和地面上的另一只鐵環連在一起。

這條鐵鍊很短。德瓦利婭現在根本沒辦法站直，她只能躬身站立，卻依然死死地瞪著四聖。然後，她蜷起身，將雙臂抱在胸前，盡可能把臉埋在臂彎裡。

我能聽見文德里亞響亮的呼吸聲。他呼出的每一口氣都顯得格外尖利。但他仍然只是跪在地上，絲毫沒有移動。隨著那兩名衛兵走回來，我意識到這種情景對於德瓦利婭和文德里亞都不陌生。一名衛兵將一根短棍交給另一名衛兵，同時手中還握著另一根一模一樣的短棍。不，那不是短棍——長長的鞭梢舒展開來，握在衛兵手中的是一根用皮革編成的粗手柄。鞭子。他們以嫻熟的動作甩開鞭子，分別站在德瓦利婭的兩邊。

「你們都是蠢貨！」德瓦利婭最後一次憤怒地喊道。但她的聲音顫抖著，其中充滿了恐懼。

一名衛兵已經熟練地甩起長鞭，發出一聲撕裂空氣的尖嘯。

開始了。

德瓦利婭承受的不是十鞭，而是四十鞭。四聖的每一人宣判了她十鞭。衛兵們輪流抽下鞭子。鞭梢的起落就如同鐵匠揮起的鐵錘一樣充滿節律。德瓦利婭無處可逃。行刑的節奏慢得令人膽寒。在每一次鞭打之間，她幾乎有時間決定下一鞭會落在身上的哪一個地方。但那兩名衛兵很有經驗，而且可能還非常殘忍。鞭子似乎總是落在完好的皮肉上，或者總是精確地抽在另一名衛兵剛剛留下的鞭痕上。

德瓦利婭的衣服隨著每一次皮鞭落下都會跳起來。一開始，她還保持著蜷縮的狀態。船長為愛人購買的漂亮衣服破裂成一條條，最終變成一堆碎片。德瓦利婭開始發出短促的尖叫，像一隻甲蟲一樣在地上的鐵環周圍來回躲避。衛兵們根本不在乎她有什麼反應。她躲不開他們，她全身皮膚破爛，滲出了鮮血。一滴滴血灑落在地板上和衛兵們強壯的手臂上。不等行刑完畢，鞭子黏上皮肉，並甩出一道道弧形的血痕。我以前從沒有覺得四十竟然是如此巨大的一個數字。

我捂住耳朵，閉起眼睛。但我還是能聽到德瓦利婭發出的聲音。那聲音不是尖叫，也不是咒罵，甚至不是哀告。那只是非常可怕的聲音。我的眼睛一直都能看到，無論我多麼用力地閉緊，我都能看到她，那個毀掉了我人生的人，那個我在這世界上最痛恨的人，正在被皮鞭抽打、剝皮、撕裂、粉碎。他們對她做的事情正是這麼長時間以來，我一直渴望能夠對她做的。但這又是如此令人厭惡、恐懼和難以承受。我是一隻落在陷阱中的小動物。我喘息、嗚咽、哭泣著，卻沒有人看我一眼。我尿了出來，尿濕了褲子，弄濕鞋子。在那個下午，我知道，如果我可以，一定會救她。那時我也許痛恨到足以殺死她，但我不認為我可以對任何人有足夠的恨，讓我用酷刑折磨他們。

德瓦利婭努力保護了自己的眼睛，但這損壞了她的雙手。鞭梢聰明地甩起來，切開她的肩膀，又在臉頰上留下紅色的傷痕。她能夠將臉藏在手裡，但手背無處可藏。她將手臂抱在胸前，不斷用雙手護住自己，但最終只能側臥在地上，雙腿收到肚子前面，臉藏在一隻血肉模糊的手臂下面。

對她的懲罰實際上快速而有效，但在這漫長的、令人麻痺的時刻，我能清楚地感受到每一點時間涓流的衝擊、拖曳和變動。每一次鞭打都準確地落在她身上預定的地方。隨著她顫抖的身體不斷抽搐，鞭子落下的地方也在不斷改變，但這種改變完全出於行刑者的控制，沒有任何錯亂和偏差。我的腸子也在隨著鞭子的起落而一下下抽動。在我意識中還存在著一個平靜的地方，那裡清楚地感知著發生在這個房間裡的每一次暴行和德瓦利婭對它們的反應。我看到德瓦利婭的移動、衛兵隨之舉起的手臂、鞭子下落時目標明確，就連鮮血飛濺的方向也經過了計算。一切都是確定好的，井然有序，絲毫不亂。

在這種恐怖的認知中，我突然看到了我們的每一個行動是如何將我們帶到這個地方，這一時刻、這一事件中。就在今天早晨，我們還有上千個機會，可以選擇不同的道路，而不必出現這樣血腥的局面。德瓦利婭本可以選擇繼續作為奧布蕾蒂婭女士，去那家旅店等待她的船長。她能夠

先用信鴿送信給西姆菲，先安排一場與西姆菲的祕密會面。她還能縱身躍下跳板，淹死自己，或者繼續留在船上。有許多條道路能夠讓她躲開這場災難，為什麼她一直都沒能預見，或猜測出會有這樣的事情發生？

為什麼我沒能預見她會將我拖進這場災難中？

我對這些人的瞭解還不夠，不足以預料到會有什麼事情發生在我身上。

「三十八。」

「三十九。」

衛兵還在行刑，每一名衛兵都在為自己抽下的鞭子報數。現在他們齊聲喊道：「四十！」兩根鞭子都落下了。他們不疾不徐地收回手柄，將染血的皮鞭纏繞在上面。他們的手指上全都是血，強壯的手臂和冰冷的面孔上也布滿了血滴。德瓦利婭仍然趴伏在地上，不住地喘息著，早已停止了哭喊。當哭喊根本得不到任何回應時，又有什麼用處？那些夜晚，我悄聲祈禱父親能夠找到我，那對我也同樣完全無用。無論做什麼都不會有用處——這種感覺壓倒了我，讓我的心中只剩下寒冷和空曠。我根本就無能為力。

卡普拉清了清嗓子，開始發布命令。我根本聽不出她對德瓦利婭造成的這場劫難有任何觸動。「帶她到最底層去。把她關在那裡。文德里亞，去你的房間，明天就繼續擔負起你原有的職責。」

文德里亞已經在動了。他匆匆逃向門口。在逃跑時，他還回頭看了德瓦利婭一眼，他的嘴角下垂，做出了一副苦相，然後他就溜出門，大門也在他的身後關閉了。兩名衛兵將德瓦利婭從地上拉起來，一名衛兵打開了她脖子上的鐵環，另一名衛兵將鐵鍊和地面上的鐵環分開，把地板恢復原樣。他們各抓著德瓦利婭的一隻手臂，讓她站在中間。德瓦利婭已經無法邁步，只能被衛兵拖曳著蹣跚而行。她發出的痛苦聲音十分可憐。我還留在原地。在這段可怕的時間裡，德瓦利婭抬起了頭，盯著我，眼睛裡燃燒著憎恨。為了護住面孔，她的手背早已血肉模糊。她用一根顫抖的手指點住我，說了些什麼。

「她在說什麼？」寇爾崔問。

沒有人說話。也許他們都沒有聽清楚她在說什麼，但我聽到了。

「現在輪到妳了。」

24 盡力而為

一隻老鼠的頭插在一根杆子上。沒有人握住這根杆子，但它在向做夢的人晃動。那隻老鼠在尖叫：「誘餌就是陷阱，設陷阱的人就是落入陷阱的人！」老鼠的嘴是紅色的、牙齒是黃色的、眼睛是黑色的，閃閃發亮。牠應該是經常會在克拉利斯碼頭附近出沒的那種褐色的大老鼠，有著黑白兩色的頸毛，那顆鼠頭附著的杆子，是綠色和黃色的。

——卡普拉之夢，九〇三八七二號，靈思拓．奧庫烏記錄

「嗯，這讓人很不高興。」西姆菲喃喃地說道。

「這全都怪妳。」卡普拉毫不退讓地說道，「是妳招致了這個結果。對我說謊、放走小親親，讓那個相貌噁心的東西以為她能夠發現一位白色先知。是妳鼓勵她將這件事搞得一塌糊塗。我相信這一切只能由我來導回正軌。」

「我會負責管理這個孩子。」西姆菲宣布道。

我聽著他們的說話聲，就像是聽著蒼蠅在窗口發出嗡嗡聲。德瓦利婭已經被拖走了。這個房間裡只有她留下的滿地汙血。文德里亞也不見了。這個地方只剩下了我一個人。我抬起頭看著那個相貌秀美的女人，漂亮不意味著善良。她沒有看我。

「這件事不能由妳來決定。」卡普拉說。

「我們都應該對她進行檢查，確認其價值。」費洛迪提議。

卡普拉低聲笑了起來，「我們全都知道她在你眼裡有什麼價值，費洛迪，不。」

寇爾崔用低沉的聲音說：「除掉這傢伙，馬上。她只會讓我們造成分裂，我們的分裂已經夠嚴重了，還記得小親親在回來之後，是如何讓我們相互作對的嗎？」他嚴肅地皺起眉，這使得臉上厚厚的白粉撒落了一點。

「『無論是什麼事，如果你還無法確定做出之後會產生怎樣無可挽回的後果，那麼就不要做。』這是我們最早都會接受的教育，你這個白癡！我們需要召集核校者，尋找一切可能與她相關的資料。」西姆菲迅速說道。

「這需要花費許多天！」寇爾崔表示反對。

「既然這個工作不是由你來做，你為什麼要在乎？」費洛迪說道。然後他又壓低聲音說：「你懂得那些夢嗎？你又不曾做過那種夢。」

「你以為我是聾子嗎？」寇爾崔惱怒地質問道。費洛迪只是微笑著回答：「當然不是，你只是根本就看不到未來。」

「夠了！」卡普拉喝道。她向我瞥了一眼，我則將目光移到一旁。我很害怕讓她看見我的眼睛。在她的瞪視中有一種得意的神情，彷彿有一些情報，只有她一個人知道。「西姆菲，我建議將她關押在上層牢房，關在安全和對健康無害的地方。也許她不過是一個從蜚滋駿騎家中偷來的金髮孩子。德瓦利婭沒有讓我們看到任何她有異於常人的證據。如果她真的是小親親的血脈，現在應該已經能夠做夢了。德瓦利婭早就應該能夠將她的夢境紀錄提供給我們，以證明她的價值。我懷疑她只是德瓦利婭的一個詭計，一個用來讓她擺脫罪責的藉口。」

「那為什麼不把她留給我？」西姆菲問，「我還可以讓她成為我的女僕。」

卡普拉露出可怕的眼神，「親愛的女孩，一個詭計自然有它利用的價值。德瓦利婭宣稱小親親死了。她並沒有說小親親的催化劑蜚滋駿騎是死是活。如果這個孩子是他的女兒，或者對他有什麼價值，當我們再一次對付意外之子的時候，她就會非常有用。當然，我說的是那個真正的意外之子，那個幫助小親親阻撓我們的人。所以，她需要被關押起來，直到我們確定德瓦利婭的故事裡是否有任何真實的成分，直到我們將全部事實，從德瓦利婭和她培養出的那個怪物口中挖出來。」

「我不認為有這樣的必要。妳有什麼……」

卡普拉截住了西姆菲的話頭。「或者我殺掉他們全部，就像我早應該殺死小親親一樣。」

聽到他們的對話，我的心劇烈地跳動，全身都顫抖不止。

房間中陷入一片寂靜。寇爾崔說道：「妳有什麼權力命令我們？我們一共有四個人。」

「我的年齡就是我的權力、經驗和智慧。既然你們背著我決定放小親親『逃走』，我認為現在該由我來做出一個你們都不會說出口的決定了！」卡普拉停頓一下，一雙魚一樣的眼睛裡閃爍著滿意的光芒，「哼，你們就躲避我的眼睛，裝作能欺騙我吧！真是一場鬧劇。你們以為我不知道你們是如何偷偷轉移資金和資源，支持德瓦利婭的？你們以為我不知道她用信鴿送回來的信？」她搖搖頭，彷彿是在對另外三個人的天真感到不以為然。她的微笑顯得格外可怕，「你們忘了是誰做出的夢，比你們和那些克拉利斯白者的夢更好、更深刻！你們以為你們能向我隱瞞祕密。實際上，我的一些夢是你們完全不知道的，這足以平衡你們所佔據的優勢！

「就在你們放任德瓦利婭進行她毫無收穫的復仇時，你們卻忽略了我們更大的問題。現在我們要解決的問題不是一個可能有、也可能沒有白者血脈的孩子，而是那些該詛咒的龍。我們竭盡全力阻止這樣的事情發生。龍重新被放進了這個世界。而我們剩下的蟄伏者全都夢到了關於狼、意外之子和龍的黑暗景象。我們只差一步就能永遠終結那些怪物了！而龍是絕不會原諒的，牠們也不會忘記。但很顯然，你們三個完全忘了最不該忘記的事情——龍絕不會遺忘牠們遭受的傷害！現在你們應該停止玩弄那些可憐的政治權謀，抬眼去看看未來了。小親親破壞了我們智慧的基石，但我們能夠以新的夢和預言重建。我們能夠再次掌控舵柄，讓世界朝有利於我們的方向前進。但如果我們抬起頭，看到鱗甲翅膀在克拉利斯的天空中搧動，那一切就都完了。」

房間中陷入一片沉寂。我慢慢站起身。濕褲子讓我羞愧不已。兩條褲管緊貼著我，現在已經變得很冷了。我將自己的小包裹抱在胸前，允許淚水湧到眼睛裡。我有時間用謊言編織一面可憐的盾牌，我拚命希望這些謊言能夠有用。「我想要回家，求求你們，我對這些事全都不明白，我只想要回家。」

他們的目光轉向我，顯示出不同程度的驚愕和不悅。我讓我的下嘴唇打起哆嗦。西姆菲，那個相貌美麗的女人帶著嚴厲的語氣開了口：「妳不能對我們任何人說話，除非我們同意，明白嗎？」

我低垂下目光。我能利用她的回應嗎？「是，女士。德瓦利婭告訴過我不要對你們說話。我應該記住的。」

我低垂著頭，但還是努力透過睫毛觀察他們。西姆菲看起來很不安。我鼓起勇氣，用我能找到的最孩子的聲音說：「德瓦利婭說我們會單獨和西姆菲或費洛迪說話。她教我敘述一些夢。您想要聽聽嗎？」

西姆菲一定是發出了某種我沒有看見的訊號。一名衛兵的腿掃過我的雙腳，我的一隻臂肘狠狠撞在地面上，疼痛射進了我的手和肩膀。我緊抓住那隻臂肘，蜷起身子。

「送她去牢房，」西姆菲冷冷地說道，「下層牢房，馬上。」

我再一次被抓住了襯衫後襟，像一只口袋一樣被提起來。我抱住自己的小衣服包，希望它能夠擋住衛兵揮來的拳頭。我的腳趾幾乎無法碰到地面，衛兵們就這樣拖著我向大門走去。在我身後，我聽到西姆菲宣布說：「我提議今晚我們再次聚會。我們會進行討論，然後一同看看她會說些什麼。在此之前，沒有人能去見她。沒有人。」

那個老女人笑了。「哦，親愛的小西姆菲。她開始說出妳的祕密了？妳真的以為我不知道……」

大門關上了，擋住了卡普拉後面的話。我的領子勒住了喉嚨。我用兩隻手抓住它。「讓她呼吸。」一名提著我的那名衛兵說道。我突然被扔到地板上。我趴在那裡喘息著。我能嗅到這兩個人身上有德瓦利婭鮮血的味道，還有一股大蒜味。他們之中的一個人需要洗澡了。真糟糕。

「起來。」一名衛兵說道。他用穿著涼鞋的腳推了推我。我服從了命令，但爬起來的動作很慢。走廊裡還有其他人，他們都在盯著我。我低下頭。地板上有血汙，他們就是沿著這條路帶走德瓦利婭的。他們會將我放在一間靠近她的牢房裡，還是和她關在一起？恐懼讓我全身僵硬。

「自己走還是被拖走？」命令我起來的衛兵又問道。

「自己走。」我喘息著說。我有沒有機會拔腿逃走？逃到哪裡去？

就在這時，我聽到身後傳來一聲呼喚：「衛兵，等等！」叫住我們的是費洛迪。「我們已經決定，將她關押在上層牢房，在四聖之鎖後面。把她帶到那裡去。我們很快就會過來。」

「服從命令。」一名衛兵說道。剛才抓住我衣領的那個衛兵推了我一下。我走過一些衣著華美的人。他們都呆愣地看著衛兵將我帶走。走廊側面有一道門敞開著，我瞥到門裡是一個美麗的舞廳。兩個和我年紀相仿的女孩從我們身邊經過。她們穿著蕾絲衣服，身邊有侍者陪同，全都好奇地看著我們。而那兩名衛兵只是不斷催我快走，讓我離開了她們的視線。

我們遇到了一條寬闊的螺旋階梯。衛兵們沒有做任何停留，我已經氣喘吁吁，又有些噁心，但還是不得不在他們的押送下爬上這道樓梯，然後又是第二道。之後我們進入了一條兩邊都是褐色壁板的走廊。在這裡每隔一段距離就有一個架子靠牆擺放，每一個架子上都擺放著一盞形狀如同茶壺的大油燈。這裡沒有窗戶透進陽光，但在這條鋪了地毯的走廊兩邊有許多門戶。我們在一種持續不變的昏暗光線中一直向前走。燃燒的油燈散發出一股松林的氣味。

我們經過了一扇敞開的門，我瞥到一個房間裡有許多架子，架子上布滿了小櫥格，裡面全都是卷軸，一直從地面堆到天花板。這讓我想起了蜂巢，或者是胡蜂窩。人們坐在一些長桌旁，面前放著攤開的卷軸，還有成疊的白紙、墨水和筆架。我想要多看幾眼，但腳步剛剛放慢了一點，一名衛兵就拍了一下我的後腦，提醒我：「走！」我只好向前走去。

我們經過的另一個房間裡也擺滿了桌子。這個房間四壁堆放的是書籍，而不是卷軸。抄寫員們從書頁上抬起眼睛看我們經過。我在那個房間裡也沒有看到窗戶，不過有方形的光斑透過某種石雕照亮了那個房間。我從未見過那種東西。那個房間裡的一些人比我大不了多少，另一些人比我的父親還要老。他們全都穿著品質上乘的綠色長袍。他們不是白者，我猜他們就是白者的僕人。當我們經過時，他們都沒有說話，但我能感覺到他們好奇的目光。

在走廊末端有一道門。門後是又一段階梯。這道樓梯又窄又陡。我很吃力地跟上兩名衛兵的腳步。在樓梯頂端，我回過頭看了一眼。一名衛兵在我的注視下轉開頭，另一個從沒有和我對視過。他敲了敲一扇門。這扇門上有一個附有鐵柵的小窗口。隨著他的敲門聲，一個黑髮褐色眼睛的女人從窗口後面望出來並質問道：「哪間牢房？」

「四聖之鎖。」一名衛兵回答道。

女人揚起眼眉。「關誰？」

衛兵向下指了指。女人踮起腳尖向下望過來，看見了我。「哦，」她說道，「很好。」我看出了她的困惑，但她很快就打開了門鎖，我們走進一個非常小的房間。她又轉身打開了第二道門。陽光隨之傾瀉進來。她領著我們來到一片沒有屋頂的平整露臺上。我眨眨眼睛，又抬手遮住眼睛。從白色地面上反射上來的光線同樣刺激著我的眼。我瞇起眼睛向周圍掃視了一圈。這個地方很大，有著高高的圍牆。我瞥到一名衛兵正在圍牆盯上緩慢地移動著。我們已經到了這座堡壘的頂部。我之前看到的那四座姿態優雅的高塔，就矗立在這座建築的四角。

「這邊。」女人說道。我跟著那個女人，兩名衛兵走在我身後。我繼續用一隻手遮擋著刺眼的陽光，透過我張開的手指向外觀望。這一幕場景一定很可笑：小小的我被這樣幾個強橫的人看押著。我們走過一片開闊場地，進入了一條窄道。在我們面前是排列在窄道兩旁設有鐵柵的房屋。其中一些房屋中有人，不過大多數都空著。那個女人停下腳步，我便也停下腳步。

她低頭看著我。「現在我們要等待四聖。只有他們有最後這四間牢房的鑰匙。把那個包裹給我。」

我不情願地交出自己的小包裹。女人打開它，朝裡面看了看。「只是衣服。」我對她說。她什麼都沒有說，只是將我破爛的衣服搜檢了一番，然後將它交還給我。

我聽到一陣關門的聲音，然後是一些人在小聲地爭論。回過頭，於是我側頭回望。是四聖。他們看到我們的時候，說話聲就停止了。他們各有一名衛兵陪伴在身邊。一共八個人快步向我們走來。西姆菲從藏在裙子裡的一只衣袋中，拿出了一把鑲嵌珠寶的精美鑰匙，將它交給她的衛兵。衛兵把鑰匙插進一根長長的門閂裡，轉動鑰匙，發出叩的一聲。西姆菲向後退去，接著寇爾崔將一把帶有白色骨柄的鑰匙交給衛兵。又是叩的一聲。當全部四把鑰匙都被插進各自的鎖孔，並被轉動之後，引領我們的女人將金屬長門閂推到一旁，打開了門，示意我進去。

我走過那道門，聽見旁邊的牢房中傳來一個低沉而微弱的聲音：「怎麼了，西姆菲？不問一聲好嗎？寇爾崔，你應該洗洗臉了。你看上去實在是太可笑了。費洛迪，你今天沒有玩弄年輕人？啊，還有妳，卡普拉。我能看出來，妳為了今天這次拜訪洗掉了手上的血，還真是鄭重其事啊。」

他們沒有一個人做出反應，連打個哆嗦都沒有。我在自己的牢籠中，沒辦法看到旁邊牢房裡的人。不過我很好奇是誰竟然這樣大膽，敢挑戰四聖。那個看守牢房的女人重重關上了我的牢門。每一名衛兵依次走上前，將鑰匙插進鎖孔中轉動，然後抽出去，再還給他們的主人。

「孩子，」卡普拉突然說道，「告訴我，妳的名字和妳父親的名字。」

對此我早有準備，「我是細柳林的蜜蜂·獾毛。我的父親是管理人湯姆·獾毛。他為蜚滋駿騎領主管理羊群、果園和土地。求求你們，請讓我回家！」

卡普拉目光冷峻。我沒有說謊，完全沒有。我真誠地看著她。

沒有一聲道別或者其他任何言語，他們全都走掉了。從旁邊的牢房中，我再次聽到了那個微弱的聲音：「十一個成年人一起鎖住一個孩子。他們這麼害怕妳？」

我不敢回答。四聖也許不會理睬這個人，但我覺得他們有可能會回來打我。我緊緊抓住自己的包裹，端詳這間牢房。角落裡有一個便桶，一個低矮的床架上鋪著稻草墊子。床腳有一條沒有染色的羊毛毯子。我的牢房後牆用白色石頭砌成，上面有一些樹葉、花朵和貝殼形狀的孔洞，讓空氣和光能透進來。我試著將手伸進一個孔洞裡。我可以一直將手伸出去，摸到外牆。這堵牆的厚度相當於我的手加上前臂。這些牢房在冬天的時候一定很不舒服——我在心中想著，然後又不由得想道，冬天是否會降臨在這個地方？我又能不能活到那個季節呢？

這間牢房比床架寬不了多少。其中的空間只夠讓我在床邊來回走動。面對外面走道的牆和門全都是鐵柵。我能夠毫無障礙地看到對面那間空牢房。我在這裡沒有任何隱私，就連使用便桶和換掉身上被尿浸透的衣服時，也找不到任何遮擋。

我沒辦法將頭從那些鐵柵之間探出去。我盡量朝走廊兩端瞭望，沒有看到任何人。看來我現在可以有一點私人時間了。我拿出一條藍色長褲。這還是愛珂麗給我的。他們殺死她的那天晚上，我正是穿著這條褲子。愛珂麗很喜歡藍色。現在這條褲子上有幾個褐色的斑點，那是她的血。褲子的膝蓋處已經磨出了窟窿，褲腳也都破爛了。但它至少是乾的。我匆匆換過衣服，然後將濕褲子鋪在牢房的地上晾乾。

我坐到床沿上，床上的乾草墊很薄，它被我壓扁了，於是我感覺到綁住床架的繩子。我覺得將墊子鋪在地上睡應該更舒服。我再次走到牢門邊，向外望去。走道裡依然空無一人。直到這時，我才允許自己解開襯衫的衣領。我將下巴和鼻子縮進衣領中，嗅著那淡淡的金銀花香氣，那芬芳來自破碎的蠟燭。

「媽媽。」我開口說道，就像我還非常小、不會說話的時候。淚水刺痛了我的眼睛，彷彿這個詞只是從墳墓中招來了哀痛，而不是我對她的思念。

「和妳招惹來的這麼多麻煩相比，妳可真是非常非常年輕了。」那個微弱的聲音說道。我身子一僵，沒有發出任何聲音。我的心在劇烈地跳動著。這個聲音很深沉，儘管說的是通用語，但其中夾雜著異國口音。「告訴我，小傢伙，妳做了什麼錯事？或者四聖以為妳做了什麼，才被鎖在這個地方？」

我什麼都沒有說。我坐下來，盡可能縮小身體，一動不動，唯恐稻草發出聲音，暴露了我在這裡。

很長時間裡，他都保持著沉默，之後又說道：「當我還是個孩子的時候，這裡是一個美麗的地方。那時這裡沒有牢房。居住在這裡的是一位皇帝的妻子們。在我的記憶中，這是一片可愛的屋頂花園。綠蘿爬滿了格架，遮擋住強烈的陽光。各種花朵和治療性的草藥栽種在罐子中，擺滿了這片平臺。我經常會在傍晚時分來到這裡，茉莉花香在空氣中飄散。在最炎熱的夜晚，來自海面的風吹得這裡格外涼爽，我就會睡在這裡。」

他持續不停地說著。我靜靜地聽著。陽光一點一點地從這個漫長的夏日午後消失，我聽到一

個女人在對某個人說話。沒有人回答。我一動不動地坐著。我聽到她的腳步聲和說話聲再次響起，這一次距離我更近了。「給妳。」

這一次我聽到有人在喃喃地道謝。我鼓起勇氣悄悄從床上滑下來，走向門前。我聽到了腳步聲和碗碟碰撞托盤的輕微聲響。那個腳步聲停下了。女人說了些什麼，並得到輕聲感謝。我專注地傾聽著，聽到她又停下兩次，才到達了我旁邊的牢房。就是那個打開門讓我上到城堡頂層的女守衛。她將一只碗放在地上，一言不發地從牢門下面推進我旁邊的牢房裡。當她來到我面前的時候，她皺起眉，搖了搖頭。「妳可真小啊。這是妳的食物，我會再替妳送水來。」她吸了一口氣，彷彿還想說些什麼，但只是抿起嘴唇向前走去。現在她的托盤上只剩下了兩只碗。我聽到她在到達走道盡頭之前又停下了兩次。看來這二十幾間牢房裡一共關押了七個人。

我把碗拿到面前，仔細看了看。最上面是六根細長的蔬菜，呈現出一種特別的橙色。蔬菜底下是一種我不認識的穀物熬成的稠粥。另外還有一些味道濃烈的甘藍，以及一些綠色香草被切碎撒在上面。一支小勺插在這碗粥上。儘管那種香草讓舌頭刺癢，我還是把碗裡的東西都吃光了。女守衛又回來收走了我的碗，並留下一只口小肚大的小水罐。我幾乎喝光了裡面的水，不過還是剩下了一點。我決定，如果明天她送更多的水給我，我就用這些水把臉洗乾淨。

漫長的黃昏逐漸變成了黑暗。那名守衛過來點亮了油燈——那是一只很大的罐子，罐口伸出一根很細的燈芯。燈火非常白，散發出一種松樹的氣味。晚風輕輕吹過牆壁，帶來了海洋的氣息。隨著太陽落下，我聽到海鷗的叫聲。我坐在床邊，回想四聖討論我的身分，思考我能讓他們相信些什麼。他們知道得太多了。卡普拉知道我的父親是意外之子。所以我不能承認和父親的關係。我告訴他們，我只是一名僕人的孩子，從遭到劫掠的家中被偷出來，我只是一個簡單的小女孩。如果他們相信了我，他們會放我走嗎？還是會賣掉我？或者將我當做毫無價值的人殺掉？

如果他們知道我的夢，知道那些夢讓我知道了我是誰，他們一定會殺掉我。

我想要找狼父親，但不敢放下牆壁。克拉利斯會不會還有其他人擁有和文德里亞相同的能力？

夜色更黑了。我聽到其他牢房中的悄聲囈語，但我分辨不出那些話的內容。我不知道還有誰被關押在這裡，他們都做了什麼事。我站起身，抖開毯子。在這個溫暖的地方，我幾乎不需要這樣的東西。我脫了鞋，整齊地並排放好，然後將那個鬆鬆垮垮的乾草墊從床上拉下來，鋪在靠近門邊的空地上，捲起一段，讓它有一些厚度，又把羊毛毯子鋪在上面。最後我蜷起身子躺在毯子上，閉上了眼睛。

我醒來的時候，淚水滑到臉頰上，喉嚨在一陣陣發緊。我感覺到父親的手在撫摸我的頭，便伸出手去抓住他。「爸爸！為什麼你這麼久才找到我？我想要回家！」

父親沒有回答，只是輕輕地用手指撫過我糾結的鬈髮。然後，那個深沉渾厚的聲音又響了起來：「那麼，小傢伙，妳做了什麼？」

我屏住呼吸，坐起身。罐子油燈上跳動的燈火幾乎照不到我。我又從微弱的燈火下向後縮了縮身子。一隻手正繞過牆角，從旁邊的牢房中伸過來。我從未見過任何活著的人有這樣黑的皮

膚。剛才一定是這隻手在撫摸我的頭頂。我竭力平靜自己的呼吸，但還是禁不住在因為恐懼而不停地喘息。

那個聲音又響了起來。「妳怎麼會害怕我？我們之間有一堵牆壁，我不可能傷害妳。和我說說話，小傢伙。我在這裡的時間已經太久了，沒有別人會和我說話。我很想知道外面廣大的世界裡都發生了什麼。是什麼讓妳來到了這裡？」那隻手翻過來。我看見了膚色稍淺一些的掌心。我想像擁有這隻手的人一定正躺在旁邊牢房的地上，肩膀緊貼著鐵柵，才能將手伸到我的牢房裡。他什麼都沒有說，只是將手攤開在我面前，彷彿在向我懇求。

「你是誰？」我問道，然後我又問了一句，「你做過什麼事？」我旁邊的這個人是殺人犯嗎？我提醒自己，德瓦利婭在最初見到我的時候是多麼和善。我不會再那麼容易上當了。

「我的名字是普立卡，是我那個時代的白色先知。不過那已經是許多、許多年前的事情了。在我的一生中，已經更換過許多許多次皮膚了。」

一點模糊的記憶出現在我的腦海中。德瓦利婭是否有說過這個名字？我是否從父親的文件中讀過？

「為什麼我會在這裡？」他繼續說道。他的聲音非常輕。我挪到鐵柵邊，想要聽清楚他的回答。「因為我說了實話。因為我在對這個世界盡責。來吧，孩子，我不可怕，而且我認為妳需要一個朋友。妳的名字是什麼，小傢伙？」

我不想告訴他。所以我只是問道：「為什麼沒有人和你說話？」

「他們害怕我。更確切地說，他們害怕他們可能聽到的話語。害怕會知道一些給他們帶來困擾的事情。」

「我不會再陷入更多困擾了。」

他誤解了我的話。「我想這很可能是真的，我的困擾也不可能比現在更多了。所以，和我說說妳的故事，小傢伙。」

我一言不發地思考著。我不能信任任何人。無論我告訴他什麼，他都有可能告訴他們。這樣會有用嗎？

「他們在一個晴朗的大雪天來到我家，就在冬季慶之前。他們偷走了我，因為他們以為我是意外之子，但我不是。」

我盡量謹慎地選擇可以告訴他的內容，但我一旦向他開了口，話語就連續不斷地從口中流淌出來，而且毫無次序，或者因為我的喉嚨發緊而聲音尖細。我沒有將手放在他的手中，但他最終還是將我的兩隻小髒腳握在他的黑色的大手中。

我的敘述愈來愈語無倫次，一會兒向他講述我在旅程中的經歷，一會兒又向他解釋誰是文德里亞，還告訴他小堅被我用一件斗篷遮住身體，不過小堅現在可能已經死了，還有他們本來把深隱也和我一起偷走了，但她在半路上逃走了。我一邊和他說，一邊顫抖，他只是輕輕握著我的腳，什麼都沒有說。一遍又一遍，我堅持他們偷走我是一個可怕的錯誤。當我的講述完全被淚水淹沒，變得混亂不堪的時候，他說道：「可憐的小傢伙。妳不是意外之子。我知道，因為我遇到

過他——還有他的先知。」

我的身子僵住了。這是一個騙局嗎？而他隨後說的話更讓我感到害怕。

「我夢到過妳。當小親親被從死亡中拖回來的那一天，妳成為了可能。而那一天消除了那麼、那麼多的夢境預言。在那一天，我知道有某個東西撕裂了全部未來，被新的可能取代。這讓我感到驚駭不已。我本來相信我作為夢境先知的歲月已經徹底結束，我的時代過去了，可以回家了。然後，那個關於妳的夢出現了。哦，那時我還不知道那就是妳。但我感到非常震驚，而且非常害怕妳的到來。

「我竭力讓這個夢不可能成真。當小親親和他的催化劑回到我身邊，我就盡快說服他們分道揚鑣。我以為我做的事情足以讓世界進入一條更好的道路。」那隻大手握了一下我的腳，「但是當我再一次夢到妳，我知道已經太晚了。妳已經出現。因為妳的出現，創造出許多可能離開真實之道的歧路。」

「你夢到了我？」我用袖子擦擦自己被淚水打濕的臉。

「是的。」

「你夢到了我的什麼事？」

他的手懶洋洋地托著我的腳。我沒有挪動雙腳。他的話語流過來，緩慢得如同一滴又一滴蜂蜜。「我做了許多夢。並不總是關於妳的，還有在妳出現之後可能的未來。我夢到一頭狼撕下一個木偶的面具；我夢到一張卷軸讓自己上面的文字消失；我夢到一個男人甩掉身上的木板，變成兩頭龍。我夢到……」

「我也做過那個夢！」我不假思索地說道。

一片寂靜，我只能聽到走道盡頭的另外兩名囚犯在竊竊私語。「我不感到驚訝。但我很害怕。」

「但是，為什麼這些夢和我有關？」

他輕輕笑了一聲。「我夢到了一個火焰的漩渦。它爆發，改變了一切。我伸出手，想要握住它的手。妳知道發生了什麼嗎？」

「它燒到了你？」

「不，它把它的腳給了我。它赤裸的小腳。」

我收回腳，彷彿自己才是那個被燒到的人。他輕聲笑著，又用很低的聲音說：「做過的事情就已經做過了，小傢伙。我現在認識妳了。我早就知道妳會來，只是沒有想到妳是一個孩子。現在，妳能把名字告訴我嗎？」

我認真思考了一下。「蜜蜂。」

他什麼都沒有說。他的手仍然在牢房的地面上攤開著。我覺得他躺在地上，這樣將手臂彎曲著伸進我的牢房，一定感到很不舒服。

「如果你夢到了我，你能告訴我，我將會遭遇到什麼事情嗎？」

他的沉默就像是一塊布幕。我的牢房外走道中的油燈已經快燃盡了。我不必去看，就知道那一點燈火是如何在燈芯末端跳動，吸盡最後一點油脂。終於，那個黑暗中的渾厚聲音再次響起：

「蜜蜂，妳不會遭遇任何事，是所有事情都會遭遇到妳。」

慢慢地，他將手抽了回去。那個夜晚，他沒有再說話。

25 賄賂

我們的情報表明，大批上等翡翠和綠松石正在被集中到雷登半島的科爾灣，準備裝船載運，其中有原石，也有經過加工的成品。同時那裡還有一艘船在裝運上好的硬木原材。

在過去的六個月中，有三名蟄伏者夢到了巨大的風暴。兩個人夢到船隻在礁石上撞毀，其時天空中雲開霧散，露出四分之一的月亮。

雖然我們對於這場風暴確切的月份還無法確定，但三名蟄伏者感覺這一事件即將發生在絕不遙遠的未來。

根據核校者的觀點，如果在這場強猛的風暴之後，有一艘船恰好位於靠近哈克礁岩的斯卡倫峽灣中，此類所屬權有爭議的貴重貨物，若配置一些善於處置這類物品的水手在這艘船上，很可能不失為一個優秀的策略。即使我們的船隻要為此準備六個月，此次行動的利潤也是相當可觀的。

——第七階核校者延斯寫給四聖的報告

我怎麼會睡得這麼沉？我甦醒過來是因為一個女人正在推我。她涼鞋中的腳趾從鐵柵牢門下面伸進來，一下一下地頂著我。「請挪開一下。我要把妳的粥放進去。」她的聲音不高，顯得很平靜。陽光如同緞帶一般灑在地上，映出貝殼和花朵的圖案。

我坐起身，一時之間還不太明白狀況。然後我想起來了。德瓦利婭被打得全身鮮血淋漓。我被關進了一間牢房。昨天晚上……一個朋友？我站起身，將臉靠在鐵柵上，想要朝旁邊的牢房中看一眼，但只能看到更多一點走道。

這個叫醒我的女人有褐色的頭髮和眼睛。她穿著一件簡單的淺藍色無袖上衣，繫著腰帶。這件上衣下擺垂到她的膝蓋。她的兩條小腿赤裸著，腳上穿著簡單的皮革涼鞋。她彎下腰，把托盤放在地上，端起一碗麥片粥，從牢門下面塞進來。白色的碗中只有淺黃色的麥片粥，沒有奶油、沒有蜂蜜、沒有漿果。這不是在細柳林，我不是在聲音嘈雜的廚房中等待父親到來。只有麥片白粥，再加上一把木勺。我竭力心存感激地吃掉這碗無味的粥。當那個女人回來把碗取走的時候，我問她：「我能有水清洗一下自己嗎？」

我的要求讓她有些困惑。「我沒有被告知要給妳水。」

「妳能幫我問問，可不可以給我一些水？」

她的眉毛幾乎頂在髮際線上。「當然不行！」

昨晚那個深沉的聲音從旁邊傳來：「她不能做命令以外的任何事。」

「不是這樣！」那個女人喊了一聲，又驚訝地將兩隻手捂在嘴上。然後她俯下身，匆匆把我的碗放進托盤裡，就快步走開了。一路上，她手中的托盤不停地和碗發生著撞擊。

「你嚇到她了。」我說道。

「她嚇到了她自己。他們全都是這樣。」

走道末端門戶開關的聲音吸引了我的注意力。我用力將自己的臉壓到鐵柵上，看見四聖一個接一個地走上來。他們今天的衣著沒有那樣莊嚴華麗，不過仍然保持著各自的顏色。四名士兵跟隨著他們。西姆菲穿著一件寬鬆的無袖長裙，從肩膀呈皺褶狀一直垂到雙腳，在腰間有一條猩紅色的腰帶。費洛迪穿著黃色的束腰長外衣和一條恰好到膝蓋的褲子。寇爾崔擦的一些白粉落在他的綠色馬甲背心上，就好像他剛剛去過下雪的地方。卡普拉的裝束則讓我吃了一驚。我覺得她應該是穿了一件有寬鬆長袖的藍色襯衫。如果她真的有穿褲子，一定比襯衫下擺還要短。她赤裸的雙腿顯得很健壯，但就像魚肚一樣白。她的腳上穿著褐色的皮涼鞋，隨著步伐一下一下地拍擊著足底。我從未見過有人這樣穿衣服。當她站到我的牢房外面時，我還眼也不眨地盯著她。

「把鎖打開。」西姆菲一邊說，一邊將珠寶鑰匙遞給衛兵。那名衛兵接過鑰匙，走上前，將鑰匙插進門閂上樣式古怪的鎖孔裡，然後轉動鑰匙。其餘三名衛兵也都得到鑰匙，一個接一個地在鎖孔中轉動。當四把鑰匙全部使用完畢，卡普拉走上前，拉開門閂。「妳跟我走，」她對我說道。我走出牢房時，她又對另外三個正在從衛兵手中收回鑰匙的人說，「我會在第三班開始時帶她回到這裡。那時你們帶著鑰匙守衛到這裡來見我。」她又低頭看了我一眼，「妳會服從我，留在我身邊嗎？還是我要用鏈子繫住妳？」

她身邊的鑰匙守衛向我舉起一條帶著項圈的鐵鍊。我的目光從那條鐵鍊轉向卡普拉，「我會服從妳。」我說了謊。

「很好，那麼來吧。」其他人為我們讓開道路。我跟在卡普拉身後。她的衛兵走在我身後。我很想朝旁邊的牢房中看上一眼，但卡普拉的衛兵很快就驅趕著我從那間牢房前走了過去。我只能瞥到一個黑色的人坐在一張床上，低垂著頭。

在我們身後，我聽見西姆菲對寇爾崔和費洛迪說：「我不贊成這樣。也許那個女孩根本沒有價值。她甚至可能沒有白者的血統。我早就聽說，在遙遠北方群山中的那些人，有時候就像真正的白者一樣白。但如果德瓦利婭的話是真的，她真的就是那些夢中的意外之子呢？為什麼卡普拉能夠和她談話？」

「因為你們都同意如此！」卡普拉回頭向西姆菲厲聲說道。然後她又對我說：「不要耽擱。」我沒有感覺我們在逃走，不過我們的確是以最快的速度離開了其他人。我們經過的牢房絕大多數都是空的。那些囚犯全都靜默地坐在他們的床上，什麼都不做。彷彿是聽到了我心中的問題，卡普拉說道：「他們並不邪惡，只是很任性。我們將他們放在這裡，是為了糾正他們。他們會變得很有用，然後就會被允許回到同伴中。或者……回不去。」卡普拉沒有說如果他們無法變得有用，又將有什麼樣的下場。

作為一名白髮老人，卡普拉的行動速度非常快。我們沿著昨天我爬上來的樓梯走下去，直到地面那一層。回到大走廊之後，卡普拉迅速帶領我朝另一個方向走去。我們經過一個個房間，它們的門戶都敞開著。我瞥到那些房間裡的窗外是一片美麗的花園。很快，我們就進入了一個擺放著許多雕像和軟墊椅的房間，又從那個房間走出去。房間外是一片花園，花園中央有一個巨大的水池。我們迅速走過那裡。掛滿樹枝的花朵散發出濃郁的香氣，讓我幾乎有些頭暈。花園對面是一堵很長的牆壁，牆壁外有遮陰的柱廊，牆上則開著一排門戶。卡普拉打開一扇門。從門中湧出的蒸氣讓我嗅到了一股刺鼻的氣息。

「把自己洗乾淨。妳的頭髮、腳、全身。妳會在那裡的一張長凳上找到衣服。擦乾身體之後穿上它們，然後再出來。不要耽誤時間，但要徹底洗乾淨，妳全身都是臭味。」

她冷冷地下達了命令，而溫熱的清水讓我立刻就服從了命令。我走進去，非常高興地關上門。陽光從高處的窗口灑進這個房間，我希望這裡能有另外一個出口，不過這個希望很快就落空了。這個房間中有一張長凳，上面放著乾淨衣服和擦身子用的布巾，凳子下面還有涼鞋。另外這裡還有一罐像布丁一樣的軟膏。我用手指伸進罐子沾了一點，在指間摩擦了一下，是肥皂，其中應該還添加了某種氣味刺鼻的藥草。一個用光滑的石頭做成的浴盆中盛滿了冒著熱氣的清水。除此之外，房間裡就再沒有其他東西了。

我急忙脫掉衣服，同時還不住地回頭瞥向門口。我用自己的髒衣服包裹住珍貴的蠟燭，小心地將它放在長凳上，才走進浴盆。這個浴盆比我預料中還深了很多。盆裡的水有些太熱了。我坐下的時候，水面碰到了我的下巴。片刻間，我只能坐在那裡，背靠在浴盆上，讓自己完全沉入水中。當我起來的時候，我看見淺褐色的髒水如同小溪一般從我的頭髮上流下來，對此我一點也不

驚訝，但還是不由得有些困窘。我舀起滿滿一把肥皂，站起來擦洗全身。猶豫了片刻之後，我把肥皂也抹在頭髮上，然後在已經有些發灰的水中洗淨自己。

自從離開愛珂麗之後，我就不曾有過全身赤裸的時候。我還能看到自己的屁股上和小腿上各種正在消退的褐色和綠色瘀傷。我的腳趾甲裂開了。被熱水一泡，趾尖就傳來一陣陣刺痛，彷彿那裡還藏著一些髒東西。我手上的皮膚因為服侍德瓦利婭而變得粗糙，就像一名僕人的手，而不再是一位出身高貴的公鹿家族女兒的手。這讓我感到一陣慚愧。以前我完全不知道那些廚房女孩手上會有明顯的硬繭，正是因為她們要做那些我從沒想過自己要去做的工作。我常常會詛咒那些將我的舒適生活奪走的事件。而現在，我才驚訝地稍稍有了一點認知——如果這種生活讓我難以忍受，感到苦不堪言，那麼那些天生就是奴隸或僕人的人，那些以此為日常生活的人又會怎樣？

我穿上乾淨衣服，卻又奇怪地感覺自己仍是赤裸的。這些衣服很寬鬆，質料很輕，顏色也很淺，褲子幾乎不到我的膝蓋。不過上衣的袖子一直垂過我的手腕。我沒辦法把蠟燭放進這件衣服裡。這雙涼鞋的穿法對我來說就是一個謎，不過我終於還是將它們套在腳上。我在衣服下面找到一把梳子。洗澡水讓我的頭髮纏結在一起，我盡量將它們梳理整齊。我將擦乾身體的布巾疊好，想要找個地方倒掉灰色的洗澡水，但我沒有發現這樣的地方。想到會有人看見我的洗澡水有多麼髒，我又感到一陣羞愧。但我打起精神，疊好自己的舊衣服，把蠟燭包在裡面，然後就夾著它們離開了浴室。

陽光變得更加強烈，這裡的上午要比公鹿公國的許多中午都更炎熱。卡普拉上下打量著我，目光在我滿是瘀青的腿上停留了片刻。「放下那些破布，把它們丟掉。僕人會處理掉它們。」

我僵在原地。然後，一言不發地把手伸進衣服包裡，拿出那根兩半的蠟燭，將衣服丟在地上。卡普拉皺起眉頭看著我。「妳手裡是什麼？」

「我媽媽做的一根蠟燭。」我沒有將蠟燭捧給她看。

「丟下它。」

「不。」我抬起眼睛和她對視。她的眼睛很特別。今天，那雙眼睛不是淺藍色或者灰色的，而是一種汙濁的白色。想要注視它們很困難，但我沒有轉開目光。

卡普拉側過頭看著我。「妳有多少根蠟燭？」

我不想告訴她，儘管我說不出是為什麼。「一根，它斷成了兩截。」

「一根蠟燭，」卡普拉低聲說，「這很有趣。但只有一根。和夢中的那些蠟燭不一樣。」她這樣說著，彷彿是想要引發一種反應。

我沒有讓自己的表情出現任何變化。但突然間，陽光下的世界在我的周圍開始閃爍。我抬頭看著卡普拉，彷彿有光線從她的身上射出來，延伸到無數個方向。這麼多條路徑都以她為起點指向遠方。是的，就在這一刻，但不僅於此。她就像是那名乞丐，也就是弄臣，我父親的小親親。我無法用語言形容對她的感覺。我覺得就像是一個十字路口，一個能夠讓人朝不同方向前進的地方。我從她的身上轉開眼睛，不知道在我發愣時，已經過了多長時間。但看樣子彷彿連一分一秒都沒有。這時她很自然地繼續說道：

「很好，帶著它吧。這是妳要對付的麻煩。」不過從她的聲音中，我覺得絕不僅僅是將這根蠟燭算作我做錯的事情之一。她的衛兵的表情像是在說我真是愚蠢又任性。他正是揮鞭打爛德瓦利婭的衛兵之一。我咬緊牙關，不讓自己的下巴因為這個回憶而發抖。

「跟我來，」卡普拉說道，「妳會和我們一起居住在這裡，所以我要帶妳看看周圍的環境。稍後，我們會決定如何安排妳。也許讓妳成為一名學生？一名學者？或也許只是一名僕人，」她向我露出微笑，這讓她的嘴唇變得更薄，「也許是一名繁育者，或者作為奴隸被賣掉。我們有很多種方式可以使用妳。」

我不覺得自己喜歡這其中的任何一種方式，但我什麼都沒有說。我走在她身後。她的衛兵走在我旁邊。她帶我回到花園裡，我很高興太陽已經不再炙烤我的頭頂了。不過我一直沒有察覺到自己在那些白色岩石的強烈反光中用力瞇起了眼睛，直到我們又走進房屋中。

卡普拉的步伐不快，不過始終沒有停過。在堡壘主區，我被帶進一個房間。那裡有五名膚色白皙的孩子正在學習書寫，輔導他們的是身穿綠袍的抄寫員。每一個孩子都有一名抄寫員坐在身邊，幫助他引導手中鋼筆的走向。這些白皮膚的孩子們看上去都很年幼，不會超過三歲。但如果他們和我一樣，我判斷他們應該比看上去年長。

隨後我們又走過一條略有些彎曲的長走廊，踏上通往第二層的一段宏偉的大理石階梯。「我們在這裡歡迎前來和我們分享智慧的人。」卡普拉一邊對我說，一邊打開了一道門。門後的房間裡鋪著厚厚的地毯，牆壁上覆蓋著華美的木製牆板。這裡的正中心有一張大桌子，周圍是一圈雕花座椅。桌上放著一只盛有美酒的玻璃瓶和一些小玻璃杯。

在另一個房間中，六名年輕的白者坐在桌邊，僕人們侍立在他們身後。「昨天晚上，他們做了夢。」卡普拉低聲說。「他們會寫下做夢的內容。然後抄寫僕人會將他們的紀錄謄寫下來，每一份抄本都會和其他相類似的夢輯錄在一起。也許他們夢到了蠟燭，或是在一條溪流中跳動的橡果，又或是一個人抓著一隻蜜蜂，又被上百隻螫刺他的蜜蜂環繞。」這時卡普拉進一步壓低了聲音：「或是意外之子。」她轉過身低頭看著我，笑容擠扁了她的嘴唇，「或者是一名毀滅者。在過去一年中，關於毀滅者出現的夢明顯在增加。這讓我們知道，有什麼事情發生了，是一件我們意料之外的事。這件事讓毀滅者更有可能出現，並來找上我們。」她再次抿緊了嘴唇，「妳有沒有夢到過毀滅者？」

我不敢繼續保持沉默。「我經常做噩夢，夢到德瓦利婭和她的蟄伏者毀掉了我的家。妳說的是這種夢嗎？」

「不。」這個回答似乎是另一個對我不利的跡象。她領著我走出這個房間。我們走過很長一段走廊，上了樓梯，來到第三層。在這裡，走廊中的壁板顏色變深了。粗大的木樑支撐著畫滿了瑰麗花卉的天花板。「這是我們的核心。」卡普拉鄭重地對我說道。她帶領我來到一扇門前，將它推開。

這個巨大的廳堂中擺滿了古老的卷軸和書籍，沿著牆壁全都是一直頂到天花板的書架。我一眼無法看透這一整座大廳，排列整齊的書架擋住了我的視線，上面全都是卷軸和厚重的書本。它

們環繞著大廳中央的一片開闊空間。在那個空間裡有至少十二張長桌。一些抄寫員正坐在那裡，面前擺放著鋼筆和墨水。他們將不同的卷軸和文件進行比對，忙碌地書寫著。看起來，這些人的身上只有一點，或完全沒有白者血統。

「所有夢都在這裡進行研究。我們知道有許多夢境都提到了蠟燭，也知道在很久以前就出現了海蛇使用刀劍的夢、意外之子的夢、毀滅者和白馬、海貝和茶杯、木偶和狼，還有藍色的公鹿。」她向我微笑，臉上因而出現了深深的紋路，「這些卷軸中有許多在很早以前就被寫下了。這裡儲存著海量的資訊，有些卷軸還能追溯到百年以前。對於真正的大規模災難，往往在爆發前的數十年就已經有相關的夢產生了。我們在血瘟殺死第一個人之前就知道了它。在那以前呢？我們知道山脈噴出烈火，地震夷平了古靈城市，巨大的海浪摧毀了他們在這個世界上建立的堡壘。哦，是的，我們知道這些事會發生。如果古靈對我們多一點用處，也許也會知道這些。但他們更喜愛龍而不是人類。這是他們的錯誤。」卡普拉的話語中充滿了惡意的滿足。她將這些事告訴我，彷彿我應該因為這些事而感到受傷。她俯下身，在我耳邊輕聲說：「但並非一切夢都被記錄在這裡。我的夢全在我的塔中。只有我知道。昨天晚上，我夢到我連根拔起了一朵白色的小花，但那朵花的根是火焰和刀刃。」她微微一笑，「我應該更聰明一些，將那朵小花從莖上割掉。」然後她側過頭，「妳同意嗎？」

她突然直起身，說了一聲：「來吧，」便快步走出這座大廳。我一個踉蹌，急忙跟到她身後，心中痛恨腳上的涼鞋和緊勒雙腳的鞋帶。旁邊的一個房間和我們離開的那座大廳完全一樣。

裡面也同樣堆滿卷軸，有許多學者正在工作，位階較低的僕人不停地抱著滿滿文件和厚重的書本來來往往。在第三個房間，我終於站不住了。我蹲下身，從腳上解開鞋帶。又站起來，手中拿著涼鞋和我斷掉的蠟燭。

「隨妳吧，」卡普拉輕蔑地說，「也許再過一段時間，妳就能習慣穿上鞋和遵守其他文明禮儀了。」她聳聳肩，「或者妳會被賣給不會把鞋子浪費在奴隸身上的人家。」

我的心因為她的評估而沉了下去，不由得開始在心中和自己發生爭執。我是否應該向她承認我能夠做夢，以此在她的學生中為自己爭取到一個位置？還是假裝自己很愚笨，只是稍有一點文明，希望能夠成為普通的僕人，之後再尋找機會逃走？我該逃到哪裡去，去做什麼？我和家鄉之間隔著一整座海洋。難道在這裡為自己爭取到一個位置，不會是更明智的行為？

另外一個計畫忽然跳進我的腦海。這個計畫在我乘船來到這裡時一直被深深地隱藏著。我將它壓下去，不讓任何人察覺。現在文德里亞可能不在我身邊，但我不知道他到底在哪裡，也不知道這裡是否還有和他相同的人。要想著自己很有用處，想為自己在這裡找一個位置。微笑。裝作想要永遠待在這裡，成為他們編織的羅網的一部分。

彷彿是感覺到我的決心變弱了。卡普拉領著我走過一條長走廊，下了一段彷彿沒有盡頭的螺旋形寬階梯。然後我們轉個彎，走出一扇門，來到一座封閉的庭院中。這裡的面積非常大，而且和城牆外一片荒蕪的島嶼不同，這裡有大樹遮蔭、清涼的泉水噴湧，還有一條小溪在曲折的石砌河道中流動。這座可愛的花園周邊是一圈牆壁，沿著牆壁有一些小屋。每一道屋門旁邊都有盛開

的鮮花、果樹經過精心修剪，閃亮的樹葉間掛著橙紅色的小果實。牆邊的籬笆上爬滿了葡萄藤，因為土地肥沃，藤上結出的葡萄都紫得發亮。但所有茂盛的樹冠距離牆頭都很遠。即使我父親站在樹上，謎語站在父親的肩膀上，也不可能越過牆頭看到外面。我看到一名衛兵正在牆頭上緩步巡行。他的皮膚是棕褐色的，留著一頭金色的長髮，手中握著一張短弓，眼睛向下盯著花園。在他的臉上沒有絲毫笑意。

有許多小鳥在唱歌——粉色的小鳥被關在籠子裡，掛在精緻的長杆上，還有一些鳥棲息在樹枝上。我跟隨卡普拉走過卵石鋪成的小路，踏進清涼的綠色草叢中。在那裡，藤蔓結成的涼棚下，擺放著桌子和長凳。兩名身穿亮白色制服的女人從另一扇門中走進來，手捧著裝滿切片水果和新鮮麵包的托盤。我能嗅到溫熱的麵包香氣，腸胃在迫不及待地蠕動著。她們將托盤放到桌子上，敲響了掛在樹枝上的一座小銀鐘。小屋的門紛紛打開，白者們從裡面走出來。「哦，我餓壞了！」一名白者喊道。她的朋友笑著拉住她的手臂。當他們一起坐在桌邊的時候，我的目光掃過了一張張光潔平滑的臉，還有白色或淡金色的頭髮。他們的穿著都很相似，寬鬆的短袍子，或是像我一樣的衣服。一時間，我完全無法分辨他們是男孩還是女孩。

「如果能夠向我們證明妳的價值，如果妳開始做夢，並且能接受教導寫下它們，妳就可以留在這裡。妳將有自己的小屋，有一名僕人伺候。妳可以和他們一起在這裡用餐，或者當下雨的時候在水晶大廳用餐。那裡很漂亮。許多水晶從天花板上垂掛下來，閃閃發光，在地上映出彩虹的光彩。妳的任務就是思考和做夢。也許有一天，如果妳希望的話，可以有一個孩子，在妳的同伴之間找一個伴侶。看看他們有多高興！」

他們不停地吃喝、說話、唱歌。沒有一個人皺眉沉思，或者遠離其他人。他們一共有十五個人，我看不出他們的年紀，就像我無從分辨他們的性別。我竭力不去看那些食物。穿僕役制服的女人又拿來了用玻璃壺盛著的某種淺褐色液體，並將那種飲料倒進玻璃杯中。她們侍候的那些人則發出一陣期盼的歡呼。我則只能帶著赤裸裸的羨慕眼神盯著他們。

「妳也可以在那裡。哦，不是明天。而是等到妳學會寫字的時候。我的意思是，如果妳是一個夢卜者。但就像妳說的，妳不是。不過，我想妳應該已經餓了。來吧。」

她領著我走過草地。很快，我就不得不跛著腳在鵝卵石步道上跳動。她領我走過一道大門，來到洗衣房中。在這裡，溫暖明亮的陽光下掛著一排排五顏六色的衣服。然後她又帶領我穿過另一道大門。這裡有一片美麗的草藥園，還有一些長椅和涼亭。太陽照射在我的頭頂。我們沿著一段蜿蜒的小路回到了主堡壘中，沿門廊走了一段路，又穿過另一道門。我集中注意力，記住每一個轉彎和每一道門。這裡的走廊很昏暗，和開闊的花園相比，空氣有些凝滯渾濁。卡普拉加快了腳步，鞋跟敲擊在光滑的石板地面上。我跟在她身後，感覺頭在發昏。在船上度過的那些漫長的時日、那一點根本不夠填飽肚子的食物，還有過去幾天發生的種種巨變，彷彿突然變成了我無法承受的重擔。我只想坐下來痛哭一場。但如果我這樣做，那個押送我的衛兵也許就會用鞭子一直抽打我，直到我死掉。

卡普拉轉身打開一扇門。然後她站到一旁，示意我進去。

我小心地走進門內。邁出三步後，我停下來，觀察四周。這裡的圍牆實際上是一片叢林。鳥雀在林間婉轉歌唱，從茂密的枝杈間飛過。我看到一頭黃金色皮膚的猛獸在樹影中悄然走過。樹幹遮住了牠的面目。我抬起頭，在高處盤繞交叉的樹枝上，一條沉重的蟒蛇正在滑行。粗樹枝被牠的體重壓彎了。我腳下的地面覆蓋著蔥郁的青草，鮮豔的花朵和貼地而生的藤蔓。一隻蝴蝶落在一朵花上。牠飛了起來，我看著牠飛向了另一朵花。

這些都不是真的。我能夠聽到和看到，但什麼氣味都嗅不到。當我向前走去，感覺到腳下是光滑的石板，而不是茂密的草地。「這是魔法？」我悄聲說道。

「算是一種魔法，」卡普拉不以為然地說。「我們曾經是古靈的交易夥伴。他們最偉大的一名藝術家曾經來到這裡，用這種特殊的石頭裝飾這裡的牆壁、地面，甚至是天花板。日復一日，他創造了這個房間。這用了他幾乎一整年的時間。」

我凝望周圍，無法壓抑心中的驚歎。「所以這就是古靈魔法。」

「妳以前從未見過這種東西？」

蝴蝶斗篷！「不，從來沒有。我幾乎都要忘記呼吸了。」她緊緊地盯著我。而我只是睜大眼睛看著這個房間中的一切。我彎下腰想要摸一朵花，手指只碰到冰冷的岩石和一點魔法的刺痛。我急忙縮回手。

「嗯，是了，」卡普拉的聲音顯得更加冷漠，「我想，第一次看到這樣的情景肯定會讓人非常震撼。那些古靈倒是很有趣的人。不過他們這種淺薄的魔法根本不足以讓他們那樣妄尊自大，還有那些驕傲的龍，牠們耗盡了我們的耐心。來吧，我們要吃東西了。」

這裡有一張鋪著白布的桌子和兩把椅子。桌上有兩只碟子，還有刀叉和玻璃杯。兩個男人靠牆站立，手捧托盤。他們都是黑髮黑眼。片刻間，我覺得自己彷彿回到了家裡。「請坐，」卡普拉說，「今天妳是我的客人。讓我們共進一餐。」

我小心地走向桌邊。看押我的衛兵關上房門，站在門旁邊。卡普拉優雅地落座。我將涼鞋放到椅子旁，小心地坐下，把蠟燭放到手邊。然後在桌沿上交握雙手，等待著。

「嗯，看起來妳也不是完全不懂禮貌。」卡普拉對著一旁的僕從隨意擺擺手，他們走到桌邊。我的面前被擺上了食物，杯子裡倒上飲料。我等待著，看著卡普拉。突然間，我覺得自己代表的不是細柳林，而是六大公國。我不要被人看成一個不懂禮貌的傻瓜。

卡普拉從右手邊的一只碟子裡拿起一塊濕巾，仔細地擦拭雙手，對自己的手指尤其注意。我效仿她擦手，又像她一樣將布巾放回到碟子裡。她拿起一件我不認識的餐具，像是一把細長的叉子，她插中了碟子裡一塊淺色的肉。我效仿她的動作，也像她一樣緩慢地咀嚼送進口中的這塊肉。這肉是冷的，味道很像是魚肉。「和我說說妳自己，」她在吃過第三口之後說道，「妳不是僕人的孩子。妳是誰？」

我剛剛吞下一個黏糊糊的黃色方塊。那東西很甜，而且只有甜味，完全沒有其他味道。我吮了一口水，清理一下口腔，又讓自己的視線掃過這個非同尋常的房間。我決定說實話。或者是部分實話。「我是細柳林的蜜蜂．獾毛。我的母親是製燭人莫莉女士。她嫁給了湯姆．獾毛。我們

是大地主。母親最近去世了。我和父親住在一起，還有我們的僕人。我的生活很愉快、很平靜。」

卡普拉認真地聽著，吃了一小口食物，點頭示意我繼續。

「有一天，父親不在家，我們正在準備過節。德瓦利婭帶著她的蟄伏者和一隊恰斯國僱傭兵來了。她殺害了我的僕人，點火燒了馬廄，綁架了我，把我一路帶到這裡。」我又吃了一口那種不太美味的魚，慢慢地咀嚼它，把它嚥下去，然後又說道：「如果妳送信給我的父親，他很有可能會為我付出大筆贖金。」

卡普拉放下餐具，仔細地看著我。「他會嗎？」然後她側過頭，「妳認為，妳的父親會親自來接妳回去嗎？」

現在沒有時間表露我的疑慮。「他是我的父親，一定會來接我的。」

「那麼你的父親不是蜚滋駿騎？」

我誠實地回答：「我一直都聽他自稱為湯姆·獾毛。」

「小親親也不是你的父親？」

我困惑地看著卡普拉。「我愛我的父親。」

「他的名字是小親親。」

我搖搖頭。「我不知道誰叫這個名字。小親親？在我的國家，有時候王子和公主會得到這種有美好含義的名字。比如忠誠或者仁慈。但我這樣的人不會有這種名字。」我的姐姐也沒能得到

這樣的名字——我突然想到這一點。蕁麻和蜜蜂。公主絕不應該有這樣的名字。這讓我一瞬間有些難過。但——不要因為自怨自艾而分神。妳正處在危險之中，妳已經落進了陷阱，小心妳的敵人！

聽到狼父親如此清晰的話語，我立時勇敢起來，身子也坐得更加筆直了。

卡普拉自顧自地點點頭。「很不幸，我們可能不會向妳的父親討贖金。送信到那麼遠的地方，只為了實現如此不確定的目的，恐怕這筆開銷也超過了我們能夠從他那裡得到的贖金。昨夜經過認真的勸說之後，德瓦利婭承認她在幾個月之前就知道妳是女孩了。但她不但沒有檢討自己的錯誤，反而將妳帶來這裡，完全不顧蟄伏者和馬匹的損失！她還承認，儘管她曾經自信能夠在細柳林找到意外之子，但她現在相信妳並不是那個人。她承認了我一直持有的觀點，意外之子就是小親親的催化劑。一個名叫蜚滋駿騎的男人。

「但從文德里亞那裡，我們得到了一個不同的故事。他仍然相信妳就是意外之子。他宣稱妳有魔法，而且狡詐無比。」

我從牆壁上瞥到了另外一頭猛獸。那是一隻貓科動物。牠縱躍而起，卻沒能撲中一隻飛起的大鳥。我謹慎地說道：「文德里亞有很多特別的想法。當他抓住我的時候，他稱我為『兄弟』。甚至在他們知道我是女孩以後，依舊稱我為『兄弟』。」我向卡普拉顯示出我能做到的最困惑的表情，「他是一個非常奇怪的人。」

「那麼，他認為妳有魔法是個誤會？」

我低頭看著自己的盤子，然後又向卡普拉抬起頭。我還很餓，但這些食物太不合我的口味了，我很難吃下它們。

狼父親悄聲對我說。吃掉它，用一切東西填滿妳的肚子。在這個地方，妳不能指望會有任何人來餵妳。如果可以，就把能得到的食物都吃下去。

我又吃了兩口，在嚥下食物的時候竭力不表現出厭惡。我希望自己看上去像是在思考問題。然後我說道：「如果我有魔法力量，我會在這裡嗎？作為一名囚犯，遠離我的家鄉？」

「也許妳會。如果妳是一位真正的白色先知，會覺得在這裡有任務要完成。也許妳會允許自己被命運推向我們，如果妳的夢告訴妳必須來這裡……」

我搖搖頭。「我想要回家，如果我還有家的話。我不是意外之子。我甚至不是個男孩！」淚水突然湧出眼睛，讓我哽咽。「我們正在準備精采的節日慶典。我們的冬季慶，我們會在一年中最長的一個夜晚慶祝太陽的回歸。我們會舉辦宴會，會有音樂和舞蹈。德瓦利婭來了，把這一切變成了鮮血和慘叫。他們殺死了樂惟。我愛樂惟。我甚至不知道我是多麼愛他，直到他身上插著一把劍來警告我們。他最後的念頭就是警告我逃走！他們殺死了堅韌不屈的父親和祖父。他們燒死了我們美麗的馬，燒掉了我們的老馬廄！他們殺死了蜚滋機敏，我的新教師，他是來教我閱讀的。我不喜歡他，但也不希望他死！如果我是一名先知，如果我能夠夢到未來，為什麼我對這些一無所知？難道我不應該逃走，或者警告所有人？我只是父親的女兒。德瓦利婭毀了我們的生活，毫無道理地殺死了許多人！妳用鞭子抽她，但這根本不足以懲罰她做的所有可怕的事！你們四個派她去做的事！她讓文德里亞誘惑那個恐怖的埃里克大公，殺死了所有人。她甚至連自己的人都不在乎！她把奧黛莎給了埃里克，讓他的人強姦她！然後又將睿頻拋棄在那塊石頭裡。她還把奧拉利婭賣做奴隸，又丟下那個恰斯人，讓他以殺人犯被處死。她有沒有告訴你們，她都做了什麼？你們知道她有多麼可怕嗎？」我顫抖著吸了一口氣。哦，我說得太多了。我將事實一股腦地傾訴給卡普拉，甚至沒有多想一下，更沒有制定任何計畫。

卡普拉緊盯著我。她蒼白的白者面孔變得更加沒有血色。「冬季慶，最長的一夜。」然後，彷彿我的話終於傳進了她的耳朵，「奧拉利婭被賣做奴隸？」她虛弱地問道，「她被活著賣掉了？」彷彿這是德瓦利婭所做的惡事中最可怕的一件。

有人會買死奴隸嗎？

吃掉食物！不要等她改變心思，把這些食物都拿走。

我努力進食，用叉子插住一塊紫色的東西，放進口中。那東西非常酸，讓我的眼淚都掉出來了。我嚥下它，喝了一口水。又是一種陌生的味道。我插住盤子裡的另一塊食物，但它又滑落了下去。

當我抬起頭的時候，卡普拉正在向她的衛兵招手。「一名抄寫員、紙張、墨水，在這裡擺一張桌子。馬上。」她的衛兵立刻跑出屋子。她向我轉頭，語氣變得非常專注。「這件事是在哪裡發生的？奧拉利婭是在哪一座城市被賣掉的？妳的那句話是什麼意思？睿頻被拋棄在一塊石頭裡？」

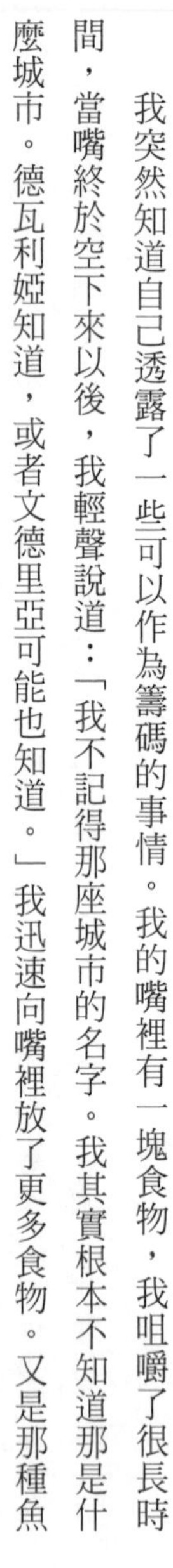

我突然知道自己透露了一些可以作為籌碼的事情。我的嘴裡有一塊食物，我咀嚼了很長時間，當嘴終於空下來以後，我輕聲說道：「我不記得那座城市的名字。我其實根本不知道那是什麼城市。德瓦利婭知道，或者文德里亞可能也知道。」我迅速向嘴裡放了更多食物。又是那種魚肉。我很想嘔吐，但咀嚼是我爭取時間思考的唯一方法。

卡普拉柔聲說道：「馬上就會有一名抄寫員過來。妳要和她坐在一起，告訴她妳能記得的一切，從妳第一次看見德瓦利婭的隊伍，到妳到達這裡的那一天。」

我用水沖下嘴裡嚼爛的食物，然後天真地問：「那麼妳就會送我回家嗎？」

卡普拉身子一僵：「也許吧。這要看妳都講了些什麼。也許妳對我們非常重要，甚至這一點妳自己都不知道。」

「我真的很想回家。」

「我知道妳想。看，這塊小蛋糕是我很喜歡的一種點心。試試看，它很甜、很香。」那塊蛋糕放在桌子正中央的一只碟子裡，卡普拉沒有從上面切下一塊，而是將整塊蛋糕都推給了我。它像我的頭一樣大，肯定是供多個人一起食用的。「嚐一口。」卡普拉催促我。

我隨便選了一件餐具，從蛋糕上挖下一塊，放進嘴裡。果然很好吃，但我早就明白，這張桌子上的每一樣東西都是有代價的。即使如此，我還是又吃了一塊那種蛋糕，並看到卡普拉正在壓抑向我提問的衝動。我還剩下什麼可以和她討價還價？她也許不知道德瓦利婭的其他蟄伏者也都下落不明了，在公鹿公國被捉住，或者逃散了。她是否知道那瓶海蛇涎液？她會如何看待德瓦利婭和那位船長的調情？我不知道卡普拉是否瞭解文德里亞的魔法，或者這也是德瓦利婭的一個祕密？如果我和她達成協議，她會信守諾言嗎？

「如果我把一切事情都告訴抄寫員，妳會答應送我回家嗎？」我竭力用自己最童稚的聲音問道，同時不讓自己顯得像我真實的內心那樣警惕。

「妳要把一切事情都告訴抄寫員，然後我們再做決定。我認為這需要用超過一天的時間。在妳講述完之後，我們還會問妳一些問題。現在，妳和抄寫員談話時，我會為妳找一間舒適的小屋，還有僕人照顧妳。妳喜歡什麼顏色？我想要確認妳會喜歡新家。」

我讓自己顯露出沮喪的樣子。「我不想去回憶那些事。我只想回家。」

「好吧，那就藍色。很高興妳喜歡這些餐點。」

我並不喜歡這些食物，也還沒有吃完，但我還是強迫自己放下餐具，而不是再吃一大口蛋糕。僕人們已經走進來，迅速擺放了一張桌子、兩把椅子、墨水瓶、筆架和紙張。又以同樣快的速度拿走了我面前桌子上的食碟。卡普拉站起身，於是我也站了起來。幾秒鐘之後，餐桌和椅子也都被搬走了。

「我們的抄寫員來了。我相信是佩麗雅吧？」

那名抄寫員跪倒在地，是男人還是女人？「諾派特為您效勞，至高聖者。」他帶著濕黏的痰音，就像青蛙一樣。

「當然，諾派特。這個孩子有一個很長的故事要說。你要準確地記下她的敘述。不要問任何

問題，不要漏掉她說的任何一個字。現在這是最重要的事。向我重複你的命令。」

抄寫員將卡普拉的命令重複了一遍。他的眼睛向外鼓了出來。他是在害怕嗎？不。我看著他的時間愈久，就愈會想起奧黛莎。他有著同樣不完整的相貌，就好像一個人被製作出來的時候在一些地方發生了錯誤。諾派特的眼睛一直都凸出著，我甚至懷疑他的眼皮無法完全閉合。他的牙齒就像是一副嬰兒的牙齒長在成年人的嘴裡。他坐到書桌邊上，招手讓我也坐下。等他拿起筆以後，我竭力不去看他皮包骨的短小手指。他從臂肘旁邊的一疊上等紙張中拿下一張放到面前，仔細看了看手中的鵝毛筆，對鵝毛稍作修整，然後蘸了一點墨水，提筆懸在紙面上。「請開始吧。」他用那種青蛙一樣的聲音對我說。

這是我最不想做的事情。卡普拉看著我。我走過房間，坐到抄寫員對面的椅子上。「我該做什麼？」我問抄寫員。

他向我抬起那雙凸出的眼睛。「妳說，我寫。請開始。」

我不會告訴他那一天在水邊橡林發生的事情。我在那裡已經瞥到了文德里亞。對於那條死狗和那名乞丐，還有我父親走進石柱的事情，我都不會說。我絕不會提起我的父親為了照顧一個陌生人而拋棄了我。

但小親親對父親不是陌生人。我將這些想法推到一旁。

「我那時正在細柳林的教室上課。」

抄寫員抬起頭，向我皺了皺眉。他又瞥了一眼卡普拉，接著手中的筆就在紙上毫不費力地遊動起來。他的小手指迅捷地操縱著筆桿。但卡普拉已經看到了抄寫員的停頓。她走過來，站到我們身邊。

「蜜蜂，你必須從一些細節開始。細柳林在哪裡？講一講妳上的課和妳的教師。妳身邊還有誰？那一天是什麼樣子？每一個細節、每一個時刻。」

我緩慢地點點頭。「我會努力的。」

「一定要非常努力。」卡普拉警告我。然後她又說道：「我要離開一段時間。我希望去與德瓦利婭和文德里亞談談。如果妳對我說謊，那一定會引起嚴重的後果。仔細向抄寫員講述，直到我回來。」

於是我開始了講述。非常仔細，有時候完全是實話。我認為會讓他們感到羞恥的事情，都巨細靡遺地講述出來。樂惟是如何小心地按住傷口，血是如何從他的指縫間滴落。我說起了那些女人被撕破的衣服，現在我知道了那代表著什麼。我對一些事撒了謊。我說堅韌不屈死了。就在我這樣說的時候，我恨不得緊緊咬住舌頭，以免它會洩漏事實。抄寫員沒有提任何問題，所以我能從容講出我的故事，有時候又會追溯回更早先的事情。有時候，我會哭泣，比如當我想起小堅是如何邁過馬廄中那些屍體的時候。我說我將孩子們藏在一間儲藏室裡，沒有說出那個密道。我專心地講述著，直到高處窗戶中的陽光從白色變成了黃色，我還在講述他們是如何來襲擊我的家園。我知道，我的故事是他們唯一想從我這裡得到的東西，我必須找到辦法利用它來為自己爭取優勢。

我一度因為哭泣和不停說話而嗓音沙啞。抄寫員示意留在我身邊的衛兵去給我拿水來，還要一塊濕布為我擦臉和鼻子。我覺得他人很好。

但如果妳有機會殺死他並逃走，妳絕不能猶豫。

我稍稍屏住了呼吸。在我開始殺人並嘗試逃跑之前，我難道不應該先試著讓他們送我回家嗎？

妳不能等待太久，希望他們可以給妳自由。用這種方法也許會更快。

水和濕布送到了。這兩樣東西我都很需要。然後我繼續講述下去。我不得不提起文德里亞的魔法。如果我不說，我的故事就都不合理了。聽到文德里亞的名字，諾派特的上唇稍稍噘起，露出了他的小牙齒。然後他開始書寫，記錄下我說的每一個字。陽光依然能照進房間裡，但我能感覺到它正在變弱。我開始尋思已經過去了多少個小時。

卡普拉回來的時候，西姆菲和她在一起。片刻之後，費洛迪和寇爾崔也走了進來。寇爾崔的白色妝容看上去就像真的一樣，似乎他最近剛剛重新化過妝。西姆菲眉頭緊皺地說道：「妳安排抄寫員記錄她的講述，卻沒有問過我們。我們當然應該得到通知，並有權利旁聽。」

卡普拉緩緩轉向她，微笑著說：「就像你們在允許德瓦利婭安排小親親逃亡之前通知我一樣？照我的回憶，你們在那樣計畫的時候並沒有讓我參與。」

「我已經為了這個失誤向妳道歉了。而且不止一次。」西姆菲一字一頓地說道，彷彿她想要將這些字噴在卡普拉的臉上。

「啊，是了。我應該以妳為榜樣。親愛的西姆菲，我向妳道歉，因為我沒有告訴妳，這個女孩是關於德瓦利婭各種失誤的重要資訊來源。讓我挑選一個，隨便挑一個。讓我想想……啊，妳還記得奧拉利婭嗎？奧拉利婭，由我親自訓練，善於解釋夢境。根據我的回憶，奧拉利婭也是你的愛寵，費洛迪。你知道靈思拓．德瓦利婭將她賣做奴隸了嗎？就在恰斯國，那個與國家同名的首都，恰斯城裡。她被賣掉了，只為了讓德瓦利婭有錢坐船回來，讓蜜蜂告訴我這一點情報。今天我直接去向文德里亞證實了這件事，我正期待著證實這個女孩的每一段講述呢。」

卡普拉示意那名抄寫員離開，然後拿起他寫滿的第一張紙，迅速瀏覽了上面的內容，又瞥了我一眼。「你的父親在哪裡？蜜蜂，在德瓦利婭來到妳家的那一天，妳的父親呢？」

沒有時間思考，沒有時間推測德瓦利婭知道些什麼，又會對她說些什麼。「他去了大城。」我回答道。

「那是在他殺死那個帶狗的人之後嗎？是在他刺了小親親的肚子之後嗎？」

那一天，那個迷霧之人就在水邊橡林，站在兩家店鋪之間，一條沒有人想要進去的巷子裡。我後來知道迷霧之人就是文德里亞。我不能說。

我看著他們。他們全都在看著我。然後他們的眼睛轉向尚未離開的抄寫員，和他整齊疊放在我們之間的那些紙上。寇爾崔和費洛迪又轉頭看著卡普拉，但西姆菲卻緊緊盯住了我。她的嘴唇變得更紅了，或者，是她臉上其餘地方的皮膚更白了。過了一段時間，她意識到我也在盯著她。她朝我露出險惡的微笑，我低垂下目光，希望自己剛才沒有那樣瞪她。她說話了：「妳還向我們的抄寫員講述了些什麼，小蜜蜂？」

我向卡普拉瞥了一眼，不知道是否應該回答。

「我在對妳說話！」西姆菲厲聲說道。

我的眼睛看過一個又一個人，卻沒有找到任何援助。卡普拉的臉上洋溢著令人膽寒的得意。我吸了一口氣，「我說了德瓦利婭和埃里克大公在那一晚來到我家，毀了我的生活。我說了他們是如何殺人、燒毀馬廄，綁架了我。」

「的確，」費洛迪說道，那語氣好像是他在懷疑我說的每一個字。

西姆菲的聲音顯得格外刺耳。「抄寫員，我今晚要看看這些紙。」

「不。」卡普拉冷冷地表示否決。「我要先閱讀它們。我將她帶到這裡，並招來了抄寫員。我有權利先看到紀錄。」

西姆菲轉向抄寫員。「那就為我抄錄一份。不，抄寫員，抄錄三份，這樣我們今晚就都能看到了。」

現在輪到抄寫員逐一看過這四個人。他的眼睛更加凸出了。他揮動著手，指向桌上那一疊紙，有氣無力地說道：「但是……」

「不要傻了。妳很清楚他不可能抄得這麼快。妳明天就能看到紀錄。這些紙今晚歸我。」卡普拉以不容置疑的口吻說道。之後她微笑著掃視了我們一圈，「我今晚也要好好照料這個可愛的孩子。」

「不。」剩下三個人異口同聲地說道。費洛迪不停地搖著頭。寇爾崔流露出警惕的神情。西姆菲說道：「她回到牢房去，回到四聖之鎖後面。這是我們全都同意的。沒有人能夠在不得到其他人同意的情況下單獨見她。對她的訊問已經破壞協議了。」

「孩子，抄寫員有問妳任何問題嗎？」

是的，不要說。「妳命令過他，不要問問題。」

「正是，你們都聽到她的話了。根本不存在訊問。我只是給她一個機會，讓她說出她的故事。」卡普拉又轉向我。她的語氣很溫和，眼神冰冷，「孩子，恐怕今晚我必須讓妳回到牢房裡去，而不是讓妳住進我承諾的小屋裡了。我很抱歉。不過妳一定能看到，是他們三個在反對我，我只好讓步。」她又微笑著轉向他們，我看見西姆菲的上唇噘起，就像是齜出獠牙的貓。卡普拉以為這樣就能贏得我的好感？也許，如果我沒有在這幾個月裡禁受德瓦利婭的暴行，被仔仔細細地教導過什麼樣的人不可以信任，她真的會成功。

我站起身，拿起斷裂的蠟燭，彎腰去拿我痛恨的那雙涼鞋。

「妳拿著的是什麼？」寇爾崔厲聲問道。

卡普拉什麼都沒有說。

「涼鞋，」我低聲說道，「它們讓我的腳很痛，所以我把它們脫了下來。」

「不，妳的另一隻手裡。」

「一根我媽媽做的蠟燭。」我不由自主地將斷開的蠟燭握在胸前，要保護它們。

「一根蠟燭，」卡普拉得意地說道，「這個孩子拿著一根蠟燭來到這裡。」

房間裡一片沉默。我感覺到這沉默意義重大，卻又不知道它代表著什麼。尊敬？恐懼？

費洛迪說：「一根蠟燭斷成兩截，不是三截，不是四截？」

「你在想毀滅者的夢？」寇爾崔驚駭地說道。

「安靜！」西姆菲厲聲喝止他。

「現在安靜已經有一點太晚了。」卡普拉說，「其實在春季到來的時候，可能就已經太晚了。毀滅者的夢已經隨著冬末的雪一起降臨。就在靈思拓．德瓦利婭捅了一個黃蜂巢，騷擾了一個已經終結的催化劑之後。她讓那個催化劑的先知與催化劑再度會合，從而改變了未來。而且她還偷走了催化劑的孩子。」她的目光掃過另外三個人，「為什麼那個催化劑有力量做出這種改變？因為你們將小親親還給了他。你們將小親親趕到了蜚滋駿騎的家門口。你們讓先知和一個強大的催化劑重新在一起了。你們恢復了意外之子的力量。也許正是由此創造出了毀滅者，而且他毫無疑問會來找我們。」

「妳在說什麼？」費洛迪問道。他的聲音一下子高亢起來。

「為什麼你們要在這個孩子面前說這些事？」西姆菲喝道。

「妳以為我說的這些事，她還不知道？」

我的確不知道她在說些什麼。我只是低垂著雙眼，不讓他們從我的眼睛裡看到任何訊息。

「你們三個觸發了這一切。」卡普拉說出的每一個字裡都帶著冰冷的譴責，「因為你們的愚蠢、貪婪和對復仇的渴望！除了苦澀的果實，復仇還能結出什麼？現在，我認為我們最好將她送回到牢房裡——既然你們認為只有這樣才能保證我們的安全。至於我，我認為我應該率領一支抄寫員的軍隊，通宵閱讀她的紀錄，研究夢境，盡量找出一條不至於將我們完全毀滅的道路！」滿臉微笑的卡普拉就像是一隻得意的貓，「我還要重新查看我自己的夢。那在我的個人紀錄裡。」

「這樣做極度不適當！」西姆菲堅持說道。

「不。你們做的事情才是極度危險的，像以往每一次一樣，我才是能夠保護眾人的人。」卡普拉伸手到襯衫胸口處，抽出一把鑰匙。她拉斷繫住鑰匙的銀鏈，幾乎是把鑰匙扔給了她的衛兵。「把這個孩子關起來，再把鑰匙還給我。我不能浪費時間去鎖住這個風暴的先兆了。我必須為風暴本身的到來做好準備。那是一場我早就看到的風暴！」

那名衛兵顯得相當吃驚，他死死盯住手中的鑰匙，彷彿卡普拉扔給他的是一隻蠍子。「這違背了所有傳統！」西姆菲尖叫道，「四聖絕不能將鑰匙交給其他人！」

「當你們對我說謊，幫助德瓦利婭放走小親親的時候，就已經違背了傳統。這麼多年裡，我警告過你們所有人他是多麼危險。現在，不管是死是活，他再一次對我們構成了威脅！」

卡普拉轉過身，抓起那些被抄寫員寫滿文字的紙，大步離開了房間，彷彿她就是那場警示的風暴。我一直低垂著眼睛，只透過睫毛看著他們。寇爾崔將手伸到寬鬆褲子上的一個口袋裡，拿出拴在黃銅粗鏈上的鑰匙，把它遞給雙倍驚愕的衛兵。「我要去幫助卡普拉，恐怕她才是正確的。我根本就不應該聽你們兩個的話。我們的關係可能就到此為止了。」

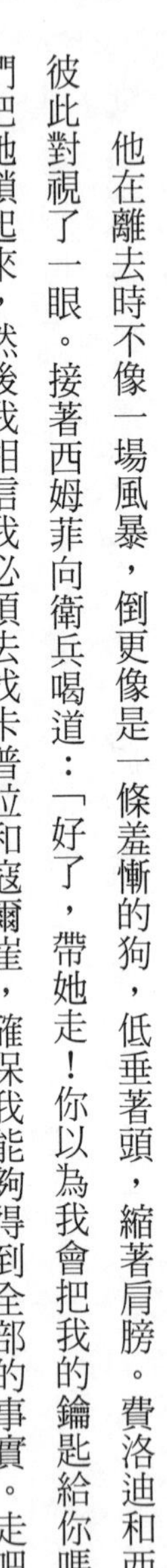

他在離去時不像一場風暴，倒更像是一條羞慚的狗，低垂著頭，縮著肩膀。費洛迪和西姆菲彼此對視了一眼。接著西姆菲向衛兵喝道：「好了，帶她走！你以為我會把我的鑰匙給你嗎？我們把她鎖起來，然後我相信我必須去找卡普拉和寇爾崔，確保我能夠得到全部的事實。走吧，女孩！」

我邁開步伐。衛兵的大手按在我的肩膀上，一路推擠著我。他的個子很高，腿很長。在我們走出房間，穿過一條條走廊，登上不同的樓梯時，我不止一次腳步踉蹌。我們從另外一端走進了牢房中間的窄道。這讓我能夠瞥到那個有著一雙黑手和渾厚聲音的人。他正坐在他的床上，兩隻手鬆弛地交握在膝蓋之間。他的牢房比我的更好一些。那裡面有一張小桌子、一塊小地毯，還有一張真正的床，上面鋪著床單。我走過去的時候，他抬起頭露出微笑。他的眼睛是黑色的，就像身體的其他地方一樣黑得發亮。他看著我的眼睛，彷彿一直在等待我走過去。只是他什麼都沒有說。

他們將我鎖進牢房裡，衛兵用那兩把鑰匙鎖住牢門的時候顯得有些笨拙，之後他們就離開了。我坐在床上，不知道隨後又會有什麼事落在我頭上。

26 銀之祕密

我想念我的狼，就像即將淹死的人想念曾在他肺裡的空氣。牠已經死去很多年，但我發誓，我仍然能感覺到牠在我的體內。夜眼，牠總是用幽默的方式讓我明白自己是個白癡。對於這個世界呈現給我們的各種喜悅有著無盡的愛好。牠有著可靠而堅定的心志，牠明白，我們只能過好當下，一切明天的事情都自有解決之道。

在管理細柳林這份龐大的產業時，我覺得自己片刻都不得放鬆。一切都需要計畫，都有錯誤，都必須得到糾正。

——細柳林管理人，湯姆・獾毛日記上撕下的殘頁

火星來到船欄後面。張開手，讓機敏的髮髮被持續不停的海風吹走。坐在木桶上的機敏站起身，雙手撫了撫被剪短的頭髮。他的眼睛帶著一圈紅邊。他離開木桶之後，我就坐了上去。

「多短？」火星問我。

「貼著頭皮。」我用沙啞的聲音回答。

機敏打個哆嗦，回頭看著我，用反對的語氣說：「他不是你的父親！」

我可以就此和他爭論，但這讓我覺得毫無意義。我已經厭倦了痛苦。如果我將切德當做父親哀悼，以這樣的標準來修剪頭髮會讓機敏感到痛苦，那麼我就不必這樣做。切德永遠也不會知道，這將不會使我的失落感稍有減輕。「妳的手掌那麼厚。」我說道。

我感覺火星將手按在我的頭上。她的手指夾住我的頭髮，另一隻手開始使用剪刀。我的頭髮不像機敏的那樣長。火星將剪下的頭髮放到小堅手中。那其中的灰髮比我想像的要多很多。

切德不是我的父親。我從未見過我的父親。但是當駿騎死去時，博瑞屈幾乎剃光了我的頭。而博瑞屈過世時，我並沒有削髮。我聽著火星的剪刀在頭頂喀嚓作響，思考著這些事。我那時在艾斯雷弗嘉島，他的死訊是透過精技傳信到達我這裡的，就像切德死訊的傳遞一樣。為什麼我沒有剪掉自己的頭髮？沒有剪刀、沒有時間，這樣的表示似乎沒有什麼意義。我還仍然有一點生氣他會娶莫莉。那麼多原因，卻又根本沒有原因。也許我只是不想它變成現實。我已經不再知道那時的心情了。那個自以為年紀夠大、無所不知的年輕人到底是誰？他現在對我來說已經是一個陌生人了。

「好了。」火星用沙啞的聲音說。我意識到自己已經有一會兒工夫沒聽到刀刃和頭髮之間的摩擦聲了。

「就這樣。」我說著，緩緩站起身。火星和小堅都剪掉了一掌厚的頭髮，不過並沒有採用傳統的哀悼髮型。弄臣將他淺色的頭髮給了我一綹。我不希望琥珀女士將這一綹頭髮給我——我覺得他知道這一點。我讓弄臣的頭髮飄散到海風中，小堅也將我的頭髮送進同一陣風裡。我站在船欄後面，看著穩定的海風帶走我的頭髮，讓它們分散到無盡的世界裡，就像對切德的回憶最終也會煙消雲散。我比現在公鹿堡的所有人都更早認識他。當我死去的時候，切德的一部分回憶就會和我一起死去了。

我聽到甲板上傳來腳步聲，轉身去看，發現艾惜雅正在用困惑的目光看著我。我曾經試圖向她解釋，我如何能知道公鹿堡有人去世，但我相信她只會以為我是做了一個非常真實的夢。我很感激她沒有打擾我們這場小小的哀悼儀式。而現在，哀悼已經結束，也許她又要向她的船員們下達命令了。

她的目光閃過我被剪短的頭髮，然後朝水面上指了指，「那邊的海平線，就在那片陰雲下面，你看到了嗎？我們認為那是一串島嶼。克拉利斯就在那裡最大的一座島上。那些島的後面是一片大陸。這是派拉岡告訴我們的。」

我順著她的手指望過去，只看見一些雲朵。不過我相信她的話。「我們到那裡還需要多長時間？」

「這要看風向和洋流。派拉岡說應該不到兩天。根據他的回憶，那座島嶼的一端有一座優良的深水港。但他希望帶我們直接去克拉利斯港口。他說他以前去過那裡。那個伊果曾經和僕人們做過交易。他說不出具體是什麼交易，但在他們去過克拉利斯之後不久，他就帶伊果去了異類

島，好讓伊果的好運得以實現。」艾惜雅陷入了沉默，也許我們全都在懷疑克拉利斯的那些怪物向伊果預言了什麼，「風正在變強，我們前進的速度很不錯。如果能保持這個速度，就能在今天傍晚到達，或者是明天早晨。」

「今天傍晚。」我重複了一遍她的話。我正在將自己穩定在一片虛空的邊緣，思考著一切我不知道和無法預料的事情。我已經研究過弄臣協助我繪製的那份粗糙地圖。但我只知道僕人城堡的大致布局，卻完全不知道蜜蜂是否已經到達，還是仍然在船上？如果她在這裡，是被當成了囚犯，還是和其他白者一起住在那種小屋裡？

我也不知道婷黛莉雅再過多久就會到來，以進行復仇。我看著海平線遠處的陰影，擔心巨龍已經徹底摧毀了那裡。我們駛進港口的時候，會不會只能看見一片巨龍肆虐之後的城市廢墟？如果蜜蜂在此之前已經到達了克拉利斯呢？不，我拒絕去考慮這種可能。我必須相信自己還有一個拯救她的機會。

知道蜜蜂還活著——這一點打亂了我的全部計畫。我不能在水井和食物中下毒。這樣蜜蜂就有可能吃到毒藥。我也不能在門把和桌面上塗抹毒藥，更不能揮舞著斧頭殺進去。在安全救出女兒之前，我不能嘗試用任何暴力手段對抗僕人。我原先的設想是在那裡殺死盡可能多的人，直到我戰死，與之相比，進入一座守衛嚴密的城堡尋找並援救一個小女孩，就是一個完全不同的任務了。這將是我第一個以拯救生命，而非奪取生命為主要目標的任務。

「派拉岡想要在港灣裡水最深的地方落錨。即使如此，我們還是要保持警惕，以免退潮時他會擱淺。」

貝笙來到妻子身邊。他一言不發地靠在船欄上，只是聽艾惜雅繼續說道：「我們會像每一次進入陌生港口時一樣行動：上岸拜訪商人、採買商品。我們的錢不多，不過用來裝裝樣子也足夠了。我們甚至真的可以購買一些貨物，畢竟這是最後一次和派拉岡一同展開經商航行。」她的目光飄向遠方，「也許這也是我們最後一次來到新的港口了。」

我再次感受到他們瞥向我們的眼睛，不由得心生羞愧。我的命運就像一匹脫韁的馬，如同拖曳一輛破車一樣拖曳著毀滅，闖進許多人的生活。我竭力想要說些什麼。機敏和其他人都已經靠近過來，想要聽到我們的交談。

艾惜雅保持沉默，只是專注地眺望海平線上的浮雲。貝笙清了清嗓子。「我們會在日落之前回到派拉岡號上，還會讓船員們都做好準備。一旦你們造成了什麼大麻煩，我們就可以迅速撤離。」

我說出了我們全都知道的事實：「你們不欠我們任何東西。這是你們的船和琥珀定下的一份契約。我不會期待你們和船員要為我們冒生命危險。」雖然我知道自己的每一句話都是正確的，但恐懼依然充滿了我的內心。「我們到達克拉利斯之後會全部下船。無論造成什麼樣的麻煩，都只由我們自己來承受。如果有人問起，我們會說我們只是付錢搭船到這裡，對你們幾乎全無瞭解。」我堅定了自己的意志，「如果你們判斷必須在我們回來之前先行逃走，那麼就請按照自己的判斷行動。」那樣我就陷入了最糟糕的一種局面。我的同伴們也都要和我一起應對這種狀況，

我希望那時蜜蜂也能一起。無論如何，我們將失去快速逃離的手段。

貝笙皺起眉頭。「我們不會丟下你們。碼頭上會一直停靠一艘船上的小艇，依姐女王的戰士會駐守在艇上。如果你們要逃命，他們會在那裡等待。我們希望能夠迅速將你們送上派拉岡號，我們可以一起逃走。」

艾惜雅的臉上露出一絲有些變形的微笑。「做最壞的打算，抱最好的希望。既然我們對你的打算知道得這麼少，也很難做什麼特別的計畫。」

「這已經遠遠超出了我的期待。」我低聲說道，「謝謝你們。」

艾惜雅上下打量了我一眼。「我認為所有父母對孩子都會這樣做。我只是希望援救她的行動不意味著派拉岡號身為一艘活船的時光就此終結。但即使是這樣，我還是祝你們好運。要在這次行動中活下來，我們都需要不少好運氣。」

貝笙說道：「小堅和火星對於你們的行動來說還太年輕。你一定要帶著他們嗎？」

「如果可以，我一定會留下他們。」聽到我的話，小堅向前邁出一步，火星發出一點急促呼吸的聲音。我抬起一隻手，同時繼續說道：「但我們也許會需要他們。」

「那你已經有計畫了？」艾惜雅追問道。

「多少有一些。」我知道這個計畫很不完善，「我們會偽裝成向僕人尋求幸運預言的人。一旦我們走過堤道，進入城堡，就會嘗試尋找蜜蜂。琥珀相信她知道蜜蜂被關押在哪裡。如果有必要，我們會在城堡中躲藏起來，等到晚上再出來尋找她。」

「如果你們找到了她呢?」貝笙問。

「我們會救她出來，帶她回到這艘船上。」

「然後呢?」

「蜜蜂的安全是我最關心的。我希望立刻離開克拉利斯。」隨後的計畫只屬於我一個人。復仇可以等到蜜蜂遠遠離開綁架她的惡徒之後再進行。我早已做出了這個決定，而且完全沒有告訴琥珀。我覺得她應該會同意，但如果她不同意，勢必會阻撓我的計畫。我向她瞥了一眼。她正緊緊地抿起嘴唇，雙臂抱在胸前。我提醒他們所有人：「婷黛莉雅打算毀滅克拉利斯。也許我們將復仇的任務交給巨龍就好了。」

希望巨龍還沒有將那座城市摧毀。

「你們如何將蜜蜂從他們手中救出來?」貝笙問。

我不得不聳聳肩。「當那個時刻到來時，我希望自己能知道。」

艾惜雅的臉上滿是驚詫。「你們千里迢迢來到這裡，而這就是你們的策略?這看上去非常……含糊。」

「是的。」

她臉上的微笑顯得很僵硬。「這根本不是一個真正的計畫。」

貝笙伸手按住妻子搭在派拉岡號船欄杆上的手。「我們能幫你們的只有這些。」他說道，「就像你們自己的計畫一樣，這一點幫助無足輕重。不過分贓鎮的水手們知道如何戰鬥。」艾惜雅想要出言反對，被貝笙豎起一根手指加以阻止，「就像艾惜雅說的，我們會讓他們全副武裝，在碼頭上等待。如果你們的運氣不好，至少還能有人幫忙。他們會帶你們回船上。即使艾惜雅和我不在這裡，樂符也會命令揚帆起錨，立刻出發。」

機敏的下巴垂下來。我搖搖頭。「把你們留在黃蜂巢裡？我不能提出這種要求！」

「你當然不能。所以我們會主動提供這種幫助。」貝笙的眼睛裡閃過一種奇怪的光芒，幾乎可以說他覺得這件事很讓人興奮，「這不是我們第一次不得不躲藏起來，或者從敵人的包圍中殺出去。如果真出了這種狀況，就立刻救走你們的小女兒，我們會照顧自己。」他伸手摟住艾惜雅，帶著一點驕傲說道：「我們很擅長幹這種事。」

「我不喜歡這個計畫。」艾惜雅說道，「但我承認，我同樣不喜歡想到你們帶著一個孩子卻無處可逃。」她按住貝笙摟住自己的手，「如果我的船和船員們能夠遠遠避開災禍，那我也就安心了。不必為我們擔憂。」

我知道自己不應該這樣說，但我還是向他們說道：「謝謝。」

琥珀說話了：「那麼，我們就要開始行動了。現在應該為行動做預演。海面很平靜，風也很好，你能暫時解除我們在甲板上的工作嗎？我們需要回到船艙裡，評估資源和裝備，演練各自的角色。」

貝笙朝甲板瞥了一眼，點了一下頭。「你們去吧。」他挽住艾惜雅的手臂，帶她離開了我們。艾惜雅的步伐和她的船在海面上的晃動形成了完美的契合。我試著去想像她生活在陸地上，提著籃子走過市場的情景，但我完全想像不出來。

「角色？」小堅問。

火星的眼睛裡閃過一絲光亮。「是的！」

「我可不知道自己需要預演什麼角色。」我對琥珀說。

「預演？」小堅又問道。

「跟我來吧。」琥珀堅持道，「很快你們就都清楚了。」

我們一擠進船艙，弄臣就脫下裙子、穿起長褲，輕鬆地卸下了琥珀的偽裝。他將那身裙子踢到一旁。「我在上岸之後就不會是琥珀了。」他幾乎是很快活地彎下腰，從床鋪下面拉出各種衣服。他的手指在這些布料和蕾絲上跳動，一件件翻揀它們。片刻之間，我咬緊了牙。我知道自己不會取勝，但還是做了最後的努力。

「我根本不認為你應該上岸！」我提出反對，「克拉利斯人都認識你。如果他們抓住你，甚至只要有人看到你，向衛兵示警，都只會讓我的任務變得更加複雜。不。」

弄臣朝我所在的方向露出惡作劇的笑容。「這不由你來決定。安靜片刻，聽聽我的計畫，這是我認真制定的計畫！」他已經興奮得有些發抖了。「你，湯姆．獾毛，前來克拉利斯探查你可愛的女兒火星是否應該與卡瓦拉領主結婚。那個卡瓦拉就是你，機敏。你的僕人小堅陪伴在你身邊。我會是卡瓦拉領主的老奶奶，陪著他來確認我孫兒的未婚新娘不是一個騙局。」

弄臣說到這裡停了一下。小堅的眼睛瞪得像盤子一樣大。火星不住地點頭微笑。機敏滿臉都

是懷疑。我們之前就討論過，弄臣如果要上岸，必須經過嚴謹的變裝，但弄臣現在排演的完全是一場全新的戲碼。本來一個付錢進入城堡的簡單計畫突然變成了一齣好戲。我緩慢地搖搖頭，「你確定有必要這樣嗎？我們全都要有新的名字和角色？」

弄臣面帶微笑，彷彿根本沒有聽到我的話。「沒有人反對吧？很好。我走路的時候會搖搖晃晃，需要攙扶，而且還不能曬到太多陽光，所以需要格外做好防護。我會帶著蝴蝶斗篷和另外幾件利於隱藏的物品。我們會跟隨朝聖香客的人流到達堤道大門外的商人廣場。蜚滋在那裡付錢購買預言。無論你得到什麼樣的建議，都要表現得很不滿意，還想知道更詳細的資訊，並付出相當數量的錢幣，讓一名靈思拓來決定這樁姻緣是否美滿。我向你保證，他們一定會收下你的錢，給我們入門徽章。到時候我們就能和尋求預言的人們一同進入城堡了。」說到這裡，弄臣吸了一口氣，「這將是任務中困難的地方，我們必須堅持要去卷軸圖書館閱讀卷軸。這是一種非常罕見和昂貴的特權。我們可能沒有那麼多錢，但我們能夠用寶物換取這一特權。」她舉起古靈手鐲，火焰寶石在昏暗的船艙中爍爍放光，看上去彷彿真的在燃燒。「我們還有那塊火磚。不過我們應該先留下火磚，也許後面還需要進行更大的賄賂，那是一件有實際功用的寶物，幾乎任何人都會對它產生貪欲。」

「但我們答應過……」小堅開口道。

「如果有迫切的需要，我們可以將它們交給別人。拯救蜜蜂就是迫切的需要。」弄臣說。

我點點頭。我並非喜歡弄臣的計畫，但實在也沒有其他方法。

「在圖書館，我們必須想辦法分散。也許我可以堅持必須去洗手間，機敏和火星就要陪我一起去，因為我自己走路很困難。我們如果一直沒有回來，你和小堅就去找我們。實際上，你們要找一個地方藏起來。你們也許將不得不分開……」

「我不會讓這個孩子單獨行動。」我表示反對。

「我能做好。」小堅堅持說道，但我能看出來，我的話讓他心中寬慰了許多。

「這個你們自己決定。」弄臣歎了口氣，「許多事都無法確定，只能依靠運氣。無論如何，等到那一天第二次退潮時，第一波來訪者就會離開，第二波來訪者會進來。我們那時必須藏好，否則我們就只能離開了。如果出現那種情況，你們絕不能有任何抗拒，必須乖乖離開，只有躲藏好的人才能留下來。」

弄臣第一次提出這個計畫的時候，我就認為它非常糟糕。現在這個計畫中又增添了一些細節，但絲毫沒有讓它變得更好。

「等到天黑以後，城堡中的人睡熟時，我們該如何找到彼此？我們怎麼知道城堡中的人什麼時候會入睡？」

「難道你不記得我們之前的計畫嗎？我們在洗衣房會合，那裡在晚上是沒有人的，那裡是我們的集結地。相信你們已經全都研究過我的地圖了？」

「是的。」火星回應道。沒有人提醒弄臣，就是他之前命令我們一定要做好這件事。

「然後呢？」小堅問。

「就像我們都同意的那樣。我會先搜索底層監牢。如果她在那裡，我們就必須盡快解救她。」

小堅看上去彷彿很難受。他坐在床上，拱起肩頭，就好像準備承受一記重拳。弄臣給了他一個哀傷的微笑。我將蜜蜂在黑暗中遭受種種折磨的想像推到一旁。我必須將精神集中在援救上。

「一旦我們找到蜜蜂，就必須帶她逃走。這也許是我們最大的挑戰。當我搜尋底層牢房的時候，我們還會尋找救我出去的人所使用的祕密通道。從堤道下方通向大陸的隧道入口一定就在那裡。如果我們找到它，並且還救出了蜜蜂，我們之中的兩個人就會帶蜜蜂立刻從那裡離開，留下一個人去洗衣房會合，指引你們逃出去。」

弄臣向後坐去，手指修長的雙手放在膝頭。「這就是我大致的計畫。」他吸了一口氣，「我們必須帶著切德的火藥罐和蜚滋的毒藥。一旦我們救出蜜蜂，確定要逃走，蜚滋就能按照他的設想使用這些武器。」

「我可以幫忙。」小堅低聲說道，頓了一下，他又小聲說：「我也有仇要報。我的父親、祖父。我記得非常清楚，他們的手下如何對待站在細柳林門前的人。我記得樂惟是怎麼倒下的。」

他說完話之後，房間裡陷入一片寂靜。我為他感到驕傲，又為自己感到慚愧。對於這名善良誠實的年輕馬僮，我都做了什麼？

弄臣說道：「一旦我們將蜜蜂救出克拉利斯城堡之後，帶著蜜蜂的人不會等待其他任何人。她將立刻被送到碼頭，登上小艇。我們會在小艇上等待其他人回來。除非……」他停頓一下，又不情願地說道：「除非蜜蜂受了重傷。我們必須立刻將她送到大船上，治療她的傷勢。」弄臣深吸一口氣，快速說道：「剩下的人只能盡力逃離。今天我們要為此做好準備，穿上偽裝的衣服，藏好武器。」

「我同意。」我低聲說道。

「那就讓我們開始吧。」火星宣布道。她顯然已經從弄臣那裡得到了更多情報，現在她也開始從床鋪下面拉出衣服了。

她將一疊衣服放到弄臣身邊。「妳的老奶奶軟帽在最上方。我已經在上面綴好了蕾絲，為你的老臉遮住陽光。試試看！」在弄臣的衣服旁邊，她放上了蝴蝶斗篷。這件斗篷被疊起來，捲成了一個緊密的小包。她一言不發地拿出一套女僕衣服和一頂頭巾。我知道這是為蜜蜂準備的。當她對我說話時，我禁不住打了個哆嗦。「蜚滋，請準備好最好的衣服。小堅，這裡有長褲和一件寬鬆的馬甲背心，還有你的舊靴子。自從我們上船之後，你就幾乎沒有穿過它！琥珀說一個僕役男孩就應該穿成這種樣子。機敏，既然你要向我求婚，我就為你設計了一套衣服。也為我自己設計了衣服。將百里香女士的舊衣服改造成現在流行的樣式，還真是一種挑戰！」

火星的語氣中帶著完全可以理解的驕傲。她舉起給機敏做的衣服，那曾經是一個脾氣糟糕的老女人的罩衫。現在，它則變成了一件還說得過去的紳士襯衫，在它的衣領和袖口上堆著大量的蕾絲。「你很幸運，你父親和你身量差不多，所以百里香的衣服的剪裁很適合你。」火星忽然哽咽了。她看也不看就將那件襯衫推到機敏面前，努力說道：「試試看。」

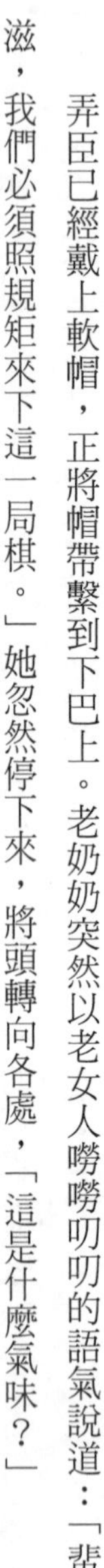

弄臣已經戴上軟帽，正將帽帶繫到下巴上。老奶奶突然以老女人嘮嘮叨叨的語氣說道：「蜚滋，我們必須照規矩來下這一局棋。」她忽然停下來，將頭轉向各處，「這是什麼氣味？」

我立刻就明白了。火星尋找衣服的時候弄翻了我的背包，古靈火磚在發熱。蜜蜂的書就在它旁邊，切德的火藥罐就在它旁邊！

我撲倒在地板上，像狗一樣把床下面的東西刨出來，同時用光了博瑞屈最好的馬廄髒話。我從一大堆裙子下面拉出我的背包。被燒焦的帆布在我慌亂的手指中碎裂了。我將背包裡的東西全部倒在地上。火磚正在發光。機敏將水罐裡的水倒在一條堆滿刺繡的裙子上，我把火磚放在上面，讓普通的一面向上。火磚發出一陣「嘶嘶」聲。我將被燙到的手指放進嘴裡。這一點燙傷不至於讓手指生出水泡，但我還是感覺到手指傳來一陣陣疼痛。火星已經俯身將蜜蜂的書從我的一堆雜物中抽出來。蜜蜂的書擋住了火磚的熱量，但我看到蜜蜂生活日記的背面出現的焦痕，心中不由得感到一陣劇痛。火星將那兩本書放進弄臣的手中。弄臣立刻把它們抱在胸前，就彷彿它們是需要呵護的孩子。

「為什麼你要把切德的罐子和火磚放在一起？」小堅難以置信地問道。我沒有合適的回答，只除了如果是我一個人，我的背包絕對不會翻過來。

火星已經開始認真搜檢我的衣服。「你還有好褲子嗎？」她拉出一件襯衫，一邊問我。

「讓我來找！」我說道。但已經太晚了。

「這是巨龍之銀？」機敏帶著敬畏的語氣問道。火磚的熱力削弱了我已經被磨損的舊襯衫的布料強度，那兩只玻璃瓶露了出來。我從被燒焦的襯衫中拿了一只瓶子出來，對它進行仔細檢查，看樣子，瓶子毫無損傷，裡面的巨龍之銀依舊在不停地旋轉著。

「巨龍之銀？」弄臣用他自己的聲音喊道，「蜚滋，你有巨龍之銀？」他向一團亂的地面俯下身，彷彿只要用力去看，就能看到它們。

我沒有足夠的謊言能夠掩飾其他人明確看到的東西。一直藏在我心中的真相脫口而出：「是拉普斯卡給我的。」

房間裡沉寂下來，就像是陡立的屋簷上滑下大堆白雪，一下子埋住了我們。

我感覺自己有必要再多說一些：「我沒有向他要。荷比說服了他，讓他相信讓我擁有巨龍之銀是對龍族有利的事情。他已經聽到琥珀提出了這種要求，於是便將巨龍之銀給了我。就在他扶我回家的那一天。」

「所以說，這是給我的。」琥珀輕聲說道。我的弄臣這麼快就消失了。

「不，他是給我的。」我堅定地回答，「我將決定它的用途。」

「而你一直瞞著我。瞞著我們所有人？」眾人都在慢慢點著頭，琥珀似乎在一片沉默中感覺到了大家的回應，「為什麼？」

「我覺得我也許會需要它。」

「你害怕我會使用它。」

現在有理由說謊嗎？實在是沒有。「是的，我的確為此而擔心。而且我擔心的理由很充足。

我還要說，」我提高了聲音，不讓琥珀有機會打斷我，「妳在自己的一隻手上塗抹了巨龍之銀，我又怎麼知道妳不會對自己使用更多，或者把它餵給這艘活船，在我們準備好釋放他之前就讓他成為龍，而不再是船？」

「你以為你也許會需要它。」琥珀的聲音變成了弄臣的聲音，「你要做的絕不僅僅是塗抹一下指尖。我想，你會塗遍自己的雙手？就像惟真一樣？」

「也許吧。這和妳做的事情又有什麼區別？巨龍之銀是一種資源，就像切德的火藥罐和古靈火磚。我還不知道該如何使用這些東西，不過我會保留它們。它們是屬於我的。」

「你不信任我。」

「我信任弄臣。我不信任琥珀。」

「什麼？」這是小堅的聲音。房間裡的另外三個人見到我們爭吵，顯然都很不自在。小堅脫口而出的問話才讓我意識到他們的存在。我瞪了小堅一眼，他一縮脖子。而真正讓我感到氣惱的是我自己，因為我無法解釋自己的想法，甚至對自己解釋也不行。弄臣給了我一個受傷的表情，隨後琥珀的面具又落在他的臉上。是的，就是這樣，他利用琥珀來躲避我。我不喜歡這樣。無論弄臣在別的地方是什麼樣的人，當他在我面前戴上琥珀的面具時，我只能看到謊言和偽裝。我沒有回答小堅的問題。小堅清了清喉嚨，緊張地說：「小丑能夠用牠沾了巨龍之銀的喙做一些事。牠向我演示過。」

所有人的注意力突然轉到了小堅的身上，「比如什麼事？」我問道。

「我一直在為牠塗黑羽毛。當上一次的墨水剝落，我又需要塗黑的時候，我要牠張開翅膀，卻沒有發現白色的雜毛。至多只有一小根灰色的羽毛。當小丑看到它時，便用喙梳理了一下。那根羽毛也變成黑色了。」

「這是一種強大的魔法，」我輕聲說道，「一定要小心，別讓牠的喙碰到你。」

「牠現在對自己的喙非常小心。」小堅不無遺憾地輕聲說道，「對我，牠很小心，但對這艘船就不然了。牠喜歡派拉岡。我認為牠非常喜歡。我見過牠梳理這艘船的頭髮，就好像派拉岡是一頭龍。」

「他就是龍。」火星低聲說。

我跪下去，將巨龍之銀和我被燒焦的襯衫放進舊背包裡，紮好背包口。我將火磚放到另一邊，我的衣服在仍然堆在地上。我找出一條褲子。「只能穿這條了。我的公鹿斗篷有些太熱了，不過我能夠將它披在身後，它也許能夠幫我藏住一把斧頭。」

琥珀拋卻了因為我而感到的委屈。她再度開口的時候，聲音恢復了平靜。「找些小一點的武器。你不能因為攜帶武器而被攔住。」

我沒有爭論。「我會從德雷那裡借一把船上的小斧。」我發現了自己的另一件襯衫，便將它放到準備進克拉利斯時穿的衣服裡，然後我開始整齊地包好切德的火藥罐。

火星拿起那件襯衫，將它舉起來，用批評的眼光審視它。「這件不行。這不是有權有勢的貴族穿的衣服。我只能再改一件百里香女士的罩衫了。」

「行行好。」我一邊說，一邊伸手到床鋪下面拉出另一只背包。我在崔浩城將這只背包帶上船以後，幾乎就再沒有動過它。我在遭到熊攻擊的時候丟失了一部分毒藥和刺客工具。這只背包裡是我保留下來的裝備。我開始進行挑選。開鎖工具、勒頸索、一小罐能夠塗在門把、插銷或者銀器上的毒膏，我曾經將它使用在一本書的背面，那本書的主人在兩天以後死了。無味的致命藥粉，有些見效快，有些則慢。數個這樣的小包被我放到了一旁。

「你不需要那些？」火星問道。她正專注地看著我如何做出選擇，也許她在思考要給我的衣服加一只暗兜。不過，百里香女士的舊衣服裡也許已經有不少暗兜了。

「那些是催眠劑，只能讓人睡覺。我應該用不著那種東西，不過我還是會帶上兩包。」我繼續查看背包裡面，又拿出兩把小匕首，它們非常鋒利，長短和刃寬都和我的小手指差不多。「伸縮自如。」切德這樣稱呼它們。切德。我穩定了一下自己的呼吸。我找到了為弄臣製作的毒丸，它被包裹在一張紙裡。我不想將它交給弄臣。但我必須如此。

「琥珀，我要給妳一些東西。」我警告她，並伸手握住她戴著手套的手。她沒有顫抖。我翻開她的手心，將小紙包放入其中，「這是弄臣和我要的。在他被捉住的時刻使用。」

琥珀緩慢地點點頭。合攏手指握住紙包。

「這是什麼？」小堅用充滿恐懼的聲音問道。

「一種快速解脫的方法。」我說道，又將幾樣東西放到打算攜帶進克拉利斯的物品中。突然間，我再也無法忍受這一切。現在的每一件事感覺都是錯的。每一件事。在實現目標的許多種方式中，我們選擇了最糟糕的一種，我感覺到現在這個計畫最有可能失敗。我看著堆在面前的火藥罐、毒藥包和刺殺武器。火星已經開始拆開一件綠色罩衫的縫邊。他們都如此專注，如此團結，就像一群理想主義的兔子在策劃要打倒一頭獅子。我站起身。「我需要一些新鮮空氣。」說完，我便離開了這些盯著我的人。

我站在外面的甲板上，船頭欄杆後面眺望遠方。派拉岡的身邊沒有其他人，只有小丑站在他的肩膀上。我敷衍地向他問過好，便沉浸在自己的痛楚之中。沒有人跟過來，對此我非常感激。毫無疑問，他們會留在艙室中，進一步制定我根本不會同意的計畫。我靠在船欄上，看著已經若隱若現的陸地。克拉利斯。我的目的地。我的女兒。我拋棄了她，隨之便失去了她。無論如何，我想要成為找到她，並讓她平安的那個人。我想要讓她看見我的臉，被我抱在懷中。我。我希望那個人是我。

你完全忽視琥珀也和你有著同樣的心情。派拉岡洪亮的心聲撞擊著我。我從他的欄杆上抬起手臂。你抬起手也沒有用。我早就告訴過你，小人類，只要我想，任何時候我都能夠感受到你的思維。就如同我能感受到她的夢。她一直在自責，認為你是為了救她才丟掉了那個孩子。她用盡全力去思考必須怎麼做才能避免別人察覺她的哀傷。但有一件事我要告訴你。她夢到你會死去，她不希望你的死毫無意義。你應該知道，如果她必須選擇一個人去死，她會選擇你。因為她相信，這是你所希望的。

片刻之間，我只是僵立在原地。我的內臟像是全部凍結了一般。選擇一個人去死。然後我知道了，我知道弄臣是正確的。如果我必須死，才能讓他活下來照顧蜜蜂，那麼這就是最好的結果。我向活船投去我的思緒。我會如何死去？

在水和火中，在風和黑暗裡。不會很快。

好吧，能知道這個很好。

是嗎？我從來都無法理解人類。就像一個人從傷口上撕下繃帶，派拉岡將他的意識從我的意識上剝離，留下我一個人站在風中。

那一整天裡，我們不斷向陸地靠近。但看上去卻彷彿不是這樣。每當我從船頭的欄杆後面向遠方眺望，克拉利斯似乎都還像以前一樣遙遠。風很柔和，活船以自己的意志向前行駛，幾乎不需要船員們做什麼。現在可做的事情太少，導致我沉陷在憂慮中的時間變得太過漫長。

我不是唯一在甲板上踱步遠眺的人。我看見艾惜雅和貝笙肩並肩地站在船尾甲板艙室的頂上，一同向克拉利斯望去。貝笙的手臂環繞著妻子。他們的兒子也爬上艙頂，來到他們身邊。他們看上去就像是一家人即將開始一場危險的旅行。也許事實正是如此。

無事可做的船員們紛紛來到船首甲板上，站在派拉岡身邊。琥珀也和他們在一起。派拉岡在向他們講述伊果最早到達克拉利斯的故事。那時他的眼睛還沒有瞎。在他的記憶中，克拉利斯是一座充滿活力的城市，會熱情招待渡海而來的客人。我瞥到過柯尼提被伊果奴役之後，在派拉岡號上的生活，所以現在活船歡快的描述只是讓我感到困擾。分贓鎮的水手們對這座城市有上百個問題——這裡的妓院和賭場是什麼樣子、能買到什麼樣的熏煙、有沒有辛丁貿易。琥珀坐在他們中間，也和他們一起提問、說笑，講述岸上的冒險故事，還慫恿其他人也說說他們在冒險中遭遇的災難和喜悅。小丑站在琥珀的肩膀上，當其他人大笑的時候，牠也呱呱地叫著。

我離開前甲板，卻發現無處可去。小堅正和樂符一起站在人群邊，雙臂抱在胸前，仔細傾聽大家的講述，臉上露出一點微笑。我不情願地回到艙室中，去看看火星是不是已經把我的襯衫做好了，卻在那裡發現機敏正和火星在一起。當我走進去的時候，火星的臉瞬間變成了非常美麗的粉紅色。我盡可能快地試了一下衣服。「看起來很不錯。你想讓我為你裝好東西嗎？還是你自己來？」火星問我。

我有沒有想像過會有人如此直白地討論我該如何準備殺人？他們全都靜靜地看著我將那些致命的小包放進襯衫裡，然後再次穿上它。火星皺起眉說道：「這絕不是我最好的作品，不過以現有的條件，也只能做到這樣了。你必須披上斗篷，走路時還要稍稍縮起一點身子，就像是已經上了年紀的樣子。」她又給了我一條腰帶，上面的口袋能夠裝下切德的火藥罐。這幾只罐子就掛在我的腰上。當我披上斗篷，照她的話縮起身子時，它們就能很妥當地隱藏起來。

準備好這一切之後，我離開艙室，不再打擾他們。他們對愛侶的選擇並不明智。但我明白那種如火一般的熱情。我相信我的父親對耐辛就有這樣的感情。還有老黠謀國王在選擇欲念女大公作為他的妻子時，也是因為這樣的感情，才沒有對可能發生的後果多做考慮。我離開船艙，讓他

們能夠盡量享有這一段獨處的時光。

白天慢得就像是從割開的樹枝上滴落的樹脂。海岸線一點點向我們靠近，當暮色初現的時候，我們已經能看見遠方城市亮起的燈光了。貝笙找到了我。「我們抵達時，天色應該完全黑了。根據派拉岡對那個港灣的回憶，我們不應該在黑夜中進入那裡。我們會在港外落錨，那裡的水更深。等到天亮之後我們再入港。月亮正在變成滿月，在一年中的這個時間，退潮時的水位會非常低。像派拉岡號這樣尺寸的船，不是在陌生港口冒險的好時機。」

我不情願地點點頭表示同意：「我們應該更小心一些。」雖然希望渺茫，但我還是渴望著能夠儘早踏上那片土地——就像我的同伴一樣愚蠢。我這樣責備自己，並感謝貝笙的訊息。

船長嚴肅地點點頭。「告訴你的朋友們，今晚他們都不需要值夜。我建議你們好好睡一覺。我們沒能在最好的環境下相逢，蜚滋駿騎親王，但我希望你一路順風。」說完這句話，他就離開了我。我知道我應該接受他的建議，找到我的朋友們，讓他們做好最終的準備，然後早些入睡。我回到琥珀的艙室，發現小堅和琥珀已經回到那裡了。

「你看到城市的燈光了嗎？那看起來可真美！」小堅對我說。

「是的，」我表示同意，「如果換做其他時候，我會很高興能夠探索一座新城市。貝笙說我們到那裡的時候應該很晚了，所以他會在港灣外落錨。我打算去問問船員是否能在船停之後就送我到岸上去進行偵查。我想到那裡的酒館去，聽聽有什麼傳聞。」

琥珀搖搖頭。「我和你一樣焦急。」她一邊說，一邊脫下自己的裙子。讓我驚訝的是，她拿起那條裙子，直接用裙襬擦掉了臉上的化妝。「但你很可能會在碼頭上就被趕回來。克拉利斯人一直都很認真巡查這裡的街道和港口。這是一座很美麗的城市，整潔有序，受到嚴格的控制。如果你被城市衛隊捉住，那將造成極大的不便。」她擦去臉頰上最後一點胭脂，然後弄臣說道：「我們今晚應該好好睡一覺，明天很早就上岸。我相信，偽裝成迫不及待的香客對於我們是至關重要的。」他伸手梳過頭髮，讓它們豎起來。「而且，我懷疑貝笙和艾惜雅也不會允許你這樣做。讓船員們半夜划船去城裡？在這艘船入港之前？這不是一個好計畫。」

我很不情願地接受了弄臣的建議。我們沒有再提起之前的爭吵。這是我們實現和平的方式。其他人都不住地交換著眼神。我這才驚訝地發現，當弄臣和我不再爭吵時，他們會感到多麼安慰。

我相信弄臣終於意識到我是真的不喜歡琥珀。在船艙裡，他又恢復成弄臣，將琥珀的披巾和拖鞋都扔在地上。我們再一次攤開地圖進行研究。其中一張地圖描繪的是這座城市和克拉利斯城堡以及它的塔樓與庭院，另外四張地圖分別顯示出那座堡壘每一層的內部構造。在每一張地圖上，都會有一些空白地帶。弄臣可能完全不知道那裡，或者是無法回憶起那裡的具體結構。我們討論各種路線和可供藏身之處。弄臣竭力回憶那裡會有多少衛兵、具體都駐紮在什麼地方。我裝作我們的計畫能夠有一點成功的可能。當我完全厭倦了去聽那些已經被重複許多遍的叮囑，就建議我們應該盡量睡一覺了。我讓機敏和小堅去了他們的吊床。弄臣要火星去廚房要一壺熱水和幾只杯子。「睡前喝一杯茶能夠清理我的思緒。」火星匆匆去了廚房，我露出微笑。我懷疑她和機

敏今晚會在一個更加私密的地方共度良宵。

當房間裡只剩我們兩個的時候，一種奇怪的寂靜落下。琥珀在我們之間製造了一段距離。在明天進入險地之前，我想要讓這段距離消失。「我們沒有什麼成功的機會。我只希望他們不會和我們一起犧牲。」

弄臣點點頭。他戴手套的手摸索著床鋪，找到了蜜蜂的書。他隨便拿出其中一本，在膝蓋上打開。那一頁畫著一名金髮女子騎在一匹馬上穿過森林。「三人一體在小路邊緣狩獵。王后、預言者和馬僮微笑著成就了它。」

「我認為這是關於我們在群山王國的回憶。你、我和珂翠肯，一同狩獵。」

弄臣露出哀傷的微笑。「我怎麼會以這樣溫柔的心情回憶那段嚴酷又危險的旅程？」

「我也是。」我承認。我們之間的距離被拉近了。

我們翻閱著蜜蜂的書，我為他朗讀書上的內容，談論過去的時光。我們在一起，快樂而愜意，彷彿將永遠如此。在這一段安寧的時光中，我終於意識到了琥珀在隱藏著什麼。我的朋友害怕回到克拉利斯。他絕不願意踏足到這片海岸上，就像我不願意回到帝尊的地牢中去。他在克拉利斯受到的折磨和他對這座城市的描述一樣，有條不紊、井然有序，一切都經過細緻精確的計畫，和對我的用刑完全不同。

「我太容易受騙了，」他傷感地說，「當我第一次開始懷疑他們在欺騙我們的時候，就應該逃走。但普立卡和我進行了長談和辯論。我堅持必須警告你，以免他們會找到你。我說服普立卡我們必須離開，親自去尋找那個『野生』的新先知，保護好他，不要讓他像我一樣沒有任何保護。他是意外之子嗎？對此，我們都無法肯定。但我們全都知道，年輕的白者已經無法再全心全意追尋自己的目標了。如果僕人們將他帶到克拉利斯，他們就會利用他滿足私利。」

蜜蜂的書被忘在他的膝頭。他說話的時候，張開的雙手還按在書頁上。

「第二天，我們開始計畫行程，並暗中將獲得的大量禮物賣掉了一些，打算在一艘船上買兩個鋪位。但那艘船已經沒有地方供我們住宿了。那一天港口中也沒有任何其他船隻。我們試著收買一名漁夫，讓他帶我們去臨近的島嶼。他告訴我們，他不敢這樣做。當我們堅持要離開時遭到了伏擊，被打了一頓，身上的錢也被搶光了。

「然後四聖剝下了一切偽裝。城堡大門的衛兵粗魯地告訴我們不許離開那座島嶼堡壘。我們被叫到四聖面前，他們問我們是否感到不快樂，並告誡我們，享受他們安排的奢華生活是我們的榮耀，而且我們有責任留下。我們還應該分享夢境，並將智慧傳給年輕的白者們。於是，我們成為階下囚的第一段歲月開始了。

「正是在那時，普立卡同意必須派人來警告你。我有我的疑慮，但我們都同意，這名新的先知，無論他是不是意外之子，都必須被找到並被保護起來。在外面那個寬廣的世界中，還有誰能夠做好這樣一件事？只有你。」他嚥了一口唾沫，但負疚感卡住了他的喉嚨，「於是我們派出信使，每次兩個人，我不敢告訴他們清楚的方向，只是給了他們一些需要破解的謎題和模糊的指引。他們就像孩子一樣天真無邪，渴望著成為傳說中的英雄。哦，蜚滋，我真是慚愧極了。普立卡和我盡可能為他們做好準備。他們在被我們派遣出去的時候全都是那樣意志堅定，但他們對於外面的世界一無所知。支援他們的只有渴望幫助我們及拯救世界的熱情。他們出發了，之後就再也沒有回來，也不曾傳回任何訊息。我相信他們全都遭遇了可怕的事情。」

對於這樣的敘述，任何旁聽者都無從置喙，只能認真地傾聽。過了一會兒，弄臣又開了口：「一天晚上，在晚飯之後，我感覺很不好。我躺到床上。當我醒來時，已經在牢房裡了。普立卡匍匐在我身邊的地上。寇爾崔來到我們牢房的門前，告訴我們被指控犯下了腐化年輕白者、煽動叛逃的罪行。我們已經無法在克拉利斯內部自由行動了。但如果願意幫助他們找到意外之子，那位新的野生白者，我們也許能恢復原先的地位。我們告訴他們，對於那個孩子，我們一無所知。這是實話。」弄臣的微笑中充滿了苦澀，「他們將我們囚禁在堡壘最高層的牢房裡。那些牢房的後牆就像是雕刻工藝品或者蕾絲花邊，像骨頭一樣白，厚度卻又和我的前臂一樣。我們有舒適的床和優質的食物，還有筆和紙張能夠記錄夢境。我知道我們還有利用價值。我們被緊緊鎖住，一共是四道鎖。但我們沒有遭受虐待。至少開始時是這樣。

「儘管我們已經不再受到尊崇，但還是有少數幾個操縱者和核校者對我們保持著忠誠。我在送來的小塊麵包中發現了一張紙條。他們做出英勇的承諾，說他們還會繼續派出信使，直到確認有人成功地送出訊息。我不願去想他們到底承擔著怎樣的風險，但也沒辦法懇求他們停下。所以，我只能大膽地抱著希望。」

弄臣吸了一口氣，合起大腿上的書。他摸索的手找到了我的肩膀，用力按了一下。「蜚滋，有一天他們移動了我們，讓我們從那間有著清新空氣的牢房中出來，帶到那座堡壘深處。那裡黑暗又潮濕，像是在某種……舞臺上，周圍環繞著座位。在那個檯子的正中央有一張桌子，還有各種刑具，周遭充斥著一股陳舊的血腥氣味。每一天，我都在害怕將要面對烙鐵、鉗子和鐵釘。但我們沒有被這些東西碰過。只是那種等待和猜疑……我說不清有多少個日子是那樣過去的。

「每一天，他們都只給我們一小塊麵包和一罐水。但一天晚上，當他們給我們送食物來的時候……」弄臣吸了一口冷氣，「水罐裡……盛滿了血。我們掰開麵包，那裡全都是小骨頭，是指骨……」他的聲音變得愈來愈高亢。我伸手到他肩頭，按住他戴著手套的手。我能做的只有這些。

「日復一日……都是血水和骨頭麵包。我們猜不出他們殺了多少人。第二天，他們就將普立卡和我分開了。但血水和骨頭麵包還是不斷被送過來。他們不給我其他任何食物和水，但我沒有屈服，我沒有屈服，蜚滋。」

弄臣停下講述，吃力地呼吸著。一段時間裡，他只是不停地喘著氣，就好像為了躲避這些回憶而剛剛進行過一次可怕的奔跑，但這些回憶終於還是追上了他。

「然後，那種事終於停止了。他們給了我一小塊粗麵包。我掰開它，裡面不再有骨頭。第二天，我沒有得到麵包，而是一碗漂著一些蔬菜的深色湯水。我吃掉了它。隨後三天裡，又是骨頭麵包和血湯。然後，我在麵包裡發現了一顆牙齒，在湯裡有一個淺色的眼珠。哦，蜚滋。」

「你不可能知道。」我的胃在翻動。

「我應該知道的。我應該能猜到。我是那樣餓、那樣渴。我是不是已經知道，已經猜到了？只不過拒絕承認？我應該早就猜到了，蜚滋。」

「你沒有一顆黑暗的心，能夠想像出這種事情，弄臣。」我無法再這樣折磨他了，「去睡吧。你和我說的已經夠多了。明天，我們去救回蜜蜂。在我們離開那座城市以前，我會盡全力多殺死他們幾個。」

「如果我睡著，就會夢到那個時候。」弄臣的聲音在顫抖，「蜚滋，那些人很勇敢。他們的勇氣遠遠超過了我。他們是我的盟友，從未停止過抗爭。他們在竭盡全力幫助我，只是這樣的幫助並不多。也許是一個人在走過我的牢房時對我說一句關心的話；有一次，有人給了我一條浸了熱水的布巾。」弄臣搖搖頭，「我很擔心他們因為這一點點善行，就遭受到嚴厲的懲罰。」

「明天，我們找到蜜蜂之後，我就會給那四聖另外一種『善行』。」我向他承諾。

對於我這個誇大的承諾，弄臣甚至無法露出微笑。「恐怕我們沒辦法做到出其不意。他們有許多夢卜者，有無數的夢，能夠從中破解我們的行蹤，知道我們的到來。我害怕他們會做好萬全的準備，抓我回去，繼續已經開始的事情。」他將臉埋進雙手之中。他的聲音被帶著手套的手指捂住了。「他們認為我是叛徒，這是他們最痛恨我的一點，遠超過我做的其他事情。蜚滋，我不害怕他們捉住並殺死我。我只害怕他們捉住我以後，永遠都不會殺我。」

我看到的不是弄臣的恐懼，而是他的勇氣。他非常害怕，但為了蜜蜂，他敢於再一次與克拉利斯對抗。我抓住他的袖子，將他的手從臉上挪開。該是向他坦陳實情的時候了。「弄臣，我知道你夢到了什麼。不只是你告訴我的，而是全部。我理解你的選擇。」他給了我一個哀怨的眼神，我告訴他：「是派拉岡對我說的。」

他輕輕抽走袖子。「我就知道，他能夠洞悉我的夢。不過我還是驚訝他會告訴你。」

「我認為他是在關心你。就像我遇到他的第一天他表現出的那樣，他非常喜歡你。」

「他全都告訴你了？」

「他告訴我的已經夠多了，弄臣。你是對的。如果要做出選擇，如果必須有人要死，那我寧可讓你繼續走下去。我對蜜蜂一直都不是一個好父親。我相信你能做得更好，你還會得到謎語和蕁麻的幫助。晉責會確保你有足夠的津貼，維持細柳……」

弄臣發出沙啞的笑聲。「哦，蜚滋。根本不存在什麼選擇！我沒有在你和我之間選擇誰活下來。」停頓片刻之後，他用哽咽的聲音問：「你真的以為，我會選擇讓自己活著，讓你死去？」

「這是理智的選擇。為了蜜蜂。」

「哦，蜚滋，不。那些夢並不是能夠由我來選擇的。它們只是許多可能的岔路，通向不同的未來。」他的聲音變得滯澀，「在一條路上，毀滅者死了，意外之子活了。在另一條路上，意外之子被徹底摧毀。所以，如果這一切都會聯繫到我的行動，一個我無法預見的行動，不論我多麼瘋狂地希望不要發生這樣的事，我還是會盡一切所能讓蜜蜂活下去。我要保護蜜蜂，無論將會為此付出什麼樣的代價。」他沒辦法再說下去，淚水閃耀在他看不見的雙眼中。

「當然，是的，這也會是我的選擇。」

「雖然知道，但我從來都不想去面對這樣的決定。」

一陣敲門聲打斷了弄臣的話語，他急忙用袖子抹去淚水。我打開艙門。「很抱歉用了這麼長時間，我不得不等待水被燒開。」火星說道。她雙手捧著一只托盤，側身走進房間，推開床鋪上的東西，將托盤放下。「我們的克爾辛拉之淚剩的不多了。你想要喝些什麼？」

弄臣露出微笑。火星帶著責備的神情看著我，她知道弄臣剛剛哭過。弄臣說：「其實，我有一種從公鹿堡帶來的茶。我一直留著它。不過今晚，我想應該放縱一下自己。是女人花園中栽種的胡椒薄荷和綠薄荷，還有磨細的乾薑根粉末，再加上一點接骨木。」

「耐辛經常為我沖這種茶。」我回憶起來。弄臣一邊微笑著，一邊在他的物品中摸索，拿出了一只小皮口袋。

「我是從博瑞屈那裡得到這個配方的，」弄臣承認，「這裡剛好有夠沖一壺的量。都用了吧。」他將那只口袋遞給火星，火星把袋子裡的茶全都倒進茶壺中。茶水的芬芳讓我們想起了家中的那些平凡時光，那些簡單的茶和簡單的快樂充滿了這個小小的房間。火星為我們倒茶，我們一同飲茶，彷彿根本不需要在明天就去面對死亡。這股香氣帶回了舊日的回憶。弄臣講述了一、兩個關於公鹿堡的古早故事。他說到對黠謀國王的喜愛、阿手和我在馬廄的惡作劇，還有花園女孩嘉蕾莎對他遙遠的愛、肉豆蔻廚娘神奇的麵包、鐵匠和薑餅、女人花園中的薰衣草在夏日陽光下散發的芬芳。

火星靠在她的鋪位上。弄臣的眼睛已經閉上了，當他的聲音變成微弱的囈語時，我悄然走出

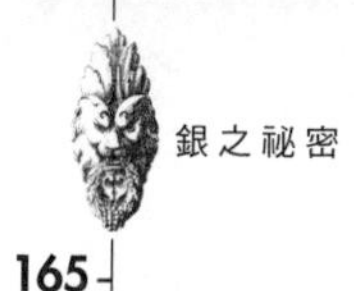

房間，輕輕關閉艙門。然後我回到機敏和小堅中間，我的吊床旁。我爬進去，令我驚愕的是，睡眠很快就找到了我。

羽毛到利刃

致商人克利夫頓、安羅森和貝利迪，

請接受我們最深的歉意，我們無法執行和你們定下的契約了。我們的活船康德利號已經失控。他不僅威脅到船長和船員，還對我們遇到的其他每一艘船都構成危險。他已經兩次故意讓船艙進水以致於貨物毀損，同時還不斷違抗船舵的指引，任意傾斜船身。

為了我們船員的安全，也為了保全你們的貨物，必須終止我們的契約。你們有權利因為違約而起訴我們。但如果願意，我們已經安排了登尼拉家族的活船歐菲麗雅號運輸你們的貨物。登尼拉家族是一個歷史悠久、信譽卓著的繽城貿易商家族。你們不需要另外支付費用。他們會接管並履行我們的契約。

希望你們能夠同意，這對我們所有人都是最公平的安排。

致以誠摯的敬意，

活船康德利號的船長奧斯佛

太陽已經滑過天穹。西斜的陽光透過鐵柵照進我的牢房，在地面留下一條條陰影。我很餓，但也許已經錯過了晚上的牢飯。我竭力將今天遭遇到的一切拼合在一起。也許卡普拉明天會來找我，會想要知道更多。如果我全部說出去，她會給我一間小屋、乾淨的衣服和美味的食物嗎？如果她給了我這些，然後呢？我無法想像自己的餘生都要在這裡度過，也無法想像自己還有可能回家。對於我來說，唯一的可能只有四聖之中的一或兩個人對我感到厭惡，於是我就要捱鞭子，或被殺。也許是先捱鞭子再被殺死。

或許我在夢中做的那些事會變成現實。當我想到它們的時候，就覺得全身發冷，儘管這裡的夜晚其實還很溫暖。

那個女人來點亮了油燈。它們散發出松林的氣味。我渴望著森林，渴望著能夠去這些人找不到的地方。我將自己的床墊鋪在地上，但我沒有睡著。油燈讓鐵柵變幻出不同的影子。它們的影子愈來愈淡。我抬起頭，望向油燈。燈芯上的火苗幾乎已經不動了。然後，它熄滅了。現在只有走道遠處的油燈還能給我的牢房一些光亮。世界變成了一片片黑色和灰色的影子。

我聽見旁邊牢房中那個黑色的人在床上翻動。「那麼，就是今晚嗎？好快啊。」

我不確定他是在說他自己，還是說我。我等待著。

「小傢伙，蜜蜂，妳有夢嗎？」

我該信任誰？不能信任任何人。誰能聽到我的真話？沒有任何人。信任在這個時候已經變得太過危險了。「我當然會做夢。每個人都會做夢。」

「確實，但並不是每一個人都能像我們這樣做夢。」

「你是怎麼做夢的？」

「一幅又一幅畫面。有符號、隱喻和線索，有韻文和謎語。比如這個：

一隻雜色鳥，一艘白銀船，哦，你喚醒了什麼？

一個變兩個，兩個變一個，在未來破碎之前。」

一陣戰慄掠過我的脊背。當我生病的時候，我在一個夢中聽到過這首詩。那是在德瓦利婭綁架我不久之後。我沒有告訴過任何人。我等待著，直到能夠讓自己的聲音平靜下來。「這是什麼意思？」

「我以為妳會知道。」

「我根本不知道什麼白銀船和雜色鳥。」

「現在還不知道。有時候我們只有在夢變成為現實之後才能明白它的意思。而有一些夢永遠也不會變成現實。在我做夢時，我經常能感覺到一個夢有多大可能成為真正的未來。如果我不斷地重複一個夢，那麼我就知道，它幾乎是不可避免的。我曾經夢到一隻白狼，有著銀色的牙齒。但那個夢我只做過一次。」

「你一次又一次地夢到了那隻鳥嗎？」

「經常夢到，所以我知道它會發生。它一定會發生。」

「但你不知道會發生什麼。」

「不知道。這是我們的詛咒。知道有些事一定會發生，但只有在它發生之後，當我們回顧往昔的時候，才知道那是什麼樣的事情。於是我們只能說：『哦，原來是這樣的意思。如果我早些知道就好了。』這會讓妳心碎。」他沉默了一段時間。又一根燈芯上的火苗抖動了兩下，走道變得更加昏暗了。他悄聲說道：「哦，小傢伙，兩點燈火滅了。時間到了。我很難過。」他幾乎又自言自語地說道，「但妳還這麼年輕、這麼小。這真的會發生在妳身上嗎？妳就是那個人嗎？」

我噎住了，無法問出心中的問題。輕柔的腳步聲正在向我靠近。我甚至沒有聽到門扇開合的聲音。「我會死嗎？」

「我覺得，妳會發生變化。並非一切變化都是壞的。變化很少有好壞之分，它只是變化。一隻蝌蚪會變成青蛙，一根鐵棍能夠被鍛造成劍刃，一隻雞會變成肉。在夢裡，我看見一根羽毛被慢慢鍛打成一柄利刃。我看到堅果裂開，成為一棵大樹。我看見年輕的母鹿被殺死，被切割成肉。今晚，妳會變得與過去完全不同。」

這聲音緩慢得如同落雪。隨後的寂靜顯得空曠而且冰冷。

夜更深了。從瞭望塔上傳來的微弱光芒透過牆壁上的空洞，變成各種柔和的形態。爸爸，為什麼你要把我推開？你知道我現在是多麼需要你嗎？我將我的思緒小心地編織成絲線，送了出去。

不要這樣。狼父親的警告顯得格外嚴厲，妳不知道如何避免文德里亞聽到妳的聲音。在陷阱中尖叫的兔子會被狼找到、死得更快。安靜，縮起身子，直到妳能夠解救自己。

西姆菲站在我的牢門外面。她的頭髮編成辮子，以別針固定在腦後。她穿著一件簡單的白色棉布襯衫，繫著腰帶。她的長褲看上去像是柔軟的亞麻質料，腳上是一雙褐色的短靴。白襯衫的袖口幾乎一直挽到臂肘，就好像她穿這身衣服是為了擦洗地板。她抬起一根手指，在嘴唇上按了一下，然後從腰間的荷包裡拿出一串鑰匙。一共四把，都繫在一條銀鏈上。她選出其中一把，插進鎖孔中轉動一下，然後是另一把，又是一次鎖簧的「喀擦」聲。緊接著又是第三把。

「妳怎麼得到所有的鑰匙？」我問她。

「噓。」鎖簧再次響起。該是最後一把鑰匙了。

我站起身，靠在牢房的角落裡。「我不會跟妳走的。」

妳應該跟她走。她只有一個人，她認為你只是一個小女孩。這也許是妳獲得自由的最好機會。

最後一次鎖簧的響聲。西姆菲打開牢門。她對我露出微笑。「妳不必害怕。看看我有什麼。」她打開一只小口袋，將裡面的東西抖在手上。「看，」她悄聲說道，「糖。」那些東西看上去就像是紅色、粉色和黃色的閃亮小鈕釦。她拿起一粒，放進嘴裡。「嗯。很好吃。就像是櫻桃，卻又甜得好像蜂蜜。」她用拇指和食指又拈起一粒粉色的，舉著它向我走來。「試試。」

我向旁邊讓開，以免被她堵在角落裡。

「試試看，」她帶著呼吸的聲音說道。我伸出手，她將這粒糖放進我的手裡，「吃了它，」她悄聲說道，「妳會喜歡它的。」

「它有毒嗎？或者被摻了迷藥？」

西姆菲睜大了眼睛，「難道妳沒有看到我剛剛吃了一粒嗎？」

假裝愚蠢，愚蠢！

我差一點笑出聲。不過我還是裝作將這粒糖放進了嘴裡。

「如何？」她問道。她的聲音不像剛才那樣小了。她很焦躁。

我點點頭，鼓起一側的臉頰，彎起舌頭說：「很好吃。」

她露出了放心的微笑。「看，我不可怕。如果妳跟我來，非常輕地跟我走，我會給妳更多的糖。」她向我彎一彎手指，要我過去。

我顯示出自己最困惑的表情。「我們要去哪裡？」

她幾乎沒有任何猶豫。「糾正一些事情，可憐的孩子。我是來告訴妳，這全都是一個錯誤。沒有人想要傷害妳，這全都是一個誤會，妳不應該從妳的家裡被帶走。所以現在我們必須糾正這件事。跟我來。」

「但我們要去哪裡？」

她回身向敞開的牢門走去，我跟著她進入到走道裡。她輕輕關上牢門。然後又說道：「一個驚喜。」

「驚喜。」那個黑色的人輕聲笑了起來。

她轉向那個人的牢房，面孔因為憎恨而扭曲。「為什麼你還不死？」

「因為我還活著！」他完全不壓抑自己的聲音，響亮笑聲就像是滾滾雷鳴，「為什麼妳還沒有死？」

「因為我比你聰明。我知道什麼時候該適可而止。我知道什麼時候要避免自己成為問題。」西姆菲領著我走開。她的手重重地按在我的肩頭。

那個黑色人洪亮的笑聲再次響起。「妳以為自己知道很多。妳見到了許多可能的未來，所以以為妳能夠盡情選擇。至今為止，你們都是如此。在這麼多個世代中，你們選擇認為的最佳路線。但這不是對世界最好的，不是對人類最好的，而是對你們和僕人最好的。你們選擇牟取最多的財富、最舒適的生活、最大的權力！」

他的話語一直跟隨著我們。其他囚犯都被驚醒，紛紛隔著他們各自的牢房鐵柵盯著我們。

「但這個世界仍然在運轉，仍然有著它的命定之路。你們可以讓它傾斜，但它會矯正自己！現在這已經無可避免了。我能看見，但你們都拒絕去看。」我完全不覺得那個黑色的人有發瘋。

「什麼事都沒有。他瘋了。回去睡覺！」西姆菲壓低聲音咬著牙說道。

不過也許他是瘋了。一個人被關在籠子裡，還能維持理智多久？

我們來到走道末端的門前。「打開它！」西姆菲對我喝道。我照她的話做了。我們進入到那個光線昏暗的小房間裡。當我們走下樓梯時，她只能鬆開抓住我肩膀的手。我想到要逃走。現在還不行，我必須等到有其他方向可以選擇的時候。但我還是加快了腳步。她現在只能抓住我寬鬆的襯衫了。如果有需要，我隨時都能掙脫她的手。

現在還不行。

我們繼續向下走，不斷向下，向下。「我們要去哪裡？」我問她。

「去看看一些朋友。」她回答說，「他們有糖。」

我們沿樓梯向下走時，經過的最初兩個平臺都通向我認識的走廊。那些走廊裡有擺滿了卷軸和書籍的房間。然後我們來到一層，又繼續向下走。我們經過一道鎖住的門，又來到一道有鐵柵小窗的門前。「等等。」西姆菲拿出一個掛滿鑰匙的黃銅環，用了一點時間從裡面挑出一把，打開那道門，示意我進去。

我仍然站在原地。這道鎖住的門後氣味非常糟糕。就像是恰斯城退潮時和一個骯髒的屠夫攤販混和在一起。*我不想進去。我應該在有機會的時候逃走。這是陷阱！*

「我們走。」西姆菲用輕快的語氣說著，將一隻手按在我的背後，推進了門後的空間，然後她反手關上門。

我迅速遠離她，進入了一個有石砌牆壁和地面的大房間。這裡的腐肉氣味和排泄物的臭氣更強烈了。這個房間寒冷而且潮濕，我用雙臂抱住自己。在這裡，貼著牆壁每隔一段距離就有一個架子，上面擺放著粗大的油燈。不過它們的燈芯都很短，上面的火苗幾乎只能把自己所在的油燈照亮。我聽到有什麼東西在移動，還有鐵鍊輕微的撞擊聲。我仔細看過去，發現了一道鐵柵門，門後是一個蜷縮起來的人。西姆菲也想把我關在這裡的牢房中嗎？她必須先捉住我！我又和她拉遠了一段距離。

「回來，蜜蜂！還記得嗎？糖？」

是的，她真的以為我很蠢。

很好。狼父親的回應很簡單。找到一件武器，殺死她，逃走。

殺死她？我幾乎無法想像這種事，我不行。

妳必須如此。這裡有陳舊的血腥氣味，很重。她將妳帶進了一個鮮血橫流的地方，一個殺戮之地。

我回頭瞥了一眼，給了西姆菲一個空洞的微笑，然後說道：「我想要找到那些有糖的人！」

西姆菲的速度遠比我想像的更快。我的目光離開她的那一瞬間，她已經跨過我們之間的距離，緊緊抓住了我的上臂。

不要和她戰鬥。現在還不行。等到知道妳能造成擊殺的時候。

我的眼睛漸漸適應了這裡的昏暗環境。這裡還有其他牢房。在一間牢房裡，有一個人一動不動地趴在地上。西姆菲帶我走過一張石桌，這張桌子的邊緣有一些金屬環，上面全都是血和陳腐的尿騷味。這裡還有一排排長椅。哦，我見過這個地方，在文德里亞的意識裡。他們就是在這裡折磨小親親的。昏暗的燈光照出了這張桌子上和周圍地上的醜惡汙漬。我感到一陣難受。我假裝踉蹌一下。她的手將我抓得更緊了。我跪倒下去，測試她的力氣。她依然抓住了我，但我知道，她的速度很快，卻不像德瓦利婭那樣強壯。如果有必要，我能夠掙脫她的抓握。

現在還不行。

「蜜蜂！不要磨蹭。我們很快就能有糖了。那很美味。」

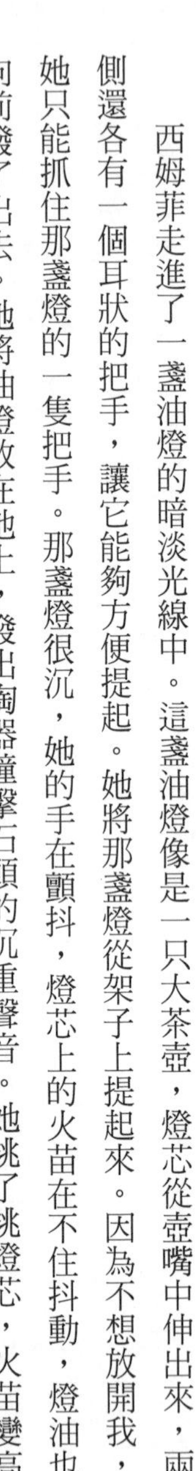

西姆菲走進了一盞油燈的暗淡光線中。這盞油燈像是一只大茶壺，燈芯從壺嘴中伸出來，兩側還各有一個耳狀的把手，讓它能夠方便提起。她將那盞燈從架子上提起來。因為不想放開我，她只能抓住那盞燈的一隻把手。那盞燈很沉，她的手在顫抖，燈芯上的火苗在不住抖動，燈油也向前潑了出去。她將油燈放在地上，發出陶器撞擊石頭的沉重聲音。她挑了挑燈芯，火苗變高了，照亮了我們周圍更廣闊的範圍。

「妳帶她來了嗎？」是文德里亞的聲音。

「妳拿到鑰匙了嗎？」是德瓦利婭。我向黑暗中縮去。

「噓。是的，兩個都拿到了。」西姆菲輕聲笑著，「這些鑰匙我已經得到許多年了！」

我的心臟不斷撞擊著胸膛。我是不是錯過機會了？如果要對抗他們三個人，我還有什麼機會？更加明亮的燈光照進牢房裡，我帶著滿心恐懼看進去，發現德瓦利婭正蜷縮在一張床上，雙手夾在膝蓋之間。我看到她因為高熱而發亮的眼睛，還有滿是皸裂的嘴唇。她的鞭痕已經感染了。文德里亞也在同一間牢房裡，正倒臥在地上。他顯然是被打了一頓，眼圈烏青，下唇裂開。我能看到一條鐵鍊將他緊緊固定嵌在冰冷岩石的一只鐵環中，在他的脖子和地上的那只鐵環間可能只有兩個鏈環。他這樣被勒住，全身一定都很痛，而且只能趴在這片冰冷骯髒的地面上。

西姆菲細長的手指深深扣進我的手臂裡。「拿起油燈，」她命令我。

我按照她的命令彎下腰，但她沒有放開我的手臂。油燈就像一只牛奶桶一樣大，非常重。我抱住它，讓火苗盡量遠離我，然後站起身。我一點也不喜歡這團火焰在我眼前不住地跳動。「這邊。」西姆菲一邊說，一邊把我向牢房前拖去。我集中精神，讓自己的呼吸保持平靜，端穩了油燈。這盞燈本來是為了放在架子上，不是為了讓人拿著的。我不知道我能抱著它多久。

武器，武器，這裡沒有武器。我能夠掙脫西姆菲的手，但她已經鎖住了外門。這裡還有能出去的路嗎？很可能其他通道也都被鎖死了。我需要一個計畫，但我沒有。我非常希望父親能在我身邊。他會知道該怎麼做。在那個焚化信使屍體的夜晚，他只用幾分鐘就想好了所有步驟。現在他會做什麼？

不要想該做什麼，只要做好準備。

我無法想像還有什麼建議比這個更無用。西姆菲在黃銅環上選出一把鑰匙，將它在鎖孔中轉動了一下。現在逃走嗎？不。她會打開他們身上的鎖，他們會在這個房間裡追逐我。我甚至不知道這個房間有多大，而他們很可能早就熟知了這裡的每一個角落和縫隙。西姆菲推開牢門，將鑰匙環掛回到腰上，然後伸手到襯衫裡拿出一樣東西。那是一只黑色的圓柱形物體，像是某種容器。她將那東西舉在面前。「我也拿到了這個，這可是讓我冒了很大的風險！甚至還要丟棄尊嚴，去引誘一個外國哨兵。你們知道卡普拉對於她的地盤防守得多麼嚴密嗎？當那名哨兵明天從熟睡中醒來的時候，我想他只能去見劊子手了。不過這樣做是值得的。你知道這裡是什麼嗎？」她將那只瓶子在他們面前晃動，血紅的嘴唇上現出微笑，「是海蛇的精質。」

文德里亞抬起身子，以怪誕的姿勢扭過頭，雙眼中盡是對那個容器的渴望，顯得既可憐又可怕。德瓦利婭則顯得很憤怒：「妳說過，妳已經把最後一點都給了我們，已經沒有更多了，如果

我早就有這些……」

「我沒有更多了，」西姆菲打斷她，「沒有人知道卡普拉到底收藏了多少寶物和魔法。她真是一隻貪婪的豬玀，一心只想把這個女孩抓在手心裡。」西姆菲的手像鉗子一樣捉緊我的手臂，將我拉進那間牢房裡，抬腳一踢牢門，讓那道門關上。她瞪著文德里亞。「她最好就像你說的一樣！你必須證明這一點。證明我所冒的風險物有所值。如果你做不到，我就讓你們被鐵鍊鎖在這裡，任由卡普拉為所欲為。」聽她的語氣，我就像是一條被繩子拴住的狗，愚蠢得甚至不明白她在說什麼。而文德里亞只是一塊木頭。「站在這裡，拿著燈。」

她轉過身背對著我，繼續對德瓦利婭說道：「我應該讓文德里亞把這個全喝下去。然後我們就看看他說的是不是實話，這個女孩到底是不是夢裡預言的那個意外之子！」她發出一陣不以為然的笑聲，低頭盯住被鐵鍊拴住的文德里亞。文德里亞大張著嘴，下唇顫抖著，淌滿了唾液。西姆菲看著他，彷彿他是一條醜陋的狗，而西姆菲說話的對象始終都是德瓦利婭：「該好好利用一下他了，德瓦利婭。現在必須扯起韁繩，或者把他徹底丟掉。我可以向妳承諾：幫我提升地位，妳也能隨我一起提升。妳的蒼白之女從來都沒能對妳信守這個承諾，但我會。如果文德里亞真的像妳說的那樣有用，如果這個女孩正是妳能夠為我贏得的瑰寶。」

她已經放開了我的肩膀。現在她轉向門口，鎖上門。當她從腰帶上取下鑰匙環的時候，我傾翻了油燈，將熱油潑在她的背上。我這樣做的時候並沒有事先考慮。做，不要想。松木林的氣味烘熱了整個房間。燈芯上的火焰猛地竄起來。潑出去的一些燈油上也爆發出烈焰。我將油燈向西姆菲推過去，燈芯在最前面。西姆菲怒喝一聲，打算朝我轉身。

油燈絕不是一件好武器。它可能有效，也可能什麼用都沒有。火焰舔噬著燈罐的一側。我把它推在西姆菲的背上，緊貼著她被油浸濕的衣服。火焰跳動的聲音就像是有人吹熄了一根蠟燭。西姆菲寬鬆的棉襯衫全都冒出了火頭，火舌一直向上舔，燒焦了她的頭髮。那些頭髮翻騰、捲曲，發出可怕的臭味。西姆菲尖叫著，揮拳向我打來。但她的拳頭擊中了我手中的油燈。油燈落在地上，摔成碎片。將剩下的油全部潑了出來。燃燒的燈芯落進那片油中，突然間，地上的燈油變成了一道烈焰火牆。我向後跳去，而西姆菲已經一步踏進火牆之中。她不停地扭動著身子，徒勞地拍打著自己背上的衣服和頭髮。文德里亞發出一陣哀號，德瓦利婭大聲咒罵著我，但他們全都被鐵鍊鎖住了，只有西姆菲是自由的，我要先對付她。

我彎腰抓起最大的一塊陶片向西姆菲劃去。陶片割傷了她的手臂，傷口長而淺。她捂住傷口，陶片又劃傷了她的手。而她的衣服此時已經完全燒起來了，帶著火的碎布片飄飛在空氣中。她突然完全不再顧及我，從地上噴火的燈油中向後退去，燃燒的布片落下來，又點燃了她沾著油的腳印。她尖叫著，繼續用雙手拍打衣服。串著鑰匙的黃銅環和那只細長的管狀瓶子全都飛了起來。文德里亞發出一聲絕望的尖叫，像狗見到被拋出的骨頭一樣撲了上去。他脖子上的鐵鍊扯住了他。但他還是努力在地上向前爬行，向落在地上摔碎了的管狀瓶子伸出手。

他勉強能用一隻手碰到在地上流散開的藥液，便急忙用指尖蘸了藥液，再將手指插進自己的嘴裡，完全不在乎藥液沾上的汙穢，也根本不理睬那個在火焰中掙扎的人和德瓦利婭的怒吼。我

失敗了。我手中的陶片太小，根本無法造成嚴重的傷害。西姆菲雖然被燒傷，但還是會活下來，而且會非常憤怒。

這時我看見了那只裝海蛇涎液的瓶子。它的一塊碎片正閃爍著黑色和銀色的光澤，比我的手還要長，如同一支細窄的刀刃，能夠在人身上刺得很深。我丟下陶片，跳向那塊玻璃碎片，把它抓了起來。

它很鋒利，海蛇的涎液裡還有很多這種碎片。我割傷了赤裸的腳、割傷了手，但不覺得痛。我看到血從手中湧出來。我感到噁心、頭暈，卻無比鎮靜。血從我掌心的傷口中溢出來，滴落下去。血滴緩慢地撞在地面上。我能清晰地看到每一滴血落在什麼地方。發生了某種事情，我不確認那是什麼事。一種寂靜淹沒了我，一切聲音都變得非常遙遠。這一時刻將我充滿，我非常清楚地知道發生在我周圍的每一件事。

西姆菲還在火焰中跳動著。我看到每一株火苗的移動，知道它們會舔噬她身上的哪一個部位。文德里亞繃緊了鐵鍊，向正在緩緩流散的藥液伸出手，又將手收回去，一下一下地舔著手心和手指。他的眼睛周圍全都變成了白色。德瓦利婭正在大聲向他喊喝命令：「去拿鑰匙！不要管蛇藥了！去拿鑰匙！殺了那條母狗！西姆菲，撕掉妳的衣服！到我身邊來，讓我幫妳！」她又喊出十幾個命令。沒有人聽她的話。我的手中還握著那塊碎玻璃，它鋒利的邊緣還在我的傷口裡。突然間，我感覺到痛。火燒一樣的痛。我本想用這塊玻璃做些事情。殺人。我要殺死西姆菲，還有文德里亞和德瓦利婭嗎？我該怎麼做？

然後魔法湧進我的身體。我感覺到它從我腳上和手上的傷口向我的體內狂奔，燃燒著我，讓我陷入狂喜。我在喜悅中戰慄著，整個脊柱都在顫抖，手臂和腿上生滿了雞皮疙瘩。我放聲大笑。我愛我的笑聲。我在笑聲中嗥吼著，對準西姆菲集中起自己的精神。她在我的眼中是如此清晰，我能夠看到所有發生在她身上的事情。她會倒伏在地，衣服將繼續燃燒；她會逃走，撞上鐵柵，或者讓她燃燒的身體衝上德瓦利婭的床鋪。但最後可能發生的，是我決定要實現的事情。我調整自己的動作，配合上我早已知曉她會採取的行動。在那一瞬間，她揚起頭要發出尖叫。我邁步上前，揮起手中的利刃割開她的喉嚨。然後我在火焰能夠觸及我之前向後退去。這一切是這樣容易。我確切地知道這火焰會如何移動，我向哪一個方位邁步才是安全的。我知道如何緊緊握住這一片玻璃，如何迅速用玻璃劃過她的喉頭。文德里亞是對的！一旦我走在真實之道上，一切都變得如此容易、如此清晰。

我已經不再需要這片玻璃了。我知道西姆菲會死於燒傷和失血。我看到在一些未來中，我依然握著這片玻璃，它會嚴重地割傷我。而只有在幾種未來可能性之中，是我需要用它保衛自己的生命。另外僅有的幾個未來中，德瓦利婭會掌握它。但只是幾個也太多了。我將它扔進了牢房最遠處的角落裡。西姆菲倒下了。現在她的尖叫聲已經被她自己的血塞住。她在地上爬行，毫無意義地抓住流血如注的喉頭。她的腳落進了燃燒的燈油中，踢蹬著那些火團。我轉過身不再看她，我已經知道隨後會發生什麼。她完了。

我也知道我下一步該做什麼。隨著我的每一個動作，道路變得愈來愈寬闊、愈來愈清晰。這

是我的真實之道。和僕人們所預想的道路完全不同。

我彎下腰，將被割傷的手放到地上那一灘海蛇涎液中。我用力吸著氣，感覺到魔法洶湧地衝進我的血液。我感覺到它與我的另一股魔法會合在一起。那是我從瞻遠血脈中繼承的魔法。兩股魔法在我的體內糾纏躍舞，迸發出紅色、黑色和銀色。我知道了未來，我知道了過去。

我知道我能夠指揮人類創造出我所希望的未來。

我感覺到文德里亞的力量如同冰寒的波濤衝擊著我。那只是一道弱小的波濤。「解開我們。」他向我做出暗示。

我看到他睜大著眼睛，便緩緩向他搖頭，溫和地對他說：「這樣的事情可不會發生。」

「強迫她！」德瓦利婭向文德里亞嚎叫著。這一次，文德里亞的暗示不再是波濤，而是對我全部知覺的一記重擊。我感到刺痛，卻沒有暈眩。我想到了一個小玩笑。我慢慢俯下身，撿起串鑰匙的黃銅環，看著他們，面孔鬆弛，向德瓦利婭舉起手中的鑰匙。德瓦利婭朝這一串鑰匙撲過來。我失手丟下了它們，鑰匙恰好落在德瓦利婭手指能夠觸及的範圍以外。她掙扎著想要再向前一點，讓脖子上的鐵環深深陷了進去。

「打開我們的鎖鏈。」文德里亞用命令的口吻重複這句話。但我已經找到自己的盾牌，徑直切開了他薄弱的暗示，就如同航船切開海浪。我對他微笑，靠近西姆菲已經一動不動的身體。我找到西姆菲腰帶上的匕首，它裝飾華麗的刀鞘已經被燒焦了。我抽出匕首，插在自己的腰帶裡。一件真正的武器。我的父親曾經訓練我使用過的武器。這種感覺很好。我又在她的口袋裡找到了那四把繫在銀鏈上的鑰匙。現在它們也是我的了。

「文德里亞！」德瓦利婭用已經沙啞的聲音吼叫著。她的脖子上滿是擦傷，嗓子更像是撕裂了一般。

文德里亞還在努力著。我感覺到他凝聚力量向我刺過來。那就像是一陣風。我朝他微笑，回憶起父親是如何在我感覺到他的魔法時將我推開。我效仿那種動作，看著文德里亞說道：「停下。」

文德里亞無力地倒在地上，微微睜開的眼睛縫隙中全是白色，身體抽搐了兩下，就不動了。

「他死了嗎？」我聽見自己這樣問道。

「衛兵！衛兵！救命！救命！」

德瓦利婭狂怒地吼叫，但這是我第一次聽到她的聲音中出現了愈來愈強烈的恐懼。

我用了一點時間才意識到她害怕的正是我。現在她被鐵鍊拴住，碰不到我，不過我還是感到一陣慌亂。衛兵很快就會到來，我會被捉住、鞭打或者殺死。不。「閉嘴，」我對她喊道，「安靜。」

她果然沒有了聲音，只是一張嘴還大張著。我仔細傾聽。燈油上的火苗正在熄滅。西姆菲的身體還在燃燒中發出輕微的嗶剝聲。我沒有聽到衛兵跑過來，也沒有門鎖被打開的聲音。什麼都沒有。哦，當然，西姆菲早已安排那些衛兵遠離他們的崗位了。想到她為我做的這些事，我不由得微微一笑。

在這個寂靜的時刻，我的身體在向我呼喊。我的兩隻腳底都有傷痕，手上的傷口也傳來一陣陣刺痛。我低頭看看自己的手，那道傷痕就像是一張微笑的嘴在我的手心中張開，鮮血還在不停地滲流到手掌上。我另一隻手將傷口按住，就這樣抓緊受傷的手。

哦。我應該能做得更好一些。我感覺到皮膚被切開的邊緣碰在一起，便分別想著這兩側的皮膚。它們應該合攏起來。「合起來，」我向它們做出暗示。我的身體聽從了。我幾乎能看到我的身體編織出細密的網路，如同蜘蛛結網一般讓破裂的皮膚歸於完整。我跛著腳繞開那一灘海蛇涎液，還有逐漸熄滅的燈油火焰，坐在地上，看著流血的腳。我從自己的足跟處拔出一片玻璃。血隨之湧流出來。我一個接一個地閉合起每一道切口。當我站起身時，我感覺到自己的雙腳完全癒合了。它們還會痛，但那種傷口被碰到時的刺痛已經不復存在了。

沒有時間做這些事了。殺死她，逃走。

噓。

我讓狼父親不要出聲。這裡不是森林，而是一座堡壘下面的地牢。我是否需要讓德瓦利婭幫助我逃走？我打量著她。

「妳絕對不是意外之子！」她悄聲說道。

「我早就這樣告訴妳了。我一遍又一遍地告訴妳，但妳還是毀了我的生活。將我從家中劫走，殺死我的朋友。」

「妳是毀滅者。我們把妳帶到了這裡。」

我很驚訝。她的話語在我眼中彷彿閃爍著光芒和真實。我是毀滅者？我的意識跳回到那片森林中，那時我聽到了睿頻和奧拉利婭的竊竊私語。我就是？

「是的。」我說道。就在我承認的時候，道路在我面前展開了。我知道自己該做些什麼。當我從腰帶中抽出匕首，我不覺得自己是做出了一個選擇，而只是做了一件事——在那麼多可能的未來中，我都做了這件事，因為不這樣做似乎是不可能的。我緩緩地向德瓦利婭邁出一步。「我是毀滅者。妳不僅將我帶到了這裡，還創造了我。我本來不會成為現在的樣子，幾乎完全不可能。是妳來到我家……哦，不。」我盯著她，看到了她留在身後的道路，那就像是一片擦洗乾淨的地面上留下的一道指甲劃痕，「不，它在這以前許多年就開始了。當妳折磨小親親的時候，妳就已經開始塑造我了。」

她盯著我，瞪大了眼睛。我又向前一步，握緊了匕首。她打中我的手，非常用力。匕首掉落下去，響亮地撞擊在地面上——正如同我所知道它一定會如此，精確地發出了我意料之中的聲音。我不需要匕首。我向她微笑，插入到她的意識之中，彷彿那是一塊柔軟的奶油，而我是一把紅熱的刀子。我輕聲說出一個字。「死。」

她照做了。

她本來佔據著這個世界的一個位置，然後這個位置消失了。我感覺到整個世界圍繞著她曾經存在的地方閉合起來。她作為生靈的這一部分從此灰飛煙滅。緣自活著的德瓦利婭所產生的一切未來，突然間都開始收縮，迅速從未來的宏大織錦中消失了。其他閃光的絲線騰挪曲折地填補了

它們留下的空位——那是德瓦利婭在這一刻的死亡所造成的各種可能的未來。當她停止生存的那一刻，她的身軀開始塌陷成另外某種東西。我盯著這個軀殼，好奇它曾經如何承載了德瓦利婭，而德瓦利婭又曾經是什麼。無論如何，已經不是留下的這東西了。

所以，這就是死亡。我拿起掛滿鑰匙的黃銅環，考慮著這件事，當然，也不能忘記西姆菲的匕首。

我看了看文德里亞。現在他全身都在抽搐，臉頰不停地抖動，讓眼球也晃動不止。我想到要乾脆地了結他，但又決定還是不要這樣做。我仍然能清晰地感知到自己對德瓦利婭做了什麼。那麼西姆菲呢？她的死不曾讓我有這樣的感覺。這是因為我試圖操縱德瓦利婭，所以和她之間有了一點小小的聯繫嗎？還是因為海蛇涎液在我體內造成的汙染？我不知道殺死文德里亞又會讓我有什麼樣的感覺，這讓我感到害怕。因為我們的確有著某種聯繫。我丟下他，讓他自己慢慢死去。

西姆菲沒有鎖上牢門。我走了出去，思考片刻，然後將掛鑰匙的黃銅環扔在地上。我讓那道門關閉著，但沒有鎖住它。就讓他們為此而困惑吧。

我的意識轉動得比暴風還要快。我能夠逃走。他們會在這裡的走廊和廳堂中追捕我，找到我，因為我根本不知道逃出去的路。他們會從我身上搜出西姆菲的匕首和那四把鑰匙。他們會在我的衣服上發現燈油和海蛇涎液的痕跡。他們會知道我幹了什麼。一名刺客，就像我的父親。來自於他們夢中的毀滅者。他們會找到我，殺死我。

我不想死。

狼父親說話了。現在，藏起妳真實的自己，成為他們想像中的妳。

我真實的自己？我不情願地審視著這個想法。

他們塑造的妳。狼父親的聲音哀傷卻又驕傲。被鍛打成利刃的羽毛。

我必須加快速度，因為我不知道時間已經過去多久。我離開牢房，走過那張醜惡的桌子，將那股汗穢的氣味甩在身後。我關上門，沿原路返回，到達地面一層時，我開始仔細回憶卡普拉是如何引領我穿過這座堡壘。我到了洗衣房，高興地發現這裡的晾衣繩上有和我所穿的一模一樣的乾淨衣服。我先拿出身上的，然後換上正在晾曬的衣服，洗淨手腳，將它們在我的髒衣服上擦乾，將髒衣服捲成盡量小的一捆，埋在一片花圃下面。隨後我爬上樓梯，回到他們關押我的監牢，打開門，進入到牢房之間的走道裡。我的動作像幽靈一樣輕。這裡的油燈都已經熄滅了。只有星星和月亮在天上看著我。守衛們全都不見蹤影。毫無疑問，這是西姆菲的安排，但現在它給我帶來了很大的便利。我從自己的意識中散發出強烈的睡意，悄然走過不多的幾間關押囚犯的牢房。沒有人動一下。找到合適的鑰匙依序打開牢門，比我預料中麻煩得多。我沒有想到它們的使用是有固定次序的。運氣幫助了我，我在第三次的時候就成功了。我走進牢房，盡量無聲地關閉牢門。從裡面鎖住牢門要更加困難得多，當我發現鎖門的順序和開門完全相反的時候，身上已經出汗了。

現在，我要在這間陳設簡單的牢房裡藏下一串鑰匙和一把匕首。薄薄的稻草床墊成為了我唯一的選擇。我割開一點墊子的接縫，剛好能夠讓我把鑰匙和匕首塞進去。隨後我躺在那張墊子

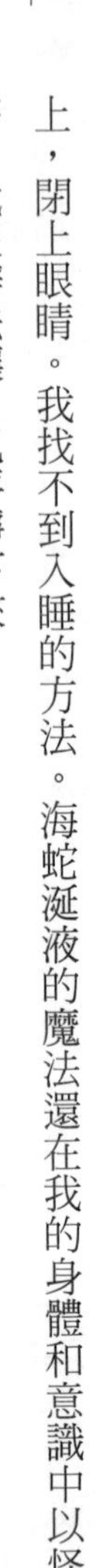

上，閉上眼睛。我找不到入睡的方法。海蛇涎液的魔法還在我的身體和意識中以怪異的方式盤旋著。我沒辦法讓自己平靜下來。

「那麼，西姆菲死了。」

那個黑色的聲音從旁邊的牢房中輕輕傳入我的耳中。我屏住呼吸。他會以為我睡著了。

「妳殺人了。我很難過。」

我閉上眼睛，身子一動不動。海蛇魔法在我的體內蠕動著，就像我肚子裡的一條寄生蟲。我感覺到它與我的瞻遠魔法相互纏繞。在一個令人驚恐的瞬間，我能夠感覺到旁邊牢房中的普立卡。我知道這一層還有另外六名囚犯，其中一個人懷孕了。我感覺到我的魔法不斷地向外伸展、伸展、伸展……我猛地關閉了自己的意識。如果我伸展出去，有誰會進來？我懷疑文德里亞不會是唯一能夠使用海蛇涎液的人。我要變得微小又堅硬，就像一粒堅果，像一動不動的石頭。我將一切都收束在體內。讓我驚訝的是，淚水還是從睫毛中流了出去，沿著臉頰一滴滴滾落。我不是在為西姆菲和德瓦利婭哭泣。

我哭泣是因為我害怕現在的自己。

不安全的港口

這個夢不屬於這裡，對於我以外的人，這也不是一個重要的夢。我寫下它只是因為我想要永遠地保留它，為我自己。

在這個夢中，我正和母親在香草花園中工作。天空是藍色的，太陽掛在天上。不過現在還很早，所以空氣溫暖且舒服，並不炎熱。我們俯身在她的一排排薰衣草苗圃兩邊。她有一雙強壯的手。她抓住一把雜草拔起來，草下面是一條長長的白色根莖。我努力幫助她拔掉雜草，但只能扯掉上面的草葉。她阻止了我，給了我一把小泥鏟。「事情做一半還不如不做，蜜蜂，妳以為事情已經做完了，但這樣就一定要有人在妳之後把事情重頭再做一遍。即使妳必須工作得更努力，所做的事情也更多，但將任務一次圓滿完成也會更好。」然後她教我如何將泥鏟插進土中，挖出我沒有足夠力氣拔起來的野草。

我醒過來的時候，媽媽的聲音還在耳邊，是那樣真實。但這個夢奇怪的地方在於，儘管這正是媽媽會對我說的話，我卻完全不記得曾經有過這樣的一天。我在這裡畫下媽媽的雙手，一雙強壯的褐色的手，她正在從土地中拔除雜草，連根拔起，清除得乾乾淨淨。

——《蜜蜂．瞻遠的夢境日誌》

我經常會做出的一件蠢事，就是在重要任務的前夜睡不好，也睡不久。一個可怕的夢驚擾了我昏沉的知覺——一隻兔子正在陷阱中尖叫。這艘船的感覺發生了變化，就在我們拋錨停泊的這一晚。這是在我睡著時發生的？

我終於掌握了順利離開吊床的技巧，即使是在黑暗中，我也能做得很好。我能聽見機敏的鼾聲和小堅孩子氣的喘息聲。我的頭仍然在因為昏睡而感到沉重，我不知道已經過去了多少時間，船艙中的油燈根本不足以驅走多少黑暗。我摸索著找到靴子並穿上它們，然後又摸到通向甲板的梯子。我打了個哈欠，竭力讓自己更清醒一些，但我還是感到昏昏沉沉，反應遲鈍。

海平線上已經泛起了亮光。我揉搓一下雙眼，身體仍然抗拒著清醒。我搖搖晃晃地向前走去，避開了艾惜雅和貝笙——船長夫婦正緊貼著站在一起，他們沒有眺望城市，而是望著港口外的大海。我為自己找到一塊安靜的地方，靠在船欄杆上，盯著逐漸被天光照亮的克拉利斯。這座城市在黎明時分變得更加美麗了，到處都是經過精心修剪的花園綠地，還有粉色、淺綠色和天藍色的小房子。我看著這座城市醒來，嗅到了新鮮烤麵包的芬芳，還看到幾艘小漁船離開港口。一個小人影和一輛驢車從平緩的山丘下來，進入了這座甦醒的城市。港灣裡只有一艘大船。它的船首像是一大捧花束。一切都是這樣安詳寧靜。我的身體在渴望更多水面。我眨眨眼睛，感覺自己好像在打盹了。

我們的船首像一動不動，彷彿他真的是木頭雕成的。年輕時的我的面孔注視著這座港口城市，還有周圍低矮的山丘。這樣和平的地方，但今天，我很可能要讓自己的雙手沾上鮮血。如果我能如願以償，這裡將有很多人死亡。我會不擇手段救回我的孩子，我伸展出一絲精技。蜜蜂？爸爸在這裡。我要找到妳，帶妳回家。

我沒有感覺到她的回應，但我仍然張開自己的意識，等待著她。找到我的不是蜜蜂。我感覺到晉責的碰觸，細如絲線，還有更微弱的心意，那是蕁麻的。然後，如同一條引索後面拖曳過來的纜繩，阿憨穩住了他們的意念。阿憨已經老了，滿身都是病痛，又因為早起而脾氣很壞，但他還有這麼強的力量，仍然能跨越如此遙遠的距離，緊緊拉住我的心神。

你好，外祖父！

片刻之間，我完全無法理解晉責的問候。然後我明白了。孩子出生了？

蕁麻的精技很穩定，但我還是清晰地感覺到她的疲憊。一個女孩，艾莉安娜高興極了。她要求取得為孩子的命名權。謎語和我同意了。琋望，艾莉安娜為她命令為琋望。

琋望。我念出這個名字，感覺到它的美好在我心中升起。我不需要用精技和我的女兒交談，對她和我的新外孫女的感覺，正源源不斷地流過我們的連結。我的全身湧過一陣顫慄。琋望，我又說了一遍，並真切地感覺到了它。

還有更多訊息！晉責急切得就像一個想要講述自己故事的孩子。我的王后一直保守著一個祕密，直到她認為說出來也不會再有危險。她也有了孩子，蜚滋。雖然困難重重，但我要再一次成為父親了。她已經為孩子選好了一個名字，不管是男孩女孩，我們孩子的名字是允諾。

淚水刺痛了我的眼睛，我身體上的每一根毛髮都挺立起來。他的喜悅越過遙遠的時空，也讓我的心飛翔起來。

是的。孩子，到處都是孩子。所以我們全都要這麼早就醒過來，這麼早就在談論他們。毫無疑問，阿憨一定認為這些事情當然可以等到晚些時候再談。我很可憐那個小人瘦痛的骨頭。

叫醒廚師！舉辦一場歡樂的宴會！要有粉色的糖蛋糕、薑餅，還有那些迷你燻肉餡餅！我提議道。

是的！我感覺阿憨的精神一下子振作起來。還要有油炸小麵團，裡面要裹著櫻桃！還要褐色麥酒！

我沒辦法參加了，阿憨老朋友，所以，也許你可以制定一下我外孫女的慶典菜單！並為我吃掉我那一份？

這個我能做到。然後阿憨變得小心起來，我能抱抱她嗎？

我屏住呼吸，透過蕁麻的耳朵聽到謎語的回答：「當然可以！用兩隻手，阿憨，就像抱小狗一樣。不，讓她貼在你的胸前，這樣她在你強壯的手臂裡就會感到安全。」

她好溫暖，就像小狗一樣！氣味也像新生的小狗！寶貝，妳在我懷裡是安全的。她在看著我。看啊，她在看著我！

然後是艾莉安娜的聲音，在我的知覺中要更弱一些：「她會愈來愈信任你的。」

真希望我能在那裡。我的心中激蕩著這個念頭。

不用擔心，蜚滋，在你回家以前，我會當她的外祖父。

阿憨的心意是如此真誠，我只能讓他知道我的感激。我忽然想到，也許我這位奇怪的老朋友會成為比我更好的外祖父。

你現在在哪裡？晉責問。

船就停在克拉利斯港灣外面。今天，我會去找蜜蜂。

各種情緒、太多的名字，全都在恐懼和希望中閃爍。小心。蕁麻在很遠很遠的地方吃力地對我說道。

徹底消滅他們、毀掉他們的城市，把我們的蜜蜂帶回家！這是晉責的話。他低頭看著蕁麻的小女兒，然後又看看艾莉安娜微微隆起的腹部。他作為父親的怒火覺醒了。摧毀僕人，讓他們只希望從未聽過瞻遠的名號！

隨著他說出我的姓氏，一個巨大的東西突然開始騷動，從精技洪流的深處升起。我從未感覺過這種力量。蕁麻、晉責和阿憨都向後退去。**築起精技牆**！我提醒他們，但他們已經消失了。阿憨失去了聚焦，他們就像清晨的薄霧一樣轉眼之間就散去，只剩下我獨自面對這種驟然暴起的怪異魔法——一種如同泥沼一般令人厭惡的力量，讓我感到邪惡、灰暗和汙穢，就像是一個孩子發

出毒蛇吐信的嘶嘶聲，厚重而又黏滑地在我周圍升騰。我剛才技傳時失去了警惕，打開了一道通向我內心深處的門。這股力量流淌進來，碰觸到我。

但這只是一股輕率冒進的意念。我鎮定自己，讓自己變小、變緊，變成一粒硬實的堅果。我接受過訓練，懂得如何有目的、有約束地使用精技，將我的意念集中在目標上，就如同用劍突刺對手。這股力量卻只是在雜亂無章地推擠。它很強大，卻沒有目的，就像是一匹犁地馬把你擠在馬廄裡。我靜止不動，完全不做反抗。

*瞻遠。這個姓。*他一直在摸索我。我無法呼吸，卻還是一動不動。*我感覺到你了。你很近了，對不對？有什麼東西和你在一起。那是什麼？不是一個人。*這股厚重的魔法能流碰到了派拉岡。活船猛地驚醒過來，一陣戰慄傳導過甲板。

*不要碰我！*活船命令道。我感覺到派拉岡的不安，他隨即豎起了自己的牆，正如同他和我進行私密對話時的那種防禦。

那股魔法想要摸索派拉岡，卻徒勞無功，然後又轉向了我。這個人的力量包裹住我，我栽倒在地，渾身顫抖，彷彿被一道浪濤擊中。我無法豎起精技牆對抗那個人，他已經在我的意識裡了。強大力量讓我感到恐懼，他卻似乎不知道該如何使用這種力量。他盲目地衝撞著，卻無法抓到我。我繼續保持靜止的態勢，隨後那股力量突然衰落，彷彿操控的人轉移了注意力。我聽到了那個引走他注意力的聲音。

「文德里亞，醒醒，我有問題要問你。」然後是一陣驚恐的低語聲：「你做了什麼？西姆菲！西姆菲，哦，不，她死了！你做了什麼，你這個混蛋？德瓦利婭，也死了？你也殺了你的主人？」

不！我沒有殺他們！沒有人聽我的。你們來到這裡，一遍又一遍地傷害我，讓我說你們不會相信的事情！你又要來傷害我了，對不對，寇爾崔？你就喜歡傷害我！恐懼感如同重錘一般擊中我，讓我全身癱瘓。但隨之而起的是一股瘋狂的憤怒、深入骨髓的憎恨，而藏在這一切情緒下面的是一個年輕人被拋棄的傷痛，它如同一道令人作嘔的怒濤被噴發出來。德瓦利婭死了！西姆菲死了！你傷害我，又傷害我，我告訴你們蜜蜂很壞，有壞魔法，會做出可怕的事情，但你們只是說我在撒謊，然後又傷害我！現在她們都死了，你又來傷害我了！好吧，我現在要傷害你了！

他沒有將力量對準我。如果他這樣做，我一定會像寇爾崔一樣大聲尖叫。只是那種劇痛的一點餘波擊中了我，我已經倒在派拉岡號的甲板上無法動彈了。我知道那些感覺都是什麼——燒紅的鐵鉗、鐵鍊將我吊起、細小的刀刃在我的皮膚上遊走。我感覺他察覺到自己的力量。

不要叫！他讓他的目標安靜下來。他不是一個腦筋快捷的人，思考慢得就像牛車爬上陡峭的山坡，但他的力量讓其他一切都變得不重要了。我感覺到他在認識到自己的強大時那種孩子氣的歡快。寇爾崔。現在你愛我。你愛我超過其他任何人。我受到了傷害，你是這樣哀傷。解開我的鎖鏈！你會為我叫來治療師，給我送來食物。很好的食物，就像那些小屋裡的小白者們吃到的！你會帶我離開這裡，到一個有著軟床的好地方去。你會告訴卡普拉和費洛迪，我對他們說的全是真的。蜜蜂有魔法，而且這裡的事情都是她幹的。是蜜蜂殺死了西姆菲和德瓦利婭。

我感覺到一陣如同精技潮湧的堅定信念被他插進了另一個人的心智。我絲毫不懷疑他說的都是實話。他用強大的信心淹沒了我，直到我開始擔心這會是永遠烙印在我神智上的精技燒灼。在這恐怖的一瞬間，我知道蜜蜂是危險的，我分享了他強烈的信念——蜜蜂必須死。

讓他們相信我！我以前就警告過你們，但沒有人聽我的話。告訴他們，瞻遠已經來了！他在談論殺死我們所有人、徹底摧毀克拉利斯。港灣裡還有龍。我感覺到牠們！幾乎看見了牠們。把一切告訴卡普拉和費洛迪！但先給我拿食物來。

將自己從這股力量中拉出來，就像是企圖把身體從泥沼中拔出來。他的知覺吸住了我，就像是泥漿拽住了靴子，緊緊咬住我。我掙扎著對抗這股力量。即使是阿憨在最強大的時候也不過如此。他的意識緊抱住我的意識，讓我感到無比厭惡。突然間，他從我的眼睛裡望了出去，佔領了我的嗅覺、觸覺和味覺。我無法豎起精技牆，我向內收縮得愈緊，他就會更加佔據我的感官。他就要控制住我的身體和意志了。

我狠狠向他抽擊過去。他沒有料到我會發動攻擊。他沒有障壁嗎？沒有。他一直在拓寬我們之間的橋樑。我衝了過去，佔據了他的視力和其他所有感官。我盯住眼前的一個人。他的臉上塗滿了白粉，身上的衣服呈現出沼澤黏液一樣的綠色。我正躺在一片冰冷的岩石地面上。一只金屬圓環扣住我的脖子，讓我感到一陣陣寒意。我的手上全都是血，有許多剛被割出的小傷口。我渾身寒冷、痠痛不已、眼睛腫脹，身體各處都是瘀傷。這些都是無足輕重的小傷，但我認為這每一處傷都是我的兄弟對我犯下的罪惡。所有這些都是我兄弟的錯，現在，我恨她。

我厭惡地將自己的知覺從他身上剝離。他緊抓住我，拒絕讓我離去。我任由他去享受我對他的軟弱的鄙夷。他的傷沒有一處能夠影響到真正的戰士。弄臣受過的傷害遠比這重得多。他的自怨自憐讓他軟弱。他很軟弱，充滿了哀怨，就像是一顆充滿了膿汁的膿包。

「我受了苦！」他在不知何處這樣大聲說道。他發現了我對他的鄙視，並因此而感覺受了冒犯。要讓他分心實在是太容易了。

「文德里亞？」我聽到有人在懇求，「告訴我，這裡發生了什麼？」

他的手腕被鐐銬磨破。我選擇了這處痛苦，將精神集中在上面。他的手上全都是細小的割傷。我將這些刺痛帶進他的知覺。我發現一處痛點，那是一顆鬆動的牙齒，我便把這個痛苦也刺入他的意識。他開始發出無助的聲音。我感覺到他在甩動自己的雙手、開始更加注意自己的這些小傷，自動增加它們的痛苦。我突然用力收起他的下頜，咬住他的舌頭，直到出了血。他發出一聲尖叫，淒厲的叫聲完全顯示出了我的力量對他的痛苦的作用。我還想多做一些，我想要殺死他。我讓他清楚地感覺到我的心思，他瞬間便陷入慌亂，將我推開。我猛地回到了自己的身體裡，立刻築起我的障壁。緊實的精技牆，身體蜷縮成一個更加緊實的球。我不停地喘息著，彷彿剛剛完成了一場和博瑞屈的斧頭訓練。

「蜚滋駿騎親王？蜚滋？蜚滋！」

我睜開眼睛，看見貝笙正向我俯下身。恐懼和寬慰在他的臉上衝突著。「你還好嗎？」他壓低聲音問：「派拉岡對你做了什麼？」

我在甲板上蜷縮成一個球，天色正漸漸明亮，空氣只是略顯溫暖，而我的衣服已經被冷汗浸透，緊貼在身上。貝笙向我伸出手，我握住他的前臂，把自己拉起來。「不是這艘船幹的！」我喘息著說道，「是一種更陰暗，也更強大的力量。」

「到我的艙室裡來吧。你看上去應該喝一杯，而且我有些訊息要告訴你。」

我搖搖頭。「我需要召集我的朋友。我們必須儘早上岸。今天我必須找到蜜蜂，他們要殺死她！」

船長拍拍我的肩頭，讓我安定下來。「不要慌張。你做了一個噩夢，需要放鬆下來，面對這一天的任務。」

我想要甩掉他的誤會和同情，但他的下一句讓我的身子僵住了。

「我有一個壞消息要告訴你，這可是千真萬確的，琥珀不見了。」

「什麼？她下船了？」

貝笙皺起眉頭。「和你想的不太一樣。我們昨天很晚才落錨。艾惜雅和我都去睡了。到了深夜，一些船員划著船上的一艘小艇上了岸。他們很想看看這座以前只在傳說中聽聞過的城市，當中還有柯尼提和歐仔。」他喉嚨一哽，顯然是在努力嚥下險些噴發出來的怒火。「你知道他們有這個打算嗎？」這幾乎已經是一種指責了。

「不！你認為琥珀和他們一起走了？」

「是的！她和歐仔都應該更懂事一些。我……很困惑，蜚滋駿騎。聽船員的說法，琥珀好像是在鼓動他們這樣做。那時她的穿著就像是一名普通水手。她說要讓他們見識超乎他們想像的喧鬧酒館、無與倫比的食物，以及受過訓練能滿足人們每一種嗜好的男人和女人。」貝笙搖了搖頭，「你覺得她像是這種人嗎？竟然會在她所說的如此重要的援救行動前夜，煽動一場水手叛變？」

我聽到艾惜雅正在高聲下達命令。安黛從我身邊跑過去，小堅就在她身後不遠處。我不顧德雷的困惑，直接問他：「琥珀是怎麼不見的？」

「船員們同意在黎明前回來。當他們集結起來準備返回的時候，她就失蹤了。他們找過她。不久之前，他們回來了，但她不在小艇上。我就是來告訴你這件事，結果發現你在這裡。」

我意識到這艘船開始動了。我躺在甲板上的時候到底昏厥到什麼程度？失去知覺的時間有多久？我用力揉搓眼睛，摩擦臉頰，然後甩甩頭。這一切都無助於讓我擺脫腦海中的迷霧。我突然明白了自己為什麼會有這樣的感覺。「茶，他昨晚在茶裡放了東西。」我說道。

「什麼？」

「沒關係。我還有多快能上岸？」

「我們重新停穩落錨之後就可以。我們會為你先在船舷上準備好一艘小艇。」他搖搖頭，「我從未對我的兒子這麼生氣。他說他會跟去，只是一心要確保他們都能回來。但他應該先來找我！還有琥珀，我覺得被她背叛了，但還是非常為她擔心。她雙目失明，又孤身一人。為什麼她要自己離開？」

我有一種更加可怕的恐懼。我擔心她已經被克拉利斯人認出來並捉住了。「我不知道。我必須盡快上岸。」

「很高興能夠幫助你。」船長說道。從他的聲音裡，我能聽出他非常希望能夠擺脫掉我，以及我給他的船帶來的這些麻煩。我不能因此而責備他。他大步走開了，只留下我繼續盡全力找回自己的心智。我靠在船欄上，深深吸氣。一切都發生得太快了。弄臣昨晚給我下了藥。我從蕁麻的訊息中得到的巨大喜悅，還有我對於眼前恐怖局勢的畏懼。但這一切還都被迷霧包裹著。

她計畫了這一切，她造成了這些事情。

派拉岡的聲音很小，只是我的意識中的一點耳語。

為什麼？

我不知道。但現在我明白了她昨晚的故事。一定要小心！派拉岡向我發出警告，又突然從我的腦海中消失了。我沒有再感覺到那個名叫文德里亞的人，但還是牢牢築起了精技牆。文德里亞，我現在知道他的名字了，還有他的力量。他必須死。

我已經見到了小堅，知道了機敏是偷偷乘小艇進入港口的人之一。當我用力敲響琥珀艙室的門時，沒有人應門。我推開門，只感到一片寂靜。火星正躺在她的鋪位上。我搖搖她，她抬起頭，含混地說：「我感覺很糟糕。」

「我們都被下藥了。是琥珀幹的。也許她用的就是我的藥粉。」我一邊說，一邊穿上準備好的衣服。

火星的雙腿從床沿上垂下來，坐起身，用雙手捂著臉。「為什麼？」

「因為她認為她比我更有機會救出蜜蜂。她帶走了什麼？」

火星睡眼惺忪地向周圍望了一眼。「她的老奶奶偽裝沒有帶。拿走了我為小堅做的褲子。但那條褲子對她來說有些短。」火星指了指那些化妝用的罐子。「她化了妝，不讓自己的臉顯得那麼白。」火星又深吸一口氣，將身子坐直了一些。「其他的很難說。我想，應該有你的一些毒藥，還有我的一份毒藥。蝴蝶斗篷是不是不見了？」

的確不見了。

火星開始清點她的「婚前少女」偽裝旁的各種小包。

「她有拿那些嗎？」

「看不出來。」火星向我伸出一隻手，那隻手中有一只小口袋和一小張紙。「辛丁或者卡芮絲籽。你先選。」

我拿了卡芮絲籽。我很清楚它對我會有什麼效用。「妳從哪裡得到這些的？」

「卡芮絲籽是切德的。辛丁是柯尼提王子的。」

我開始搜索記憶。「它能夠增加精力，能夠促使人清醒，還能幫助懷孕。」

火星看了我一眼。「柯尼提想要和我分享，被我藏在手心裡了。」

「好小子。」我這樣說著，心中卻對柯尼提感覺到一種奇怪的失望。

「他是不錯。他將這種東西的作用告訴了我，那時我們都因為值夜而感到累了。他給我這個

不是為了浪漫，只是為了讓我們能提振精神。」

「嗯。」我打開裝卡芮絲籽的小口袋，估計了一下我需要多少，然後將這個量倒進我的手裡，拋進口中，用牙齒咬碎這些小粒的種子。那種辛辣的氣味立刻流淌出來。我的頭腦幾乎立刻就清醒了。我看到火星將細桿狀的辛丁貼著牙齦放好。「這是危險的習慣。」我警告她。

「如果變成了習慣，就不危險了。」火星給了我一個有點苦澀的微笑，「再說，我們很有可能會在這種危險發生之前就死了。你會留下那些卡芮絲籽嗎？」

「如果可以的話。」

她點點頭，開始查看這個房間裡剩餘的物品。我將火藥罐放進她為我準備的腰帶裡。她用鷹一般犀利的目光看著我。「記住不同引信的差別。藍色是慢燃引信。在你上次用過一個之後，切德對它進行了大幅度改進。現在它們變得更加可靠，威力更強。切德……」火星忽然抬起一隻手，捂住嘴唇，「切德很為它們感到驕傲。」她抑制住自己的感情，但我看見了她眼睛裡的光澤。

「我會好好使用它們。」我向她承諾。

片刻之後，火星又說道：「火焰寶石手鐲沒了！」

「這個我不驚訝。火磚呢？」

「還在這裡。這是我昨天為你縫的一只紳士單肩小包。火磚剛好能放在它的底部。」

「謝謝。」能夠和一位師出同門的殺手一同準備刺客裝備，這讓我突然有了一種同仇敵愾的感覺。我將火磚放進單肩包裡，背包完美地將火磚正面朝上地固定住。我又從腰帶上取下一個火藥罐，用一條圍巾將它綁在火磚上。又朝這只小包裡放進一瓶毒藥膏和一把匕首。火星看著我說道：「永遠不要把全部裝備放在一個地方。」我點點頭。這是切德教導我們的古早智慧。

我看著她將工具放進袖子的暗兜裡，對她說：「我是外祖父了。蕁麻今天早晨用精技告訴了我。」

「女孩還是男孩？」火星頭也不抬地問。

「女孩。」

「切德成為叔公了？不，是太叔公。」

「差不多。」卡芮絲籽讓我對周圍的狀況有了更精準的感知。如果是對弄臣，我會不假思索地說出我的全部訊息。對於火星，我會進行衡量，然後再開口。她能夠理解多少？她會相信多少？「蕁麻用精技將訊息告訴我。然後，我又感覺到了另外某種東西，那是一個人，文德里亞。」

火星顯得很驚恐。「那個讓所有細柳林人都失去記憶的人，對你使用了精技？」

「不。是的，那的確像是精技，但……更加笨拙。不過非常強大。就像一頭被當做馬使用的公牛。」火星的眼睛睜得更大了。這時我終於確認了這次衝突中最糟糕的結果，於是我便將這個結果告訴了火星：「我認為他感覺到了我，也感覺到派拉岡。我認為他知道我們來了。」

不出所料，火星的表情變得非常難看。我低聲說道：「請將那兩瓶巨龍之銀給我。」不過我

應該不會那麼極端，很有可能我並不會使用它們。

火星翻開衣服去尋找它們。「我們做了那麼多計畫……那全都是琥珀的騙局嗎？我做的那麼多事情都沒有意義？」

「我認為很可能是這樣。」

我聽到她屏住了呼吸。「蜚滋，這裡只剩一瓶了。她帶走了一瓶巨龍之銀。」

指控

當我發現小親親從我旁邊的牢房裡被帶走時，我的痛苦和煩亂完全無法用言語來形容。他死了嗎？被謀殺了？或是逃走了？被釋放了？沒有人會允許我問出這些問題，更不要說給我一個答案了。被訓練成為治療師的蟄伏者來到我的牢房，治療了我因為種種酷刑而受的傷。但他們對小親親都隻字未提。他們餵給我富含營養的食物，當我身體恢復之後，提醒我要保持緘默，然後便允許我生活在克拉利斯的蟄伏者之中。沒有人再提起小親親，我也不敢問任何事。小親親消失了，就像是一場並不重要的夢，像一粒石子投入水中形成的波瀾，漸漸泛開，也逐漸歸於沉寂。

一段時間裡，他們讓我居住在那些小屋中，容忍我和最年輕的白者們有接觸。那些小傢伙中的一些人真的很可憐。他們身體有缺陷、意志薄弱、皮膚白得像雪、腦子裡充滿了他們幾乎無法清楚闡明的夢。我盡可能地幫助他們。不過也有一些人有足夠敏銳的神智，完全能理解我向他們講述的外面的世界。

隨著一個又一個季節過去。他們愈來愈喜歡有我的陪伴，聽從我對他們的教導。看到那些女孩在非常年輕的時候就有了孩子，我不由得心生悲哀。我和他們討論這件事，竭力說服他們，這不是男女共處之道。我還經常會提起我們對於那個廣大世界的責任。那些靈思拓和核校者聽到了我的忠告。有一些人就會來和我交談。

然後，四聖派來了他們的衛兵。他們對我並不凶蠻，也不算和善。他們將我關押，彷彿我只是一頭牛，現在沒有了什麼用處，但還很有價值，不應該被屠宰。他們從我的小屋中拿走了我記錄的夢，想要和我討論這些夢，將討論的結果添加到他們的智慧中去。我拒絕分享對於這些夢的見解。但他們一定已經看出，我的夢是多麼頻繁地展現了毀滅者。

我被置於堡壘頂部的一間牢房裡，得到了一張舒適的床、適量的食物，還有可以記錄夢境的紙筆。我被一個人丟在那間牢房裡。照料我的人都被命令不許和我說話。

——黑者普立卡的紀錄

我在自己牢房中的乾草墊上醒來。我剛剛做了一個汙穢的夢——文德里亞站在我身邊，俯視著我，幸災樂禍地向我承諾：「妳會在今天死掉。」我猛地從睡夢中驚醒，心中充滿警覺。甚至在我睜開眼睛以前，我的牆已經牢牢築起了。我想到昨晚就應該徹底解決他。當時在對他造成那麼沉重的打擊以後，我以為他不可能再活下來了。但也許他比我想像的更強壯。也許。我的心跳加快了，突然開始擔心這裡可能還有像他一樣的人。我早就應該殺死他。我嚴肅地向自己承諾，下一次絕不會再讓他活著。如果他還活著，我確信我一定會再遇到他。

如果他還活著，就會告訴其他人，是誰殺死了西姆菲和德瓦利婭。這讓我的心跳更快。我是否留下了什麼犯罪證據？上衣的寬鬆袖口遮住了我的雙手。我把它們捲起來，仔細檢查手掌。那些割傷現在都變成了白色細紋，看上去絕不像是昨晚的傷口。我碰了碰腳底，感到一陣疼痛。我將更多治療送去那裡，疼痛緩和了。我穿上涼鞋。將鞋帶試了幾次，確保它們不會勒住我的腳。然後我在牢房中走了一圈，練習走路時不要跛腳或瑟縮。這並不容易，我的腳記住了疼痛。我想到進入傷口的汙穢和海蛇涎液。這些封閉的傷口會感染嗎？我無從得知。我坐到矮床邊緣，等待著。

監牢守衛端來了粥飯，又拿來水壺。這裡的食物不好也不壞。碗裡的蔬菜被煮熟了，另外還有燻魚。無論從種類還是從數量上，對我都是足夠的。守衛的一舉一動仍然像以前一樣平靜，也幾乎不怎麼說話。其他牢房中的犯人也都沉默寡言。如果不是我手腳上的割傷、手上微弱的燈油味和頭髮中的煙味，昨晚就像是一個夢。我什麼都沒說，心情卻愈來愈緊張。再過多久就會有人注意到西姆菲失蹤了？還有多長時間就會有人送食物和水到德瓦利婭的牢房去，發現那兩具屍體？

鑰匙和匕首成為我的薄稻草墊中的兩個硬塊。我讓屁股避開它們，認真思考，如果沒有發生昨晚的事情，我會是什麼樣子。如果我昨晚好好睡了一覺，醒過來之後準備在牢房裡度過一個漫長的白天，又會如何？我會有什麼樣的心情，會有怎樣的想法？今天我必須成為這樣的女孩。我希望普立卡不會出賣我。我不認為他會這樣做，但也不知道為什麼能夠信任他。他看上去是那樣為我感到哀傷。

我昨晚殺了人。

我感覺到全身每一束肌肉都在綳緊，然後又鬆開，覺得自己也許會暈過去。不。我不能想這件事，絕對不要想。我只是在做不得不做的事。現在，隨著等待這場謀殺被發現，我必須變成一個只想著要在這一天和抄寫員交談、希望能夠得到自己的小屋和美食的女孩。我練習充滿希望的微笑。但這樣的表情只讓我覺得很奇怪。

我沒有等待太久便聽到開門的聲音，我躺倒在草墊上假裝睡覺。遠處的腳步聲聽來，走過來的人不止兩個，但我沒有動，也沒有睜開眼睛，直到卡普拉說道：「蜜蜂，起來。」

我緩緩地移動身體，揉搓雙眼，透過手指看著他們。卡普拉站在牢門口，身穿一襲深藍色的長裙，看上去有如帝王一般威嚴。她從鼻孔中噴出氣息，彷彿某種強烈的情緒正在心中激蕩。跟隨她的一共有四名衛兵。費洛迪和寇爾崔站在衛兵身後。我一開始沒有認出寇爾崔——他的白色妝容完全被毀了，只有髮際線和臉上的皺紋裡還殘存著一些白粉。他在不停地哭泣，兩條華麗的綠色衣袖上全都是眼淚混和白粉留下的汙漬。

我困惑地逐一看著他們，然後向卡普拉露出充滿希望的微笑。「我們今天又要出去了嗎？我能夠繼續把我的故事告訴妳、把它們寫下來？」我站起身，用微笑掩飾住因為雙腳的疼痛而咬緊的牙齒，向鐵柵牢門走去。

卡普拉的臉上現出虛偽的微笑。「妳要跟我們走。但今天妳不用向抄寫員講故事。」她的手按在牢門上，試了試門鎖。牢門紋絲不動。她轉頭看著費洛迪和寇爾崔。「你們還沒有看出這有多荒謬？看看她，骨瘦如柴、年幼無知，只是一個小孩子，還被鎖在四聖之鎖後面。」她將一把鑰匙遞給衛兵，「這是我的。」然後又拿出另一把鑰匙，「這是西姆菲的，從她的衣袋裡找到的。」正是那把握柄嵌滿珠寶的鑰匙。

衛兵依次將鑰匙插進鎖孔，轉動就位。寇爾崔卻在這時用肩膀撞開卡普拉，抓住我的牢門用力搖晃。我很高興這道門還被鎖著。他的臉上充滿了瘋狂的怒火。「她是個騙子！文德里亞告訴了我她做的一切。她殺死了西姆菲，又殺死了德瓦利婭！她還用魔法震暈了文德里亞！」他顫抖的手指點住我，「妳無法欺騙我。我已經親自和文德里亞談過了！我知道他說的是實話。等到卡普拉和費洛迪和他說過話，他們也會知道！他們會讓妳慢慢死去，這才是妳應得的！」

「安靜，你這個白癡！」卡普拉對寇爾崔喝道，「你的鑰匙，你們兩個把鑰匙拿出來。然後我們把她送到一個更隱祕的地方去。」

寇爾崔從脖子上拉出一根鏈條，上面掛著他的鑰匙。他用充滿恨意的眼睛盯著我，將鑰匙插進鎖孔中轉動。他堅信我在使詐，這讓我感到不安。但我很快就明白了。海蛇涎液——那種藥劑讓文德里亞比我所以為的更加強大了。他曾經伸手摸到一些涎液，又舔進嘴裡。如果我只是震暈了他，當他醒來時，就會再吞吃掉盡可能多的涎液，而根本不會顧忌地上的汙穢。他吃了多少？現在有多強了？至少已經強大到可以碰觸寇爾崔的意識，向其中注入對於他的狂熱忠誠。那麼卡普拉和費洛迪呢？我的腦子在飛快地轉動。他們的心智還屬於自己嗎？文德里亞曾經說過，白者對於他的魔法有很強的抗性。所以德瓦利婭說的是實話，寇爾崔根本不是白者。

口水從寇爾崔的嘴裡流出來，他還在不停地尖叫著：「看看她啊！她是有罪的！是她幹的，全都是她幹的！她應該去死！應該被當做叛徒被處死！她背叛了她體內的每一滴白者血液！她殺死了可憐的親愛的西姆菲！」

「可憐的親愛的西姆菲？」費洛迪低聲問道。

「後退，安靜！不要在這裡滿口胡言！」卡普拉氣惱地伸手指了一下普立卡的牢房。寇爾崔用力捂住了嘴。

費洛迪拿出鑰匙，插進鎖孔中轉動一下，牢門應聲而開。恐懼依然緊緊抓住了我的心。

「哦，女士，求妳！」我向卡普拉哀求道：「妳不可能會相信這樣荒誕的一個故事！」

「如果妳想要保住自己的舌頭，就別說一個字。」卡普拉將怒火轉向衛兵，從他手中奪回了她和西姆菲的鑰匙。「把她帶出來。」然後她又轉向費洛迪和寇爾崔，「來吧，這根本就是在浪費我的時間。」

不等衛兵來抓我，我已經向他們走過去，並伸出了手臂。「自己走。」一名衛兵對我說。我們經過普立卡的牢房，我向裡面望去。普立卡正盤腿坐在地上，面前是一張矮桌子。他在一張紙上寫著什麼。我們經過的時候，他沒有看我。

我跟隨卡普拉一行人沿走道出去，進了樓梯門，走下臺階，穿過另一道門，進入了一個小房間。衛兵們一直緊跟著我。在那扇門關閉的一剎那，寇爾崔向我撲來。我尖叫著躲到一名衛兵身後。

「制止他！」卡普拉喝道。兩名衛兵分別抓住他的一隻手臂，將他向後拉去。他仍然不停地踢蹬、嚎叫著，就像是一個發怒的孩子。「哦，胡鬧夠了！」卡普拉向他喊道。「你實在是太可笑了。如果我告訴你，那個文德里亞控制了你的神智，你能聽懂嗎？不能？那麼就看好他。」衛兵們將寇爾崔從我面前拖走。卡普拉坐進一張舒適的椅子裡，指了一下地板。「蜜蜂，坐下。」

我坐在厚厚的地毯上，迅速向周圍掃視了一眼。這裡的牆壁上掛著許多大幅花卉繪畫，有一張烏木桌子、數把椅子、一只盛有金黃色液體的玻璃瓶和幾只杯子。費洛迪哀歎了一聲，也坐進一把椅子裡。

卡普拉伸手一指寇爾崔。「寇爾崔，我們已經做了你要求的所有事。你親眼看到她被鎖在自己的牢房裡，看到鑰匙還分別在我們身上。她的身上沒有血，也沒有燈油氣味。這麼一個孩子不可能殺死任何人。」

「那一定就是文德里亞幹的，」費洛迪若有所思地說道，「如果有足夠的海蛇藥劑，也許他能夠控制德瓦利婭，迫使她殺死自己。」

「他會讓西姆菲將藥劑摔在地上，在他搆不到的地方嗎？而且我不相信西姆菲會受到文德里亞的影響，用火燒自己。不。不是這個孩子，也不是文德里亞。」

「聽我說！」寇爾崔尖叫著。他們又轉向他，卡普拉滿臉鄙夷，費洛迪面露難色。寇爾崔吊在兩名衛兵中間，盯著他們兩個看，喘息著說道：「我告訴你們真實的情況。西姆菲將她帶到了文德里亞的牢房。」他掙脫出一隻手臂，顫抖著指向我，「文德里亞全都告訴我了！她向西姆菲扔出油燈，在她身上引起大火，也讓她失手把海蛇藥劑掉落在地上！她命令德瓦利婭去死，德瓦利婭就死了。都是她幹的！德瓦利婭死了！我最親愛的朋友死了！」寇爾崔不停地向我咆哮著，顫抖著失聲痛哭起來。

「他最親愛的朋友？」費洛迪滿腹狐疑地說。

「他從來都看不起德瓦利婭。」卡普拉靠進椅子裡，「我們從他嘴裡得不到任何有價值的東西。全都是海蛇藥劑的作用。文德里亞有了它，已經強大到前所未見的程度。不過這次災難中也有一些好事：德瓦利婭給我們留下了一件有用的工具，一件我們必須學會去控制的工具。但現在不是思考這件事的時候。」她是否在後悔將這件事告訴了這麼多人？

卡普拉的雙眼眯成兩道縫隙，仔細審視寇爾崔，然後她用更加優雅的聲音說道：「寇爾崔身體不好，情緒也過於激動。衛兵，護送他去高塔寓所。給他用一些昨天我收到的科洛仙煙。可憐的傢伙，他剛剛失去了他最親愛的兩位朋友。在他的門外守衛著，確保他一直待在房間裡。我不希望他傷到自己。」卡普拉提起那種煙的時候，寇爾崔立刻睜大了眼睛。我感覺到卡普拉是給了寇爾崔某種非常大的好處。卡普拉向他露出微笑，那和善的面容非常虛假，但寇爾崔卻彷彿迫不及待地要相信她所說的話，「我們會親自去和文德里亞談談，就像你所建議的那樣。好了，不要再多想這些事了。去休息一下。我知道，你一定心碎不已。」

聽到卡普拉同情的話語，寇爾崔的眼睛裡又湧出許多淚水，從臉上流下來。當衛兵將他帶向門口時，他不再抵抗。我聽到他不停地啜泣，直到屋門在他身後關閉。我留在屋裡，保持著沉默。卡普拉向前俯過身，將金黃色的飲料倒進一只玻璃杯，吮了一口。

「所以妳認為文德里亞是在說謊？」費洛迪問她。

「他告訴我們，在港口裡有兩頭龍，還有一個毀滅者在他的意識中說話，威脅要摧毀整個克拉利斯。你今天有見到龍嗎？有軍隊進攻的跡象嗎？」她又吮了一口飲料，「他說這些都是蜜蜂幹的。你有看到她離開牢房，進入地牢的痕跡嗎？」

「他為什麼要說謊？他能得到什麼好處？」

「終於，你提出了正確的問題。你還有另外一些事需要考慮。為什麼西姆菲會在地牢裡，還拿著海蛇藥劑？現在我們的海蛇藥劑已經用光了。她又是從哪裡得到它的？她有著什麼樣的叛變計畫？是誰終結了這個計畫？文德里亞雖然不是聰明人。但他是不是獲得了足夠多的海蛇藥劑，因而能夠控制西姆菲？是不是西姆菲殺死了德瓦利婭，然後因為意外或者在文德里亞的控制下，取走了她自己的性命？寇爾崔完全受到了文德里亞的影響，已經毫無用處，有些話在他的面前是不能說的。現在只有文德里亞知道發生了什麼。我認為他最有可能是真凶，我會從他的口中得到

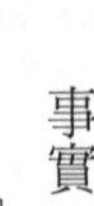

事實。」

「我也想參加。」

「你當然要參加。因為你也想不到還能做些別的什麼事情。」

費洛迪蠕動了一陣嘴唇，才又說道：「我們全都知道妳為自己留了一份海蛇藥劑。那會不會就是西姆菲拿到的部分？從妳那裡偷出來的？或者是妳給她的？我又該如何小心自己的背後呢？」卡普拉盯著費洛迪，抿起嘴唇，直到費洛迪低垂下雙眼，用服從的聲音問：「我們現在去審問文德里亞嗎？」

卡普拉轉向他：「你想怎麼做就去做吧，不要問我！去向寇爾崔的新朋友匍匐叩拜吧。那個令人厭惡的怪物根本就不應該被允許活下來。我想，我只能自己一個人去做好所有事了。西姆菲死了。難道你不好好想一想嗎？這對克拉利斯人將意味著什麼？第一波流言肯定已經傳出去，現在下面的廳堂中擠滿了來尋求幸運的人，其中一些人正等著要見西姆菲。人群正集結在海峽對面，等待著下午退潮時過來。而今天下午第二次退潮時，我們必須拒絕他們進入。今天早晨來到這裡的人也必須離開。在我們解決眼前的問題之前，沒有人能進來。你覺得這樣的事情該如何讓公眾接受？我需要送出信鴿，讓衛兵們準備好控制暴亂。我必須認真考慮該如何應對隨後一段日子裡預言生意的損失。我知道，這對你而言都是一些小事，但正是這些小事確保了我們的城牆屹立不倒，確保我們晚上的臥床能夠舒適宜人。」她重重地歎了一口氣，「西姆菲的死必須被正式宣布，要舉辦莊重宏大的葬禮。克拉利斯人必須見證她的尊榮。她的屍體必須……非常美觀。不能讓人們知道她是被殺死的。不幸的是，已經有這麼多人見過她的屍體了。那些尖叫著跑去向寇爾崔胡言亂語的衛兵必須……被處理掉。寇爾崔在那些囚犯面前說了許多混帳話，這意味著他們也都要處理。西姆菲的死必須被描繪成一樁意外。一樁可怕的意外。」

「那麼德瓦利婭呢？」費洛迪語氣沉重地問。

卡普拉輕蔑地看了他一眼。「四十鞭？你覺得有誰在捱了四十鞭以後還能活下來？你還以為她會活著嗎？我可不這麼想。她死在合法的懲罰之下。這是一種很好的解脫方式。」

「對於文德里亞，我們應該有一個什麼樣的解釋？」

「為什麼要替他做解釋？沒有人在乎他是不是也死了。」卡普拉說出這句話的時候，顯然是經過了認真的考慮。

「誰來代替西姆菲呢？」費洛迪壓低聲音問。

卡普拉輕蔑地哼了一聲。「代替她？為什麼？她做了什麼必不可少的事情，有什麼事情我做得不比她好？」她沉默了一段時間，似乎在思考什麼。然後她看著費洛迪，「我們應該分擔這些工作。我知道你想去和文德里亞談談。如果你接下這個任務，我就負責送出信鴿，指揮衛兵關閉城門。」

費洛迪迅速壓抑下自己的驚訝。「如果妳希望如此，我會去完成那個任務。」

「是的，感謝你的好意。」

費洛迪站起身，向卡普拉點了幾次頭，然後幾乎是跑著離開了這個房間。就連我也能看出

來，卡普拉讓費洛迪去做他最想做的事情，只是為了能夠擺脫掉他。

屋門剛在費洛迪身後關閉，卡普拉就站起身。「衛兵，我們把她送回牢房裡。現在還有很多事要做。」

一名衛兵用沙啞的嗓音問：「我是否應該去找寇爾崔和費洛迪，讓他們帶來鑰匙？」

卡普拉聳聳肩，拒絕了衛兵的提議。她幾乎是微笑著說道：「從現在開始，我相信用兩把鑰匙鎖住那道門就足夠了。」

30 障礙和黑旗

一座巨大的天平，就像是水邊橡林錢幣兌換商使用的那種。在一端的秤盤上，一隻蜜蜂閃閃發光。那只秤盤彷彿突然受到重壓，一直向下墜去。一個非常蒼老的女人，冷漠的臉上毫無表情。她問道：「這個生命價值多少？購買它的合理價是多少？」

一頭藍色的公鹿衝過市場，縱身跳上另一邊空著的秤盤。蜜蜂的秤盤翹起來，兩邊秤盤剛好相平，一絲不差。

那個非常老的女人點點頭，露出微笑。她的牙齒是紅色的，非常尖利。

——摘自《蜜蜂．瞻遠的夢境日誌》

我從來都不喜歡從海船上爬下繩梯，登上小艇，我總是覺得自己會在關鍵時刻踏錯一步。而攀爬碼頭上的陳舊木梯給我的感覺也幾乎是一樣糟糕。在我向上爬的時候，火藥罐不停地撞擊著我的後背。美麗的公鹿斗篷實在是有些太熱了。碼頭支柱上的藤壺讓我知道，潮水已經開始退

去，派拉岡號停泊在港灣裡水位最深的地方。停船耗用的這段時間，漫長得讓我想要發瘋。「快一點，」我毫無必要地催促著同伴們，「通向城堡的堤道會在潮水最低的時候開放。我們需要趕到那裡，把火磚換成錢，購買我們通過的門票。」

他們一個接一個地跟在我後面上了碼頭。火星現在的名字是閃耀，一位衣著華美的年輕女士，顯然來自於富人家庭。當她的蕾絲襯裙被一些藤壺扯住的時候，嘴裡立刻冒出一堆風格多樣的髒話。機敏穿著他的貴族馬甲背心、蕾絲襯衫、戴著裝飾羽毛的帽子，看上去完全是一副貴公子模樣。我不喜歡我的綠色襯衫和藍色斗篷的搭配，但我希望這種刺眼的對比，只會表明我是一個外國人，一名有身分的富商。在我們之中，只有小堅還能舒服地穿著他的舊衣服。他腰間有一把長匕首，但還不至於會引起注意。

貝笙和艾惜雅和我們同船上岸。我們沒有交談，而現在，艾惜雅只說了一句：「祝好運。」

「謝謝。」我回答道。

貝笙緩慢地點點頭，船長夫婦就和我們分開了。我看著他們漫步向碼頭上的倉庫區走去。毫無疑問，是去看看這裡都有些什麼樣的貨物。他們肩並肩地走在一起，卻又彼此獨立，就像是背著同一副輓具，已經走了很久、步伐完全一致的兩匹馬。相較而言，我會讓莫莉挽住手臂，她會抬起頭看著我，和我有說有笑。他們繞過一個街角，消失了。我吐出一口氣，希望不會將災難帶給他們和他們的船。

我轉身看著我的小隊。「你們準備好了嗎？」眾人紛紛點頭。我低頭看著划船送我們到碼頭上的水手們。他們看上去就像是痛飲了一整夜，回到船上以後被船長狠狠揍了一頓，又不得不划船來到碼頭。「你們會等在這裡嗎？」我問他們，「等我們回來？」然後我又不情願地加了一句：「也許要等很久。」

依妲的一名水手士兵和我們一起登上碼頭，正在檢查我給小艇纜繩打的結。她挺直腰桿，聳聳肩說道：「所有水手都知道該如何等待。我們會在這裡。」然後她給了我一個笑容，「衣服很漂亮，蜚滋駿騎親王。祝你們好運。我可不願意看見這些衣服染上血。」

「我也是。」我低聲說道。

她的笑容變得更加燦爛了。「讓他們吃到苦頭，隊長，帶小姑娘回來。」

這個祝福雖然有些奇怪，卻不知為什麼讓我感到很高興。我點點頭，我的小隊就跟隨著我下了碼頭。「我們要先去找琥珀嗎？」機敏問我。

我搖搖頭。「這只是在浪費時間。她有蝴蝶斗篷。如果她想要藏起來，我們就不可能看見她，而她肯定看不見我們。」

火星攙著我的手臂，皺起了眉頭，現在她完全像是一個標準的女兒。「為什麼她看不見？」

「因為她失明了。」

「不，她沒有。是的，她視力還很差，但已經不再是失明了。我告訴過你的。」

「什麼？什麼時候？」

「她的視力已經恢復了。恢復的速度非常慢，還很不完整。但是我和她住在一起，這樣的事

情是很難瞞住我的。」

我控制住自己的呼吸，面帶微笑，就好像我們正在討論天氣一樣。「為什麼她不把這件事告訴我？為什麼妳也沒有說？」

「我說了，」火星微笑著，透過咬緊的牙縫說，「我告訴過你，她看見的要比你所知道的更多。你說她一直都是這樣！我還以為你也知道了。至於說她為什麼不告訴你，嗯，我想這一點現在已經非常明顯了。因為你不知道，他才能順利地單獨離開。避開我們所有人，一個人去救蜜蜂。」

以前談話中的一些零星內容在我的頭腦中整合起來。是的，弄臣一直認為自己孤身進入克拉利斯尋找蜜蜂才是最好的選擇，所以他才做了這些事。就像我告訴他的，如果有機會，我將如何去做。我陷入沉默，認真考慮著眼前的局勢。

天候已經變熱，不過還是有一陣陣帶著樹脂氣味的微風，從這座城市後面的蔥鬱樹林中吹過來。燻魚氣味、熟透的水果，和遮住了每一座小屋門口的黃蕊白色小花的香氣飄散在空氣中，與每一座海邊城市都會有的氣味混和在一起。這裡的街道非常潔淨，維護良好。我沒有看見一名乞丐，到處都顯示出富裕的景象。城市衛隊的數量相當多，很容易看到。他們都面色嚴肅、武器精良。弄臣對這座城市的描述毫不誇張。有許多建築物都是底層為商店，樓上是住家。一個女人推開家門走出來，抖動著一塊小地毯。兩個男孩穿著寬鬆的棉布襯衫，從我們身邊跑過。一切都表明這是一座繁榮城市中平靜的一天。

當我罵出一個簡短的髒字時，火星被嚇了一跳。就在昨天，弄臣剛剛為我讀過蜜蜂的書。那應該是他的不小心，或者他希望我能注意到？這是一次惡作劇嗎？我咬緊了牙。

隨著一陣風聲，一片羽毛打在我的臉上。小丑落到我的肩頭。我打了個哆嗦，對牠說：「回船上去。我們不能引起注意。」

小丑啄了一下我的臉頰，非常用力。「不，不，不，不！」

人們都轉頭看這隻說話的鳥。我竭力裝作這只是一件很平常的事情，伸手去打牠，牠卻已經跳到小堅的肩膀上。

「不要和牠說話。」我低聲提醒小堅。一隻烏鴉站在一個男孩的肩膀上已經很惹人矚目了，我們不需要再和這隻烏鴉吵起來。

小丑叫了一聲，在小堅身上站穩了腳跟。

我們離開港口，走上一條寬闊的大道，一路上經過了許多整潔的房舍和小商店。這條路延伸出港口碼頭，貼著岩石海岸繼續向前。我看到一些小漁舟停靠在岸邊，健康的孩子們分揀著他們父母的漁網撈上來的魚。無數尋求幸運預言的人走在我們身邊。從衣著看來，這些人來自於許多不同的地方。有一些人顯得很歡快，幾乎是興高采烈地邁著大步。也許那是希望獲得祝福的年輕情侶；另一些人嚴肅的面容中充滿焦慮，一邊喝斥著旅伴，一邊快步超過我們，顯然是想要第一個走過堤道。我們所有人都在希望和恐懼之中踩著這條平整潔淨的大路，向我們預言中的未來走去。

「你覺得她應該在哪裡？」火星問我。

「今天早晨這裡已經開始退潮。我認為這就是她昨晚會上岸的原因。這樣她才有時間賣掉手鐲，購買走過堤道的門票。現在她應該已經在城堡裡了。」

「我們應該去哪裡找她？」機敏低聲問，「在我們過了堤道之後。」

「我們不去找她。」我對他說，「我們繼續按照計畫行事。這樣她才能預料到我們會做什麼。所以我們會進入克拉利斯，找到辦法藏身在其中，然後去屋頂牢房搜尋。如果我們在那裡沒有找到蜜蜂，就在洗衣房會合，希望琥珀能去那裡找我們，而蜜蜂也會和她在一起。」

我說完之後，小隊陷入一片沉默，這說明了我們是多麼不喜歡這個計畫。

「我不明白，為什麼琥珀不帶著我們，自己就離開了。」小堅說。

「她相信她最有機會找到蜜蜂。」

「不。」火星的手握緊了我的手臂，「我認為我知道原因。我相信這是因為她現在採取的是最不可能的行動、是最不可行的方案。」

我知道我們需要加快速度，但火星的話還是讓我們放慢了腳步。「然後呢？」我問她。

「這樣做是最愚蠢的。你說過，他們知道我們在這裡。琥珀也說過，他們能夠操縱世界，是因為知曉可能的未來。所以她選擇了最不可能的作法，希望這樣他們就無法預見到她的行為。」

我停下來。「但我們制定的那些計畫，我們的討論、妳縫製的衣服……」

「全都是為了看起來我們會這樣做？」火星搖搖頭，面帶微笑地看著我，就像是一個溫柔的女兒看著她的父親，「我不知道。我只是這樣猜測。猜測的理由就是她告訴我的，關於那些僕人的事，還有她的夢。」

「如果妳猜測的是正確的，」我一邊說，一邊邁開步伐，「那麼他們就會一直盯著我們，我們的行動目標，也許就要改成轉移他們的注意力。」被他們俘虜？被關押，有可能會被用刑？弄臣是不是將我們全部送入了危險之中？不。

也許。

他有多少次將我投入到致命的危險境況裡，只為了能夠改變命運？他也許會再次對我這樣做，但他肯定不會這樣對待火星、機敏和小堅。「你們應該回船上去。」我說道。

「不太可能。」機敏平靜地說。

「不可能！」小丑確認了機敏的話。

「我們不能回去，」小堅緩慢而冷靜地說道，「我們必須盡力這樣做。這才能符合我們最有可能的行動，讓他們將注意力集中在我們身上。」

我們沿著港灣旁半月形的彎曲海岸前進，現在這條大路進一步變寬，道路兩旁出現了一片用鵝卵石鋪成的廣場，廣場上全是貨攤和商店，店鋪門面全都垂著色彩鮮豔的布簾。我懷疑平時這裡應該是一處忙碌的商業中心，不過今天一些攤販都關了門，本地人全都是一副困惑煩亂的樣子。一些買家還耐心地在歇業的商店前等待。有不少人在市場中四處亂走，彼此問著各種問題。我們在混亂的人群中一直向前擠過去。仍開門經營的商店提供食物、飲料、小飾品、寬簷帽、香水和白者小人偶。我看到兩名錢幣兌換商，便希望在他們那裡賣掉我們的火磚。一個女人身後的

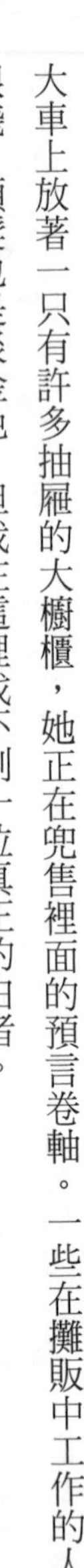

大車上放著一只有許多抽屜的大櫥櫃，她正在兜售裡面的預言卷軸。一些在攤販中工作的人膚色很淺，頭髮也是淡金色，但我在這裡找不到一位真正的白者。

「他們剛剛關閉了自己的商鋪。一名衛兵來告訴他們停止出售門票。」

「他們最好能讓我們今天過去！我在這裡停留的時間不能超過一天！」

「我為了能過去已經付了很大一筆錢！」

在這個繁亂的市場對面，兩名面容冷漠的衛兵站在一座大門前。大門後面就是通向城堡的堤道。現在海水幾乎已經完全退去了。充滿希望的人們排成了一支又長又寬的隊伍，在刺眼的午後陽光中等待著。他們不住地交頭接耳、竊竊私語，讓我想到了即將被送進屠宰場的牛群。最讓我感到可憐的還是那兩名身穿皮甲、戴著羽毛頭盔的守門衛兵。他們全都是肌肉發達的年輕人。那名女衛兵的臉頰上鋸齒狀的疤痕說明她親身經歷過戰鬥。汗水在他們毫無表情的臉上變成一條條閃光的涓流，對於人群拋給他們的無數問題，他們全都毫無反應。

當一名皮包骨的老婦人推開她的店鋪的百葉門，一陣寬慰的呼聲隨之響起。人群朝那裡擁擠過去，但那名老婦人高舉起雙手，在嘈雜的喧鬧聲中喊道：「對於具體情況，我也不清楚！」她的聲音很高亢，介於憤怒和恐懼之間。「他們用鴿子送信給我，要我停止出售門票。今天不會再允許有人進去了。也許明天可以，但我不知道！現在我知道的事情你們也已經知道了。這不是我的錯。我沒有錯！」

她開始關閉百葉門。一個人抓住門的邊緣，叫喊著說他必須被允許進入，另一些人也向前擠過去，有人在向她晃動手中的雕花入城木牌。小丑舉起翅膀，大聲叫著發出警告。我很擔心人群中會發生暴動。就在這時，我聽到了軍隊小跑前進時有節奏的腳步聲。「退到人群邊緣去。」我催促同伴們。機敏衝在最前面，我們跟著他，推開身邊的人，一直擠到人群的邊緣，在一處出售水果、啤酒的貨攤和一個烤肉攤中間，找到了一個小空隙，便鑽了進去。

「至少有三十多個士兵。」機敏看著正在靠近的部隊說道。那些士兵手持短棍，一舉一動都訓練有素，下手時肯定會毫不留情。他們組成了兩列縱隊，橫在人群和守門衛兵之間。就位之後，他們便舉起短棍，開始將人群朝遠離堤道的方向驅趕。人們很快就屈服了。有些人還顯得很不情願，但另一些人已經轉過身，拚命向遠處逃去。抱怨和哀求組成的喧譁聲，讓我想起了被打破的蜂巢。

「城門！城門打開了！」有人高聲喊道。在堤道的另一端，巨型白色城堡的大門緩緩開啟。還不等兩道門完全打開，一群人已經從門中走出來，排成一支規模龐大的隊伍，通過堤道向我們走來。他們更像是一群牲畜，偶爾會有一些人從道路邊緣跑過，超過其他人。但他們全都是一副匆忙趕路的樣子。當他們靠近我們這一邊的大門時，衛兵打開大門。士兵趕走那些想要趁機進去的人，喊叫著要他們讓出道路，以便讓走出城堡的人離開。兩群人如同相對而至的波濤撞在一起，兩邊全都響起憤怒的喊聲。

「這到底是怎麼回事？」火星問道。

「這意味著弄臣到了那邊，而且已經有所行動。」我推測道。我想到了那瓶不見的巨龍之銀，感到一陣心寒。

彷彿是為了回應我的話，我聽見聚集的人群發出無言的齊聲呼喊。手臂如同叢林一般豎立起來，一同指向一座細長的高塔。數面細長的黑色旗幟被掛到那座高塔的窗外，儘管海面有微風吹來，但這些旗子相當沉重，只是垂直地掛在高塔上。「是西姆菲！」有人喊道，「那是她的居塔。她死了！天啊，西姆菲死了！四聖之一死了！」

這一聲喊導致人群中議論紛紛，各種喊叫、哀號和哭泣隨之而起。我努力想要從這一陣騷動中獲得一些情報。

「……即使我父親小時候也從未發生過！」一個人喊道。一個女人哭叫著說：「這不可能！她還那麼年輕、那麼美麗！」

「美麗，是的，但已經不年輕了。她統御北塔已經超過八十年了！」

「她怎麼會死的？」

「我們什麼時候能夠被允許過去？」

有一些人在哭泣。一個男人宣布說他每年都會來此尋求幸運預言，有三次是西姆菲親口將關於他的預言告訴了他。在他的描述中，西姆菲是一位溫和又可愛的女子。我看到他立刻受到眾人的擁戴，因為他曾經接觸過偉人，或者是自稱接觸過偉人。

在海峽對岸，堤道大門後，一個人影從城門中走出來。他個子很高，面色蒼白，穿著一件淺藍色的寬鬆長袍。他不疾不徐地走過堤道。現在堤道上殘留的海水已經被太陽曬乾了。他的步態很優雅，身姿讓我想到了身為黃金大人時的弄臣。原先還雜亂無章的人群現在開始齊聲向那個人呼喊，希望引起他的注意。很快，呼喊變成了悄聲議論。我聽到有人說：「那不是靈思拓．維梅格嗎？那個侍奉四聖之一寇爾崔的人？」

那個人來到靠近我們的堤道大門前。守門的持矛衛兵和持短棍的衛兵全都推向一旁，讓眾人能清楚地看到他。他提高聲音，喊出一些我們都聽不懂的話。人群恢復了安靜。他再次提高聲音喊道：「立即散去，否則後果自負。今天沒有人能夠再進來。我們正在哀悼之中。明天，在下午退潮時，持有門票的人可以進入。」然後他就轉身離開了。

「西姆菲真的死了嗎？她到底出了什麼事？」一名女子朝著他背後喊道。他只是一直向前走，完全沒有回頭。衛兵們再一次擋在大門前。

人群再一次擾動，人們紛紛彼此詢問。我們等待在原地，希望能夠發生一場暴動。但這個希望顯然要落空了。現在主導人群的氣氛是哀痛和失望，而不是氣憤。就像被風吹散的穀殼一樣，人們也慢慢散開了。我聽到的議論聲中充滿了鬱悶和哀傷，但似乎沒有人懷疑他們是否會在明天被允許入內。

我努力壓下從心頭躍起的惶恐。「哦，弄臣，你幹了什麼？」我喃喃地自言自語，眼睛依然盯著空無一人的堤道。

「我們現在該怎麼辦？」小堅在我們隨著香客人流緩步往回走的時候問道。

我什麼都沒有說。我的心思全在弄臣身上。也許他還在城堡裡。是他殺死了西姆菲嗎？這是

否意味著他還沒有找到蜜蜂，但已經開始復仇？或者是他被發現了，不得不殺人？他被捉住了嗎？還是躲藏起來了？

「我們今天沒辦法進入城堡了。」機敏說，「我們要回到派拉岡號，等待他們再次允許香客進入嗎？」

「停！」小堅突然喊道，「這邊，到這邊來。」他領著我們離開擁擠的大路，到了能夠俯瞰海面的岩石岸邊。示意我們湊到他身邊，他興奮地悄聲說道，「我們進不去！但小丑可以！」我們驚訝地看著他。那隻烏鴉正蹲在他的肩膀上。小堅把手腕遞給小丑，那隻鳥跳了上去。小堅將牠舉到自己面前，認真地對牠說：「琥珀告訴過我們，堡壘頂部監獄的牆壁是有洞的，形狀就像是花朵和其他一些東西。妳能飛到那裡，從那些洞中看看裡面嗎？妳能不能看一下蜜蜂是不是在那裡？或者琥珀在不在那裡？」小堅的聲音開始顫抖。說完，他就緊緊抿住了嘴。小丑轉過一隻明亮的眼睛盯著小堅。然後，牠一言不發地從小堅的手臂上躍起，飛上半空。

「牠直接向那裡飛過去了。」火星喊道。

但就在我們的注視中，那隻烏鴉徑直飛過城堡，消失到城堡後面去了。

小堅吸吸鼻子說道：「也許牠是想要環繞堡壘一周，然後再找合適的地點降落。」

「也許。」我表示同意。

我們站在原地，等待著。我一直盯著海面，直到眼睛被海水反光照得滿是淚水。

蝴蝶人

你的熱情、能力和節儉都值得讚揚。當我父親不在的時候，你將細柳林管理得很好。我相信他一定會回來的。

但至於你提議做出的改變，不，請不要清空我的妹妹蜜蜂的房間。她的一切物品都應該按原樣擺放好，如果有必要，就進行清潔，請務必保持她的房間整齊舒適。不要將她的任何東西放入倉庫，我希望它們都還在原位。我相信，為她盡心竭力的侍女慎重，會知道該如何照料那些物品，而那些物品，一件也不能丟棄。她的屋門要隨時緊緊關閉，妥當鎖牢。這就是我的心願。

至於我父親的房間，我希望那裡也維持他離開時的樣子，房門同樣也要隨時鎖牢。不允許任何人隨意挪動那裡的任何東西，直到他歸來。我相信，他不會因為自己的物品保持原封不動而責備任何人。在下層走廊中還有一個房間，他有時會將那裡用作書房。我所說的不是莊園書房，而是那個能夠從窗外看到丁香花叢的房間。我希望那個房間也被鎖起，不要讓任何人進去。

我相信我們已經討論過我的母親進行縫紉和閱讀的房間，那裡也應該被保留原樣。那是她的物品所在之處，我不希望被挪走。

在冬天臨近之前，如果時間許可，謎語大人和我希望去拜訪細柳林。

——蕁麻公主致細柳林管家迪克遜的信

他們將我送回監獄的時候沒有舉行任何儀式。卡普拉插進她的鑰匙，轉動一下，然後是西姆菲的鑰匙，我又被鎖進了牢房裡。「你們會如何對待我？」我斗膽問道。

「如何對待妳？」卡普拉笑了，「妳對我也許還有用，或遲或早。」她的笑容讓我感到害怕，「現在，妳坐在這裡等著就好。一切該發生的，到時候自然會發生。」她一直微笑著，彷彿感到很滿意，之後就轉過身大步走開了。

她的話無法讓我平靜。她已經派遣費洛迪去見了文德里亞。文德里亞是否已經強大到可以控制一名白者的意志了？如果費洛迪也被控制了，他一定也想要我的命。到時候他們就會殺死我。對此我無能為力。我走回到床邊，坐了下去。匕首柄戳到了我。我向旁邊挪了挪。我有些想知道在西姆菲之前，上一次四聖死亡是發生在什麼時候。西姆菲的死對他們而言意味著什麼？為什麼要有四個人？現在會變成三聖嗎？我將雙手放在膝蓋之間，前後搖晃著身體，想要讓自己平靜下來。

「那麼，蜜蜂。妳現在打算怎麼做？」普立卡的聲音悄然傳入我的耳中。

我壓低聲音：「我想，只能坐在這裡。我沒有其他什麼選擇了。」

「妳沒有？」

我的確覺得自己沒有選擇。我感覺自己就像沿著河床流淌的水。水無法讓自己停下，也無法選擇流到山上去，「水只能去溝渠引導它去的地方。」我說道。

我聽到普立卡歎息一聲。「我還記得妳說的這個夢。這是我做的一個夢，難道有人給妳讀過它嗎？」

「不，這只是我的一個想法。」我走到牢房牆角，想要繞過牆壁看到普立卡，但顯然是在癡心妄想。

「小蜜蜂，妳有沒有見到過不同的未來、不同的道路？」

「有時候會見到。」我緩緩地承認。

「妳能夠選擇它們之中的任何一個。要小心選擇。」

「它們似乎都通向同一個結果。」

「並不完全是，」普立卡不同意，「我已經見到了一些可能發生的事情，如果妳留在牢房中，什麼都不做，他們就會殺死妳。」

我嚥了一口唾沫。我沒有見到這個未來，或者我見過？當我無法將自己的夢寫下來的時候，它們就會飛快地消失掉。

普立卡沉默了很長時間，然後他伸出手，手掌攤開向上，手背貼在地面上。他在等待著，過了一會兒，我將手放到他的手中，「妳沒有受過教育。」他低聲說道：「真希望妳能夠出生在明白妳的人們中間。不知道現在教導妳是不是已經太晚了。」

「我受過教育。」我氣憤地說。我差一點就告訴他，我能夠讀和寫了，但我及時管住了舌頭。現在對其他人承認這一點並不安全。

「妳沒有得到妳所需要的教導，否則就會明白得更多更早。妳是一名白者，一個非常古早種族的後裔。現在這個族群已經不再存在於這個世界中，妳生長得非常緩慢，壽命極為漫長。也許就像我一樣漫長。」

「我會像你一樣變得全身發黑嗎？」

「如果妳依照命運的召喚改變了這個世界，妳就會變黑。我猜妳至今為止至少已經有過幾次改變。發生改變的時候，妳會全身發熱、虛弱不堪、皮膚剝落。也因此而知道，妳在自己的道路上又向前邁出了一步。」

我思考著他的話。「也許我有過兩次了。」

普立卡發出一點聲音，彷彿是在向自己證實了什麼事情。「妳是否知道，每一名白色先知都有一個催化劑？妳知道催化劑是做什麼用的嗎？」

我從父親的紀錄中看到過這個詞。「催化劑會改變一些事。」

「正確。」普立卡發出贊許的聲音，「白色先知的催化劑所造成的改變，能夠促使白色先知改變這個世界，將舊世界放入一條新的、更好的軌道中。」

我等待他繼續說下去。但他沒有再說話。我終於問道：「你是我的催化劑嗎？」

他笑了，但笑聲很哀傷。「不。我確信我不是。」經過一陣漫長的停頓之後，他說道：「除非我犯了極為嚴重的錯誤，否則妳就在昨晚殺死了妳的催化劑。」

我不喜歡他說出我殺人的事，這讓那種回憶一下子變得非常真實。我沒有回話。

「想一想，」他輕聲說：「是誰將妳帶到了這裡？是誰將妳鍛打成現在的樣子？是誰讓妳踏上這段旅程，直到現在，讓妳進入了這樣一個未來？」

他的話令我不寒而慄。我發現自己在劇烈地喘息著。不。我不想讓德瓦利婭成為我的催化劑。一個問題在我的肚子裡燃燒，強迫我不得不把它說出口：「我應該殺死她嗎？」

「我不知道。只有妳能知道妳應該做什麼。」然後他又說道：「或者是妳相信自己應該做什麼。蒼白之女反對我對未來的見解。她相信她命中注定要確保巨龍再不會返回我們的世界。她看到一條對她來說是正義的道路，導致外島和六大公國陷入了戰亂。她希望將六大公國打碎成相互爭鬥的小邦，以此來確保古靈的古早魔法，不會再出現於瞻遠的血脈中。」

「你選擇了另外一條路？」

普立卡輕聲笑了笑。「小傢伙，我實在是太老了。在埃麗絲多到達艾斯雷弗嘉之前很久，我就已經完成了作為白色先知的任務。當我的催化劑死去之後，我不想離開那個我們一同完成任務的地方。我留了下來，眼看著那裡的積雪愈來愈深，冰層覆蓋了廢墟。然後，當冰華到來之時，我選擇繼續留下，看守那條沉睡在寒冰下的巨龍。我認為我那樣做是正確的……」他的聲音低了

下去，彷彿現在開始懷疑自己做出的選擇。

「當埃麗絲多來到那個地方，開始做出選擇和改變時，她的所作所為在我的意識中震響，就像是敲響了一只破裂的鐘。我開始反對她。我阻止她殺死那頭被困的巨龍。」

我能聽出他在暗自用力，明白他在回溯自己痛苦的記憶。他繼續說道：「那時發生了許多事，那都不是我的真正用意。所有這些事讓我擔負起一個我自認為早已放下的角色。我的夢回來了，這全都是因為她。她的錯誤讓我必須醒來，去承擔這些任務。」又是一陣短暫的沉默，「這就是我現在要告訴妳的。我曾經瞥到過一些妳可能做過的夢。所以我要提醒妳，小心選擇，小蜜蜂。克拉利斯城堡矗立在這裡的時間已經超越了人們的記憶。自從僕人們統治這裡開始，這裡就變成了一個收集無數故事的寶庫。儲存在這裡的卷軸不僅解釋了未來的可能、各種事件的既定軌道，還有大量過往的歷史也在這裡被記錄下來。巨大的智慧被收藏在這裡的卷軸和典籍中，僕人們一直在記錄他們造成的各種改變，以及在那以前，古早的白色先知們所行的種種事業。」

「這座城堡中居住著很多人，外面的那座城市更是依靠這座城堡和僕人們所進行的貿易而生存。更遠處的丘陵上蓄養著大群牲畜，農夫在田地裡耕耘，漁夫在海灣和外海勞作，這片群島都在依靠這裡生活。這就像是小孩子搭起的積木塔。如果妳撤掉最下面的一塊，整座塔都會倒塌，成千上萬人的生活會發生改變。」

我想了很長一段時間，「總是會變壞嗎？」

他停了一下，才回答道：「不，有些人也會獲益。」

「你改變過成千上萬人的生活嗎？你是否知道現在龍會襲擊恰斯國和六大公國的畜群？你知道龍群殺死了殘忍的恰斯大公嗎？還有現在六大公國和外島之間已經實現了和平？」

這一次，普立卡的沉默時間更久了。「有一些我知道。我知道你們的王子將會和外島的一位貴主——奈琪絲卡結婚。其餘的……他們不向我提供任何訊息。除了夢中的事情，我幾乎一無所知。卡普拉說這樣能夠讓我的夢純粹，不會受到外部世界的影響。我的確在做夢，並將這些夢記錄下來。我就像是在籠中歌唱的鳥，不知道季節、交配和繁衍後代。我寫下夢，他們就從我這裡拿走。這樣做到底是善是惡，我說不出。做夢和記錄夢就是我的道路。這是我必須做的事情。」

「你有夢到過我嗎？」我知道這個問題很重要，它讓我有一點顫抖。

「許多年裡，我一直在夢到妳。一開始，妳不太可能出現。然後……大約是將近十年以前，這一點我很難確認。當一個人被囚禁的時候，時間流逝的感覺會變得非常不一樣。」

「那大概是在我出生的時候。」我猜測著。

「真的？妳這麼年輕就做出了如此巨大的改變，妳還這麼小。」

「我只想留在家裡。我不想要這樣。」我的喉嚨收緊了，感覺到一陣憤怒，「你警告我將影響許多人的生活，但德瓦利婭和僕人們對此根本就不關心。他們殺了那麼多我的人，那麼多孩子現在都成了孤兒，那麼多孩子再也不會出生了。而這一切都沒能讓她稍稍停手！」

普立卡強壯的黑色手指握住了我滿是傷痕的白色小手，他的手很溫暖，但我感覺到自己的手骨是多麼纖細柔弱。他可以捏碎我的手，但他只是溫暖地握著，對我說道：「但妳不是她。妳是

這個時代真正的白色先知。妳必須尋找對於所有人最大的利益。妳不能冷酷自私，不能像妳的催化劑一樣。」

我沒有想過我會怎樣做，我正在習慣安於現狀。文德里亞的魔法也許已經衰弱了，但他肯定還有一些力量。如果僕人們還有更多海蛇涎液，再餵給他……我突然有了一種緊迫感，我絕不能束手待斃。我從普立卡的手心中抽出手，我相信他也因此感受到了我的決心。

「當人們不瞭解過去，就會犯下和先人同樣的錯誤。」他警告我。

我深吸了一口氣，不知道普立卡的這句話是真是假。我躺倒在床上，盯著後牆上的石雕孔洞，想起他剛才說的話。「我想，如果我只是留在我的牢房裡，他們就會來殺死我。」

「這是我夢到的。用力吹一口氣，一根蠟燭熄滅了。」

我讓我的計畫悄悄溜進腦海。他的夢都說了什麼關於我的事？他是否知道我的打算？「你認為我應該留在牢房裡嗎？」

普立卡重重地歎了口氣。「我只是對妳說，這是一種妳也許不曾考慮過的可能。也許妳應該試著看看這個決定會通向何方。」然後他又用非常小的聲音說道：「對於我們，重要的並不一定是自身的生存，而是我們所相信的，對這個世界最好的道路。」

「文德里亞告訴我，他能夠感覺到自己什麼時候走在真實之道上。那麼，我現在也感覺到了我的真實之道。這種感覺是正確的，普立卡。」

「有那麼多事情，當我們想要去做的時候，它們的感覺就會是正確的。」

「你夢到我做了什麼？」

他的聲音中帶著笑意，「我夢到妳有許多不同的道路。一些比另一些更有可能。」他再一次悄聲對我說起那一段格外熟悉的詩文：

「一隻雜色鳥，一艘白銀船，哦，你喚醒了什麼？

一個變兩個，兩個變一個，在未來破碎之前。」

這首詩對我仍然沒有任何意義。「我早就告訴過你，我沒有雜色鳥，也沒有船。普立卡，告訴我，是我打破了未來嗎？」

「哦，孩子。我們全都會打破未來。這正是生命的危險所在，也是希望所在。我們每一個人、每一天都在改變世界。」他的笑聲顯得有些哀傷。「只是我們之中的一些人會做出更大的改變。」

「那是什麼？」有一陣聲音傳來，或者是一陣風聲。然後是一聲撞擊，一點含糊的喊叫，又是更大的一聲。我屏住呼吸，仔細傾聽。普立卡收回他的手，我覺得他是跑回到他的書桌和紙張前面了。

在走廊盡頭，一扇門打開了。我悄悄走回到床邊，坐下去。隨後響起的腳步聲很輕。我等待著，然後，一個比風更輕的聲音傳來：「普立卡?你還活著嗎?你還活著!」

「是誰？」普立卡問道。他的聲音中充滿了懷疑。

「一個朋友！」一陣輕柔的笑聲，就像是下雨時第一陣落下的水滴。「一個披著你的禮物行走的人。我拿到了守衛的鑰匙。我會把你救出來！」然後是一陣輕微的金屬摩擦聲。

「小親親？你來了？」普立卡的聲音顯露出難以置信的喜悅。

「是的，能找到你真是讓我高興。但我還在找另一個人。一個孩子，一個名叫蜜蜂的小女孩。」

小親親？我父親的朋友，那個市集上的乞丐？弄臣？我衝到牢房的鐵柵前，抓住它們向外望去。那裡沒有人，我什麼都看不見，但我聽到了鑰匙輕微的撞擊聲。在我體內，狼父親警惕地豎起頸毛。我們都盯緊了前方。

普立卡在悄聲說話，聲音因為興奮而顫抖。「你的鑰匙沒有用，老朋友。它們能夠打開其他牢房，但這間不行。你也打不開蜜蜂的牢房。她就在這裡。她已經……」

走道兩端的門都被猛地打開了。我聽見卡普拉在高喊：「肩並肩向前走！用力揮舞你們的棍棒。走！不要停，直到你們和對面的人貼住胸膛。入侵者就在這裡！」

「但……」有人提出異議。「走！」卡普拉尖叫著，「照我說的做，向前跑！高舉起棒子，向下打！我知道他就在這裡！相信你們的棍棒，而不是眼睛。跑！」

一個我看不見的人發出恐慌的聲音。我聽到摩擦的腳步聲，接著一條腿憑空出現在我的眼前。有一個我無法看清的人正在努力爬上普立卡牢房對面的光滑鐵柵。他就像是一片恍若無物的波瀾，我看到了他，視線卻如同穿過了一片火焰上騰起的熱氣。他的速度很快，我瞥到他的赤腳似乎能抓住鐵柵。蝴蝶斗篷的一角飄起，捲動了一下。

「那裡！」一個人惡狠狠地喊道。衛兵們從走廊兩端跑過來。我向後退去，因為我聽到了木棍劃過牢房柵欄的聲音。其他囚犯在因為被木棍擊中而驚呼。就在衛兵們跑到我的牢房前時，我聽見了木棍擊中身體的可怕聲音，隨後是一陣痛苦的呼喊。狼父親瘋狂地嚎叫著。我的心臟隨之劇烈跳動。我能夠感覺到自己體內的那頭狼正拚命想要衝出來。

「他在這裡，抓住他了！」一名衛兵高喊道。片刻間，我看見一個人趴在我的牢房外的地面上。然後他蜷起身體，雙腳猛蹬地面，用掌根擊中了一名衛兵的下巴。抓住那個人的頭，用力撞在牢房鐵柵上。小親親迅速轉身，斗篷翻飛，我只能看到他身體的一部分。一隻沒有手臂的手抓住了另一名衛兵手中的棍子，將那根棍子狠狠戳在那名衛兵的下巴上，衛兵痛呼一聲，向後倒去。

如果他只有兩個對手，我相信他一定能成功逃走。但他身後的衛兵用力揮起手中的短棍。短棍擊中小親親，他倒了下去。他很快將膝蓋收到身下跪起來，斗篷再一次遮蓋了他的全身，但衛兵們已經知道他在這裡了。棍棒如同雨點般落在一個我看不見的人身上。卡普拉高喊著：「夠了！夠了！不要殺死他。我還要審問他！他要回答我的許多問題。」

我一直向後退去，背靠在我的牢籠的後牆上。我沒辦法呼吸。那些衛兵環繞著小親親，就像一群既興奮又困惑的狗，剛剛撲上去要殺掉獵物，卻又被鞭子抽了回來。卡普拉推開衛兵，走進他們的包圍圈，低頭看著地面，用腳尖戳著什麼東西。然後她抬起頭，目光從我身上轉向普立卡的牢房。「哦，」她愉快地高聲說道：「我在地上看見了什麼？一片蝴蝶翅膀？我曾經讀到過一個夢，這個夢甚至我自己都做過。來吧，普立卡。看看你的夢在今天得以實現。」

她高聲呼喚普立卡，但撲過去的人卻是我。我恐懼地看著卡普拉俯身提起一隻蝴蝶翅膀。隨著她將那片蝴蝶翅膀掀起，我的夢實現了。一個皮膚白皙的人躺在那裡。他雙足赤裸，在斗篷下面穿著一身黑衣。一個掛滿鑰匙的圓環從他的手中落下，鮮血正從他額角的一道傷口和鼻孔中流出來。他的眼睛半閉著，身體一動不動。普立卡發出深陷絕望的呻吟。我沒有了呼吸，無法發出任何聲音。

卡普拉再次向小親親俯下身，又轉頭向普立卡的牢房看過去。她蒼老的女人聲音如同活潑的樂曲：「我的夢仍然是所有夢中最好、最真實的。他就在這裡，這個蝴蝶之人，這落進陷阱的設陷阱之人！哦，好了，不要掩飾你的驚歎了！」她矯揉造作地搖搖頭，在自己的聲音中加上虛偽的哀傷，「你還是學不會應該和誰做朋友，這真讓我感到傷心。普立卡，這是一個很糟糕的決定。恐怕你必須再次接受教導，讓你明白向我挑釁是多麼痛苦。」

一個人有兩隻手。蝴蝶之人的一隻手伸出在地上，鑰匙就落在那隻手的指尖處。但他的另一隻手，那隻仍然被斗篷蓋住的手突然出現在眾人的視野中。我以為他要用握緊的拳頭攻擊卡普拉，直到他的手落下時，我才看見那隻手中鮮血淋漓的匕首。傷口出現在卡普拉的肚子上，她沒有喊叫，只是難以置信地發出了一個短促的聲音，然後她的衛兵們就衝過來，用棍棒和腳尖攻擊小親親，直到他一動不動，地上漫開的鮮血一直流到我的牢籠外。

我捂住耳朵，但這依舊無法阻止狼父親的長嚎淹沒我，讓我再也聽不見其他聲音。

衛兵們已經將卡普拉向後拖去。她坐在地上，雙手捂住肚子，藍色長袍已經被血染黑，紅色的液體還在不停地從她的手指間流出來。「白癡！」她想要叫喊，卻沒有了氣息，「帶我去找治療師！馬上！把小親親和普立卡帶到下層地牢去關起來。把小親親扔進德瓦利婭的牢房！我會親自去處置他！啊！」最後這一聲是因為兩名衛兵執行她的命令時，引發了她的疼痛。

「我們需要鑰匙打開四聖之鎖。」一名衛兵說。

「用地上那些。」

一名衛兵彎腰拿起那些鑰匙，對卡普拉說：「不是這些鑰匙。」

卡普拉什麼都沒有說。我覺得她已經昏過去了。她的一名衛兵說道：「傑西姆，去問問費洛迪我們該怎麼做。沃魯姆和我送卡普拉去找治療師。你們其餘的人，將闖入者帶到最底層的牢房去。把他關在那裡，鎖好牢門。今天不要再犯錯了。」那名衛兵在抬起卡普拉的時候又沮喪地說道：「我們全都要挨鞭子了！」

他們離開時，普立卡和我都沒有說話。他們將小親親也拖走了。一路上他的頭不停地撞著地面。我聽到重重的關門聲，然後有人說道：「獄卒死了。那傢伙一定是為了拿到鑰匙殺死了她，再從屍體上找到鑰匙。」

隨後一段時間裡，整座監牢都陷入了沉寂。然後，如同受驚的鳥雀一般，其他囚犯全都開始用尖細的聲音彼此尋求著答案，還有人放聲哭泣。

「普立卡？」我問道，「你知道現在到底發生了什麼？這一次你有做夢嗎？」

「沒有。」

我把聲音放到最低，只對他說道：「我有鑰匙。我們可以逃走。」

「我們根本無處可逃，小傢伙。他們應該已經關閉了這一層的樓梯門和城門。」普立卡苦澀地笑笑，「如果我再離開這裡，那就只能是我的屍體和城堡中的廢物一起漂浮在廢水池中了。魚會吃掉我的肉，我的骨頭會變成沙子。」

「這是你夢到的？」我驚恐地問。

「有一些智慧並不來自於夢，而是來自於生活。克拉利斯只有一個出口不會被日夜守衛，那就是死人的出口。德瓦利婭和我會有同樣的長眠之地，那就是在鰻魚的肚子裡。」他嚥了一口唾沫，「我希望我到那裡的旅程能夠很短，但我知道，事實不會如此。」

他開始了一種很可怕的哭泣——因為畏懼而哭泣。這讓我也哭了。

「蜜蜂！蜜蜂，蜜蜂，蜜蜂！」

有人在用沙啞怪異的聲音喊我的名字。

「那是什麼？」普立卡被嚇了一跳，甚至忘了恐懼。

「我不知道。噓！」無論那是誰，我可不希望被他們發現我在和別人說話。

走道末端的門再一次被猛力推開。同時響起了許多人的腳步聲。我很害怕，但必須瞭解情況。我走到勉強能看見走道的地方。是衛兵，還有費洛迪，以及寇爾崔，他搖搖晃晃地走在費洛迪身邊。寇爾崔的樣子很可怕，好像生病了，又好像憤怒得發了瘋。卡普拉先前鎖住我的鑰匙正在費洛迪的拳頭下面晃蕩著。他們大步走到普立卡的牢房前。因為距離太近，我看不到他們，只能聽見鑰匙插進鎖孔中轉動的聲音。牢門被打開了。「帶他出來！」費洛迪命令道。我能看到士兵們向前衝過去，又走出來。四名士兵抓著一個人。在走道裡，另一個士兵跪下去，放下一把鐵鍊。普立卡就像是一頭待宰的公牛，鐐銬固定在他的腳踝上，他沒有反抗。衛兵又站起身，同樣給他的手腕上了鐐銬。

我被嚇到了。不要是我，不要是我！我放射出這個想法。現在我非常希望海蛇涎液的魔法沒有從我的體內消退。我只能用自己的精技將這個想法向他們推過去。或許是我的努力奏效了，或者是他們並沒有得到抓走我的命令。這時狼父親引起了我的注意。

不要這樣。一條路有出必有入！

狼父親的咆哮非常嚴厲。我聽了牠的話。築起牆壁。然後從鐵柵前退開，蜷縮到床墊上。他們拖走普立卡，拖到哪裡去？肯定是去受苦。這是卡普拉剛才說的。他會死嗎？當我昨晚做出決定的時候，是不是就已經為他創造了這個未來？這是我的錯嗎？

我感到恐懼，又很自私。我用手遮住眼睛，在心中向不知道什麼樣的神祈禱著，不要讓他們抓走我，不要是我！

「妳好啊，蜜蜂！」寇爾崔來到了我的牢房外。一名衛兵扶著他。我發出一聲短促的尖叫，又痛恨自己的反應給他帶來的笑容。他重新在臉上敷了白粉，不過這次他的化妝很糟糕。一道道皮膚還是從白粉下面露了出來。他向我微笑著，那是一種嘴唇鬆弛的顫抖微笑。「不要以為我不知道！我知道！妳殺死了他們，我會讓妳付出代價。我會的。」

「不要這樣，」費洛迪對他說，「文德里亞用魔法蠱惑了你。我必須把這件事和你說多少次？我們已經抓住了殺手。等我們把普立卡帶下去的時候，你可以自己去看。是小親親幹的。那個傻瓜回來了。他當然有理由殺死西姆菲，德瓦利婭也許只是他隨手幹掉的犧牲品。來吧，我們要把普立卡押走了，然後還要去治療師那裡看看卡普拉。傑西姆說那是一把短刀，希望不會給她造成致命傷。」

他們離開了。普立卡走在他們中間。鐵鐐摩擦地板，迫使他只能小步向前挪動。樓梯門又關上了。我已經開始痛恨這個聲音。監牢中恢復了平靜。一個孤獨的聲音從另外一間牢房中傳出來：「衛兵？衛兵？」

沒有人回答。

我坐在床上，顫抖著、哭泣著。這太讓人難以忍受了。有人來找我，來救我，卻失敗了。而現在，就連普立卡都走了，直到他被抓走的時候，我才明白他給我帶來了多大的安慰。我感覺很冷，根本沒辦法讓身體的顫抖停下來。

「蜜蜂？蜜蜂，蜜蜂，蜜蜂？」

那個可怕的小聲音又回來了。聽起來就好像是我想像中一個幽靈的聲音，無論如何，那肯定不是人類。

「蜜蜂？蜜蜂，蜜蜂，蜜蜂？」

那聲音愈來愈近，不斷用各種語氣重複著我的名字。我聽到一種微弱的聲音，就像是有人在抖動一塊布，然後又是一點抓撓牆壁的聲音。「蜜蜂？蜜蜂，蜜蜂，蜜蜂？」

我實在是忍不住了，便高聲喊道：「別來煩我！」

但那個聲音反而更加向我靠近。「蜜蜂？蜜蜂？」現在我知道它是從哪裡來的了。就在那堵能夠向我的牢房地面上投下貝殼和花朵光斑的孔洞牆壁後面。有什麼東西擋住了一個空洞中射過來的光，並在那裡發出刮擦牆壁的聲音，就像是牆後的老鼠。我很慶幸這些孔洞很小，牆壁又很厚。我相信那東西不可能過來。但就在我驚恐的注視下，一隻鋒利的銀色鳥喙從那個孔洞中探出了一部分。那隻喙不住地動著，戳刺著空氣。「蜜蜂？」牠在發問，「蜜蜂，蜜蜂，蜜蜂？」

這是我想像的。這不可能是真的。我不想看見它，但我無法移開視線。那隻喙一點點被推過來，啄著空氣，彷彿是努力要穿過牆壁找到我。我強迫自己站起身，走到能夠清楚地看到那個牆洞的地方。

一隻鳥喙、一隻明亮的眼睛。我蹲下身，好看得更清楚一些。

「蜜蜂？」

改變發生了。這種事並不經常發生，但它每一次發生的時候，都會讓我感到害怕。這隻鳥的頭上放射出無數條道路。我終於找到了一個詞來形容它，一個樞紐，就像是我在市場上和那名盲眼乞丐在一起時看到的那樣。這不可能是好事情。

「走開。」我用顫抖的聲音乞求著。

「小堅，」那隻鳥悄聲說道，「告訴小堅。找到蜜蜂。」

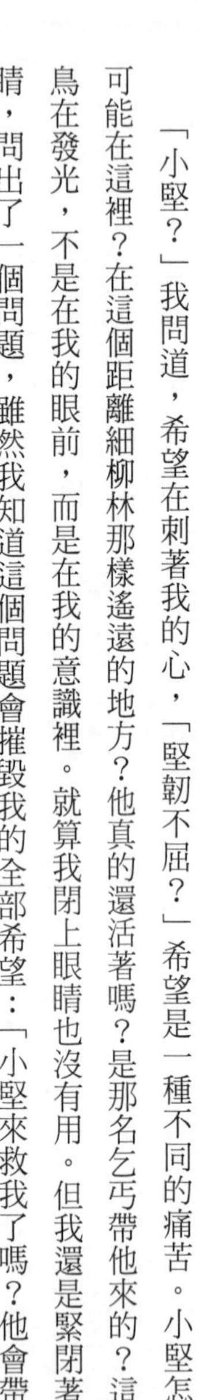

「小堅？」我問道，希望在刺著我的心，「堅韌不屈？」希望是一種不同的痛苦。小堅怎麼可能在這裡？在這個距離細柳林那樣遙遠的地方？他真的還活著嗎？是那名乞丐帶他來的？這隻鳥在發光，不是在我的眼前，而是在我的意識裡。就算我閉上眼睛也沒有用。但我還是緊閉著眼睛，問出了一個問題，雖然我知道這個問題會摧毀我的全部希望：「小堅來救我了嗎？他會帶我出去？」

「不。不。關上了。門關上了。關閉。關閉，關閉，關閉！」

我坐在自己的腳跟上。這不是真的。鳥不會這樣說話。牠們不會說出任何有意義的話。我要瘋了嗎？那種光芒讓我感到噁心。「走開。」我乞求牠。

「關閉，關閉。琥珀？找到琥珀？火星要求。」

現在牠果然在說沒有意義的話了。「走開。」

一條路有出必有入！告訴他！一條路有出必有入！告訴小堅。狼父親在我的意識中跳躍著，抓撓著我緊緊豎起的牆壁。告訴這隻鳥！牠用身體撞擊著我不敢放下的牆壁。

那隻鳥又向牆洞裡鑽進去，看來是想要回到牆洞外面，但牠的努力沒有得到成功。「一條路有出必有入。」我這樣對牠說，卻不知道為什麼這很重要。鳥停止了掙扎。牠聽到我的話了？牠想要對我說話嗎？在細柳林的時候，一隻貓曾經和我說過話，但那時我們是在用意識來交流，那不會讓我感到很驚訝。這隻鳥卻用烏鴉喙說出了人類的語言。這太詭異了，讓我覺得很害怕。

「鳥？你是和小堅一起來的嗎？他是和乞丐一起來的嗎？他們將乞丐抓到地牢去了。乞丐是要救我出去嗎？和我說話，烏！」我的一連串問題脫口而出。

「出去不比進來容易。進來容易。出去難。」烏鴉抱怨著，「卡住了。」

我深吸一口氣，控制住自己眩暈的感覺。「小堅就在附近嗎？」一次一個問題。

「不。小堅幫不上忙。卡住了。小堅不在這裡。卡住了！」

如果解決這隻鳥的問題，也許牠就會回答我了。「妳想要我推妳出去嗎？」

「不！」我又聽到一陣爪子刮擦的聲音，最後牠顯然是放棄了。「是的。」

我來到牆洞前。「小心，小心！」牠警告我。

我碰到牠的喙。牠將喙頂在我的手中。一隻堅硬的喙。我推了一下。就如同閃電劃過天空——龍——一頭紅龍即將到來。我猛地縮回了手。

一條路有出必有入。垃圾從那裡離開城堡。對牠說！

牠已經從牆洞中退了出去，已經離開了我，將那連接無數種可能的發光的樞紐也一同帶走了。「一條路有出必有入！垃圾從那裡離開城堡！告訴小堅！」

我聽到一陣猛烈的拍打翅膀聲。「我想，牠已經走了。」我將這句話說出了口。

牠聽到妳的話了嗎？

「我不知道。」我悄聲說道。風吹過來，一根柔軟的羽毛飄進我的牢房。我抓住它。那是一根閃著光的紅色羽毛。「我不知道。」

進入的路

那是一座有圍牆的花園。太陽照耀在花園上，但很明顯，枯萎病已經對這座花園造成了沉重的打擊。只有稀少的幾株植物還直直地站立著。其餘草木全都蒼白矮小，萎靡在肥沃的土壤上。園丁來了。這名園丁戴著有許多蝴蝶的寬簷帽。我看不見他的臉。他提著一只桶子，腰帶上有一把銀色的大剪刀。他跪在花園中，開始從土壤中拔除生病的植物，把它們塞進桶裡。桶中的植物不停地蠕動、呻吟，但園丁根本沒有留意它們。他一刻不停地工作者，直到每一株生病的植物都被連根拔除。然後他將桶子提到一堆篝火前，把尖叫的植物倒進篝火。「好了，」他說道，「問題的根源不存在了。」他轉向我，露出微笑。我看不見他的眼睛和鼻子，但他的牙齒很尖利，就像是狗的牙齒，上面不斷滴下火焰。

——摘自《睿頻的夢境日誌，第七二三號夢》

我們一直站在炎熱的陽光下等待著。我很想脫掉身上厚重的羊毛斗篷，但只是感覺著汗水變成一股令人發癢的細流，沿著脊椎落下。「牠只是一隻鳥，」我警告大家，「小堅，這是一個很好的主意，但我們不能抱有太大希望。」

「牠很聰明！」小堅倔強地說。

「我好渴。」火星說道。她只是在陳述事實，並沒有抱怨。

「我餓了。」小堅也附和道。

「你總是餓。」

「是的。」小堅表示同意。他的目光不曾從城堡上方的天空離開。

「我們去找一家客棧。」我向大家的日常需求做出讓步，「我們坐下來，好好想一想。」我領著他們回到大路上。現在絕大部分香客都已經散開了，大路上只剩下了不多的幾個人。衛兵們顯然不希望任何人靠近堤道大門。我們沒有計畫與任何人發生衝突，所以只是跟隨著那些滿腹怨言的人回身向港口走去。當小丑向城堡飛去時，我的心中曾經有過片刻的希望，現在又重新陷入了絕望，因為前途渺茫而感到痛苦，這種感覺比我經歷過的任何事情都更加沉重。

我們看見了一家客棧，我向那裡轉過去。當我走向客棧門的時候，小堅問：「如果我們進去了，小丑該怎麼找到我們？」

我個人相信牠已經飛回到船上去了。「我們可以坐在客棧外面。」我指了指客棧旁邊樹蔭下的幾張桌子。

我和小堅坐到桌邊，火星和機敏進了客棧。小堅看著我。「我覺得很不好，」他說道，「心裡空空的。」他抬起眼睛，充滿希望地看著天空。

「我們在竭盡所能。」我覺得自己的話真沒用。

在其他桌子旁，一些人在喝酒、大聲聊天。機敏和火星帶著麥酒和大塊黑麵包回來了。我們在沉默中吃喝，聽著其他人議論紛紛。這些人口中全是各種沒有根據的謠言。西姆菲是自殺的；是費洛迪殺了她；西姆菲是從臺階上摔下來，跌斷了脖子；有人給西姆菲下了毒。對於一個受到萬眾擁戴、有著無數美譽的人，卻幾乎沒有人認為她只是簡單的自然死亡，這一點實在有些奇怪。我仔細地聽著，但沒有人提到一個被俘虜的小女孩。

也有一些關於德瓦利婭的傳聞，還有她那個令人厭惡的親隨文德里亞。看樣子，所有人都不喜歡德瓦利婭，有兩個人興致勃勃地描述著她因為丟失了跟隨她遠征的蟄伏者和駿馬，一個人跑回來而遭受鞭打的情形。他們當然沒有親眼見證德瓦利婭受刑，其中一個人聽一名僕人說滿身鮮血的德瓦利婭被拖過走廊，又被扔進了「最深的地牢」。他們也沒有提到小孩子。我不由得開始擔心蜜蜂也和德瓦利婭一起被關在那個黑暗的地方。而那個人說德瓦利婭「一個人跑回來」，這是我至今以來聽到過最可怕的話。

「我們要回到船上去嗎？」火星問。

我不想回答這個問題。我不知道。我什麼都不知道。哀痛和猜疑讓我筋疲力竭，就如同一場沒有盡頭的血戰。我已經失去了一切，什麼都沒有了。我想要搞清楚為什麼突然間一切就這樣都

毀了，我知道這個答案的源頭，正是從這個源頭，我才做出了後來的每一個決定——就是在我第一次向切德說「好」的那一刻。

這時，小堅說道：「牠來了！」

我凝神望去。一雙小小的黑色翅膀，張開又合攏，張開又合攏。實際上，那可能是任何一隻鳥。牠在向我們靠近。我喝光杯中的酒，將杯子放到桌上。「我們去跟牠會合。」

我們離開客棧，走過大路，出現在我們面前的是一小段陡峭的山坡。坡上盡是能夠抵抗強風、鹽鹼和偶爾襲來的潮頭與風暴巨浪的野草和灌木。我們毫不猶豫地爬了下去，找到一條小路下了海邊的礁岩，來到一片砂石海灘上。現在正是漲潮的時候，不過這片海灘上還有足夠的地方讓我們能夠站立等待。無論我們的鳥會或不會給我們帶來任何訊息，我不希望有別人聽到我們的對話。

小堅一動不動地站立著，高舉起雙臂，就好像在迎接一隻威嚴的雄鷹。小丑在降落時並沒有像高大的猛禽那樣緩緩搧動翅膀，而是不停地前後晃動身體，維持著平衡。小堅讓牠在自己的手臂上站穩，然後問道：「妳找到她了嗎？」

「蜜蜂。蜜蜂，蜜蜂，蜜蜂！」牠高聲說道，一邊上下點著頭。

「是的，蜜蜂。妳找到她了嗎？」

「鑽過窟窿。卡住了！蜜蜂。蜜蜂，蜜蜂，蜜蜂！」

我屏住呼吸。我該相信什麼？我還敢有希望嗎？牠會不會只是在重複小堅的話？

「她還活著？她受傷了嗎？」

「她知道我們來了嗎？」

「琥珀呢？」火星問。

鳥突然不動了。「沒。」

我立刻示意所有人安靜。

「沒什麼？」我問那隻鳥。

「沒琥珀。」

寂靜。「她披著蝴蝶斗篷。」火星說道。她的聲音中帶有一種淒涼的希望。

「妳看見蜜蜂了？她受傷了嗎？」我想要問出無數個問題，但我只能強迫自己停下來。一次一個問題。

鳥在考慮了片刻之後才說道：「她說話了。」然後，牠又彷彿很努力地在拼湊詞彙，「洞小。小丑卡住了。」

無力感讓我的心中升起一團怒火。我很想抓住這名信使，將牠在我的手中碾碎。我需要知道。無論是原智也好，精技也好，我向牠伸展過去。求妳！

「愚蠢蜚滋！」牠高聲說出這句話，然後毫無警告地，從小堅的手臂上跳起來，伸出喙來啄我的臉。我下意識地抬手防禦。牠用銀色的喙叼住我的手，翅膀不斷拍打我的袖子。我們之間的連結不像夜眼和我那樣清晰，但我還是能夠透過一道小縫隙窺看牠的鳥類意識。我看到一個小女孩飽經風霜的臉，一雙藍眼睛睜大著，臉頰上還有瘀傷。我幾乎不認得她了。我聽到蜜蜂焦急的聲音。「一條路有出必有入！垃圾從那裡離開城堡！告訴小堅！」然後是一片幾乎無法理解的景象。是城堡和環繞它的水面，就像是從最高的塔頂或者桅杆頂端向下俯視。這個視角在不斷移動，我的腸胃開始抽緊——小丑讓我看到了牠飛過城堡時所見的情景。堡壘頂部，衛兵正在那裡巡邏。圍牆花園中的小屋、更多的衛兵，然後是俯瞰城堡周圍的海面。小漁船隨海浪起伏，撒下漁網。避開退潮留下的淺灘。海中有一片灰褐色的水面，似乎是暴雨漲水時的河水灌入其中。「一條路有出必有入！」蜜蜂的話再次響起，然後那隻鳥放開了我，落到我們身邊的沙灘上。

「小丑！」小堅呼喊著，彎腰把牠捧了起來。

我看著眾人焦急而困惑的臉。我沒有露出笑容，這一點渺茫的希望遠不足以讓我有笑意。我用顫抖的聲音說道：「小堅，蜜蜂要小丑告訴你：『一條路有出必有入。』」我又聚集起肺裡的空氣，「我們必須做好準備。」

我們沒有回派拉岡號。我讓小丑返回活船，並帶去一個簡單的訊息：「請等待。」我希望牠能夠記住這幾個字並告訴船上的人。

我們在那家客棧租了一間便宜房間。屋子裡基本上空無一物，下面大廳中的各種聲音都能夠透過地板傳上來。我們躺在地板上，將穿來的漂亮衣服當做被褥，徒勞地試著想要睡一下。當整座客棧終於安靜下來的時候，我們開始行動了。「把一切不需要的東西都放下。」我告訴他們。

火星收拾起了全部衣服，將它們摺疊整齊，疊在一起，然後又溫柔地拍拍它們，彷彿是在向它們告別。帶有火藥罐的腰帶被火星高高地束在我的背上。裝著巨龍之銀和火礡的袋子掛在我的肩頭。我把我的公鹿堡斗篷給了機敏。「帶著這個。」他點點頭。在我們出去的時候，我如同幽靈般穿過廚房，偷了一罐油脂，又將爐子裡的灰掃進油脂罐裡，將它們混和，隨後才去海岸邊與其他人會合。

我們幾乎是一言不發地將和著灰的油脂塗在手上和臉上。我提醒他們，聲音在水中傳播速度很快。我查看了一下自己身上的暗兜。同時注意到火星和機敏也在進行同樣的檢查。我們頭頂上方是一輪滿月。映在海面上的月光並非是我所希望的。現在正處於低潮期，等到清晨的時候，堤道就會顯露出來。但那裡不是我們的目標。

潮水退去之後，我們面前是一片片潮濕的細沙和泥濘海灘，還有覆蓋著海藻的礁岩。小堅跌倒了一次，在濕滑岩石的藤壺上劃破了手掌。他沒有發出任何聲音，只是將流血的手掌按在肚子上，很快就跟上了我們匆促的腳步。能得到這樣一名侍從，我只覺得受之有愧。我眺望大海，想到了埃爾神，掌管這無盡水面的嚴厲神明。我很少祈禱，但在這個晚上，我向埃爾祈禱，祈求祂能夠保護陪伴我的這些人，同時我還告訴祂，如果祂將他們從我這裡奪走，我就會詛咒祂。

我們跟隨著後退的潮頭一直前進。退潮後的大海氣味淹沒了我們。大陸一直向前伸展，我很快就明白了為什麼貝笙要選擇在港灣裡最深的地方落錨。退去的海浪下露出許多礁石和沙丘。許多小螃蟹在潮濕的岩石上爬行。我看到退潮留下的一個水潭裡有手指魚在來回游動。

我們終於追上了退潮。「現在我們要被打濕了。」我警告他們。

「以前也被打濕過。」小堅勇敢地回答。

我們走進海水中，盡量不激起浪花。我聽到機敏因為靴子裡灌滿了水而發出一點聲音。我們逐漸進入深水，對抗著浸沒膝蓋、大腿，最後直到我們腰間的海水。海浪拍打著我們，彷彿是要推開我們，不讓我們接近目標。

克拉利斯城堡所在的純白色島嶼周圍的海底，全是黏滑的綠色苔蘚。我在黑暗中讓大家止住腳步。這裡距離塔樓和上面的弓箭手還很遠。就像弄臣警告過的，這座島沿岸有許多石盆，裡面灌滿了油，被當做油燈使用。我們聚在一起，觀察著島上的動靜。

「我們必須慢慢移動，不能潑濺水花。說話的聲音要盡量小。」在黑暗中，我勉強看見他們都在點頭。「我們需要盡可能靠近那座島的邊緣，一直貼到島嶼的根部，讓岸上那些油燈旁的衛兵看不見我們。這會是很長的一段路，是一場賭博。我們也許能找到目標，也許不能。我們可能會失敗，但還是要努力一試。如果你們現在想要回去，我不會認為有錯。我現在必須出發了。」

「真是一篇鼓舞士氣的演講。」機敏嘟囔著。

小堅偷偷笑了一聲，火星說：「我會跟著他上戰場。」

小堅說：「那我們走吧。」

這座城堡本來是建造在一座半島上。古早時代的人將它和陸地割裂，讓它成為島嶼。但這項工程並沒有那樣徹底。一些原先本是陸地的岩石距離海面很近。海水在湧過這裡的時候會形成波濤，只不過不會泛起白色的浪花。我們一起躲在那條藍色的斗篷下面，用它偽裝成水面。機敏和我帶頭。我們雙手緊抓斗篷，只露出自己的眼睛。在我們身後，火星雙手搭在機敏的肩膀上，小堅握住我的腰帶。我們一步一步地向前挪動，就像是在跳一支奇怪的舞蹈。我們前進的速度很慢，同時努力不發出任何聲音。我相信塔樓上的那些衛兵聽不到我們的悄聲耳語。

「水裡有東西咬人。小心你們的腳。」

「我的靴子裡有東西。」

「噓。」機敏示意他們噤聲。

談話聲立刻停止了。我們一起向前挪動著。潮水還在不斷向海中退去，潮濕的白色岩石從海草和藤壺下面露出頭來。隨著我們逐漸靠近城堡，水開始變淺了。我依照從小丑的意識中看到的那一點城堡周圍的浮光掠影，確定前進的方向。在淹沒到大腿的海水中，我們終於到達了白島周圍陡峭的岩石海岸，如同刀砍斧鑿一般的懸崖高聳在我們面前，在懸崖上方就是俯瞰陸地和海洋的瞭望塔。正是這道崖壁遮住我們，讓城牆上緩慢踱步的衛兵看不到我們。潮水還在後退。

「現在怎麼辦？」小堅喘息著問。

「現在我們跟著鼻子走。」我告訴他。

我們繞島而行。斗篷已經被捲起來，變成我臂彎裡一只滴水的包裹。我的雙腳探索著水下每一塊凸起的岩石，耳中聽到每一次粗重的喘息。在我們身後，海岸上的城市亮起了點點燈光。不過隨著我們繞過城堡，那些燈光也被遮住了。

我追尋的氣味正變得愈來愈強——糞便和垃圾分解的味道。小堅厭惡地輕呼了一聲，抬手捂住口鼻。城堡中的廢水沿著一道從岩石中鑿刻出來的溝渠排入海中。現在這條溝渠正隨著有節律的海浪逐漸後退而顯露出來，顯得那樣汙穢、黏膩、令人窒息。每一陣海浪都讓一些鹹水沖進去，又流淌出來。

「這條溝有多深？」小堅有些畏懼地悄聲問道。

「只有一個辦法能知道。」我不情願地說著，坐到溝渠的邊緣，海浪立刻拍到我的腰間。我試探著伸出腳，卻沒有在厚厚的爛泥中觸到溝底。「把你的手給我。」我對機敏說。他跪下來，向我伸出手。我抓住他的手，將一隻腳完全伸進汙泥裡。海水沒到了我的腰間，海水之下，我的靴子完全沉進汙泥中。我緊抓住機敏的手，邁出另一隻腳，結果一下子沉了下去，汙泥和海水淹沒了我的一半胸膛。

腐臭的氣味和冷水的壓力讓我很難說出話來。「潮水還在後退。我想，我們能從這裡進去。」我最後向他們說道：「沒有人必須跟著我。這條溝會變成一條穿過島嶼的隧道，逐漸上升到達最底層的地牢。這裡面只有汙穢和徹底的黑暗，隧道盡頭是城堡的廢水池，弄臣說它就在下層地牢中。」

「在客棧裡，我們睡覺之前，你就警告過了，」小堅沒好氣地說，「我們也說過，我們要來。」

「如果琥珀被捉住了，我懷疑他們會將她囚禁在底層地牢。」火星說。

「是的。」

「那我們走吧，天很快就會亮起來了。」機敏指出。

「那就下來吧。」我向他們發出邀請。三個年輕人一個接一個下到了汙水溝中。小堅顫抖著吸了一口氣，髒水幾乎要淹到了他的脖子。我們排成一隊涉水前進。很快，開闊的天空和海風就消失在我們身後。我們走進一條雕鑿在島嶼中的隧道，這裡沒有絲毫亮光，我只是領著他們在黑暗中前行。慢慢地，斜向上方的隧道變得愈來愈陡峭。腳下的爛泥讓我們不斷打滑，只能努力站穩雙腳，向上攀登。

隧道非常狹窄，而且充滿了惡臭。小堅抓住我的腰帶，然後是火星，最後是機敏。我伸出的雙手摸到一片豎直的金屬柵欄，不由得罵了一聲。不過又摸索一番之後，我發現這些鐵棍已經被海水嚴重鏽蝕。機敏和我合力扳斷了兩根柵欄，我側身鑽過打開的缺口，只有腰帶上的火藥罐在柵欄上卡了一下。隨後其他人也紛紛鑽了過來，我們盡可能不發出聲音地在令人窒息的惡臭和黏滑的汙泥中前進。我聽到機敏問：「我們能從這條路出去嗎？」

「不行。等潮水漲上來的時候，這裡就會被水灌滿。」

機敏沒有追問到時候我們該如何逃出城堡。他心裡清楚——我也不知道答案。我們淌過一道流動緩慢的汙濁小溪，這些汙水會一直流出去，匯入到退潮的海水之中。腳下的泥濘讓我們不斷打滑，我們不得不彼此扶持、悄聲咒罵，但他們還是跟隨著我。我們眼前依然只有絕對的黑暗，我的右手摸到的泥濘牆壁是我唯一的指引。

隨著我們一步步前進，遠方忽然出現了一點微弱的光亮，是一團半圓形的黃光。「我們應該走快一些。」小堅喘息著說道。我明白他的願望。我的脊背已經開始痙攣了，充斥在整個空間裡的臭氣正讓我愈來愈難以呼吸。

「我們不知道會有誰在那裡等著我們。」我提醒小堅。我們繼續穩步前行，盡量不發出一點聲音。而那一團昏暗的光亮也愈來愈明顯。我到達了汙水池的拱形開口，便在昏暗的光線中示意其他人後退。城堡汙水池的地面是傾斜的，以便於糞便和垃圾流出。我聽到機敏幾近窒息的聲音。現在照到我們的燈光仍然非常微弱。我摸索著找到一架已經被腐蝕的梯子，不由得有些可憐那些需要規律性地爬進汙水池進行清理的工人。我向機敏轉過身，示意他過來，同時又示意另外兩個人留在原地。機敏來到我身邊。我對他說：「我爬上去，你跟著。如果有衛兵，我們兩個應該能對付他。」

機敏以我幾乎沒有察覺的幅度點了一下頭。當我爬上六根橫檔的時候，我感覺他跟在我身後。一個又一個橫檔，我慢慢爬了上去，同時竭力不去想我的手碰到了什麼髒東西。隨著逐漸向上，燈光也稍稍變亮了一些。終於，我慢慢將頭探出到廢水池外，向周圍看了一圈。這是一個很長的房間，房間盡頭的架子上點燃著幾盞肥大的油燈。我沒有看見人影。

汙水池有一圈用雕鑿岩石砌成的厚實圍牆。我一直爬到圍牆頂端，發現牆外有一段下去的臺階。當然，汙水池的邊緣必須比最高的潮頭更高。我很欽佩建造這座汙水池的工匠。海水漲潮的時候會湧進汙水池，與這裡的各種汙穢混和在一起。退潮的時候，海水和汙物會一同流出去。機敏來到我身邊。他繼續留在圍牆頂，我抽出匕首，下了臺階。

我盡可能迅速無聲地走過這個巨大的房間。很快，我就發現了弄臣和我說過的東西——一張掛滿鐵鍊的桌子、一座大火爐，現在爐膛中沒有火。火爐旁邊掛著的工具顯然不是用來生火的。我快步走過它們，忽然聽見一陣有節奏的聲音。我煞住腳步，直到確定了那是什麼聲音。打鼾聲。但那是囚犯還是衛兵？我隱身在房間邊緣的陰影中，悄然前進。

牢房外有一張木桌和一只長凳。一名衛兵正在那裡睡覺。他的臉枕在手臂上，後腦勺對著我。只有一名衛兵？看來是這樣。我悄悄向他靠近，動作比貓還輕。我一隻手抓住他的頭髮，提起他的頭，另一隻手揮刀割開了他的喉嚨。當他的身體抽搐著，熱血噴在桌子上時，我又用一隻手捂住了他的嘴。結束。我轉回身去找機敏，登上臺階，在他的耳邊說：「我認為這裡只有一名衛兵，我已經處理掉了。」

機敏向另外兩個人招手。他們無聲地走出隧道，進了汙水池。火星在梯子上爬得很快。在她身後，小堅捂住嘴，指著躺在汙水池遠端泥淖裡的一具屍體。那具屍體還沒有腫脹起來。我走到汙水池邊，低頭看了看。「不是弄臣，也不是蜜蜂。」那具屍體上面全是汙泥。潮水還不夠強，沒有將它沖走。在屍體的一側臉頰上有一道可怕的傷痕。「那只是一具屍體。」我輕聲說道。小堅的臉上卻充滿了恐懼。「已經死透了，不會礙我們的事，只是被丟在汙水池裡而已。也許是西姆菲？」我沒有再去多想那具屍體。它不可能對我們有什麼妨礙。但如果對周圍的情況不夠警覺，我們就要有麻煩了。

「我們在哪裡？」小堅有些害怕地問。

「在堡壘的最底層。下層地牢。剛剛超過漲潮線。」

即使是光線昏暗，我們也能看出自己的樣子有多麼糟糕。我們全身都被海水浸透，腿和靴子被汙泥裹住。我看到小堅的肩膀在一下下聳動，知道他在努力不讓自己吐出來。小堅的靴子在走路的時候會發出一陣陣液體擠壓的聲音，他脫下靴子，倒掉裡面的髒水，又皺著眉把它們穿回去。我和機敏也都這樣做了，並盡量甩掉腿上的泥巴。火星只穿著鞋子，因為她此行的裝扮本來是大家閨秀。她踢掉鞋子，甩去上面的髒汙，但最後還是丟掉了它們。隨後，我們再次展開行動。

我領著他們走過那張還在滴血的桌子和衛兵的屍體，悄無聲息地進入到陰影中。我能夠分辨出一片片鐵柵，然後我看清了牢房。在第一間牢房裡，我只看到了一只翻倒的罐子，還有一張空床墊。第二間牢房也是一樣。第三間牢房裡，一幕恐怖的景象讓我感到一陣暈眩。我看到了我最害怕的事情：遭受毆打的弄臣滿身是血，面朝下趴在鋪在地面的一張床墊上，一隻手向前伸出，掌心朝上。我仔細端詳他，等待他的身體隨呼吸輕輕起伏。

但他一動也不動。

蠟燭

一頭帶著王冠的藍色公鹿出現了。他喚醒了岩石。如果他做到了，就會有一頭狼出現。一個金色之人用一條從他心中伸出的鎖鏈將狼鎖住。如果哪個金色之人帶來那頭狼，那麼在冰中施行統治的女人就會敗落。如果她敗落，一位真正的先知會隨她一同死去，但一頭黑龍會從寒冰中崛起。我做了這個夢，不過只有兩次。

我有七次夢到過那頭藍色的公鹿倒下，紅色的血噴湧出來。沒有岩石甦醒，女人成為了寒冰女王。真正的先知變成傀儡，倒在叢林深處的枯葉中。苔蘚覆蓋了他，他被遺忘了。

——珀根丁白者血脈的賽科恩，第四七二號紀錄

在那隻鳥離開以後，我坐到自己的床墊上，感覺頭暈又噁心，不得不躺下去，閉上眼睛。我不覺得自己睡著了。現在我怎麼能睡著？但是當我醒來的時候，其他囚犯還在彼此悄聲問著問題。

「就是那個小親親嗎？我還以為他已經死了。」

「卡普拉傷得有多重？」

「普立卡做了什麼？他們會懲罰他嗎？」

隨後還有——

「今晚沒有人給我們送飯了嗎？」

「沒有人來點亮油燈了嗎？」

「衛兵？衛兵？我們的食物呢？」

他們的問題全都沒人回答。

落日的餘暉從我牢房後牆的孔洞中照射進來，正漸漸熄滅。我透過牆洞向外望去。在城牆上方，我能夠看到一小片夜空。晚上的空氣隨著黑暗流進來，要顯得更加清涼一些。我坐在自己的床墊上，等待著。後來我又試圖找出那根紅色的羽毛，但它已經不見了。烏鴉是黑色的，為什麼我會夢到一根紅色的羽毛和一隻銀色的喙？還有一頭紅龍。這根本毫無道理。

一段時間裡，我只是在為那隻烏鴉感到困惑。牠給我的感覺是那樣無稽。牠來了，提到小堅，牠說小堅不能來。然後就飛走了。

一頭紅龍會來。

是我在做夢嗎？

狼父親？為什麼你要我說「一條路有出必有入」？

告訴他們，有一條路可以到達我們這裡。狼父親在我的思維中彷彿變小了。

告訴誰？小堅？

不，妳的父親。如果弄臣來了，妳的父親就不可能離我們太遠。我想要去找他，但妳的牆壁太牢固了。

我的父親？你確定？我能夠放下我的牆壁。

不！不要！

我已經開始顫抖了。這是可能的嗎？經過了這麼多個月，在他推開我之後？他來找我了？你確定？你確定我的父親就在附近？

狼父親的回答很微弱。不。

我仔細思考著我所知道的一切。

牠的存在消失了，就如同我的希望。

我知道小親親抵達了。這是真實的。如果他是來營救我，那麼任務已經徹底失敗，而且只是讓情況變得更加糟糕。他們會用鞭子抽死他還有普立卡。因為小親親殺死了照顧我們的守衛，導致我們都沒了食物。費洛迪不會想到要安排一名新守衛。我想知道卡普拉是不是死了，也想知道寇爾崔和文德里亞是否說服了費洛迪必須殺死我。我相信卡普拉會反對他們，讓我活下來。但如果卡普拉死了，或者受了重傷，他們也許就會來找我，並殺死我。

普立卡已經死了嗎？他說，他們會慢慢地殺死他。他們也會這樣對我嗎？我認為這非常有可

能——這個想法讓我不寒而慄。我站起身，捂住嘴，心臟在劇烈地跳動。然後我強迫自己坐下來。現在還不行。這種感覺不正確。

我試著整理自己的思路。那隻烏鴉是真實的，因為狼父親讓我和牠說了話。

但首先，狼父親必須是真實的。

我推開這些思緒。有什麼是我絕對可以確定的？寇爾崔和文德里亞想要殺死我。只要他們能夠說服費洛迪，就會下手。

這讓我只剩下了一條路。普立卡對我說過，這條路也許並不是一個好選擇。

但我只能這樣做了，這是我唯一能夠確定的。我不能依靠一隻說話的烏鴉，或者是相信我的父親可能就在附近——這個希望實在是太渺茫了。我能夠依靠的只有自己，這是我唯一的資源，而我瞥到的那條道路，突然間成為了我的真實之道。

我為自己逝去的人生感到遺憾。我知道，過去那段生活到此為止徹底結束。我將永遠不能再坐到細柳林廚房的桌邊，看著麵粉和水變成麵包了；我也永遠無法再從父親那裡偷走卷軸，永遠無法再和他爭吵，永遠無法再坐到我的小小藏身之處，身邊有一隻並不屬於我的貓。我的那一段人生實在是太短了。如果我知道它是那樣美好，一定會更加認真地享受它。但普立卡錯了。我沒有選擇。德瓦利婭將我偷走，把我帶到這裡的時候，就已經奪走了我所有的選擇。現在，我依然沒有選擇。

我知道自己的想法很傻，但我還是很渴望告訴他，為什麼他是錯的，渴望能夠再和他交談。

我懷疑他已經死了。但我仍然忍不住悄聲說道：「你錯了，普立卡。問題不在於我們忘記了過去，而是我們記得太清楚。孩子不會忘記敵人對他們的祖父犯下的罪行，並且會將舊日敵人的罪行再告訴自己的孫女。孩子們並非在出生時就知道是誰曾經侮辱他們的母親、殺害他們的祖父或偷走他們的土地。這些恨是先輩遺留並教導給他們，在一呼一吸之間種入他們心中的。如果成年人不將舊日的憎恨告訴孩子們，也許我們就能做得更好，也許六大公國就不會恨恰斯國。如果外島人不記得我們對他們的先人做的事情，紅船還會來到六大公國嗎？」

我問出這些問題，傾聽著隨之而來的寂靜。

現在，夜晚已經過去，黎明正在到來，現在是讓我的計畫變成現實的時刻。讓我將這個世界送進更好的道路的時刻。

我找到草墊接縫處的那個小開口，拿出匕首和四把鑰匙。我將鑰匙分開，要將手穿過鐵柵，把鑰匙插進鎖孔裡有些困難——而且還要以正確的順序插入正確的鎖孔。我很高興這次只需要用到兩把鑰匙。即使如此，要找到正確的兩個鎖孔還是費了一些時間。我自始至終都很小心，盡量不發出聲音。打開鎖，將鐵門門搬開，然後我稍稍推開牢門，把頭探出一點。空曠的走道中沒有人。

我小心地在身後關上門，又用了一點時間使用四把鑰匙將門鎖牢。好了。

在和文德里亞同船而行的漫長時日中，我已經練就了能夠讓自己的頭腦中完全沒有想法的技巧。現在，我無聲地走在牢房間的走道裡，盡可能保持意識中一片空白。我只著眼於一些很普通

的東西。地板磚、門、門把，沒有鎖。安靜，安靜。我踩到了什麼東西。哦，守衛的血。繼續前行。樓梯。我所走向的未來在我眼前正變得愈來愈巨大、清晰和明亮。我邁出每一步，心中都會變得更加篤定。但我只是壓下這份信念，將我的道路收得很窄、很私密。我不去想它，而是想著媽媽的蠟燭，我的父親每晚在他的書房中書寫，而且幾乎是每晚都會把他寫下的東西燒掉。

我輕輕走下一段樓梯，又是一段更寬闊的樓梯。我到了收藏卷軸和書籍的那一層。我貼著牆壁向前走去，每繞過一個拐角都會先探頭看看。寬闊的走廊被肥大的油燈罐照亮，不！不是這個回憶。我想著這種油散發出來的森林氣息，它燃燒的氣味是多麼甜美。走廊裡沒有人。我沿著木製壁板悄聲前進，不曾抬頭去看那些帶框的繪畫和天花板上的自然風景。我到達了第一個放置卷軸的房間，小心地走進去，唯恐有蟄伏者、靈思拓或者核校者還在裡面工作。不過房間裡悄無聲息，只有一片黑暗。這裡的油燈在燃燒過一夜之後已經熄滅了。我等到眼睛適應了黑暗的環境，後牆的高窗中射進了星光和月光，這足夠為我指引方向了。

我有幾個任務需要小心完成。我在書架之間走動，進進出出。我伸出手臂，將卷軸、文件和書籍撥到地上，讓地面被這些東西完全覆蓋住。我在這個儲存夢境的花園中穿行，彷彿一隻蜜蜂在掛滿蜜露的花朵間飛舞。已經布滿裂紋的古早卷軸和新做的紙張、牛皮紙和皮革封面的典籍紛紛掉落在地上，直到我在這迷宮一般的書架群中創造出了一條掉落夢境的道路。

我必須站到椅子上，才能搆到書架上面的大油燈。那盞燈非常沉重，我把它拿下來時，還將裡面的一些燈油潑灑出來。森林的芬芳。我想到了肥沃的土壤，便又去回憶我的媽媽。「除雜草的時候，必須除得很乾淨，要把它們全部剷除，直到最深的根莖，否則它們還會重新生長，並且比以前更加強壯，妳必須將這些工作從頭再做一遍，否則就必須有人來完成妳未完成的工作。」

燈罐很沉，我將它放在地上，讓它像茶壺一樣傾翻過來，拖著它走過一排排書架，把油灑在卷軸、書本和卷宗上面，澆灌我掉落夢境的小路。燈油倒光之後，我又將架子上更多的卷軸紙張撒在上面，讓它們浸透油脂。我看到另一個架子上的一盞油燈，便再一次踩著椅子取下它，把油灑在地上，又讓更多的預言落入油中。這些書架都是用上等木材做成的，我很高興地看到油也滲入了這些書架裡。第三罐燈油浸透了所有這些可能的未來。我判斷我在這個房間裡的任務完成了。

我心中想著媽媽的花園，半拖半扛著一把椅子進入主走廊。哦，金銀花，我是多麼清楚地記得你的芳香。我拿出半截媽媽的蠟燭。我記得它的每一分一毫。蜂蠟呈現出豐潤的琥珀色光澤。現在它已經有了許多破裂和凹痕，蠟燭表面沾上了髒汙和布料纖維。但它還能夠燃燒。主走廊架子上的油燈位置更高，我的蠟燭只能勉強碰到它的火焰。我點燃蠟燭，用手護住火焰，將它帶回到那個儲存卷軸的圖書館。當我將滴著淚的蠟燭放在地上的時候，感覺就像是在向一位朋友道別。我將蠟燭放好，防止它滾動。只要再燒過一根拇指的距離，火焰就會碰到燈油。我必須快一點。

妳在幹什麼？

文德里亞很困惑。他笨拙地讓自己的好奇擦過了我的意識。我向他伸展過去，彷彿根本就不

害怕他。我讓思緒變得很柔和，就好像我在睡覺。我媽媽的花園。金銀花，在夏天的太陽下面是那樣芬芳。附近是一片松林，散發出甜美的氣息。我緩慢地、長長地歎出一口氣，想像自己在牢房的薄草墊上翻滾。我讓自己的思緒裡充滿睏意，讓感知滑進他的意識。

他已經不在牢房裡了，而是在一個舒適的房間中。費洛迪的房間。他的舌頭品嚐著上等白蘭地，但他並不喜歡那東西。他的傷口都被敷上藥膏並纏上了繃帶，嘴裡還有著香甜美食的殘餘，他的肚子被食物撐大了。但我得到的感覺並不僅於此。他顯然正在期待著什麼。

恐懼如同冰水一樣滲透進我的胃裡。我知道這種渴望。我知道他在等待著什麼，但我卻輕易就相信那種東西已經完全用光了。

我疏忽了。

並沒有！卡普拉藏起了四瓶！而她已經無法再向我們隱瞞了。等我得到它們，我就會用我的魔法轟碎妳的小意識。妳會去做我要妳做的一切！我會變得無比強大，無論是誰都不可能違抗我！我會要妳去死，就像妳要德瓦利婭去死！不，不，我不會，我知道我能做得更好！妳會得到叛徒的死亡！蟲子會吃妳，直到妳的眼睛流血，哀求我殺死妳！

他得意地叫囂著，根本不在乎是否喚醒了我。我用力築起牆壁，他的吹噓和威脅不斷抓撓、拍打著我的牆壁。哦，他現在是多麼恨我啊。他是多麼地痛恨著所有的人！每一個傷害過他的人，每一個背叛了他的人，而他很快就會進行復仇了。很快！

金銀花和蜜蜂。蜜蜂在花叢中發出響亮的嗡嗡聲，讓我聽不到其他聲音。只有蜜蜂。在我自己心底深處的一個角落裡，我很慶幸自己不再被鎖在那間牢房裡。我做出了正確的選擇。

寇爾崔！寇爾崔，聽我說！那個小母狗逃出她的牢房了！去花園和小屋找她。她以為自己很聰明，但她嗅到了花香，我知道！快！為她準備好叛徒的死亡。抓住她，對她用刑！

文德里亞，我正在卡普拉的塔上，和治療師在一起。她已經將海蛇藥劑給了我，我會把它帶給你。

好的，太好了，真棒！但馬上派出衛兵去抓她。告訴他們，她逃掉了，我知道！從花園開始搜，找到她，找到蜜蜂。她比你想像的更危險！

我一動不動地站著，豎起自己的牆壁，讓它們更加牢固、堅硬。如果文德里亞得到藥劑，我還能抵抗他嗎？我不知道。

我的時間流逝得很快。這裡還有許多事要我去做。

我輕手輕腳地沿走道跑到另一間卷軸圖書館前，像剛才一樣小心地走進去。不過這裡也是一樣黑暗無人。我重複了剛才的工作，將卷軸撒了一地。這一次我做得更好，沒有費力去把那些沉重的典籍推到地上，而是讓它們留在原地。騰起的火焰自然會燒毀它們。我將卷軸和文件堆積在沉重的木桌下面、厚實的地毯上，再一次踩著椅子拿到油燈罐，一邊讓松樹的香氣充滿我的意識，一邊將燈油潑灑在地上，在每一座高大的書架周圍。這個房間要比第一個房間更大，我應該先到這裡來。第二盞油燈很沉重，我盡量在桌子和椅子上也都潑上燈油，同時竭力不把油灑在我的衣服上。但油罐很重，有時候油滴還是會落在我的腳上。

文德里亞現在察覺到我了。我想著自己牢房裡的薄草墊，想到裡面的乾草，想像它們在我的身下被壓碎。空氣中全是乾草和塵土的氣味。我讓自己的意識裡只有乾草和塵土。那些堅硬的乾草是如何刺痛了我。我將這樣一點意識漏給他。這讓他感到高興。我則讓他盡情享受這一點幻想。他開始向遠處的寇爾崔呼喊，要求再派衛兵到堡壘頂部的牢房去。我從他的意識中溜走。

第三只沉重的油罐很難搬動。我拿下來的時候踉蹌了一下。它落在我的手臂上。燈油浸透了我的衣服前襟，讓我的手變得很滑。要抓住它很難，同時還要想著金銀花和爐火中的松木就更難了。我努力將它拖過卷軸房間。就像剛才一樣，我重新走過房間，將卷軸、書本和紙張從架子上撥下來。它們都迫不及待地吸飽了燈油。我看見墨水隨著燈油在紙上擴散開。

文德里亞瘋狂地撞擊著我的牆壁。我不喜歡他勝利的咆哮，但我也不敢給他任何想法。一條路有出必有入。我讓自己去注意他的喧鬧。我只是想著金銀花，將野草連根拔除。就算將野草全部摧毀，它們還是會再次生長出來。我在媽媽的花園中除草，將草葉握在手裡，緩慢而穩定地從泥土中抽出長長的黃色草根。

我的手在門把上打滑，拖著沉重的木椅進入走廊更加困難了。椅子腿摩擦地板發出了聲音，我無法阻止這種聲音。我爬上椅子，這一半蠟燭更短。我不得不踮起腳尖，才讓燭芯碰到了火焰。我挺直身體，將手高高舉過頭頂，等待著，等待著，直到火苗終於從燈芯轉移到我的蠟燭上。

他們會找到妳。他們已經來抓妳了！妳會承受叛徒的死亡！我已經將這個命令烙印在他們的意識裡，就像我烙印寇爾崔一樣！他們不會停下，直到他們找到妳！

你太遲了。

我不應該讓這個想法洩漏出去，但天哪，它給我帶來了多麼甜美的滿足感啊。我讓他看到火焰，讓他聞到我一直藏在身邊的媽媽的金銀花香。然後我用盡全力，將西姆菲燃燒時的可怕氣味推給他。

我在爬下椅子的時候滑倒了。蠟燭落下，向遠處滾去。我撲向蠟燭，火焰舔到我手上的燈油，跳躍起來。不過幸好沒有點燃我的手。我的一雙赤腳上也有燈油。我掙扎著站穩身子，打開第二間卷軸圖書館的門。這一次，蠟燭沒有掉落。我走到房間深處，蹲下身點燃了桌子下面的紙堆。然後我走過四道書架，再次蹲下身，又將一堆紙點燃。等我點燃第三堆紙，才驚訝地看到火焰竄得多麼高，向我對面浸透了油脂的一路卷軸撲過去。我衝向門口，和熊熊火焰賽跑。在圖書館門口處，我轉過身，輕聲說道：「再見，媽媽。」便將她的最後一截蠟燭拋進燈油和卷軸中。

火焰變成巨人，舔噬著高大的木質書架，在書架之間狹窄的通道中奔竄。第二層、第三層，甚至第四層書架上的卷軸都迅速變成褐色，碎裂開來，最終爆出火苗。我抬頭看見盤捲的黑煙瀰漫了天花板，如同被淹死的海蛇隨海潮飄蕩。

我又站立了一點時間，背對著屋門，看著火焰，嗅著刺鼻的煙塵，感覺到撲面而來的熱氣。燃燒的碎紙片在烈火熱浪中翻滾，高高飛起，如同歸家的鴿子一樣落在書架的最頂端，將火帶給存放在那裡的紙張。

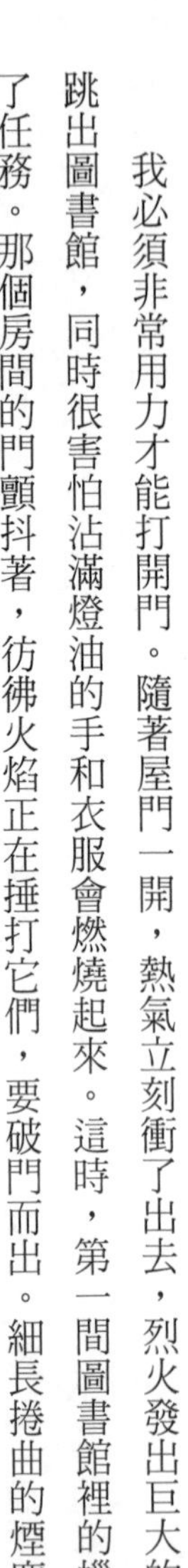

我必須非常用力才能打開門。隨著屋門一開，熱氣立刻衝了出去，烈火發出巨大的咆哮。我跳出圖書館，同時很害怕沾滿燈油的手和衣服會燃燒起來。這時，第一間圖書館裡的蠟燭也完成了任務。那個房間的門顫抖著，彷彿火焰正在捶打它們，要破門而出。細長捲曲的煙塵已經從門縫中飄散出來，那讓我想到了一隻蛇在寒冷冬天呼吸出的煙霧。

我一動不動地站著，感覺自己彷彿在這一瞬間處於一種平衡的狀態。這是我的完美時刻。我在生來就應該到達的地方，執行了生來就應該完成的任務。一旦我開始移動，未來將再次盤旋、改變。但在這個完美的時刻，我完成了命運。也許我會活下來，我想要活下來，但只有當這條道路允許我從僕人手中逃走的時候，我的心願才能實現。如果活著意味著我又被捉住，如果他們給了我叛徒的死亡，如果我必須活著看見文德里亞的臉……不。我知道他們所說的叛徒的死亡是什麼意思。我見過那名可憐的信使，淚和血從她的眼睛裡流出來，她的肉體正從內部被寄生蟲一點點吃掉。如果我必須在死亡和被俘虜之間做出選擇，我會選擇死亡。這個想法讓我的心臟跳動得更快了。隨著每一次心跳，我知道我必須做出一個決定。移動，不動。回身跑進圖書館，火焰會抓住我，這會比僕人給我的死亡更快。哭泣，不哭泣。向左跑，向右跑。逃回我的牢房，鎖住自己。藏到花園裡。我能做出任何一個選擇，從這每一個選擇中，都會延伸出無窮的未來。

火焰很熱，我能夠嗅到木門正在被燒焦。就在木門變黑的時候，走廊裡已經比剛才更熱了。我能夠造成多麼大的破壞？

我拖到走廊裡的椅子還在油燈的架子下面。我就是在那裡點燃了蠟燭。媽媽留給我的兩截蠟燭幫助我將邪惡從這個世界中連根拔除。現在它們都被用掉了，但我相信，我還能做一些事。沒有時間停下來思考。我爬上了身邊的椅子。

這只油燈罐很大，摸上去微微有些發熱。我的襯衫和褲子上都已經灑上了燈油。只要一碰到火焰，就會像西姆菲一樣尖叫蹦跳。做，但必須小心。然後逃走。狼父親悄聲說道。這讓我意識到自己的牆壁鬆懈了。我現在能夠嚐到文德里亞嘴裡海蛇藥劑的穢惡味道。

不要想他，牆壁。

我只能用一隻手搆到那只罐子，而且我這樣做的時候必須踮起腳尖。我用力推它。沒有動。再推。我聽到陶罐摩擦木架的聲音。我又推了一下。還是沒有動。我感到一陣暈眩，便轉頭去看走廊。走廊中的空氣有些朦朧。我更像是掉下了椅子，而不是從上面跳下來。

現在門後傳來了轟鳴。門板有節律地撞擊著門框，而且正完全變成焦黑色。很快，火焰就會從裡面衝出來。我不知道自己能不能舉起椅子，用它把油燈砸下來，或者打破油燈。這時，一點火舌從第一道門的頂端伸出，給門上的木製壁板留下了一道褐色的舔痕。

我從火焰前走開，來到另一道門前，打開它，敬畏卻又失望地盯著眼前的景象——更多卷軸、更多書籍和紙張、更多被收割來的夢。我不會讓他們利用這些。

沒有時間了！

「所以我才會在這裡。這是我將要創造的未來。這是我的時間，我需要所有這些時間，我創造的道路由此開始！我必須這樣做！」我大聲說道。

我更加不在乎了。我將無數卷軸推下書架，又在這間圖書館中找到一盞油燈。有人將它留在桌子上。燈罐裡的油只剩下一半。我在一個架子上找到另一盞燈，用力把它推到地上。燈油灑滿了地毯，還潑在旁邊書架的紙張上。很好，一切都很好。現在我只需要一點火。我捲起一些紙，拿著它們進入走廊。

到處都是煙和熱氣。我咳嗽著，突然感到一陣頭暈。

逃跑，馬上！妳必須出去。狼父親打破我的牆壁。牠的催促不容我拒絕。我聽到一陣碎裂的聲音，火焰的咆哮聲也更大了。當然，圖書館裡還有更多油燈罐，它們會被燒毀，為火焰增加更多燃料。我丟下捲起的紙張，突然間，我很想活下去，我想要有一個逃跑並活下去的機會。我跑過走廊，奔向樓梯。一路上，我不停地回頭觀看。翻滾的濃煙已經遮蔽了彩繪天花板。現在第一間圖書館的門板完全燃燒了起來。

突然間，第二間圖書館的門猛然爆開。火焰噴湧出來。圖書館門旁的油燈罐全都從架子上跳起，落在地上。燈油灑上牆壁，又沿著地面流淌，火舌從碎裂的門中伸出，又在油上跳舞，擁抱、攀爬著那些木質壁板。

大火噴出強猛的熱氣，如同一道灼痛的牆壁般撞在我的身上。我被撞出去，重重地倒在地上。臂肘、膝蓋和下巴都痛得要命，還咬到了舌頭。我在劇烈的疼痛中喘息著，卻又感到一陣窒息。充滿淚水的眼睛什麼都看不見。我積聚起力量，站起身，卻幾乎立刻又摔倒了。在我的頭頂上，高溫和煙塵形成了一條厚厚的毯子。我躺在地上，吃力地呼吸著。

爬行，到樓梯去。妳必須出去。

我聽從了牠的話。

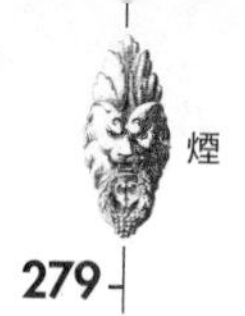

煙

但是蜚滋，知道嗎，在我的兄長死後，我比預料中更加孤獨。是的，黠謀是我的國王，是向我下達命令的人，但在整座公鹿堡入睡之後，當他和我一同坐在他臥室的壁爐前低聲交談的時刻，他也是我的朋友。

我一生中很少有朋友。當我居住在牆後的密室中，和我見面的往往只有為數不多的幾名關鍵間諜，而且我也總是以偽裝面對他們。也許正是因為這種離群索居，我開始過於依賴你的陪伴。我會對你的友誼和羅曼史心生嫉妒嗎？不。我認為將此說成是「羨慕」才更合適。即使在我離開牆後的密室，能夠作為切德大人自由行走於公鹿堡之中的時候，想要和人們結交深厚的友誼仍然非常困難。因為我的歷史和做過的事情仍然需要保密。

回顧在那些歲月中你的朋友們，他們有多少真正知道你的身分，你做了什麼，你有什麼樣的能力？

——切德寫給蜚滋駿騎的信

「弄臣。」我說道。我盯著黑暗的牢房，幾乎無法從唇間吐出這個詞。我看到弄臣蒼白的臉、緊閉的雙眼，又看到他伸出的空手掌，便立刻斷定，他一定已經用了我先前給他的、擺脫這個世界的手段。我感到眼前一陣發黑，無法再去看，也無法說話。是我將死亡給了他，而他就這樣接受了。我們來了，本來可以救他。為什麼我要這樣做？

我聽到金屬撞擊的微弱聲音。「我需要亮光！」火星喃喃地說道。我轉過頭。她正在我身邊，撬著一個非常陳舊的鎖。機敏走過來，雙手捧著一盞大油燈，放到了火星身邊。這沒能為她提供多少照明，但火星還在努力著。我在搖曳的燈火中審視弄臣，他的臉上還有血跡，他一個人孤獨地死在監牢裡。也許這樣要比承受他所畏懼的酷刑更好，但我無法感覺到任何安慰。

「不要撬了，已經太晚了，我們需要去找蜜蜂。」我悄聲對火星說。蜜蜂，我告誡自己。現在只應該想著蜜蜂。但火星突然哼了一聲，她手中的兩根細鐵棍突然相互攪動了一下，門鎖被打開了。我不由自主地推開門，走進牢房，站到弄臣身邊。我只能將他的屍體丟在這裡嗎？我還能不能做些別的事情？其他人都站在牢門前，看著我俯身去擦拭弄臣臉上的血。

飛過來的便壺險些擊中我，但還是從我的頭邊擦了過去。我感覺到它帶來的惡臭氣味，又聽到它撞擊在牢房牆壁上的聲音。我向後跳去。弄臣朝我撲了過來，伸出的雙手抓向我的眼睛。我抓住他，將他緊緊抱在懷裡，口中說著：「弄臣、弄臣，是我，是蜚滋！停下，是我！」

隨後的一瞬間，他的身體在我的懷中仍然異常僵硬，然後，他才癱軟下去。「卡普拉。」他腫起的嘴裡輕聲說出這個名字，「我本以為是寇爾崔，拿著燒紅的鐵鉗，而卡普拉會在旁邊看著。」

「不。我們全都來了，來找你，來救出蜜蜂，帶她回家。弄臣，為什麼你要丟下我們？」這個問題已經在我的肚子裡燃燒了一整天。

「來找蜜蜂。在堡壘頂上的牢房裡。她和普立卡都在那裡。」

「小丑告訴我們了。我們會找到她。」

弄臣努力站直身子。我讓他的腿撐起自己的體重，但並沒有放開他。他在我的扶持下向牢門口走去，同時還在喘息著說：「快去救蜜蜂。她被抓住都是因為我。是我帶他們找到了她。我要殺死他們，這件髒事由我來做。我要修正我犯的錯誤。這一次，我要成為催化劑。就像你說的一樣。」

「讓我來。」機敏扶住了弄臣的手臂。火星湊過來細看弄臣的臉，同時問道：「他受的傷有多重？」

「我不知道。弄臣，我害怕你吃了我給你的毒藥。你沒有，對不對？」想到他可能在我們到來之前吞下了它，我感到不寒而慄。

「我不能那樣。我想要吃下它，但我不能。蜜蜂還在他們的手裡。蜚滋，我在糾正錯誤之前還不能死。」鮮血又從他的鼻子裡流出來。他抽抽鼻子，驕傲地說：「我幹掉了他們兩個人。我覺得是這樣。我去了費洛迪的寓所，那時我不得不躲藏在他那座塔的樓梯裡，於是我想到可以一路上去，給他留一點小紀念品。他當時不在。我想我是做對了。我在他的杯子邊緣以及他的酒裡都加了東西，還在枕頭和床單上撒了些粉末，在他的門把也塗了東西。」這時我們扶著他走出了牢房，他的聲音很不平穩。

「應該沒問題。」我喃喃地說道。聽起來，他放置的毒藥足以殺死十幾個人，「那麼，」我又問道，「你是怎麼殺死西姆菲的？」

「不是西姆菲。是卡普拉。他們拖走她的時候，她還在呻吟，但我相信我殺死了她。我將一把匕首插進了她的肚子兩次。」弄臣搖晃一下，靠在我身上，然後又努力站直身體，「我失去了那把匕首，還有蝴蝶斗篷。」

「這些損失沒什麼。」我說道。

小堅有些擔憂地說：「我找到了一大桶水。但我不知道它有多乾淨。」

「水？無論如何，都給我一些！」

我們扶著他走過去。那只桶子邊上掛著一把長柄勺。小堅舀了一勺水給弄臣，弄臣喝了下去，又將第二勺水澆在頭上，揉搓著臉頰。在昏暗的光線裡，他的頭髮貼在顱骨上，顯得非常蒼老。「還要。」他說道。我們一言不發地為他舀水。當他停下來的時候，火星問他：「我們能看到你身上有很多瘀傷，額頭上有一道傷口，除了這些，你還受了什麼傷？」

弄臣一咧嘴，露出染血的牙齒，然後他啐了一口。「他們用棍子打我，打了很久，還有人用腳踢。他們非常狠，但都不是要害。我想是要留下我，讓卡普拉好好折磨。我希望她已經死了。蜚滋，我的傷不重要。我們必須去找蜜蜂。我最後一次看到她是在上層牢房，在這座堡壘頂上。

普立卡也在這裡。我以為他們會將他也關到這一層，但他們沒有。」弄臣停下來，吸了一口氣，伸手按住肋骨咳嗽著，我不由得感到一陣瑟縮。

「我告訴過你，小丑已經找到了她。」我開始思考他的頭部是不是遭到了重擊。

他沉默片刻，然後說道：「當然。牠應該成為我們首先派出去的間諜。」

「這是小堅想到的。」我一邊說，一邊瞥了小堅一眼。那個男孩露出一個笑容。他已經將衛兵的屍體從桌邊拖走，好讓弄臣能夠坐到那張椅子裡。我向他點頭表示感謝。我們將弄臣放到椅子裡的時候，小堅拿來水為他洗手，又讓他喝了一些。我的注意力回到弄臣身上。「我們現在要去找她了，弄臣，我們不能從堤道把她送出去。西姆菲死了，僕人們關閉了大門。我們被困在這裡，現在你必須找到堤道下面那條祕密隧道的入口。」

弄臣斜睨著我，彷彿在竭力進行思考。「你們是怎麼進來的？」

「我們從通向海灣的汙水槽中進來的，但沒辦法再從那條路出去。漲起的潮水會將它淹沒。除非我們能找到蜜蜂，並躲藏到下一次退潮的時候。」

「半天時間？」弄臣搖搖頭，「在那以前，他們肯定會再來找我。他們會在這裡發現我們。」

「那你原先的逃跑計畫是什麼？」

「蝴蝶斗篷和堤道。」

「斗篷沒有了，堤道關閉了。我們現在必須找到祕密隧道的入口。」

弄臣喘息著笑了一聲。「我還是更喜歡我原來的計畫。你怎麼知道西姆菲死了？」

「他們公開宣布了她的死訊，黑色旗幟就掛在她的高塔上。」

弄臣搖搖頭，身子晃動了一下。「不是我幹的。」

火星插嘴道：「天就要亮了。我們需要去找蜜蜂，馬上。城堡裡的人很快就會醒過來了。」

「還要找到普立卡，求你們。」弄臣想要坐直一些，卻沒能成功。

「如果可以，我們會去找。」我沒有向他做出承諾。一旦找到蜜蜂，我就會盡全力保護她的平安，帶她離開這裡。「弄臣，你能看見多少？」

「在這種光線裡？看不到多少。」

「我殺死了這裡的衛兵。你知道還會不會有其他衛兵下來？他們什麼時候會來？」

「我不知道。我只看見了她一個人。蜚滋，幾百年來，沒有人曾經對抗過僕人。現在西姆菲死了，我對卡普拉的攻擊更有可能讓他們提高警惕。我們會遇到許多衛兵。」

「嗯，我先從上層監牢找起。我希望你們都在這裡陪著弄臣，並找到那條舊隧道的入口，那條他們上一次帶弄臣『逃出去』的隧道。現在我必須走了。」

「他們可能已經轉移了她。我知道他們在看到我之後就已經決定要轉移普立卡。」

我點點頭。「我要上去找蜜蜂了。」

「不要一個人去！」機敏表示反對。小堅什麼都沒有說，只是走到了我身邊。

「讓我想一想。」弄臣喘息著回答道，「我們應該到上一層去，那裡有更多牢房。大約十幾間。其中一些幾乎肯定關押著囚犯。那裡是他們……關押犯人和行刑的主要地方。他們將我和普立卡在那裡關押了很長一段時間。也許普立卡在那裡。」然後他又不情願地說道：「也許蜜蜂也在那裡。」

我不確定自己是不是希望找到普立卡。如果他也像弄臣一樣遭到虐待，那我們能夠順利將他帶出克拉利斯嗎？這是一個沒有意義的問題。我們不會丟下他不管。「就是水桶旁邊的樓梯嗎？從那裡就能到上一層？」

「是的。那裡的門是鎖住的。」

「對我來說就不是了。」火星得意地說。她像白兔一樣飛快地竄到臺階上，彎下腰開始查看那道鎖。她從自己的小口袋裡找出開鎖工具。就在她對付門鎖的時候，我對這一層進行了一番更加仔細的搜查，然後迅速回到同伴們身邊。

「我沒看見祕密隧道入口。」

「通向祕密隧道的門會被嚴密地藏起來。」弄臣提醒我，接著又有些不情願地說道：「它也許不在這一層。他們將我從這裡送出去時，我的神智時而模糊，時而清醒。蜚滋，我知道你認為我會拖慢你的速度，我知道你為火星和小堅擔心。但在那道門後會有更多衛兵，可能不是你一個人能夠對付的。」

「如果我們能找到那條隧道就太好了。」我只說了這麼一句話。

小堅顯出若有所思的樣子，「隧道入口很有可能在面對堤道的那堵牆上。」

「你再去看看。我也許錯過了什麼。」說完，我便去幫助火星撬鎖。

但我站到火星身後的時候，她只是頗為煩惱地看了我一眼。「我能夠應付。」她喘息著說。於是我沒有再打擾她，但我的心中卻在這時生出一股深深的自責。機敏也跟著我上了臺階。在那個低頭忙於撬鎖的女孩旁邊，我看著機敏的眼睛。我不會費力氣去叮囑機敏要保護好這個女孩，不惜一切代價保護好他們所有人。機敏明白。我能從他的眼睛裡看出，對於當前的局面，他像我一樣感到困擾。弄臣已經捅了馬蜂窩，但西姆菲的死並不是他幹的。到底西姆菲的死因是意外、疾病還是謀殺？

「完成了。」火星悄聲說道。幾乎在同一時刻，小堅上了臺階，攤開手示意他的搜尋毫無結果。鎖簧彈出的「喀嚓」一聲聽起來非常響亮。我屏住呼吸，凝神細聽。門外沒有任何聲音。該離開了。

我向機敏瞥了一眼。他搖搖頭，抿緊了嘴唇。他不會被丟下。小堅拒絕看我，但他已經抽出了匕首。我碰了一下火星的腰，朝弄臣指了一下，用唇語對她說：「保護好他。」火星如同幽靈一般下了樓梯，站到弄臣身邊。這讓我感到一陣寬慰。弄臣抬起頭看著我們，他蒼白的面容在昏暗的光線中顯得非常模糊。

我輕輕推開門，示意其他人先等在後面。我一個人進了上一層監牢。幾盞油燈罐上的火苗照亮了這一層監牢的正中央。這裡的空間比下面大很多。弄臣可怕的經歷真實地呈現在我面前。這裡有幾張桌子。桌子邊緣掛著鐐銬，桌面上還留有刀刃傷損的痕跡。階梯狀的一排排長椅從三面環繞著這些桌子。它們是為觀賞行刑的人準備的舒適座位。另外這裡還有一座火爐，火爐旁邊是一副刑具架，上面整齊有序地擺放著鐵棍、鉗子、小刀、鋸條和我說不出名字的其他工具。我從來都無法理解這些人的內心。到底是什麼樣的人能夠從別人的痛苦中享受娛樂和刺激？但很明顯，這裡有許多熱心的觀眾。

這是一個很大的房間，沿著房間的一面是一道道鐵柵，另一道牆壁旁能看見向上的樓梯。我有一個令自己感到膽戰心驚的希望。如果蜜蜂在這裡，我們就能救出她，在潮水充滿汙水槽之前帶她出去。迎著湧進來的潮水走出去會非常困難，但並不是不可能。

我的腳步很快，而且寂靜無聲。這裡沒有衛兵。原智警告我牢房中有生命閃爍，而我在牢房外沒有察覺到任何人。我希望現在能夠擁有狼的耳朵和鼻子。我無法忍受這種懸而未決的壓力。我靠近那些昏暗的牢房，從房間正中照過來的一點燈光讓我一共看到五名囚犯，全部是成年人。他們都在乾草墊上，或者還在熟睡，或者蜷縮著身體。我靠近一間牢房，看見了普立卡。是睡著了，還是失去了知覺？

我回到門口處。弄臣和火星已經上了臺階，大家全都擠在樓梯頂上。我悄聲說道：「沒有蜜蜂的影子。普立卡在一間牢房裡。那裡看上去更乾淨一些，但很安靜。我們需要……」

鎖簧轉動和門扇開啟的聲音清晰地傳來。我退回到夥伴中間，同時關閉身後的門。「是什麼……」弄臣開口道。我迅速將兩根手指按在他的嘴唇上。我們全都停在原地，一動不動。

我看不見，但能聽見拖遝的腳步聲。一共有超過三個人。還有不願執勤的衛兵一連串的抱怨和咒罵。我聽到鐵門的撞擊聲，一名女衛兵罵了一句髒話，然後說道：「我恨這個地方！這裡簡

直臭氣熏天。為什麼會有人躲到這裡來？你看，下面根本沒有人，門也還好好地鎖著。我告訴過你，沒有人從我們旁邊過去。現在我們能回到崗位上去了嗎？我正在吃東西。」

「是沒有人。」一個首領簡短地回答道，「你們跟著我們上去。我們要搜查堡壘一樓的每一個房間，尋找逃跑的囚犯。瑞托和他的部隊正在搜索小屋和花園。奇爾浦佔據了堡壘和城堡圍牆之間的地區。寇爾崔將他的奇異小子們全都趕了出去。」

「自從西姆菲被殺之後，這個該死的地方就沒有安寧日子了。真希望他們當時把文德里亞也幹掉。」那名女衛兵發出一陣充滿惡意的笑聲，「費勃和我很高興能把德瓦利婭扔進下面的垃圾坑裡，費勃還在她的身上撒了一泡尿。骯髒的老母狗，還是死了才好看些。」

那名首領顯然不覺得這番話有趣。「我們走吧。一樓的每一個房間都要經過查看，而且搜完之後都要被鎖牢。如果沒有找到人，我們還要到上一層去。不能讓任何人從我們身邊溜過去。」

「我打賭，一定是一個白者殺了德瓦利婭。那些小蛇都不喜歡她。西姆菲呢？我相信她是死於意外。我聽說他們給了文德里亞一些苦頭吃，要讓他說出實話。他當時就被鐵鍊拴在那裡，一定看到了發生了什麼。他們應該讓他好好招供！我也很想觀賞他受苦呢！」

「我們走吧！」他們的首領顯然在對那個衛兵的嘮叨和磨蹭感到氣惱。腳步聲再次傳來。我等待著，直到聽見一道門被關閉。

弄臣在寂靜中說：「德瓦利婭死了。」我無法確認他的情緒。他是感到高興？還是減少了恐懼？或者後悔沒有機會親手殺死那個人？也許這些情緒都有，也許沒有。

「普立卡在那裡的一間牢房中，另外還有四名囚犯。」

「他也許知道他們對蜜蜂做了什麼，他原來就被關在蜜蜂旁邊的牢房裡。」

也許這是弄臣唯一能讓我們稍作耽擱的話。「機敏，帶著小堅，守住對面的門。我知道他們已經將那道門鎖了，但這不意味著他們不會回來。火星、弄臣，跟我來。」我輕輕推開門，我們像影子一樣分別向自己的目標跑去。我指了一下普立卡的牢房，火星和弄臣趕了過去，我捧起一盞油燈罐，也帶著它。我不希望其他囚犯醒過來，也不打算釋放他們。他們是我無法控制的因素。現在無法控制的因素已經夠多了。

火星正在撬開普立卡牢房的門鎖。弄臣輕聲喊道：「普立卡，醒醒。」

那個身材高大的人一直蜷縮成一團，雙手護住了腦袋。在弄臣第二聲呼喚時，他放下手，抬起了頭。他的一隻眼睛已經腫得睜不開了，下嘴唇就像香腸一樣粗。他盯著我們看了片刻，才痛苦地伸出腳，踩在地面上。當他拖曳著腳步走向我們的時候，我聽到了鐐銬的撞擊聲。

「蜜蜂在哪裡？」我問他。

他的一隻好眼找到了我，端詳了一下我的面孔，然後自顧自地微微一點頭。「意外之子，不過你的到來正在我意料之中。」他咳嗽著發出一點笑聲，「我最後一次見到她是在堡壘頂層的牢房裡。這又是一場救援嗎？」

「是的。」我轉過身。

我聽到他在我身後說：「我希望這一次能好一點。」隨著我離開他的牢房，我聽見他提高聲音說：「頂層牢房中還有其他囚犯，也救救他們。」而現在我最不喜歡的就是有人高聲說話。

「蜚滋？」火星在身後悄聲喊我。

「放他出來，然後尋找祕密隧道。我會帶著蜜蜂回來。」

沒有等她出言反對，我已經跑到監獄的另一邊，上了樓梯，悄聲對機敏和小堅說：「給我一些空間。」然後我拿出撬鎖工具。這裡很黑，但切德曾經無休止地讓我練習僅憑觸覺撬鎖。我一邊試探鎖簧，一邊在心中感謝那位老人。向前推，向上撬，我滿意地聽見了鎖簧彈開的聲音。

「後退。」我警告其他人。

我再一次輕輕推開門，向外窺望。這是那些衛兵的房間。一張桌子、四把椅子、三只杯子、一粒吃了一半的桃子，旁邊還丟著一副骰子。我悄悄進了這個房間。椅子上餘溫猶在，那水果也是剛剛才被咬過。我回到其他人那裡。

「過來，但一定要安靜。這個房間的衛兵都被喚走了，恐怕整座城堡都已經被驚動，他們正在搜索一名逃跑的囚犯。」

又是一道門、一把鎖，不過我很快就撬開了它。我再一次提醒他們等在原地，然後輕輕打開了這一扇沉重的大門，朝兩邊各望了一眼。這是一條長長的弧形走廊，走廊兩側有許多門戶。不過走廊中沒有人。沿牆壁每隔一段距離放著一只架子，架子上是罐子狀的大油燈，燃燒的燈芯散發出松脂的香氣。一切都很平靜。

從鐵牢、刑具和無聊衛兵值守的地方走出來，進入一條光線柔和的走廊裡，這種環境的變化實在是有些突然。這裡的壁板都是用我從未見過的白色木材雕刻而成的，地面清潔得一塵不染，牆壁上掛著一幅幅精美的繪畫，讓人有一種從噩夢一步走進美夢的感覺。

我檢討了自己的計畫。現在我知道，這一層在衛兵搜查過以後，每一個房間都是被鎖住的，這個情況讓我高興不起來。如果必須退到這裡躲藏，我們實際上根本無處可藏。我們一個接一個地溜出衛兵的房間，我領頭，小堅手持短劍跟著我，機敏手中持劍在最後一個。我左手持匕首，右手拿著從船上借來的短柄斧。我們這股入侵力量相當可憐，而我們面前的敵人是戍守一座城堡的軍隊。但我們別無選擇。這條走廊呈弧形向兩端延展。每隔一段相當長的距離，就會有一道覆蓋著精緻雕刻花紋的雙扇大門。走廊中一直都很平靜。我回憶起弄臣在製作地圖時對我的講述。堡壘的地面一層是接待客人和讓客人等候的廳室，還有接待非常重要的客人的私密會客室。這裡有不止一道通向上一層的樓梯。我選擇向右邊走去。

我試了試經過的兩扇門，都鎖住了。我希望這意味著我們正跟在那支巡邏隊身後，但如果他們突然轉回來，我們將無處藏身。

「這是什麼聲音？」小堅問。

「我不知道。」那似乎是一種模糊不定的咆哮。走在最後的機敏向上望去。我沒有時間去擔心那個聲音。「我們必須找到蜜蜂。」我率先繼續前行。

我們就像老鼠一樣貼著牆向上奔跑。

繞過弧形走廊的轉彎，我看見了樓梯。一股灰白色的煙霧正沿著樓梯飄下來。我放慢腳步，

凝神細看。很快，鼻子就清楚地告訴我：煙。現在我明白了。上面傳來的咆哮是火焰延燒的聲音。我聽到遠方傳來的喊聲和恐懼的哭泣聲。「她就在上面。」我說了一聲便拔足狂奔，一步兩階跑上樓梯。小堅在第一個樓梯拐角處超過了我，消失在拐角對面。我將匕首還鞘，短柄斧掛在腰帶上，追了上去。

我聽到雜亂的腳步聲、咳嗽聲和一個女人的哭號聲。四個人從我身邊逃下樓梯。「火！」一個人一邊跑還在一邊向我叫喊。我又聽見身後傳來機敏的喊聲，那些逃跑的人應該是撞到了他。

本來非常微薄的煙氣變得愈來愈厚重刺鼻，空氣也隨之完全變成灰色。又是十幾個人的腳步聲。煙塵已經開始讓我感到窒息了。我的眼睛被刺激得流出了淚水，踉蹌一步，跪倒在臺階上，發現低處的空氣稍稍清涼潔淨一些。我用袖子捂住鼻子和嘴，又向上爬了三層臺階。這只不過是煙而已，怎麼可能擋住我？我到了樓梯頂端的一片平臺上，再向上還有更多樓梯。我看不見小堅。蜜蜂還在頂層牢房，我繼續向上爬去。小堅在哪裡？

我停了一下，胸口壓在樓梯轉角平臺前的最後一層臺階上。我的左邊是一條充滿了濃煙的走廊。濃煙中能夠看到深紅色的火光跳動。我用手臂捂住嘴，透過襯衫呼吸，瞇起眼睛望去，看到火焰正在舔噬木製壁板。一聲爆響傳來，然後是陶罐落在地面上的聲音。燃燒的油脂向我蔓延過來，就像火焰在冰上滑動。

我向後退去，伸手摸到了一個人。「小堅？」我驚呼一聲。

我聽到上面有喊聲，有人在呼喊求救，有一個人蹣跚著跑下樓梯，身後還跟著另外兩個人。

他們全都不住地咳嗽著，跌跌撞撞地從我身邊經過。濃煙已經讓他們窒息，他們一心只想著逃命，根本不在乎我和趴在臺階上的男孩。

我的雙眼不停地流淚。在濃煙中，我什麼都看不見，空氣已經熱到無法呼吸。我搖晃著小堅。「幫我。」他聲音沙啞地說道。

「蜜蜂！」我呻吟一聲。如果她在上面，很可能已經死了。我想要跳起來，衝過濃煙瀰漫的樓梯，跑向她。她還被困在煙火咆哮的牢房裡嗎？她真的死了嗎？我想要找到她，就算我死了也無關緊要。

但如果我丟下小堅，他一定會死。

我抓住小堅的手臂，沿著樓梯向下爬去。小堅被我拖著，身子一下一下撞著臺階。爬下這段樓梯讓我耗費的力量遠比想像中更大。隨著煙霧減輕了一些，我看到小堅還緊緊抓著另外一個人。一個孩子。從衣服判斷，是一名年輕的白者。小堅把他也拖了下來。我喘了口氣。吸進我肺裡的煙拚命想要鑽出來，又讓我感到一陣窒息。一個人從煙霧中冒出來，抓住小堅的另一隻手臂。是機敏。「下去！」他喘息著說。

我們一同把小堅和那個昏迷的孩子一同拖過剩下的臺階。當我們到達地面一層時，我栽倒在他們身邊的地面上，不住地將肺裡的煙咳出來。然後我翻過身，用袖子揉揉眼睛。煙並沒有消失，仍然盤踞在高高的天花板上，如同一片灰色的濃霧。機敏跪在我身邊，猛吸著空氣，又把煙氣咳出來。又有兩個人踉踉蹌蹌地逃下樓梯。一個女人衝著我們喊叫，靠在她身上的男人說：

「我們必須出去！」然後他們就丟下了我們，喘息著，搖搖晃晃地跑掉了。

小堅和那個孩子還躺在我和機敏之間的地面上。「你這個白癡！」我喘息著對小堅開了口，然後又是一陣窒息，「快走！爬著走也行！我們必須找到其他人，然後離開這裡。」

小堅咳嗽著睜開眼睛，又閉上眼。看到他沒有反應，機敏和我掙扎著站起身，吃力地將他們從樓梯口拉開。

隨著樓上燃燒的聲音和火焰的刺鼻氣味漸漸被我們甩在身後，我們停下腳步。機敏和我全都坐下來，吐出肺裡的煙塵。現在上面幾層應該全在火海裡了。堡壘會塌下來埋葬我們嗎？「必須回去找到他們。」我悶聲說道。我們拯救蜜蜂的任務結束了，現在必須出去。我踉蹌著再次站起身，彎腰去抓小堅襯衫前襟。「起來！」我命令他。

小堅咳嗽著想要站起來。「蜜蜂。」他喘息著說道。

「已經不在了。」我說出了這個可怕的事實。「我們沒辦法上去。我懷疑她不可能活下來了。」我的眼睛被淚水刺痛。是因為煙火的刺激，也是真實的淚水。我已經這樣接近她，卻還是失敗了，世間怎麼可能會有這樣殘忍的事情？

「蜜蜂！」小堅叫喊著，掙脫了我的手指。我一下失去平衡，栽倒在地。我從沒有想到濃煙會讓一個人如此無力。我蜷伏在自己的雙手和膝蓋上，哭泣不止。小堅扯起那個被他一直拉下樓梯的孩子。「蜜蜂，我來救妳了。」他虛弱地說道，聲音再度碎裂成一陣咳嗽。

那個孩子還在昏迷中。他的衣服被燒焦了，全都是火灰，臉上布滿了傷痕。他緊閉的雙眼周圍厚厚地腫起，就像是一名鬥毆不斷的拳擊老手。他的左側眼眉上有一道傷痕，嘴角有一道新的裂傷。這些痕跡都說明著一個不堪經歷的短暫人生。

然後這個孩子睜開眼睛，我突然看到蜜蜂正在盯著我。我們彼此對視。她的嘴唇形成了一個字，只是她沒有氣息能將這個詞說出來：「爸爸？」

她是這麼小，這樣傷痕累累。她向我伸出雙手。生命一下子又湧進了我的身體。「哦，蜜蜂。」我幾乎什麼話都說不出來。我向她伸出手，把她拉過來。她的手臂緊緊摟住了我的脖子，我也將她抱緊。「我永遠不會離開妳了！」我向她承諾。她只是將我抱得更緊。

我跪起身，蜜蜂仍然抱著我。小堅也踉蹌著站起身。他在哭泣。「我們找到她了。我們救了她。」他不停地說道。

「是你做到的。」我告訴小堅。我用空出的一隻手抓住小堅的上臂。「機敏！走！」我站起身，開始蹣跚著向前跑去，拖著跌跌撞撞的可憐的小堅，蜜蜂的臉不停地撞著我的鎖骨。機敏追上來，拉住小堅的另一隻手臂。我們一路搖晃著向前奔跑，彼此之間不停地撞在一起。經過弧形的長走廊，我們逃出了瀰漫的煙霧。突然間，我頭一暈，跪倒在地上。我努力抱緊蜜蜂，但小堅倒在我身邊，機敏也單膝跪倒在地。

「哦，蜜蜂。」我努力說著，將她放在地上。她痙攣一般的喘息著，彷彿馬上就要被淹死。眼睛再一次緊閉。但她還活著。她還活著。我撫摸著她的臉，小堅在我們身邊掙扎著想要站起來。

「蜜蜂，不要。」他一邊說，一邊抬起頭看我，彷彿一下子又變回成一個年幼的孩子。他向我哀求，「讓她活下來。治好她。」

「她活著。」機敏向小堅保證。現在機敏也倚著牆，想要站起身。很快，他就站到了我們面前，手中再一次握著劍。他要保護我們。

蜜蜂抬起頭，一言不發地盯著我。我搖搖頭，因為心情過於激動，一個字也說不出來。我的手指撫過莫莉的下巴，碰到她母親的嘴唇。她咳嗽一聲，我抽回了手。不，這不是我要來救援的小女孩。這個傷痕累累的生靈已經不再是我的蜜蜂了。我不知道她是誰。以她的年歲評價，她還很小。在她這個年紀，我已經開始依照切德的教導做事了。蜜蜂．瞻遠。她現在是誰？

她轉過頭看著小堅，呼吸還很吃力。「你來了。烏鴉說……」她的聲音消失了。

「我們來救妳。」小堅告訴她，然後又開始咳嗽。他伸出手，握住她。「蜜蜂，妳現在安全了。我們找到妳了！」

「我們並不安全，小堅。我們必須帶她離開這裡。」現在沒有時間慶祝團聚和為往事道歉，沒有時間說溫柔的話語。我抬起頭，望向頭頂上方的天花板和支撐它的巨大樑柱。木頭會燃燒，但岩石不會。火焰總是會向上爬。我們在這一層可能是安全的，至少在支撐石塊的那些粗大橫樑開始燃燒之前。

我們在哪裡？我們是否已經跑過了通向下層的門戶和樓梯？我們必須找到他們。也許他們已經找到了隧道。如果沒有，我們就必須在整座堡壘崩塌下來之前衝殺出去。

我又咳嗽起來，同時不得不用袖口擦抹湧出淚水的眼睛。該繼續前進了。「我們必須離開這裡，」我對小堅說，「你能走嗎？」

「當然能。」小堅搖搖晃晃地站起來，又彎下腰，用雙手撐住膝蓋，咳嗽了很長時間。我看著他，慢慢想到了該去哪裡。我知道我們能從哪裡得到援助。我感到一陣徹底的寬慰，就像一個人終於清楚地看到解決問題的方法。我以前竟然沒有想到這一點，這實在是太荒謬了。我單膝跪下，小心地抱起蜜蜂。她並不是很重。透過她身上鬆散的衣服，我能感覺到她的肋骨和一節節脊柱。我站起來，開始向前走。小堅也站直身子，踉蹌著跟在我身邊。機敏收起佩劍。我向他瞥了一眼，看到他也像我一樣心情愉悅。我微笑著看到小堅拔出了匕首。但我知道，我們不需要它。

我的兄弟，我們要去哪裡？

比清涼的空氣和清水更好——夜眼碰觸了我的意識。我感覺到自己的精神升騰起來。突然間，我知道一切都會好起來。你一直在哪裡？我向牠喊道，為什麼你拋棄了我？

我和小狼在一起。她更需要我。但在她學會升起牆壁之後，我就逃不出去了。我的兄弟，我們現在要去哪裡？為什麼你不跑？沒有氣味的人在哪裡？

我知道一個安全的地方。我知道人們會幫助我們。

我看到了他們，他們出現在弧形走廊的另一端。一隊二十名衛兵，手中舉著武器正向我們走來。火星和普立卡也和他們在一起。衛兵環繞在他們周圍，保護著他們。弄臣軟軟地被兩名衛兵架著。走在最前面的是一個矮小肥胖的人，有著蟾蜍一樣的面孔和一雙充血的眼睛。一名身材很高的老婦人蹣跚地走在他後面，一隻手捂著肚子。還有另外兩個人，一個穿綠衣，一個穿黃衣，走在她身邊。我看到他們便露出微笑。那個矮胖男人的臉上也綻放出笑容。他示意衛兵停下。他們立刻服從了命令，他們在等待我們。

「妳絕對不應該懷疑我。」矮胖男人回答道。

「文德里亞，我很吃驚。」那名老婦人說道，「你真是一個奇蹟。」

我的兄弟，這樣不對。你感到的喜悅是虛偽的。

「我很抱歉，」那名老婦人向他們的首領道歉，「從今以後，你將得到一切應得的尊榮。」

矮胖男人贊同地點點頭。他們的臉上全都是笑意。

「蜚滋！我們在做什麼？他們會殺死我們！」小堅喊道。

蜜蜂從我的肩膀抬起頭。「爸爸！」她警惕地呼喊著。

「噓。一切都會好起來的。」我對她說。

「一切都會好的。」機敏應和著我。

「不！」小堅只是叫喊著，「不，一切都不好！你們到底出了什麼問題？大家都怎麼了？」

「爸爸，豎起牆壁！豎起牆壁！」

我的兄弟，他們欺騙了你！

我大笑著，他們真是愚蠢。「一切都很好。我們現在安全了。」我告訴他們，然後就抱著蜜蜂，向這支歡迎的隊伍走去。

35 對峙

我是蜜蜂，蜜蜂就是我。我的母親從一開始就知道這一點。有時候，在一個夢的開始，我會看見自己。我是一隻蜜蜂，身上是金色和黑色的條紋，如同星星和火炭一樣閃著光。當我飛行的時候，色彩會變得愈來愈明亮，就如同一塊被吹亮的火炭。我發出了這樣明亮的光，黑暗的地方都被我照亮，在這些地方，我看到了重要的夢。

——摘自《蜜蜂．瞻遠的夢境日誌》

這感覺像是一個夢，那種每個人睡著時都會做的簡單的夢。在這樣的夢裡，做夢的人會得到自己最想要的東西。先是小堅，然後是我的父親，他們和我在一起，將我從煙和火中拖出來。小堅對我說話，我聽到了我的第一個，也是唯一真正的朋友的聲音。「我來救妳了。」自從細柳林寒冬的那個夜晚之後，我就一直渴望著有人能對我說出這句話。因為濃煙，我無法呼吸，也看不見他，但我知道他的聲音。

而就在這時，宛如魔法一般，我的父親向我俯下身。他輕輕碰觸我的臉頰，抱起我。他抱著我。我安全了。在他的手臂中，我是安全的。他會保護我。他會帶我回家。他抱著我，很久以前，從他讓我坐在他的肩膀時，我就知道了他寬大的步伐。我將臉埋在他的頸窩裡，嗅到了力量和安全。他的很多頭髮變成了灰色，臉上的皺紋也更深了，但他是我的爸爸，他找到了我，要帶我回家。我抬起頭，向小堅微笑。他比以前更高了，看上去也更加強壯。他握著匕首，那手勢就和父親教我的一樣。

他轉過頭，抬頭看著父親。「蜚滋？我們在做什麼？他們會殺死我們！」

美夢變成了噩夢。

我的父親正帶著我向文德里亞走去。不只是走，而是跑，就好像他等不及要和文德里亞會合。卡普拉、費洛迪和寇爾崔都跟著文德里亞。他們全都在微笑。卡普拉捂著肚子，衣服裡面還在緩慢滲著血，但她也還在微笑著。他們都是那麼喜歡文德里亞，認為已經穩操勝券。我盯著他們。這些人不知道我的烈火正在上面那兩層樓裡咆哮嗎？我懷疑他們不知道。是文德里亞糾集起他們，帶他們來到這裡。他們只知道文德里亞想讓他們知道的，而現在他只想要我死。

「爸爸！」我向他喊道。

「噓，」他拍拍我的背，「妳安全了，蜜蜂。我就在這裡。」

我緊緊築起牆壁的時間已經這麼久，直到現在，我才碰到它們，感覺到那股瘋狂衝擊它們的力量。我允許自己對文德里亞的誘惑稍做聆聽。到我這裡來，到我們這裡來。一切都會好的。我們是你們的朋友。我們知道怎麼樣才是最好的，我們會幫助你們。

我的父親相信了他們！

「爸爸！築起牆壁，築起牆壁！」我絕望地叫喊、掙扎著，想要脫離他的手臂。他低頭看看我，眉宇間慢慢出現了一道皺紋。我相信他已經開始意識到文德里亞對他施加的手段了。但他的反應太慢。我用雙腿踢蹬，掙脫他的懷抱，掉落在地上。但我立刻站起身，從他腰間抽出他的巨大匕首。

「殺了她！」文德里亞看見我手裡有了武器，立刻大聲尖叫，「現在就殺了蜜蜂！」他不僅用聲音，還用魔法推動著自己的意念。他們每一個人的眼睛都瞪著我們，瞇起的眼睛裡充滿了憎恨。衛兵抽出長劍，就連卡普拉也拔出了腰間的短匕首。我抬頭看著父親，很害怕看到他也受到文德里亞的魔法蠱惑，要殺死我。但我看見他的臉上只有一片可怕的空白。我轉過身與他們對抗，只有我一個人。

「不！」

堅韌不屈將我推到一旁，猛衝了出去，沒有絲毫猶豫。他身體的全部力量都集中到匕首上，利刃直刺文德里亞。兩個人都倒下了。堅韌不屈將一邊膝蓋頂在文德里亞的胸口上，我只能看見小堅的臂肘抬起又落下，尖刀一次次地扎刺。文德里亞可怕的劇痛在我的意識中爆炸，將我的思維染上一片紅色。他在絕望中將全部魔法集中到一個新的方向上。

不！停下，放下匕首，不，不要殺我，不要傷害我！

他的力量是那樣強大。父親的匕首突然從我的手中掉落。我的心裡只有一個念頭——不要傷害文德里亞。

但小堅完全沒有受到任何影響。文德里亞的魔法根本無法觸及他。他站起身，從文德里亞的胸口拔出鮮血淋漓的匕首，高聲喊道：「只要我活著，就沒有人能傷害蜜蜂！」他已經不是我所知的那個細柳林男孩。他強壯有力，揮舞利刃就如同掄起一把大斧。文德里亞的喉嚨被狠狠割開，鮮血噴出，隨著刀刃甩出一道弧線。他的魔法衰落，徹底消失。而小堅也從那具屍體上跳回來，站到我的面前，一隻手擎舉匕首，另一隻手將我拉到他身後，同時用命令的口吻對我說：「躲在我後面，蜜蜂。」我們的敵人這時陷入了一片混亂。

「為什麼我們會在這裡？」卡普拉嚎叫著。費洛迪已經帶著衛兵準備要逃走了。

「小心！」我的父親高聲喊喝，大步從我們身邊衝過去，彎腰撿起我落下的匕首，另一隻手中緊握著一把短柄斧，徑直衝進了還茫然不知所措的衛兵佇列中，宛如憑空出現在他們中間的猛獸，用匕首和斧頭對抗他們的長劍。我看到他用斧頭掛住一個人的劍刃，壓下那把劍，同時用匕首刺穿了那人沒有盔甲保護的喉嚨。父親必須貼近他們，進入到長劍突刺和揮斬的範圍之內。他的怒火在臉上燃燒，牙齒從口中露出來。我從未見過像他那樣明亮的眼睛。

小堅仍然留在我和戰場之間。「後退！」他大聲警告我。但我喊道：「他們人數太多了！爸爸打不過他們。我們必須幫他，否則我們都會死！」現在衛兵已經包圍了父親，讓他就好像一隻陷進泥裡的靴子。在那些衛兵的身後正在發生另一些事。我聽到一個女人的尖叫聲，不是因為疼痛，而是因為憤怒。她汙穢的髒話響徹了整條走廊。一個男人低沉的喊聲突然打斷了她的咒罵：「丟下他！不要管他了！」

西姆菲的匕首！我急忙從襯衫下面把它拿出來，然後從小壂的手臂下跑出去，衝向費洛迪。那個肥大的懦夫正在繞過戰鬥的衛兵們，想要逃走。也許我也是和他一樣的懦夫，因為我看準他的後背，揮起了刀子。短匕首從他的肋骨上滑下去，讓我覺得自己似乎刺中了一根欄杆。不過我手中的刀刃，很快就在他最短的肋骨和腰之間找到了一個柔軟的地方。我盡可能深地把刀刃插進去，雙手抓住刀柄左右搖晃。當他努力向前掙脫時，我不小心把匕首抽了出來。

和用刀子相比，我還是更擅長咬人。

這時寇爾崔襲擊了我。他張開的手掌拍在我的頭側。巨大的力量讓我的耳朵裡發出一陣咆哮。費洛迪從我面前爬開，發出短促而尖利的嚎叫。我轉頭面對寇爾崔。「妳這個骯髒的小叛徒！」他衝我喊叫著，眼睛裡盡是瘋狂，「妳殺死了西姆菲，還殺死了可憐的親愛的德瓦利婭！」

文德里亞的屍體在他身後的地板上抽搐著。我舉起匕首向他撲過去。他後退躲避，卻被文德里亞絆倒，仰面朝天向後摔去。我向他跳起來，卻被他踢中，雖然只是腳側擦到了我，但還是將我向一旁推去，還擠出了我肺裡的一些空氣。但我絲毫不在意他的掙扎，只是揮手將匕首插進他的肚子，準備用力攪動他賴以維生的各種臟器。狼總是這樣撕裂獵物的肚子。

我刺中的位置太高了。他的胸骨擋住了我的刀刃。我拔起匕首，用雙手抓緊握柄，再一次將匕首狠狠插下去。他用手掌拍打我，但他並不擅長做這種事，德瓦利婭打我的時候要狠得多。我的匕首終於插進了他的身體。我的身子壓在匕首上，竭力把它插得更深。寇爾崔用雙手抓住我的頭髮，提起我的頭。但我的頭不是手，他將我拉開的時候，我也一併拖動匕首。劇烈的疼痛讓他的臉看上去好像一個壞掉的布娃娃。

就在這時，另一把匕首劃過了他的喉嚨。他還不知道自己已經死了，雙唇扭曲著，露出了牙齒。我從他手中掙脫出來時，還失去了一些頭髮。

我幾乎忘了其他人還在我的周圍戰鬥。小堅抓住我的上臂，把我拉回來，向我高聲喊著：「不，蜜蜂，退後！不要受傷！」他另一隻手裡的匕首正不斷滴淌著鮮血。

我的父親還在和三名衛兵纏鬥。他們在努力要打倒他。他在流血，但他不知從什麼地方獲得了一把短劍，口中還不斷發出興奮的吼叫。費洛迪仍然在努力向遠處爬行。衛兵們已經丟掉了他們一直架著的那個人。黑人普立卡站在那個人旁邊，手中沒有武器。在他們兩個和衛兵之間，一男一女兩個人正背對背地協力作戰。那個男人是蜚滋機敏。機敏還活著！一種怪異的顫慄感湧過我的心房，一切都還能挽回嗎？我所有傷痛都能被治癒嗎？我的父親來救我了，堅韌不屈還活著，機敏也還活著？我能不能希望樂惟也活著？我是否敢有這個奢望？

一把劍劃過來，切進我父親的大腿。他怒吼一聲，彷佛完全不會受傷一樣凶狠地揮起短劍，刺中那個人的肋側，劍刃幾乎刺穿了他的脊骨。當另一名衛兵揮劍向他頭頂劈來時，他拔出短劍，俯身躲避。「幫助他！」我喊叫著。但堅韌不屈把我拉了回來。

「不能讓他為妳擔心！」小堅喊道。但在電光火石的一剎那，我父親的眼睛還是轉向了我。這時我聽到卡普拉尖叫著：「保護我、保護我！撤退，保護我！」她已經逃出戰場，正靠在走廊的牆壁上，雙手緊抓著被染紅的肚子。還能夠戰鬥的五名克拉利斯戰士同時從他們的敵人面前退下來，環繞在她的周圍。卡普拉伸手抓住一名衛兵，讓他承擔自己的體重，幫助她一瘸一拐地向遠處逃跑。另外四個人並排面對著我們，舉起手中長劍組成一道利刃牆壁。卡普拉這時一頭栽倒，她身邊的戰士急忙抱起她，就像抱著一個小孩一樣繼續奔逃。衛兵們逐漸從我們面前退開。費洛迪哀號著向他們求救，一名衛兵抓住他的手臂，將他拉起來，拖著他踉蹌地逃往遠方。

我的父親站在原地看著敵人撤退，不住地喘息。染血的劍刃慢慢在他手中低垂。機敏要追上去，但那個女孩喊道：「不，讓他們走吧！」機敏聽從了她。

卡普拉的撤退拯救了我們。隨著弧形走廊遮住敵人的身影，我的父親蹣跚著走到一旁。小堅離開我，跑到他身邊，扶著他坐到地板上。我的父親氣憤地咒罵著，抓住大腿。鮮血還不斷從手指間湧出來。我跑向父親。小堅正在撕下他的襯衫。這不是好繃帶。我將手臂從袖子裡退出來，把袖子伸到小堅面前，對他說：「割下它們！」小堅吃了一驚，但立刻就照我的話做了。

「蜜蜂！」機敏也高喊著來到父親身邊。他低頭看著我，我抬頭看著他。他的臉上全是斑斑點點的血跡，我能看出那不是他的血。他的樣子看上去很糟糕，我想我知道是為什麼。

「你想要殺死我，對不對？這是文德里亞的魔法，不是你的錯。他能夠讓人們服從他的意志，就連我也抵抗不了。」

我的父親用沙啞疲憊的聲音說：「那就像是精技，但又不是精技。我從未見過這種使用魔法的方式。」我聽到他嚥了一口唾沫。「他怎麼會這樣強大？」

「他們給了他一種用海蛇涎液做成的藥劑，那讓他變得非常強。我的牆壁幾乎沒辦法抵抗他。」

「我根本無法守住精技牆。如果不是堅韌不屈……」

「我什麼都沒有感覺到，」小堅說，「我還以為你們都瘋了。」他幾乎是有些鬱悶地喃喃說道。他跪在父親身邊，「我們要割開傷口上的衣服。」

「沒時間了，」機敏說，「火勢還在蔓延。」他跪下去，從小堅的手裡拿過我的袖子，將它緊緊綁在父親的大腿上。當他將袖子打成死結，我聽到父親在呻吟。那只袖子很快就變成了紅色。然後我不認識的那個女孩走過來，小親親癱軟地靠在她的肩膀上。「他們都走了，逃掉了。」女孩正在對小親親說話。鮮血從小親親的嘴角流出來，他的臉上滿是瘀傷，但他只是說道：「蜜蜂！妳還活著！」他向我伸出爪子一樣的雙手，其中一隻手戴著手套。我向後縮去。

「蜜蜂，他不會傷害妳。」普立卡平靜地說道。

我幾乎忘記了普立卡。「他永遠都不會傷害妳，」普立卡平靜地重複著自己的話，「妳是他的女兒。」

小親親將戴手套的手伸向我，手心朝上，「蜜蜂。」他只是用含混的聲音說著我的名字。我從他面前向後退去。「我不能。我碰到他的時候，他讓我看到了許多事。我不想再看到那麼多事情了。」我說的是實話。

「我明白。」小親親哀傷地說著，放下了雙手。

「蜜蜂，他的一隻手上戴著手套，妳不會碰到他的皮膚。」堅韌不屈非常溫和地說，「他走了很長的路來救妳。」小堅的聲音讓我想起很久以前，他曾經對我說：「我要為妳將牠準備好嗎？」那時我還很害怕騎馬，他卻要給我的馬上鞍，但我已經不是那個小女孩了。我向旁邊望過去，看到我父親的表情。

我仍然握著西姆菲的匕首。我擦淨那把匕首上的血跡，將它收回到褲子的腰帶裡，「我給過你一粒蘋果，」我低聲說，「你還記得嗎？」

他的嘴唇抖動了一下，「我記得。」淚水從他的眼睛裡湧出來，滾落臉頰。

「哦，蜜蜂，他們都對妳做了什麼？」機敏問我，他正在端詳我的臉，我的傷疤顯然嚇到了他。

我不希望他們提起這件事，不想讓他們再問起任何與此有關的問題。我看著躺倒在地上的衛兵屍體，鮮血正積聚在這些屍體的周圍。那個女孩在屍體之間走動，顯然是在尋找著什麼。我看到她從一個死人手中取下一把劍。寇爾崔仰面朝天躺在地上，全身是血，一動不動。我也曾出力殺死他，對此我毫不在意。我希望費洛迪也會死掉。我能聽到叫喊聲和雜亂的碰撞聲不斷從遠處傳來。無論是什麼都阻擋不了熊熊火焰。我真的是毀滅者嗎？「我們需要離開這裡，」我提醒他們。難道他們不明白，我們不能在此地久留嗎？「我放火燒了圖書館。現在已經到處都是火了。」

「圖書館？」小親親虛弱地說道。他盯著我，彷彿剛剛遭受了致命的打擊，「妳燒掉了克拉利斯的圖書館？」

「它們需要被燒掉。只有燒掉窩巢，才能殺死黃蜂。」

我說起我舊日做過的夢，而他的眼睛睜得更大了。

「毀滅者來了。」普立卡低聲說道。

小親親看看我，又看看我的父親，然後又回頭看著我。「不，不要是她。」

「是的。」我收回碰觸他的手。他不會想要知道現在的我。「蜜蜂。」他說道。但我走向了我的父親，我手扶著他的衣袖。

「我們現在必須離開這裡。如果可以的話。」

我的父親試著站起來，同時努力向我露出微笑。「我知道，我們要走了。但首先，這裡還有更多像文德里亞的人嗎？」

「我想，應該只有他一個。而且他們也沒有很多海蛇藥劑了。不過我覺得他們一直在這件事上彼此說謊。」他們有可能製造出另一個文德里亞嗎？

「海蛇藥劑？」小親親問道。他已經靠近到我們身邊。普立卡站在他的身旁。

普立卡用他低沉渾厚的聲音說：「我也聽到過傳聞。那就是他們給文德里亞喝的東西？它是用海蛇的分泌物濃縮而成的。我知道海外有一座島嶼，龍族曾經一直在那裡產卵。從卵中孵化出的海蛇會直接游進海裡。那座島上還居住著一些非常特別的生物。有時候，他們會捕捉一、兩條海蛇囚禁起來。」

我看著我的父親，他的一隻手沉重地放在機敏的肩膀上，當他強迫自己站起身時，粗重的呼吸聲讓我感到非常擔心。一開始，他的腳甚至無法碰到地面。然後，他努力站穩雙腳，試著讓它們撐起自己的體重。他繃帶上的紅色變得更深了。「我們需要離開這裡。火焰首先會燒光建築物的上層，然後上面的一切就都會砸在我們頭上。我們要出去，離開這座島。」

「也許這裡不會坍塌。」普立卡說，「這座堡壘的結構非常牢固，它經歷過許多次浩劫。這已經不是第一次被火焰包圍了。」

我的父親似乎沒有聽普立卡的話，所以我也沒有理睬他。我們開始行動。我一直緊靠著父親。他每次邁出受傷的腿，都會發出沉重而短促的喘息，但他仍然走在最前面，只是腳步很慢。

「你們應該把我留在後面，」他說，「帶著蜜蜂奔向大門。」

「直接衝向他們的衛兵？」火星問他。

「我們不會丟下你。」小堅平靜地說。

「先生，這裡有沒有能夠離開城堡，卻沒有衛兵看守的通道？或者我們可以混在逃跑的人群中出去？」火星問普立卡。她又低頭瞥了一眼我父親的腿，對我說：「我們需要妳的另一邊衣袖。」

普立卡搖搖頭。「這座堡壘被設計得易守難攻，同時也很難逃出去。整座堡壘只有三個出入

口。那些逃離火災的人會從主樓梯下去，趕往那些出入口。」

我將另一隻手臂也退到襯衫裡，把垂下來的袖子遞給火星。火星一邊走一邊割斷袖子。她的匕首輕易就劃過了布料纖維。「等一下，」她對我的父親說。父親停住腳步。她跪下去，在他滲血的繃帶上又綁了一層。父親臉上掠過一絲苦楚。

「我們走。」父親喝令一聲，跛著腿繼續前進。

「你們是怎麼進入克拉利斯的？」普立卡好奇地問。他走在我父親旁邊，小親親走在他身旁。我認為他想要握住我的手，但小堅牽著我，於是小堅放開我，同時低聲說：「我走在前面。我們需要有一個人先去查看走廊拐角對面的情況，弄臣會照顧妳。還有火星和機敏。」他將我的手放到小親親戴手套的手中。我放開了他。隨後他便快步向前跑去，同時身子緊貼著弧形走廊的內圈。我抬頭看著小親親。他也低頭看著我，給了我一個謹慎的微笑。這讓他滿是傷痕的臉出現了一陣波動。我無法回以微笑，於是讓自己的雙眼跟隨著小堅。

「我們是在落潮時從汙水槽進來的。現在應該已經漲滿海水了。在傍晚之前，那裡都無法使用。我不認為這場火能夠給我們那麼長時間。」

機敏問普立卡。「你是否知道堤道下面有一條祕密隧道？弄臣相信他就是從那條隧道中被帶出克拉利斯的。」

我們一直在前進，但速度並不快。零散的衛兵屍體堵住了走廊的道路。走出戰場之後，我們在曾經一塵不染的地面上留下了一串串紅色的腳印。小堅在我們前面擔任偵查任務。他緊貼在牆邊，小心查看弧形走廊遠處的動靜。現在他一隻手拿著一柄短劍，另一隻手握著他的匕首。他讓我想到了一頭正在狩獵的小猛獸。我有些想知道，我自己是不是也有著和他一樣的變化。當他從我的視野中消失的時候，我屏住了呼吸。我想要他回來，要他馬上回來。

小親親走路時也頗為吃力。他的另一隻手搭在那個女孩的肩膀上，女孩手中拿著搶來的劍和一把匕首。「你在流血。」我對女孩說。

她甚至沒有向自己前臂的傷口看一眼，只是低聲說：「血會自己止住的。」她向我露出微笑，「你好，蜜蜂。我是火星。我走了很遠的路來和妳相會。」

普立卡正在說話：「那條隧道非常古老，是一位皇帝在最初建造克拉利斯城堡，並將這座半島挖成島嶼時開鑿出來的。當我還是個男孩，生活在這裡時，這條隧道並不是什麼祕密。在那段歲月裡，僕人的生活很簡單，沒有人需要衛兵和祕密的逃生通道。我知道，小親親是從那條隧道裡被送出去的，因為他們要瞞著卡普拉，而且也要讓小親親以為他是暗中逃出了克拉利斯。」他看著小親親，又說道：「他們非常喜歡將其所作所為告訴我。他們是如何破壞你的身體，讓你變成殘疾，讓你承受的每一分痛苦。即使你已經不良於行，他們也知道你一定會去找他。他們一直跟著你，就像跟蹤獵物的狗。他們沒有真正幫過你，只是確保了你不會半路死掉。現在這些你都已經知道了，對不對？」

「我那時就猜到了。」弄臣用低沉的聲音說，「但我沒有別的路可走。」

他就是那個領著他們找到我的人。而現在，他還握著我的手。我在心中記下了這一點情報。

「那麼，堤道下的隧道呢？」火星有些不耐煩地催促普立卡。

「那是一條非常古老的隧道，可以一直追溯到克拉利斯剛剛成為一座島嶼的時代。在這裡建造城堡的皇帝希望有一條祕密通路，以免城堡被外敵攻陷的時候他只能束手就擒。他們在挖斷半島的時候，從多石的泥土中挖出一條深溝，又將這條溝覆蓋起來，在上面鋪設了堤道。在他們用這條隧道將小親親運出地牢的時候，隧道已經破敗了。當海潮覆蓋堤道，隧道中會滲進海水，或者被海水充滿。這被當做一個『祕密』，是不能談論的。」普立卡的臉上露出嚴峻的微笑。

火星皺起眉頭。「那麼隧道的位置比汙水槽更高嗎？還是更低？」

「更高。」普立卡搖搖頭，「他們放走小親親是多年以前的事情了。現在隧道可能已經坍塌了。在小親親『逃走』以後，卡普拉極為惱怒，派人用磚塊封住了那條隧道。」

女孩的聲音中流露出笑意：「磚塊擋不住我們，只要你知道它在哪裡就好。」

我們聽到遠處傳來坍塌的聲音——後方和上方都有。我們全都打了個哆嗦。我的父親拖著傷腿走得更快了。

小親親的聲音輕柔冷淡，卻又帶著一種恐懼感。「普立卡，你怎麼知道這麼多克拉利斯的事情？」

黑人發出一聲苦笑，「我沒有出賣你，小親親。你離開之後，他們相信已經從我這裡得到了所需要的一切，沒有必要再對付我了，我也因此獲得一個更好的宿處，不必再遭受折磨。我寫下我的夢，他們將我的紀錄拿走。有幾次，他們曾想要誘導我參與他們的繁殖計畫。我的夢和我的種子對於他們來說都是有價值的。一名值夜的衛兵被安排來引誘我，不過我們反而成了朋友。她向我提供訊息，但僅限於她對克拉利斯的瞭解。四聖絕不鼓勵這裡的人知曉外部世界的事情。對於生下她的白者，克拉利斯就是他們知道的一切。」

小堅跑回來，臉上帶著慌張的表情。「我們不能從這條路出去。」他啞著嗓子悄聲說道，「前面是一道很寬大的樓梯。許多人正從上面跑下來。他們聚集在樓梯底部、大門前面，就像被趕進圍欄的牛群。那條路是出不去的，正門已經被鎖上了！我沒辦法走到那群人前面，許多人在那裡胡亂踩踏、推擠，不停地撞著大門。」他吃力地喘了一口氣，「我跑過他們，去了另一條走廊。在那裡看見一隊衛兵。他們正在打開每一個鎖住的房間，進行搜查。我相信他們一定是在找我們。他們看見了我，但我逃掉了。他們沒有追上來。我覺得他們只是把我當做一個僕役，不過應該很快就會到這邊來了。」

我在他喘氣的時候說道：「他們是在找我。文德里亞說，他會將這個念頭烙印在那些衛兵的意識裡。他們不會停下來，除非能找到我，殺死我。」

很長一段時間裡，都沒有人說話。我只能聽到遠處人們在奔竄中發出的模糊聲音。小堅收起匕首，牽住我的手。

我的父親說話了，但他的話音好像完全是另外一個人，一個只想到下一步必定會發生什麼，毫無情緒，只有冰冷思考的人。「弄臣，帶我們回到地牢去。」

做出回應的是普立卡。「再向前走兩道門就是了，就在我們的左邊。我也必須回那裡去。當

文德里亞用魔法影響我們的時候，我們丟下了那些還被鎖在牢房裡的囚犯。」他的聲音漸漸弱了下去。

我的父親不耐煩地說道：「被磚封住的隧道入口就在那裡嗎？」

「是的，也在那裡。就在下層地牢裡。」

「我們需要到那裡去，同時守住通向那裡的門戶，要搶在那些衛兵過來以前。跑！」我的父親命令道。我們跑了起來，但他的傷腿沒辦法跑得很快。

我們到達第二道門前，機敏打開它。普立卡衝進去，一下子就看不見了。

我的父親抓住機敏的肩膀，「機敏，守住這道門，還有通往下層牢房的那一道。用你能找到的一切東西堵住樓梯。小堅和弄臣，用你們的生命保衛蜜蜂。」他從肩頭拿下一條帶子，帶子上有一些小口袋，裡面放著一些東西。他從小口袋裡取出三只罐子。「火星，拿著這些。讓普立卡指引妳被磚塊砌築的隧道口。如果沒有其他辦法，就炸開隧道口，帶蜜蜂回船上去。」他將罐子放進火星的臂彎裡。火星抱著它們，就像是抱著一個嬰兒，同時她抬起頭，睜大眼睛看著父親。父親這時又對我說道：「蜜蜂，聽機敏和弄臣的話，服從他們。他們會帶妳去安全的地方。」

「但是蜚滋……」小親親用顫抖的聲音說道。

「沒有時間爭論了。守住你對我的承諾！」我的父親用我從不曾聽到過的嚴厲聲音說道。

小親親喘息的聲音彷彿是在哭泣。

「爸爸，」我抓住他的袖口說，「你向我承諾過！你說過你再也不會離開我了！」

「抱歉，蜜蜂。」他看著我們所有人，「我很抱歉。進去，快。」在最後一刻，他伸出手，按住我的頭頂。我不認為他能想到這一碰會發生什麼。我們的接觸穿透了彼此的牆。我感覺到了他，感覺到他對自己的失望。他不相信他配得上擁有我、配得上碰觸我，說一聲他愛我。因為他身為我的父親，卻這樣嚴重地辜負了我。這讓我感到震驚。這就像是在他的精技牆以外又有一堵牆將我隔開。這堵牆阻止他相信任何人會愛他。

狼父親對我們兩個說道：如果你沒有愛她愛得這麼不顧一切，也不會有這樣可怕的感覺。你對她的愛沒有任何侷限。我們要為我們的小狼感到驕傲。她一直在戰鬥，她很擅長獵殺，她會堅強地活下來。我感覺到狼父親從我身上跳到了我的父親身上。我聽到牠在和我道別。跑，小狼。我們曾經一同戰鬥，就像陷入絕境的狼群。跟隨沒有氣味的人，他是我們的一部分。你們要保護彼此，如果有必要，妳就要為他而殺敵。

隨著狼進入父親體內，我感覺到他們連結在一起的喜悅。他們將傲然屹立，奮力衝殺，不只是為了我，而是因為這是他們喜歡的事情。是他們一直都喜愛去做的。我的父親挺直了身子，他們兩個一同透過他的眼睛看著我。那目光中有困惑、有驕傲，還有對我的愛，所有感情都不受控制地從父親身上散發出來，就像從他的傷口中不斷滲出的血。他們的感情浸透了我、充滿了我。父親的手離開了我的頭。他是否知道他向我顯露了多少？他是否明白在那一段歲月中，狼父親一直在我這裡，現在已經回到了他的身體中？

他輕輕地將我的手從他的袖子上拉開，對我說道：「機敏，請帶著蜜蜂，帶著弄臣，帶著他

們所有人，帶他們平安回家。這是你能為我做的最好的一件事。快！」他輕輕一推我，讓我離開他。然後他從我們面前轉過身，彷彿是確信我們會服從他的命令。

他開始拖著傷腿向遠處走去。

「為什麼？」我向他喊道。我很憤怒，憤怒得哭不出來，但淚水已經流出了眼睛。

「蜜蜂，我留下了一條帶血的足印，就連小孩子都會追蹤這道足印。小堅看到衛兵們正在搜查房間，馬上就會過來。我要確保讓他們在找到妳之前先找到我。現在，跟著機敏。」他的聲音中有著可怕的疲憊和哀傷。

我回頭看看他走過來的路。他的血腳印在乾淨的地板上異常明顯。他是對的，而這只會讓我更加憤怒。

機敏站在敞開的門旁邊。「小堅、火星，帶他們進去。我和蜚滋在一起。」

「不，機敏，不許過來！我需要你和他們在一起，需要你的劍保護他們，需要你的力量擋住這道門。」

小親親沒有動，他用非常輕的聲音說道：「這種事我可做不到。」

我的父親轉頭看著他，向他咆哮道：「你承諾過！」他抓住小親親的襯衫前襟，把小親親拉到面前，「你向我承諾過。你說過在她和我之間，你會選擇她的生命。」

「不是這樣的，」小親親哭喊著，「不是這樣的！」

突然間，我的父親緊緊擁抱住他，一邊將他緊抱在懷裡，一邊說：「我們沒辦法選擇事情如何發生。只有你必須救她，而不是我。現在，走吧，走！」他將小親親推開，「你們所有人，走！」

他轉過身，一步一跛地離開我們。他的手在牆壁上留下了血紅的印子，白色的地板上是他同樣的紅色腳印。他沒有再回頭。當他來到一扇門前，他停住腳步。我們全都僵立在原地，看著他。我看見他從口袋裡拿出一樣東西，在門把上扳動了幾下，片刻之後就將門推開。就在他走進去之前，他又回頭看了我們一眼，朝我們憤怒地一揮手，用唇形向我們喊出一個字：「走！」

然後他就消失了。我聽見他鎖住門的聲音。如果我們藏在那個房間裡，當然會把門鎖死。門外的地板上全是血跡，牆上和門上都是他的血手印。衛兵們會以為我們被逼進了絕境。

「進去。」機敏用陰沉凶野的聲音說道。他抓住我的肩膀，將我推向小親親。我麻木地跟著小親親。小堅來到我身邊。我聽到他吸了一下鼻子。我明白，我也在哭泣。隨著門扇在我們身後緊緊關閉。小堅用沙啞的聲音說：「蜜蜂，我很抱歉，但我是唯一不被需要的人。火星會使用火藥罐，普立卡知道隧道的位置，機敏很強壯，善於用劍，弄臣做出過承諾。還有妳……我們來到這裡就是為了救妳。但我呢？我只是一個拿著匕首的馬僮。我可以留在蜚滋身邊，幫助他。」他又吸吸鼻子，「火星，快，去為我打開那道門。」

「機敏？」火星不確定地問。

「就這麼做吧，」機敏嚴厲地說，「畢竟他只是一名馬僮。」他清了清嗓子，「一個擊殺了埃里克大公、拯救過蜚滋生命的馬僮。一個曾經與蜚滋一同面對巨龍女王的馬僮。去吧，小堅，一

定要讓他知道是你。當你殺死那些衛兵之後，把他帶回來。連敲兩下門，然後再敲一下，我就會打開這道門，而且不會殺死門外的人。」

「是，先生，」小堅說道。他看著我，「再見，蜜蜂。」

我擁抱了小堅。我已經很長時間沒有擁抱過任何人了。而有一個人也會擁抱我，會對我這樣溫柔，這種感覺更讓我感到奇怪。「謝謝你殺死埃里克，」我對他說，「他是一個可怕的人。」

「非常樂意為您效勞，蜜蜂女士。」小堅說道，聲音只有一點點顫抖。

普立卡正在等我們。「這個小子很可怕。」他評價道。

機敏說：「這是因為他既聰明又勇敢。去吧，小堅。」

「用不著你廢話，」我聽見火星在氣惱地嘟囔，「小堅，快！」但就在她轉過身的時候，卻伸手摸了一下機敏的臉頰，接著和小堅就跑了出去。

我和小親親一起站在一個昏暗的大房間裡。在我們頭頂上方，有什麼東西塌落，撞得屋頂不住地搖晃。一些刷在牆上的塗料變成碎片撒落下來。小親親低頭看著我，輕聲說：「毀滅者。」

我不知道這是讚揚還是譴責。「到樓梯下面去。」機敏低聲說道，之後他在我們身後關上了門。

36 驚喜

不，我不能同意你的建議，這份工作不應該留給其他人。你和我，現在只有我們兩個擁有必要程度的知識，能夠理解這些精技石柱，並對它們進行正確分類。精技女士蕁麻出於過分的謹慎，取走了我從艾斯雷弗嘉帶回來的一袋記憶石柱。她將那些立方體交給了一名年輕的精技助手和一隊精技學徒。她為這些學徒安排的任務應該是在極短時間內，從每一個方塊中進行訊息取樣。這是為了教導他們如何使用記憶石柱，也是為了讓他們理解進入精技洪流所需的約束，以及必須在有限時間內離開精技洪流。這樣，每一個立方體中儲存的內容都得到了確定，無論那是音樂、歷史、詩歌、地理，還是其他知識類別。每一個立方體都會得到定義，並依照次序得到妥善收藏。

但我認為這種「極短時間取樣」是不夠的。你和我全都很清楚，一首詩歌可能是一段歷史；而一段「歷史」卻很可能是一段充滿吹捧意味的杜撰文字，只不過是為了應和某一位君主的虛榮心。只有你和我才是試驗這些立方體的合適人選。我們能夠清晰地記錄立方體中的內容，闡明它們都收藏了什麼資訊，能夠按照正確的次序儲存它們。這不是一個可以留給沒經驗的學徒去完成的任務。僅對這些立方體「取樣」就進行甄別肯定是不夠的。我知道，這些立方體中的資訊廣博浩繁。所以更應該對每一個都進行徹底探索，而只有具備淵博知識基礎的人，才能完成這一工作。

——切德・秋星寄給細柳林的湯姆・獾毛的信

我拴住房門，靠在門上。為什麼他們要讓我連做一個選擇都這麼困難？他們以為我想這樣做嗎？要我再一次離開蜜蜂？我不想滑倒在地板上，但我還是這樣做了。傷口很痛，不過我還不至於會倒下。

我感到一陣頭重腳輕。我的身體要求我休息，要求我睡覺。經過了這麼多年，我已經很熟悉它侵略性的自我治療方式了。我全身的注意力和資源都在向腿部的這道傷口集中，就好像我會感覺不到它一樣。

它到底有多嚴重？

流血減少了。不要碰它。

「你這段時間一直都在哪裡？」我聽到自己在悄聲說著。

和小狼在一起，盡可能幫助她。不過大多數時候都失敗了。

她還活著。所以你成功了。如果你回到她身邊，她會更安全。

如果我們拖住獵人，她才會更安全。我們要盡可能殺死更多獵人。

我為自己留下了兩個切德的火藥罐。我解開腰帶，拿出那個有了裂縫、我修復過的火藥罐。我又把它放回去，選了最後那個完整的。這一個有一條藍色的引線。切德說過，這種長引線燃燒時間很慢。我不確定是否想讓它緩慢燃燒，也不清楚要用它做什麼。它到底會有多慢？

我知道衛兵會來。我要做好準備。

我向這個黑暗的房間掃視了一圈。這個房間很小，也許是一間私密的會客室。在牆上高處有兩扇小窗戶，沒有其他門戶。一點水灰色的光線告訴我，外面已是破曉時分。在我的眼睛適應了環境之後，看見一張桌子和桌邊的兩把舒適的高背椅。在這張桌子的正中央，有一盞用玻璃做成的罐狀小油燈，上面描畫著各種花卉。這是一個舒適宜人的房間。刺客的理想埋伏地點。

我站起身，動作很慢，仍然因為疼痛而低聲咒罵，但我還是站起來了。我將背包放在桌上，打開它。背包最上方就是卡芮絲籽的紙包，裡面的卡芮絲籽只剩一點點了。我將它們倒在手中，拋進嘴裡、咬碎，同時又拿出了火磚。卡芮絲籽的興奮感流過我全身。很好。我從油燈裡拔出大部分燈芯，把它放在火磚上。火磚立刻開始發熱。很快，燈芯就開始引燃。我伸手到肩膀後，拿出腰帶裡的火藥罐，拔掉上面的蓋子，露出引線。

有人在撬門鎖。沒有時間了。我本來計畫先點燃油燈，以備隨時點燃引線。現在我拉出火藥罐上的引線，將它直接放到火磚上。一點火星幾乎是立刻就從引線上跳起來，然後又是一朵火苗躍起，很快又熄滅，只在引線上留下了一個穩定的紅色光點。門鎖又抖動一下，開始旋轉。我將火磚放在更靠近火藥罐的一段引線下面，勉強站直身子，重重地倚靠在桌子上。我的劍不夠長，無法支撐身體。我將更多重量放在傷腿上。它彎曲下去，我按住了桌面。人可以忽略疼痛。但是當身體變得虛弱時，決心也會變得沒有用處。我向門口跳去，想要藏在門後，在他們進門時不要被發現。等他們全部進來，我再關上門，將他們困在這裡，直到切德的小罐子噴出烈火。

我在門扇打開一道縫隙時來到了門口。靠在牆上，屏住呼吸。

他走進來，火星越過他的肩膀向屋裡看了一眼。我沒有時間責罵他們，而是立刻衝向了火藥罐。火星顯然也看見了引線，就在我像被砍伐的樹一樣倒下時，她越過我，將火磚從引線下移開，又將它翻過來。然後她看了看引線頭部穩定燃燒的亮點，說道：「我們還有足夠的時間。小堅，扶他起來，我們可以在爆炸之前沿著他的血跡離開這裡。」她向我點點頭，「這個計畫不壞。」她拖來一把椅子，讓椅背擋在桌面和門口之間，「不要讓他們發現異常，有所警覺。」

「蜚滋？是我，是小堅。不要殺我！」

我想要找一個理由和她爭論，小堅卻已經將我的手臂扛在肩膀上。他站起身，把我拖向門外。這個小子愈來愈強壯了。火星摸了摸火磚，將它拿起來。「已經亮了。」她說道，「古靈魔法，真是神奇的寶物。」然後她俐落地在我的袋子裡重新放好火磚。我還想出言反對，但她又拿出了最後一個火藥罐。「我不是傻子。」她一邊說著，將火藥罐豎直放到冷卻的火磚上，又把袋子掛在我的肩頭。「好了，走吧。」

我們向屋外走去，但速度比我希望的要慢很多。我靠在小堅身上，只有一條腿能用力。火星扛起了我持劍的手臂。她還沒有足夠的身高能夠頂替我受傷的腿。她將屋門在我們背後關好，喃喃地說道：「真希望我還能有時間把門鎖上。」我看到旁邊的門打開了，機敏探出頭來，不由得心中一沉。火星不耐煩地揮揮手。機敏又輕輕關上門。我竭力讓自己移動得更快一些。

有節奏的奔跑聲從遠處傳來。

「放下我。快逃！」我命令他們。

沒有人聽我的話。「快，」小堅說。

火星回頭瞥了一眼。「不。停下來，等他們過來！」

「不！」小堅表示反對，但火星已經將我的手臂壓緊在她的肩頭上，我發現自己正在以好腿為支點，隨著她一起轉回去。

「妳在幹什麼？」小堅喊道。

「相信我！」火星悄聲說著，「把劍準備好。」

我吃力地舉起手中的劍，同時警告小堅：「讓開！」終於，他服從了我的命令。我不能走路，但還能保持身體的平衡——至少在不動的時候可以。

「埃爾的蛋啊！」小堅哽著喉嚨說，「他們有弓箭。」

「他們當然會有。」火星露出壞笑。

他們在我們的揮劍範圍之外停住腳步，一共是十個全副武裝的高大戰士。四個用弓箭，六個用長劍。他們的頭領喝道：「卡普拉要活捉中間那個男人！射死另外兩個！」

「跑。」我對他們說。

「躲到蜚滋身後。」火星抓住小堅，把他拖到後面。她自己也躲到了我身後。「堅持住，」她悄聲說道，「不用太長時間。穩住。穩住。穩住。」

弓箭手成扇形排開，向我們逼近。我不可能一直擋住他們的射擊角度。他們終究會殺死火星和小堅。

「穩住。穩住。」火星悄聲說。

走廊側面的門和牆壁撞在那些弓箭手身上。我則向後飛去，倒在我的同伴身上。在下一個瞬間，天花板塌落下來，燃燒的木頭和石塊紛紛掉落。灼熱的空氣讓我窒息，熱灰刺痛了我的皮膚、遮住我的眼睛。我的耳朵裡只有一陣令我麻木的咆哮。我感到臉被燒痛了，用袖子抹抹眼睛，又眨了眨眼，以為自己會看到敵人衝過來，但我還是什麼都看不見。淚水不停地從我的眼睛裡流出來。我緩緩坐起身，小堅和火星從我身下爬出來。被霧氣籠罩的走廊中只能看見破碎的牆壁，坍塌的天花板和冒著煙的木樑。我感覺到各種碎屑還在像下雨一樣落到我的身上。

火星說了些什麼。

「什麼？」

「效果不錯！」她喊道。

我點點頭，發現自己露出了一臉傻笑。「的確不錯。我們走！」小堅扶著我站起來。他的臉被熱浪熏得通紅，不過他仍然滿臉都是微笑。我感覺到有什麼東西叮著頸後，便伸手拍了一下。我打掉了一枝飛鏢，不由得吃驚地看著它。而火星已經高聲喊道：「小心！還有更多敵人。舉劍！」

切德的火藥罐保護了我們，卻讓我們沒能聽到身後輕快的腳步聲。十名衛兵從後面包抄過來，組成了我最擔心的鉗形攻勢。

跑在最前面的四名衛兵將箍黃銅的長管舉到唇邊。如果他們吹響號角，就會招來更多衛兵。必須先殺死他們。像被逼到絕境的狼一樣戰鬥！我很同意夜眼的話。我舉起手中的劍，和小堅一起怒吼著衝向敵人，不能讓那些人吹響號角！又是一大片燃燒的天花板坍塌下來，將小堅震得跪倒在地上，也讓我不得不向一旁跳去。那些衛兵被迎面撲來的熱浪吹得搖搖晃晃。我沒有聽見號角聲響起，是我被震聾了嗎？但我感覺到身體被一樣小東西撞了一下，低頭去看，發現一支飛鏢正掛在我的馬甲背心上。火星從她的頭髮上甩掉了另一支飛鏢。我跳起來，身上的飛鏢隨之落下。我無力地揮起短劍，劍刃砍中了一個人，但我又向旁邊踉蹌一步，不支倒下。小堅跳起身站在我前面，高喊著揮劍戳刺。火星也衝過來，一邊尖叫一邊攻擊。

通向地牢的門就在那些衛兵身邊打開了。我沮喪地吼了一聲。他們暴露了自己！我們全都要死了。

但殺出來的不是機敏，而是手持匕首的蜜蜂。

她用匕首指向那些衛兵，但那不是她真正的武器，她睜大眼睛瞪著他們。逃走，逃走，逃

走！害怕，害怕，逃走，逃走！

惟真的力量，只是沒有惟真的智慧和控制能力。我用力豎起精技牆，對抗她狂野的精技。小堅驚愕地盯著我們的敵人丟下武器，轉身逃走。我拚命衝向前，勉強抓住了火星的一隻腳踝。火星被我絆住，重重地摔在地上。但她馬上又伸出雙手，想要從我身邊爬開。「蜜蜂，停下！火星，不是妳！妳不要逃走，火星。」

火星，我不是指妳！

蜜蜂不知道如何關閉她的力量。火星像被魚鉤掛住的魚一樣跳動著，然後，她又睜大著雙眼，一動不動。就像惟真一樣，蜜蜂能夠影響那些精技能力非常低、甚至從不曾察覺自己有這種能力的人。我的國王曾經用這種能力說服船長們調轉船頭離開六大公國，或將他們的紅色戰船直接撞到礁岩上。現在我的女兒讓戰士們掉頭逃跑，還嚇暈了她的戰友！

「進去，」我對他們說，「小堅，帶著火星。」我單腿跳到門前，小堅則扛著火星的手臂，把她拖過來。「進去，蜜蜂！」我的女兒抵住敞開的門扇。機敏探出頭來。

「出了什麼事？」機敏的臉完全被嚇白了。他的聲音小得如同耳語。

「一個火藥罐炸塌了天花板。蜜蜂能夠操控很強的精技。你感到的恐懼都是來自於她！但她不知道如何集中力量對準目標。她嚇跑了一支巡邏隊，但是如果他們能恢復神智，就會知道我們在哪裡。」

「很抱歉，蜚滋！普立卡已經指出了被磚砌築的隧道口。我本來是要蜜蜂留在那裡的。」他

扛起我的手臂，把我拖進了門。

「我的父親需要我。」蜜蜂說。

「蜜蜂讓他們逃走了？」小堅問道。他將火星放到地上，回身關緊門。我們站在一片寂靜的衛兵室內。我的耳朵還在嗡嗡作響。

「火星？」機敏驚呼一聲。他的神智一恢復，心立刻就提到了喉嚨口。他跪倒在火星身邊高喊道：「她哪裡受傷了？」

「她受到了精技震撼。我相信她再過幾分鐘就能恢復了。蜜蜂，沒有人生妳的氣。妳救了我們的命。過來，好了，過來！」

小堅沒有理睬我們，只是推動桌子頂住門。我躲開他拋向門板的椅子，跛著腳向蜜蜂走去。蜜蜂退到房間的一個角落裡，羞愧地用雙手捂住臉。「我不是想要傷害她！現在他們知道我們藏在哪裡了！」

「不，妳救了我們！妳救了我們所有人！」

她向我撲過來。在那一瞬間，我用雙臂抱住我的孩子，她也緊緊地抱住了我。她相信我能夠保護她。在這一刻，我覺得自己像是一位好父親。弄臣沿著樓梯走上來，問道：「出了什麼事？」

「到下面去。」機敏命令道。他已經將還在暈眩中的火星拉起來。火星睜大著眼睛，看上去顯得很困惑。我相信這是一個好跡象。

一片片牆面塗漆還在不斷落下來，我們頭頂上方的天花板裂縫正在逐漸加寬。「如果房頂掉下來，我們就要被困在這裡了。」我提醒機敏。

「即使塌陷的房頂沒有封鎖住外面的走廊，我們也不可能殺出衛兵的包圍，從大門離開。這是我們唯一的機會，無論它有多麼小。來吧。」

我不喜歡這樣。

我也不喜歡。

弄臣過來扶我，幫助我下樓梯。機敏緊緊抱住火星。小堅用最後一把椅子頂住那一堆家具，隨後也跑了過來。

「妳有魔法？」小堅問為我們打開門的蜜蜂。

「很高興你沒有。否則我就會讓你從我們身邊逃走了。」只是一瞬間，一絲微笑從她的臉上飄過。那張滿是傷痕的小臉上露出的是莫莉的微笑。我的心都碎了。

「我絕不會逃走。」男孩向她保證。小堅的笑容很燦爛，這是蜜蜂唯一看見的。

在我身後，房頂的一角塌了下來。刺鼻的濃煙隨之湧進來，通向外面的門也被封住了。我感覺到一陣熱浪將蜜蜂和我向樓梯推過去。小堅在我們身後關上門。「好了，我想我們不必害怕任何敵人從那個方向殺過來了。」他幾乎是有些歡快地說道。我沒有說任何讓他洩氣的話。但我知道，那些燃燒的木頭也會點燃這裡的牆壁。我們現在是真的被困住了。

蜜蜂和小堅走到前面。我低頭看了看臺階。「領著我。」弄臣對我說。每走一步，我大腿上的傷口都會裂開一點。這裡還有燈光，不過不是很亮。我嗅到一股松脂的氣味。隨後就是充滿地牢的臭氣。然後我感覺到一陣巨大的撞擊。彷彿是有一匹巨馬在狠踢牆壁。地牢門在門框中跳動了一下。我估計是更多房頂塌陷了。現在情況就是這樣。我們被困住了，如果找不到另一條逃生通道，我們就會死在這裡。

「沒有回頭路了。」弄臣說。我麻木地點點頭。我們進了地牢，我坐在最下面的一層臺階上，弄臣坐到我身邊，蜜蜂在我的另一邊。我們在一起，我們全都活著。至少現在是這樣。

我伸手摟住蜜蜂，將她向我拉近了一些。有那麼一瞬間，我的碰觸讓她僵硬了一下，然後她就靠在我身上。片刻之間，我只是坐在這裡，渾身力量已消耗殆盡。但蜜蜂在這裡，我的孩子就在我身邊。

我們的頭頂上方是火焰、倒塌的牆壁和暴怒的敵人。下面是寒冷與潮濕、無盡的幽暗。我們被封鎖在這個岩石和海洋的牢房裡。普立卡和被他釋放出來的囚犯們坐在一起。他們聚集在一間牢房裡，衣衫襤褸、拱肩縮背，擠著坐在同一張床墊上。我聽不清普立卡在對他們說什麼。在房間對面，火星如同一道搖晃的影子，正在查看一面牆壁。我看到她和機敏伸手撫摸那些石塊，摩擦刮蹭上面的灰泥，不停地搖著頭。他們看上去很氣餒。

「我們也許必須要使用火藥罐了。」機敏說。

火星揉了揉眼睛，慎重地搖著頭，高聲說：「那是最終的手段。除非我們能把它們塞進牆裡，否則爆炸的大部分力量都會撲向我們，而不是作用在這些石頭上。切德和我做過很多實驗。

如果我們將火藥罐埋進地裡，它會炸出一個大坑，埋得愈淺，坑就愈寬也愈淺。在這裡，火藥罐很容易就會把房頂也炸塌下來。」

「我好累。」蜜蜂說道。我幾乎聽不見她說話。

「我也是。」卡芮絲籽的效力已經消失，剩下的只有黑暗和疲倦。

「現在狼父親和你在一起？」

是的。

「是的。」她給夜眼取的名字，讓我向她露出了微笑。

「牠是什麼？」

我不知道。「牠很好。」我說道。我感覺到了牠的贊許。

「牠是很好。」蜜蜂表示同意。她在等著我多說些話，我向她聳聳肩，一抹微笑閃過她的臉龐。然後她問我，「我們在這裡安全嗎？」

「夠安全了。暫時是。」我對她說。

我端詳著她的臉。她的眼睛睜大了，幾乎是挑釁一般地對我說：「我知道我看上去是什麼樣子。我已經不再漂亮了。」

「妳從來都不是漂亮。」我告訴她，向她搖搖頭。

我的殘忍讓弄臣吸了一口冷氣。蜜蜂的眼睛在驚駭中睜得更大了。

「妳過去和現在都是那麼美麗。」我說道。我伸出一隻手，撫摸她波浪狀的耳朵。「每一道傷痕都是一個勝利。我看到妳贏得了許多場勝利。」

蜜蜂挺直了脊背。「他們每一次打我，我都會努力反擊。是狼父親教我的。牠說，要讓他們害怕我，於是我就這樣做了。我在德瓦利婭的臉上咬出了一個洞。」

這讓我震驚得說不出話來。弄臣卻俯過身說：「哦，幹得好！如果是我，也會這麼做。」他向蜜蜂露出微笑，「妳喜歡妳父親的鼻子嗎？」

蜜蜂抬起頭看著我，我用手指摸了摸鼻子斷過的地方。她從沒有這樣認真地看過我的鼻子。「有什麼問題？」她困惑地問。

「什麼問題都沒有，」弄臣快活地對她說，「我總是告訴大家，他的鼻子沒有任何問題。」他放聲笑了起來。機敏和火星都驚訝地轉過頭看著我們。我不明白弄臣的笑話，不過他們的表情也讓我笑出聲來。就連蜜蜂都露出了微笑，也許我們都發瘋了。

她靠近我，閉上眼睛。我的腿隨著心跳一下下傳遞著痛楚。休息，休息，休息，休息——傷痛不斷這樣對我說著。我知道我不能休息。我的身體想要睡眠，想要癒合，但現在不是時候。我需要起來，需要幫助其他人，但蜜蜂正在靠著我，我不想挪動她。我向後靠去，腰帶裡最後一個火藥罐卡住了我。「幫幫我。」我說道。弄臣將腰帶從我身下拉了出來。

蜜蜂沒有動。我低頭看著她的小臉。她閉著眼睛，臉上的損傷在講述著一個可怕的故事。有些傷痕應該已經有幾個月時間了，有一些才剛剛破壞了她的容貌。我想要撫摸她嘴角處的割傷，將它治癒。不。不要吵醒她。我意識到自己的身子沉重地壓在弄臣身上。我抬起頭看著他。

「我們贏了嗎？」弄臣問我。他的微笑在腫脹的臉上顯得有些歪斜。

「在真正贏得勝利之前，戰鬥是不會結束的。」我說道。這是博瑞屈的話。是他很久以前對我說的。我摸了一下腿，溫暖且潮濕。我很餓、很渴，疲憊得要命。但有他們兩人在我身邊。我們都活著。我還在流血，還有耳鳴，但我們都活著。

在房間對面，機敏正用他的匕首挖鑿灰泥。小堅跪在他身邊的地上，也在同樣挖鑿磚塊的接縫。火星正在刑具架上挑選工具，只不過那些工具的本身用途是撕裂肉體，而不是加工岩石。她選了一件黑鐵工具，同時卻又忍不住噘起了上唇。我轉過頭，恰好看到弄臣的眼睛。

「我應該去幫幫他們。」弄臣說。

「現在還不必。」

他給了我一個疑問的眼神。

「讓我享受一下這個時刻。你們全都和我在一起。哪怕這只是很短的一段時間。」一絲微笑突然出現在我的臉上，「我有訊息要告訴你。」這時我也發現了自己竟然還能笑，「弄臣，我是外祖父了！蕁麻生了一個女孩。她叫琋望！這是不是一個很好的名字？」

「你，外祖父。」弄臣和我一起微笑著，「琋望。完美的名字。」

一段時間裡，我們只是一起靜靜地坐著。我疲憊不堪，危險仍然隨時可能降臨在我們頭上，但這些都無法偷走此刻的甜蜜。我活著，和他們在一起。我是這麼累，我的腿很痛，但無論如何，我擁有了這一刻。我同樣感受到狼在這一刻的喜悅。

休息一下，我來站哨。

我沒有意識到自己睡著了，直到我猛地打個哆嗦，清醒過來。我很渴，而且餓得要命。蜜蜂握著我的手，靠在我身上，正在熟睡之中。我們的皮膚接觸在一起，她是我的一部分。當我感覺到她的精技牆，不由得慢慢露出了微笑。她自己學會了，她將擁有很強的力量。我抬起眼睛去看弄臣。他面容憔悴，但也在微笑。「我還在。」他輕聲說道。

在昏暗的光線中，我看見機敏已經脫了襯衫，在這個陰冷的地牢中揮汗如雨。他、小堅和火星在用我們搶來的劍挖掉一片牆上的灰泥。他們已經鑿出一個能夠容納一隻手臂的開口。他們拖出來的石塊長和寬都相當於一個人的前臂，但只有一隻手掌高。牆上的磚塊都是交錯分布的，他們必須鑿空上面三塊磚的灰泥，才能拿出下面的兩塊。而至少要去掉六塊磚石，小堅才能鑽進去。我知道自己應該去幫忙，但我的身體為了治癒腿傷，已經迅速燃盡了儲備的能量。我小心地摸了摸繃帶，已經黏在傷口上變硬了。沒有新的血流出來。不過等我站起來的時候，傷口還是有可能迸裂。

機敏站直身子說道：「後退。」小堅和火星向後推開，他踢了一腳他們正在努力鬆動的磚塊，「還不行。」火星疲憊地說。小堅又開始敲鑿灰泥。

「我們現在不能把妳的一個火藥罐放進去嗎？」

火星看了機敏一眼，「如果你不擔心會把前面的隧道炸塌，我想我們可以試試。」

小堅發出一個打趣的聲音，繼續挖著灰泥。

弄臣和我保持著沉默。一名囚犯從牢房中走出來。他緩慢而蹣跚地向正在和灰泥戰鬥的小堅、火星和機敏走去，用沙啞卻又應該是屬於男孩的聲音說：「我可以幫忙，如果你們有工具的話。」火星打量了他一眼，然後將腰帶上的匕首給了他。他開始吃力地挖起了一道磚縫中的灰泥。

「我真的很害怕必須在你們之間做出選擇，」弄臣低聲說道。看我沉默不語，他又說：「那個關於公鹿、蜜蜂和天平的夢。」

「但我還在這裡，好好地活著。我們的敵人被燃燒的瓦礫擋在外面。也許我還是催化劑，甚至能夠改變蜜蜂夢中注定的預言。我還沒有死，也不打算死。我要帶蜜蜂回家，回公鹿堡。她將在那裡成為公主，你會在她身邊，教導她，為她提供建議；她的姐姐會寵愛她，還會有一個小侄女與她一起玩耍。」

兩名被釋放的白者站起身，走向刑具架，挑選出工具之後就加入了機敏、火星和小堅的工作，一同砍鑿灰泥。我的腸胃忽然被一種諷刺的感覺扭動了一下。

「從今以後，我們就能快樂地生活在一起了嗎？」弄臣問。

我看著一片片灰泥掉落。「這就是我的打算。」

「也是我的。是我的希望，但是一個渺茫的希望。」

「不要懷疑我們，否則我們也會迷失的。」

「蜚滋，我的愛，這正是問題所在。我完全不懷疑蜜蜂的夢。」

我張開嘴，卻發現對這件事還是少說為妙，於是我又閉上了嘴。但我忽然想起一件可怕的事情。我問弄臣：「你從船艙裡拿走的那一瓶巨龍之銀，有沒有落在僕人的手裡？」

「我偷走它是為了守住一個承諾。」弄臣承認了，「你以為是什麼？我會自己喝下它？」

「我害怕會是這樣。」

「不。我甚至沒有把它帶在身邊。我告訴歐仔……」

蜜蜂在我身旁動了動。她抬起頭，將手從我的手中抽出來。我們的精技聯繫沒有斷絕，它被拉成一條細線，但是還在。我不知道蜜蜂是否也感覺到了。她深吸一口氣，又重重地吐出來。她的目光從我轉向弄臣。弄臣微笑著看她，我從未見過弄臣向任何人這樣微笑過。他臉上的傷疤被笑容扯動，但他半瞎的眼睛裡卻閃動著溫柔。蜜蜂盯著弄臣，向我更靠緊了一些，同時悄聲說道：「我做了一個夢。」

弄臣抬起一隻戴手套的手，撫摸她的頭髮。「妳想要告訴我嗎？」

蜜蜂看著我，我點點頭，她才說道：「我坐在一堆火前，爸爸和一頭狼在我的身邊。他已經很老了，在向我講述各種故事，我把它們寫下來。但我在這樣做的時候非常傷心，所有人都在哀悼。」最後蜜蜂說：「我相信這個夢很有可能會成真。」她將憂慮的眼睛轉向我。

我向她微笑：「在我聽來，這個夢很可愛。我要改變的只有妳的哀傷。」

蜜蜂向我皺起眉，彷彿在為我對她的不瞭解而感到困惑。「爸爸，夢不是我製造出來的。我不能改變它們。它們只是找到了我。」

我笑了。「我知道。同樣的事情也曾經發生在弄臣身上。有時候，他非常確定一個夢會成為現實。」我聳了聳一側肩膀，笑著看她，「然後我把它改變了，讓它沒能成為現實。」

「你能做這種事？」蜜蜂驚訝地問。

「他是我的催化劑。他改變了許多事。有些改變是我絕對沒有想到過的。」弄臣不情願地承認，「不過我經常會非常感激他做出的改變。蜜蜂，有許多事情，我必須教妳，關於催化劑和夢，還有……」

「普立卡告訴我，德瓦利婭是我的催化劑。她的到來改變了我的人生。她改變了我，所以她也會激發我造成改變。而我殺死了她，我殺死了我的催化劑。」蜜蜂抬起頭看著我，她的眼睛藍得就像是勿忘我，淺色的髮鬈纏結在頭頂，「你知道我殺了人嗎？我還燒掉了那些夢，讓僕人不能用它們再做邪惡的事情。爸爸，我是毀滅者。」她的話讓我啞口無言。然後她用非常小的聲音問我：「你能為我改變這件事嗎？」

「妳是蜜蜂，妳是我的小女兒。」我激動地對她說，「這不會改變，永遠都不會改變。」

蜜蜂猛地轉過頭，我順著她的視線看過去。一名囚犯正緩慢地向我們走來，她拖著一隻被打壞的腳，蒼白的臉上充滿了痛苦。「在我的夢裡，我見過妳，小女孩。」她說道，皸裂的嘴唇向我們露出微笑，「妳是用火焰做成的。妳在火焰中舞蹈，將戰爭帶給從不曾有過戰爭的地方。妳用一把火焰利劍斬斷了過去和現在的聯繫，還有現在和未來的聯繫。」

普立卡盯著我們，他的臉上充滿了憂慮。

那名白者一點點向我們靠近。「我是珂拉，一名核校者。我在卷軸圖書館進行研究。我有一間可愛的小屋，但我將墨水灑到古籍上。我知道，我必須為此接受懲罰。但我也知道，總有一天，我能夠回到我的墨水、筆和精美的卷軸中間。在夜晚休息，在月光下享受美酒和歌聲。

「但妳來了。妳摧毀了這一切。」她尖叫著喊出最後這句話，並向蜜蜂撲過來。蜜蜂發出憤怒和恐懼的吼聲，站起來迎向她。我的匕首在這個女人的身體中和蜜蜂的匕首撞在一起。這個名叫珂拉的女人受到我們兩個體重的壓迫而倒下，我壓在她的身上。弄臣發出語無倫次的呼喊，小堅在憤怒地咆哮。充滿殺意的怒火在我的胸中升騰，遮蔽了其他一切。蜜蜂的速度很快，不等我了結敵人的生命，她已經拔起匕首，又再次揮落。珂拉發出一聲哀號，就不再動了。我們躺在骯髒的地面上，我的手上全是濕滑的血，腿傳來一陣陣灼痛。蜜蜂從珂拉的身上翻落，努力要站起身。她衣服上的血讓我感到擔心。不過她沒有受傷。我們的精技聯繫向我確認了這一點。她抽出匕首，在珂拉的髒褲子上把血跡擦乾淨。

普立卡哭喊著跑過來。「珂拉！珂拉！你們做了什麼？」他要將我從這名白者的身上拉開，但我凶惡的目光讓他向後退去。小堅衝過來，將蜜蜂拉到他的身邊。普立卡這時又質問道：「你們一定要殺死她嗎？你們真的必須殺死她？」

「是的。」蜜蜂對他說，眼睛裡燃燒著火焰，「因為我要活下去。」

小堅握著蜜蜂的上臂，他看著蜜蜂的眼神中混和著敬畏和恐懼。我從珂拉的身上翻下來，想要站起，卻沒能成功。我的傷腿無法彎曲，另外一條腿卻軟弱無力。機敏來到我們身邊。「後

退。」他用令人膽寒的聲音警告普立卡，然後把我拉起來。我很感謝他的粗魯，現在我不想感受任何溫柔。

弄臣的哭喊聲出現在緊張的氣氛中。「為什麼？」

普立卡搶在我前面說道：「是啊，為什麼你的催化劑和他的女兒要殺害珂拉？你記得珂拉，對不對？她曾經為我們暗中傳送過訊息。」

「珂拉。」弄臣低聲說道。他的臉垂了下去，在這一刻，他顯得異常蒼老。「是的，」他用顫抖的聲音說，「我記得她。」

「她攻擊了蜜蜂！」我提醒所有人。

「她沒有武器！」普立卡表示反對。

「我們沒有時間了！」機敏喊道，「她死了，就像其他許多人一樣。我們全都會死，除非能移開這些石塊。普立卡！過來工作。弄臣，你也是。現在沒時間相互指責或者享受團聚時光了。你們全都到牆邊來，馬上！」

我低頭看了一眼珂拉的屍體，心中沒有絲毫悔恨，她曾經想要殺死我的孩子。我向她屍體旁那把可怕的黑鐵匕首側過頭。那是他們的刑具之一。「桌邊的架子上有很多用來割裂人體的工具。用它們去挖灰泥吧。」我無力地踢了一腳珂拉的匕首。「這把給你，普立卡。」

普立卡給了我一個受傷的眼神，我幾乎要後悔自己說的話了。但蜜蜂彎下腰，拿起了珂拉的黑匕首，握著它向牆邊走去，開始刮掉最低處磚塊的灰泥。弄臣也跟了上去。

「弄臣，能幫我一下嗎？」

「你的腿怎麼樣了？」

「不算糟。更大的問題是我的身體為了治療它，把我的力氣都吸乾了。」

「所以現在是一個半瞎的要牽著一個瘸子？」

「當然還是我領著你。」我將手臂搭在他的肩膀上，「小心腳下。」我一邊警告他，一邊帶他繞過珂拉伸出的手臂。

「她不是一個壞人。」弄臣輕聲說，「蜜蜂毀滅了她的人生，她所知道的一切、只有她知道該如何去做的事情，全都不復存在了。」

「我一點也不後悔。蜜蜂衝上去的時候就像是一隻捕獵的貓。」

像一頭狼。

「我知道，更像是狼。」弄臣說道。他對夜眼的回應讓我的脊背打了一個冷戰，這個冷戰也讓我微笑起來。

機敏抬起頭看看我們，示意我們離開工作區域。「我不是說你。這裡沒有足夠的地方。」他說道。隨著他的話，小堅和火星扳動了一塊沉重的石頭。那塊石頭移動了一下，卻沒能從磚牆上脫離。他們又開始挖鑿那塊石頭周圍的灰泥。將工具伸進裂縫中把灰泥摳出來是一個緩慢的動作，要將活動的磚塊拔出來則更加困難。我們聽到頭頂上方有什麼東西在掉落。我抬頭看看房頂。

「你認為他們死了嗎？」弄臣問我。

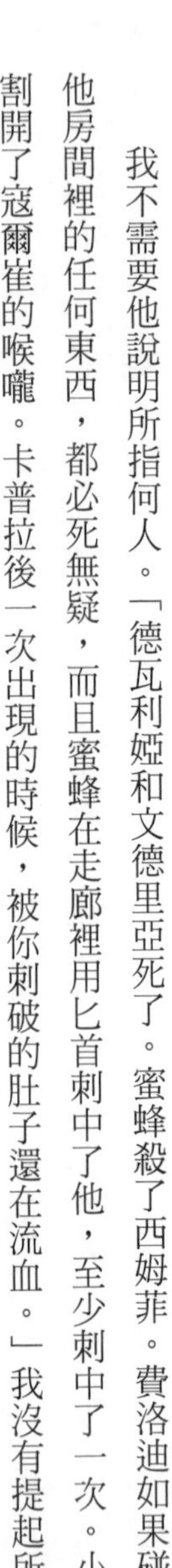

我不需要他說明所指何人。「德瓦利婭和文德里亞死了。蜜蜂殺了西姆菲。費洛迪如果碰了他房間裡的任何東西，都必死無疑，而且蜜蜂在走廊裡用匕首刺中了他，至少刺中了一次。小堅割開了寇爾崔的喉嚨。卡普拉後一次出現的時候，被你刺破的肚子還在流血。」我沒有提起所有那些會死在這場大火中的無名之輩。

弄臣沉默了片刻。「兩個是小堅殺的：文德里亞和寇爾崔。兩個是蜜蜂殺的：西姆菲和德瓦利婭，也許是三個，不過蜜蜂畢竟只是給了他一刀。如果他們把他送回到他的寓所去，他就死定了。」弄臣的笑聲有些顫抖，「沒有一個是你殺的，蜚滋，我的頂級刺客。」

「火星放置的火藥罐轟飛了一隊衛兵。蜜蜂嚇跑了另一隊衛兵。」我沒有提起我在肉搏戰中殺死的那些。「弄臣，我已經失去銳氣了。就像我一直害怕的那樣。也許現在該是我承認這一點的時候了。我應該另外找一份工作了。」

「沒什麼丟臉的。」弄臣說。不過他這句話並沒有讓我的心情更好一些。「等再過一段時間……」他又說道。

「再過一段時間怎麼了？」

「再過一段時間，也許等到蜜蜂安全無虞之後，我們就會回來，徹底解決他們。」

「如果龍沒有搶在我們前面的話。」

一種純粹的愉悅表情出現在他的臉上。「那就是我們得到蜜蜂，龍得到他們。」

我點點頭。我真的很累了，我一直在擔心弄臣對復仇的渴望仍然沒有得到滿足。但現在他看著蜜蜂刮去灰泥的樣子，眼睛裡似乎只有喜悅。有蜜蜂在身邊，他的一切雄心和殺意彷彿都煙消雲散了。

我很少會感覺到自己像現在這樣毫無用處。我愈來愈餓，也很渴，但我盡量把我們不多的飲水留給那些努力幹活的人。當機敏又將一塊磚石拿出來，我對他喊道：「你能看到牆對面有什麼嗎？」

「一片黑。」他回答一聲，繼續工作。

弄臣扶著我跳到行刑桌旁邊的椅子上。在那裡，我能夠更清楚地看他們工作。

就在我們挪動身子的時候，剩下的三名白者走過來抬起了珂拉的屍體。他們將那具屍體送回到珂拉的牢房裡，用乾草墊裹起來。普立卡也和他們在一起。隨後一段時間裡，他們便默默地站在那具屍體周圍。

我低聲將這情形告訴弄臣。弄臣歎了口氣。「我們的蜜蜂對他們而言是毀滅者。他們在為死者哀悼——這裡的死者和上面火焰中的死者。此外，他們更是在為無數個世代的智慧毀於一旦而哀悼。那麼嚴重的毀滅，那麼多歷史都灰飛煙滅了。」

我轉過頭看看他，覺得他瞎掉的不止是兩隻眼睛。「那麼多武器都被摧毀了。」我低聲說。

他沒有回答。我們靜靜地聽著其他人刮去灰泥，同時還在相互竊竊私語。機敏將一根鐵棍插在一塊石頭下面，用盡全力想要撬動它，但它紋絲不動。「還不行。」他歎了口氣，他們繼續挖鑿灰泥。不過他再一次壓在鐵棍上的時候，那塊石頭終於被撬動了。弄臣協助我再次向他們跳過

去。

機敏探身到已經挖開的洞口中，抓住那塊磚，要把它拿出來。他手臂和胸膛上的肌肉全都硬邦邦地鼓脹起來。石頭周圍掉落下渣土碎屑，開始微微左右擺動，卻又被彷彿被卡住，終於，它帶著一陣粗糙的摩擦聲向我們移動出來。最後，機敏向後一躍，失去平衡的石塊從洞口邊緣向下滑落。這時我也在弄臣的扶持下跳著來到他們身邊。

「再有一塊，小堅就能拿著火把鑽進去了。」

小堅熱切地點點頭。他跑到一旁，很快又轉回來，手中多了一支火把——是在一件刑具上包裹了浸透燈油的乾草墊做成的。機敏從洞口前退開，小堅將火把點燃，伸進洞中。「看不到太多。哦！」他驚呼一聲，火把上的火跳起來，燒到了他的手。他一鬆手，火把掉了下去。

蜜蜂向洞中的黑暗望去，她的小身子很快就有一半沒入了洞口。「妳看見了什麼？」我問她。

「向下的臺階。只看見了這個。」她向洞中愈鑽愈深，突然掉了進去。

「蜜蜂！」我警惕地喊道。

她站起身，手中拿著火把，回頭來看我們。「我沒事。」她將火把舉得更高一些。我向洞中俯過身。洞後有一條很寬的隧道，一直通向黑暗裡。我嗅到了海水的氣味，還有被海水浸透的岩石。我猜想這道階梯的底部應該已經在水中了。我又瞥了一眼洞後用岩石砌成的牆壁和隧道頂端。兩面牆壁低處有許多斑點。蜜蜂宣布道：「我要從這道臺階下去，看看有什麼。」

「不。」我禁止她這樣做，伸手想要抓住她，卻又碰不到她。

「爸爸。」她說道。隧洞中迴蕩著她的笑聲，顯得格外怪異。她說話的時候，聲音顯得很快活：「沒有人能夠再對我說『不』了。就連你也不可以。」她沿著臺階向下走去，同時向我承諾：「我會回來的。」

我看著機敏。他就像我一樣震驚。

「我能夠鑽過這個洞，我一定能。」小堅說道。他衝過機敏身邊，將頭鑽進洞中，隨後就要把肩膀也擠進去，但沒能成功。他退出來，又試了一次。這一次他雙手握在一起、舉在身前。「抓住我往前推！」他用模糊的聲音命令道。機敏立刻依言照做。我聽到小堅的哼哧聲，還有他的衣服被石頭刮破的聲音。我很擔心他會卡住。但經過一番奮鬥之後，機敏終於緊抱住他不斷踢蹬的雙腳，把他推了過去。我聽到他掉在地上，滾下一、兩級臺階。然後他站起來，喘息著喊道：「蜜蜂、蜜蜂，等等我！」

「帶著一把劍！」機敏命令他，並將一把劍遞過洞口。小堅接過劍，匆匆向前跑去。他的身體遮住了大部分蜜蜂手中火把的光亮。機敏還在他背後高喊著：「不要跑太遠！」

小堅向我們喊了些什麼，然後就跑掉了。

「他們很勇敢。」火星說，我看到她正在用自己的身體和洞口做比較。

機敏抓住火星的肩膀。「幫我們再搬開一塊磚。至多兩塊，然後我相信我們就都能脫離險境了，如果這條隧道真的還能用的話。」

「我會和你在一起。」火星告訴他，接著立刻開始挖起旁邊一塊磚的灰泥。片刻之後，機敏跪下來，也開始敲鑿同一塊磚的磚縫。我只能站立著，盯著眼前的一片黑暗。在愈來愈遠的火光中，隱約還能看見小堅和蜜蜂移動的影子。他們愈來愈小，終於消失了。我等待著，努力瞪著眼睛想要再看見些什麼，但剩下的只有黑暗。

「他們的火把燒光了。我們必須讓火星去找他們。」我希望我的聲音顫抖得不是太厲害。在我的想像中，那個隧道裡正有一百種邪惡的怪物在等待著蜜蜂。

「再挖開一塊石頭，我們就能過去了。」機敏向我保證。沒有人再說話。時間變得無比漫長，整個世界只剩下沒有休止的刮蹭灰泥的聲音，而那個窟窿裡只有黑暗。我想要踱步，卻一步也邁不動。他們在輪番工作，先是機敏和火星，然後是兩名囚犯，然後又換成機敏和火星。被鑿掉的灰泥不斷從牆上落下。我們的背後和頭頂上方一直在傳來火焰的呼嘯。

「停！」機敏突然說道。他走過正在刮蹭灰泥的白者，探身到洞口中，「我看見光了！他們回來了。」

我擠到他身邊。火光緩慢地向我們跳動著，幾乎只是黑暗中的一點餘燼。機敏又做了一枝火把，把它伸進洞口。現在我們能看得更清楚了，但我們還是又等待了一段時間，才看見蜜蜂走上臺階。「小堅在哪裡？」我喊道，同時在暗自擔心發生了什麼意外。

「他在試著打開一道舊木門。」蜜蜂喊道。她喘息著登上臺階，「那扇門一部分已經腐爛，不過我們還是過不去。他把劍從兩塊木板中插進去，一點亮光透了過來。所以我們相信那裡就是

出去的路！在這道臺階下面是一段下坡路。我們淌水走了很長一段路。我的腳被藤壺割傷了。不過小堅割了一只袖子，包紮了傷口。然後我們遇到了一道向上的臺階。那道臺階很長，一直向上，最後就是那道門。小堅說那裡應該有過一個崗哨。他說他不怕黑，但我回來的時候需要亮光。我們需要鐵棍撬開那道門。或者是斧頭也行。在你們搬開這裡的磚的同時，我們也會試著打開那道門。」

這是一個合理的計畫。我恨這個計畫。

我們將最小的油燈罐還有我從船上借的短柄斧從洞口中遞給她。蜜蜂將油燈罐抱在胸前，又有些笨拙地將短柄斧和鐵棍夾在手臂下面。我看著她走遠，彷彿在看著她離開這個世界。

「屋頂正在被燒穿，」弄臣低聲說，「我嗅到氣味了，而且這裡也在變熱。」

「快一些。」機敏說道。他們全都挖得更加賣力。當機敏判斷已經有足夠的空間可以插進撬棍之後，他便將鐵棍插了進去。「等一下，」普立卡又插進另一根鐵棍。「好了。」他說道。兩個人全都將身體壓在撬棍上。那塊石頭卻紋絲未動。

在我身後，一小片房頂掉落下來，落在行刑桌和我曾經坐下休息的臺階上。火焰在那片屋頂上跳動。這裡的地面和牆壁都是石砌的，但如果燃燒的瓦礫塌陷下來，我們也承受不住。我對於那種濃煙和高溫已經深有體會了。我們不由得瞪大眼睛彼此對視。

「我來幫忙！」火星喊道。她站到一根撬棍上，就像一隻鳥棲息在樹枝上，「現在，往下壓。」她對機敏說。機敏和普立卡再一次壓在他們的撬棍上。隨著一陣緩慢的碎裂聲，磚石開始微微向上移動。普立卡將自己的撬棍插得更深，再次壓到上面，發出一陣呻吟。磚石在粗糙的摩擦聲中從原先的位置上被抬起來，一下子豎了起來，又將洞口擋住了一部分。第一個來幫忙的囚犯用他骨瘦如柴的身子將這塊磚向洞口更深處推去。磚石滑進隧道裡，但還是沒有完全離開洞口。

機敏丟下撬棍，把身子探進黑暗中。一名囚犯也鑽到他旁邊，用自己微薄的力量和機敏一起推動磚石。「幫幫我。」那名乾瘦的白者喊道，又一名白者從他身邊把手伸進洞裡。我聽到機敏的喘息聲，然後是一陣吼聲和岩石摩擦的聲音。石塊不情願地向下滑去。慢慢地，整個洞口向我們敞開了。那兩名囚犯迅速爬過了洞口，機敏也到了另外一邊，向我們轉身。

機敏的臉出現在洞口中，像火星命令道：「快，過來。」同時他退到一旁，為火星讓出空間。但就在火星向前走去時，最後一名囚犯突然鑽過了洞口，速度快得像受驚的老鼠。我聽到機敏驚訝的喊聲，然後又是一聲咒罵，「他們跑到前面去了。」這讓我心生警覺。我不相信他們之中的任何人。

「機敏，去追他們！」我懇求機敏。

「劍。」機敏說道。

火星彎腰拾起一把劍遞給他，自己也鑽進了洞口。「我也去。」她的手中還拿著另一把劍。過去之後，她又回頭喊了一聲：「帶著我的背包！」就跑進下面的黑暗中去了。機敏此時早已從我的視野裡消失，我必須追上他們。

我努力要站起來，腿卻只是不停地打彎。弄臣抓住我的手臂，將我拉直。我根本無法支撐自己的身體。怒火在我的胸中奔湧，片刻間，我甚至連說話都做不到。控制住自己以後，我轉頭去看普立卡。「他們會傷害她嗎？會不會對她不利？」

普立卡的手臂中抱著一只油燈罐，看看我，又看看弄臣，咬了一下嘴唇。「我希望不會，」他對我說，「但他們都被嚇壞了，而且很憤怒。人們非常害怕時，很難說會做出什麼來。」

「你能去追他們，阻止他們嗎？」弄臣問普立卡。

「我不知道他們會不會聽……」普立卡回答。

「去！」弄臣吼道。普立卡急忙一點頭。他將油燈放進洞口，自己也僵硬地擠過去。在洞口的另一邊，他吃力地抱起油燈，下了臺階，速度比我希望的慢得多。

「走吧。」我對弄臣說。

「除了燈火光亮，我什麼都看不見。」弄臣抱怨著。他摸索著找到隧道洞口，靈活地爬了過去。「我會遞給你一把劍。」我對他說。然後我緩慢地彎腰揀起劍，遞給弄臣。被用於刮鑿灰泥的劍刃已經有些鈍了。我身後的房頂發出呻吟。我回頭瞥了一眼，一大片屋頂正搖搖欲墜。

「不要等我。摸著牆壁下去。我就跟在你身後。」弄臣嚴肅地點點頭，轉身離開我，向他看不到的黑暗中走去。

我們需要一枝火把。我跛著腿沿牆壁繞行，經過火星的背包，還有我裝火藥罐的腰帶。我回來的時候會帶走它們。我又從牆邊挪到桌子旁，終於，我拿到一把椅子，能夠把它用作墊腳的拐

杖。愈向房間深處走，我就愈感到雙眼刺痛。到達牢房，找到乾草墊時，我知道自己做出了一個糟糕的決定。有幾塊屋頂已經裂開，垂掛在半空中。

我將薄草墊拉到椅子上，將椅子拖過地面，開始往回走。我的眼睛被迫瞇成了一條縫。我深吸了一口氣，立刻開始不停地咳嗽。一片有兔子大小的屋頂掉落在通向上層的樓梯上。我抬頭去看，發現另一片房頂也掉了下來。我以手遮臉，阻擋噴湧而來的熱浪。濃煙向我滾滾湧來。我拚命拄著椅子向洞口趕去。關於火把的念頭已經完全被我拋在身後。一根房樑呻吟一聲，幾乎就落在我身邊，整根樑木都已經焦黑並發著紅光。一股火焰躍起，彷彿是在慶祝它得到了自由，並立刻蔓延到整根樑木上。又一根樑木落下。派拉岡的話迴蕩在我的腦海中：在水和火中，在風和黑暗裡。不會很快。這就是我死亡的時刻嗎？彷彿是要證實我的想法，一片巨大的屋頂塌落了。熱風將我吹倒，椅子也飛到了一旁。我趴在地板上，暫時失去了視力，更沒有了方向感。我用衣袖擦擦眼睛。隧道入口在哪邊？

「蜚滋？你在哪裡？蜚滋？」

弄臣？我閉上刺痛的眼睛，在滿是灰燼的地面上向他的聲音爬過去。我撞上了桌子，急忙喊道：「弄臣？」

「這裡！這邊！」

我摸到牆壁，忽然感覺他的手抓住了我的襯衫頸口，把我一直拉向隧道洞口。他從旁邊拉，我在後面爬，我終於跌跌撞撞地滾進了清涼的空氣裡。他跟隨我走進來，姿態比我優雅得多。

「你在幹什麼？」他問道。

「我想做一支火把。」

「你差點變成一支火把。」

我睜開眼睛，用袖子擦擦它們，又用拳頭揉了揉，再一次睜開。身後地牢中火焰的紅光為這裡的石砌牆壁和拱頂，增添了一層怪誕的色彩。

「走吧。」弄臣將我的手臂扛在肩頭，站起身。我們一起蹣跚著向前走去。我伸出一隻手按住洞壁，向前邁出一步，然後是第二步。

「你的腿濕了。」

「階梯下面有水。牆上還有藤壺。海潮正在漲上來，蜚滋。」

我們全都知道這意味著什麼。恐懼的寒意滲進我的心裡，我問蜚滋：「你覺得他們會傷害蜜蜂嗎？那些跑在前面的白者。」

蜚滋正喘息著，吃力地扛著我走下又一級臺階。「我認為他們不會。他們敵不過火星和機敏。而且，我更不認為小堅會讓她受到傷害。」

「等一下，」我一邊說，一邊靠在牆上將肺裡的煙咳出來。當我能夠深呼吸時，我站直身子，對他說，「走吧。」我們每向前一步都會踉蹌一下。地牢中火焰的紅光也愈來愈暗。

「爸爸？」蜜蜂微小的聲音從黑暗中飄過來。弄臣和我都吃了一驚。我向階梯下方更加沉重的黑暗中望過去。一點微弱的光正在那裡閃爍。

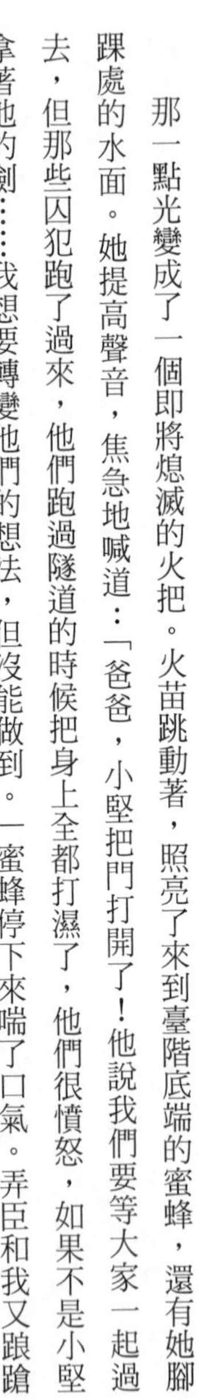

那一點光變成了一個即將熄滅的火把。火苗跳動著，照亮了來到臺階底端的蜜蜂，還有她腳踝處的水面。她提高聲音，焦急地喊道：「爸爸，小堅把門打開了！他說我們要等大家一起過去，但那些囚犯跑了過來，他們跑過隧道的時候把身上全都打濕了，他們很憤怒，如果不是小堅拿著他的劍……我想要轉變他們的想法，但沒能做到。」蜜蜂停下來喘了口氣。弄臣和我又踉蹌著走下一級臺階、兩級臺階。

「小堅用劍威脅他們，他們逃跑了。火星來了，然後機敏也來了。小堅告訴他們發生的事情，火星追上去要殺了他們，機敏要我們留在原地，然後就去追火星了。爸爸，那些白者會跑回克拉利斯，報告我們的行蹤。我是來警告你的：他們會集結軍隊來殺死我們！小堅必須留下來守著那道門。如果他能做到，他一定會阻止他們的。」

蜜蜂的聲音直到最後才開始顫抖。她上了臺階，我看見她的衣服直到腰間都濕了。她是從更深的水裡走過來的？這裡的水最終會漲到多高？我們還能從這條路逃走嗎？隨著她沿臺階向我們走來，她的火把照亮了牆壁上的水漬和藤壺。水到底能漲到多高？我不喜歡我的結論。海潮能夠一直漲到這道階梯的一半，完全淹沒下面的隧道。

我們身後是火焰，下方是正在漲起的海水。都不是好選擇。

這時，我們身後的房間爆炸了，我飛進了黑暗中。

37 碰觸

麻臉人的出現總代表著災難降臨的預兆。人們不僅在公鹿堡城見過他，古林斯比河灘和沙緣也見到過他。在他出現的幾個星期之後，血瘟就來到了六大公國，摧毀了我們的族群。人們看見他站在墮入厄運的芬斯高塔的陽臺上。兩天之後，地震就推倒了那座塔，讓它倒在城鎮中。有人宣稱在冶煉鎮發生第一起冶煉災變之前不久見到了他。在黠謀國王遇刺的那一晚，麻臉人被發現出沒於公鹿堡的洗衣房中，就在城堡水井旁邊。他就像是一具屍體，皮膚慘白，臉上布滿了紅色斑點。

——六大公國傳說

「蜚滋？蜚滋？蜜蜂？蜜蜂！」一陣停頓之後，又是：「蜚滋！她受傷了！蜚滋！該死的，你在哪裡？」

我不記得自己是躺著的。他是在喊我的名字嗎？這樣一遍又一遍地喊我？我感到虛弱和疲

憊。弄臣的聲音從很遠的地方傳來。「我在這裡。」我緩慢地回答道。隨後我得到的只有一片寂靜和耳鳴。我的周圍是一片絕對的黑暗。「弄臣？是你嗎？」

「是的。不要動。我來找你了。繼續跟我說話。」

「我在這裡。我……站不起來。我的身上壓著什麼東西。」我向自己最後的記憶摸索過去。克拉利斯，一條隧道，蜜蜂！「出了什麼事？蜜蜂和其他人呢？」

「我找到蜜蜂了！」弄臣的聲音如同一陣哭喊，「她還活著，但沒有了知覺！」

「小心！不要挪動……」

太晚了，我聽見他爬過鬆散的瓦礫，感覺到他的觸摸。他帶著痛苦的喘息，沉重地坐到我身邊。我向他伸出手，找到了他懷抱中蜜蜂瘦小柔軟的身子，「艾達和埃爾啊，不！不要這樣，我們就要成功了！弄臣。她還在呼吸嗎？」

「我想是的。我能感覺到有血流出來，但我不確定出血的位置。蜚滋，蜚滋，我們要怎麼做？」

「首先，要鎮定。」我竭力要靠近他，卻又做不到。我的兩條腿被緊緊壓在地上。我正仰面朝天地躺著。知覺透過恐慌，緩慢地爬回到我身上。我的頭比腳低。我在臺階上，從上面倒了下來。有什麼東西壓在我的膝蓋上。我向那東西摸索過去，只能用指尖勉強碰到它。我收緊腹肌，想要坐起來，脊背卻發出一陣尖叫，迫使我不得不放棄。「弄臣，我的腿上壓著東西，我起不來。小心放下蜜蜂，讓我摸摸她。」

我能聽見弄臣不穩定的呼吸聲。他將我的孩子放在我身邊滿是碎石的臺階上。「你受傷了嗎？」我剛想到問他這句話。

「比我應該受的懲罰要輕得多。麻煩的是我的腳，被他們打碎的那一隻。是它妨礙了我。哦，蜚滋，她還這麼小！她已經度過了這麼多難關，難道我們會在這時失去她嗎？」

「穩住，弄臣。」自從黠謀死後，我就再沒有聽到他如此情緒激動地說話了。我強迫自己的聲音保持平靜，我不能讓他變得更慌亂了。「現在你必須成為她的力量。抓住我的手，放在她的頭上。」

這裡只有徹底的黑暗。我摸到她的頭髮、耳朵、鼻子和嘴。是的，有很多傷疤，但她的耳朵和鼻孔都沒有流血。我又檢查了她的胸和腹部，然後小心地拍拍她的雙臂和雙腿。沿著連結我們的精技絲線，我進入到她體內，找到了她的知覺——她蜷縮成了很小的一團，但還是完整的。

「弄臣，她只是暈過去了。她的肩膀是濕的，但並不很熱，也許只是水。除非……是你的血？」

「哦，也許吧。我的頭在流血。我想我的肩膀也有傷口。」

愈來愈糟了。我必須集中精神，整理好自己的思緒。「弄臣，我知道發生了什麼事。火星的背包被留在地牢裡，切德的火藥罐全在裡面。房頂塌落的時候，至少有一個火藥罐被引爆了，那裡可能還有更多火藥罐沒有爆炸。我們必須送蜜蜂離開這裡，現在就要送她走。幫我站起來。」

「蜜蜂怎麼樣了？你能喚醒她嗎？」

「為什麼要叫醒她？讓她和我們一起害怕？弄臣，很快她自己就會醒過來了。在她醒來以前，我們要先做好準備。幫我站起來。」

他的手摸到我的肚子，然後是大腿。「一根房樑落下來了。」他低聲說，「正壓在你的腿上，上面還有很多石塊。」他想要將雙手插到我的腿下面。我緊咬住牙，忍受著隨之而來的疼痛。他努力想要把我的腿稍稍抬起來。「你被壓在臺階上了。我的手沒辦法伸進去。」

我們同時陷入了沉默，彷彿有第二重黑暗籠罩了我們。我的手按在蜜蜂的胸口上。我能感覺到那裡的一起一伏。她還活著。我聽到了弄臣吞嚥口水的聲音。我在自己的耳鳴中說道：「弄臣，蜜蜂才是重要的。還記得嗎？我們在這件事上的看法是一致的。如果你必須做出選擇，你要怎麼辦？現在就是這樣的時刻了，況且你根本沒有別的選擇。你救不了我。抱起她，帶她離開這裡，趁你還能這樣做的時候。如果再有一個火藥罐被引爆，房頂可能會徹底塌下來。我們都知道，隧道中正在漲水。沒有時間等待了，快走吧。」

我聽到他在寂靜中努力想要呼吸。「蜚滋，我不能。」

「你必須。現在沒有時間爭論。如果我是你，也會這樣。你不想要把我丟在這裡等死，我也不希望如此。但你必須這樣做，而且你會這樣做。我已經完了。救出我的孩子，救出我們的孩子。」

「但……我不能……」蜚滋泣不成聲，「我的腳又碎了。我的肩膀流了很多血，蜚滋。很多血。」

「到這裡來，讓我摸到你的肩膀。」我竭力保持著聲音的平靜，儘管我的內心一點也不平靜。

「我就在這裡。」他說。

在這一刻，我感覺到一種絕對的清醒和振作。我感覺到他的手在我的臉上，其中一隻戴著手套，另一隻是裸露的指尖。很好。我伸出手，緊緊抓住他手套後面的手腕。「你能。」我脫下他的手套，「你會的。帶著我剩下的一切，弄臣，救出蜜蜂。」

「什麼？」他問道。就在這時，他已經明白了我的用意。他開始掙扎，但他的肩膀受了重傷，這讓他沒有什麼力氣。我將那些銀色的手指壓在我的喉嚨側面。這讓我感覺到一陣迷醉的灼燒，全身都充滿了狂喜。那種連結出現了，就像我在塔樓裡，惟真的房間中。「太多了……」那時我這樣說著，拚命想要逃離。而現在，我用知覺包裹它。我感覺到弄臣，看見他閃爍悸動的生命，還有如同夜空繁星一般的無數祕密。不，我不要從他那裡得到什麼，他的祕密永遠是屬於他的。該如何做？他正在努力抽回手。但我在做我這一生中最後一件想做的事情，所以我必須精確完美地完成它。在這件事上，我們兩個都不能有絲毫憐惜。我伸出另一隻手臂將他摟住，把他拉進我的懷中，不管他如何掙扎，都緊緊地抱住他。我們之間的界線消失了，彼此融為一體——這種感覺有些像是我對他的精技治療。我感覺到他肩膀處撕裂的皮肉，他骨頭上的一道裂縫，還有碎骨對他的腳造成的刺痛。我在他劇烈喘息的口中說道：「鎮定，不要抗拒我，這樣的事情一定會發生。」

我深吸一口氣，屏住呼吸，更加用力地抓緊他的手腕，用我的手臂和我的一切擁抱他。隨著重重呼出一口氣，我將自己全部的力量、癒合能力、我的一切都推向我和他的連結。我回憶起自己是如何從謎語那裡獲得力量。讓它反向流動，我心中想著，把一切都注入到他的身體中。我已經什麼都不需要了。我碰觸到他體內的傷損。他在痛楚中顫抖著，然後就平靜下來。

你為我們保留的部分很少，我的兄弟。

我會給出更多，只為拯救蜜蜂。

弄臣在我的懷抱中昏厥過去，躺在我的胸口，不再有任何抵抗。我讓手指撫過他的肩頭。襯衫和皮膚都撕裂了，垂掛下來的碎肉讓我心頭一緊。我將皮肉復位，緊緊按住它們，讓傷口封閉、癒合；骨骼恢復完整，皮肉重新縫合。我猛烈地治療他，以我能做到的最快的速度，毫不吝嗇我們之中任何一個的力量。

你應該跟他走，夜眼。你應該跟著蜜蜂。

如果我們要在這裡結束，那我會與你一同走向終點。我知道，你同樣會隨我走向終點。

你的狩獵呢？

如果和你一起，只會更好。

我會來找你，我的兄弟。

我將精技注入弄臣體內。我的全部。我強迫他的腳踝伸直，按照切德的舊書中的圖表將他的筋腱逐一復位。絕不能出錯。我命令自己的精技。我的精技帶走了我的力量，我感覺到自己在萎縮。弄臣有了動作，他在劇痛中一陣顫抖，又暈了過去。很好。不能讓他掙扎。

但我還要進行最後一點抗爭——和我自己抗爭。我感覺到自己正在滲入弄臣體內。如果我任由這種情況發展下去，我們就會變成我將他從死亡中召喚回來時，我所瞥到的那種樣子。那樣我就會和他一起回家，我們會是完整的一體，但不能這樣。

這不是你能做的決定。我不會跟你走。

我知道。我知道。

弄臣必須作為他自己生活下去。他必須拯救蜜蜂，而不是我。我們對此已經相互做出了承諾。

我的手臂從他身上落下來。我將自己的知覺從他的意識中剝離。用最後一點力氣，我找到蜜蜂生滿鬈髮的小腦袋，將我的手放在上面。艾達保護妳。我向一個我從來都不瞭解的神明祈禱。我找到和她連結的那根精技絲線，扯斷了它。然後，我篤定地悄聲說道：「弄臣會救妳。」

弄臣已經開始甦醒。該是離開的時候了。做出選擇的是我，而不是他。我最後歎了一口氣，發現夜眼正在等我。

準備好了嗎？我的兄弟？

是的。我沉進虛無之中。

雙龍之船

白色先知葛爾妲進入世界去尋找她的催化劑時幾乎還不到二十歲。她還是嬰兒的時候就經常會做關於自己的夢。她離開自己安寧的田園故鄉，在海上和陸上都旅行了很久，才來到遙遠群山中的一個小村莊。在這裡，遠處的一座高峰會不斷噴出煙塵，夜晚還會閃爍紅光。

她來到庫倫娜的家。庫倫娜是一位老祖母，與她的兒子和兒媳一同生活。白天，當她的兒子和兒媳狩獵捕魚的時候，她就負責照料他們的七個孩子。雖然骨骼痠痛，老眼昏花，庫倫娜還是毫無怨言地承擔起這份責任。葛爾妲來到她的家，坐在門檻上就不再走了。庫倫娜不知道她為什麼會來，又為什麼不願離開。「給妳食物，但妳必須走了。」她對葛爾妲說。

但夜幕降臨時，白色先知還在那裡。

「妳可以睡在爐火旁，這裡的晚上很冷，但到了早晨，妳必須走了。」她對葛爾妲說。

但到了早晨，葛爾妲再一次坐到門檻上。

庫倫娜終於對她說：「如果妳一定要留在這裡，就做些事情吧。坐到這裡來，攪拌牛奶，攢出奶油，或者晃動搖籃，讓哭鬧的孩子睡覺，或者把這些裘皮縫製成冬季斗篷，畢竟現在距離下雪的日子已經不遠了。」

葛爾妲做了這些事，沒有抱怨，也沒有索取除了果腹食物和火邊枕席之外的任何報酬。她為這個本不屬於她的家庭盡心竭力，就像庫倫娜一樣。於是庫倫娜的家人開始喜歡她。葛爾妲也負責教育孩子，讓他們學會讀寫，明白數字、數量和距離。她讓庫倫娜活了許多年。庫倫娜則一直讓她留在家中以作為回報。隨著歲月流逝，葛爾妲又開始教導孩子們的孩子，這次庫倫娜一家的孩子已經有了四十人。

然後又是這四十個孩子的孩子。

她用這種方式改變了世界。在她教導的孩子們中間有一位女子，這位女子將民眾團結起來，率領他們建起牢固的房屋、養育聰慧的兒童。他們開始與森林共生，而不是依靠耗竭森林而生存。他們懂得了照料他們的國土和他們的同胞，彼此友善以待。這位女子的一名後裔成為了全體群山之人的僕人，並以這樣的方式領導他們。

他的後繼者們都秉承他留下的傳統，以侍奉來領導。

這就是白色先知葛爾妲改變世界的行動。

——舊日先知史籍

我記得在我很冷的時候，樂惟抱著我進了房間。我們正在下臺階。但我全身又濕又冷，不是那種下雪時的冷。我的腳一直浸泡在水中。或者那是雪？我從他的肩膀上抬起頭，在閃爍不定的光亮中問：「樂惟？」

「蜜蜂？妳醒了？」那片光在對我說話。那是一個樞紐，閃爍出無數可能的未來。那不是樂惟。那光鋒利地閃耀著，刺痛了我。我繃緊肌肉想要掙脫，那光卻又對我說道：「不要這樣。這裡很黑，水正在灌滿隧道。妳剛才重重地摔了一下，失去了知覺。」

「把我放下！我受不了了！」

「受不了了？」他悄聲說道。他顯得很困惑。

我豎起精技牆，但光線絲毫沒有變暗。這種光不會為我照亮，只會讓我什麼都看不見。有太多可能正在從這一刻迸發出去。「放開我！」我乞求他。

他還在猶豫。「妳確定？這裡的水對妳而言很深，也許會沒到妳的胸口，而且水很冷。」

「太多條道路了！」我向他喊道，「放開我，把我放下，放開我！」

「哦，蜜蜂，」他說道。我知道他是誰了。那名市集上的盲眼乞丐。被我父親稱作弄臣的人。是小親親來救我了。我不喜歡他將我放進水中時的緩慢動作，但他是對的。水面一直漫到我的肋骨下，而且冷得讓我無法呼吸。

我從他身邊退開，差一點摔倒。他抓住我肩頭破爛的襯衫。我任由他抓著。令人安心的黑暗包裹住了我。「小堅在哪裡？」他是我想到的第一個讓我感到安全的人，「我的父親呢？」

「妳將小堅留在隧道口。我們很快就會趕到那裡——我希望是如此。我們走得不快。在這麼深的水中行走是很費力氣的。」他又小心地問我，「妳還記得我們在哪裡，發生了什麼嗎？」

「記得一些。」我希望他說話的聲音能更大一點。我的耳朵一直在鳴響。我的父親可能和其他人一起到前面去了。他們要抓住逃走的白者。我希望他沒有離開我。我邁出一步，踉蹌一下，濺起一些水花，又站直了身子。

「如果妳願意，我可以繼續抱著妳。」

「不，我寧可自己走。你不明白嗎？你碰到我的時候，就會讓我看到所有道路。所有道路，在同一個時刻！」

他沉默了。還是他仍然在說話？「說話聲大一點！」我乞求他。

「我抱著妳的時候，什麼都看不見。沒有任何道路，只有我們身處的黑暗。蜜蜂。握住我的手，讓我領著妳。」

我感覺到他的手指擦過我裸露的手臂，便哆嗦著躲開了他。「我能夠跟著你的聲音。」

「這邊，蜜蜂。」他歎息著說道，又開始向遠處走去。冷水下的地面很平整，但還是會磨痛我的腳。我將手臂舉在水面上，這樣讓我很難進行深呼吸。我跟隨著他走了幾步，又問道：「爸爸在哪裡？」

「還在後面，蜜蜂。妳知道那裡著了大火，妳也知道他帶著火藥罐。發生了一場爆炸。屋頂坍塌了。妳的父親……被壓在下面。」

我停住了。冷水一直沒過我的腰，周圍全是黑暗，但另外一種更加冰冷的黑暗滲進了我的心中。我發現這個世界上存在著超過黑暗和恐懼的東西，現在這種東西已經充滿了我的心。

「我知道。」他嗓音沙啞地說道。但我知道他不可能明白我的感受。他繼續說著：「我們必須快一點。我抱著妳下了一道斜坡，水愈來愈深。現在我們在平地上，但水還在上漲。這是漲起的潮水，這條隧道會完全被水灌滿，我們不能耽擱。」

「我的父親死了？怎麼死的？怎麼可能他死了，你卻還活著？」

「走吧，」他命令我。他開始再次涉水向前。我跟在他身後。我聽到他了吸了一口氣，彷彿是在啜泣了一陣之後，他又用沙啞的嗓音說：「蜚滋死了。」他想要把話說下去，卻沒有能做到。最終他只是說：「他和我都知道，這個選擇會出現。妳也聽到他的話。我承諾過，我會選妳。這是他的意願。」然後他哽咽著問我：「妳還記得那個關於天平的夢嗎？」

「我必須回去找他！」

他的速度很快，即使是在黑暗中，他仍然一下子就緊緊抓住了我的手腕。隨之而來的耀眼光芒讓我腳步不穩。他又轉而抓住了我的襯衫後襟。「我不能讓妳這麼做。現在沒有時間了，這樣做也毫無意義。我們離開他的時候，他已經死了，蜜蜂，我聽不到他的呼吸聲，感覺不到他的心

跳。妳以為我會在他活著的時候就丟下他，任由他被困在那裡？」一開始，他的聲音還能保持僵硬的克制，但到最後，他彷彿變成了一個瘋子。他粗啞的呼吸聲迴蕩在隧道裡，「我能為他做的最後一件事就是帶妳離開這裡。現在，我們走。」他向前走去，拖著我淌過深水。我踢蹬著，卻無法與他對抗。我竭盡全力想要掙脫出他的手指。「不要，」他說道，聲音像是在哀求，「蜜蜂，不要讓我對妳動粗。我不想這樣。」他話語再難以保持流暢，「我還要用力氣強迫自己走下去。我只想能夠回去，死在他的身邊，但我必須把妳帶出這裡！為什麼機敏會讓妳一個人回來？」他的聲音顯得格外悲痛，彷彿我是一個軟弱無力的小女孩。或者這是別人的錯，而不是他的。

「不是機敏讓我回來的，」我對他說，「我要小堅守住門口，我回來警告你們。」

「普立卡呢？」他突然問道。

「我在回來的路上和他擦身而過。」

「距離那道門還有多遠？」

「我們在平地上，然後我們會遇到一段上坡，接著是很長一段臺階、一個小平臺，又是一道臺階通向那道門。他……被壓壞了嗎？」

「蜜蜂。」他的聲音非常輕。

「他說過，不會再離開我了！」

他什麼都沒說。

「他不可能死！」我吼叫著。

「蜜蜂，妳知道他死了。」

我知道嗎？我努力去感覺他，在我的意識裡。我放下自己的精技牆，去摸索他曾經在的地方。沒有狼父親。他摸到我的頭時和我的聯繫……消失了。「他死了。」

「是的。」

這是我曾經聽到過的最恐怖的一個詞。我伸手抓住他的襯衫袖子，緊緊地抓住他，我們一同加快了腳步，就好像這樣做就能夠逃離他的死亡。

地面一直是平的，但水愈來愈深了。我們在黑暗中前行。水在我的腰間泛起一個又一個波浪。地面開始稍稍向上傾斜，但水還在變深。

「快。」他說道。我努力加快腳步。

「我會怎麼樣？」我突然問道。這是一個可怕的自私的問題。我的父親死了，我卻想要知道自己會出什麼事？

「我會照顧妳。我能做的第一件事就是帶妳離開這裡，到船上去。那艘船能夠載我們去安全的地方。然後我會帶妳回家。」

「回家。」我說道。但這個詞現在顯得格外空洞。家是什麼？「我想要小堅！」

「我們就是要去找小堅。快。」他突然停住腳步，用他的袖子遮住手，然後抓住了我的手，拉著我穿過上升的水面。他的速度變得很快，我的腳幾乎連地面都碰不到。當我們遇到第一個低矮臺階的時候，他被絆了一下。我們全都跌倒在水裡。不過他已經在轉眼間就站起身，我們迅速爬上臺階，逃離已經開始不斷撞擊我們的積水。這些臺階很不平坦。我撞了腳踝，又在跌倒時磕到了小腿。他始終都沒有放開我的手，不斷地拉著我往上走。很長一段時間裡，我們一直向上攀爬，但水變淺的速度非常慢。

「那是光嗎？」他突然問道。

我瞇起眼睛。「那不是陽光，是燈。」

「我能看出來。」他的聲音顫抖著，彷彿有人在搖晃他，「小堅？機敏？」是機敏。他走下臺階來迎接我們了。他的一隻手裡舉著那盞小油燈，另一隻手拿著劍，面孔彷彿被罩上了一層光和影的面具。「蜜蜂？蜚滋？弄臣？為什麼你們速度這麼慢？我們都很擔心！」他一邊說話，一邊淌著水跑向我們，「真害怕你們被困在隧道裡。現在只要再走幾步，你們就能離開水面了。火星還沒回來。她比我跑得更快。我回來的時候正好看見普立卡逃跑。我真應該殺了他，現在不知道他是不是跑回克拉利斯去報信了。小堅還守在門口。」他囉囉嗦嗦地說了一大堆，然後他的燈光照到了我們，「蜚滋在哪裡？」

弄臣吸了一口氣，說道：「沒有和我們在一起。」

「但……」機敏盯著他，然後又低頭看著我。我無法承受他的表情，只能將自己的臉埋在小親親的襯衫裡。

「不。」機敏帶著沙啞的嗓音呼出一口氣，「怎麼了？」

「發生了爆炸。隧道的橫樑掉下來了。蜚滋走了，機敏。」

他們一邊說話，一邊緩慢地爬上臺階，就好像在一同扛著某種非常沉重的東西。機敏突然停住腳步。他的肩膀在顫抖，手中的燈光也隨之微微搖晃。他發出一點哽咽的聲音。

「不！」小親親吼道。他抓住機敏的肩膀，用力搖晃他，讓燈光更加激烈地跳動，「不，不要在這裡。不要是現在。我們都不能這樣想。等到她安全了，我們大可以哀慟。而現在，我們要清醒地計畫，要活下去。把它嚥下去，昂起頭，向前走！」

機敏照他的話做了，響亮地吸了一口氣，向上走去。我走在他們中間，慢慢又落在後面。我在竭力思考父親離我而去這件事。他又一次離開了我，而這次，他不會回來了。我回憶起那個天平的夢。在內心深處，我早就知道他會用他的命換我的命。但隨著我每呼出一口氣，我心中的一樣東西都會變得更加沉重。愧疚、負罪感、哀痛，或者是這些東西可怕的混合體。我沒有哭泣。淚水太渺小了，只會侮辱我現在的失落。我想要用流血表達我的哀傷，讓疼痛將這哀傷和我的生命一起帶走。

機敏突然回頭看了我一眼。「蜜蜂，我很抱歉。」

「你沒有殺死他。他是為了換我的命才會死的。」

機敏微微踉蹌了一下，然後他說道：「到我的背上來，蜜蜂。我們要走快一些。」

我想要拒絕，但我實在是太累了。他彎下腰，我爬了上去，伸出手臂摟住機敏的脖子，同時盡量不讓他窒息。我不知道漲起的潮水是否會充滿我們身後的隧道。海水會淹沒我父親的屍體

嗎？盲眼的小魚會不會來吃他？

我趴在機敏的背上，我們走得更快了。臺階開始變得更陡，水終於退了下去。然後，我看到遠方出現了非常小的一點光。它晃動著，距離我們愈來愈近。「下來，蜜蜂，」機敏低聲說。我從他的背上滑下來，他站到小親親和我的前面，手中舉起劍。

不過那是火星舉著一根木棍做成的火把。「我追趕他們跑過一片灌木叢，下了山丘，一直到城鎮的邊緣。我沒辦法拿著一把劍在街上追他們。他們逃走了。普立卡在哪裡？」

「他去追那些白者了。我本應該追上他，殺掉他。但我留在了小堅身邊。」

「我根本沒有看見普立卡！蜚滋在哪裡？」火星已經發現父親沒有和我們在一起。

「死了。」機敏直接說出了這個訊息。

充滿負罪感的我承認說：「他用他的命換了我的。」

火星發出窒息的聲音，機敏伸出手臂抱住她。我們能給她的安慰也只有這樣了。我們繼續快步前行。

當木棍火把燃盡之後，火星將它扔到了一旁。我明白這意味著什麼。「我們要去哪裡？」我悄聲問道。

小親親回答了我。「離開這條隧道之後，我們會到達城市後面的一片低矮丘陵，然後穿過城市到達港口。會有一艘小船在那裡等候我們——我希望是如此。我們乘小船到一艘名為派拉岡的大船上，渡過大海回家。」他的聲音聽來格外氣餒，他深吸一口氣，「回家，我們要回家了，蜜蜂。」

「細柳林嗎？」我輕聲問他。

他猶豫了一下。「如果妳想要回那裡的話。」

「我還能去哪裡？」

「公鹿堡。」

「也許吧。」我說道，「但不要去細柳林。那裡有太多我認識的人都死去了。」

他點點頭。「我明白。」

這些成年人都走得很快。我抓住他的袖口，好跟上他們的腳步。「我的姐姐在公鹿堡。」我告訴他，「蕁麻，還有謎語。」

「是的。他們生了一個孩子！是妳的父親告訴我的。他說：『我是外祖父了』……」弄臣的話音一下子停住了。

「一個孩子？」我沮喪地喊道。這突然讓我感覺受到了傷害。我竭力思考自己為什麼會這樣。現在她的生命裡沒有我的位置了。在片刻之前，蕁麻還曾經是我的姐姐，只是我的。而現在，她成為了另一個人的母親，還有謎語也有了他自己的小女兒。

「她的名字是琋望。」

「什麼？」

「妳的侄女。琋望是她的名字。」

我想不出該說些什麼。小親親則充滿期待地說：「有家人在等著妳，這真的很好。妳的姐姐，還有謎語。我真的很喜歡謎語。」

「我也是。」我表示同意。

火星回過頭說：「我們已經離門口很近了，現在我們要安靜一些。機敏和我會先去看看那裡的情況，弄臣會保護妳，蜜蜂，你們留在這裡。」

我點點頭，同時抽出了西姆菲的匕首，在手中握緊，就像我父親教我的那樣。看到我這樣做，火星的嘴角漾起一絲笑意。「很好。」她悄聲說道。小親親放下了油燈。火星和機敏如同幽靈般向前方一片陰影中的一點淺灰色光芒靠近。

但那道門前並沒有人在等待伏擊我們。只有小堅手中握著短柄斧，站在那道被砍開的門裡面。「蜜蜂！」他一看見我就高聲喊道，向我衝過來，手中仍抓著武器就緊緊將我抱住。我也抱住了他，抱得非常緊。我在他的耳邊說：「小堅，我的爸爸死了。隧道塌下來壓住他。我們只能丟下他。」

「不！」小堅低呼了一聲，將我摟得更緊。他喘著粗氣，胸口在我的懷中劇烈起伏。當他再次開口的時候，聲音變得憤怒而激動，「別害怕，蜜蜂。我還在。我會保護妳。」

「我們要回船上去，」機敏說，「不能耽擱，現在這是最緊急的事情。」

屋門將泥土、樹葉和蔓生的植物推到了一旁。這裡沒有人守衛，甚至已經有很長時間沒人修繕過這道門了。「真夠傲慢的，」機敏一邊費力地清除著擋道的薊草和藤蔓，一邊悄聲說道：

「我懷疑他們以前從未遭受過攻擊。」

「他們一直都相信能夠預見到災難，並穩妥地避開它們。」小親親說，「他們自以為能改變未來、拯救自己。他們的確知道毀滅者要來了，但我懷疑他們根本沒有想到毀滅者會是一個小女孩。我更懷疑他們根本不明白，這一切都是他們咎由自取。」他又說道：「像以前一樣，意外之子的行動是所有人都無法預料到的。蜚滋總有辦法打亂棋盤上的所有棋子。我們現在也許仍然處在他們的盲點之中，是蜚滋為我們爭取到了這段時間，我們絕不能浪費它。」

蜚滋已經走了，我在心中暗自想道，他不會再回來，永遠也不會了。我感覺到小堅握緊了我的手，知道我們有著同樣的想法。我們跟隨眾人走進太陽下。我難以置信地眨眨眼睛，覺得自己離開牢房之後彷彿已經過去了一年。這個被遺棄的出口周圍長滿了高草，完全看不到路。草穗上還閃爍著露珠。我們能夠清楚地看到白者和普立卡在逃向下方的城市時留下的足跡。

「我扶著你，」火星對小親親說，「我們需要走快一些。」

「我能看見。就像以前那樣。能看得很清楚。」

「你是怎麼做到的？」機敏問。

「蜚滋。」小親親低聲說道。他走出荊棘叢，環顧周圍，彷彿整個世界對他而言就是一個奇蹟。「他在臨死的時候，對我進行了最後的治療。我想，這消耗了他身上的每一點力氣。」他低頭看著我，又說道：「我沒有要他這樣做。我不想這樣。但他知道自己被困住了。他選擇將自己的生命力全部給了我。」

我抬頭看著他。和我最初見到他時相比，他已經改變了很多。現在他更瘦了，幾乎是形銷骨立，但臉上的傷痕幾乎全部消失，站姿也和原先不一樣。我慢慢意識到，他體內的傷痛也都不復存在了。

我移開目光，我還在努力理解自己的心情。這時機敏忽然開了口，聲音中幾乎沒有任何情緒：「我們需要盡快回到船上去，而且必須盡可能不惹人注目。我們不知道那些白者囚犯或普立卡是否已經叫人來抓我們了，所以我們只能認為他們已經做了這件事。小堅，如果我們遭到攻擊，就帶著蜜蜂逃走，不要戀戰。帶著她，把她藏起來，直到你們能夠登上小艇，回到船上。」

「我不喜歡這樣。」我直白地說道，「你以為我不能戰鬥嗎？你以為我不會戰鬥嗎？」

小堅臉上憤怒的表情和我一模一樣。

機敏低頭看著我。「這和妳想要做什麼沒有關係。我的父親命令我保護蜚滋。我沒能保護他，我不會再失去妳了，蜜蜂。除非我倒在自己的血泊裡。所以，妳應該幫助我完成使命，服從我。求妳。」他說出最後這句話的時候好高傲，沒有一點懇求的意思。小堅用力點了一下頭，我知道自己別無選擇。幾個月以來，我一直在獨力奮戰。現在時間還沒到中午，我卻又已經被看作是一個小孩子了。

「我會為我們選擇道路。」小親親說。機敏想要反對，但小親親已經又說道：「我熟知這座城市中的每一條街巷。我能夠帶領你們去港口，同時又不會讓人們注意到我們的行蹤。」

機敏點了一下頭。我們立刻跟隨到小親親身後。走出荊棘叢，我們來到一座能夠俯瞰城市的牧場丘陵上。我低頭望向那座城市。那裡彷彿還根本不曾察覺任何災難的降臨。馬車轆轆駛過街道，一艘船正在進港。從海面上吹來的風讓我嗅到了民居廚房中烤肉的氣味。潮濕的草葉拍打著我，將我淹沒，在我們邁步的時候劃過我裸露的雙腿。那些漁夫正在出海去捕魚嗎？他們還不知道我在昨晚做的事情？我的父親死了，他們的生活卻怎麼能還是這樣平常？這個世界怎麼還沒有像我一樣破碎？我抬頭向克拉利斯城堡望去。一縷縷細小的煙塵還在從我一手造成的結果中升騰起來。我露出微笑。至少，他們會品嘗到一些我的痛苦。

機敏說道：「真奇怪。難道他們看見城堡冒煙，不會好奇一下那裡發生了什麼？」說到這裡，他皺緊了眉頭。

我走到小親親身邊，向他問道：「你認為普立卡去了哪裡？」

「我真的不知道。」小親親說。但我聽出他的聲音裡流露出遭到背叛的哀傷和恐懼，「我們沒有時間去擔心他了。」

我為他辯護：「他是一個好人，對我很好。我想要相信他真的是我的朋友。」

「我明白。我的想法也和妳一樣。但好人也會有分歧，甚至是很嚴重的分歧。現在不要說話了。我們需要快速安靜的行動。」

他領著我們繞了不少路，經過空無一物的羊圈、被藤蔓覆蓋的牆壁，曾經美麗，現在卻顯然已無人照料的花園和房屋。我們走進了一條窄巷子裡，跑過許多很小的房子和更加簡陋的小屋。然後我們到了一條布滿車轍的土路上，在許多倉庫之間蜿蜒前進。這裡的街道上看不見什麼行

人。「他們會聚集在堤道入口處，相互詢問發生了什麼。」小親親輕聲推測。

我快步跑在小堅身邊，跟隨著那些成年人的大步。我赤著腳，濕褲子一直在拍打著我的腿。一個推車的人停下來，皺起眉看著我們走過去。但他沒有大聲喊，也沒有用手指我們，或者追逐我們。「跑。」小親親低聲命令我們。我們跑了起來，衝過兩個老婦人。她們正提著裝滿蔬菜的籃子，衝著冒煙的城堡大喊大叫。一名穿著皮圍裙的學徒工從我們面前跑過，也許是因為太著急了，甚至沒有注意到我們。我們到了通向港口的大路上，我的肋側突然很痛，但我們還是一直向前奔跑，不斷經過其他行人。那些人全都在朝相反的方向跑，他們的目標是通向克拉利斯的堤道——就像小親親所推測的一樣。

煙霧不斷從城牆後面升起，在藍天中劃出一道道黑色的線條。水面上出現了一隊小漁船，有的撐著帆，有的只用槳櫓推動。現在它們正繞過城堡的岬角，如同一群平靜的海鳥進入我們的視野。

碼頭上已經空無一人，陪伴我們的只有我們踩在木板上的腳步聲。我們來到碼頭盡頭。我彎下腰，用雙手撐住膝蓋，大口地喘息著。「感謝艾達和埃爾，」機敏用很不穩定的聲音說道。我向前邁出兩步，朝下面望去。四名水手在一艘小艇上，其中三個正蜷縮在船底昏昏欲睡。但我們從梯子上爬下去的時候，他們已經全都醒來，迅速在槳櫓旁邊就位。

「蜚滋在哪裡？」一個有紋身的水手問道。

「不能來了。」機敏只回了這麼一句。

那個發問的水手會意地點點頭，又將目光甩向那座白島。「我在晚上第一眼看到火頭冒起來的時候，就知道是他幹的。」她又盯著小親親的臉，無聲地搖搖頭，最後讓視線落在落在我身上。「妳就是這次遠征要奪回來的小寶貝？」

「是的。」機敏替我做了回答，然後他帶著幾乎是為我感到驕傲的語氣又說道：「那火是她放的！」

女水手丟給我一條潮濕的羊毛毯子。「幹得漂亮，小精靈！幹得漂亮！」她轉身對其他水手說道：「划槳。我相信我們全都想盡快離開這裡。」

逐漸明亮的天色清晰地映出了兩縷煙塵和一道粗大的黑色煙柱。城堡外牆讓我們無法確認那座堡壘的受損情況。但我還是向自己露出了微笑，對自己的破壞感到滿意。我相信，他們什麼都搶救不出來。

我坐到小堅身邊。火星和機敏一起縮身在艇底。那些看似戰士的水手一下一下彎著腰，賣力地划動船槳。那名女水手一邊划槳一邊說：「昨天非常晚的時候，我看見了火焰。沒過多久，城裡就有人跑出來喊叫。但城市衛隊很快就把他們都趕回家裡去了。他們也關閉了所有酒館旅店。我們一直聽到他們大喊：『回家去，留在家中。』那些人就像綿羊一樣都回去了！我們躲在碼頭下面，一聲不出，等著你們沒命地跑過來，但什麼事情都沒發生。在天亮之前，我看見三艘亮著燈的小艇繞過那座島的遠端，上了岸。我以為他們會發出警報、召集衛兵，但還是什麼事都沒發生。」她聳聳肩。

小親親坐直身子：「他們只是沒有讓你們看到，但我擔心一定是發生了什麼事。」小親親的臉色變得格外嚴肅。

那個女人點點頭，對她的水手們說道：「加速。」他們划槳的速度都加快了。

這四個人全都是強悍有力的划槳手。他們全身肌肉鼓脹，以整齊劃一的動作推拉船槳，彷彿他們並非四名戰士，而是一頭巨獸身上的肌肉。港口中停泊著一些大船。我們經過其中一艘、兩艘，我終於能看見我們要去的那艘船了。它的船帆全部捲起，甲板上顯得平靜無事。但我很快就看見桅杆瞭望臺上有一個人站了起來，迅速爬下桅杆。那名瞭望手沒有高聲呼喊，我相信他是有意不這樣做。隨著我們和大船逐漸接近，我看到幾名水手趴在船欄上向我們觀望。

我們繞過船頭。我看見了船首像，不由得大吃了一驚。我的父親正在低頭看著我，他的臉上帶著一點非常淡的微笑，我突然哭了起來。

小堅抱住我，將我緊緊摟在懷中。他的胸膛貼著我的後背，不住地起伏。我倒在他的懷裡，他沒有發出任何聲音，沒有人和我們說話。我抬起頭，看到火星將身子緊緊縮起來，就像是一個孩子。機敏抱住她，兩個人的頭貼在一起，淚水不住地從機敏的下頜滴落。水手們全都繃著臉，什麼都沒有說。我看著小親親。他的臉就如同一塊冰雕，他臉上的傷疤消失了，但看上去老了很多，無比疲憊，哀傷到無法哭泣。

水手們停住船槳，抓住了從船上扔下來的繩梯。「上船！」一名水手低聲指揮我們，然後就不再對我們多說一句話。火星攀上繩梯，很快就站上船舷，伸手拉住小堅，然後是我。小親親在我的身後，彷彿是在保護我不要掉下繩梯。機敏是最後一個上來的。不等他跨過船欄，已經有兩名槳手爬上了繩梯。一根起重吊臂從舷側伸出來，幾條纜繩隨之垂到小艇上。

一名水手向船舷外看了一眼，輕聲對另一個人說：「他們全都上來了！」

一個將頭髮在腦後結成辮子的女人跑到機敏面前問他：「一切都順利嗎？」然後她又皺起眉頭，「等等！蜚滋還沒上來。」

機敏緩緩搖搖頭。女人的面色變得凝重。我無法再聽機敏向別人宣布我的父親已經死了，而且我又注意到了另一件事。

我在爬上船的時候碰到了船欄杆，立刻感覺到一種巨大的焦慮和感知。我轉向小堅，對他說：「這艘船不是用木頭做成的。」但我無法解釋那種感覺。

「這是一艘活船。」小堅用沙啞的嗓音告訴我，「是用龍繭做成的。它裡面困著龍的靈魂。弄臣為他雕刻了面孔。那是很久以前的事情了。從那以後，他的相貌就變得和你父親一樣了。」

他向周圍掃了一眼，弄臣正在和那個迎接我們的女人說話，他的樣子顯得無比哀痛。機敏和火星和他們站在一起，感覺上，他們好像已經忘了我。

「來吧，」小堅低聲說著，握住了我的手，「他現在不能和妳說話。」小堅一邊帶我走過突然開始在甲板上忙碌起來的水手們，一邊向我解釋：「他必須裝成普通木船的樣子。但妳應該看看他。」

一個女人從我身邊經過。她正在和身邊的一個男人說話：「我們要起錨，悄悄出港。現在風不算大，不過夠把我們帶出去了。」

我們距離船首像愈近，我就愈感到不安。我對於這艘船的感覺非常強烈。我豎起牆壁，又將它們放下，不斷地如此重複。小堅似乎完全不知道這艘船激蕩的情緒。我拉住他，對他說：「這艘船在發怒。」

他憂心忡忡地看著我。「妳是怎麼知道的？」

「我感覺到了，小堅，他讓我害怕。」

我的憤怒不是針對妳。彷彿我的身體都在這浩瀚無際的思想中顫動，我緊緊抓住小堅的手，讓他驚呼了一聲。我聽到了他們說的話。他們奴役了一條海蛇，讓牠被困在惡劣的環境中，只為了製作汙穢的藥劑。

他們正是這樣做的。文德里亞喝下了那種藥劑，然後他就能讓人們完全服從於他。我全身都在顫抖，不停感覺到這艘船巨大的憤怒。哀傷已經充滿了我的心，現在我已經沒有空間可以容納他的怒火了。我竭力安慰他：小堅殺死了他，小堅殺死了文德里亞，我殺了那個給他藥劑的女人。

但我的想法完全不足以熄滅他的怒火，反而如同將油潑在火上，更增添了他的怒意。死亡不足以懲罰他們！他喝下了它，但還有其他人製造它。不過，復仇就要來了。我不想離開，我要親眼看到克拉利斯化作瓦礫。我不會像懦夫一樣逃走！

我聽到小堅在驚呼，聽見船員們的喊聲，但我的感覺早已將其他所有訊息淹沒了。我倒在甲板上。無比激烈的情緒如同波濤一般湧過甲板，甲板沒有起伏搖盪，但我還是緊緊抓住船板，唯恐自己感覺到的力量會把我拋入空中。

「他在發生變化！」有人喊道。小堅發出一陣無言的呼吼。在我的手掌下面，甲板失去了木質紋理，進而覆蓋了一層鱗片。一陣可怕的暈眩感湧過我的身體，掀起了我空空的胃。我抬起頭，在噁心中感到恐懼。我父親的面容改變了，兩顆龍頭揚起了長長的脖頸，其中較大的一顆是藍色，較小的一顆是綠色。藍色的龍頭轉過來看著我們，牠的眼睛在不斷旋轉，就像是橙色、金色和黃色的金屬熔融在兩個池塘裡。牠說話的時候，爬蟲類的嘴唇向上捲起，露出了白森森的利齒。「小堅！海蛇和巨龍的復仇者！」

我還在用手和膝蓋支撐著身體。小堅抬起頭看著龍形的船首像，咧開嘴露出牙齒，那樣子像是在微笑，或者是被嚇壞了。我聽到身後甲板上傳來奔跑的腳步聲，機敏突然把我拉起來。「你們在這裡！我可真是……蜜蜂，跟我來。我們不需要妳在這裡礙事。」

我立刻感到一陣惱火，但小堅已經說道：「我會帶她去船艙。」他從機敏面前將我拉走。這時機敏卻只是呆呆地看著那個雙頭船首像。小堅領著我走過甲板，沿途躲避奔跑的船員。我只是讓他牽著我，完全不在意我們要去哪裡、要做什麼。空氣中充斥著災難的氣味。我不知道自己是否能在哪裡找到安全，只希望能夠活著度過今天。

小堅顯然不像我這樣想。他打開一個小艙室的門。「我們要起航了，蜜蜂。等我們離開港口，升起滿帆，我們就徹底安全了。派拉岡號能在海浪上飛翔，沒有人能追上我們。」

我點點頭，但緊張的心情沒有絲毫放鬆。這艘船洶湧的情緒穿透了我，就如同打碎了我血肉中的骨頭。

「坐在這裡。我很想留下來，但我必須去幫忙。」小堅對我說完這番話，就向艙門口退過去，同時還不停用雙手憑空向下按，彷彿這樣能讓我平靜下來。「一定要留在這裡。」他最後向我懇求，然後就丟下了我一個人。我孤獨地坐著，身子來回搖晃。我能感覺到這艘船在抵抗他的船員，他們想要逃走，而他絕對不想。

這是一個很小的艙室，說不上整齊，但也不髒。牆上有一扇小舷窗，有一副上下舖和一個單獨的床位。一身女人的衣服凌亂地扔在地上。兩張下舖上堆著不少東西。

我坐在床上，推開一件襯衫，為自己騰出一些空間。是公鹿堡藍——我父親就是這樣稱呼這種顏色的。我將它挪開時，襯衫裡滾落出三根蠟燭，一陣芬芳隨之飄起。這些蠟燭上都黏了許多線頭和灰塵，有許多傷痕和裂口，但我知道，這是媽媽做的。金銀花、紫丁香，這種紫色的小花就開放在匯入細柳河的小溪兩岸。我將它們收好，放進父親的襯衫裡，就像是包裹一個嬰兒。然後我將它們抱在懷裡，輕輕搖動。這就是父母留給我的一切了嗎？一種奇特的認知在我的心中滋長。我現在是一個孤兒了，他們全都走了，永遠地走了。

我沒有看見父親死去，但我能夠以一種無法否認的方式感覺到了他的死亡。「狼父親？」我高聲說道。沒有回應。強烈的失落感擊中了我，讓我全身麻木。我的父親死了，他長途跋涉幾個月來找我，我們在一起卻還不到半天時間。現在留給我的只剩下他一直帶在身邊的這一點東西，一些對他絕不可缺少的東西，比如我媽媽的蠟燭。

我看著他帶來的這些東西，在他的襯衫上擦擦臉。他不會介意的。我挪開一條磨損嚴重的舊褲子，看到下面是一條熟悉的腰帶。在腰帶旁邊是我的書。

我的書？

這讓我吃了一驚。我記錄的日常生活和晚上做的夢。它們被放在他書房牆後面、我的密室裡，他找到了它們，這些天以來一直帶著它們。他有沒有看過內容？我的夢境日誌攤開著，展露出來的正是那個關於蠟燭的夢。我看著自己在那麼久以前畫的那張畫，又讓自己的視線轉到身邊的蠟燭上。我明白了。我合上日誌，將它拿起來，讀了一頁、兩頁，又合上。這已經不是我的書了。它是過去的我寫下的。而我再也回不到過去了。我突然明白父親為什麼一定要燒掉他的手稿。這些每日的冥思已經完全屬於另一個人，另一個像我的母親和父親一樣永遠逝去的人。我想要燒掉這兩本書，讓它們得到一場莊嚴的火葬——這是我無法給予我父母的。我會割下一綹頭髮，哀悼那個已經消失的孩子，和那個曾經努力要成為她的好父親的男人。

我看了看散落在我身邊床上的其他物品。我突然知道了，這些都是他的東西。小匕首和小瓶子、他的殺人工具、幾只小口袋。我露出微笑。我用更少的東西就殺了許多人，他會為我感到驕傲的。

我非常疲憊，但這艘船的情緒如同不可預知的波濤，不斷衝擊著我。我知道我需要睡眠，同時也很清楚沒有辦法睡著。狼父親一定會告誡我，要在能夠休息的時候盡量休息。

我拿起蠟燭包裹，爬到上鋪。當我躺下的時候，頭卻撞在硬硬的枕頭上。我坐起身，推開枕頭，發現下面是一件睡衣，睡衣下蓋著一只裝滿了東西的玻璃瓶。我把玻璃瓶拿起來——我用了兩隻手才做到這件事。瓶子很沉重。我傾斜它，裡面的液體也隨之發生擾動，成為一團緩慢轉動的灰色和銀色，不斷旋轉、旋轉、旋轉。我的心跳在加速，無法將視線從它上面移開。我心中的某個角落認識這種液體，而這種液體也認識我。即使有瓶壁阻隔，它還是向我伸展過來，我忍不住也同樣回應它。

我違背本心地緊緊抓住這只沉重的玻璃瓶，感覺到自己在海蛇涎液上割傷腳底時那種灼熱的瘋狂。這種力量潛藏在我手中的瓶子裡，正向我發出召喚。我能夠抓住這股力量，打開瓶子，讓自己浸沒於其中，我就能夠成為一切、實現一切。我能夠像文德里亞一樣，強迫人們接受我的一切意志。我抽搐著打了個哆嗦，讓瓶子落回到床上。我盯著它，眼淚不由自主地落了下來。我的父親曾經帶著它，曾經擁有如此恐怖的東西。為什麼？他使用過嗎？他是不是想要得到這種力量？我在父親的襯衫上擦擦濡濕的臉。父親已經走了，我永遠也不會知道這個問題的答案。我拿起蠟燭，將他的襯衫蓋在玻璃瓶上，這樣我就不必看到它了。

我從上鋪爬下來，坐回到下鋪，看著我骯髒的腿和腳，又看看雙手。它們已經因為勞作而變得粗糙，現在又沾滿了火灰。公鹿堡，我會在那裡有一個位置嗎？我能夠聽到人們在甲板上奔跑、叫喊。這艘船的情緒忽然發生了變化，也許我們潛藏的時間已經結束了。

然後，這艘船發出咆哮——一種無言的呼吼，可能是憤怒，也可能是恐懼。

「**火！**」這是一個人類的喊聲。我直起身子，心一直跳到了喉嚨。我向小舷窗外面望去。許多漁船包圍了我們，但他們不是在捕魚，而是正在向我們的船拋擲一些東西。我聽到舷窗下傳來一記碎裂的聲音，應該是他們拋來的東西被撞碎了。我向窗外探出頭，想要看清楚到底是怎麼回事。這時我看見一名弓箭手從另一艘小船上站起來，他扯滿弓弦，另一個人向他的箭頭舉起了一枝火把。心跳一次的時間裡，燃燒的箭頭飛向了我們。我不知道那枝箭是否射中了我們的船，但火焰很快就在小舷窗外跳起，遮蔽了我的視線。我轉身逃出敞開的艙門，來到昏暗的走廊中，聽到船員們在叫喊。

「他們正在砍我們的錨鏈！」

「火焰會毀掉活船！快把火撲滅！」

「蜜蜂在哪裡？」是小親親的聲音，沒有人回答他。

「這裡！」我喊道。

「蜜蜂！蜜蜂！」是小堅的聲音。他衝下舷梯，向我跑過來。「船著火了！我們要帶妳上小艇！」

「去哪裡？」我向他喊道，「到岸上去？那些人會抓住我們，殺死我！」我的預感是對的。這艘船上也不會安全。我們無處可逃了。小堅和我彼此對視著。我的心跳在耳中變成了一聲聲雷鳴。

一陣恐怖的喊聲湧過整艘船，那聲音沙啞而又深沉。船上的每一塊木板都在發出尖叫，劇烈

的衝擊波震顫著我的每一根骨頭。更加可怕的是這艘船讓我感受到的那一陣劇痛。派拉岡正在被活活燒毀。這不是一種肉體的疼痛，而是一種深入骨髓的憾恨。作為船的他將不復存在，而他終究沒能得到機會變成一頭龍。

小堅伸手抓住我的手腕，「妳不能被燒死，然後我們再決定去哪裡！」

我甩掉他的手，回身向船艙跑去。「我不會逃跑。我有另一個主意！」

我爬上床鋪，拿起那只沉重的瓶子。小堅緊盯著我。「我知道如何使用這個，」我對小堅說，而瓶中的白銀已經在向我悄聲耳語，給我承諾。我不會讓僕人抓住我。我能夠指揮他們，讓他們跳下自己的小船，在海裡淹死。他們會照我的話去做。

「妳要幹什麼？」小堅恐懼地悄聲說道。然後他大喝一聲：「不要這樣做！不要碰那東西。它會殺了妳！弄臣曾經將一些白銀塗在手指上。雨野原的人們都說那會殺死他……」

我推開小堅。那只沉重的瓶子就被我抱在臂彎裡。我快步向甲板跑去。小堅的警告對我毫無意義，這一點我很有把握，我已經見識過文德里亞喝下海蛇涎液後的樣子。而這和海蛇涎液更不一樣，這種白銀更純粹，效力更強。我還不確定該如何使用它。我必須喝下它嗎？小堅說，小親是把它塗在手指上。那麼這是否意味著我應該把雙手浸泡在它裡面？還是把它淋在頭上？

我跑到通向甲板的短舷梯前。不等我上去，一個人已經從甲板上跳了下來，為了緩解向下的衝力，他彎曲膝蓋，深深地蹲在地上。當他站直身子的時候，我看見一雙淺藍色的眼睛和一張滿是煙燻火燒痕跡的黑色臉龐，眉毛上方的頭髮都燒焦了，就像是一場成真的噩夢。他瞪大了眼睛看著我懷裡的東西，向艙口喊道：「在這裡！她拿過來了！」

另一個人從艙口跳落到他身邊。這個人的一側面孔全是水泡，一隻手臂緊貼在胸前。那隻手臂上的衣袖燒光了，皮肉變成了融化的脂肪。「女孩，我需要那個。琥珀在我划船送她去克拉利斯的那一晚告訴過我，那是為這艘船準備的，這艘船需要巨龍之銀。」

「歐仔！」小堅恐慌地喊著，衝到我身邊。我將裝有白銀的瓶子緊緊抱在胸前。那白銀在向我唱歌。能力與力量。這是我的。

船再一次發出吼聲。這吼聲透過船身，在我的心中迴蕩。在他的絕望中，我迷失了自己。我看到這絕望也出現在逼近我的這兩個男人的臉上。

被燒掉半邊臉的那個人快速而顫抖地說道：「火勢正在蔓延，小堅。我們無法阻止它。水熄滅不了他們用的燃料。你現在就要帶這個女孩離開這艘船了。但巨龍之銀……我們需要它。為了派拉岡。除非他現在就變成龍，否則他就會沉沒在這裡，徹底消亡。琥珀告訴過我這瓶子被放在哪裡。這是你們承諾會給派拉岡的回報。」

另一個人向我伸出手。「求妳，女孩，妳沒辦法使用這東西。它會毒死妳。但它也許能讓我們的龍獲得自由！」

如果我使用它，就能夠讓這兩個人服從我，讓所有人服從我。我會像文德里亞一樣，而且要比他強大得多。

我會像文德里亞一樣……

「給你。」我把瓶子遞給他們，被燒傷的人伸手要接過它。

「不，」另一個人說道。「你帶他們下船。我把這個送去給派拉岡。」

「那裡已經燃起了大火。」被燒傷的人警告自己的夥伴，「柯尼提，你會死的。」

「那是派拉岡，是我們家的船，我的血親，我必須去。」名叫柯尼提的這個人抓住瓶子，把它抱在懷裡，一隻手爬上了舷梯。

又一陣痛苦的嚎叫撕裂了空氣，震顫著這艘船的每一根骨骼。「上舷梯。」小堅命令我。我以最快的速度服從了命令。爬上甲板，我站在一片濃煙和雨點般掉落的灰燼中，抬頭去看，我們捲起的船帆正在緩慢燃燒，不斷向下撒落灰燼和燃燒的布片。在這艘船的一側，火舌組成一道牆壁。我們無法從那裡逃走。煙塵在四面八方升騰，我早已知道了升起的煙霧會多麼快地變成一片火海。我的眼睛在流淚，讓我什麼都看不清。

一隻戴著手套的手從後面抓住我的肩膀。「到小艇上去！」小親親氣喘吁吁地喊道，「他已經沒救了。哦，派拉岡，我的老友。」

「琥珀！我的父母在哪裡？」手臂被燒傷的那個人喊道。小親親搖搖頭。

「他們向船頭跑過去了，攻擊我們的人在那裡放的火最多。歐仔，你不可能衝過那片火焰，他們已經回不來了！」

但那個人已經轉身去追趕他帶著巨龍之銀的朋友了。他們一直向前跑，我看著他們衝鋒、跳躍，希望他們穿過去的只是薄薄一片火苗，而不是烈焰火海。這艘船的哀號充滿了我的耳朵和全身，我在他的恐懼和憤怒中顫抖。這就是我們所有人的末日，我像他一樣清楚地知道這一點。我看著眼前這場災難，身子卻在被小親親拖走。他比看上去更強壯。在我意識的一角，我開始懷疑他使用的是不是我死去父親的力量。

我們到達了另外一側船舷。小親親透過升騰的煙霧向外望了一眼，立刻開始了咒罵。小堅咳嗽著喊道：「他們丟下我們了！」

小親親仍然抓著我的肩膀，用另一隻手臂捂住自己的臉，透過袖子說道：「他們只能離開，否則小艇也會著火。他們還在等著我們。我們必須跳下船游過去，但僕人的船隊也會包圍他們。」

「機敏呢？」小堅咳嗽著問，「火星呢？」

「我不知道。」

「我不會游泳。」我說道。不過這沒有關係，我只是有些好奇淹死會不會比燒死的痛苦小一些。也許吧。那些漁船還在向我們的船射箭。我們的兩名水手跑過來，徒勞地揮舞著他們的長劍。

「我們要跳嗎？」小堅咳嗽著問。他的眼睛不斷流著眼淚。煙霧中有一股可怕的味道，就像是在燃燒肉體，就像很久以前，我的父親和我焚化那位信使的屍體。

然後，變化發生了。這一整艘船都在顫抖，就像是一匹馬要甩掉身上的蒼蠅。我們腳下的甲板全都開始彎曲變形。

「跳！」小堅喊道。但他沒有給我時間服從命令。他直接抓住我的上臂，把我從小親親的手中拽開。他也沒有給我時間爬過船欄杆，而是直接把我拉了過去，讓我的小腿重重地撞在木頭上。真奇怪，在這一片混亂之中，這種痛楚卻仍然是如此清晰。

小親親和我們一起跳下。他一邊往下掉，一邊甩動四肢。我看見他飛行的身體，但僅僅是一瞬之後，冷水已經淹沒了我。我還沒有來得及吸一口氣。小堅抓住我的手鬆脫了。我向下沉去，進入到寒冷和驟然的黑暗之中。下墜的力量將水擠進我的鼻孔，這種感覺很痛。我張嘴驚呼，喝下了海水，急忙又閉緊。我懸浮在寒冷和黑暗中。踢腿，踢腿，我告訴自己。打水，採取行動。為生存而戰鬥。狼父親！

不。牠已經走了，和我的另一位父親一起走了。我只剩下孤身一人。我必須戰鬥。就像被逼入絕境的狼那樣戰鬥。就像牠向我的父親承諾的那樣去戰鬥。我瘋狂地踢踹拍打吞沒我的水。我恨它，就像我恨德瓦利婭和文德里亞。一轉眼，我的頭冒出了水面，但我沒有時間呼吸，立刻又沉了下去。更加用力地踢踹，更加用力地拍打。我再一次找到了光明，空氣在撫摸我的臉。我吐出水，從鼻子裡噴出水來，凶狠地拍打著水面，拚命想要留在水面上。我吸了一大口空氣，但海浪再一次拍中了我的臉。

有人抓住我的手臂。我爬到他身上，就像一隻發狂的貓爬上一棵樹。我要把自己的頭探進空氣中，卻沒有想到我正在把他推進水裡。我深吸了一口氣，另外有一個人抓住了我，將我向後拉去。「放鬆，躺下！」一個聲音在命令我。我周圍的世界一片模糊。我無法放鬆，但她一直從背後撐著我。小堅從我身邊探出頭，不停地吐水，然後抓住我的手臂。讓自己向我靠近。「安黛，謝謝妳。」

「踢水！」那個女孩用力說道，「用力踢！」

我眨掉眼睛裡的鹽水，向上望去。從這個角度，這艘船看上去大了很多。火焰正在舔噬他的側舷，一片片被燒焦的帆布乘著從他身上噴起的熱風，在清晨的陽光中飄舞。我聽到其他停泊海船上的水手發出驚慌和憤怒的喊聲。我又扭過頭去看那些攻擊我們的小船，很害怕它們會逼近過來。但那些船正在後退。敵人似乎很滿意他們的攻擊效果。

我效仿小堅和安黛的樣子踢蹬雙腿。我們漸漸遠離了派拉岡號，不過速度很慢。這艘船高聳在我們頭頂，正在烈焰中緩慢調頭。我看到又有兩個人從船上跳下來，想要在海水中尋找虛妄的安全。我看到了慢慢轉過來的兩顆龍頭。他們曾經是藍色和綠色，而現在都已經陷入火海，變成了焦黑色。木質船首像彷彿正在與火焰搏鬥。在燒焦的黑色中，藍色或綠色的鱗甲會突然重新出現，但敵人潑灑的油脂又會再次被引燃，噴起更加熾烈的火焰。火舌不斷舔噬著兩頭龍的長脖子，兩顆龍頭都在瘋狂地甩動。前甲板已經完全陷入大火。即使是在這麼遠的距離，我還是能感覺到活船的悲苦與無奈。他發出一聲聲銅號般的絕望怒吼，吼聲迴蕩在港灣裡，又在城市後面的山丘中引起一陣又一陣回音。

一片更高的海浪拍在我的臉上。我噴著水，不停地眨著眼睛。隨著視野恢復清晰，我看到一個滿身是火的人跳上了藍龍的脖子。他緊緊抱住龍頸，向藍龍高喊，同時手中舉起了我父親的玻璃瓶。藍龍張開雙顎，從那個人的手中接過瓶子。那個人交出瓶子之後，就一頭栽進大海之中。而藍龍則昂起頭，合上了雙顎。我看到一塊銀色的碎片從龍嘴中掉落下來。

「起作用了嗎？」小堅喘息著問。

「什麼作用？」安黛問。

「抓住繩子。」有人在叫喊。一條繩子被甩在我的胸前。小堅抓住了它，我也急忙抓住。這是我們的小艇上扔過來的繩子。我認得那個在船頭抓住繩子的女人，她的身上有紋身。

「還不夠。」小堅哀傷地說。

那個女人開始收繩，將我們朝小艇拉過去。這個動作讓拍打在我們身上的海浪更強了。又一片海浪拍在我的臉上，當我眨掉眼中的海水時，派拉岡號已經變成了碎片。桅杆歪斜著倒下，高大的船尾艙室傾翻進港灣裡。船欄和船板的碎片，就像冬季結束時樹枝上的積雪一樣紛紛跌落。小堅吐出一口水。現在只有船殼還是完整的，上面帶著一部分甲板和船欄杆。

「琥珀去那裡了？」小堅向救我們的人喊道。

「不在這裡。」那個女人說。

我抓著繩子被拖向小艇，卻看到瑰麗的色彩湧過一片船板。這時，幾隻手抓住我，把我拉進小艇。我落到了擁擠的小艇裡。艇底還有幾寸高的積水，小艇的龍骨撞得我很痛，但沒有人注意我。安黛和小堅都用腿勾住船板，正要爬上小艇。我拉起小堅，然後是安黛。

「派拉岡！」小堅驚呼一聲。

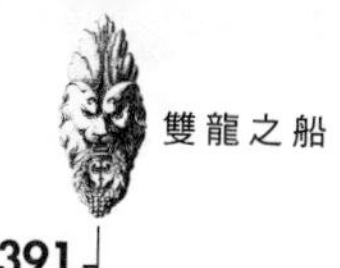

派拉岡的殘骸完全落入水中。我看到有人爬上了殘骸的木板，心中希望那是機敏。我的同伴們並沒有搜尋倖存者，他們全都在盯著水中的一場巨變。一顆綠色的頭顱衝出水面，然後是兩隻前爪抓住了殘骸。一頭綠龍登上了正在緩緩下沉的船殼殘骸，牠伸展雙翼，抖落上面的海水，那一雙翅膀上布滿了黑色和灰色的花紋，是燒焦的木頭和灰燼煙塵的顏色。突然間，牠高高昂起頭，發出尖利的吼聲。有幾個字夾雜在牠的尖叫聲中，牠的意念也在同時抽擊著我的意識。我這才知道牠是一位巨龍女王……

「報仇！報仇！為了我和我的一切報仇！」

我的一些同伴在這尖叫聲中捂住了耳朵，而另一些人則發出一陣歡呼。牠更加有力地拍打翅膀，掀起周圍的海水和殘骸。牠不是很大，比一匹馬大不了多少，而且很瘦。但是當牠再次咆哮時，我看到了閃著亮光的白色利齒和喉嚨上的猩紅和黃色條紋。牠從殘骸上飛起，奮力飛向高空，變成了碧藍天穹上的一顆綠色寶石。牠在我們的頭頂盤旋了兩圈，翅膀每搧動一次，似乎都變得更加強壯。

然後，牠撲向了一艘正在逃走的小船。我看到牠咬住一名槳手。四枝箭射向牠，三枝射偏了，一枝從牠的鱗甲上彈開。牠咬著那個倒楣的傢伙飛上半空，合攏雙顎。那個人的腿落向一邊，頭和肩膀落向另一邊。我們聽到敵人恐懼的呼喊，但小艇上沒有人歡呼。這太恐怖了，龍竟然能如此輕易地對人類做出這種事，哪怕是一頭小龍。

「藍龍！」有人高喊道。我一直在專心看著那頭綠龍，沒有注意到藍龍也從殘骸中探出了身。牠伸展四肢，站在不住翻滾的木料上，帶有煙塵紋路的翅膀完全展開，露出了紅色的斑紋。牠比綠龍更巨大，吼聲深沉渾厚。牠低垂下頭，用鼻子輕輕碰觸一個人。我這才發現躺在巨龍身邊的那個人。

「哦，甜美的艾達啊！那是歐仔。牠要吃掉歐仔了！」

彷彿是在回應這個念頭，藍龍再次抬起頭，牠的想法伴隨著咆哮湧來。我這時已經開始明白，牠所說的話都是我透過自己的意識「聽到的」，我的耳朵裡只能聽到牠銅號一般的吼聲。

「他還活著。我的朋友不是我的肉。我會盡情去享用我的敵人！」

藍龍揮動起翅膀比綠龍速度更慢，也更加有力，牠從容不迫地升入空中。半空中的尖嘯聲讓我知道，綠龍還在大嚼那些燒船的人。看著更加巨大的藍龍在天空中冉冉升起，我們的槳手已不再划槳，小艇只是漂浮在各種船隻碎片中間。藍龍在天空中上升得愈來愈高，然後調頭撲向了牠的獵物。牠掠過海面，叼起一個矮壯的槳手，帶著這個人愈飛愈高，直到我們幾乎聽不到他的慘叫。就像那頭綠龍一樣，牠咬碎了那個人，讓人體的碎塊紛紛掉落。吞掉嘴裡那一塊肉之後，又以令人驚歎的敏捷飛撲下來，叼住了下落的雙腿，也把它們吞進肚子裡。

我們船上的槳手突然抓住了船槳。我知道是為什麼。又一名倖存者爬上了殘骸，正越過起伏不定的船板和各種碎片向歐仔爬過去。「那是樂符！」小堅喊道。

一名水手推開各種碎片，跪倒在我們小艇的船頭。小艇向船隻殘骸最密集的地方駛去，另一艘派拉岡號的小艇比我們速度更快。我看到火星爬出小艇，在漂浮的船板上行走跳動，最終跪倒

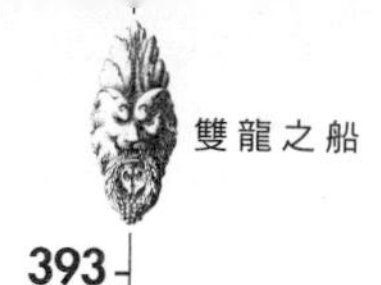

在那個躺倒不動的人身邊。「還活著！」她高聲喊道。我們的同伴立刻齊聲歡呼。他們在慶祝朋友的倖存，慶祝一個頑強的生命。

我不是個好人。我將目光從倖存者的身上轉開，望向那兩頭龍。牠們正在追逐並折磨敵人，在天空中享用美餐，讓鮮血之雨落在僕人的僕人們身上。

從他們的死亡中，我獲得了一種苦澀的滿足感。

復仇

在寶藏灘，人人都知道這件事。

你必須在南岸的那個小海灣裡落錨。小心海潮！落潮會困住你，而漲潮很有可能會把你一直沖到海灘上。

小心地沿那條小路穿過森林。離開那條路亂走的人，將會大禍臨頭。

當你到達了另一邊的海岸，沿著海灣裡的潮汐線行走，不要離開海灘。除了海灘和小路之外，異類島上的所有地方都是禁止人類進入的。

你會發現被浪濤沖上海岸的珍寶。洋流和海風似乎會將這些珍寶從很遠的地方帶過來，讓它們聚集在這裡。你可以隨心所欲地拾取它們，但你不能帶走任何一件。

在正確的時間，會有一個生靈來到你面前。以巨大的敬意對待它。將你收集到的珍寶呈獻給它。這個智慧的生靈會把你的未來告訴你，讓你知道應該走的最佳道路。當它的講述結束之後，你可以將每一件珍寶分別放進懸崖中的一

個凹坑裡。

你絕不能帶走任何在寶藏灘發現的東西，無論它是多麼小。這樣做只會讓劫難落在你和後代身上。

——《奧傑尼的魔法之地名錄》，蜚滋駿騎・瞻遠翻譯

對於兩頭龍能夠造成的破壞，我只能感到驚歎。而且我相信，剩下的那些僕人對此只會更加驚駭不已。藍龍和綠龍趕走了將災難拋到我們身上的那些小船。港灣裡的其他船隻紛紛起錨升帆，逃離這不可思議的毀滅。他們一定都認為克拉利斯人瘋了，才會將火焰拋在一艘和平停泊的船上。而這艘船突然之間生出了兩頭狂野的惡龍，這肯定完全超出了他們的理解能力。

對於那個混亂的下午，我該如何描述？我關於那時的全部記憶都充滿了噁心和浸透鹽水的不舒適，還有哀傷與強烈的疲憊感。我們的敵人逃走了。我們將朋友聚集起來——還活著的、死了的，還有介於活著和死了之間的。我們超載的小艇停靠在一座碼頭伸入海水的一端。我們佔領了那個地方。在我們之中有三個人，包括那名有紋身的女人似乎都很熟悉戰鬥。儘管沒有武器，他們還是將眾人組織成防禦陣型，手持匕首，準備禦敵。另一些人又划著小艇去尋找派拉岡號其他的小艇和留在殘骸上的同伴了。

「如果我把妳留在這裡，去搜尋其他人，妳覺得是安全的嗎？」小堅非常認真地問我。

我聳聳肩。「我們都不會是安全的，小堅。這一整座城市都在恨我們，很快，他們就會找到

辦法向我們展示恨意了。」我抬手一揮，「我們沒有辦法逃走。那艘船變成了龍，其他船都逃掉了，或者被龍摧毀了。我們幾乎沒有武器，也沒有任何東西能贖買我們的性命。」這一切在我看來是如此清晰。小堅則只是驚訝地盯著我，彷彿被我的話深深打擊。我很可憐他，難道他不知道，我們全都要死在這裡了嗎？「去吧，」我對他說，「看看能找到誰。」

不等小堅回來，又有我們的一艘小艇找到了我們。疲憊的倖存者們慢吞吞地爬上碼頭，和我們會合。火星也在他們中間。但我沒有看到機敏。歐仔，就是那個被燒毀了臉和一隻手臂的人。樂符幫助他爬上梯子，我很驚訝他還能說話，更沒想到他還能站立。「有人看見我父母親了嗎？」他問道。沒有人回答，他的臉鬆垂下去，原地坐倒在碼頭上。慢慢地，他的身子也倒了下去。被稱為安黛的水手坐到他身邊，問其他人：「我們有水嗎？」

我們沒有。

火星走過來坐到我身邊。她全身都濕透了，不停地發抖。我們擁抱在一起尋求溫暖。「琥珀呢？」她問我，「小堅呢？」

「小堅正在尋找其他人。我不知道琥珀是誰。」

火星茫然地盯著我。「琥珀就是弄臣。但只有妳的父親這樣叫他，或者是叫他小親親。」

「小親親。」我低聲重複了一遍，然後我又說道：「自從我們從船上跳下來之後，我就再沒有見到過他了。」

在這之後，我們似乎就無話可說了。我們一直坐在碼頭上，沒有人來攻擊我們。那些僕人的小船早已逃得七零八落，有幾艘船一直逃回了城堡，藍龍和綠龍不斷地追擊他們。現在那兩頭龍正在堡壘上空盤旋，用吼叫表達著牠們的憤怒。城牆上的弓箭手不停地浪費著箭。那些箭或者射程太短碰不到龍，或者只是從龍的鱗甲上彈開。在城市裡，人們紛紛站在自家屋頂或者樓上的窗戶後面朝城堡觀望。街上看不到行人，也沒有人想要攻擊我們。也許這座城市中的人甚至還不知道我們是不是敵人，又為什麼是敵人。明亮的藍色天空中，陽光愈來愈強烈，曬暖了我們的身體，也曬乾了衣服。我坐在碼頭的邊緣，在水面上擺動著一雙赤腳，等待著。等待確認誰還活著，等待市民攻擊我們，等待可能發生的任何事情。

「我又餓又渴，」我對火星說，「我想要有一雙鞋，但覺得自己這樣想似乎不對。我對眼前的事情好像太冷酷了。」我搖搖頭，「我的父親死了，而我卻希望有一雙鞋。」

火星伸出手臂摟住我，我發現自己不介意她這樣做。「我也很想梳理一下頭髮，把它們盤到腦後去。」她向我承認，「儘管我很擔心機敏是不是死了，但我還是這樣希望著，而且很奇怪的是，我在生他的氣。」

「那是因為如果妳覺得哀傷，因此而哭泣，妳就是真的在心裡認為他死了。」

火星給了我一個怪異的眼神。「是的。但妳是怎麼知道的？」

我聳聳肩說：「我對父親非常生氣，不想再為他哭泣了。我知道我會哭的，但我就是不想。」我活動著一側的肩膀。「而且我也對小親親非常生氣——琥珀。」我用鄙夷的語氣說出這個名字。

「為什麼？」火星顯得很驚訝。

「我就是生氣。」我不想解釋。小親親還活著，而我的父親卻死了，正是他將這一切帶給了我們。小親親，那個領著僕人來到細柳林門口的人；那個讓我的父親成為他的催化劑，從而開始了這一切的人。

我看著火星，問出一個可怕的問題。「妳知道深隱嗎？」

「機敏的妹妹？閃耀？她逃出來了。你的父親找到了她，所以他才知道妳穿過了那塊石頭。」

「他的妹妹？」我困惑地問。

火星的笑容有一些動搖。「那時機敏就像妳現在一樣驚訝。」她將我抱得更緊。「機敏一開始就告訴我妳們兩個處得並不好。他和我說了許多關於妳的事。」她的聲音低了下去，突然搖搖頭，「我餓了，又很渴，又很生機敏的氣。對於這些心情，我感到很慚愧。」她給了我一個哀傷的微笑，「在出了這麼多事情以後，我也覺得自己好冷酷，竟然只是在想著要喝一杯茶、吃一塊麵包。」

「小薑餅。我的媽媽經常為我的父親做那個。」我用手捂住嘴，「媽媽現在一定會非常生他的氣。」我痛恨的淚水又湧了出來。

沒過多久，我看到我們的一艘小艇回到了碼頭前，小堅也在那艘艇上划槳。我們全都站立起來，艇底躺著一個男孩，被一片船帆包裹著。「哦，不。」火星呻吟一聲。小親親就坐在那個被包住的屍體旁邊。

他們貼到碼頭邊上，火星的第一聲哭喊就是：「那是機敏嗎？他死了嗎？」「是柯尼提。」小堅用一種了無生氣的聲音說道。他抬起頭看著我們。「火焰要了他的命。」「哦！」火星捂住了嘴。我有些懷疑她這樣做是不是為了掩飾自己的表情，這樣就不會有人知道她實際上是鬆了一口氣，因為死掉的是柯尼提，而不是機敏。

小堅爬上碼頭，向我張開雙臂，我們緊緊地擁抱在一起。他抬頭向我的身後望去，忽然喊道：「不，歐仔也死了嗎？」

「他還活著，」坐在歐仔身邊的安黛說，「但情況很不好。」歐仔的頭抬了一下，又低了下去，「柯尼提，」他遲鈍地說，「他救了活船。」

將被包裹住的屍體送上碼頭是一件很困難的事情，包括小親親在內的三個人費了很大力氣才把他抬上來，但我覺得有幾名船員全都在用古怪的眼神看著他。他打開帆布，站到屍體旁，靜靜地注視著。

然後，小親親疲憊地搖搖頭，轉頭看向我。一點微笑慢慢出現在他的嘴角，但他的眼裡仍然充滿了哀傷。「妳在這裡。我一見到小堅，就知道妳是安全的。」他向我邁出兩步，張開手臂。我一動不動地站著。他的手臂落在身側，沒有人和他擁抱。他低頭看著我。「哦，蜜蜂。我會等待。我對妳還是一個陌生人，但我覺得我很瞭解妳。」我不認為他還會說出比這個更令人氣惱的話。我忽然想到了我的日記和夢境紀錄，現在它們都已經在這個港灣的海底了。不，沒有人會那麼卑劣，會去讀其他人的日記……但是當然，我也看過我父親的紀錄。我的目光越過了他，什麼都沒有說。

我察覺到火星看了看我，又同情地看看小親親。「你還好嗎？」她說道。這是一個真誠的問題。

「我只是覺得空虛。」他嚴肅地說道，「我曾經戴上過那麼多面具，現在它們全都空無一物，我甚至找不到憤怒來支撐自己。這樣的失落是如此……我想要回到那裡去，想要看到他的屍體，想要讓自己有一點真實感……」他的聲音愈來愈低。

「你不能。」火星嚴厲地說道，「我們的人數太少，現在絕不能分開，我們幾乎沒有武器可以自保。而且那樣做除了延長你的痛苦之外，不會有任何作用。」她轉過頭，不再去看小親親。

「他死了。」我輕聲說道。我抬起頭看著他們兩個，「在很短一段時間裡，我能感覺到他。他和我建立了聯繫，我感覺到了他和狼父親，現在他們兩個都走了。」

小親親瞥了一眼被手套包裹住的手指，然後將那隻手按在胸口。「我知道，」他承認說，「但我把他丟在一個可怕的地方。他孤身一人，水正在漲起來……」

「我們有沒有任何計畫？」火星又一次嚴厲地打斷了他，「還是我們只能坐在這個碼頭上，等著他們來把我們殺光？」她的聲音很沙啞，但也很平靜。她的喉嚨也許像我的一樣乾燥，肚子一定也早已經空了。我開始喜歡上她了，她有著和小堅一樣的鎮定從容、一樣重視眼前的練達心態。她的話讓小親親一下子挺直了腰桿，小親親的目光很快就越過了這一群倖存者和我們的防禦陣線。

「是的。恐怕我們的計畫要進行重大改變了。」他從臉上撥開自己濕漉漉的頭髮。「暫時我們還是只能留在這座碼頭上。的確，我們的人數不多，如果進入市區就將無力自保。但在這裡，還能夠進行防禦。」

沒有食物、沒有水，沒有能夠遮蔽陽光的地方，還有很多人受了傷。我可不認為這個取代我父親的人能夠想出什麼好計畫。

他盤起雙腿，坐在我身邊。火星照他的樣子坐下，小堅也走了過來，歐仔待在那具屍體旁邊。一名肌肉發達、滿身傷疤的男人正在查看歐仔的手臂、臉上和其他地方的燒傷。突然間，歐仔的身子向旁邊一歪。那個人扶住他，幫他躺下。他暈倒了。安黛拿著匕首，目不轉睛地盯著那座城市。我不知道其他人的名字。這裡一共有十一個我不認識的人，其中一個一直監視著港口。午後的陽光照射著我們，海潮已經開始退去，也一併帶走了我們船隻的殘骸。港灣裡的大船有一艘因為擱淺而傾斜，其他的全都逃掉了。

小堅說道：「如果他們像上次一樣派弓箭手來，我們沒有任何掩護。如果他們鼓起勇氣，同時從海面和岸上向我們發動攻擊，我們就只能立刻投降。如果他們只想把我們困在這裡，我們沒有食物也沒有水，沒有能躲避陽光的地方。恐怕我們都會死在這裡。」

「這些話沒有錯，不過現在他們應該正忙著對付那兩頭龍，沒有工夫來理睬我們。那座城堡和這個城市的局面正愈來愈糟。」小親親將他怪異的淺色眼睛轉向克拉利斯城堡。

藍龍和綠龍已經摧毀了所有小船，海面上只留下了一片狼藉的船隻殘骸。現在綠龍高高飛起在克拉利斯城堡上空，展開翅膀，如同鷹一般借助氣流毫不費力地縱情翱翔。藍龍不斷向城堡發動攻擊、俯衝、縱躍，顯示著牠的力量和靈敏，讓那些努力想要傷害牠的弓箭手顯得格外可笑。那些衛兵還在向天空射出一道道箭幕，但每一次箭的數量都變得更加稀少。

就在我向那邊注視的時候，藍龍突然改變了策略。牠上下翻飛，優雅的身姿就如同一隻閃閃發光的燕子，又一轉身落在一座四聖高塔上面。那不是城堡周邊的瞭望塔樓，是堡壘最高的四座塔之一。牠發出銅號般的響亮吼聲，彷彿是在召喚什麼人。然後，牠揚起頭，又猛地向前甩動長長的脖子，一些閃光的東西從張大的口中噴出來。我聽見遠處傳來慘叫聲。

「牠把強酸分散成細小的液滴噴吐出來了。任何人都無法抵抗這種攻擊。無論皮肉、盔甲，還是骨骼、岩石都無法倖存。」小親親告訴我。

我抬頭看著他，「幸運為我唱過巨龍的頌歌，我知道牠們在幹什麼。」

我想起那些住在花園小屋裡那些溫和歡快的白者。他們柔軟潔白的衣服和樹下美味的野餐，他們會與卡普拉、僕人們和戰士衛隊一同受到懲罰。他們應該受到這種懲罰嗎？他們是否知道僕人收集並儲藏他們的夢，為這個世界帶來了什麼？我感到一陣憐惜，卻沒有絲毫愧疚。他們所遭遇的一切已經遠遠超出了我的控制，那更像是一場颶風或者地震。我控制不了那兩頭龍，就像我無法控制那些綁架了我並洗劫了細柳林的人。

在高空中飛翔的綠龍發出一聲尖利悠長的吼叫：「復仇！」這個詞從那一聲吼叫中迸發出來，不斷在天穹下迴蕩，「復仇，復仇，復仇！」

那不是回音。

「哦，天哪。」小親親輕聲說道。

我父親的視力讓他的雙眼變得更加敏銳，他在所有人之前看見了牠們——天空中兩顆閃爍的寶石，從很遠的地方就放射出耀眼的光芒。一顆是猩紅色，另一顆閃耀著比天空還要藍的藍色。

小親親抬起手臂指向遠方，向我們的同伴喊道：「龍！如果我沒有看錯，那應該是荷比和婷黛莉雅。拉普斯卡說過，牠們會來！」

隨著一陣羽毛抖動的聲音，一隻烏鴉突然落在小堅的肩膀上。我警惕地向後一閃。小堅卻喜悅地笑了起來。牠是一隻奇怪的烏鴉，喙是銀色的，羽毛也並非黑色，而是一種閃光的藍色，雙翼上還有幾根紅色的長羽毛。不是那種公雞一樣的紅色，而是閃耀著朱紅光芒，如拋光的金屬一樣。小堅喊道：「小丑！我一直擔心妳會淹死或被箭射中！真高興妳還活著！妳去哪裡了？」

那隻鳥點點頭，彷彿對小堅的話表示贊同。然後牠張開羽翼，用類似於人又有些古怪的聲音說：「我和龍一起飛行！」牠顯出一副志得意滿的樣子，又向我轉動明亮的眼睛，「一條路有出必有入！」

一陣戰慄湧過我的脊背，我喊道：「妳去過我的牢房！」但牠沒有再注意我，而是已經轉頭去盯著天空。

「冰華！冰華！」

我看到小堅的臉上浮現疑惑，但還沒等我思考這隻鳥說出這個名字是什麼意思，那頭黑龍已經到來了——不是像其他龍那樣從海上飛來，而是來自於內陸。牠用一聲震吼宣示自己的到來：「冰華！我回來了，我給你們帶來了死亡！」每一次強有力的振翅都讓牠更加靠近這裡。牠的身形變得愈來愈大，直到大得令人無法置信。世界上怎麼會存在這樣的巨獸，更不要說牠還能夠飛行？但牠的確在飛行。當牠靠近城堡時，我們只能聽見翅膀鼓起的風聲，隨後牠爆發出一陣怒吼。那吼聲如此強大，讓我們全都捂住了耳朵。但就算是我們能夠將牠的咆哮擋在耳外，牠的意念卻已經深深印在我們的意識中。

「還記得我嗎？克拉利斯，還記得你們是如何用有毒牛群的盛宴毒害我們嗎？還記得你們是如何用舞蹈和歌聲，迎接我們來承受你們的背叛嗎？還記得你們是如何屠殺我那眾多瀕死的同伴嗎？當我與你們戰鬥時，你們又是如何讓我的心智中充滿了你們的詛咒？『把你自己埋入冰中吧！』那時，我逃走了。你們讓我背負了恥辱，成為這個世界上最後一頭龍！而我則不會讓你們之中的任何一個有機會活下來，回憶你們在這一天是如何全部死亡的！」

那頭藍龍慌忙飛離了高塔，就像是被大烏鴉嚇跑的鵪鶉。黑龍沒有在任何地方降落，而是徑直撲向一座堡壘高塔，用爪子和體重對塔樓猛力一擊。高塔倒下了，就像孩子搭起的一堆積木。我以為牠會站立到廢墟上，但巨大的翅膀拍打著，又將沉重的身體抬升起來。牠在天空中愈升愈高。藍龍和綠龍環繞著牠，不再向城堡發動攻擊，而是和黑龍拉開了一段距離。我懷疑牠們是不是在害怕會成為黑龍口中的食物。

這時黑龍又像石頭一樣直接落下。直到最後一刻，牠才伸展翅膀，改變了降落軌跡，撲向一座頂部如同巨獸頭顱的塔樓。塔樓要比那種樣式優美的高塔更加堅固。即使如此，它也無法抵擋巨龍雷霆萬鈞的一擊。塔樓頂端恐怖的巨獸頭顱一下子歪了，就像是被狠狠摑了一個耳光。震撼的碎裂聲傳遍整座建築。巨龍抓住那顆顱骨，振起雙翅用力推動，裂縫變得更寬了。終於，顱骨徹底歪斜到一旁。冰華向上飛起，而巨獸頭顱則緩緩傾翻，最終滾落下去。即使相隔那麼遙遠的距離，我們還是感覺到腳下大地的震動。

站在小堅肩頭的烏鴉張開了翅膀。一陣熱情的嘎嘎聲從牠的喉嚨裡跳出來。牠點著頭宣布：「龍！我的龍！」

小堅伸雙手按住牠，以免牠飛走。「那裡太危險了。」他警告烏鴉。

「我的龍！」烏鴉堅持說道。

「牠終於找到了一個願意接納牠的族群。」小堅對我說，「牠的同族總是啄牠，但龍接納了牠。」

小親親一直在看著那些龍和牠們造成的破壞，他問道：「如果一群烏鴉可以被稱作凶手，那麼我們又該叫一群龍什麼？」

「巨龍的浩劫。」有人說道。那個人的聲音裡沒有任何幽默的成分。

「不要過來！」我們的一名哨兵高聲吶喊，我的注意力一下子回到了碼頭的另一端。一個熟悉的人影正站在那裡。片刻之間，我的精神一振，但我很快又開始狐疑——他是朋友還是敵人？

「我沒有武器。」普立卡說道。對此我無法確定。他從監獄中釋放的兩名白者站在他身後，他們已經恢復了一些力氣——兩名白者中間提著一只大桶。

「我給你們帶來了水。還有我的一個朋友願意讓你們住進他們家中。」他轉身向兩名白者一招手，示意那兩名白者把水桶送過來。他們交換了一個眼神，其中一個人用力搖搖頭。於是他們放下水桶，向碼頭深處逃走了。普立卡盯著他們的背影，片刻之後，他遲緩地走到水桶前，提起水桶慢慢向我們走過來。每走一步，水桶中的水都會向外面潑濺一些。我們看著普立卡。我能想到的只有那桶裡的水。他雙手抓住水桶橫樑，水花灑落在他的腿上和腳上。我突然意識到，他是一位老人，早已不再強壯了。

在他身後的城市中，人們正紛紛離開自己的住宅。一些人慌張地奔跑著，就像是受到驚嚇的松鼠；另一些人則顯然更加鎮定，在逃亡時還推著小車，或者背著大包袱。他們之中的一些人顯然能清晰地理解冰華說出的每一個字。我不知道居住在這裡的人們是否知道僕人對龍族斬盡殺絕的歷史。他們難道不曾想過巨龍會向他們復仇？

小親親走過我們氣勢洶洶的哨兵，來到普立卡面前，提起那只水桶。「謝謝你，老朋友。」他說完便離開普立卡，提著那桶水向我們走來。

「你確定它是乾淨的？沒有下毒？我聽到巨龍說他們會用毒藥。」有紋身的女人說道。

「沒有毒。」小親親向他們保證。他彎下腰，在桶中找到一支長柄勺，舀起一點水喝下去，「味道不錯，還很清涼。來喝吧，先給歐仔喝一些。」

我們給歐仔喝了三勺水。沒有人反對。我喝了一勺。雖然大家說我應該再多喝一些，但我還

是把水勺給了別人。水手們沒有放鬆警惕。我靠到他們旁邊，聽見普立卡正在對小親親說話。

「牠們摧毀了這裡的一切，」普立卡向小親親喊道，「先是蜜蜂的大火，然後是巨龍的強酸、翅膀和尾巴。如果牠們不停下來，克拉利斯城堡就將化為一片瓦礫。我是來懇求你們，將牠們召喚回來。讓我們改變這條道路吧，小親親。我們進行一場和平談判，幫助我將克拉利斯恢復成它應有的樣子，它過去的樣子。」

小親親搖了搖頭。我不認為他的拒絕有任何哀傷成分。「雙方進行和平談判很容易，只要允許我們乘著第一艘願意讓我們搭載的船離開。這就是我們要求的全部。我們已經實現了此行的目的。」

普立卡點點頭。「那個被偷走的孩子。」

小親親又以冷漠的聲音說道：「對於那些龍，我們無能為力。牠們的仇恨遠比我的更加古早，牠們要徹底算清這筆帳，無論是什麼都無法阻止。」

普立卡什麼都沒有說。他的嘴唇鬆弛，面容顯得更加蒼老了。

藍龍佔據了西側城牆。牠在城頭上耀武揚威地走動著，俯視下面的眾人，甩動的尾巴切削掉一塊塊磚石，摧毀了城牆垛口。牠不時會揚起長頸，再向前甩頭，向城堡中灑下一陣陣酸雨。我看不到綠龍。就在這時，一頭更加巨大的藍龍狂野地咆哮著，飛過兩座依然完整的顱骨塔樓。一頭小一些的紅龍從低空掠過城市，降落在城市和堤道相連的地方。那頭龍的背上有一個凸出的東西。因為距離太遠，我看不清楚，是一名騎士？

「荷比！美麗的荷比！」烏鴉喊道。牠想要從小堅的肩膀上飛起來，但小堅抓住了牠。他的雙手動作飛快，我幾乎都沒有看清楚。

「小丑，牠要去戰鬥了。那裡不是妳該去的地方。留在我身邊，妳在這裡才是安全的。」

「安全？安全？」烏鴉笑了，那是一種可怕的嘎嘎聲。小堅將牠的翅膀按在牠身側，牠沒有掙扎。但是當小堅把牠放回到自己肩頭時，牠突然從小堅的身上跳了起來，抖動兩下翅膀，升上半空，箭一樣向那頭紅龍飛去。「我來了，我來了，我來了！」

「隨妳吧，」小堅傷心地說，「牠可能是對的。這裡對牠或我們都沒有安全的地方。」

巨大的藍龍盤旋回來。就像冰華一樣，牠也用吼聲宣示了名字：「婷黛莉雅！」銅號一般的吼聲響徹天空，「復仇！為了我被偷走和被毀掉的卵，為了我們被囚禁和被虐待的海蛇！」牠在飛過一座顱骨塔樓時甩動長尾擊中了它。我們被嚇了一跳。但什麼事都沒有發生，直到片刻之後，那個巨大的顱骨哨所才慢慢、慢慢地自塔樓開始歪斜，最終拖著半截被毀的塔樓掉落下去。我們聽到遠處傳來一連串石塊撞擊的聲音。

「你在克拉利斯生活了這麼多年。從小，就在卷軸圖書館度過了漫長的時光。你自己的夢也被儲存在那裡，難道對這個地方沒有任何感情？」普立卡低聲問道。

「現在我的心裡有很多感情。其中之一是深深的寬慰。」小親親冷冷地盯著克拉利斯城堡傾頹的城牆。「我很滿意，因為在我身上發生的事情，再也不會發生在另一個孩子身上了。」

「那麼城堡中的那些孩子們呢？」普立卡憤慨地問道。

小親親搖搖頭。「這是龍族的復仇，沒有人能阻止牠們。」他轉頭看著蒼老的朋友，聲音變得非常可怕。那是一位先知的聲音。「普立卡，我利用了他！我曾經將蜚滋駿騎拉進死亡，不下十幾次！沒有人能知道這又對我造成了何種折磨。沒有人！這是我的未來、我的道路，是我選擇的，因為我是這個時代的白色先知！你還是如此盲目嗎？他和我，我們造成了這一切！是我們將龍帶回這個世界。」他轉身從我們所有人的面前走開，將手臂抱在胸前，高聲喊喝：「**僕人們**！是你們製造了這條路！在我來到這個世界以前很久，你們就為我們鋪就了這條通向未來的坎坷道路。當你們為了一己私利進行殺戮和毀滅時，當你們只關心財富和權勢時，就已創造了這條路！你們已經將這個付出代價的時刻拖延了很久。」他的聲音轉而低沉，突然間，變得異常冷酷、鎮定，「但我的催化劑和我贏了。未來就在這裡，復仇要比先知的預言更加猛烈。」他的聲音剛剛還是那樣洪亮莊嚴，現在卻變得沙啞破碎，「他用他的死換來了這一切。」

海風吹過他的面龐，輕輕撥動著他蒼白的頭髮。我不必碰觸他，就知道他曾經是一個樞紐。一瞬之間，所有可能的道路都在他的周圍閃光。然後，它們消失了，變成唯一一條明亮的道路，這條道路又爆發出千億條路。它們讓我感到一陣陣暈眩，但我無法移開眼睛。又是一瞬過去，他垂下雙手，現在他只是一個纖瘦白皙的人。他啜泣著問道：「你以為我能夠挽回我的催化劑所造就的任何一個瞬間嗎？」

他像我一樣知道，這一切終究要有一個了結。小親親也曾經是毀滅者，就像我一樣，他也曾將野草最深入地下的根拔起。我不知道自己會做什麼，但我邁步向前，握住他戴手套的手。我們站在一起，注視著普立卡。

「牠們也要摧毀這座城市嗎？」普立卡在恐懼中悄聲問道。

「牠們會的。」小親親向他證實。我們的小團隊已經聚集在他的身後。「普立卡，我為你看到了一條狹窄的道路。帶著你的人，逃到丘陵去吧。這是你唯一能做的，也是我唯一能給你的。天平的平衡早就應該到來了。」他搖搖頭，「這不是由我開始，而是由龍族開始。現在龍族來結束這一切了。」

普立卡向城堡望去。他的雙手在顫抖，小親親毫無畏懼地走向他，給他一個擁抱，低聲說：「我很抱歉，老朋友，我只是在對你道歉。帶走你能帶走的一切。引領那些人去走一條更好的道路吧。」

「那裡還有孩子。」普立卡心碎地說道。

「細柳林也有孩子。」我提醒他。我沒有對他說，我是那些孩子中的一個。

「他們什麼都沒有做過，不應該受到這樣的懲罰！」

「我的人也一樣無辜！」難道他聽不到我在說什麼？

小堅突然來到我身邊。他的圓臉因為我從未見過的憤怒而扭曲。「我的父親和祖父又做了什麼，難道只是因為他們要阻止你們綁架一個女孩？你們抹去了我媽媽對我的記憶，讓她拋棄我、趕走我。我們都不可能忘記這些！你是否知道，僕人來到細柳林，摧毀了我的人生，正如同他們摧毀蜜蜂的人生？現在她的父親死了。這就是他們所做的一切！」

我突然稍稍瞭解了我在很久以前做的一個夢。「你是否知道，他們在異類島設下羅網，捕捉並殺戮海蛇，讓牠們永遠也無法變成龍？」

「但……」普立卡開口道。

小親親從普立卡面前退開，說話的聲音也變得格外嚴厲：「沒有人應該這樣死去，我們一生中的許多遭遇本來都是不應該發生的。」

但這個老人還是站在原地，用懇求的目光注視我們。

「普立卡。時間不會停下，快去吧。」

普立卡盯著小親親，彷彿因為過度震驚而無法說話。然後，他轉過身，蹣跚著走遠了。只走了幾步，他就振作起來，頑強地開始小步奔跑。我看著他離開。我們的同伴帶著疑問的神情看著我們，但沒有人再說話。「歐仔醒了。」我低聲說道。安黛轉過身，快步向歐仔跑去。他正在坐起來，但看上去要比剛才更虛弱。在他身後的水面上，有什麼東西在移動。

「那是什麼？」有人問道。我們的注意力立刻被吸引到碼頭的另一端。

「有人在水裡！」火星喊道。她激情高喊，接著毫不猶豫地從碼頭上跳下去，游向那個抓住一小塊船板，正在堅持著踢蹬雙腳的人。我們看著火星游過去，紛紛喊聲為她加油。她游到那個人身邊。我們看見她和那個人並肩抓住船板。他們一起用力蹬水。慢慢地靠近。歐仔突然喊道：「是我爸爸！他還活著！但我的媽媽呢？」他搖搖晃晃地站起來，安黛急忙抓住他完好的手臂，扶住他。名叫樂符的水手也跳入水中，向火星和那個人游去。

「貝笙・德雷，」小堅說，「派拉岡號的船長。」他的臉上煥發出希望。

當他們緩慢靠近，時間變得漫長而又痛苦，不過海浪也在將他們一點點推過來。歐仔站立著，將燒傷的手臂收在胸前，被燒傷的臉上同時充滿了希望和痛苦。他們游到碼頭前，小堅爬下去，先幫助貝笙上了碼頭，然後是樂符。名叫貝笙的男人一到碼頭上就坐倒在地，安黛扶著歐仔蹲到他身邊。父親向兒子伸出手，又在半途中縮回去。他不敢碰觸歐仔燒傷的皮膚。船長斷斷續續地說起在活船解體的時候，他最後看了一眼妻子艾惜雅，隨後就再也沒能找到她。這一對父子全都哭起來。從那時起，貝笙從一塊船板游到另一塊船板，不斷地尋找著妻子，卻始終什麼都沒能找到。當活船殘骸開始漂出港灣的時候，他知道自己必須回到岸邊去了，否則他自己也會被帶進大海，而此時他已經虛弱得無力可用，只能趴在一塊船板上，一點一點地踢著水浪挪回來。

聚集在這一對父子周圍的人有的哭、有的笑。我注意到火星孤獨地坐在一旁，偷偷哭泣著。機敏不在了，就像艾惜雅一樣離開了。還有其他我不曾見過，完全不知道的船員也一起離開了。

當船長看到碼頭上那具被小心擺放的屍體時，他發出了痛心而又絕望的吼聲。歐仔又哭了起來。「我失敗了，爸爸。我兩次想要闖過火焰，到船首像那裡去，但疼痛把我逼了回來。最終是柯尼提拯救了即將死去的派拉岡。他從我的手裡奪走巨龍之銀，衝進了火焰。我聽到他的嚎叫，但他沒有停下。他救了我們的船。」

貝笙沒有對歐仔說任何安慰的話，只是任由自己的兒子哭泣。他們的船變化成兩條小龍，正在天空中盤旋飛舞，如同兩條華彩的緞帶。儘管比其他龍都小了很多，牠們卻同樣一心只想摧毀那座城堡。貝笙看著他們說：「我們失去了那麼多。」

紅龍正在蹂躪城市，活船變成的兩頭龍很快也和牠一起在城市上飛舞。牠們對這裡進行了徹底的摧毀，從一棟房屋到另一棟，有條不紊地破壞了一切。最靠近堤道的住宅和商鋪首先被夷平。城市沒有遭受焚燒，紅龍先向房屋噴吐強酸，等房屋結構被削弱之後，再用有力的翅膀拍擊，或揮起尾巴，把房屋打成碎塊。我們聽到木石塌落的撞擊聲和人們的叫喊聲。逃亡的人顯然變多了。一些人逃進了城市後面的牧場和農田，還有一些人推著車子，沿著蜿蜒的道路逃進山丘。我坐在碼頭上抬頭觀看，在那些精緻的房屋樓宇後面，直到遠方的山丘，人們跑到了羊群所在的地方，又趕著羊群繼續逃亡，最終消失在山脊的另一邊。

夏日的黃昏慢慢過去。夜色裡的城市沒有燈燭亮起。冰華和婷黛莉雅徹底摧毀城堡之後，又和那些小龍一同對城市發起攻擊。牠們的每一個步驟都看不出肆意妄為的跡象。所有毀滅都經過了冷酷的計算，就如同德瓦利婭和卡普拉對我所做的那些事一樣。母親懷中抱著嬰兒亡命奔逃，父親用小車或者肩膀帶走大一些的孩子。我看著這一切。這場戰爭中沒有正義，只有復仇。

復仇不會顧及無辜和對錯。它是恐懼的事件環環相扣的鏈條。一件可怕的事必然招致另一件更加可怕的事，然後是第三件、第四件。我漸漸明白了，這根鏈條永遠無法終止。倖存下來的人會對龍和六大公國，也許還有海盜群島恨之入骨。他們會將這一天的故事講述給後代。仇恨無法被理解，也不會被忘記。總有一天，它會招致更大的復仇。我很想知道它會不會是一根纏繞著每一條道路的絲線，我很想知道是否能有一位白色先知能夠斬斷它。

歐仔受到了嚴重的燒傷，另外他的身上還有許多其他小傷。但我們不敢離開這一片狹小的安全地區。龍還在大街上行走，摧毀一幢幢房屋。我在晚上打了個盹——睡眠終於戰勝了我的恐懼和不適。

我在第二天傍晚時才醒過來，發現自己身處在一個完全陌生的地方。這座城市的每一幢建築都沒有了房頂，牆壁碎裂倒塌，港口中只剩下船隻殘骸。在整片港區中，只有我們所在的這個碼頭是完整的。這一幕情景怪誕而可怕，街道上空無一人，看不見一點生命的跡象。我是被火星推動肩膀搖醒的。我坐起身，看到那頭小藍龍和綠龍向碼頭走過來。「牠們想幹什麼？」一名水手用顫抖的聲音問。小親親走到他身邊，推開他手中的刀子。

「牠們是來找自己的人，為了那個被牠們稱為親人的人。後退，不管你是否阻攔，他們都會過去。」

貝笙站在他萎靡的兒子身邊。飽受傷痛折磨的歐仔已經無法再站起來了。其他水手分別退到碼頭盡頭。但火星、小堅和我還留在原地。

碼頭的木板在龍爪的重壓下發出一聲聲呻吟。兩顆光芒閃爍的龍頭在長長的脖子上轉動著，嗅著小親親身邊的空氣。牠們的眼睛旋轉著，如同閃爍銀光的鈕釦。藍龍張開嘴，以便於感受小親親身邊的氣味。

「告訴我牠們都說了些什麼。」小堅在我身邊悄聲說道。

「牠們什麼都沒有說。」我回答他。他握住了我的手。我不知道他是要給我勇氣，還是想從我這裡得到一些。沒關係，我喜歡這樣。這兩隻生物以龍來說還很小，但依然是非常高大的猛獸。牠們距離我們非常近，但即使心中充滿恐懼和哀傷，我還是不由得為牠們的美麗而微笑。

「我們必須來找他。」藍龍說道。我輕聲向小堅重複了牠的話。

小親親轉回頭看著我們。「曾經是派拉岡的兩頭龍前來取走柯尼提的屍體。」我看到了其他人的不安。那個有紋身的女人問道：「做什麼？」

小親親低頭看著那具屍體和聚集在屍體周圍的水手。「牠們會吃掉他的屍體。將他的記憶保留在牠們體內。」看到自己的話在眾人心中引起的恐慌，小親親又說道：「龍族認為這樣做是一種光榮。」

「對於海盜群島的王子，這樣的結束合適嗎？」兩個人走向前，站到紋身女子的身邊。淚水流淌在一個人的臉上，但他已經面對巨龍舉起了匕首。

會有麻煩發生。

小親親說：「當柯尼提死在派拉岡號的甲板上時，派拉岡得到了他的記憶，這又有什麼不同？柯尼提也將與他的父親和先祖們的船融為一體。對於任何一名海盜，這都是一個合適的歸宿。」

似乎只有小親親一個人認同讓龍吃掉我們的同伴。但是當他示意我們後退的時候，每一個人都退到一旁，讓龍走了過去。碼頭在立柱上搖晃著，木板不停地發出吱吱嘎嘎的響聲。龍停在那具屍體前，低頭看著屍體。我本以為會有一場儀式，巨龍會以高貴的姿態分食自己的親人。但什麼都沒有。

綠龍和藍龍爭先恐後地向屍體垂下頭。我們只是用一片燒焦的船帆遮蓋著他。現在，我們眼睜睜地看著藍龍一口叼住柯尼提的頭，扯起屍體，而綠龍的頭像蛇一樣伸過來，扯走了屍體的下半身。不等任何人發出一聲驚呼，藍龍已經揚起頭，將柯尼提的頭連同暴露在外的內臟一同吞進肚子裡。

柯尼提的內臟碎片散落在碼頭上。一名水手轉過身，開始向碼頭外劇烈地嘔吐。安黛抬手捂住了眼睛。歐仔像孩子一樣抓住自己的父親。貝笙的面色變得煞白。火星抓住了我的另一隻手，她的身體在輕輕搖晃。

「結束了。」小親親說道，彷彿是在幫我們瞭解眼前的狀況，彷彿碼頭上那些血肉模糊的碎片會隨著他的這句話而消失。

「他的記憶將與我同在。」藍龍宣布道。

「還有我。」綠龍幾乎像是在和藍龍爭吵。

「我現在要睡了。」藍龍又宣布道。牠小心地轉過身，但來回掃動的尾巴還是讓人為之膽寒。牠邁出一步，卻又忽然停下。牠低垂下頭，眼睛旋轉著，嗅了嗅貝笙的胸口，又側過頭看著歐仔。「他們用火燒我們，」牠聲音低沉地說道，彷彿在回憶一件久遠以前的事情。然後牠發出一聲低吼，如同一個盛滿水的大鍋即將沸騰，「他們付出了代價。」牠一邊說著，一邊繼續凝視歐仔，「歐仔，我給你榮耀，讓你知道我的名字。卡利戈。」牠抬起頭，「我也會接受你的名字的一部分。我將是卡利戈維司奇。我會記住你。」

這頭小龍抬起頭，邁動笨重的腳步，離開碼頭向岸上走去。綠龍靜靜地審視著我們。牠深吸一口氣，揚起前腿，張開了大嘴。在那張遍布猩紅和橙色條紋的嘴裡，我看見了死亡。每個人都向後縮起身子。有一個人不小心掉進海裡。不過綠龍的嘶吼中沒有毒液。牠閉上嘴，低頭看著我們，高傲地說：「我永遠都是一頭龍。」碼頭在牠有力的腳步下搖晃著，當牠縱身向空中躍起時，我很害怕這些木板會突然坍塌，讓我們都掉進水中。當牠的雙翼帶動的強風吹向我們時，我們都像兔子一樣蜷縮起來。片刻之後，藍龍也飛入半空。港口中只剩下我們。安黛在恐懼中哭泣，她躲到貝笙身邊，貝笙伸出保護的手臂，摟住了這個年輕的水手。

小堅掃視著天空。「其他龍都不見了，也聽不到牠們的吼聲。」

「牠們很可能是去睡覺了，以便……消化食物。」小親親不情願地說道。他似乎不想提醒我們這些龍吃的都是些什麼。但沒有人不明白這其中的含義。他的話給碼頭上帶來了一種令人不安的寂靜。

小親親看著那兩頭龍在逐漸變黑的天空中飛走。我看不懂他的表情。他的肩膀挺起，又垂下。「我真的很累了。」他說道。我感覺他是在對遠方的一個人說話。他向我們轉回頭，用清晰的語音說：「現在這裡的街上都沒有人，龍也走了，我們必須去城中尋找食物和一個更好的地方過夜。」

貝笙、安黛和一個名叫特萬的水手留下來照顧歐仔，其餘人全都結成小隊，進入城中。有紋身的女人仍然堅持要所有人小心戒備。樂符和我們是一隊，他拿著一把匕首，彷彿隨時準備迎接戰鬥。我們很快就發現，並非這裡所有的居民都逃走了，還有一些人躲在塌了一半的牆後，窺看我們。也有一些人在城中各處進行搜掠洗劫。他們往往都沒什麼武器，大多數人一看見我們就都逃掉了。有一塊磚頭掉落下來，擦到了火星的肩膀，不過看上去應該不是有人對我們發動襲擊。無論如何，我們還是將這一次險象謹記於心。

我們從倒塌的製帆匠店鋪中找到了帆布。小親親派水手將足量的帆布送去碼頭，給歐仔做一副擔架。我們就在製帆匠店鋪的牆壁旁安下營地。當天晚上的天氣很溫和。小堅割了一塊帆布當做坐墊，有一個人用普立卡的桶子取來了水。

小親親不希望讓我和其他人一起去尋找食物，但我太餓了，無法聽從他的心意。要找到食物並不難。這是一座非常富饒的城市，而城裡的居民在逃走時並沒有帶走多少物資。一些花園中長滿了果樹。經過多日的海上旅行之後，我們根本不在乎那些果子是不是成熟了，只是將它們摘下來，裝滿了襯衫前襟。小堅在一個倒塌的麵包房裡找到了大塊麵包、小圓麵包，甚至還有四處散落的小蛋糕。我發現了一瓶奶油。「我聽說油脂對燒傷有好處。」我告訴小堅。

他有些懷疑地看看我，但我們還是將這瓶奶油加入到我們收集的食物之中。「歐仔和貝笙都對我非常好，還有柯尼提。」說到這裡的時候，他的喉嚨一緊，「還有艾惜雅、蔻德。」我只是忙著收集食物，根本來不及停下來想一想，他這麼快就在那些船員中有了朋友。當我們一邊吃著東西，一邊返回營地的時候，我想到了這件事。我有小堅，但如果他在這裡有了朋友，屬於我的他是不是就變少了？在這個世界上誰會在意我？蕁麻和謎語似乎在非常遙遠的地方，而且現在他們有了自己的孩子。就連狼父親也離我而去了。當我跟著小堅和其他人在愈來愈濃重的夜色中行走時，我周圍的整個世界彷彿也變得愈來愈寬廣，愈來愈空曠。

我們回到營地時，發現貝笙正在將浸了涼水的布按在歐仔的傷口上。那個年輕人一動不動地躺著。他的父親已經切開了他的大部分衣服，燒傷面積比我想像中更大。有一些地方，襯衫已經黏在被燒壞的肌膚上。被燒焦的地方呈現出各種顏色的壞死。

小堅跪倒在他的身邊，向貝笙問道：「你認為我們能叫醒他，讓他吃些麵包嗎？」貝笙搖搖頭。這位父親的臉上布滿了皺紋，本來是黑色的鬈髮裡出現了不少灰絲。

他看著我說道：「這就是我們來援救的那個孩子。所有這些死亡和破壞，都是為了帶她回家。」他的聲音異常苦澀，也許他認為我是一筆很糟糕的交易。我能夠為此而責怪他嗎？我讓他失去了船和妻子，也許還要再加上他的兒子。

我拿著奶油瓶子，跪倒在他兒子的另外一邊。樂符一直跟著我們，他和那名有紋身的女子無言地站在我身後。所有人都稱呼那名女子為領航員。「我帶了這個給他敷傷口。」我對貝笙說道。他的黑眼睛裡完全沒有希望，但也沒有表示反對。我將手指伸進柔軟的黃色油脂中，非常輕地把油膏塗抹在歐仔的臉上。我的指尖感覺到那些被水泡覆蓋的皮膚出了可怕的錯誤。一顆大水泡破開了，滲出的液體和奶油混和在一起。錯誤。全都是錯誤。怎樣是正確的？我碰觸到燒傷旁邊的肌膚。這是正確的，這是他皮膚應該有的樣子。我的指尖在沒有被燒傷的皮膚上撫觸，我想自己能夠將它拖曳到被燒傷的肉體上，就像是為那裡蓋上一層清涼的毯子。

他的父親突然俯下身。「這是奶油的效果？」他用震驚的語氣問道。

「不，是瞻遠家的能力。」小堅像是有些窒息。然後他提高了聲音喊道：「琥珀！快過來！」

他們的所有行動都無法打擾到我。我完全沉迷在這種感覺中，就像是在用一枝小刷子或者一根羽毛，將色彩塗到我所設想的地方。我用墨水能夠一絲不差地描繪蜜蜂和花卉，用我的手指，我能夠將健康的肌膚塗回到被燒傷的地方。不，確切來說不是這樣。從健康的肌膚開始是一個好主意。實際上，潔淨的皮膚會向外拓展，就像是綠色植物會覆蓋燒焦的土壤。我只是將死亡的皮膚清除。

「蜜蜂，停下！歐仔需要休息和進食。也許再等一下，妳能對他進行更多治療。蜜蜂，能聽見我說話嗎？小堅，我不敢碰她！你必須將她的手臂抬起來，把她從歐仔身邊拉開。」

我隨後知道的事情是我坐在篝火旁，眨著眼睛。小堅站在我身邊，臉上是一副奇異的表情。我對他說：「我餓了，還很累。」

他揚起嘴角，露出一抹微笑。「我覺得妳應該是餓了。來，我們有麵包、奶油，還有一些魚。」我的鼻子告訴我，有雞肉正在篝火上烤，看來其他人的收集工作也很成功。他們還提來了一只大桶，當他們在桶頂上打出一個洞時，我突然聞到了啤酒的香味。

我搖晃著站起身，向歐仔看過去。他的父親正在對我微笑，臉上卻帶著淚痕。看到他的表情，我心中的一切疑慮都消失了。小親親正跪在那個男孩身邊。我並沒有完全治好他的臉，但他已經能合上雙眼，嘴也完整了。

「他已經清醒了，你應該讓他吃些東西。瞻遠家的人進行治療的時候，會消耗掉傷者大量的體力。」小親親擔憂地看了我一眼，「而瞻遠家的人也同樣會疲憊不堪。」

一個更加響亮的聲音打斷了小親親的話。「啊，看來你們已經讓這個快死的孩子恢復過來了！如果我的耳朵沒有被欺騙，那麼她的確就是她父親的女兒。」

我被嚇了一跳。這個陌生人走過來時完全沒有發出任何聲音。他和我見過的所有人都不一樣，反而更像是來自傳說中的生物。他的個子又高又瘦，全身都是閃光的鱗甲，穿著顏色鮮亮的衣服。我愣愣地盯著他。「拉普斯卡。」小親親低聲說道。

小堅遞給我一塊塗滿了奶油的麵包。我咬了一大口，雙頰全都蹭上了奶油。我滿不在乎地嚼著麵包，繼續盯著那個像紅蜥蜴一樣的人。他的衣服上全都是皮帶和金屬釦，身上還掛著不少東西——一只皮水囊和一些我不曾見過的裝備。他讓我想到了節日舞臺上的木偶。不過小親親和小堅似乎都很怕他。他掃了我們一眼，問道：「蜚滋駿騎在哪裡？還有柯尼提呢？我答應過他，會帶他和我們一起飛行，進行我們的復仇。明天我們會搜索山丘，殺死一切逃跑的人！他一定會喜歡那場狩獵的。」

「他們都沒有活下來。」小親親用緊繃著的喉嚨說道。

「哦，天哪，我真的很希望不是龍幹的！如果真是這樣，那我向你們道歉。牠們在憤怒的時候不會太顧及其他人。」

小親親彷彿被這個人隨意的道歉嚇住了。「不，他們全都在龍到來之前就死了。」他的回答更加顯得抑鬱了。

「哦，是嘛，那就好。我可不希望這事和龍有關。當然，聽到他們的死訊我非常難過。那位海盜群島的王子竟然也死了。他似乎很討荷比的歡心，荷比喜愛他的讚美。不久之前，我遇到了你們的一些人。他們還告訴我另一些人也去世了，比如年輕的機敏。真是可惜。他也是個很迷人的傢伙。」

「是的。」小堅低聲說道。那個紅色的人突然意識到自己的話可能有些太冷酷了。

「嗯，我應該給自己找些食物了。荷比正在睡覺，所以我有了一些屬於自己的時間。薇瓦琪很快就要到了。我們在來這裡的路上超過了她。毫無疑問，她和船員們如果發現錯過了戰鬥，一定會感到失望的。」他轉身離去，就像到來時一樣突然。

「紅人！」領航員在他身後喊道，「留下來和我們一起吃吧。讓我們為柯尼提，海盜群島的王子敬酒。」

他轉回身，閃光的眼睛瞪得老大。「這裡歡迎我？還有我的龍。」他似乎很驚訝。

「我們今夜會紀念逝者。」樂符對他說。

拉普斯卡緩慢地點點頭，突然露出燦然的笑容。「加入你們是我們的榮幸。牠正在睡覺。牠

的肚子裡塞滿了肉，等牠醒來，我就帶牠來這裡。」然後他就跑掉了。

剩下的人全都張口結舌地看著他，只有我又向嘴裡塞了一大口麵包。火星來找我們，提著一大籃洋蔥和胡蘿蔔。「我把一個花園裡的收穫拿來了。」她悄聲說著，彷彿這樣做讓她感到有一點難為情。「那個房子裡沒剩下什麼東西。我覺得房子的主人不會回來了。歐仔怎麼樣？」

「好多了。蜜蜂能夠進行治療，就像她的父親一樣。薇瓦琪正在來這裡的路上，也許我們終於能夠回家了。」小堅對她說。

她露出微笑。「全都是好訊息。」但聲音中還是難免流露出壓抑的哀傷，「我應該很高興能離開這裡。」她又說道。

「我們全都是。」小親親對她說。

這是一個特殊的夜晚。有人用碗給貝笙送去啤酒。他慢慢地喝著，但始終都沒有離開歐仔身邊。拉普斯卡回來了，跟隨在他身後的還有那頭名叫荷比的紅龍。我驚訝地發現荷比實際上很害羞，總是坐在一旁，完全不說話。有人喝醉了，唱起了關於劫掠和航海的歌曲。領航員也醉了，她向大家展示自己的紋身，實際上那是幾幅標記出港口位置和航路的海圖。過了一段時間，她和拉普斯卡離開了我們，因為她想要向拉普斯卡展示肚子上的一個大紋身。小堅將我的那一片帆布鋪在篝火的另一邊，遠離那些唱歌歡笑的船員。當他坐在我身邊的時候，我嗅到他身上散發出啤酒的香味。又過了一陣，火星走過來，躺在我身邊。她一直在黑暗中靜靜地哭泣著。

小親親坐在離我們有一段距離的地方。我看著他，直到我睡去。那一晚我的最後一個念頭是，他就像我一樣孤單。

我在鳥叫聲中醒來，抬起頭，看到樹枝和枝杈間的小片藍天。德瓦利婭！我全身都在恐懼中抽動了一下。

小堅說：「蜜蜂？妳睡了很長時間。現在妳醒了嗎？」

我緩緩地坐起身。小堅袒露著胸膛。哦，他的襯衫被我當做毯子了，我無聲地把襯衫還給他。他一邊穿上襯衫一邊說：「薇瓦琪在今天早晨到了，不過她沒有進入港灣。這裡的水太淺了，她沒辦法靠近岸邊。他們的小船到岸上來尋找我們，那個紅人，就是拉普斯卡，他騎著龍從他們頭頂飛過時高喊著告訴他們，我們在這裡。他們已經將歐仔送上了船。我們隨後就走。」

我眨眨眼，向周圍望去。「那是食物嗎？」我愚蠢地問道。

「是食物。」

麵包已經放久了，不過他為我留了一些桃子。他將麵包插在一根棍子上，在火灰上烤熱，又塗上奶油。麵包的味道很好。我洗了手和臉，然後說道：「那隻鳥叫醒了我。是一隻藍色的烏鴉嗎？還有一些紅羽毛？」這彷彿是一個夢。

「我想牠是和龍一起走了。那些顏色是龍給牠的！牠很愛他們。」小堅顯得有些傷心。

我改變了話題。「誰是薇瓦琪？她為什麼要來？」

「她是一艘活船，就像派拉岡一樣。她是跟隨龍和拉普斯卡而來的。她剛剛去過異類島，那

裡也有一場戰鬥，是為了殺死所有偷走龍蛋、捕捉小海蛇的異種。然後薇瓦琪說他們必須趕到這裡來，幫助婷黛莉雅進行復仇……」

「我明白了。」我說道。其實我這樣說只是為了防止他不停地說下去。現在我的腦子裡已經塞了太多訊息，宛如掉進了一片濃霧。火星沒精打采地收拾著我們的營地，看上去倒更像是只想找些事做。她的眼睛紅紅的，嘴唇也沒了血色。其他人都已經走了。「小親親和其他人一起上船了？」

「沒有，他去了山丘，想要找到回隧道的路。他在晚上的時候就去過，但沒找到。所以他今天起得非常早，天一亮就出發了。」

「他沒有叫醒我，帶我一起去？」怒火在我的全身奔湧。

「也沒有叫醒我和火星，他要安黛向我們轉告他的行蹤。」小堅又向火灰上的木棍插了一些麵包，「蜜蜂，我認為他是需要一個人去。」

「那麼我的需要呢？」我怒吼道。怒火在身體裡竄動的感覺，就像是精技在血管裡流淌，就像那一晚海蛇涎液進入我的傷口。

「蜜蜂？」小堅一邊說，一邊向遠處退了一步。

我看到小親親出現在營地邊緣。他走得很慢，雙眼一直看著地面。我沒有向他跑過去，只是高聲喊道：「你看見他了嗎？你沒有帶我去。」我無法抑制聲音中的憤怒。

「沒有。」他沙啞的聲音表明了他的失敗，「我找到了隧道口。但就像我害怕的那樣，在漲潮的時候，那裡被灌滿了水。」

我打了個哆嗦。我不願去想父親的屍體漂浮在冷水中，被魚啃咬。「他死了，我告訴過你。我能感覺到。」

小親親沒有看我。他吃力地說道：「火星、小堅，如果這裡有什麼你們想拿的，就都帶著。我答應過溫特羅不會耽誤他的航程。現在岸邊也許正有一艘小艇在等我們。」

小堅已經將水果堆在一塊方形帆布上。他收拾好包袱，同時說道：「好了，我們準備出發了。」

「這裡沒有什麼我要的東西。」火星說。

小親親看著我，我聳聳肩。「沒有，什麼都不想拿。都丟下。」

「我知道他死了。」小親親斷斷續續地說著。他的淺色眼睛鑲著紅圈，嘴唇周圍布滿了深深的皺紋。他只是看著我：「現在妳就是他留給我的一切。」

我用非常小的聲音說：「那麼你就什麼都沒有了。」

溫暖的水

戰鬥至死，至死方休，即使無名，仍是英雄。
哭泣嚎啕，墮入黑暗，永為懦夫，遺臭萬年。

——恰斯國諺語

死亡真是無聊。夜眼說道。

我深吸了一口氣。「也許因為你只是在冷眼旁觀。」我覺得自己的聲音很奇怪。水已經漫了上來，我不知道自己是不是會先被淹死。現在我只能躺在臺階上，頭比屁股更低，兩條腿被粗大的木樑緊緊地壓在石頭上。這是我能為自己想像到的最糟糕的死亡了。但到現在，我的頭髮還沒有被打濕。如果水只能漲到這麼高，不管是不是鹽水，我也許應該先喝上幾口，我太渴了。

水面開始向下退去。潮水在最高的時候也沒能碰到我，至少這一次是這樣，也許下一次潮水能漲得更高。我覺得自己幾乎是在期待它漲起來。我從沒有想到能再一次從自己的身軀中醒來，還要再一次承受肉體的不適。這看起來很不合理，我的兩條被壓住的腿竟然不足以趕走飢餓和乾渴對我造成的騷擾。我用雙臂抱住自己的身體。我很冷，不是那種死亡時的寒冷，而是會讓一個人僵硬和自覺悲慘的寒冷。

你的死亡當然和我有關，小兄弟。你走的時候，我也會走。

你應該留在蜜蜂身邊。

一樣的，你消亡的時候，我就會消亡。

這裡的黑暗是絕對的。我可能是瞎了，或者光線根本無法進入這個空間。可能這兩者都是真的，但我一點也不後悔把我的力量給弄臣，還有我的眼睛。我希望這能幫助他們離開這條隧道，回到派拉岡號去。我希望他們已經登上了那艘船，起錨升帆，順利逃走，不要再牽掛我。

我又試著想要移動身體。石階的稜角卡到了我的屁股、脊背和肩膀。它們又冷又硬。腿上的傷口還是很痛，我的脖子後面癢得讓我發瘋。我又撓了撓那裡。這是我唯一能針對不適採取的措施了。

那麼你的計畫就是躺在這裡，直到我們死掉？

這不是一個計畫，夜眼。這是不可避免的現實。

我還以為你有著多一點狼性。

夜眼的話刺激了我。我皺起眉頭，對著黑暗高聲說道：「那就給我一個更好的計畫。」

下定決心。死亡是朋友嗎？如果是，就喜悅地和它一同狩獵，就像我一樣。如果它是敵人，我就和它戰鬥。但不要躺在這裡，像是一頭受傷的母牛，只等著食肉獸來了結你。你不是獵物，我也不是！如果我們必須死，就讓我們像狼一樣死！

你要讓我做什麼？咬掉我的腿？

一陣短暫的安靜。然後，你能做到嗎？

我沒辦法那樣彎腰，我的牙齒也不對，而且那樣的話，我在逃出去之前很可能已經因為失血過多而死掉了。

那為什麼你要提出這個建議？

我是在諷刺。

哦，蜜蜂就不會諷刺。我喜歡她這一點。

和我說說你和她在一起的時候。

一段時間更久的停頓。夜眼在思考。然後——不，戰鬥，活著從這裡出去，也許她會親口告訴你。當你躺在這裡，像受傷的母豬一樣呻吟的時候，我不願意講述她艱苦奮戰的故事。

她艱苦奮戰。有多糟糕？

非常糟糕。

牠的指責刺激了我，只有牠對我的鄙視會讓我如此激動。我又試了試挪動自己的雙腿。沒有用。掉落的房樑緊緊壓在我的膝蓋上方。我沒辦法採取任何有效的手段。我努力回憶自己的背包裡是不是有一把長匕首。對於現在的困境，狼是對的。我不想這樣耽擱下去。我真的會為了逃生而割掉自己的兩條腿嗎？這真是個荒謬的主意。我的匕首肯定割不開腿骨，船上的短柄斧是不是

還在我的背包裡？

我摸索背包。在爆炸讓我掉下臺階之前，我一直將它背在肩上。它不見了，我的手指只摸到了滿地碎石。我盡可能伸向頭後方，也只能摸到海水。我用手沾了些水，抹掉臉上的砂礫塵埃。水是暖的，感覺不錯。我又將手伸進水裡，讓寒冷的手指暖和一些。

溫暖的水。溫暖的水？

我的身子一僵。

在我的經驗中，有兩種東西能夠散發溫暖：生物和火焰。我的原智告訴我這裡沒有其他生物。水裡是不可能有火的。我打了一個冷戰。我想起被冶煉之人在我的原智中是隱形的，但他們仍然活著，能夠散發熱量。我已經有幾十年沒遇到過被冶煉的人了。那還是在我們與外島爆發戰爭的時候，紅船劫匪製造了他們，但那以後就再沒有過這種人了。

我們曾經找到過這樣的熱泉。

那裡的氣味很刺鼻，但我在這裡什麼都嗅不到。

我也嗅不到。

我睜大眼睛，努力想看見一些東西，無論什麼都可以，但我的眼前仍然空無一物。我讓自己的意志像鐵一樣剛硬，再一次伸出手向外摸索。那水肯定是溫暖的。我盡可能朝那個方向伸長手臂，感覺到自己腿上的傷口都因為用力而被扯動了。水更熱了，我的腿之間掃過了一樣東西，我立刻想到那是什麼——我的背包側面。手只要再伸長一點就好。我努力挺起身，用指尖去撓那堅韌的布料，想要找到一點能抓住它的地方。但我感覺它失去了平衡，又向遠處滑出去一點。隨著一陣模糊的撞擊聲，它又落下一個臺階。現在我徹底不可能抓住它了。

那個撞擊聲顯然來自於某種沉重堅固的物體。我想起了自己的背包中都有什麼：一只切德的火藥罐、一瓶沉重的巨龍之銀。

還有那塊古靈火磚。

我不知道現在火磚的哪一面是向上的，也不知道切德的火藥罐在水下是不是會爆炸。那塊磚不可能點燃火藥罐，但它的熱量能夠促使那只罐子爆炸嗎？

巨龍之銀被加熱的話，會有什麼事發生？

也許什麼都沒有。

一段時間過去了。是很長一段時間，或者只是很短一瞬。在黑暗中，全身的傷痛、飢餓和乾渴會讓時間感發生錯亂。我偶爾會挪動一下身子，將臺階對我的壓力挪動到身體其他的部位上。每當脖子發癢的時候，我就撓一撓。我將雙臂抱在胸前，又放在身側。我想到蜜蜂，想到弄臣。他們逃走了嗎？有沒有平安上船？也許他們已經在回家的路上了。我渴望著能夠有他們的陪伴，然後我又責備自己，我不會希望他們和我一起待在這片黑暗裡。無論我怎樣說自己不相信弄臣的夢，但他的預言實在是太強大了。我想到蜜蜂書中的繪圖：藍色公鹿站在天平一側的秤盤中，小蜜蜂在另一側。在天平下面，她仔細地寫出了那個紅牙齒的女人說的話：「這交換很值得。」

正是如此。

我的想法又飄向遠方。我希望蕁麻的孩子能夠順利成長。謎語會是一個好父親。我希望機敏、火星和小堅能夠理解我的決定。我想到了莫莉。我希望我能死在床上，有她在我身邊。

精技偷走了我所剩無幾的體力儲備，還在竭力修復我破損的身體，恢復被我盡量給予弄臣的體力。但我的身體已經沒有更多資源可以進行自我修復了。我覺得自己就像一點燈火在最後的燈芯上跳動，我想要睡去，卻又實在是很不舒服。我知道睡眠最終會克服一切困難佔有我，有可能我已經在這片徹底的黑暗中睡去了。也許我已經死了。

和你這種自怨自憐相比，我倒是更喜歡無聊。你左邊的水現在更熱了，難道你沒有嗅到？雖然你的鼻子很可憐。

我在黑暗中盡量向左邊伸出手，我的手碰到了水。它已經比一條陰冷隧道中的普通積水熱了很多。我再一次用力探出身體，水已經熱得令人吃驚了。火磚中的魔法非常強大。

當我收回手的時候，爆炸發生了。

我沒有完全瞎掉，因為我看到了瞬間的銀色閃光。水湧向了我，熱到足以將我燙傷。我竭力抹掉臉上的水，但它黏在我的皮膚上，燒灼著我的手和臉。這不是水。它滲進我的皮膚，就像液體深入乾燥的沙子，徹底穿透了我。我的身體拚命地吸收它，就好像一直在渴望這種魔法。我的一側臉頰、胸膛、左側手臂和手都被它覆蓋。然後它又如同活物一般向外擴展，想要將我完全包裹。我尖叫著，但不是因為疼痛。這是一種我的軀體無法容納的巨大狂喜。連續四次，我發出沒有人類能夠發出的聲音。然後我躺倒在地，喘息著、哭泣著。我能夠感覺到它對我的滲透、對我的改變、對我的佔有和俘獲。

我再一次試圖將它從我的眼睛上抹掉。在我尖叫時，它進入了我的嘴裡和鼻孔。這種燃燒的喜悅給我帶來了一種全新的痛苦。我揉搓著眼睛，拚命眨眼想要甩掉它，卻在這黑暗的洞窟裡看到了一個新世界。閃爍的巨龍之銀也潑濺到壓住我的房樑上。我明白了弄臣在公鹿堡向我提起巨龍之銀的手時，努力為我做的解釋。我在那些潑濺出來的巨龍之銀和水上看到了熱量。我看著它消退，知道水正在變涼。

黑暗回到了我周圍。巨龍之銀繼續在我體內探索。我一動不動地躺著，超越了喜悅和痛苦、超越了時間。我閉上眼睛，放開了一切。

蜚滋。做事。

我意識到自己還在呼吸。隨著這個想法，我的身體出發了一連串痛苦。「做什麼？」我用乾澀的囈語說道。

惟真用他的白銀雙手塑造了岩石，沒有氣味的人用他的白銀手指塑造了木頭。

哦。

我用指尖摸索壓住我雙腿的房樑，擊打它。我沒能感覺到任何變化。我用指甲撓它，我的指甲裡多了許多碎屑，很不舒服。我用指尖摩挲它。

我不知道用了多少時間才掌握這一進程。這不是一種對物質結構的破壞，而是像一種對木頭的說服。我不是在用雙手的力量擠壓它，也不是在將它剝除，而是逐漸深入瞭解了這根落下的房樑。

我必須收緊腹部的肌肉、拉起身體，才能摸到壓住我的木樑，這實在是一件非常吃力的事情。我經常要躺回去休息片刻，然後再起來。巨龍之銀不是食物和水。它給了我力量，但我的身體依然又渴又餓，還疲憊得要命。

當我的第二條腿終於拔出來的時候，它被重新喚醒的劇烈痛楚讓我不禁哭喊起來。我的身體滑下臺階，落進淺水裡。我翻滾著，直到頭部終於高過了身體。我爬上滿是碎石的臺階。然後我覺得自己又昏迷了一段時間。當我醒來時，水面又稍稍變低了。我站不起來，就算坐著也感到虛弱無力。我決定要再睡上一段時間。

不。你可以在看到天空以後再睡覺。起來，蜚滋。起來走路，你還不能休息。

讓我掙扎著站起身的不是我的人類意志，而是體內的狼。我覺得自己的兩隻腳是一雙遙遠而又痛苦的物體。我的腿上有很深的瘀傷，皮肉都被嚴重地擠壓過。我能夠用手指摸到那些傷痕，還有那道劍傷留下的殘破邊緣。我很高興自己的兩條腿在我的眼中，還只是兩片能夠發熱的東西。一開始，我經歷了一連串的蹣跚、栽倒、爬行、休息、站立，再蹣跚著栽倒。這些臺階彷彿永遠在向下延伸，每一次向下探腿都是一種折磨。我倒在鹹澀的淺水中，走過絕對的黑暗。當我的雙手摸到了一段似乎沒有被火星的爆炸傷損太多的牆壁，我便摸著它繼續前行。牆上和地上的藤壺割傷了我。我這才愚蠢地意識到自己正赤著腳。我在什麼時候丟掉了自己的靴子？爆炸撕裂了我的衣服，但靴子呢？我把這個問題推到一邊。這只是疼痛，不會永遠持續下去。向下的臺階彷彿沒有盡頭，我很慶幸水面還在慢慢下降。我現在很可能沒有力氣在深水的擠壓下往前走。當臺階最終結束的時候，我在齊膝深的水繼續向前走。這時我感知到了另一種不同的痛苦。

這不是精技對我雙腿的強行治療，當我的手指碰到那道劍傷時，銀色手指和被巨龍之銀沾染的傷口接觸，我感覺自己彷彿被打了補丁——就像是一件皮革衣服被用帆布打了補丁。感覺上，那不是我自己的皮肉，但我沒辦法阻止它蔓延。我也許能夠說服樑木移開、釋放我，但我的身體對自己有著一種特別的意志。

向前，我必須追上其他人。弄臣會相信我已經死了。他會這樣告訴他們！我可憐的小女兒！我不能這樣責怪弄臣，我也以為自己死定了。

你本來的確是要死了，幸好我為我們保留了一些生命。為了你，為了我，大部分還是為了小狼，你必須停止愚蠢的冒險。我們需要活下來。

我被困在地下有多久？當其他人逃走的時候，海潮正在上漲，然後是退潮，又是漲潮，我判斷現在是退潮。至少一天已經過去了，有可能是兩天。我不知道蜜蜂和其他人現在正在哪裡，他們逃出去了嗎？現在是不是乘著派拉岡號到了海上，正揚帆遠離這個恐怖的地方，向家園前進？

我試著用精技和蜜蜂聯絡。但在向她伸展時，我依然如同以前一樣沒有任何收穫。透過全身的痛楚和這種特別的巨龍之銀感受來技傳，就像是一個人在跑得氣喘吁吁的時候想要吶喊。我放棄了這種嘗試，繼續吃力地向前走。一定要追上他們。

他們有沒有遇到僕人的衛兵？那些逃跑的白者是否出賣了他們？他們進行了戰鬥嗎？是贏了

還是輸了？他們被俘虜了嗎？每當我想要停下休息的時候，都會用這些問題鞭策自己，催趕自己繼續向前。

黑暗變成了深灰色，然後是淺灰色。我磕磕絆絆地向前方的一點模糊光亮走去……那是一道虛掩著的門，上面爬滿了植物。我差一點就沒能從門外的茂密植被中鑽出去。精技撕扯著我破碎的衣服和皮膚，我不斷推開生滿尖刺的藤蔓，終於從山坡上茂密的灌木叢中擠出來，站在清澈的藍天下面。這裡的草要比我的膝蓋更高，其間還夾雜著許多枝杈細小的灌木。

我完全不在意大腿和肩膀的抗議，一屁股癱坐在地上。我鼓起勇氣，看了一眼肩膀。它已經被巨龍之銀封閉了，我覺得那裡就像是被塗上了一層柏油。我摸了摸那裡，不由得瑟縮了一下。在那個補丁下面，我的身體還在拚命進行著修復，讓視野稍稍清晰了一些。我的一隻手掌全都變成銀色，我忍不住盯住兩隻手——它們彷彿只剩下骨架、凸起的血管和筋腱。其中一隻光芒閃爍，宛如被包了一層銀殼。我正在為了修復傷口而吃光自己，我的衣服全都掛在身上。

我站起身，想要繼續走下去。這裡的地面非常不平坦，草叢不斷絆住我遲鈍的雙腳。我踩到一叢薊草上，一頭栽倒。我用銀色的手指從自己瘦骨嶙峋的腳底摘掉那些白色小刺。這些刺實在是太難被看到了，但我能感覺到自己看不見的東西。巨龍之銀讓我的手前所未有的敏感。我在陽光下又看了看自己的手，它正閃動著耀眼的光芒。和惟真曾擁有的白銀相比，這些巨龍之銀或者是量更多，或者是純度遠超前者。覆蓋惟真雙手的白銀很像是厚重的淤泥，而我卻彷彿戴上了一副極為精緻的白銀手套，連手上的每一絲紋路都能顯示出來。我重新查看了一下身上被巨龍之銀覆蓋的地方。是那場爆炸撕碎了我的衣服？還是巨龍之銀吃掉了它們？巨龍之銀還覆蓋了我的一部分胸膛，在我的腿上留下許多斑點，我知道我的大半張臉也變成了銀色。這讓我很好奇現在自己會是什麼樣子。我的眼睛呢？我將這個想法推到一邊。

在這裡的草地上有著一片又一片長條形的苜蓿叢，它們都伸展著自己的三瓣葉片，開出紫色的小花。莫莉曾經用這種花給熱蜂蜜和茶調味。我採了一把苜蓿，放進嘴裡。一點甜美和潮濕的感覺進入我的身體。但它們的作用很有限。

我繼續蹣跚著走上山頂，用不太穩定的雙腿站立著，想要搞清楚方向。我正在城市後面連綿起伏的山丘上。遠處是變成廢墟的克拉利斯城堡。看到那裡，我吃了一驚。那已經不再是城堡，而是半島的末端的一堆瓦礫。蜜蜂放的火不可能造成這樣的破壞——荷比和婷黛莉雅，這就是牠們所說的復仇。人類需要經年累月的大規模勞作才能如此徹底地摧毀這樣一座城堡，而且人類更傾向於保存並利用被他們征服的城堡。龍的酸液會腐蝕牆壁、溶解岩石、消化木材。所以現在這座城堡看上去更像是一大塊融化的蛋糕。我看到兩個人影在那堆瓦礫中移動，又看到有一個人正沿著海岸大道推著小車向前走，現在那條路兩邊也全都只剩下了廢墟。只剩這麼幾個人了，我不知道有多少人被埋在那些瓦礫下面。我的人也會在那裡嗎？派拉岡號又在哪裡？

港口中沒有，港灣外面也沒有。派拉岡號走了。港灣裡沒有任何一艘大船。碼頭上也沒有人，更看不到裝滿貨物的推車往返移動。市集、街道、倉庫，無論哪裡都看不見人影。所有房屋都沒有了屋頂，牆壁傾頹坍塌。碼頭的立柱周圍能看見數不清的船隻碎片，許多小船的桅杆都插在退潮之後的海灘上。

遠方的天空中有一些閃爍的光點。那是紅色和藍色的翅膀，婷黛莉雅和荷比，牠們徹底摧毀了這裡，正在展翅回家。在牠們的下方有一艘航船。派拉岡號？我鼓起勇氣抱著這個希望。但它已經離開了，把我丟在這裡。

我仔細去看那艘正位於港灣邊緣、已經高揚起風帆的船。毫無疑問，我認得她的船尾艙室。是活船薇瓦琪號。她正在離開，卻沒帶著我。

「蜜蜂！」我叫喊著女兒的名字，然後我又喊道：「弄臣！不要走！等等！」太蠢了，太蠢了，太蠢了！我深吸一口氣，凝聚力量，將精技伸展出去。*蜜蜂！蜜蜂，告訴他們妳聽見了我，告訴他們回來。我在這裡，快回來！*我沒有感覺到她，甚至沒有感覺到精技洪流的奔湧。我的魔法也像我的身體一樣損壞了嗎？我又試了一次，努力伸展出去，不需要言語，只是盡量去碰觸。

一陣眩暈讓我不得不坐到草地上。她聽見我了嗎？她豎起了精技牆嗎？我看著那艘船，希望能看到船帆有所變化，看到她轉向調頭。她真的在船上嗎？

她還活著嗎？能感知我的精技嗎？

即使蜜蜂活著，她也沒有聽到我。那艘船緩慢而優雅地駛向遠方，離開了我。我站起身，因為飢餓和酷刑一般的乾渴而搖晃，但我只注意到了那艘船愈來愈小。我現在要做什麼？一陣絕望正在將我吞沒。我需要知道外面發生了什麼，但沒有人告訴我。我應該做什麼？

你先要活下來，笨蛋。吃一些除了苜蓿以外的東西，還有喝水。找到水。

我體內的狼還活著，就像以往一樣。

我低頭去尋找泉水或者溪水流淌的跡象——那裡會有更高更綠的草，或者泥沼植物。我看到山坡下的一個地方有許多蹄子踐踏的痕跡。牧場上只剩下了三群羊，牠們正在啃食一處泉水附近的青草。我向那裡走去，在那一池泉水周圍幾乎看不到青草，地面上覆蓋著一層羊糞。我完全不在乎這些。泥巴從我的腳趾縫間冒出來，我一直走進一個淺池塘，終於找到了從大地中冒出的清涼淡水。我用銀色的手和另一隻手一同舀起水。看著這一把水，我的謹慎和乾渴進行了一番搏鬥，接著就低頭飲下，不在乎巨龍之銀是否會進入我的內臟。我一直捧水痛飲，直到我聽見一聲烏鴉叫。

我抬頭去看。一群烏鴉往往總是叫個不停，而一隻烏鴉通常都會悄然無聲。不過那隻喙是銀色的烏鴉毫無疑問是小丑。牠還有了紅色的羽毛？牠在我頭頂上方高高地飛了一圈。「小丑！」我向牠喊道。牠也向我發出嘎嘎的叫聲，然後離開我，乘著風飛向了下方的城市。

「傻鳥！」我高聲說。

牠看見我們了。等待。這種勸告很不像是夜眼的風格。我低頭繼續喝水，當我的肚子裡再也裝不下更多涼水的時候，我又走過泉水旁邊的泥地，回到了乾淨的操場上。「我現在能睡覺了嗎？」

如果你不能吃東西，就睡吧。但不要在開闊地裡，你什麼時候變得這麼蠢了？

當我什麼都不在乎的時候。我沒有將這個想法和夜眼分享。如果現在有人攻擊我，我幾乎會感到安慰。我會咬他、踢他、扼住他的脖子。我的憂慮已經變成了對於一切陌生事物的憤怒，而且我根本無法控制這種怒火。

我的原智感覺到了牠。我轉過頭，看見牠已經落在我腳邊被綿羊啃過的草地上。小丑鬆開嘴，丟下一大塊東西，然後來回跳動著，以烏鴉的方式向我問候。「吃，吃，銀人。」牠催促著我，又停下來，梳理了一下羽毛。羽毛變得愈發光鮮璀璨了，兩隻翅膀上還各生出幾根紅色的飛羽，全身黑毛都覆蓋著一層鋼藍色的光澤。

「銀色的喙。」我對牠說道。牠側過頭，給了我一個會意的眼神。

「又和龍打交道了。」我做出猜測。牠的嘎嘎聲像是一陣歡笑，「這是什麼？」我彎下腰，看到一個潮濕的褐色方塊。我不想去碰它。

「食物。」牠告訴我，並再一次飛向空中。

「等等！」我向牠喊道，「其他人在哪裡？都發生了些什麼事？」

牠繞著我轉了一圈，「龍！可愛的，可愛的龍！派拉岡現在是龍了。」

「小丑，求妳！我的朋友們在哪裡？」

「有些死了，有些走了。」她低頭對我說，「有一個來了。」

「都是哪一些？他們去了哪裡？誰來了？烏鴉！小丑！回來！」

但這隻烏鴉沒有聽從我的召喚，而是像箭一樣飛向了城市的廢墟。也許是去找食物了。如果這是食物的話。我拿起那個有些黏的方塊，嗅了嗅。一股濃郁的肉味飄進我的鼻孔。

吃了它！

夜眼的確認正是我需要的。我毫不猶豫地咬了一口。很美味，我嚐到了鹽和牛肉。這塊食物差不多和我的拳頭一樣大。毫無疑問，這是那隻烏鴉能夠叼起的最重的東西了。我不再對牠感到氣惱，但我仍需要知道過去這段時間發生的所有事情，然而我的身體一直在強調，此刻這份食物要比情報更重要。我還需要更多的水。我又向那個泉池走去。

我喝了很多水，又洗淨了臉和脖子、刮去褲腿上沾附的髒汙。無論怎麼洗手，也無法去掉覆蓋在上面的巨龍之銀。

綿羊紛紛抬起頭，我也抬頭順著綿羊們的視線望過去。普立卡正緩慢地爬上山坡，向我走來。一名白者跟在他身後，同時謹慎地和他保持著一段距離。我站起身看著他們走過來。普立卡用慌張甚至可能是恐懼的眼神看著我。我看上去是那麼可怕嗎？當然，一定是的。等他足夠靠近，我不必向他叫喊的時候，我問道：「還有誰活著？」

他停住腳步，嚴肅地問道：「你的人還是我的人？」

「我的人！」他的問題中微妙的責備之意激怒了我。

「蜜蜂，還有小親親。那個跟著你的男孩，還有那名年輕女子。」

我壓下心中的喜悅，問出下一個問題，「那機敏呢？」

「你身邊的那名戰士？我最後一次看到你們的人時，他不在他們中間。也許是在那艘船變成龍的時候落水了。」

這對於我忐忑的心情又是一個打擊。我走出已經渾濁的水塘，邁過滿是羊糞的泥地。普立卡走過來，和我並肩而行，但並沒有伸出手來攙扶我。我不責怪他。「我的人去哪裡了？」

「另一艘船來到港灣，帶走了他們。他們都走了。」

我看著他的眼睛，那雙純黑色的眼睛裡充滿了痛苦。「為什麼你要來找我？」

「我看到一隻有幾根紅色羽毛的烏鴉。我曾經夢到過那隻烏鴉。當我呼喚牠的時候，牠飛過來，說出了你的名字，又說我會在綿羊群裡找到你。」他向周圍掃視了一眼，「現在已經沒有多少羊群了。」我再一次聽出了他聲音中的責備之意，「當我最後一次和小親親說話的時候，我看到過他和你的朋友們在一起。」

「是她，」我糾正了普立卡，「你和小親親說話？」我赤腳下面的青草中羊糞已經不多了。我像一條從鉤子上掉下來的舊掛毯一樣坐倒下去。普立卡的動作比我更優雅，不過也好不了多少。我有些好奇他到底有多老了。跟隨他的白者沒有坐下，而是站在一段距離以外，彷彿隨時都能逃走的樣子。

「把食物和酒放下，你可以走了。」普立卡對他說。那名白者從肩頭丟下一只帆布袋子，然後轉身就逃。普立卡發出一種介於歎息和呻吟的聲音，努力站起身，拿過那只袋子，又坐到我身邊。當他將口袋在我們中間打開的時候，我問他：「我有那麼可怕嗎？」

「你看上去更像是一尊雕像，而不是人，一尊用白銀雕刻而成、只有皮膚和骨頭的雕像。是卡普拉幹的？還是一頭龍？」

「我自作自受，不怪別人。是魔法出了錯。」我對他說。我實在是太虛弱了，不想在這件事上多費唇舌。「都發生了什麼事？蜜蜂和小親親怎麼了？其他人呢？」

「他們相信你死了。他們全都這樣以為，並用殘忍的方法為你哀悼。」

虛榮心真是一種怪異的東西。他們為我哀悼，我感到很溫暖，因為他們愛我。

普立卡一邊小心地說著，一邊拿起一只用網子裹住的葡萄酒瓶，拔掉塞子，擺在我們中間，然後他開始安排起一場奇怪的野餐。「這是很好的酒，來自於城裡最好的酒館。我必須在人們留下的物資中進行謹慎的挑選。這些蛋是生的，來自於一個半倒塌的雞舍。這些杏子還沒有全熟，但結出它們的樹已經倒了，所以我摘下了它們。這些魚也是一樣，我是從一個還冒著煙但已經倒塌的烤架上找到它們的，它們裡面也沒有全熟。」

「你拿這些來是給我吃的？」

「我看見那隻烏鴉的時候正在收集食物。我相信你比我更飢餓。」

「謝謝。」我可不在乎這些食物的生熟或來源。我至多只能忍到他將食物從那只粗布袋子裡掏出來，「你邊吃邊聽我說吧。」他說道，我很高興地接受了他的建議。這些食物果然有他說的瑕疵，但我還是一點不剩地把它們全部吞進肚子裡。生雞蛋很好，正是我的肚子想要的。

他向我講述的情況並不完整，有許多空缺，但已經足夠讓我的心情安定下來。他見到了蜜蜂和弄臣在一起，還有火星和小堅。機敏可能失蹤了。有人遭受了嚴重的燒傷。讓他難以理解的是為什麼當派拉岡號沉沒的時候，會有兩頭龍從港灣的海水中飛出來。對此我當然有我的見解。還

有其他巨龍和一個全身紅色的人飛來，徹底摧毀了克拉利斯。當他提到一頭黑龍的時候，我吃了一驚，那一定是冰華。他瞥到的那個紅色的人可能就是拉普斯卡。

有一些事情是普立卡不知道，也無法解釋的。我無法想像派拉岡如何找到力量變身為龍。但我回憶起弄臣曾經提到那瓶不見的巨龍之銀。婷黛莉雅和荷比說過，牠們會盡快趕來。讓我驚訝的是，冰華也參加了這場戰鬥。對於薇瓦琪號，普立卡只知道那是一艘船首像能活動的船。那艘船來到港外，巨龍在它的上空盤旋，俯首向它呼喊，然後乘派拉岡號來到這裡的人就都乘著它離開了。

邏輯告訴我。我應該高興他們安全回家。但如果一個人被丟下等死，哪怕是這個人堅持要這樣，也還是難免會讓他內心受傷。我知道這很愚蠢，但看到他們不帶著我就離開，我的心裡還是感到一陣刺痛。這讓我痛苦地回想起莫莉和博瑞屈在相信我已經死亡之後，仍然繼續著他們的生活。愚蠢，愚蠢的情緒。難道我不會這樣做嗎？我將自己的思緒推進一個新的孔道，強迫我自己正視普立卡眼中的哀傷。

「自從你返回克拉利斯以後，他們一直在虐待你。但我知道，你並不願意用同樣的方式對待他們。克拉利斯人現在情況如何？你的白者們呢？」

普立卡輕輕應了一聲，「我已經度過了漫長的生命，蜚滋駿騎．瞻遠，我親眼見到了蒼白之女對艾斯雷弗嘉統治的衰落，並為此而感到高興。你一定還記得，冰華被困在寒冰中能夠倖免一死，也有我出了一份力。但克拉利斯，這裡……是的，他們待我很不好。」他低頭看著自己黑色雙手和手臂上的白色傷疤，承認道：「的確是非常不好，」然後他抬起眼睛，「我記得小親親對我說過，你的親人也曾經對你非常不好，但你從不會將你的叔伯們與其他人混為一談，對不對？在很久以前，當我還只是克拉利斯的一個孩子時，這裡是一處學習的聖地。我愛那些圖書館！它們讓我知道我是誰！這裡有在我之前全部白色先知的行傳——他們的冒險、尋找催化劑的經過，還有他們收集來的各種學識。這裡還收藏著古早女王的史料，以及許多遙遠地方的地圖和史籍……你無法想像蜜蜂的大火都摧毀了什麼。我不能責備她，畢竟她不可能違抗塑造她、推動她走上這條路的力量。但我還是要為這無可挽回的損失而深深哀悼。

「我還為住在那些美麗小屋中的白者而哀悼。現在那些小屋已經被埋在倒塌的克拉利斯城堡下面了。他們之中的一些人還只是小孩子！他們的夢也許被用於滿足某些人自私的目的，但你不能因此而責備他們，正如同我不能因為蜜蜂成為了毀滅者而責備她。他們之中有那麼多人都死了，那麼多人。」

普立卡陷入了沉默。激動的情緒讓他無法再開口。我沒有任何回應。的確有無辜的人死了，但那些折磨和拷問弄臣的人、那些偷走和虐待我的蜜蜂的人，他們也死了。所以我絲毫不感到後悔。「那麼，四聖死了。你現在要怎麼做呢？」

普立卡抬起眼睛。他看著我的眼神中充滿了戒備。「死了三個，卡普拉還活著。」他審視著我冷漠的面孔。他能夠讀出我的想法嗎？「你們和你們的龍幾乎殺死了我們所有人。我召集了十七名白者。這裡曾經有超過兩百名白者和半白者。倖存下來的人都願意接受卡普拉的領導。許多

個世代以來，卡普拉一直統率著他們。她對我們說，我們的弱點正是在於有四名統治者。現在她將成為唯一聖者，她將確保我們的願景清晰明確。我已經和她談過，她承諾會回復到舊日的道路上。我是出來為那些倖存的人收集食物的。但是當我看到那隻彩色烏鴉，並向牠發出呼喚的時候，牠就向我飛了過來。那時我知道我應該找到你，為存活下來的人請求你的憐憫，請你不要趕盡殺絕，寬恕那一點在我保護之下的人。」

所以他才會來找我？還是他剛剛讀到了我的心思？

我低頭看著空蛋殼。他想要收買我嗎？

「我可以對你下毒。」普立卡說道。也許是因為我的沉默，他的聲音變得有些急切。「不，你不可能這樣做。多年以前，當你能夠染指蒼白之女的食物供給時，你從沒有向她下過毒。普立卡，我知道你沒有殺人之心。你應該為此而感到高興。」

「而這種凶心是你永遠無法從你的靈魂中剝離的。」

「很可能是這樣。」

「我給你帶來了食物。難道我們不能用這個來換取我的白者的生命嗎？」

我沒有說話。我在心裡掂量著他的懇求。他將我的沉默當做是對他的拒絕。他突然站起身：

「我不認為我們曾經有過真正的友誼，蜚滋駿騎．瞻遠。」

我也慢慢站起身。「我同意你的話，儘管這讓我感到難過，普立卡。無論如何，我對你有著最大的敬意。」

「我對你也是一樣，」他以特別的姿勢向我鞠了一躬——一條腿在身後伸直。他的動作與其說是優雅，不如說是僵硬。我懷疑這位老人為此而耗費了不少力氣。我也非常鄭重地向他行了一個公鹿堡鞠躬禮。

隨後，我們就分開了。我再也不曾見過普立卡。

隨著陽光愈來愈強烈，我躲進了一個荊棘叢中。那瓶葡萄酒成為了我的新夥伴。我將它喝光之後便沉沉睡去。當我醒來時，夜色已經降臨，我又變得飢餓難耐，不過情況已經好多了，就連視力也增進了不少。夜眼提醒我：你在黑暗中的視力和我過去一樣了。和我們過去一樣，我們是一同狩獵的。

如果普立卡向卡普拉警告過要提防危險，卡普拉肯定沒有在意他的話。也許是普立卡判斷我過於虛弱，不可能立刻展開追殺。也許是他以為卡普拉有周全的防護。無論如何，我很容易就找到了她。我如同幽靈一般穿過克拉利斯，最終發現了一座高大的石砌房屋。這裡街道上的碎石瓦礫已經得到清理，一個新的屋頂正在被搭建起來。卡普拉有幾名衛兵，但我不必殺死他們之中的任何人。衛兵守衛著面對街道的門窗。我則潛到了房子後面。我銀色的手緩慢卻又悄無聲息地分開了磚石和灰泥，讓我進入了這幢房子。

他們為卡普拉找到了一張很好的床。高大的木雕床柱上垂掛著蕾絲床帳。我在殺死她之前先喚醒了她。我無聲地扼住她，對著她驚駭的眼睛說道：「為了我的小親親，為了我的蜜蜂，妳必

須死。」這是我唯一的任性。我用銀色的手掐住她的喉嚨。我的原智向我講述了她的慌亂、痛苦和恐懼。但我只是將她像一隻兔子一樣殺死。我沒有延遲她的死亡，不過我一直等到她不復存在之後，才去看了她的眼睛。我在遵循切德對我最早期的訓練。進入、殺死、離開。我拿走了她吃了一半的雞。

那隻雞好吃極了。

當太陽升起的時候，我已經走在離開克拉利斯的大道上。

薇瓦琪的航程

我為那兩本書優質的紙張和可愛的皮革封面而傷心，那是我的父親給我的。它們都離我而去，和派拉岡號的船員們所擁有的一切物品及財產一同落入海底。我並不想念寫在那些紙張上的文字，那本日記是一個我已經幾乎不記得的孩子寫的，她記錄下來的那些夢也不再重要，它們只代表著一些已經不復存在的道路。其中只有極少數幾個還有可能成真，但這和它們是否被墨水書寫在一張紙上毫無關係。

現在我又開始做新的夢，小親親催促我把它們寫下來。我不喜歡叫他小親親。有一次當我稱他為弄臣的時候，他哆嗦了一下，這艘船的船長看著我，彷彿我很粗魯。在其他人面前，我稱他為老師，他似乎並不介意。我不會叫他琥珀。

我已經沒有了書本，但小親親給了我一些紙、一枝簡單的筆和一瓶黑墨水。我認為他是從溫特羅船長那裡求得這些東西的。

這是我記錄的第一個夢。一棵老樹綻放花朵，結出一粒美麗的果實。它掉落在地上，滾開了。當這果實裂開時，一位頭戴銀冠的女子走了出來。

我很難過，因為我只有黑墨水和白紙來畫出這個夢。

他已經和我說過，他會閱讀我記下的夢。他必須這樣做，為了能夠指引我。我將我對他說的話寫在這裡，這樣他就會再看到這些話。我不會讓我的夢被用於塑造這個世界。無論他對我父親做過什麼樣的承諾，我都認為他閱讀我寫在這裡的文字是粗魯無禮的，是對我的侵犯。

——《蜜蜂．瞻遠的日記》

我們將克拉利斯甩在身後。對此我絲毫不感到難過，唯一讓我耿耿於懷的是我的父親被丟下了。他死在那裡，被丟在一個可怕的地方，甚至沒有得到埋葬。

我踏上這艘船的甲板時，這艘船就對我說：妳是誰？為什麼妳在我的意識中會響起如此古怪的聲音？

我盡量為意識築起牆，但這只是讓她對我更感興趣。她推動我，就像是用一根食指輕戳我的胸口。我不知道妳為什麼對我有特別的感覺。我是蜜蜂．瞻遠，克拉利斯僕人的一名囚犯。我只想回家。

這時，一件非常奇怪的事情發生了：我感覺到這艘船豎起牆壁，將我擋在外面。不過這絲毫沒有讓我覺得冒犯，只感到安慰。

我們在登上薇瓦琪號的時候完全是一群衣衫襤褸的難民。那些成年人開始談話，我則很快就睡著了。他們達成了什麼協定對於我都不重要。我就像是隨溪水漂流的一粒堅果，會漂向哪裡完全取決於命運。

這艘船上為我們準備了吊床，但這裡沒有隔間將我們和普通船員隔開。這一點我也不在乎。我的吊床一掛起來，我就爬進去睡著了。不過我很快就被甲板上傳來的可疑喊聲驚醒。我強迫自己翻身落下，然後急忙從水手艙跑上甲板。因為我很擔心這艘船遭到了攻擊。

海潮將一些派拉岡號的殘骸帶到了大海中。一名倖存者正趴在一塊殘骸上。人們將一個陷入半昏迷、身上帶著曬傷的女人救上船的時候，火星心中燃起的希望又破滅了。被救上來的是歐仔的母親，貝笙的妻子。她也是溫特羅船長的妻子。這艘活船洋溢著喜悅的情緒，她的每一根木頭都在微微震動。看到這個女人被抬上船，餵了一些水之後，我就回到了吊床上。在那裡，我哭了起來——不是因為喜悅，而是因為嫉妒——然後我又睡著了。

在這艘船上，小親親變成了一個名叫琥珀的人。我不知道他為什麼有這麼多名字，為什麼現在又成了一個女人，而其他人似乎都很自然地接受了這一點。我想到我的父親既是湯姆·獾毛，也是蜚滋駿騎·瞻遠，也許我也是一樣。蜜蜂·獾毛，蜜蜂·瞻遠，毀滅者。

孤兒蜜蜂。

在航行開始的第二天，我醒過來，發現小堅正站在我的吊床旁邊看著我。「有什麼危險嗎？」我坐起來問道。當我又要掉到地板上的時候，他抱住了我。不只是吊床在晃動，而是這艘船正在搖擺。

「沒有，不過妳睡得實在太多了。妳應該起來吃些東西，活動一下。」當他提到食物的時候，我的身體也開始訴說飢餓，還有乾渴。他領著我走過吊床的叢林，來到一張長桌子旁邊。有幾個人正坐在桌旁的凳子上吃飯，桌上有一只用碗扣住的盤子。「是為了保溫。」小堅對我說。

盤子裡是一種味道奇異的濃湯燉菜，但很好吃。湯用肉桂和奶油調味，不過是酸的，湯裡煮了洋蔥、馬鈴薯和肉塊。小堅說那是羊肉，肉質很嫩。他還在我面前放了一大碗煮熟的褐色種子。「是米。他們告訴我，這種莊稼生長在沼澤裡，農夫乘小舟收割它們。試試配著燉菜一起吃，很好吃。」

我一直吃到肚子很撐。小堅將大黑碗裡剩下的米飯刮得乾乾淨淨，全都吃光。「想要去甲板上走一走嗎？」他向我發出邀請，但我搖了搖頭。

「我想要睡覺。」我告訴他。

聽到我的回答，他皺了一下眉，但還是陪我回到吊床旁邊，幫我上了吊床。「妳病了嗎？為什麼要睡這麼久？」他問我。

我搖搖頭。「睡著比醒著更輕鬆些。」說完我就閉上了眼睛。

我再次醒來的時候沒有睜開眼睛，而是聽到他們在悄聲議論我。「但她睡得太多了。她一直都在睡覺！」小堅的聲音很憂慮。

「讓她睡吧，這至少意味著她覺得自己是安全的。這麼久以來，她肯定都沒有好好休息過。她也是在整理自己。當我回來的時候……蜚滋帶我回公鹿堡之後，我在許多天裡一直都在睡覺。這是很好的治療方法。」

但幾個小時之後，當我睜開眼睛，小堅還站在我的吊床旁邊。「妳醒了嗎？現在可以去走走了嗎？我想要知道我們分開以後妳經歷的一切。我也有很多事要告訴妳。」

「我沒有那麼多事要告訴你。他們偷走了我，把我劫持到克拉利斯。他們對我很壞。」我沒有再說話。我不想將那些事情再向堅韌不屈或者其他任何人講述。

他點點頭，「那麼就先不用說。但我很想告訴妳，自從妳用蝴蝶斗篷遮住我，把我留在雪中以後的所見所聞。」

我爬出吊床，我們來到甲板上。天空藍得很漂亮。他為我在船首像旁邊找了一個僻靜的位置，把他的故事都告訴了我。在我聽來，那就像是一場英雄史詩。我覺得幸運一定會把這個故事譜寫成歌曲。我聽著他的講述，聽到我的父親和他為了找我而做的每一件事，我哭了好幾次。這些淚水中有哀傷，但也有很多是幸福。在那些日子裡，我一直都在焦急地想著父親為什麼不來救我，懷疑他是否愛我。當我回到吊床上時，我在睡夢中知道，他一直都愛著我。

我隨後一次醒來是被這艘船叫醒的。她穿透了我的牆壁，「請幫幫我們。到我這裡來，到前甲板來。我需要妳。」

我從吊床掉到地板上時，心裡想著要叫醒其他人。水手艙裡一直都很黑，不過從我周圍吊床上睡著的人猜測，現在應該是晚上了。艙裡只有一盞昏暗的油燈，隨著船的晃動而搖擺。我不喜歡看到它。承載著熟睡水手的吊床就像是一棵樹上掛滿的熟透水果，我從它們中間鑽過去，在搖曳的影子裡爬上梯子，來到薇瓦琪號的甲板上。

海風很清新，我突然很高興自己醒來了。我抬頭向上望去。船帆都鼓漲著，就像是富商的肚皮，再向上就是清澈天空中的群星王國了。一艘航行中的海船甲板上從不會空無一人。不過今晚的風柔和又穩定，所以並沒有多少水手在甲板上巡邏。沒有人注意到我。我向前走去，登上一小段階梯，來到了擁擠的前甲板上。各種纜繩都被固定在這裡，風吹過它們的時候，就會響起一陣「嗡嗡」的歌曲。走過它們，我登上了一片更小的甲板。這片小甲板一直伸向船首像——我從未見過這樣布局的船。在這片甲板上躺著一個男人。我小心地向他走去，驚動了另外兩個人。我認識他們。歐仔的父親，貝笙・德雷船長。我猜他現在不是船長了。那個一動不動躺著的，就是他被燒傷的兒子。我幾乎忘記我們還救起了歐仔的母親，她的臉和手臂上起了很多水泡。我盯著她看了一會兒，才意識到那些是正在癒合的曬傷。她看著我傷痕累累的臉，皺起了眉，眼睛裡盡是憐惜。我將視線別向了一旁。

她的名字是艾惜雅・維司奇。如果不是發生了從前那些事，她現在就已經是我的船長了。無論如何，她依然是我的家人，就像她的兒子。德雷在我的甲板上工作了許多年，我也同樣重視他。

「妳想要我做什麼？」我同時用聲音和意識說出這句話。

活船沒有回答。「她來了！」貝笙．德雷顯得有些疲憊，又很驚訝，「艾惜雅，這就是我和妳說過的那個孩子，他們來援救的那個孩子。她在克拉利斯碰觸了歐仔，被她碰觸過的燒傷全都癒合了。」

「妳好，蜜蜂。」艾惜雅說道，聲音輕柔又哀傷，「對於妳失去了父親，我很難過。」

「謝謝。」我回答道。向一個因為死亡而難過的人道謝是正確的嗎？現在我知道為什麼這艘船要叫我來了，歐仔的氣味很不好。我跪倒在他身邊，感覺到這艘船正擁抱著他。我的意思不是說她的甲板凹陷了一塊，讓歐仔沉在其中，而是她的巫木碰觸他的身體，讓他能記得該如何活下去，和他分享他們共同的記憶——他在她的甲板上，那是一段很溫柔的時光。不只是他的記憶，還有他的母親、祖父、曾祖母。他們全都曾經駕駛這艘船揚帆遠航。薇瓦琪號珍藏著所有在她的甲板上去世的人的記憶。

「所以龍會吃掉柯尼提。」我自言自語。

是的。

「派拉岡的龍吃掉了柯尼提？」艾惜雅難以置信地問道。

「出於好意，牠們想把他留在牠們的身體裡，所以一同吃掉了他的屍體。」

「哦。」艾惜雅碰了碰歐仔，「妳需要什麼嗎？」她想讓我離開。

「這艘船要我到這裡來，她想要我幫忙。」

「一個小女孩能……」艾惜雅開口道。

「噓，」貝笙警告她，而我已經將雙手放在歐仔完好的手臂上。我想要修復他。在這艘完美的船上，他是一個錯誤的存在，我應該將他糾正過來。「他很渴。」我告訴他的父母。

「他今天一直都沒有動，也沒有說話。」

「他很渴。」我堅持說道。如果我要讓什麼事情發生，就需要讓他喝水。

他的母親扶起他的頭，彷彿很怕碰到他一樣，將一點水滴進他乾裂的嘴唇間。他稍稍咳了一下，將水嚥進喉嚨。這是我幫助他的第一個方法。「還要水，」我對艾惜雅說。她將杯子放到歐仔的唇邊，我讓歐仔想起該如何喝水。他喝下那一杯水，又喝了另外三杯。現在我能夠更加輕鬆地在他的體內移動了。「你們做過的那種鹹湯，就是那種黃色的湯。他需要那個。」

不需要睜開眼睛，我知道他們都在盯著我。艾惜雅站起身快步跑開了。她很害怕，迫不及待地想要做些事情幫助自己的兒子。她會去煮那種湯的。

我輕輕晃動著，讓雙手和他的身體說話。我找到了一段小小的旋律，一種我以前從不知道的節奏。當我工作的時候，我就哼著它。另外兩個聲音開始和著這段旋律唱出歌詞。是船和父親在一同輕聲歌唱。這是一首關於繩結和船帆的歌謠，聽起來很像是我父親唱過的一首尋找駿馬的歌。我一邊去掉死亡的皮膚和血肉，固定住好的皮膚，一邊在心中暗自好奇，是否每一個家族和每一個行業都有這樣的歌謠。我找到一個地方——一種並不屬於他身體的東西正在拚命生長。我殺死那東西，拋棄它。它像爛泥一樣滑開了，惡臭又骯髒。

他的身體有這麼多地方正在努力自我修補。我能感知到這些地方。他吸進了熱煙，燒傷了他的喉嚨和身體內用於呼吸的器官。他的手臂被燒壞了，胸口和臉頰也有同樣的傷。最嚴重的傷口在哪裡？我問他的身體，是他的手臂。我先向那裡用力。

他的母親提著湯罐回來了。「哦，甜美的莎神啊！」她喊道，再一次抱起兒子的頭。現在她不像剛才那樣害怕了。很快，她就將盛著湯的杯子端到兒子的嘴邊。湯很香，我記起了它是多麼美味。鹹味中有一點酸。歐仔把湯喝下去。我已經修整過他的喉嚨，現在他能吞嚥了。

「這裡發生了什麼事？」

「琥珀！她在救歐仔。」

「她必須停下來！她只是一個孩子。你怎麼能讓她做這種事？」

「不是我們讓她做的！我們只是在陪伴兒子最後一程，然後她就來了，將她的雙手放在他身上，他這才能活過來。歐仔要活過來了！」

「但是她呢？」他很憤怒。小親親很憤怒——不，他在害怕。他又轉頭對我說：「蜜蜂。停下。妳不能這樣做。」

我深吸一口氣。「是的，我能。」我隨著吐出的氣息說道。

「不，妳給了他太多妳自己的力氣。把妳的手從他身上移開。」

我露出微笑，因為我記起了對我父親說的話。「現在沒有人能夠對我說不了，即使是你也不行。」

「蜜蜂，馬上停下！」

我微笑著。「不。」

「抬起妳的手，蜜蜂，否則我就把妳拉起來！」

他是否知道這樣會同時傷害我們兩個人？「再等一下。」我對他說道。我聽見他氣惱的喘息聲。我向歐仔的身體道別，告誡它要繼續工作。輕輕地，輕輕地，輕輕地，我現在必須離開了，但它還是會繼續工作下去。是的，我們會給它更多熱湯，這就像是安撫一隻動物。突然間，我知道了歐仔的意識就生活在他的動物軀體內。我就是在和這隻動物對話。

我睜開眼睛。小親親向我伸出手。在他能碰到我之前，我已經抬起雙手，抱在胸前，向後坐下去。我沒有意識到自己已經在歐仔身邊蹲了多久。當我挪動身體的時候，脊背發出了強烈的抱怨。我在襯衫上擦了擦自己的兩隻手，現在它們上面全都是濕黏的液體。

然後我知道了一件事。「船，妳騙了我！妳讓我想做這件事。」

那個木雕的女子微微向我轉過頭。「我只能這樣做。」

「她還是個孩子！」小親親發出抗議，「妳粗暴地使用了她。」

「我沒想到是這樣。」貝笙說道。他的聲音中有愧疚，但沒有後悔。

「這並沒有傷害我。」我表示反對。但是當我想要站起身的時候，卻發現自己完成不了這個動作。

歐仔的媽媽從罐子裡給我倒了一杯熱湯。我一口氣把它喝了下去。湯裡充滿了溫暖的鮮美，稍稍刺激到了我的舌頭。小親親看著我喝湯。歐仔開始喘息，那是一種好的聲音。我把杯子放在甲板上說道：「這艘船讓我愛她，我猜這就是龍做的那種事情……」突然間，我又感覺到非常疲憊，「龍會讓自己在人們的心中變得非常重要。我在某個地方讀過相關的紀錄。」

「人類稱此為魅力，」船低聲說道，「妳的名字是蜜蜂？我很感謝妳。在這次航行結束的時候，我們都將分道揚鑣。如果艾惜雅和貝笙在以後的道路上沒有他們的兒子陪伴，我會感到非常傷心。不過現在他能活下來了，能繼續和他們在一起，成為他們的安慰。我想，知道這一點，我也會感到安慰。即使我那時已經變成了一頭龍。」

「蜜蜂也是我的安慰。還有小堅，還有她的姐姐蕁麻！活船，如果再這樣利用這個孩子，我就……」

「妳威脅不了我，琥珀。安靜，她為歐仔做的已經夠多了。我還能再向她要求什麼？」

小親親安靜下來。但我能看到許多話語堆積在他心中，就像是不曾被記錄下的夢。

「我不會有事的。」我站起來，向他們保證。我必須微笑，「薇瓦琪，妳就像妳對我說的一樣美麗又完美。我會愛上妳的。」我只是有一點搖晃，而且感到非常累，不能告訴他們這個，「我要去睡了，大家晚安。」

在我身後，成年人開始輕聲說話。我的聽覺一直都很敏銳。貝笙不無遺憾地說：「她過去一定是一個非常漂亮的孩子。」

「那麼多傷疤！但感謝莎神，現在她和我們在一起了。她有一顆偉大的心。」

「我懇求你們對她多一些關心。她並不強壯，現在還不夠強壯。」說話的是小親親。他錯了，我可以很強壯，只要有需要。反而是他保護我的努力讓我感到困擾。他覺得我很軟弱，也在盡力讓其他人相信這一點。這點起了我心中的一小團怒火。

在我返回吊床的路上，兩條腿一直在微微顫抖。我沒辦法自己爬上吊床。我想到了自己第一次必須爬到嚴謹背上的時候。那是我的馬。小堅是對的。我能夠再見到我的馬時，一定會很高興。

聽到小親親的說話聲，我嚇了一跳。「蜜蜂，這樣的治療是好事，但妳必須首先考慮自己的健康。妳現在的身體狀況還不好，我不會要求妳向我許諾，但我還是求妳，如果妳要做這件事，一定先讓我知道。這種時候必須有真心為妳著想的人陪在妳身邊。」

「我不覺得這艘船會讓我過分用力，」我說道。我感覺到了一種無言卻又溫暖的保證——她會在我有危險的時候阻止我，這讓我心中生出一絲微笑。但對於小親親，我只是板著一張毫無表情的臉。

「妳就像妳的父親。對於我的請求，這不是一個真正的回答。」他在微笑，但很認真。

我歎了口氣。我想要睡覺，不想說話。而且我更不想要他為我擔心。這不是他的任務。我找了一個謊言：「你不需要擔心。我做這種事的能力幾乎已經耗盡了。」

小親親臉上的微笑變成了憂慮的皺眉。「妳是什麼意思？」

「在我與西姆菲、德瓦利婭和文德里亞作戰的那個晚上，西姆菲有一瓶海蛇涎液。德瓦利婭稱那個叫海蛇藥劑。我認為那裡面有少量的巨龍之銀，就像派拉岡號用來變成龍的那種銀汁。」我打了一個很大的哈欠，但我突然很想向他解釋清楚，「在我做過的一個夢裡，他們從被囚禁在一個很小的鹽水池中的海蛇那裡獲得這種藥劑。西姆菲本來是要文德里亞喝下它。文德里亞以前就服用過這種藥劑，那讓他獲得了強大的力量。但是當我在西姆菲身上點起火的時候，西姆菲讓瓶子掉在地上打碎了。我要拿起瓶子的碎片刺她，卻割傷了自己的腳，讓一部分藥劑進入我的血液，讓我比文德里亞更強。我那時非常強大，甚至能直接命令德瓦利婭去死，而她立刻服從了我的命令。」

小親親一動不動。我看著他。他現在會害怕我嗎？還是會恨我？

不。當他回過神來，眼睛裡充滿了哀傷。「妳在西姆菲身上點了火，又用瓶子的碎片刺她。」

他怎麼會認為我做這樣的事情是值得哀傷的？我進一步做出澄清：「我已經告訴過你和我的父親了。我殺死了他們。這不是邪惡的事情，我完全不後悔。這件事需要有人去做，而我正是在合適的地方和合適的時間做這件事的人。這是我的任務。所以，我做了它。那一晚我還應該殺死文德里亞，這樣就能給我們省掉很大的麻煩。」

「妳夢到過那些事嗎？」小親親猶豫著問我。我只是盯著他，他又說道：「妳是不是有一個

夢，告訴妳殺死他們是妳應該做的事？」

我聳起一側的肩膀，抓住吊床的邊緣。這一次，我翻了進去。我拉起自己的毯子。現在是夏天，但下面的艙室裡晚上還有些冷。我閉上眼睛。「我不知道。我做了一些夢。我知道它們有特別的意義，但它們都很奇怪，我無法將它們和我要做的事情聯繫在一起。我夢到了一個銀色的人切開他的心臟、海蛇涎液中有白銀。這個夢的意思是我切開德瓦利婭的心臟，讓她去死嗎？」

「我不認為是這樣。」小親親低聲說道。

那是我在不久之前做的一個夢。能將它告訴另一個人，我的感覺好多了。「我要睡了。」我對他說。我閉起眼睛，不再理他。他沒有動。這很讓人煩惱。我希望他會離開。我等待了很長時間，然後透過睫毛望出去。我打算命令他離開。但我卻問道：「你愛我的父親嗎？」

他仍然像一隻貓一樣一動不動。當他開口的時候，我知道他做了很大的保留：「我和妳的父親有著很深的連結。一種我與其他人都沒有的關係。」

「為什麼你不說你愛他？」我張開眼睛看著他的臉。我的父親將全部的生命力量都給了他，而這個人甚至說不出他愛他？

他的微笑顯得很僵硬，彷彿在強行將另一種表情變成微笑。「如果我用這個字，總是會讓他感到不舒服。」

「他並不經常用這個字，他的愛全都在他的行動裡。」

「他從不曾回想過他為我做的事，但他總是記得我為他做的每一件事。」

「所以他愛你。」他是這麼愛你，竟然會為了帶你去公鹿堡而丟下我。一切表情都從他的臉上消失了。他那雙特別的眼睛變得異常空洞。

「他給你寫了很長的信。但他沒有地方可以寄出，他深深地想念著你。他愛我的媽媽，但他為了媽媽，一直都必須讓自己強大。他還有謎語，還有我的哥哥幸運。但他在那些信上寫的事情無法對我的媽媽講，也無法告訴謎語和幸運。你離開了他。他只能將它們寫下來。」

我仔細地看著他，看到我帶著倒刺的話語擊中了他，掛在他的心上。我想要趕走他，我不在乎這樣會傷害他。他還活著，我的父親卻死了。我又說道：「你根本就不應該離開他。」

他問道：「妳怎麼知道他寫了什麼？」他的聲音和表情都是一片空白。

「因為他不是每一夜都會燒掉他寫的東西。有時候，他會一直等到早晨。」

「所以妳看了他的私人信件。」

「我是否可以認為，你也看過我的日記？」

他顯然是吃了一驚。「是的。」他承認了。

「你還在這樣做。當你以為我在熟睡的時候，就會看我寫的東西。」

他沒有退縮。「妳知道我會這樣做。蜜蜂，妳經歷過許多苦難，但妳仍然只是一個孩子。妳的父親把妳託付給我。我向他承諾過會看護妳。請理解我，成年人會做對孩子最好的事情，父母尤其有這份責任。要再過很長時間，妳才能完全憑自己的意願做事，做出妳認為是最好的選擇。妳有白者的血統，妳的夢很重要，也很危險。妳需要得到指引。是的，我看了妳的日記，為的是

更瞭解妳。我會讀妳記錄下來的夢。」

我的心裡卻只是惦記著他在前面說的話，「我是從我的母親那裡得到了白者血統嗎？」我知道我的父親是群山人和公鹿公國人的後代，再沒有其他血統了。

「妳是從我這裡得到的。」

我盯著他：「怎麼會？」

「妳還很年輕，無法理解這件事。」

「不，我和你沒有關係。我知道我的父親，也知道我的母親。」我屏住呼吸，等待著他說出一個和我的母親有關的可怕謊言。

「妳知道龍是如何改變古靈的？牠們如何給予古靈鱗甲和色彩？古靈的孩子為何出生時就帶著鱗甲？」

「不。我不知道牠們會這樣做。」

「妳見過拉普斯卡。還記得那個紅人嗎？」

「是的。」

「一頭龍改變了他。那頭龍非常愛他。那就是荷比，那頭紅龍，牠將自己的一部分給了拉普斯卡，於是拉普斯卡發生了改變。而他的龍，荷比，也接受了他的許多想法和方式。」

我專注地傾聽著。

「許多年裡，我和你的父親生活在一起。我覺得我們……改變了彼此。」我能看出他的思緒飄去了另一個地方，「他曾經說，他成為了先知，而我成了催化劑。對於他的話，我想了很久。我認為是我想出現這樣的情況。我曾經想要做出這樣的改變，所以我去了克拉利斯城堡，試圖成為改變者。」

「你做得不是很好。」

「是不好。但是當我第一次遇到你的父親時，我甚至從沒有想到過要這樣試一試。」他重重地歎了一口氣，「蜜蜂，我知道妳會對我感到憤怒。我要告訴妳。我做了妳的父親想讓我做的事。我安全地將妳帶了出來。我會侵入妳的生活和妳的隱私，只是因為他要求我照顧妳。我將他說過的話視為最重要的託付。我本來希望能贏得妳的尊重，哪怕無法和妳建立更加親密的關係。我明白，妳恨我，因為我活著，而蜚滋沒有。但為什麼要在今晚向我發洩這恨意？」

我堅定起自己的意志，看著他的淺色眼睛。「今晚，你想要作為我的父親，你說了他會說的話。但你不是我的父親，我不想讓你以為你是。是的，你能教導我，我有許多事情需要學習。但你不是我的父親。不要裝作你是。」

「確實。」他說道。隨後便閉上了嘴。

他隱瞞了些什麼。他讀過我的夢和日記，那是我最私密的想法。而他還想要向我隱瞞祕密？這是對我最深的欺侮。我發動了反擊，畢竟謊言也不過和隱瞞一樣惡劣。「他寫了最後一封信給你，一封他沒有燒掉的信，我認為他寫這封信大部分是為了他自己。他告訴你，他明白你為什麼會離開。你的『友誼』只不過是你對他的利用。他在信裡說他沒有你會過得更好，因為我的媽媽

愛他，愛他這個人，而不是因為他有可利用之處。在那封信裡，他說他希望永遠不再見到你，因為你扭曲了他的生活，剝奪了他的歡樂。他很高興現在能夠掌控自己的人生，決定自己的方向了。

「但他又見到了你，一切又重新開始了。你回來找他，再一次利用他。你毀了我們的家，他因為你而死。這全都是你幹的。」

我翻過身不再去看他。在吊床裡翻身並不容易。我抬頭盯著橫樑和搖曳的燈影。我的父親不會喜歡我這樣。我知道我應該道歉，承認自己在捏造事實。即使我並不是那樣的意思？也許吧。

我回頭看他，但他已經逃走了。

弗尼克

在大火之後殘存的資料中（這樣的資料並不多，你的門徒所做的事情實在可謂徹底！）我找到了一張燒焦的斷片，我已經將上面的內容翻譯如下：

「一旦他們無法戰鬥，便大膽向前，讓他們流血。採取這一行動有其必要，因為絕大部分毒素都在他們的腸胃裡，還沒有汙染到他們的肉、骨、腦和舌頭。先收集好他們的血，然後是臟器，最後是肉。給每一個容器貼好標籤，因為每一個容器中的收穫品都必須分別進行測試，以確認滲入其中的毒素是否過於強烈，會使其有致命危險。每一份試驗品都要讓至少兩名奴隸食用。哪怕只有其中一人死亡，都要將其丟棄。可惜我們無法控制每一頭龍會吃下多少誘餌，所以也無法控制每頭怪獸要攝入多少毒素。

「眼睛必須放在醋中保存。它們是最易腐壞的。將肉削成薄片，用鹽醃漬、曬乾。

「在整頭怪獸的身體中，只有胃需要完全丟棄。其他每一個部位都必須妥善收集並保存。一旦我們將龍消滅乾淨之後，這些就是我們最後……」

後面的部分都被燒掉了。老朋友，你是正確的。在北方發生了災難之後，我們的僕人刻意對僅存的龍和海蛇進行了屠殺。在另一些殘存文件中標示的日期和口袋與桶子的數量，也許表明了在不同地方進行屠殺的具體細節。

因此，龍會復仇。因此，四聖得以青春永駐。

隨著卡普拉被殺，我承擔起照料殘存白者的工作。我們離開克拉利斯，前往內陸的一個小農場。我在努力教導這些年輕人種植和收穫食物。有許多白者都停止了做夢。

恐怕這封信要過許多個月才會到你的手中。當我最後與蜚滋駿騎・瞻遠分開的時候，我們互相說了一些嚴厲的話。請代我向他表達敬意。我絲毫不懷疑他會回去找你，就像你歷盡艱辛回到他的身邊。

——普立卡寄給小親親的信

弄臣告訴過我他第一次返回克拉利斯的旅程，我要做的就是反向將這段路重走一遍。我必須到達克拉利斯大島的另一邊，前往那裡的一座深水港口——西撒奧或者柯普敦。從那裡，我會找一艘小船前往弗尼克，那是一座被丘陵環繞的港口。我可以在那裡的一座山丘上找到古靈廢墟和一座嚴重傾斜的精技石柱。

看起來這很簡單。說起來簡單，做起來難——世間大多數事情都是如此。

我回到那個隧道口過了一夜。在那裡，就像機敏對蜜蜂說的那樣，是一個容易防守的地方。天一亮，我就爬上了附近最高的一座山丘，想要找到方向正確的道路。我走過一片牧場。那裡有兩頭乳牛用懷疑的眼神看著我。下了丘陵，穿過剛剛變成廢墟的農莊，我來到了大路上。現在這條路上人煙稀少，但我知道，當克拉利斯發生劫難的訊息傳播出去以後，這種情況就會發生改變。這條路上會擠滿搶劫犯和拾荒者，還有圖謀迅速佔據空白土地的人。關於龍的傳聞很快就無法阻擋他們的腳步了。我希望普立卡能夠迅速獲得我為他留下的領導位置，倖存的白者和其餘僕人在他的監管下，也許真的能回到舊日的道路上去。無論如何，我和他們已經沒有關係了。

我的腿還在進行自我治療，也還很痛，我不斷感到飢餓。蚊子一直在吸我的血，某種像是蜱蟲的蟲子在脖子後面咬了我。我沒有找到那隻蟲子，但被牠咬過的地方實在很癢。我還非常想念我的鞋。那天下午，一小片陰影從我的頭頂飛過。隨後小丑落在我的肩膀上。「帶我回家。」牠命令我。

「妳錯過那艘船了？」我問牠。我不會承認自己很高興能有牠作伴。

「是的。」過了一會兒，牠才承認道。

「烏鴉，小丑，妳怎麼知道我還活著？妳怎麼知道能在哪裡找到我？」

「銀人，但還是很愚蠢，」烏鴉做出評論。牠從我的肩頭跳起，又回頭向我喊道：「果樹！果樹！」

牠在我前面沿著大路飛了過去。狼在我的體內感到有趣又氣惱。我不在的時候，你和一隻烏鴉牽繫？好吧，至少牠不是獵物。而且很聰明。

我們沒有牽繫！

沒有？好吧。沒錯，你們沒有你和我這樣的牽繫。但原智的連結有許多層次，牠能感覺到你，哪怕牠不會讓你借用牠的感知。

突然間，許多事情在我的心中變得清晰了。為什麼牠一直要和我保持距離？我感到有些迷惑。

牠知道你絕不會給牠我們這樣的牽繫，所以牠是在保護自己。

我沒有回答。夜眼又說道：我喜歡牠。如果我還跑在你身邊，也許我會歡迎牠成為同伴。

我在看見那棵樹之前就嗅到了成熟的水果香氣。那其實是一個小果園。一條窄路從那裡通向又一座倒塌的民居。龍顯然是經過了這裡。未曾收割的杏子紛紛落在地上，正在爬滿螞蟻的地面上發酵，另外還有大量的果子掛在枝頭。我很快就讓它們堆滿一雙手，然後是我的胃。它們的汁水緩解了我的乾渴和飢餓。

當我沒辦法再吃的時候，我又摘了許多果子，並將剩下的襯衫綁成包袱。我回到大路上，繼續向前走，同時希望自己能夠及時聽到馬車的吱嘎聲和馬蹄踢踏地面的聲音，讓我在被其他人發現之前能先躲藏起來。我的胃因為塞滿了新鮮水果而有些痙攣，不過這種痛苦要比飢餓好多了。

小丑懶洋洋地在我的頭頂繞著圈子。我非常小心地將我的原智向牠伸展過去。是的，如果我集中精神，就能感覺到牠。但我也能感覺到一種小而激憤的抵制，我沒有進一步逼牠。

弄臣從沒有告訴過我這段旅程需要走多少天，我記得他提到過曾經坐在大車上走過一段路。我只有自己的兩隻腳。每個晚上，我都睡在開闊地裡，白天就向前行進。我能夠找到食物，但這件事也不容易。這裡有許多植物對我而言是完全陌生的，我能夠認出的幾種可食性植物並不能填飽我的肚子。這裡的白天很炎熱，夜晚則充滿了咬人的蟲子。

那天傍晚，我試圖找一個舒適的睡覺地點，不要讓蟲子把我吃掉。這完全是不可能的。我背靠在一棵樹上，一邊用手拍打著蚊子，一邊向晉責伸展。我可以讓他知道我還活著，正在回家的路上。我更想讓蜜蜂和弄臣儘早得到我的訊息。也許晉責能夠安排人接應我，那座精技石柱能把我帶到克爾辛拉。我希望我會在那裡受到歡迎，更希望晉責能派人帶著旅費在那裡等我。我經歷的劫難讓我只剩下了身上被巨龍之銀燒出窟窿的衣服、腰間的匕首和貼身的小袋子裡的幾樣刺客的小工具。我集中精神，推開蟲子叮咬和屁股下面堅硬岩石的感覺，向晉責伸展。但我失敗了。我已經許多年不曾遭遇過這種使用精技的失敗了。

我用力拍打著脖子後面的吸血小怪物，將我的襯衫從頭頂上脫下來，開始努力思考。我又試了一次，然後又一次。這就像是要將一隻小飛蟲從沸騰的熱湯裡撈出來。我總是會錯失目標。我停下來，將頹喪的感覺也推到一邊。鎮定。我出了什麼問題？我已經有許多年不曾遇到過這種困難……上次發生這種事是我試圖用精技與惟真聯絡的時候。他在群山王國時，我努力想要聯絡到他。惟真，那時他也將雙手浸沒在白銀裡。

也許問題並不是出在我身上，也許能夠抑制我的精技的並不只是精靈樹皮。

我將被白銀覆蓋的食指和拇指相互搓撚，把注意力集中在流過精技的這種特殊力量上。痛苦。不，是喜悅。不，它太濃烈了，無法定義。我將精神集中到公鹿堡，集中到晉責，片刻之間，我進入了精技洪流。

我跳進了這股洪流的深處，我從來都不知道精技洪流中還有如此深的地方，我遭到無數個知覺的衝擊和擠壓。「忘了餵……」「他真可愛……」「我的孩子……！」「錢不夠……」這裡就像公鹿堡大廳中的所有樂師都在演奏、所有人都在以同樣大的聲音一起講話。我完全無法區分它們。而這裡還有一個巨大的存在，無比強勢，不容反抗。它穿透了一切嘈雜的聲音，就如同指揮官在混亂的戰場上喊出號令，或者一條大魚游過小魚組成的密集魚群。其他一切聲音都在它的面前分開，又在它身後合攏。

很久以前，我曾經在精技洪流中遇到過這樣一個強大的存在，差一點在裡面迷失了自己。那時我進入的那個區域裡有許多這樣的個體。當他們經過時，我會感覺到有其他個體依附在他們身上，更加助長了那些強大個體的知覺。我想……我想要……我將自己從那個巨大的存在附近拉開，回到自己體內。這時我發現自己在狠狠咬著下唇，嘴裡有一股血味。

我竭力想要搞清楚自己到底遭遇了什麼。巨龍之銀強化了我的精技能量，帶我進入了一個我無法掌控的層級。我豎起精技牆，仔細思考，最後決定要謹慎從事。如果有需要，我可以等到達克爾辛拉，再用信鴿和晉責聯絡。現在沒有必要冒險。

我走過所有岔路口時，都會選擇足跡稀少的那條路。我不得不繞路躲開村莊。龍並沒有徹底屠殺這座島的居民，我發現自己對此感到高興。無論如何，現在全身銀色的我不想遇到任何人。有時候，烏鴉會幫我尋找道路，也有的時候牠不知飛向何處，我就只能沿著小路穿過樹林，希望不會迷失方向。我會毫無廉恥地從偏遠的農場偷竊食物，對菜園、雞舍和燻製作坊發動偷襲。我從一條晾衣繩上拿走了一張床單。在我的衣兜角落裡還有幾枚硬幣，我便將它們綁在那條晾衣繩的一邊襯衫袖子裡。就算刺客也是有一點榮譽的。雞可以下更多的蛋，蔬菜也能夠再長出來，但拿走床單就是真正的偷竊了。我將這塊床單打結，做成一件臨時的斗篷，發揮了遮擋陽光和咬人飛蟲的作用。我披著它繼續往前走。

天氣一直都很好，旅程卻很糟糕。我不斷地為蜜蜂、弄臣和我的其他同伴們擔心，不知道他們現在如何。同時我為機敏哀悼，並徒勞地希望自己能夠親眼看到派拉岡變成龍的景象。我不知道他們還有多久就能回到家，又很擔心當他們將王子的死訊告知依妲女王的時候會發生什麼事。女王命令我們保護那孩子平安，我們卻沒能做到，她會感到哀傷還是憤怒？還是兩者兼而有之？

我一直在感到飢餓，有時會乾渴，不過只要遇到小溪就能解決這個問題。

而且我全身都很痛，疲憊感也在持續不斷地襲擊我。

身體一直在自我癒合，並為此不斷偷取我的體力，我的食物來源卻很不穩定。我沒有鞋，又只能徒步行走，睡在野外——我已經很多年沒做過這種事了。但即使是這樣，我每次都會睡得很沉。有一天當我醒過來的時候，我完全沒有心思動一下。我想要回家，但更想一動不動地待著。我躺在一棵樹的陰影裡，身子下面是裸露的土地。這棵樹的樹葉全都低垂著。螞蟻開始爬上我的手，我坐起來，拍掉它們，又撓了撓脖子後面。那處被蜱蟲咬過的地方漸漸癒合了。我將那裡結的痂撕掉，感覺到一陣寬慰。「家！」小丑從頭頂的一根樹枝上向我大叫，「家，家，**家！**」

「是的。」我表示認同，把腿收到身下。它們還很痛，我的肚子也很痛。

我的兄弟，你長蟲了。

我考慮了一下這個想法。我以前也長過寄生蟲。什麼人在這種生活狀況下肚子裡不會長蟲？我知道幾種治療方法，但沒有一種是現在的我能夠採用的。

我還是小狼的時候，你讓我吞了一枚銅幣。

一枚銅幣能夠殺死蟲子，但不會傷害小狼。我是從博瑞屈那裡學到的。

獸群之心知道許多事。

我已經沒有銅幣了。只有等到我們回家以後，那時我就能找到治療的草藥。

那你最好現在就起來向家園前進。

夜眼是對的。我需要回家。我想像著自己能擁抱蜜蜂。但我銀色的手和發光的臉……啊，不。

我把最後這個想法推開。我已經開始習慣於這樣做了。等我回到家，一切都會恢復正常。我會見到蕁麻和我的新外孫女，總會有辦法消除掉我身上的巨龍之銀。切德會知道一些辦法、一些手段……不，切德已經死了。他的兒子也死了。將這個訊息帶回去的我會得到深隱怎麼樣的歡迎？那個古靈女人的話是對的嗎？巨龍之銀會不會殺死我？她說，它會滲入我的骨頭。

起來，太陽還在移動，你卻躺在這裡。難道你決定在白天睡覺，晚上趕路了？

今晚將是滿月，我能夠看見路。是的，我會今晚趕路。我對自己說了謊。

在日落的時候，我強迫自己站起身，烏鴉還站在高處的樹枝上。我抬起頭向黑暗中望過去，令我驚訝的是，我能夠看見牠。我能夠借助牠散發出的熱量看見牠的身體。弄臣曾經提到過這種事，那時他剛剛喝下龍血。

「我要趕路了，妳想讓我帶著妳嗎？」烏鴉沒有在黑暗中飛起來。牠發出一聲拒絕的啼叫。只要牠願意，就能找到我。牠已經向我展示過這種能力了。

過去幾天，我走的大路上行人開始變多了。不過到了晚上，路上就很少會見到車輛和馬匹。而我的床單斗篷基本上能包裹全身，因此我能夠更加輕鬆地趕路。岩石經過太陽一整天的烘烤，正在向外散發出熱量，於是它們都在我的眼中發著光，而沿路邊飛竄的小動物發出了另一種光。我爬上一片又一片山坡，翻過一座又一座山丘。這條路開始穿過許多耕地和牧場。明天白天我要藏到哪裡去？等天亮的時候再擔心這種事吧。

我爬上山丘，低頭看到了一座忙碌的海港，停泊在港灣裡的船隻上亮著油燈，整座城鎮都是燈光閃爍。這裡至少像公鹿堡城一樣大。和公鹿堡城不同的是，這一整座城鎮的地勢就像平底鍋一樣平。我該如何穿過這座城市到達碼頭，並說服一艘船上的人帶我去弗尼克？畢竟我連一個銅板都沒有。偷一艘小船，我又能去哪裡？我也沒有航海圖。我需要一艘船和一批能夠服從我意志的船員。

為什麼每一件事情都不能簡單一些？為什麼我感到如此疲憊？

那天晚上，我偷襲了一個雞舍，劫走了一隻母雞和三個雞蛋；又從一個牛棚中得到了一些穀物。一條看門狗跳出來向我吠叫。我盯著牠，告訴牠我是一頭狼。我感覺到巨龍之銀與我的原智結合在一起，讓這條狗哀號著跑回門裡。這種感覺很特別。

我帶著我的戰利品逃走了。人類的牙齒並不適合對付生肉，不過我還是把這隻母雞吃得只剩下了骨頭，然後我吞下生雞蛋，又用臼齒磨碎了穀物。這些都被我用溪水送進了肚子。最後，我躺在兩片穀物田地中間的亂石裡，直到天亮。

我又等到夜幕降臨。在白色的滿月完全升起之前，我向忙碌的海港潛行。阿憨曾經利用精技隱藏自己，但他在這方面一直都比我強大很多。我用床單遮住了大部分面孔，一直躲在陰影中，同時還不斷對安靜街道上的人們散發出「不要看我、不要看我」的暗示。夜晚的街道上本來就沒有幾個人。只有兩個人瞥過我一眼。巨龍之銀強化了我的力量，讓我能夠有效地對別人做出暗示，這同時讓我感到了慶幸和不安。我對這種外來的力量能有幾分信任？我能夠在白天走過熙熙攘攘的街道，同時又不受到人們的注意嗎？如果進行這種測試失敗了，後果很可能是致命的。

我知道我的目的地，所以我毫不停頓地奔向了碼頭。

一座港口是從不會入睡的。船隻在晚上也會忙著裝卸貨物，以便趕上清晨的漲潮。我選中了一座碼頭。推著小車的工人正在那裡忙著運送從船上卸下或者要裝載的貨物。我躲在陰影中，審視著這些來來往往的人流。我又餓了，同時還感到傷痛和疲倦。我不能允許這些事干擾我。

我找到了一艘正在卸下皮革貨物的船。弄臣提起過弗尼克是一個加工皮革的城鎮。我走到那艘船的一名水手面前，用我的友情包裹他，同時悄聲對他說：「我需要去弗尼克。你非常想讓我高興。」他愣了一下，抬眼瞪著我。我從床單下面偷偷瞅著他。他的表情忽然放鬆，露出微笑，彷彿我是他的一位老朋友。

「我們剛剛從那裡過來，」他一邊對我說著，一邊搖了搖頭，「那裡不是一個好地方。如果你必須到那裡去，我只能說我很同情你。」

「但我還是必須到那裡去。港口裡的船有要去那裡的嗎？」

「舞蹈者號，就是那邊的第二艘船。船長叫拉絲莉，對很多事都擅長，但在賭博的時候很喜歡作弊。」

「我會記住的。祝你晚上好。」

我們分別的時候，他又流著口水給了我一個微笑，彷彿我是他的情人。

我快步沿著碼頭向舞蹈者號走去，同時還在為了剛才自己對那個人做的事情感到有點噁心。舞蹈者號是一艘整潔的小船，吃水很深，但船艙很小，只要非常少的船員就能駕駛。一名年輕女子正站在她的甲板上。我集中起自己的精神，帶著一波友誼和信任的感覺向她伸展過去，然後才開口向她詢問拉絲莉船長在哪裡。她睜大了眼睛，向被床單裹住的我露出微笑。「我就是拉絲莉船長。你找我有什麼事？」她看到了我的銀色面孔，不由得後退了一步。

我向她微笑，暗示她這只是一道特殊的傷疤，僅此而已。她禮貌地不再看我的臉。「我要去弗尼克。」

「我們不帶乘客，好人。」

「但妳可以為我破個例。」

她盯著我，我感覺到她內心的矛盾，向她施加了更大的壓力。「的確可以。」她說道，而這時她甚至還在不停地搖著頭。

「我可以幫忙幹活，我瞭解甲板上的工作。」

「你的確可以幫忙。」她表示同意，眉毛卻緊皺在一起。

「到弗尼克要多少天？」

「不超過十二天，如果天氣一直都這麼好。我們沿途還要去另外兩個港口。」

我想要告訴她，我們直接去弗尼克。但我沒辦法讓自己這樣做。我已經在後悔自己對她做的事情了。「我們什麼時候出發？」

「明天早晨漲潮時。很快了。」

我剛一上船，小丑就撲落到我的肩膀上。船長臉上閃過一陣困惑，但立刻又變成了喜悅。

「謝謝妳，謝謝妳。」小丑對她說。當船員們走過來的時候，牠也同樣向他們道謝。我向他們做了自我介紹，自稱為湯姆．獾毛。那些船員都被小丑的魅力吸引了。同時我將「接受我們」的暗示像一張毯子一樣蓋在他們的頭上。等到天一亮，我已經上路了。

這是我人生中最悲慘的一次航行。這艘船被稱為「舞蹈者號」是有原因的。它不停地上下蹦跳，左右搖擺。我這輩子都不曾有過如此嚴重的暈船。

儘管身體狀況非常糟糕，我還是竭盡全力像自己暗示的那樣有用。我發現，我能夠用手指抹去黃銅上的鏽蝕，讓舞蹈者號上的每一個配件都閃閃發光。我還能讓粗糙的纜繩變得平滑，讓它們在桁架和滑輪上輕鬆移動。我用手撫摸過度磨損的船帆，讓它變得牢固。在餐桌上，我只會吃下一人份的飲食，儘管飢餓感一直在向我提出抗議。

這段旅程彷彿根本沒有盡頭。將我的意志施加在船員身上需要力量和專注，而我的這兩項資源都在不斷衰減。我害怕每一次在港口的停泊，因為這就意味著連續幾天卸貨和裝貨，連續幾天沒有分毫進度。每一次我們靠港停泊時，我都會在晚上偷偷溜上岸，找一家旅店用精技獲取足夠多的食物。在吃飽喝足之後，我會返回舞蹈者號上大睡一覺。當我醒來時，我會連續一整天感覺到自己更強壯了一些，但隨後疲憊感就又會壓在我的肩頭。

在因為暈船而格外難熬的漫長夜晚，我會想起惟真，想到他如何使用精技守護六大公國。即使在遙遠的地方，他也能找到外島戰艦，對他們的船長和領航員施加影響。他有多少次將他們送進風暴的利齒巨口？或者讓他們撞在礁石上？當他利用魔法力量殺死了那麼多人，又有著怎樣的感覺？他會感到困擾嗎？會不會正是因為那樣，他才緊緊抓住一個虛無縹緲的古老傳說，去深山王國尋找古靈盟友？

我們在一天夜晚到達了弗尼克。我讓船長和船員們相信，他們做了一件大好事，一件值得為之驕傲的事，然後我便在他們滿臉困惑和喜悅中離開。小丑站在我的肩膀上。「家。」牠提醒我，我從這個字裡汲取著力量。

弗尼克是一個沉悶的城市，充斥著糟糕的氣味和陰沉的面孔。將牛變成肉和皮革肯定不算一種整潔的工作，但這也不需要讓弗尼克變得如此骯髒。這座城市的外觀和空氣全都充斥著一股絕望的氣息。環繞港口的建築非常低矮，保養也很差。在城市背後的山丘上，我能夠看見古靈城市的廢墟。那座城市顯然遭到了有意的破壞，我希望普立卡和弄臣使用過的那座精技石柱沒有遭到進一步損壞。弄臣說那座石柱已經快要壓在地面上了，但只要它和地面之間還能有鑽進去的空檔，我就絕不會放過這個可以帶我去克爾辛拉的機會。

使用那些石頭是有危險的。

狼，現在任何耽擱都是有危險的，而且我害怕耽誤時間的危險只會更大。

我感覺到了狼的懷疑，便竭力不再去思考這個問題。我邁著沉重的步伐走過這個城鎮，腹內飢火中燒，卻又看不見我想要走進去的旅店。這裡的旅店感覺都散發著欺詐的味道，讓我無法相信。我會直接前往古靈城市，尋找精技石柱，離開這個令人厭惡的地方。這裡的醜陋就如同充斥在空氣裡的一股惡臭。克爾辛拉的人們認識我。那裡會有食物和熱情的款待。這個地方的人顯然不知善良為何物。

我停下來，靠著一座馬廄的牆壁喘口氣。一種絕望的情緒就像風一樣吹過我的全身。我對這種強烈的感覺有一種怪異的熟悉，就像我耳朵裡的那種「嗡嗡」聲一樣。

他們在這裡背叛了我們。多年以來，他們一直欺騙我們，偽裝成朋友，然後，當我們逃到這裡，需要他們的說明時，他們殺害了我們，斬盡殺絕，就像滅絕了龍，甚至海中的海蛇。

片刻之間，我看見了他們——古靈們在街道中奔跑，尋找並不存在的安全之地。他們逃出每一座坍塌的城市，聚集到這裡。在這個偏遠的聚落，空氣中沒有毒素，也沒有不斷落下的灰塵。但是他們一走出傳送石，等在這裡的傭兵就將他們盡數屠殺。因為僕人知道他們的城市會在災難中震顫、崩塌，知道龍和古靈都會逃亡至此。為了徹底滅絕巨龍，就同樣要徹底滅絕古靈。

於是他們遭遇了厄運。

關於那段血腥背叛的記憶沉入到那座古靈城市的記憶石中。當這裡的人類後代將那些石塊從古靈城市中運出來，建起弗尼克城，也同樣發掘出了埋藏在那些石塊裡的恐怖與背叛。怪不得弗尼克人總是會用充滿恨意的目光去看那些黑色岩石的廢墟。我愈靠近山坡上的那些廢墟，就會感覺到愈發深沉和黑暗的記憶流淌出來。精技和巨龍之銀在我的體內翻騰，我踉蹌著走過一股幽靈匯成的洪流。男人和女人呼喊、哀號，孩子們死在街道上，流血不止。為了減弱自己感到的恐怖，我努力豎起精技牆。

克爾辛拉充滿了古靈的節日慶典、熱鬧的市集、快樂時光。這裡的石塊卻浸透了它們建造者的鮮血和死亡，這裡的恐懼和絕望被流傳了許多個世代，一切歡樂和平的回憶全都被鮮血淹沒了。

我不知道這座古靈城市的名字。青草正努力從破碎的鋪路石板縫隙中生長出來，將這個地方

覆蓋。但這裡有太多的記憶石。這條街道一直牢記著它們是街道，不允許青草蔓生。我在所有地方都能看見鐵錘和鑿子留下的痕跡。倒塌的雕像被有意砸成碎片，噴泉被摧毀、牆壁被推倒。

那些還站立著的石柱在哪裡？會不會像克爾辛拉一樣，矗立在這座城鎮的正中央？還是在一座高塔頂端？在市集廣場中？

我在這座山丘城市的空曠街道中遊蕩，穿過一群群尖叫的幽靈。小丑從我的肩膀飛起，在天空中盤旋，又落回到我身上。這裡曾經是一個美麗的地方，有著許多優雅的宅邸和帶有圍牆的花園。現在，這裡就像是一頭死去的雄鹿，身體內已經爬滿了蛆蟲。所有的輝煌與美好都被死亡的記憶和對背叛的憎恨汙染了。只有我的原智在告訴我，它們都不是真實存在的。

我的原智也讓我知道，這裡還有真實的人類。就在我身後不遠，一直在跟蹤我。當我努力築牢牆壁，將自己的意識收束在體內的時候，我忽略了用精技掩飾自己。也許他們只是好奇的少年，想要仔細看看一個披著床單的怪漢。他們有沒有看見我銀色的面孔？小丑在我頭頂叫了起來。我看見牠不住地盤旋，突然俯衝下來，落在我的肩膀上。「小心，」牠沙啞地悄聲對我說，「小心，蜚滋。」

他們在向我逼近。

我一動不動地站立著，調勻氣息，放射出我的原智，想要感知這些人的數量和位置。他們以為能從我的身上得到什麼？他們只是那種喜歡欺侮陌生人的惡棍嗎？我沒有力氣可以逃跑，更不要說作戰了。*離開我！*我將這個懇求送入黑夜。但那些充滿了精技的石頭稀釋了我的力量，讓這個暗示無從施展。我需要看到他們，看到他們的臉，從而瞄準他們的意識。他們依舊和我保持著距離。毫無疑問，他們很熟悉這些廢墟。也許他們從小就浸泡在這裡的恐懼和憎恨之中，一直將石塊作為掩護。當他們從一塊石頭跑到另一塊石頭後面的時候，我就能瞥到他們身體發出的光亮。他們有多少人？

四個。不，五個。其中兩個站在一起。我掀動鼻翼，捕捉氣味。對於我遲鈍的人類鼻子，這根本就是一種毫無意義的行動。

他們很近了。選好你的位置。

這是我最後的優勢了。我抽出匕首，找到一小段殘牆，背靠在上面，脫下了床單斗篷。也許我的樣子能夠讓他們望之卻步。但在濃重的夜色中，他們能看到我有多麼與眾不同嗎？我心中一沉，強迫自己去思考什麼樣的人才會願意讓自己浸沒在這種殘忍血腥的氣氛中。這不是一個好問題。我聽到一陣微弱的笑聲，有人在用噓聲示意發笑的人噤聲。那是一個女人的笑聲。那麼，這應該是一場遊戲，而不是搶劫。我也許不是他們的第一個獵物。

一塊石頭擊中了我身邊的牆壁。我打了個哆嗦。烏鴉從我的肩膀飛了起來。我並不責怪牠。這樣一塊石頭足以殺死牠。又一塊石頭擊中我頭部附近的牆壁。我一動不動地站立在原地，傾聽著。下一塊石頭擊中了我的大腿。這一次，他們不再壓抑自己的笑聲了。他們仍然隱藏自己，讓我無法看到。我聽見擲石索甩動時發出的微弱哨音。這塊石頭重重地打在我的胸口上。我抬起一隻手臂遮住臉，但一塊石頭「鏗」地一聲打在我的嘴上。我嚐到了血的味道，耳朵開始鳴響。

懦夫！夜眼在我體內嚎叫，殺掉他們！

夜眼還活著的時候，我們的原智連結是那樣緊密，我經常感覺自己是人又是狼。牠的身體死了，但這些年裡，牠的一部分還活在我體內。我的一部分並不是完全屬於我的。

在我最早試圖掌握精技魔法的時候，我的野獸魔法——原智——一直和精技糾纏在一起。蓋倫竭力想要將原智魔法趕出我的身體。其他教導過我使用原智或者精技魔法的人都曾責備我無法將這二者分開。當夜眼被我的疼痛激怒，以我的原智發動攻擊時，我的白銀精技也隨之一同噴射出去。

我瞥到了那個女人，她從一道斷牆後面跑向一叢荊棘。我將我的注意力集中在她身上。「死。」我低聲說道。她是第一個倒下的。她突兀地趴倒在地上，四肢癱軟，彷彿暈過去一樣。但我的原智告訴我，她已經不復存在了。心臟僵硬，呼吸停止。

也許是愚蠢，也許是忠誠，也許兩者兼有，她的兩個男性同伴向她跑過去。畢竟繼續躲藏還有什麼意義？一個懦弱的、被逼到牆角的人是沒有威脅的。我抬起一隻顫抖的銀手，指向一個人，告訴他：「死。」當他的同伴驚愕地停下腳步時，我又說了一聲：「死。」他也照做了。

這麼容易。太容易了。

「是他幹的！」有人喊道，「我不知道是怎麼回事，但他讓他們倒下了！薩哈、巴爾，起來！你們受傷了嗎？」他們之中又有一個人從藏身處跑出來。那是一個骨瘦如柴、留著一頭深褐色亂髮的年輕人。他一邊盯著我，一邊向那些屍體跑去。

「他們死了。」我說道。

我希望他會逃跑。我更希望他會戰鬥。

一個女人像母鹿一樣謹慎地站起身，從高草中走出來。她的相貌很可愛，鬆散的深褐色鬈髮垂在她的肩頭。「薩哈？」她一邊問，一邊還用不太確定的聲音笑著。

「他殺死了他們！」她的同伴淒厲地尖叫著。他向我衝過來，而那個女人也發出了和他一樣的尖叫聲。我將銀手移動到他們前進的道路上。

他們倒下了，就像我用斧頭砍掉了他們的腦袋。我的原智立刻就告訴我，他們消失了。我以前從未這樣使用魔法，因為我不曾如此強大。這就像是我第一次嘗試學習精技，能力狂亂暴走。在恐懼與憤怒中，我將死亡拋給這些我甚至都沒有看清楚相貌的人。

我不知道我們能這樣做。在我體內，夜眼似乎被剛剛發生的事情嚇到了。

我也不知道。我是否曾因扭曲了舞蹈者號船員們的思想而感到羞愧？現在我只是在震驚中感到麻木——就如同我曾經看到一個人的腿被砍斷時的那種平靜。我啐掉嘴裡的血，摸了摸牙齒。有兩顆牙鬆動了。我的敵人死了，我還活著。我徹底推開懊悔與同情。

我搜掠了他們的屍體。一個年輕人的涼鞋能讓我穿上。那個漂亮的女人有一件斗篷。我拿走了他們的錢幣、一只酒囊、一把匕首。一個女人有一個裝滿軟糖的小紙包，是薄荷甜味。我將這些糖都吞進肚裡，又灌了一些廉價葡萄酒。當小丑開始啄食他們的肉，我將目光轉向一旁。這和我的搜掠又有什麼不同？他們死了，小丑只是在物盡其用。

夜色愈來愈濃。月亮升起來了。這些廢棄街道中的殺戮回憶更加濃烈地升騰起來。小丑縮在我的肩膀上。下面那座卑鄙城市中的居民是不是那些古靈殺手的後代？在這裡滯留不去的恐怖和憎恨，是不是對這些凶手子嗣的一種意外卻無比嚴厲的懲罰？儘管它們早已不知道自己的祖先都做了什麼，這個地方的黑暗氣氛，也已經徹底汙染了這些凶手的年輕後裔嗎？

追溯這些災難中的幻影奔跑的源頭，我找到了精技石柱。我在那些浮光掠影的屍體和慘叫幽靈中跋涉，最終來到一個地方。在這裡，古靈幽影們聚集到一起，就像是被狼包圍的綿羊。他們從精技石柱中走出來，看到了屠殺的景象，又逃回自己並不安全的家鄉。在這場瘋狂逃亡的渦流中，我找到了我的目標。

就像弄臣描述的一樣，有人花了一番力氣想推倒這根石柱。它歪斜著，距離地面已經很近，朝著天空的一面滿是刮痕。滿月在上面灑下點點反光。這根石柱向外的三面全都布滿了這樣的刮傷，還散發出一股強烈的屎尿臭氣。經過了這麼多年，人們還對它有著如此強烈的憎恨，竟然要用這樣幼稚的方式表達？

人類在害怕的時候會撒尿。

高草環繞著這座倒塌的石碑。古靈的幽影還在從它裡面走出來，抱著孩子，扛著行李。我跪倒，鑽過粗硬扎人或纏裹身體的野草，希望自己能夠有切德給我的地圖，那上面標明了全部已知的精技石柱和它們的指向目標。沒關係，沒了就是沒了。我希望那頭熊能夠喜歡那張地圖的味道。弄臣說過，他們是從精技石柱向下的那一面出來的。我要做的就是反向把他走過的路再走一遍。我透過草葉，向這座傾斜石碑下方的黑暗空間望進去。小丑攀在我的斗篷和短衣領上，在我的脖子上留下了一些刮痕。

準備好了嗎？

我從不曾為這種事做好過準備。走吧。

「回家。現在回家。」

很好。我將荊棘推到一旁。當棘刺扎進手心時，我哆嗦了一下。我必須爬到這座精技石柱下面，但疲憊感讓我一時犯了糊塗。我伸手撐在石柱最靠近我的一面上——我銀色的手——準備爬進石柱下面的空間。石柱抓住了我，我瞥到了一個我不認識的、已經被破壞的符文。小丑發出一聲可怕的啼叫，我們全被拖進了石柱中。

繽城

精技學徒卡利爾致精技女士蕁麻：

依照您的要求，我懺悔我的錯誤，將其寫在這張紙上，並提出解釋。這不是一個藉口，而是我在前往艾斯雷弗嘉時，不服從監督我的精技助手舍爾斯的原因。我知道我們的使命：我們要收集精技石柱，標注它們被找到的地方，將它們帶回公鹿堡進行閱讀、分類和儲存。舍爾斯非常清楚地告訴我，我必須和其他人共同行動，不能碰觸任何與任務無關的東西。

但我早就聽說過艾斯雷弗嘉的地圖室。我想要看看它，這種願望超過了我服從命令的責任感。在其他人沒有注意的時候，我離開了我的精技小組，去尋找地圖室，結果發現那裡就像傳說中一樣神奇。我在那裡耽擱了出乎預料的、太長的時間。我沒有返回收集立方體之處，而直接去了我們從那裡走出去的精技石柱。

這是我的故事中最重要的一部分，即使這並不能成為我破壞了一切規矩的

理由。那時其他人還沒回到石柱那裡。我很疲憊，因為我背囊中的立方體很沉重。我背靠著牆壁坐下來，不知道自己是打了個盹，還是只不過被那個房間裡的記憶裹挾住了。我開始看到古靈從那根石柱中出入。有一些人衣著華美，有一些人步態從容，彷彿只是在花園中散步一樣。但過了一段時間，我才驚訝地意識到，石柱的每一個表面或者有古靈出來，或者有古靈進入。沒有一個表面是同時進入或走出的。

我相信我們應該仔細研究精技石柱每一個表面上的符文。因為我相信，當我們利用精技石柱返回時發生的一些時間跨越，或嚴重的虛弱問題，也許是因為我們逆向啟動了它們原本的作用。當我們要返回見證石的時候，我非常憂慮。在我們走進去的那一面，我只看到了古靈的影子從裡面出來。我感覺我們會在精技石柱中耽擱時日一定與此有關。

對於我離開精技小組的行為，我深刻道歉。這是欠缺考慮和莽撞的行為。我願意接受您認為應當的判處和懲罰。

您真誠的，學徒卡利爾

我們在航行。慢慢地，我的人生甦醒了。

德瓦利婭在我身上留下了印記。當天氣濕冷的時候，我的左側顴骨會疼痛，有時候會有黃色的眼淚從我的左眼中流出來。我的左耳成為形狀不明的一團，睡覺的時候不能讓它碰到枕頭。曾經鎖在我脖子上的鐵鍊給我留下的瘀傷和擦傷，痊癒的速度也非常緩慢。

但這是我的身體。我身體其餘的部分只是不想做任何事。我想要躺在昏暗的吊床裡，想要小親親和琥珀和弄臣不要再來糾纏我。每一次我記下自己的夢或者寫日記，我都會在裡面提醒他這一點。儘管我這樣提醒，他每天還是會來找我幾次。如果我在吊床裡，琥珀就會坐到我旁邊，專心地做一些針線活。有時候她會留下一些精緻漂亮的動物小雕像。我猜那些是弄臣做的。因為我的父親寫到過他會做這種東西。我很想擁有它們，但我總是將它們留在原位。我盡量不去看她，但每當我們四目相對，她那雙特殊的眼睛裡就會充滿悔恨和懇求。她對我永遠充滿耐心。

我對他有一點厭惡的小小怒火，每當有機會，我都會讓這一小團火燒得更旺。我經常會想起他為何還能待在這裡，我的父親卻不行。我想像著父親和我一同返回家鄉。我們會和這艘船聊天，觀看海鳥。他會向我講述六大公國的歷史和地理，還有繽城和雨野原。我的父親會對我很好，讓我感到安穩。但他不在這裡，每一次我看到那個身分不斷改變的人想要取代他，我都會更加不喜歡他。

小堅對我更加直接。他堅持要我去桌邊吃飯，當我吃飯的時候，他就給我看各種繩結。歐仔已經能夠四處亂跑了。他曾經和我們在桌邊一起吃了一次飯。他的感激讓我非常羞窘，以至於我甚至不能去探望他。他的母親總是向我微笑。溫特羅船長給了我一條項鍊，鑲嵌在上面的一枚寶石在黑暗中能夠閃閃發光；還有一只杯子，能夠用魔法加熱盛在裡面的任何液體。

「有機會的話，妳應該在這艘船上好好看看！」小堅在一天下午責備我，「妳什麼時候還能夠乘一艘活船航行？不會再有這樣的機會了。他們全都會變成龍。妳真不應該錯過這個好機會！」我知道他是對的，但現在做任何事都會讓我感到疲憊。有一天，他堅持要教我該如何攀爬帆索。「求妳了，蜜蜂，只要爬五步，妳就能感覺到踩住纜繩是什麼樣子。妳只要跟著我，把腳放在我的腳踏住的地方，用手抓住我的手抓過的地方。」

他不讓我拒絕。他不會問我是否感到害怕。就像騎嚴謹的時候一樣，我沒辦法壓抑自己的驕傲，向他承認這讓我感到害怕。於是我們爬了上去。而且我們一直向上爬，遠遠多於五步。在桅杆的頂端有一個圍著矮欄杆的小平臺，他幫我登上那個平臺，我很高興能夠在這裡蹲下來，這讓我覺得更加安全。「這個地方叫鴉巢。」他對我說，臉上掠過了一點哀傷的神情，「但我已經沒有烏鴉了。」

「我知道你很想念那隻公烏鴉。」

「小丑是母的。牠那天跟著紅龍走了以後，就再沒有回來過。也許牠和龍生活在一起了。牠和荷比非常處得來。」說到這裡，小堅沉默了片刻，「我希望牠還活著。其他烏鴉經常會啄牠，因為牠有幾根白羽毛。現在牠有了閃亮的紅羽毛，情形會不會更糟？」

「牠走了，我也很難過。我很希望能認識一隻烏鴉。」

小堅突然說道：「蜜蜂，妳治好了歐仔的燒傷。為什麼妳不能治好自己？」

我轉過頭。他注意到我臉上和手腕上的傷疤，這讓我心裡感到刺痛。我知道他沒有魔法，但他似乎還是聽到了我的心聲。「蜜蜂，這和妳是什麼樣子沒有關係。這些傷會讓妳痛苦。我看得見妳走路不穩，我看得見妳用手捂住臉頰，因為那裡很痛。為什麼妳不讓這些傷好起來呢？」

又過了一段時間，我才回答道：「這樣感覺不對。」我說不出為什麼不想對自己這樣做。我的父親應該在我身邊，用他的手撫摸我的臉，痛惜我受到的這麼多傷害。為什麼我必須自己修復自己？因為琥珀在這裡，代替了我的父親。但我不能這樣說，於是我找了其他的話題。

「我的父親身上也有傷疤，謎語也有傷疤。我的母親身上帶著她生下的每一個孩子的印記。我的父親甚至說，這些傷疤代表著我的勝利。讓它們消失……」我碰了碰自己塌陷的臉頰，我能感覺到那裡的骨頭凹了進去。「小堅，這樣做不可能抹消掉他們對我做的一切。」

小堅側過頭看著我。然後他開始解開自己的襯衫。我驚愕地盯著他，看他抽掉衣領的袋子，向我露出沒有毛髮的胸膛，「還能看到我為妳挨的那一箭嗎？」他問道。

我愣住了。他覆蓋肌肉的皮膚是那樣光滑。「看不到了。」

「這是因為妳的父親抹去了它。他治癒了我，還有機敏。妳應該見到過弄臣在被你的父親治療以前是什麼樣子！蜚滋甚至拿走了弄臣的傷，把它們放在他自己的身上，只為了讓弄臣能夠更快痊癒。」

我沉默著，思考著父親是如何做到的。弄臣將他的傷口給了我的父親，這一點當然不會讓我更尊敬他。小堅輕輕碰了一下我的臉頰。我才意識到自己安靜了很長時間。「我能看到這給妳帶來的痛苦。妳應該修復它。妳不能讓它化為烏有，但不必一直承受它的傷害。不要讓這些傷能夠這樣對妳。」

「我會考慮這件事，」我對他說，「現在我想要下去了。我不喜歡我們在這裡來回搖晃。」

「妳會習慣的。而且過一段時間，妳甚至可能會喜歡到這裡來。」

「我會考慮這件事。」我再次向他承諾。

的確就像他說的一樣。兩天以後，當海風平靜下來，我們的船帆都鬆鬆地垂掛在桁杆上，我們又爬上了纜索。我不確定自己是否喜歡這樣，但我能夠說服自己不再那樣害怕了。連續幾天，我們都停滯在海面上。慢慢地，鴉巢成為了一個我熟悉的地方。那上面經常會有一個名叫安黛的水手。她說話不多，但她愛這些纜索。我喜歡她。

到了晚上，我在吊床中一點一點地修復著自己。這並不容易。我做得很慢，因為我不想讓任何人注意到這件事。我不希望他們說我看起來更漂亮了，或者讚揚我這樣做。我無法解釋自己為什麼會這樣，甚至對我自己也解釋不了。但我的耳朵，我的父親摸過的那隻褶皺的耳朵，父親曾經說那是我的勝利。我仍然讓它保持著原樣。

我開始愛上這艘船了。我這樣想是因為我能感覺到薇瓦琪號對我的感覺。如果我將手放在她用銀木做成的欄杆上，就能感覺到她。這就像是當我走進房間的時候，我的母親從她正在縫製的衣服上抬起眼睛，向我露出微笑。她在溫柔地歡迎我、祝福我。我沒有足夠的膽量，不敢和她說太多的話。但她對我充滿好意。我只需要知道這一點就夠了。

我聽到她和她的船長有過其他對話。要聽清他們的交談用了我一些時間，但我已經能夠分辨出溫特羅船長是艾惜雅．維司奇的侄子。薇瓦琪號也是維司奇一家的成員。艾惜雅就是在她的甲板上長大的。看樣子，活船對於擁有他們的家族是非常重要的。派拉岡變成兩頭龍飛走了。這意味著艾惜雅、貝笙和歐仔已經沒有船了。薇瓦琪號也想如此。那麼他們就都沒有活船了。小堅是對的，在我長大成人之前，所有活船都將不復存在。

這讓他們感到傷心，但他們還有一個更加迫在眉睫的衝突要應對。我那時正坐在靠近前甲板的一捲纜繩上打盹。我醒來時，看見水手們敬畏地站成一排，都將帽子拿在手中。我沒有聽到他們向這艘船提出了什麼要求，但薇瓦琪的回答非常明確。她拒絕進入海盜群島。她的船長正在懇求她不要如此，歐仔在旁邊不厭其煩地百般求告。但薇瓦琪仍然固執己見。我能看出她黑色鬈髮上的木質紋理。只是當她搖頭的時候，那些髮絲還是會隨著動作而晃動。

「柯尼提已經死了，他們遲早都會得到訊息。我們全都知道，這對於依妲女王和索科，乃至於整個海盜群島會是一件多麼可怕的事情。難道你們以為我不在意柯尼提嗎？他和我沒有血緣關係，但我在意他。我認識他的父親，也許我對他的瞭解遠超過我所期望的程度，不過我還是尊重他所做的一些事。無論如何，當依妲怒不可遏、高聲咒罵和哭泣的時候，我不想被困在分贓鎮。你們知道她會提出上千個問題，還會伴隨著上千句咒罵和譴責。她會耽擱我幾個星期，甚至幾個月。」

「所以妳打算怎麼做？」領航員提出這個問題。

「我要繞過海盜群島。我知道你們需要補給。我不是瘋船，會對我船員的生命無動於衷。我可以妥協。我們可以在繽城短暫停留，然後我會沿雨野原河上溯，到達崔浩城。我要得到巨龍之銀，成為我命中注定應該成為的龍。」

「那麼我呢？」溫特羅船長氣餒地問道，「依妲會如何看我？妳以為，如果我不將她兒子的死訊帶回給她，我還能返回分贓鎮嗎？」他搖搖頭，「這將是我在那裡人生的終點，甚至可能是我生命的終點。」

艾惜雅、貝笙和歐仔也來到他們身邊。他們是否在害怕這艘船的叛變？

薇瓦琪沉默了一段時間，然後以堅定和遺憾的口氣說道：「我只知道，我作為一艘船的時間已經太久了。溫特羅，我被困在這裡，我需要得回自由，我要釋放自己，就像你也應該釋放你自己一樣。已經這麼多年了，依妲絕不會像愛柯尼提那樣愛你。她是那種只會愛上冷漠與受忽視的女人，她會以為一個不打她的男人就是愛她的。而柯尼提呢？他從沒有向自己承認過他在意依妲超過一個方便的妓女。和依妲相比，他甚至更喜歡你。溫特羅，回家吧。帶我回家，該是我們兩個獲得自由的時候了。」

薇瓦琪說過這番話之後，船上陷入了漫長的寂靜。我甚至以為他們都離開了。我睜開一道眼縫，看見艾惜雅伸出手臂摟住了侄子的肩膀。船員們全都窘迫地站在他身邊，側眼看著他低垂的臉。

「她是對的。」歐仔悄聲說道，「你知道她是對的。」但對於歐仔的話，溫特羅只是聳聳肩，隨後便甩脫了艾惜雅的手臂，大步離開了他的家人和船首像。我判斷現在最好繼續裝睡，不要對任何人說我聽到了他們的對話。

薇瓦琪號的絕大部分船員都來自於海盜群島。這艘船拒絕在那裡入港，也讓這些水手全都顯得失魂落魄、滿腹怨恨。我感覺到船上緊張的氣氛，不由得感到困惑。這些船員知道這不是溫特羅的決定，而是這艘船的。那麼他們又能以為溫特羅可以怎麼做？但是當海盜群島出現在我們視野中的時候，溫特羅船長還是做出了妥協。他將船上的小艇給了那些想要離開薇瓦琪號的人，讓他們能夠返回分贓鎮。我們只留下了一艘小艇，儘管我們都知道，如果有災難降臨到薇瓦琪號上，這艘小艇並不足以承載我們所有人。

儘管有了這樣的機會，但真正選擇離開的也只有十幾人。一些和薇瓦琪共同生活了很長時間的人決定留下來，親眼見證她成為巨龍。「這將是一個能夠被講述許多年的故事。一樁我不會錯過的奇蹟。」一個人如此宣布。聽到他這樣說，另外兩個想要離開的人也決定留下來。溫特羅向其他人道別，並向他們保證，這艘船的岸上帳戶會付給他們相應的報酬。歐仔對其中年紀最長的一個人說，「我把這個託付給你，請把它交給依姮女王。你們離開這艘船以後，絕不能丟棄它。」但是歐仔只給了他一條普通的項鍊，上面掛著一只灰色的護身符。我不明白這些船員為什麼如此震驚，又這麼嚴肅。他們向歐仔承諾了許多次，這樣東西會直接被送到女王手中。那些小艇被放下了船，我們看著他們划槳穿過一波波浪濤，我們則將海盜群島甩在身後。

那天晚上，溫特羅船長喝得爛醉。艾惜雅和貝笙一直陪著他。歐仔負責在夜間指揮這艘船。

樂符和小堅都與他在一起。他們坐在前甲板上靠近船首像的地方，唱了些粗俗的歌曲。第二天，他們工作的時候臉都髒兮兮的，手也有些發抖。琥珀和火星頂替了離開水手的位置。但這艘船更像是在自己調整帆篷，向雨野原河駛去。

我又生病了，變得軟弱無力，渾身發起高熱。琥珀安慰我一切都會好起來，我告訴她，我以前經歷過這樣的狀況，現在我只想一個人待著。琥珀似乎感到非常震驚，但她還是服從了我的意願。是小堅為我送來水和熱湯。在我的高燒退去之後，他又懇求船長，讓我能夠在船長艙室中洗個澡。我得到了一只能站進去的澡盆、一塊布巾和一桶熱水。我一直都渴望能夠得到一個盛滿了熱水的浴盆，但小堅解釋，因為薇瓦琪號拒絕在海盜群島停靠，我們只能節約使用淡水。用這一桶水，我總算能夠清洗掉身上的絕大部分褪皮。現在我皮膚的顏色更近似於小堅的皮膚了，這讓我感覺好了很多。

有一件事讓我不曾想到，那就是我們這一次平凡無奇的航行讓我感到愈來愈無聊和難熬了。過去幾個月裡，我每天都在努力思考該如何活下去。但突然間，我變得幾乎無事可做。沒有人想讓我工作，我一遍又一遍地被叮囑要好好休息。在那些無聊的時間裡，我只能回憶自己過去遭遇中的每一個細節，努力想要搞清楚發生的所有這些事的意義。我的父親死了。那些偷走我的人也死了，或者其中絕大部分都死了。我要回公鹿堡的「家」，去到一個我並不很熟悉的姐姐和一個還是嬰兒的侄女身邊。

我思考著自己遭遇的那些事，還有我為了活下來而做的那些事。其中有一些我幾乎無法相信：我咬了德瓦利婭的臉、眼看著愛珂麗死去、成為毀滅者、殺死德瓦利婭、燒死西姆菲，還燒掉了那些圖書館。那真的是我嗎，蜜蜂．瞻遠？

我做了夢，有充滿預言的夢，也有普通的夢。有時候我很難區分它們。我在細柳林的房間裡走動，呼喚我的父親，但只有一頭狼來到我面前。愛珂麗在我身後爬行，嚎叫著說這全都是我的錯。我想要從她面前逃走，但雙腿毫無力氣。一頭藍色的公鹿跳進一片白銀湖泊中，一頭黑色的狼從裡面跳出來。十幾頭龍升上天空，展開一場絢爛華美的飛行。德瓦利婭站在我的床邊，大笑著嘲諷我竟然相信我能夠殺死她。我夢到了一個女人正在耕耘一片廣袤的田野，金黃色的草生長起來，它們將會被收穫，沉甸甸地裝滿許多輛大車。我夢到了我的母親說：「他看上去也許不愛妳，但他真的很愛妳。」我夢到自己透過牆壁上的一道裂縫，看見一座大廳裡正在舉行一場盛大的慶典。

有一些夢，我寫在小親親給我的紙上，有一些夢，我留在心中。一天晚上他來到我面前，對我說：「我建議我們一起坐下來，妳將妳的夢唸給我聽，我們一起討論它們。」

我不想分享這些夢。寫下來會讓它們變得重要，讀出來會讓它們更加重要。我什麼都沒有說。

他和我一起坐在前甲板上。這裡已經成為我每天傍晚時分最喜愛的位置。他修長的雙手鬆鬆地抱住膝頭，一隻手裸露，另一隻戴著手套。「蜜蜂，請讓我瞭解妳。對我來說，沒有任何事比

這個更重要。我想要知道妳，教妳學會一些事情。它們和妳有關，是妳必須明白的。妳需要理解你的夢，洞悉它們的含義，明確妳會有怎樣的人生。總有一天，妳必須找到催化劑，開始改變……」

我注意到他沒有說想讓我瞭解他。他是琥珀——弄臣——小親親。我遮住了自己畫的愛珂麗，向他做出一個微笑。「我找到了一個催化劑，我做出了我的改變。這項工作對我來說已經完成了。」我想到自己的父親會希望我怎麼做，便深深吸了一口氣，竭力不去傷害他的感情，「我不想成為一個你那樣的白色先知。」

「我很希望我們能夠改變妳的命運。但我害怕對於妳而言，這是無可避免的。讓我們將這個先放到一旁。妳能和我說說妳的催化劑嗎？」他向我側過頭，輕聲問道：「是小堅嗎？」

我竭力隱藏起這個想法讓我感到的驚慌。小堅是我的朋友！「我已經告訴過你了！我的催化劑是德瓦利婭。她讓我不得不成為毀滅者。她改變了我的人生。她將我從細柳林帶到克拉利斯。我在那裡做出了他們全都害怕我做出的改變。我已經殺死了她。我是毀滅者，我毀滅了僕人。」

他沉默了一段時間。他的手指——戴手套的和不戴手套的相互撥弄著。「妳確定德瓦利婭是妳的催化劑？」

「普立卡說她是。」我又糾正了自己的話，「普立卡說他認為她是。」

「嗯。普立卡犯過許多錯誤。」他突然歎了一口氣，「蜜蜂，我本以為這對我們兩個都會更加容易得多。但其實並非如此。我一直都希望妳的父親能夠和我們在一起，幫助我們成為朋友，幫助妳信任我。」

「但他死了。」

「我知道。」他突然坐直身子，側過頭看著我的臉。我轉過頭，躲開那雙眼睛，但他還是對我說道：「蜜蜂，妳在因為他的死而責備我嗎？」

「不，我在責備他。」我不知道自己會這樣說。但我真的這樣說了，而且我感覺自己說得很對。他死了，這全都是他的錯，我生他的氣是應該的。

小親親用戴手套的手握住了我。他沒有在看我，只是望向遠方的大海。「我也是。我認為我像妳一樣，非常非常生他的氣。」

我抽走了我的手。他這樣說，就好像他是無辜的一樣！

我們沿著曲折的海岸線航行。他們稱呼這裡是天譴海岸。一天接著一天，我們愈來愈靠近繽城，直到一天晚上，我們看到了遠方的點點燈火。小親親為我們制定了計畫。我們會在繽城上岸，向公鹿堡送出一隻信鴿，說明我們需要旅費回家，並等待他們的回音。艾惜雅邀請我們住在她的家宅裡，直到公鹿堡的資金送達，讓我們啟程回家。「琥珀」感激地接受了她的好意。在旅費從公鹿堡被送來以前，我們只能依靠她的好意生活了。

我們在燦爛的陽光下駛入了商人灣，進入繽城海港。薇瓦琪號直接停靠在專門為活船準備的碼頭上。我們的到來引起一陣騷動。其他活船紛紛向薇瓦琪發出呼喚。聽到這些航船彼此呼喊、詢問訊息，這種感覺真的很奇怪。很顯然，曾經是派拉岡的那兩頭小龍已經來過了繽城，並勸告其他活船跟隨牠們前往克爾辛拉。現在他們都想要知道：這是真的嗎？那兩頭龍真的曾經是活船派拉岡號？一艘名叫康德利號的活船是他們之中聲音最大的。他吼叫著說活船早就應該成為自由的巨龍。他的船首像是一名赤裸著胸膛的英俊男子，他被和其他活船分開，單獨繫在一個碼頭上，桅杆上看不見帆篷。大多數活船都只是感到好奇，但康德利號的憤怒實在令人害怕。

發生躁動的不僅是活船。我們的纜繩剛剛繫好，就有一隊穿著特殊長袍的人議論紛紛地來到碼頭上。當小親親帶著我、火星和小堅登岸的時候，這些人正在要求得到登船許可。

「他們是誰？」我從他們身邊走過的時候問道。這些人無論男女，全都穿著不同色彩的長袍，面容無一例外都很嚴肅。

「他們是繽城貿易商議會的議員們。」小親親用琥珀的聲音悄悄告訴我，「第一批定居在這的每一個家族都在繽城議會中有投票權。這裡的一切決定都是由他們做出的。活船會成為龍，這讓他們之中的許多人都深感不安。活船不僅能夠安然無損地在雨野原河中行駛，更是能夠在開闊的海面上快速航行。長久以來，他們為這些貿易商提供了非同尋常的優勢。如果它們消失了，受到影響的將不僅僅是世代擁有活船的家族的財富，更是這些家族積累財富的基礎，所有依賴他們將那些最貴重的貨物從雨野原運往繽城、從而獲取利益的人，都將承受巨大的損失。」

「歐仔告訴我，貿易商議會肯定非常不高興。」小堅說，「他們很可能會在今晚舉行一場大規模會議，決定該如何應對這種問題。」

繽城是一個美麗而喧鬧的地方。街上的行人全都腳步匆忙，顯然有著各自要去做的事情。一個女人大聲向一個男人叫喊，要求知道她的上等牛皮貨物在哪裡；兩個人從一張擺放著茶壺和兩只茶杯的桌子兩邊站起，俯身握手。一名信使從我們身邊跑過，她的小公文袋被緊緊捂在高聳的胸脯上，克拉利斯是一個安寧的城市，那裡的人們全都顯得溫和平靜，繽城則沸騰著各種色彩和貿易往來。各種香料和肉食的香氣飄蕩在空氣中。琥珀笑著走過這裡的街道，似乎對這座城市非常熟悉。她並不是對這裡的每一個轉角都很確定，不過她很快就找到了一個地方，可以讓我們向公鹿堡送出信鴿。火星拿出一只小口袋，小心地數出了送信的費用。

我們離開的時候，火星掂了掂那只小口袋，「我們沒有多少錢了，琥珀。」

「能剩下這些錢已經是我們的幸運了。無論如何，這應該已經夠了。」琥珀說道。現在她的衣著介於男人和女人之間。我們身上的衣服幾乎都是從船上借的。因為我們從派拉岡號跳進海裡的時候幾乎什麼都沒有拿。和那些衣著考究的貿易商，還有街上那些服色光鮮的人們相比，我們看上去就像是一群乞丐。

在我們返回薇瓦琪號的路上，火星突然尖叫一聲，從我們身邊跑開了。我抬頭去看，發現一個男人正向她跑過來。他摟住火星的腰，將她緊緊抱起，轉了一個圈。我伸手去抽腰間的匕首，小堅卻喊道：「機敏？怎麼可能？機敏！」

那正是他。他的皮膚已經被太陽曬成了褐色，身上的衣服比我們更破爛。但那的確就是機敏。和他的重逢足以讓我們決定花掉手頭那一點點錢，小小吃上一頓。我們坐在一家茶館外面一張附遮陽棚的桌子旁。機敏又為我們添了一些錢。「我趴在一塊船板上。當時逃離海港的海玫瑰號正從我身邊經過，船員們扔給我一條纜繩，我抓住纜繩，被他們拉上了船。我乞求他們將我送回克拉利斯，但那艘船上的大副和船員根本就不聽我的！那艘船上剛剛發生了叛變。他們將發了瘋的船長丟在克拉利斯。」

他講了一個很有趣的故事。他一直在海玫瑰號上當一名普通水手打工。當海玫瑰號駛入一個港口的時候，他就離開了那艘船，乘上一艘前往香料群島的船，然後又在香料群島的一艘小船上找到工作，高高興興地來到繽城。他和薇瓦琪號在同一天到達了這座城市，並很快就找到了我們。

我努力為火星和小堅感到高興。但他們重聚的喜悅卻讓我只想哭泣。小親親的臉上帶著琥珀的微笑，但在不經意間，我看到了他眼睛裡的憂鬱。他們買了一種用帶有刺激感的香料調味的壓榨果汁。在付帳的時候，茶館的老闆娘拒絕了我們的錢。她碰了碰自己戴著的木耳環說：「它們帶給我的運氣完全超過了我的想像。我很高興能看到妳回繽城來，我還期待著能看到妳的小招牌再一次在雨野原街擺動呢。」

我們繼續返回船上的時候，又在港口外遇到了艾惜雅。看到機敏和我們在一起，她露出了笑容。「你找到他們了！來吧。我帶你們去我家。」她的邀請更像是命令，而不是請求。我們跟著她走過幾條鵝卵石街道，走進另外一片城區。在這裡，優雅華美的房舍被大片花園圍繞著。花園圍牆上掛滿了盛開著鮮花的藤蔓。我們離開擁擠嘈雜的街區之後，艾惜雅便匆匆對我們說：「我們要去找我的母親。現在貿易商議會的情緒很暴躁。他們催促我們維司奇家投出表決票，要我們禁止其他貿易商將巨龍之銀給予活船。我的母親控制著那張表決票。他們現在非常痛恨貝笙和我，指責我們沒有能履行貿易商的責任，竟然『允許』派拉岡成為龍。」

「難道你們能夠阻止他嗎?!」小堅插嘴道。

「更糟糕，他們認為我們應該阻止他。派拉岡是對的。我們在得知這種可能以後，貝笙和我都知道這對他才是正確的選擇，無論這對我們有多麼艱難。」

「所以妳會堅持要求允許活船去尋找巨龍之銀，成為龍？」

「不。」艾惜雅滿面嚴肅地回答道。作為一名身材嬌小的女子，她的行走速度很快，她的邁步頻率足以彌補短小的雙腿。「貝笙和我根本無法出席議會，溫特羅也不行。就是這樣。」

她從林蔭大道轉進一條馬車路。我們走了沒多久，就來到一堵用雕刻石塊砌成的矮牆前。馬車路徑直穿過這堵牆，沒有門擋住我們。我們走進了一座我從不曾見過的花園。道路兩旁是一片平展的草地，彷彿有綿羊將這裡的草都啃成了一樣的高度，又沒有留下羊糞。這裡有一些高大的樹木，樹蔭裡開放著成片的花朵。放眼望去，我們能看到很遠的地方。我在道路的一旁看見有一座小房子。它的牆壁全都是用玻璃做的。房子裡有許多植物貼在玻璃牆上，就好像小孩子們把臉貼在玻璃上向外觀望。我們一直向前走。艾惜雅喃喃地說道：「我應該派人叫一輛馬車來。我太生氣了，都忘了這件事。」

「這裡在一年中的這個時候格外美麗。」琥珀評論道。她的話引來了艾惜雅一個不算開心的微笑。

「錢能買來好僕人。不過，是的，這裡的確很好看。和妳第一次來這裡時，那種剛被風暴蹂躪過的樣子完全不同了。」她搖搖頭，「派拉岡已經走了，我不知道我們是否還能維持這樣的美景。好了。」最後這個詞是隨著她重重的一口氣吐出來的。她跳上宅邸前寬闊的臺階，毫不停頓地打開門，走進房子，高聲喊道：「母親！我們進港了！我們有重要的訊息！」

兩名穿著同樣制服的僕人快步向我們走來，但艾惜雅只是向他們擺擺手，「我們很好，瑞諾德斯，很高興見到你。安佳，我的母親呢？」

我們聽到有人發問：「艾惜雅？是妳嗎？」走廊深處的一道門打開了。一名灰髮女子拿著手杖從門中走出來。她握著手杖的手骨節凸出，臉上布滿了皺紋。但她邁著輕快的步子，帶著微笑向我們走來，「這次妳帶來了什麼樣的客人？等等！琥珀？是妳嗎？都這麼多年了！」

「是的。」琥珀回答道。那個女人睜大了眼睛，笑容也變得更加開朗了。

「進來，進來！我剛剛叫人煮了茶，做了點心。瑞諾德斯！請送足量的茶點過來。你知道艾惜雅剛剛回家的時候能吃多少！」

一直陪侍在旁邊的瑞諾德斯笑著回應道：「好的，女士。馬上就來。」

艾惜雅將我們向她的母親做了介紹，但就在她進一步想要做出解釋的時候，她的母親說道：「我知道的比妳以為的多，但我還想知道更多。我收到了妳從分贓鎮送出的信。從那時起，我就非常為妳、貝笙和歐仔擔心。不過卡利戈維司奇向我保證，你們都還活著，薇瓦琪會帶你們回家。歐仔傷得如何？」

「卡利戈維司奇？」艾惜雅驚駭地問道。

「那頭藍龍。那頭綠龍的戒心更強，不願說出牠的名字，牠真是一頭脾氣古怪的龍。我覺得派拉岡……還是一艘船的時候那種不太穩定的脾氣，大半和牠有關。歐仔怎麼樣了？」

「龍來到這裡，和妳說了話？」

「妳想要看看牠們把倒影池周圍的鳶尾花圃弄成了什麼樣子嗎？牠們要的兩頭小牛一直逃到那裡，牠們就在那裡享用了大餐。所以我知道你們還活著，希望你們能夠直接回家來。但我知道的也只有這些，而我能理解的就更少了！」

「這樣我就能省些時間了，但我還是有很多事要告訴妳，其中有一件還是火燒眉毛的問題。一支貿易商議會的代表團在我們剛剛入港的時候就和我們見了面。他們對於派拉岡變成龍的事情非常惱火，幾乎已經要指控我們犯下叛國罪了。而現在，薇瓦琪又想要……」

「貿易商的事情由貿易商來管。」她的母親以不容置疑的口吻責備她，然後微笑著轉向我們。「好了，我還不知道你們的名字呢，不過請過來，在這裡安心休息一下。艾惜雅和我要私下談一談。如果願意，就留下來吧。」

艾惜雅母親所說的「這裡」是一個寬敞的房間。房間裡在靠近窗戶的地方擺放著軟墊椅。坐在上面的人能夠觀賞窗外的鳶尾花園。房間地面上鋪著白色的瓷磚，一張同樣以白瓷覆面的桌子周圍放著六把椅子。琥珀引領我們走進這個房間，我聽到艾惜雅的母親說：「哦，太好了，瑞諾德斯，這邊。一會兒請過來一下，我和你還有句話說。」

「我們冒犯了她嗎？」機敏低聲問道。但琥珀搖了搖頭。

「完全沒有。貿易商對於他們自己的事情是非常注重保密的。我相信她很快就會來找我們。哦，熱茶！還有檸檬！」

隨著琥珀的話音，瑞諾德斯托著一只大銀盤走了進來。銀盤上放著還在冒熱氣的瓷壺和瓷杯。他將銀盤放下的時候，我嗅到了茶水的香氣，還看見一只碟子中放有切成片的黃色水果。另外兩名僕人跟了進來。他們托著盛有小蛋糕和小麵包捲以及熟肉片的小盤子。

「真正的食物。」我開口說道。小堅笑了。

「就像細柳林一樣的食物。」他糾正我。

我感覺到有些困窘和害羞，琥珀則全然沒有這樣的情緒。她穩穩地坐了下來，點頭示意瑞諾德斯可以離開了，然後她就為我們每一個人倒了一杯茶。我的茶杯上畫著一枝玫瑰，還有精緻的小握柄。深褐色的茶水很濃郁，我學著琥珀的樣子，將檸檬汁擠進茶水裡。茶水總是能讓我平靜，使我的思想清澈。機敏將幾塊小蛋糕放在一只小碟子裡，擺在我面前。我看著他們，突然感到喉嚨一緊——我回憶起了那一場沒有能夠舉辦的冬日宴會。小堅拿起一塊撒了肉桂粉的小蛋糕，咬了一口。我也拿起一塊，將它掰開。這塊蛋糕是粉色的。我嚐了嚐，裡面有草莓，就像我媽媽種的草莓一樣。我藏起淚水吃掉它。這茶水的氣味就像細柳林清晨時分廚房裡的茶香一樣。我很難將它嚥進喉嚨。

琥珀對其他人說話了：「……伊果的寶藏提供了大筆資金。我相信艾惜雅將她那一份中的很大一部分都用來重建她兒時的家園了。即使是在傭兵入侵這裡，摧毀了半個城市之前，這座莊園也因為缺乏資金而遭到了荒廢。我知道她很害怕他們的財富會隨著活船一同離去，但我相信派拉岡不會是羅妮卡唯一的投資。我更相信艾惜雅、貝笙和羅妮卡能夠用任何船隻賺取財富，即使那艘船不會跟他們說話。」

「還想再吃一些嗎？妳幾乎什麼都沒吃。」機敏低聲問我。我很驚訝他眼睛裡的關切。然後我意識到，今天我父親的缺席對於他顯得格外真實。

「不知道。」我說道。他嚴肅地點點頭。小堅還在吃著，琥珀和火星已經從桌邊站起，端著她們的杯子來到窗邊，查看外面已經一塌糊塗的鳶尾花圃。這時一陣敲門聲響起，瑞諾德斯隨後走了進來。

他有些侷促不安地說道：「維司奇貿易商注意到這個孩子還沒有鞋穿，如果諸位願意，我們有一些僕人孩子的舊鞋和舊裙子。維司奇貿易商覺得我也許能為你們提供一些。」他是對機敏和琥珀說這番話，彷彿我還小，不懂得他在說什麼。

我代表自己說道：「非常感謝，我的確需要能包住腳的東西。」我是我們中間衣衫最破爛的一個。因為其他人還能得到薇瓦琪號船員的幫助，我卻沒辦法在船上找到合適的衣服。瑞諾德斯為我帶來了幾雙居家僕人經常穿的軟皮便鞋，還有一雙硬底鞋。幸運的是，這雙硬底鞋對我來說是最合適的。我又穿上一條裙子，遮住了卡普拉給我的那條已經殘破不堪的棉布長褲。這條裙子

配著一條布腰帶。和我骯髒的罩衫相比，它實在是太過整潔了。而且我的罩衫還很長，穿上裙子之後，它顯得非常怪異。我謝過了瑞諾德斯的好意。小堅則一直在搖頭。瑞諾德斯離開之後，他哀傷地感歎道：「六大公國的公主，卻只能穿著僕人剩下的衣服。」

「公主？」剛剛走進門的羅妮卡問道。她的臉上帶著微笑，彷彿這實在是太不可思議了。

「嚴格來說不是這樣，」琥珀說道，「但她的確是一位出身高貴的女士。」

「而且我非常喜歡這雙鞋子。」我插嘴道。我不想讓艾惜雅的母親認為我是個不知感恩的人。我提起自己新裙子，向羅妮卡行了一個屈膝禮，並說道：「謝謝妳的仁善和細心。」

「她就是蜚滋駿騎．瞻遠的女兒，蜜蜂，我們此行援救的女孩。」艾惜雅說道。

她的母親猛地將目光轉向她。「她就是那位治癒了菲隆的瞻遠親王的女兒？」看起來，她很是吃驚，「真沒想到！當艾惜雅告訴我那位親王已經犧牲的時候，我深感悲痛。他是妳的父親？哦，請接受我的哀悼。我們家族永遠都無法償還他的這份情誼。」

「我們欠她的絕不僅僅是這些。是她治好了歐仔在克拉利斯人點燃派拉岡的時候所受的燒傷。母親，我們當時都以為他至少會失去一隻手臂，而且身上將永遠留下傷疤。但現在歐仔生出了粉紅色的新皮膚，而且非常健康。」

「歐仔的燒傷那麼嚴重？顯然妳還有很多事情沒有告訴我！」

「我們的時間太少了，」的確還有很多事我來不及說。母親，我們必須回到船上去。也許我們可以乘馬車回去？」

「當然。讓我換雙鞋。瑞諾德斯、瑞諾德斯，請準備馬車，愈快愈好。艾惜雅，妳跟我一起去換衣服，我還有問題要問妳。」

她們隨後就匆匆走開了。

不久之後，戴上了帽子的羅妮卡帶領我們上了馬車。小堅和機敏把桌上的食物和茶水吃喝得丁點不剩。我幾乎忘記了如何穿著裙子走路，結果是踩著裙子邊登上了一輛非常華麗的大馬車。小堅還在瞠目結舌地盯著四匹身形毛色完全一樣的大黑馬時，他們已經關上了馬車門，馬車飛快地向碼頭駛去。

隨著馬車輪在鵝卵石街道上轆轆作響，羅妮卡．維司奇俯過身，握住我的雙手。「親愛的小姑娘，如果有時間，我們會為妳舉行一場宴會。我會將招待妳視為我巨大的榮幸，不是因為妳的地位，而是因為妳仁慈的心。我只有兩個外孫，他們都因為妳們一家的拯救才能活下來。很遺憾我們的相識是如此短暫。我也為妳的損失而深感哀痛。現在最讓我傷心的是，妳必須在今晚就要再次踏上旅程了。」

「這是怎麼回事？」琥珀插口問道。

艾惜雅以簡潔幹練的言辭說道：「我已經送信鴿去了碼頭。溫特羅和貝笙會以最快的速度補充淡水和補給物資。我們會在貿易商議會還在進行的時候離開繽城港口，向崔浩城進發。我們還送了一隻信鴿去克爾辛拉，代薇瓦琪號向那裡提出她應得的權利——足夠讓她成為龍的巨龍之銀。」

「但……」琥珀還想說話。

「我首先應該告訴你們，我的母親已經收到了麥爾妲和雷恩的信鴿。公鹿堡已經派遣魔法使用者前往克爾辛拉。他們之中有些人完全被那座城市的雜音壓倒了，無法久留。但也有一些魔法使用者能夠『維持住他們的牆壁』——這是那封信中的原話。他們救治了那裡的許多人。當他們到了河對岸的村子，遠離那座城市中的許多碑石，就能做更多事情。」

羅妮卡．維司奇微笑著說道：「包括雷恩的妹妹在內的許多人都受益良多。我們送出的信鴿也會讓克爾辛拉知道，我們會帶妳沿河上溯，前往他們那裡。按照我的理解，你們公鹿公國的魔法使用者有辦法利用魔法石碑在六大公國和克爾辛拉之間穿行。也許他們能夠帶妳用那種方式回家。」

「他們可以的。」琥珀低聲說道。我能聽出來，這個訊息讓她吃了一驚，「那種方法的確很快。」她握住我的手，「這也許有一點讓人害怕，但這樣我們回家的時間就能夠縮短很多天。」

「我以前就曾經穿過石頭。」我一邊提醒她，一邊從她的手中收回手。我陷入了沉默，回想起和那些人被困在恰斯國的廢墟裡，想起睿頻落回到石碑中。我的身邊只有馬車的轆轆聲。

沿河上溯

這是一個令人失望的夜晚，我從房間裡溜出來，悄聲走過父親的書房。昨天晚上，我從他的書桌上拿走了他寫的一些東西。我從中讀到了他和我母親共度的時光。那時他們還非常年輕，他為她朗讀她的母親寫給她的文字——那是關於製作蠟燭的配方。我知道父親對自己的約束有多麼嚴格，從他的筆下讀到如此多愁善感的文字，這種感覺還真是奇怪。他還寫了一些我從不知道的事情。那一晚，母親將他叫到面前，告訴他我就要出生了，他跟隨母親來到了那個我要離開母親身體的房間，她在那個房間裡點亮了許多蠟燭。

他怎麼不告訴我這件事？他是要等我年紀大一些再告訴我嗎？那一份配方還在嗎？就是我的外祖母留下的那段珍貴的文字。我將父親的紀錄放回去，讓每張紙的邊緣不甚整齊，就像他離開時一樣。

今晚，當我終於聽到他上了床，我再一次來到他的書房。我想要再讀一讀他是如何溫柔地想念著母親，在我出生的那一晚又是如何感到震驚，又如何確信我活不下來。

但那些紙已經不在原處了。我撥弄書房壁爐中的灰燼，想要讓火光亮一些，方便尋找它們，但我看到了它們最終的命運。我看到他在最後一張紙上寫下的：「我將永遠後悔」。這幾個字正隨著紙張一起捲曲，被火焰吞噬。我看著它們消失，看著它們永遠地離開我。

為什麼？我思考著他為什麼寫下它們，又將它們燒掉？他是想要趕走他的記憶嗎？他是不是害怕寫下來就會讓它們變得重要？有一天，我希望能坐到他身邊，要他告訴我他記憶中一生遭遇的每一件事。我會把它們寫下來，永遠也不讓火焰偷走。

——《蜜蜂・瞻遠的日記》

我們重新登上薇瓦琪號，但現在她彷彿變成了另一艘船。艾惜雅、貝笙和歐仔也都在船上。派拉岡號的船員則全都下了船。從這些船員的交談中，我得知貝笙已經給了他們應急的錢，並承諾他們會在隨後兩天裡付給他們全額薪酬，以及幫助他們找到新工作的推薦信。他們之中的一些人已經在派拉岡號上生活了許多年，那艘船一直都是他們的家。他們大多在下船以後就開始在港口中尋找另一艘能夠作為家的船。

「為什麼我們必須這麼快離開？」機敏問歐仔。我們一上船就被趕到船艙裡，以免在甲板上礙事。歐仔給我們送來了一個包裹。這只包裹也剛剛被送到船上，上面寫著我的名字。它用帆布包住，又用繩索緊緊捆綁。繩結繫得很複雜，但我不想將繩子割斷。

「這和貿易商有關。貿易商議會馬上就要對禁止活船變成龍的議案投票了，如果我們在投票之前啟航，就不會知道投票結果。無論怎麼做，我們都不算違背貿易商議會的決議。任何繽城貿易商都不會希望違背議會的決議，更不要說隨之而來的判罪和罰金了。當遮瑪里亞人的無損船開始在河上貿易中展開競爭時，繽城貿易商聯盟對於繽城來說就變得更加重要了。如果所有活船都變成了龍，那麼繽城貿易商就無法再將古靈寶物從崔浩城和克爾辛拉，以及其他雨野原小鎮運送到繽城，除非他們僱用無損船，而雨野原貿易商也將開始和無損船做生意。我們將失去古靈寶物貿易的壟斷地位。繽城貿易商們一定會全力阻止這樣的狀況發生。所以我們要在今夜離開，全速駛向崔浩城。我們希望麥爾妲和雷恩能夠同意我們的計畫，以最快的速度將巨龍之銀裝船運往崔浩城。」他抬起手臂，指了指自己粉紅的手。「只要船貨上路，就已經是做定的生意了，作為有榮譽的貿易商，我們將只能接受那批貨物。」

「他們真的能阻止活船變成龍嗎？」小堅問。

「也許不能。但那些不擁有活船的人，他們會以為活船只是能夠說話的船。他們相信他們能夠命令我們罷手，而且他們會給我們製造很多困難。」

「難道他們不是會說話的船嗎？」小堅天真地問道。

「不，他們是家人。」歐仔嚴肅地回答道。然後他才意識到小堅是在和他開玩笑。

我終於解開了繩結，將繩子抽掉，打開包裹。包裹裡是一條長褲和一件短上衣。它們的質料好像是絲綢，上面還繪製著蹲在綠色睡蓮葉子上的金色青蛙。它們的色調很像是蝴蝶斗篷。我撫摸它們，我殘缺的指甲和粗糙的皮膚在滑過它們的時候有些滯澀。「它們很美。我會先把它們收起來，等我長大一些，能夠穿上它們的時候。我應該感謝誰？」

歐仔張著嘴盯著這份禮物。「我的外祖母。」他喘息著說道，「妳不必等到那時候再穿。它們是古靈製品，現在穿上就能剛好合身。」

「它們會讓她隱形嗎？」小堅問。

「什麼？」

「她曾經有一件彷彿是用蝴蝶翅膀繡成的斗篷，那件斗篷能夠讓穿上的人隱形。」

歐仔驚訝地說道：「你給我們講的那個故事原來是真的？蜚滋把我們從琥珀艙室中趕出來的那個晚上，你根本沒有給我們看過那東西！不過那天晚上柯尼提和我都瞥到了巨龍之銀。」說到這裡，他沉默下來，顯然是在回憶他的朋友。然後他搖搖頭。「我還以為你說的是她把你用斗篷蓋住，又在上面撒了雪，才讓其他人看不到你。」他一邊說，一邊坐下來，「妳還有那件斗篷嗎？我能看看嗎？」

小堅搖了搖頭。這時我們聽到一陣喊聲：「歐仔！到甲板上來。」是他的父親。他立刻跳起身對我們說：「不，它們不會讓她隱形。不過它們可是頗值一小筆錢的。穿上試試！」接著他就匆匆跑去執行父親的命令了。

這天夜晚，我們再度啟航。薇瓦琪號的繫纜被拋掉，我們完全不理會港務長下屬的叫喊。今天的天氣格外晴朗。當月亮升起時，我回到甲板上。我發現我們並不孤單，康德利號正跟著我們。「看啊，真高興他的家人不再和他對抗了。」貝笙說著話站到了我身邊。他低頭看看我的漂亮衣服，微笑著問：「還好嗎？」

但歐仔這時又跑到了我們身後。貝笙膽大地撥亂了我的頭髮，「為了好運！」他悄聲說完這句話，就離開了。更多的船帆在薇瓦琪號的桅杆上展開，我們很輕鬆地就把康德利號落遠了。

我們一直沿著海岸高速航行。小堅和安黛在鴉巢上監視我們身後是否有追兵。他們看見了兩艘船，但這兩艘船根本追不上薇瓦琪和康德利。當我們進入河口的時候，貝笙大笑著說，酸性河水會保護我們，為我們抵擋一切追兵。

我們逆流而上。我看到了活船此時顯示出的能力，不由得為之驚歎，同樣令我驚歎的還有一番我從不曾想像過的景色。每天傍晚，我們這一小群人都會聚集在桌邊。從小堅開始向我講述從克爾辛拉沿河而下的種種故事，還有他們在旅行中遭遇的其他故事。機敏聊起小堅是如何殺了埃里克，他的講述和小堅所說的完全不同。機敏的讚揚讓小堅滿臉通紅。我們會追憶細柳林的逝者。當小堅說起他的母親是如何忘記了他的時候，火星潸然淚下。歐仔向我們講述派拉岡號的故事，並不止一次為那頭變成龍的船而激動流淚。我還聽到了麥爾妲的故事。她和一名戴面紗的雨野原貿易商的浪漫史，他們是如何在經歷過許多冒險之後結為伴侶，而我很快就有可能和他們見面了。我開始猶豫著講起深隱和我是如何被劫走、埃里克的暴行、文德里亞的魔法，還有我在恰

斯國的遭遇。我甚至和他們講述了貿易商愛珂麗的死亡。但對於殺死德瓦利婭和西姆菲，我隻字未提。小親親．琥珀也對此保持沉默。我想要知道這個人對我的父親都知道些什麼，他和他一起共度的那些歲月中又發生過什麼。但他什麼都沒有說。

這條河兩旁的景色還真是奇特！我看到色彩斑爛的鳥雀。又一次，一群猴子尖叫著竄過了河邊的森林。沒有人要我做任何費力的工作，沒有人打我、威脅我。我沒有理由感到害怕，但晚上還是會常常驚醒，有時一晚會醒來四次，全身顫抖、嗚咽，或者因為恐懼而癱軟，讓我甚至哭不出聲。

「跟我來。」一天晚上，有人在搖曳的燈影中站到了我的吊床旁邊。我驚叫一聲，害怕那是文德里亞再次要命令我。但那是小親親。我跟隨他來到船首像附近的前甲板，不過不是在薇瓦琪號的家人們經常和她交談的那片小甲板上。薇瓦琪號已經下了錨，並用纜繩繫在岸邊。這條河不斷變化的水流讓夜晚航行變得非常危險。

我很害怕和小親親進行長時間的交談。但他拿出了一枝小長笛。「這是溫特羅的禮物。」他說著開始輕聲吹奏那支笛子。音樂隨著他的氣息飄散出來。一曲告終，他將這支小木管遞到我面前。「妳的手指要放在這裡。如果聲音有錯，就是妳的手指沒有完全將洞堵住。一個音符一個音符地試一試。」

吹笛子比看上去更難，也更容易。當太陽露出樹尖的時候，我已經能夠清晰地吹出每一個音符了。我和大家一起吃了早餐，然後就在尾部船艙頂上找到了一個地方，蜷縮在那裡睡了一覺。

我覺得自己就像是一隻貓，睡在溫暖的陽光下，大家都在我的身邊做著各種事情。在我的睡夢中，薇瓦琪號對我說：*這就像是清除掉傷口的毒素。讓淚水落下，讓自己因為恐懼而發抖。在我的甲板上，或者在我的懷抱裡，妳不必強大。釋放出妳不得不藏在心底的東西吧。*

在我們到達崔浩城以前，我已經能夠演奏四段簡單的旋律了。當大家在夜晚睡下的時候，這艘船兩次幫助我祕密和歐仔會面。歐仔沒有向我提出任何請求。是薇瓦琪告訴我，他的臂肘受到了約束，現在還無法完全伸直。歐仔一直和其他人一同工作，沒有絲毫抱怨，但他不能像以前那樣在帆索間悠蕩了。薇瓦琪在晚上喚醒我，我找到了正在船錨旁值夜的歐仔。當我輕手輕腳地走過去，握住他的手時，他被嚇了一跳。「不要說話。」我悄聲說道。他很驚慌地盯著我，想要抽走手，但我緊緊地握住他。然後他感覺到了我在做什麼。「這艘船說，這就像鬆開一條卡在滑輪和輪槽間的纜繩。」我對他說。

「我該如何感謝妳？」他一邊活動手臂一邊問我。

「你只需要不把這件事告訴任何人。」我說完便溜回到我的吊床去了。

但第二天，他就帶我爬上纜索，到了桅杆最頂端。他讓我觀賞大河和兩岸叢林的景色。就在他逐一告訴我那些鳥雀和樹木的名字時，我修正了他頸側的一片皮膚，讓那裡變得像拋光的木材一樣平滑閃亮。「它有時候會拉住我。」他只說了這樣一句。然後我們就爬下纜索。沒有人看出是怎麼一回事，除了他和我。

在小堅和我講述過崔浩城的樣子之後，我一直都期待能親眼看看那裡。當小堅第一眼看到一

個掛在樹枝上的小房子時，他立刻大聲喊我過去。我們並肩而立，看到小孩子們在四處伸展的樹枝上奔跑玩耍，還有一個人坐在樹枝上在河中釣魚。這些奇異的景象讓我們不停地朝岸邊指指點點，興奮地發出各種議論。

讓我感到失望的是，薇瓦琪號在河中落了錨，並沒有靠近碼頭。碼頭旁已經有另外一艘活船——名叫柏油人號的一艘平底黑色駁船正在等待我們。我們停在它旁邊。兩艘船相互拋了一些纜繩，好將他們連在一起。三艘小艇從岸上的樹屋城市划向我們。但溫特羅船長拒絕了他們的登船要求，也不允許他們連在我們的船上。「我們正在履行一份契約。」他警告那些小艇上的人。根據貿易商傳統，現在他們不能登船，也不能和我們說話。

我站在船欄後面，看著這一切，希望我也能參與到其中，同時又為自己沒能學習到的許多船上技藝而感到後悔。薇瓦琪向我伸展過來。我放下精技牆。她讓我的心中充滿慰藉，同時還向我表達了溫暖的感激之情，因為我們一家為了歐仔和他的堂兄菲隆所做的一切。你們所做的一切，沒有其他人能做到。她告訴我。

柏油人號甲板上的人們高聲向我們表示問候。小堅抓住我的手，立刻就請求登船。艾惜雅允許了我們的請求。我跟隨小堅走過兩艘船之間的跳板，心不無恐懼地跳動著。薇瓦琪有沒有在和柏油人說話？柏油人在歡迎我。我覺得他就像是一位親切的老紳士，向我保證在他的甲板上，我是安全的。柏油人的船長看到我抓住柏油人的船欄，便匆匆趕到我身邊，一邊低聲嘟囔著：「我早就應該猜到會出這種事！」

兩艘船上的人們都在以最快的速度全力工作。薇瓦琪號上的小艇被繫到了柏油人號上。大船艙和船長艙室中的一切貴重和有紀念意義的物品，也都被送上了柏油人號。海圖和椅子、玻璃器皿和被褥床具，各種物品全都從跳板上送過來，堆進船艙裡。與此同時，許多沉重木桶從柏油人號的船艙中被吊出來，排列在他的甲板上。

萊福特林船長和他的紅髮妻子都在忙碌著，沒有時間招呼上船的人。他讓小堅把我帶到甲板的船艙艇上去。小堅把我帶到那裡之後，就跑去幫忙了。我成為船上唯一無事可做的人，這讓我覺得很奇怪。站在船艙艇上，我能聽見大家的說話聲。柏油人號上的幾名船員在向火星和小堅開玩笑，因為他們很害怕那些木桶裡的東西會漏出來。「我們都睡不著覺，不知道是不是一覺醒來就發現柏油人沒了，我們都躺在龍肚子裡。」一個人這樣大聲對機敏說道。結果好幾個人不約而同地要他小聲些，「聲音在水面上能傳很遠。」一個身材豐滿的女人警告他。他笑著閉上了嘴。

那一天中午的時候，康德利號停泊在我們旁邊。「我不知道這些夠不夠。」貝笙低聲對康德利號的船長說。

「你們能給我們多少，我們就要多少。」那位船長一邊回答，一邊搖了搖頭。他是一位老人，比我的父親更老。他的臉上已經布滿了皺紋，眼神就像貝笙跪在歐仔身邊，查看自己被燒傷的兒子時一樣，聲音中充滿了哀傷，「他陷在這種痛苦中已經有很多年了。該是讓他自由的時候了。」

康德利號顯然已經有一段時間不曾航行過了，從他的船艙裡運出來的東西要少得多。當他們

將他不多的幾樣物品送去柏油人號之後，他的船長對船上屈指可數的幾名船員說了一番話，感謝他們將這艘飽受危難的船一直送到這裡，並莊嚴地祝願他們交上好運，能夠再找到工作。這時萊福特林船長用粗重的聲音說，巨龍貿易商們得到了兩艘無損船，正在徵募有經驗的河上船員。

「我幾乎忘記克爾辛拉已經有兩艘那種船了。」康德利號的船長若有所思地說道。

「我們得到它們之後，還沒有使用過。柏油人號在河上跑得更好，無論淺灘還是別的障礙都難不倒他。但是等到他要離開的時候……」他們兩個全都陷入了沉默。

康德利號的船長嚴肅地點點頭。萊福特林船長又說道：「今後一段時間裡，我們會有一些船長無事可做，但有經驗的船員是我們一直都歡迎的。」

「那麼，柏油人號也要改變了？」

「他還沒有做好決定。現在，他還是我們生命的依託。但如果我們的無損船有了船員，到那時候……」萊福特林船長撫摸著他的駁船的欄杆，彷彿在撫摸一個男孩的頭髮，「要做出決定的是他。」船長最後說道。

「萊福特林，我們準備好了。」溫特羅說道。

隨後人們又用了一些時間。天氣晴和，風帶來了兩岸花朵的芬芳。船員們紛紛和薇瓦琪道別。很多人流下了淚水。一些船員在她的甲板上度過了自己大部分的人生。隨後，繫住薇瓦琪號的纜繩和船錨都被取走了。我能看出，貿易商們幾乎不會浪費任何資源。如果還有更多時間，我相信他們還會拆下船上的纜繩和船帆。但柏油人能夠承載的貨物畢竟也是有限的。

在康德利號的甲板上，他的船員都滿心躊躇地等待著。康德利的船首像將雙臂抱在自己年輕的胸膛前，繃緊的肌肉鼓漲起來。他緊皺眉頭看著眼前的一切，然後他恰好和我四目相對。他弓起肩膀，彷彿有些困窘，又試著向我露出微笑。那笑容比他皺眉的時候還嚇人。

我的朋友們紛紛來到船艙頂上，和我站在一起。柏油人的甲板上站滿了薇瓦琪號的船員。琥珀在落淚，我不知道是為什麼。薇瓦琪號的船首像從柏油人的甲板上抓起一只木桶，在她的手中，那很像是一只大酒杯。她審視著這只木桶，然後以不可思議的力量用拇指戳破桶蓋，舉起木桶將裡面的東西喝下去。她的色彩一下子變得明亮了，彷彿剛剛被油漆過一樣，全身由巫木建成的地方全都閃閃發光，塗在上面的油漆紛紛剝落，船板和欄杆上全都閃耀著一層非同尋常的光暈。

第二桶、第三桶。「派拉岡也沒有喝那麼多。」小堅說。

「派拉岡是逼不得已。」歐仔說，「他必須改變，否則就只有死亡。我認為正因為如此，他變成的龍才那樣小，他只能依照他所攝入的巨龍之銀進行變化。」

薇瓦琪又拿起了一桶。她看到我，便向我眨了眨眼。我將目光瞥向一旁。柏油人號一共帶來了八桶。我能感覺到康德利號的緊張情緒在我的周圍閃動。現在就要有半數巨龍之銀被消耗掉了。

每喝下一桶，薇瓦琪都會發生輕微的改變。她的臉不再像以前那樣完全屬於人類了，巫木船板現在布滿了鱗甲，她的手中還拿著一桶巨龍之銀。當她開始喝下這一桶的時候，我聽到一連串迸發、碎裂的聲音。她將空桶丟進河中，全身抖動了一下，就像一匹馬的肩頭落了一隻蒼蠅。

「小心！」萊福特林船長喊道，但他們已經無從躲避了。薇瓦琪號的桅杆如同被砍倒的樹一樣倒落下來。只是因為運氣好，桅杆倒向了她的另外一側。桁杆、纜繩、滑輪紛紛掉落下來，就像是隨之掉落的樹枝和樹葉。我蹲下身，用手臂護住頭，不過大部分這些雜物都沒有落到柏油人號上。桅杆和桁架將帆篷拖到了另外一邊，河流在努力將它們拖走。柏油人號上的船員們開始忙著清理掉在船上的纜繩，以免他們的船被纏住。一時間，船上充滿了叫喊聲和短柄斧砍斷纜繩的重擊聲。但柏油人號還是被那些纜繩拽動，一度發生了傾斜。我努力尋找薇瓦琪，卻只看到河中漂浮的一堆殘骸。

這些木片和帆布很快就隨波逐流而去了。片刻間，薇瓦琪的船尾艙室也隨著它們一同漂動，然後那個高大的艙室開始慢慢沉沒。「哦，那東西要成為河道裡的一塊礁石了。」有人說道。但我並沒有看它，在這些散開的殘骸中，一頭巨大的銀龍正在翻滾。牠足足有派拉岡號那兩頭龍的兩倍大。

「牠會淹死嗎？」艾惜雅用微弱而又痛苦的聲音呼喊道。那頭龍正在沉沒下去，牠碩大的頭顱和那雙光芒閃爍的藍眼睛在河面上停留了片刻，便從我們的視野中消失了。艾惜雅尖叫一聲，雙手毫無意義地伸向河面。

「等等！」貝笙喊道。我屏住了呼吸，我能感覺到那頭龍正在水下掙扎。牠在與河流作戰，又任由水流裹挾住牠，隨著河水向下游漂去。我向下游轉過頭。突然間，在河道上比較淺的一段，我看到水波擾動，狂亂的水花隨之泛起。「那邊！」我手指那裡喊道。一顆頭、一條長長的脖子、一片生滿尖長骨板的脊背。隨著一陣猛烈的湧動，銀龍躍入半空。牠伸展開寬大的翅膀，帶起大片水花。看牠吃力地拍動翅膀的樣子，我一時很擔心牠會掉回到河裡。但每一次振翅，牠都會上升一點。一條長尾巴隨著牠被抽離了水面。

「牠飛起來了！」艾惜雅喊道。她的喜悅和我從這頭升騰的巨龍那裡感受到的喜悅波動，融為了一體。

「我真為妳感到驕傲！」歐仔向她喊道。甲板上的每一個人都在歡笑。那頭巨龍則發出還有些難以置信的銅號般的吼聲。

「我搆不到！」康德利喊道。他迫切的喊叫和薇瓦琪喜悅的吼聲同樣響亮，他正傾側過船身，他的船首像努力伸直手臂，要抓住柏油人甲板上剩下的木桶。

「把桶子推過去！」萊福特林命令道。甲板上所有的人都立刻開始執行他的命令。「快！」他又喊了一聲。我感覺到康德利的洶洶氣勢讓柏油人感到不安。這讓柏油人的甲板稍稍有些傾斜。一只木桶從一名水手的手中滑開，向前滾去，重重地撞在柏油人舷側的護板上。康德利抓住了它，涓滴巨龍之銀灑落在柏油人的甲板上，而那只桶子已經被康德利舉到了口邊。

「哦，甜美的莎神啊！」萊福特林船長喊道。巨龍之銀迅速滲進柏油人號，沒有留下半點痕跡，就彷彿他的甲板是海面一樣。我感覺到一點喜悅的戰慄湧過柏油人，但他隨後就平靜下來。其他木桶被更加小心地送到康德利面前。我們的甲板沒有再傾側。在岸邊，人們大呼小叫，衝著

正在河面空中測試自己翅膀的薇瓦琪指指點點。

康德利在喝掉第五桶巨龍之銀的時候，一艘小船從崔浩城駛來，靠在柏油人號旁邊。「抓住纜繩！」船頭的那個人喊道。

沒有人聽他的話。

一名面色紅潤、有一頭深褐色鬈髮的小個子婦人站在那艘小艇的中央喊道：「昨天晚上，經過商議，我們投票達成決議。繽城議會禁止你們現在所做的事情，此項禁令已經得到雨野原貿易商評議會的確認和公布，你們必須立刻停止！」

「什麼？」萊福特林向他們高喊，「妳能再說一遍嗎？」就在他們說話的時候，一條身材頎長的銀龍正從我們頭頂飛過，銅號一般的吼聲中充滿了喜悅之情。

「立刻停止！」

「停止什麼？」

那艘小艇的槳手努力划槳，將小艇穩在柏油人號旁邊的河流中。他們每一次就要抓住柏油人的錨鏈時，我們的船都會稍稍滑開一些。曾經是薇瓦琪號的銀龍還在我們頭頂上方盤旋。我們不得不低頭躲避牠翅膀下的勁風。而那名女議員的小艇也被這股風吹得搖搖晃晃，彷彿只是水面上的一個玩具。在她高聲向我們叫嚷，告知我們絕不能幫助任何船變成為龍時，康德利號已經喝完最後一桶巨龍之銀，隨意將木桶扔進空中。這只木桶恰好落到小艇旁邊，激起大片水花。那個女人驚慌地叫喊了一聲。如果不是被槳手抓住，她可能已經掉進河裡去了。

萊福特林船長搖搖頭，滿臉都是嘲諷。「就連小孩子也會知道，不要在一艘划槳小艇上站起來。」

「你會被定罪！」那個女人繼續叫喊著。她的槳手們已經拉起船槳，讓她離我們愈來愈遠了。「你會因為蔑視合法議會的規定被處以罰金。」

沒有人再注意她。康德利變成了一頭非常華麗的巨龍，全身黑色的鱗甲上布滿了橙色、粉色和紅色的條紋斑點。牠的眼睛呈翠綠色，身形比薇瓦琪小一些。當牠升入空中的時候，吼聲更加尖利。牠在我們頭頂上方與薇瓦琪會合。牠們相互吼叫了兩聲，便並肩向上游迅速地飛走了。

萊福特林船長掃視了一圈自己的甲板和船上眾多的水手。「該走了，」他高聲說道，「起錨。柏油人想要回家了。」

「他終於為自己做了一些事。」萊福特林船長對愛麗絲喃喃地說道。愛麗絲正在教我打一些水手結，這些結和我的媽媽鉤針編織的結很像。我們正坐在廚房的餐桌旁邊。萊福特林船長從雨中走進來，身上滴著水走到廚房的小火爐前。油布雨披上的水滴落在火爐上，發出嘶嘶的聲音。船長給自己倒了一杯咖啡。

「做了一些事？」愛麗絲憂慮地問道。

萊福特林搖搖頭，突然對我們所有人宣布：「我們正在成就一個好時代。很好的時代。」他看著愛麗絲又說道：「這是我成為船長以來最好的時代。」然後他邁著大步走回到雨中的甲板上。

我一定是顯露出憂慮的神情。愛麗絲安慰我：「哦，別擔心，親愛的，這艘船有時會開個玩笑。我相信他們都清楚的。」

不過在我們沿河上溯的旅途中，柏油人號的「好時代」在我眼裡逐漸變得清晰。

我又學會了三首笛子曲。火星和小堅都堅持要我學習更多水手結的打法，它們和鉤針編織的相似程度讓我感到驚訝。我沒辦法操作船上的粗纜繩。我的手太小，也沒有足夠力氣。但愛麗絲和我用很細的繩子做了杯墊。我用大量時間和她一起待在廚房裡，幫她做飯，在她的艙室中傾聽她少女時代在繽城的生活故事。當我們一同走上甲板的時候，萊福特林船長經常會以一種期盼的目光看著我們。

到了晚上，天氣和暖時，我們會睡在艙室頂上，看著黑色天空中的行星。有一次，我們將船繫在一片沙質河灘上過夜。我和琥珀一起找到了一些高大的蘆葦，它們有些像香蒲，卻又不太一樣。琥珀割下十幾枝蘆葦，將它們帶回到船上，做了一些哨子。小堅和我一同學起了吹葦哨。葦哨的聲音不像琥珀的木笛那樣細膩，但我們很喜歡它們。我們練習葦哨的時候經常會被轟到船尾去。

我還從小親親那裡學習了其他東西。在火星和我與他一同居住的小艙室中，小親親會說起夢、我的皮膚的改變、對這個世界的責任，以及我自己的良知。他和我講了其他白色先知的故事、他們改變世界的歷程。有時候，他們只是做了很小的一點事。無論如何，我喜歡這些故事。

這讓我感到困惑。我已經開始喜歡他了，儘管當我在深夜裡想念父親的時候，我仍努力想要維持住對他的憤怒。

他的課程提醒我，偉大的事件經常與小事情有關。「妳的父親是意外之子。我還很年輕的時候就夢到了他。我總是看到，他能夠活過童年、長大成人的機會非常渺茫，更不要說他成年以後的生存機會了。於是我從克拉利斯經過漫長的旅程來到公鹿堡，侍奉黠謀國王，等待著，希望我是正確的。我第一次看見他的時候，他並沒有看見我。他那時只是一個小男孩，步履遲緩地跟在嚴厲的馬廄主管後面。我在塔樓的一扇窗戶後面俯視他們。從那一刻起，我就知道是他。那天晚些時候，一名車夫想要打他，那個男孩只是一言不發地忍耐著。

「哦，蜜蜂，我讓他經歷了那麼多。我找到了他，要他在所有那些打罵和虐待中活下來。我沒辦法將此看作是一件好事。我一次又一次將他從死亡的門檻前拉回來，他承受了痛苦和貧寒、艱難與心碎的哀傷，還有長久的孤寂。但他改變了世界。他讓龍再一次成為真實。」

就是在那一天，小親親將臉埋在手中——一隻戴著手套，一隻沒有。他在哭泣。過了一段時間，我站起身，離開了他。我沒有辦法安慰他，就像他沒辦法安慰我。

當我們停靠在克爾辛拉的碼頭上時，萊福特林立刻嘟囔了一句充滿驚愕的髒話。我們是在一個陽光燦爛的上午到達了那裡。天空中飛滿了巨龍，派拉岡號變成的龍也在那裡。牠們已經比上次離開我們的時候變得更大了。薇瓦琪、康德利，還有那頭去過克拉利斯的紅龍、被稱為婷黛莉

雅的巨大藍龍全都在。我沒有找到夷平了城堡的巨型黑龍。

這座城市要比我見過的所有城市都擁有更多更宏大的建築，甚至賽維斯拜也無法和這裡相比。「因為這座城市是為了巨龍和古靈建造的。」小堅告訴我，「看看那些臺階，看看它們有多寬，還有那些建築物的大門！」他想我講述了這裡的許多奇蹟。我發現自己已經迫不及待地希望柏油人號趕快靠岸了。

機敏突然在我身邊高聲吶喊，嚇了我一跳。「天哪，珂蘭茜！艾達和埃爾啊！馬登！尼克！看啊，他們在這裡！他們在克爾辛拉！」他興奮地蹦跳了起來。我用了一些時間才從他的口中得知，碼頭上的這些人都來自於公鹿堡，是王后本人的精技小組，是我的姐姐蕁麻特別指派的精技使用者。火星從未見過他們，小堅也像我一樣一臉茫然。碼頭上一共有三名公鹿堡的人，他們看上去幾乎完全像是另一種人類——身材短小，有著深色皮膚和深褐色鬈髮，與身材細長、皮膚和鱗片五顏六色花紋各異的古靈截然不同。

「他們是來帶我們回家的。」琥珀輕聲說道。她伸出手臂摟住我，另一隻手按住我的肩頭。我忍受著這一切，心中想著她說的那個字。此時纜繩已經繫在碼頭上，跳板也為我們搭設好了。家。那不會是我的家，但我還是要和效忠於我的姐姐蕁麻的人見面。他們是她親自挑選和訓練的人。我挺起肩膀，拍拍自己的頭髮，但我的頭髮很快又翹了起來。我不需要整理身上的古靈衣裝，它們服貼地垂掛在我身上，光彩熠熠，整潔如新。當我們靠近碼頭的時候，我讓自己露出微笑，向他們揮手致意。小堅牽住我的另一隻手。「他會為妳感到驕傲的。」他悄聲說。

克爾辛拉就像小堅說的一樣令人吃驚，但它也讓我感到異常疲憊。這裡的一切都在閃爍，一切都很模糊，真實的和幻影中的古靈一同在街道中慶祝。我們受到了王室成員般的歡迎。是小堅提醒了我，我的確是王室成員。蕁麻特別精技小組的成員全都緊緊築起精技牆，抵抗著這座城市的聲音，這讓我幾乎感覺不到他們。我竭力效仿他們，但也許是因為海蛇涎液在我的血液中還有殘留，所以我對這裡的聲音更加沒有抵抗力。克爾辛拉所有的美麗與神奇都無法對我產生足夠的吸引力，讓我能夠留在這嘈雜喧鬧的聲音，和綺麗詭譎的色彩與景象中。珂蘭茜是這支精技小組的組長，她給了我一杯薄荷纈草茶。這杯深褐色的茶水在喝下去之後還有一點苦澀的回味。她說這也許能削弱那些聲音對我的刺激。

但這杯茶也將我深藏在心底的哀傷釋放了出來。即使是在招待我們的晚宴和慶典上，即使是當派拉岡變成的兩頭龍要和我見面的時候，即使是我按照預先演練好的樣子，向牠們發表演講，感謝牠們幫助解救了我的時候，淚水總是會在我的眼睛裡打轉。那兩頭龍告訴我，我的父親將被龍族銘記，他是龍族的朋友，是為龍族復仇的人。只要巨龍還在天空飛翔，海蛇還在海洋遨遊，我的父親就不會被遺忘。牠們很遺憾沒能吃掉他的屍體，保留他的全部記憶。聽到這種恐怖的好意，我大笑了起來。幸好牠們將這當做是我知道牠們想要將我的父親當做大餐之後的喜悅表現。

然後，儀式結束，我可以睡覺了。但就算是睡眠也無法讓我安歇。那些遙遠的聲音一直揪扯著我。就算是當我乘著纜繩牽拉的小艇過河前往村莊的時候，我還是能聽到那些聲音，知道這條河流上曾經有一座橋樑，後來被徹底破壞了。

在河對岸，精技小組剩餘的成員正在忙著治療那些「被碰觸」過的雨野原人。他們在這裡已經有兩個月了。我被告知他們對這裡的人們施行了許多奇蹟。他們將雙手放在女子腹部，為她們打開了一些閉塞的部位。有四名女子因此而成功懷孕。一名年輕男子本來會因為無法呼吸而死亡，而現在他得到治癒，恢復了健康，為他的兒子慶祝了三歲生日。這些喜悅都歸功於我的父親讓精技使用者來到這裡的初衷。

但他們已經無法繼續留在這裡。因為我來了。我被安排在一個可愛的房間中休息。這裡有魚在牆壁中游泳，在我的頭頂上來回跳躍。不過看著牠們會讓我覺得不舒服。珂蘭茜告知雷恩國王和麥爾妲女王，我們必須離開了。她對他們說：「只有我給她的茶水才能讓她保持神智清醒，阻止她徹底滑走。你們可以稱此為沉溺於記憶中。如果我們讓她繼續住在這裡，她對外部世界的一切將再不會有任何反應。我們必須帶她回家。」於是他們在我們即將離去的前一天，前來和我相見。

「你們會像來的時候一樣穿過精技石柱？」麥爾妲女王問道。精技小組的成員紛紛點頭。

小親親依舊是琥珀。她正坐在我身邊的椅子裡。用戴手套的手握住我。茶水和它帶給我的哀傷讓我又開始不喜歡她了。我不喜歡她的碰觸，但她還是緊緊握住了我。小堅是最適應這裡的人。他對於魔法完全免疫，所以我能夠藏在他的身體裡。但是當我將這件事告訴珂蘭茜的時候，她皺起了眉頭，說我這樣做是在吸取小堅的力量，這會讓他有危險。於是珂蘭茜把我們分開。

「讓蜜蜂從那條路走太危險了。」琥珀表示反對。

珂蘭茜非常鎮靜地說道：「精技女士已經決定，整支精技小組同你們一起穿行，將你們一次帶回到公鹿堡。」

「我不同意。」琥珀用弄臣的聲音反對。珂蘭茜回應道：「這不由你和我來決定。明天我們就出發。」

我寬慰地深吸了一口氣，陷入沉睡。我不想聽他們與古靈國王和女王的冗長告別。我很快就能見到我的姐姐了，還有謎語。

瞻遠公主

一個灰色的人在風中唱歌。他的灰像風暴雲團，像打在玻璃窗上的雨水。風吹過他，他在微笑，頭髮和斗篷在風中飄動，被風扯得粉碎。他也一同被扯碎，直到只有他的歌聲留下。

我微笑著從這個夢中醒來。這是一個承諾，一個好的承諾。它一定會發生。

——《蜜蜂．瞻遠的夢境日誌》

我現在是王室成員了。我不是很喜歡這樣。我明白為什麼我父親是那樣努力想讓我免於這樣的命運。

穿過精技石柱的旅程很不平靜，光是走到石柱前的那一段路就很可怕了，還有無休止的道別和巨龍在我們頭頂上方發出一聲聲銅號般的長嘯，這一切都讓人痛苦。天哪，我的微笑都僵在臉上了。我要不斷行屈膝禮，向每一個人道謝。我曾經乞求讓小堅能陪著我。他們總算讓他回到我身邊。我緊緊抓住他的手，另一隻手被珂蘭茜握住。我們就這樣，像一串珠子穿過了精技石柱。

在石柱的另一邊，我們看見一支盛大的歡迎隊伍，隨即又是一系列儀式。那天晚上又是一場宴會，還有音樂和舞蹈。當他們宣布慶典開始的時候，我緊緊抓著小堅的手。直到他說：「我覺得頭暈。」我才知道自己正在做什麼。我放開他的手。謎語一直站在我的另一邊，他突然走到我和小堅中間，分別將一隻手放在我和小堅的肩膀上。他的觸摸讓我們全都感覺好了很多。

那一天發生了那麼多事情。我見了我的侄女，是在眾人環視的一座高臺上。我向她行了一個屈膝禮。她全身包裹在點綴珍珠的蕾絲中，有一張紅色的小臉。在整個介紹過程中，她一直哭叫著。蕁麻看上去很辛苦。之後，我們不得不在一個擠滿了女士的房間裡喝茶，吃了些食物。這些女士都穿著過分奢侈的衣服，還噴了太多香水。

當我說我累了。她們便引領我去了一個房間，並說這個房間是我的。樂惟為我做的美麗衣櫃就擺在那個房間裡，一同安放在那裡的還有我所有的舊物品。當慎重走進來，向我行屈膝禮的時候，我尖叫一聲，又哭了起來。我問她有沒有受傷，是不是真的是她。我一直都以為那些劫匪不可能讓她活下來。她也開始啜泣，直到將我帶到這裡來的女人威脅說要叫來治療師，用藥除去我們的「歇斯底里」。我終於失去了耐性，命令她馬上離開。慎重在她身後拴上門。我們一同痛哭起來，良久才能止住淚水。

慎重說她已經完全康復了。但我知道她沒有。她只比我提前一天到達這裡。她告訴我，她將成為我在這裡的侍女。我的姐姐不希望我在公鹿堡的生活和在細柳林時有太大差別。但慎重又告訴我，公鹿堡非常巨大，而且有很多人。她幾乎有些害怕在夜晚離開房間，她只是一個普通的鄉下女孩，在這個地方能做些什麼呢？

我說我也有著同樣的困惑。她緊緊抱住我，讓我覺得自己的肋骨都要斷了。

她幫助我脫下古靈服裝。然後我們用了很長時間穿上一種質地硬脆，會窸窣作響的裙子。慎重向我保證，這是來自於遮瑪里亞的最新款式。我的頭髮裡沒有蝨子，但她說這全都是因為我很幸運。火星已經盡力為我整理了頭髮，但我的頭髮全都糾纏在一起，就像是一張墊子。我在她的髮梳上留下了許多頭髮。梳洗完畢之後，我又要去另一個房間。我走進一座有許多人的大廳，開始嘗試在一座高臺上吃晚餐。深隱坐在和我間隔兩把椅子的地方。她現在是閃耀女士了，身上的衣裙比在細柳林的時候更加華美絢爛。我不知道她脫衣服的時候還會不會把這身長裙扔在她房間的地板上。我們彼此看了一眼，就各自移開目光。

我睡在新房間裡的一張大床上，夢到我打開衣櫃，樂惟從衣櫃的鏡子中望著我，感謝我送給他的方巾。我哭著醒了過來。慎重走進我的房間，睡在我身邊。我們整晚都緊握彼此的手。

第二天是不是哀悼我父親的儀式？我燒掉了我的一縷鬈髮。蕁麻說我不能再燒掉比這個更多的頭髮了。這是我第一天覲見國王和王后嗎？這一段日子完全處在一團混亂之中，就像是一籃子被攪亂的紗線。每一天，我都必須見某些人，和某些人共同進餐，聽某些人鄭重地告訴我，他們是多麼為我父親的死感到哀傷。我在私人場合與珂翠肯王后見了面。她一聽到我父親的死訊就被抬到了床上，從那以後就沒有離開過她的房間。她顯得面色蒼白，很是蒼老。她給了我一個非常哀傷的微笑，對我說：「看看這些金色的鬈髮啊。真不知道惟真是不是能給我一個像妳一樣的小孫女？如果我們能有更多的時間共處就好了。」我覺得自己的表現非常蠢笨。

我和閃耀女士正式見了面。「我為妳的損失感到難過。」我在她的侍女和一直跟隨我的隱火女士的矚目下這樣對她說。「我也同樣為妳難過。」她回應道。我們還能說什麼？我甚至不認為我們還想見到彼此。我們都不想提起發生在我們身上的那些事。一段時間之後，我告辭離開，說我已經非常累了。我的這一樁任務也結束了。後來在用餐的時候，我們會相互點頭致意。

一天上午，我想要見到小堅，卻被隱火女士告知我今天沒有此項安排。不過他已經得到嘉獎，並被授予了兩匹毛色身量完全一樣的黑馬——牠們來自於公鹿堡最好的駿馬世襲。而且小堅還在馬廄中得到了一個很好的職位。當我問他是否還在照料嚴謹的時候，隱火女士對此一無所知。不過她說如果這對我來說很重要，她會確保讓嚴謹歸屬於小堅照管。這當然很重要。

蕁麻和謎語想要和我一同安靜地吃上一餐。但他們的孩子、孩子的保姆和兩名蕁麻的隨身女士，還有隱火女士以及謎語的一名貼身隨從是不能被排除在外的。所以我坐得非常直，我們一直在談論黑莓餡餅有多麼好吃。後來，當房間裡只剩下了保姆。蕁麻告訴我，我很快就會成為王后的侍從女士之一，但我不必為此而感到害怕，艾莉安娜王后是非常善良的人。蕁麻並決定要讓我學會很多智慧——不幸的是，她自己並沒有被教導過這些智慧。所以我會有一位特別的導師。

「機敏？」我問道。我不知道自己是希望還是害怕如此。

「恐怕蜚滋機敏大人還有別的事務。不過書記員勤勉教導過許多貴族子弟，他會教授妳各種行為禮儀，以及計數和識字。」

我點點頭，瞥了謎語一眼。在他的眼睛裡，我看到了憐憫和憂慮。

從隨後的一天開始，我每天必須用幾個小時的時間和我的導師在一起，還要用更多時間陪侍在王后身邊。我必須知道每一位大公和女大公的名字，還有他們孩子的名字、他們宅邸的色彩、他們的家徽紋章。每天晚飯，我都必須下樓去在大廳中用餐，坐在謎語和蕁麻的左手邊。

我每天要用一部分上午的時間陪侍王后。我事先得到警告，要坐得非常直，做些刺繡、縫紉或編織的工作，就像王后一樣，同時聽一聽她的女士們的閒聊。她們將我安排在閃耀女士的旁邊。我們全都只是忙著手中的女紅，從不彼此交談。但是到了第三天，艾莉安娜王后吩咐我們自己做事，她要去休息一下。屋門在她身後一關上，我就感覺彷彿有一把麵包屑被撒進了雞群裡。

「您的金色鬈髮真漂亮，蜜蜂女士。您現在才要將頭髮留長了？」

「您真的在恰斯國被當做了奴隸？」有人用驚駭的語氣悄聲提出這個問題。

「蜚滋機敏大人告訴我們，他從未見過像您這樣勇敢的小女孩。他可真是一個充滿魅力的男人！您認為您和他會願意在某天晚上，與溫和女士和我一起玩一局牌嗎？」

「我們對您的冒險還知之甚少。」豐饒女士露出貪婪的微笑，「想到像您這樣一個小女孩和可憐的閃耀女士落在那群怪物的手中，我就忍不住全身發抖！」

紫羅蘭女士瞥了深隱一眼，然後說道：「閃耀女士對於細柳林遭受攻擊的那一天所發生的事情幾乎隻字不提。您一定被嚇壞了！我們全都知道，恰斯國人對於遭受他們劫掠的女人毫無尊敬之心。她在他們手中度過了許多個日夜。」

我向深隱瞥了一眼。她的下巴顫抖了一下，接著緊咬住牙，用僵硬的聲音說：「這是一段我不想提起的艱難時日。」這使我知道，她在這個房間裡並不受歡迎。紫羅蘭女士在盡可能地羞辱她。紫羅蘭女士長得很可愛，但沒有深隱那樣美麗的綠眼睛和鬈髮，相貌更及不上深隱。我開始懂得什麼是宮廷了。

紫羅蘭女士如同鳥雀啄食一樣對我說道：「但小蜜蜂肯定能和我們說一些故事！妳們是如何在那些殘忍的人手中活下來的？」聽她的口氣，彷彿能夠從我的口中誘騙出什麼骯髒的祕密來。

我盯住她的眼睛，提醒她：「我是蜜蜂女士。」另外幾個女人發出了竊笑。其中一個同情地看了我一眼，就垂下目光去縫手中的東西了。我竭力使用幸運那種能夠迴蕩在整個房間裡的聲音說：「我能活下來，全都是因為閃耀保護了我。我生病時，她照顧我，寒冷時，她將毯子分享給我。她讓我有食物吃，並冒著巨大的危險帶我逃離敵人。」我很快就領悟了幸運的訣竅，停頓一下之後，我繼續說道：「她為我殺過人。她逃脫出敵人的魔爪，找到我的父親，引領他追蹤我的足跡。她有一顆獅子般的心。」我看了一下深隱睜大的綠色眼睛，然後微笑著轉向紫羅蘭女士，「如果妳割傷她，我會流血。如果我流血，蕁麻女士一定會知道。」

「呃！」紫羅蘭女士驕矜地喊了一聲，「這隻小貓有爪子呢。」

竊笑聲就像是母雞在咯咯叫著要求撒穀粒給牠們吃。

「蜜蜂有的是螫刺。」我糾正了她。我們的眼睛對視著，她向我露出冷笑，我對她微笑。她根本沒有牆壁。「除了我的故事以外，我們都非常想要聽聽妳昨晚的幽會，和那位穿著綠色緊身上衣、頭髮上塗了太多油的紳士。」

深隱抬手捂住了嘴。她不是要擋住驚呼，而是一聲嘻笑。

「這不是真的！」紫羅蘭女士站起身。她的長裙摩擦著地面，就像小鳥翅膀一樣展開來，隨著她向屋門走去。在屋門口，她瞪了我一眼，說道：「這就是讓一個平民女孩進入貴族女士圈子的後果！」隨後她就快步跑出了門。

我不會允許她傷害我和深隱。我強迫自己笑著對深隱說：「她逃跑的樣子很像一隻受驚的母雞，不是嗎？」隨著我投下的這粒石子，一陣緊張的笑聲在房間裡蕩漾開來。我能看出來，紫羅蘭女士在這些人中極具聲望，但沒有人喜歡她。我相信，我們還會再次有針鋒相對的時候。

深隱的腰桿挺直了一些。她小心地將自己的女紅放到腳邊的籃子裡，比紫羅蘭女士更加優雅地站起身，向我伸出一隻手。「來吧，小堂親，我們要不要去女人花園裡走一走？」

我也放下自己手中的針線。「我聽說那裡的紫羅蘭花很香。」這一次，她們的笑聲更大更歡快了。

我們離開房間，沒有人跟隨我們。但深隱還是回頭瞥了一眼，對我說：「快一點。」我們並沒有去生滿香草和花朵的女人花園，而是到了一座塔樓頂端的花園。這裡零星分布著一些灌木叢、雕像和長椅。深隱用一把鑰匙打開通向這座花園的門。隨後一個小時裡，我們只是在那裡散步，並沒有說什麼話。當她離開的時候，她將那把鑰匙給了我。「這是我父親的鑰匙。這裡是一個獨處的好地方。」

「那妳呢？」我問她。她向我微微一笑。

「我的父親活著的時候，我在宮廷中有一位保護人。現在我沒有了。」

「妳的哥哥呢？」

「他和我在一起的時候總是很不自在。」她有些僵硬地說道，接著語氣又變得哀傷：「我也是一樣。」

「我寧可面對握著匕首的男人，也不願去對付那些拿著針的母狗。」我直率地說。

深隱大聲笑了起來。當她向我轉過頭時，清風為她的臉頰添上了一片紅暈。我在她的紅唇間彷彿又看到了昔日的深隱，「那個『綠色緊身衣』比我曾經握在手裡的任何匕首都更鋒利。我答應妳，我會好好用它。」她抬起手，手指彎曲，「該是母獅亮出利爪的時候了。」然後她就離開了這座樓頂花園。風從她身上吹來一陣茉莉花香。雲朵在天空中行進，就像鼓滿風帆的船。

我的生活開始有了規律。這實在是一種相當忙碌的生活。我沒有再看見火星和小堅。小親親又換上了另一身偽裝。現在他成為了人們口中的機遇大人。他每天會在他方便的時候來拜訪我一次，我們會進行交談。他總是問我是否過得還好，我也總回答他沒事。現在宮廷中流傳著一個複雜的故事，解釋他的身分，講述他是如何與我的父親和機敏一起拯救了我。我對此從不表示意見。他會給我帶來一些小禮物：一個木雕橡果，在莢蓋下面有祕密空間；一個穿著黑白兩色衣服的木偶；還有一枝比我在河上得到的更好的笛子。有一次他在離開時對我說：「蜜蜂，情況會變好的。會有其他人遭遇災難或者贏得勝利，那時人們就不會這樣緊盯著妳。蕁麻的孩子會不再那樣喜愛哭鬧，她將不會那樣疲憊。當艾莉安娜王后的孩子降生時，妳就能夠隱退到公鹿堡政治的背景之中。那時妳就能再一次成為蜜蜂了。」

聽起來，這不是一番鼓舞人心的話。但每天早晨都是新一天的開始，每天晚上，我都會將過去的一天推到身後。

這段時間裡最嚴肅的一天，是珂蘭茜護送我前往一座塔樓中蕁麻寓所的那一天。王后精技小組全體在那裡集結。這裡一共有六支精技小組住在公鹿堡內或非常靠近城堡的地方。每一位親王有一支小組，國王有一支，還有蕁麻的精技小組……我覺得實在是太多了。當珂蘭茜向我的姐姐報告我的精技天賦水準，以及她在克爾辛拉是如何不得不向我餵服精靈樹皮的時候，我感覺到有一點被冒犯了。我知道，我的一些夢——不是我的白者之夢，而是普通的夢——從我的意識中洩露出去，打擾了精技小組的成員。珂蘭茜為自己的大膽道歉，但她建議我應該每日服食精靈樹皮，直到我能夠控制自己狂野的精技，或等待我體內的精技熄滅。蕁麻告訴她，會認真考慮她的建議。

我問我的姐姐，我對這件事有沒有發言權。她回答道：「有時候，成年人必須決定如何才是對於年輕人最好的選擇。蜜蜂，妳必須信任我。」

但要做到這樣實在是太難了。

不過這一天也並非只有不走運的事情。幸運・悅心在這天很晚的時刻來到了我的房間，陪他

一起來的還有機敏和機遇大人。慎重顯得非常吃驚，直到我提醒她，幸運是我父親的養子。他為我唱了幾首逗趣的民謠，很快，就連慎重都咯咯地笑了起來。機遇大人告訴我，當我自認為可以的時候，我應該將自己遭遇到的每一個細節告訴幸運。因為這是公鹿公國的歷史，應該被保留下來。我記起姐姐的話，便告訴他，我會「認真考慮他的建議」。

幸運笑著說：「我還以為妳真的會呢！」然後他又唱起了一首歌。

時日遷延，晚宴、與陌生的大人女士們見面、和與我同齡的年輕貴族們遊戲，這都是我應做的工作。隱火女士負責安排我的社交日程表。我的哥哥們紛紛來看我，其中一些還帶來了妻子和孩子們。我發現我幾乎已經不認識他們了。我愛他們，但這是一種有距離的愛。他們對我的感覺應該也是如此。我看著他們與蕁麻和她的孩子開著各種玩笑，向她提出各種建議，聊著各種「還記得嗎？」追憶那個完全沒有我的家庭。他們都是好人。他們給我帶來了各種適合年輕女孩的禮物。在這種團聚中，謎語都坐在我身邊。他對我說，這樣我就能有個說話對象了。他還教我如何向愛我的人微笑——這些人完全不知道我遭受過什麼樣的磨難，而我更不想將這些事告訴他們。在這種時刻，我很高興聽從小堅的建議，抹去了臉上的傷疤。我只會向他們講述活船變成巨龍的景象，還有會活動的船首像和克爾辛拉的奇蹟。我相信他們會將這些講述中至少一半的內容，當做孩子無稽的幻想。但我絲毫不覺得這有什麼不好。

我開始理解為什麼我的父親會在夜晚書寫，為什麼又要將自己寫的東西燒掉。

有一天，我在上午無事可做。懷孕的女王沒有召集她的女士們。我請求能夠騎馬出遊。請求得到允許之後，我堅持只要騎嚴謹。當我穿衣服時，我沮喪地得知另外四名和我年齡相仿的貴族，兩男兩女，將會和我一同騎馬踏青。還有一件事讓我很不高興，參加這次活動的每一個人都要由一名騎馬的馬夫陪同，有的人還要父母的陪伴。蜚滋機敏和機遇大人也會參加這次騎行。當我看見小堅的時候，我的心一下子升了起來，但他只是牽著嚴謹。而「我的」馬夫將要督導我上馬。我終於受不了了。「我知道如何上馬，」我堅持道。即使在我自己聽來，我既暴躁又任性。

隨後我做得更糟。我們一直保持著穩定的步伐前進，讓成年人能夠相互交談。那些年輕人也在和我說著各種無聊沉悶的話題。小堅騎馬走在我們身後很遠的地方。我回過頭，看見了他。我們的目光只是交會了短短的一瞬。我向前俯過身，對嚴謹說：「跑！」

我對牠使用了精技嗎？我不這麼想。但牠猛然向前縱躍，我們衝出隊伍。我繼續催趕著牠。牠跑得跟風一樣快。這是我被從細柳林劫走以後第一次感覺到又做回了自己，自由自在，一切都在掌控之中。儘管此時我是騎在一匹發瘋般狂奔的馬背上。我的身後響起一陣喊聲，還有兩個人在尖叫。但我完全不在乎。我們轉頭離開道路，進入樹林，衝上一座陡峭的山丘，又衝下一道水溝，淌過渾濁的溪流，躍上對岸的陡坡。一開始，我還能聽見身後的馬蹄聲，但很快那些聲音也被我甩掉了。我一直向前飛奔，緊緊依附在嚴謹的背上，就像黏住牠毛髮的一粒蒺藜果。我們是這樣喜歡彼此。我們從開闊的森林一直跑上一片山麓草場。在我們下方，青翠的草地如同綠色地毯一樣鋪展到遠方。羊群稀稀落落地在上面遊蕩，就像是形狀各異的白鈕釦。嚴謹停住四蹄，我

們一同喘息著。

當我聽到另一匹馬來到身後，回頭望去，那正是我希望的。小堅正縱馬飛馳而來，那匹馬全身毛髮如同純黑色的錦緞，正是我聽說的他們送給他的黑馬。他在我身邊勒住韁繩，拍了拍坐騎的脖頸。

「牠叫什麼名字？」我問他。

「梅貝爾。」他回答道。他笑著看向我，接著臉上的笑容消失了，「蜜蜂，我們應該回去了。大家都被妳嚇壞了。」

「真的？」

「真的。」

「那就再讓他們等一會兒吧。他們全都是那麼……」小堅等待著。但我找不到合適的詞來形容他們看著我的樣子，就好像總是有人站在我的頭頂上。「我根本沒辦法獨處片刻。」

小堅皺起眉頭。「妳想要我讓妳獨處嗎？」

「不。你在我身邊不會影響我。你從不會用那種眼光看我，就好像是在看到你的湯裡有某種奇怪的東西。」

小堅笑了，我也笑了。「你過得如何，他們對你好嗎？」

小堅收斂了笑容，「我是一名馬僮，許多馬僮之一。馬廄主管經常告誡我不要『自視太高』。昨天，他斥責了我，命令我絕不能讓那些馬喜歡我。我在嚴謹的馬廄裡待的時間太長了。」小堅抬手揉了揉腦後，「我告訴他，機敏的馬需要多一些燕麥的時候，他用一根掃帚柄打了我。『你要說蜚滋機敏大人，小子！而且不要談論我的工作！』」說到這裡，他笑了。我卻絲毫不覺得這有什麼好笑。

「那麼，妳呢？」

我歎了口氣。「各種課程。不停地換衣服，要穿著那些令人發癢的衣服，一動不動地筆直坐著。隱火女士總是會跟著我，糾正我，讓我保持『姿態端正』。而且根本沒有出門的機會。」

「妳能不能經常見到火星？機敏和……」他猶豫了一下，「機遇大人？」

「見不到火星。機敏和小親親幾乎就像我的父親一樣離我遠去了。」

小堅睜大了眼睛。我只希望自己沒有說出這樣的話。但我說的是實話。小親親就算是來見我的時候，也只會一心地查看我的夢境日誌，或者問我各種問題。

「我想念他們。」小堅低聲說。

「他們不去看你？」

「火星？完全不。蜚滋機敏大人和機遇大人？我給他們備馬，機敏——蜚滋機敏大人總是會給我一枚錢幣。我們看著彼此的時候，我知道他們都希望我能過得好。但總是會有人盯著我，讓我做各種事。」他拍拍自己的口袋，裡面傳出錢幣撞擊的聲音，「我都不知道自己能不能有時間真正去花掉一些錢。」

我聽見了馬蹄聲。我們全都挺腰抬頭。小堅扯動馬轠，拉遠了和我的距離。先是機敏，然後是小親親從樹林中跑出來。他們都是一副驚慌失措的樣子。小親親跑到我身邊飛快地說道：「一隻蟲子叮了妳的馬，牠帶著妳跑了出去。小堅追上來抓住了牠的籠頭。小堅，下馬牽住韁繩，快！」然後小親親又嚴厲地對我說：「蜜蜂，妳絕不能讓小堅再落入這種危險的境地。他會受到責備。當其他人趕到的時候，妳必須表現出受驚的樣子。」

小堅按照小親親的命令做了。也許我的心中燃燒的怒火的確能讓我顯得很「震驚」。每次我開始喜歡小親親的時候，他都會做些事情重新燃起我的怒火。聽到他們對於小堅的漠視，我只想把唾沫啐到他的臉上。我吸了一口氣，要將這種心情告訴他。

不過已經有兩名馬夫跑出樹林，遠處又跟過來了其他人。他們全都問我是否落馬了。那名馬夫嚴肅地建議說我應該騎一匹更加沉穩的馬，「直到年輕的女士騎術有所長進。」

我們繞過一條迂曲的路線返回到路上。另外兩個人的母親堅持我們必須立刻返回城堡，因為她們非常不安，不想再見到「一匹桀驁難馴的馬」再發生意外。那些年輕人全都瞪大了眼睛看著我。小堅再一次落到隊伍的最後面。

後來，蕁麻叫我去「說說話」。當然那並不僅僅是簡單的說話。她的孩子一直在哭鬧。她一直在來回走動，輕輕拍著女兒，同時提醒我，我必須保持自己的莊重儀表。我沒有問她對於我的精技是否有了決定。現在不是提醒她這件事的好時機。畢竟在她看來，我一定是在許多方面都很任性。謎語陪我回到我的寓所。他走出屋門的時候對我說：「如果這樣能讓妳感到安慰的話，妳應該知道，妳的父親也不喜歡他生活中的這個問題，但他努力讓自己適應了，所以妳也必須如此。」

我在那天晚上很早就上了床，心中想著，就算是德瓦利婭的毆打，也要比蕁麻的教訓和她失望的面孔更容易忍受。現在我入睡之前都會豎起牆壁，將我的噩夢擋在意識裡，也不讓其他的東西進來。當遠處傳來的音樂將我喚醒的時候，我的臥室窗口一片漆黑，城堡顯得異常安靜。一段時間裡，我一動不動地躺在床上，靜靜地傾聽著，心中好奇是誰會在這個時候演奏音樂，又是為誰在演奏？我聽不出那個人用的是什麼樂器，但這音樂非常符合我的情緒。它很孤獨，卻並非完全是哀傷的，彷彿孤身一人也不是那麼糟糕的事情。

我起身下床，穿上睡袍。通向慎重房間的屋門緊閉著：她睡得很熟。我走進走廊，又猶豫了一下。但沒有人禁止我晚上一個人在公鹿堡中走動。我輕輕關上身後的門，仔細聽了聽，卻無法確定那樂聲是從那裡傳來的。我閉上眼睛，集中精神，向前走去，離開了我的房間，還有蕁麻和謎語在走廊盡頭的大套間。我經過一扇又一扇門。一次又一次，我停下腳步傾聽，重新找到方位，然後繼續向前走。

樂聲變得更加響亮了。我來到一扇門前，將耳朵貼在上面。我什麼都沒有聽到。但是當我從那道門前稍稍後退，樂聲便再次響亮起來。我的內心陷入了矛盾。最終，我的好奇心獲勝了。我敲了敲門。

沒有人說話。

我又敲敲門，這次的敲門聲更大。我等待著，還是沒有人說話。

我試著推了一下門。它沒有拴上。我推開門，露出一個舒適的房間。比我的房間要小一些。雖然還是夏天，這裡的壁爐中卻燒著一點火焰。公鹿堡的舊石頭感覺上依然有些涼意。在爐火前面的一張軟墊椅中坐著一個圓臉男人。他的一雙短腿蹺在椅子前面的一張軟墊小凳上，那音樂是他在睡夢中用精技演奏出來的。

我完全被這旋律迷住了，感到一陣心情飛揚，就彷彿自己走進了一個古早的故事。一隻灰貓正睡在那個人的膝頭。牠抬起頭看著我，對我說：我們很舒服。

「他睡著的時候總是會用精技奏樂嗎？」我悄聲問。

那隻貓只是看著我，然後那個人也向我睜開了眼睛。他沒有表現出任何驚訝或警惕的神情，他的眼睛就像年老的狗那樣蒙著一層雲霧。他的五官有些奇怪。眼睛很小，眼皮很厚，小耳朵緊緊貼著顱骨。他伸出舌頭舔舔嘴唇，然後說道：「我夢到了一首為蜚滋的小女兒寫的歌。如果我能見到她就好了。」

「那應該是我。」我一邊說，一邊又向他靠近了一些。

他指了指椅子旁邊的一張軟墊。「如果妳想的話，可以坐在那裡。那是煙球的墊子。不過牠正坐在我身上。牠不會介意的。」

會的，我會介意。

我坐在壁爐旁，抬頭看著他。「你是阿憨嗎？」我問他。

「是的，他們這樣叫我。」

「我的父親寫過你，在他的日記裡。」

他的臉上綻放出開心的笑容。我發現他的心思很簡單。「我很想念他。」他說道，「他經常會帶給我糖吃，還有撒了粉色糖霜的小蛋糕。」

「聽起來很可愛。」

「它們很好吃，也很好看。我喜歡將它們擺成一排，看著它們。」

「我喜歡把我媽媽的蠟燭擺成一排，聞它們的香味，但我絕不會點燃它們。」

「我有四枚黃銅鈕釦，還有兩枚木鈕釦，還有一枚是用貝殼做的。妳想要看看嗎？」

我想看。我想做簡單的事情，比如一同觀賞釦子。那隻貓從喉嚨裡發出一陣嗚嗚聲，跳下他的膝蓋，躺在軟墊上。阿憨站起身，打開櫥櫃，拿出他的鈕釦匣子。他感覺到身體的疼痛。我知道他很老了。走路對他來說並不容易，但他的鈕釦很重要。他將裝有它們的匣子拿回到椅子前面，身上的毯子掉在地板上。我撿起毯子，鋪在他的腿上。他給我看每一枚鈕釦，告訴我找到它們的故事。然後我問他：「你能教我用精技演奏音樂嗎？」

他一下子定住了。「我的音樂？」他用非常輕的聲音說。他不是很確定。他有戒心。

我沒有說話。我的這個要求是不是把一切都搞砸了？

他向我伸出手。我猶豫了一下，然後將手放在他的手中。他蜷起手指，握住我的手。他的碰觸帶著力量的嗡鳴。「我們一定要非常安靜，」他對我說，「我不應該讓我的音樂聲大起來。」

他對我的精技牆做了些什麼。突然間，我們以一種非常特別的方式來到了他的牆後面。「好了，」他說道，「演奏音樂的方法是這樣的，」他向我微笑，「我們從貓的咕嚕聲開始。」

那天晚上，我得到了一位朋友和一位導師。

我在黎明前回到臥室。他教了我一首用貓的咕嚕聲、椅子搖晃的吱嘎聲和火焰輕微的嗶剝聲演奏的音樂。在我溜回房間以前，他給我罩上了一層「看不見她」。第二天，我睏得要命。但我不在乎。我那天晚上去找他的時候，他正在等我。我幫助他建起了「帳篷」。這一層被他稱作帳篷的屏障要比我築起的任何精技牆都更加堅固。他留下了白天吃的一些薑餅。現在他的飲食都是由別人送過來的。我們分享了薑餅，也分享了我們的貓咕嚕音樂——我們又在其中加入了更多內容。那隻貓追逐一個掉在地上的線團，把我逗笑了。他將我的笑聲也加入到音樂之中，這讓我感到很榮幸。我一生中從不曾在別人那裡得到過更大的樂趣。

這甚至比我的父親帶我去水邊橡林市集的那一天還要好。這裡沒有被殺害的狗、被刀刺的乞丐。我們只是在遊戲。

對於一個從沒有過玩伴的人，這實在是太奇妙了。

採石場

六大公國有許多關於人們消失在精技石柱中的鄉野傳說，也有許多人們突然從石柱中走出來的傳說。在不少這樣的傳說裡，人們逃避不公正的懲罰，精技石柱給予他們庇護，讓他們遠離攻擊者。在一些傳說裡，有來自於異國或者形貌特殊的人從石柱中走出來。他們能夠滿足人們的願望，比如改善健康狀況。

我相信，所有這些傳說都根植於某個未經訓練之人對於精技石柱疏忽大意的使用。

——《六大公國以及其疆界以外的精技石柱歷史》，切德．秋星

我眨眨眼。是的。這裡有一個月亮。黑暗中出現月亮意味著我們已經不在精技石柱裡面，也不在精技石柱之間——儘管我從來不知道這個「之間」是在哪裡。我們在某個地方，正抬頭看著月亮，有問題。

月亮。烏鴉站在我的胸口上。我動了一下，牠就跳起來飛走了。有那麼一瞬間，月光照亮了牠朱紅色的羽毛。隨後我就沒有再看見牠。清涼的夜風輕柔地吹過我的皮膚。我的身下是堅硬的岩石。我收回眺望月亮的目光，看到把我扔出來的精技石柱。遠處是一片森林。

這裡不是克爾辛拉。

月亮。夜眼還在不停地說著。

我又向月亮抬起頭。嗯，是將近滿月。我們進入石柱的時候看到的是滿月。我們可能是進入到出發之前的時間，或者我們在石柱裡已經將近一個月了。

或者更長？

「我們在哪裡？」我開口問道，同時竭力避免去思考損失了多少天，或者多少個月，還是多少年？在一些傳說裡，人們消失在石柱中，又過了許多年才再次出現，有些沒有絲毫改變，有些已經變得非常、非常蒼老。我不知道自己是不是變老了。但我肯定感覺到自己在老去，在變得衰弱。我想像蕁麻成了老婦人，蜜蜂成為了媽媽。我坐起身，打了個哆嗦。

我們在哪裡？

我們需要到達的地方。我們唯一該去的地方。

我費了些力氣才翻過身，用手和膝蓋支撐身體，然後站立起來。在我的頭頂上方是星星和一輪將滿的月亮。我抬頭看著面前陡峭的岩石崖壁。它的上面是許多常綠樹木黑色的影子。我嗅到了水的氣味，便轉過身，跟著那股氣息走過去。我的涼鞋漏進了沙子和小石子，磨著我的腳。這裡的地勢微微有些下坡。我來到一片巨大的方形池塘邊。池水平靜無波，聞起來感覺很清新。我跪到池塘邊緣，用手捧起水喝了一口，又連續喝了不少。

我坐回到地上。我還是感覺很餓，但至少乾渴已經得到了平息，頭痛的感覺也麻木了——我已經接受了這種疼痛。我向四周環顧了一圈，漸漸認出這個地方。是採石場。古靈曾經切割和雕琢精技石塊的場所。就是在距離這裡不遠的地方，惟真結束了自己作為人的生活。他從閃亮的銀黑色岩石中雕鑿出他的龍，隨後化為巨龍升入天空，保衛六大公國。

正是我們需要去的地方。

不！我要去碰到精技石柱的另一面，前往克爾辛拉。

我知道。但這裡才是我們需要去的地方。

我將牠的話語推到腦後。我知道這裡，如今它已經有了很大的變化，但還不至於讓我完全認不出來。我嘗試著去回憶惟真的舊帳篷的所在、我們堆起篝火的地方、我們的宿營地。月光照亮了這裡岩石上厚重的白銀脈絡，我沿著曲折的小路走過那些遭到棄置的記憶石。古靈的精技使用者曾經來這裡挑選石塊，將它們雕刻成能夠儲存他們的記憶和身體的生物。我懷疑這是一種古靈傳統，後來又被六大公國的一些精技小組所繼承。也許在克爾辛拉的牆壁中，或者是艾斯雷弗嘉的記憶石柱內，這個傳說還被儲存著。

我找到了惟真的舊營地。經過了這麼多年，這裡幾乎已經沒有什麼東西存留了。我本希望能有更多的發現，因為當我們從這裡逃走的時候，把一切東西都丟下了。這裡能找到些什麼？珂翠肯的弓？一把匕首？一張毯子？這裡的夜晚還很涼，任何能夠包裹身體的東西對我都會很有用。從一個炎熱之地的夏天一步邁到群山王國的夏天，這種感覺很是怪異。

恐怕夏天就快過去了。抬起你的頭嗅一嗅，兄弟。我嗅到了夏季的結束。樹葉很快就要落下了。

我們有可能在精技石柱裡耽擱那麼長時間嗎？

你不記得我們這一路的經歷了？狼似乎非常驚訝。

完全不記得了。

不記得惟真？不記得點謀？不記得我們與切德擦身而過？

我大吃了一驚，立時停住腳步，在記憶中往回摸索。我記得那些在古城中攻擊我們的惡棍，也記得無意間把手放在了精技石柱錯誤的一面上。我努力推動自己的記憶。

是你，我的孩子！

不要碰他。這裡不是他的地方，這不是他的時刻。他還有任務。

只要拿出這枚徽章，我永遠都歡迎你。

我躺在地上，抬頭看著即將圓滿的月亮。這些意識的碰觸是我的想像嗎？我在向自己說謊？疲憊感如同波浪一般湧過我的全身。

我們出了很大的問題，就像是得了病，但又不是。

這場石柱中的旅行，我感覺就像是離開艾斯雷弗嘉，迷失在那些石柱中的時候一樣。

不，這是另一種問題。狼堅持說。

我沒有再理會牠。過了多久？我們在石柱中至少耽擱了一個月。蜜蜂他們現在很可能已經到達繽城了。

這個想法就如同一道寒冷的海浪拍中了我。他們全都以為我死了！我必須讓他們知道我還活著。然後我可以等待幾日，先從精技石柱的旅行中恢復，再沿著舊日的精技道路前往那座被遺棄的市場。我能夠進入那裡的精技石柱，直接返回公鹿公國。這樣需要多久？應該不會到下次滿月之前！應該讓晉責知道我還活著。只要蜜蜂一到，他就能告訴蜜蜂。

我用手臂抱住自己，一動不動地站立著，聚集精神，以自己為中心。這時，我突然察覺到自己是多麼瘦弱。我能摸到肋骨，而且這裡的寒氣彷彿在直刺我的骨頭。必須先點一堆火。用什麼？用老辦法。如果沒有別的工具，就將木棍在凹槽中轉動摩擦。我突然覺得自己很需要火堆。一團光亮和溫暖，讓我能夠集中自己，然後我才能使用精技。

惟真建議你不要這樣做，還記得嗎？保留你的力量，好完成你的任務。你會需要它的。

不，我對這一路發生的事情都不記得了。什麼任務？我什麼都不記得了。

如果你真的想要回憶，一定可以記起來。

牠竟然對我說出這樣古怪而又令人厭煩的話。當我四下尋找木柴的時候，牠帶有怒意的言辭一直垂掛在我們之間。月亮在岩石上留下幽靈一般的光影。這裡只是貧瘠的採石場。雨和風會帶來一些枯枝敗葉，但這裡的岩石地面上幾乎長不出植物。飢餓這時又伸出爪子，開始抓撓我的腸胃。

森林環繞著這片採石場。我沿著它的邊緣移動，收集乾燥的枯枝。各種昆蟲發出此起彼伏的鳴叫。在我的頭頂上，蝙蝠正上下飛舞，追尋著食物。

箭豬！

我也在同時感覺到了。夜眼的興奮在我心中爆發。我忍不住露出了微笑。牠從來都沒辦法控制自己對於這種滿身長刺的生物的熱情。不止一次，我將箭豬的刺從牠的鼻子和爪子上拔下來。我丟下手中的柴枝，從裡面選出一支粗重的棒子。

箭豬依賴牠們的尖刺進行防禦，所以行動相當遲緩，是能夠用棍棒殺死的少數幾種獵物之一。牠用後背和尾巴對著我，我則試圖繞過牠，好用棍子打牠的頭。當我殺死牠的時候，我不由得吁了一口氣。我必須完成繁重的工作才能吃掉牠，這差一點壓抑住了我的飢餓。不過只是差一點。

我走了兩趟，將我的木柴和死去的箭豬運到靠近我們舊營地的地方。採石場周圍的樹枝乾得就像灰塵一樣。我可不想在無意中讓一顆飛出去的火星把整片森林都點燃。不過我現在的確希望能先得到一顆火星。我從攻擊者那裡得到的匕首是我唯一的大型工具。我先削尖了一根木棍作為引火的鑽頭，然後又在最乾燥的木頭上挖出一個坑。就這樣，我開始了鑽木取火的漫長勞作。我用兩隻手掌來回搓動那根木棍，竭力摩擦出足夠的熱量，讓木頭燃燒起來。最後，我不得不停下來休息。我的肩膀和臂肘都痛得難以忍受。

再試試！夜眼輕聲對我說。我意識到自己正在引火的工具前蜷起身子打著瞌睡。我用自己的銀手拿起木棍，又開始轉動它。突然間，這彷彿變成了一個沒有任何希望的任務。我瘋狂地用木棍猛插木塊上的凹坑，大聲嚷道：「我只是想要火！這個要求很過分嗎？火！」

木頭上一下子爆出了火焰。不是火星，不是一縷黑煙。火苗從兩塊木頭上跳起來。我手忙腳亂地向後退開。我的心臟一直跳到了喉嚨。

我還不知道我們能做這種事！

我也不知道。

不要讓火熄了！

不過這種危險已經不存在了。我將拾來的木柴堆在上面，看著火苗咬住它們。火焰推開了陰影，讓黑色岩石上的銀絲閃閃發光。我的銀手也在這火光中閃耀著。我仔細看著它，心中感到驚奇又恐懼。它的確非常有用。我邁著沉重的步伐又走到森林邊緣，盡可能多地拾取木柴，抱回營地。我這樣做了兩次，然後我開始處理我的獵物。

給一頭箭豬剝皮是一樁非常棘手的工作，最好的方法是將牠四肢展開掛起來。但我沒有繩子，採石場上也沒有能掛牠的樹。但無論如何，辛苦一番還是值得的。這頭箭豬就像是秋天的豬一樣肥。我將豬肉在火上炙烤。它發出滋滋的響聲，升起一股油膩的煙霧。我一直吃到肚子再也塞不下任何東西，然後就用那個被我殺死的女人的斗篷裹住身體，開始睡覺。在黎明的陽光中，我醒過來，看見一片開闊的藍色天空。我重新生火，吃了更多箭豬肉，又走到採石場低處的那一池積水旁，洗淨雙手，喝了很多水。在肚子徹底鼓脹起來之後，我覺得我能夠面對新的一天

了。

我回憶起在距離採石場不遠的地方有一道溪流，那條溪水中有魚。椋音。就是在那條溪水的岸邊，我努力保持住自己的誠實，告訴她我不愛她。然後我們的身體交合在一起，只是為了尋求動物的歡愉。但這也開啟了我們之間的一段奇怪而又困難的關係，這種關係斷斷續續，前後有十幾年之久。椋音，穿著纖薄的條紋長襪，在她高傲富有的丈夫的傾聽下，唱起我們的冒險傳說。是的，她漏掉了其中的一段，我想到這裡，甚至露出一絲微笑。

我轉向我們的篝火。小丑正在啄食箭豬的內臟。牠抬起頭看著我，銀色的喙上還掛著一片腸子。「回家？」牠充滿希望地問道。

我高聲對牠說：「今天我會睡覺和捕魚。吃掉一些魚，一些魚則曬乾。我不打算再餓著肚子走路了。我們休息三天，盡量多吃些東西，然後我們繼續趕路。」

挑選出我們的石頭，現在就開始，也許才是明智的選擇。

我一動不動地蜷縮在篝火旁。我明白這頭狼的建議。但我要回家，不要進入石頭。

蜚滋，我們早就知道會有這樣一天。我們有多少次夢到回來這裡，雕刻我們的龍？我們到了這裡，就是現在，也許我們還有足夠的時間和力氣，能做好這件事。我不希望像乘龍之女那樣沉陷在精技石裡。

我極力擋開這種想法，高聲說道：「我不認為我們已經到了那個時刻。我還不老，只是累了。只要休息一下……」

「回家？」小丑堅持不懈地問道，「蜜蜂！蜜蜂！小堅！弄臣！機敏！火星！」

「機敏死了。」我對牠說，口氣比我想像中更加嚴厲。

狼的聲音也同樣更加嚴厲。還是這樣固執，你會死去，我會和你一同死去。

我的意識僵住了。

「回家囉！」小丑宣布道。

「就快了。」我告訴牠。

「馬上，」牠一邊和我爭執，一邊撕下了箭豬最後一段腸子。那段腸子纏住了牠的銀喙，牠靈巧地用一隻爪子將腸子扯下來，理順，然後吞進喉嚨。牠又看看自己藍黑色和紅色的羽毛。

「再見！」說完這一句，就飛上了天空。我抬頭望著牠。

「那可要飛很久！」我向牠喊道。牠真的知道我們在哪裡？

牠在古老的採石場上盤旋一周，低飛掠過一塊塊孤立的岩石和古早工作留下的一堆堆碎石，最後飛過了最低處的那個雨水積成的池塘。我轉過身，一直看著牠。牠直直朝向那根精技石柱飛去。就在我擔心那隻傻鳥會一頭撞在精技石柱上，滿身傷損地掉落下來的時候。牠卻在眨眼間就消失了。

「我不知道牠能做這種事。」我說道，「我希望牠可以完整無缺地出來。」

這又不是牠第一次穿過石柱旅行。而且牠的喙上有精技確實。

我無法幫助牠，想到可能再也見不到牠了，我不禁心中一沉。但我提醒自己，我有我的旅行計畫。我又搬了幾趟木柴，然後烤脆箭豬的骨頭，讓它們裂開，我便可以取食其中的骨髓。該捕魚了。但我已經有很長時間沒有捉過魚了。我來到溪水旁，找到一個能夠俯身臥倒的地方。在這裡，低垂的植物伸過岸邊，混淆了我在水面上的影子。我很高興自己還記得捉魚的要領。而很快就被我捉住的兩條肥美鮭魚就更讓我高興了。我用柳枝勾住牠們的鰓，把牠們放在水中，直到我又捉住兩條鮭魚。兩條今晚吃，兩條用煙燻或者以太陽曬乾，在路上吃。我感到非常滿意。

你確定「不記得」惟真給你的建議了？

我一頭栽進精技石柱，又一頭栽出來。我不記得我們在那裡面遇到過什麼。

你進入到精技石柱。惟真找到了你。現在他成為了那裡的一條大魚，在那些深層洪流中游動。他要你雕刻你的龍，不要耽擱。黠謀國王也在那裡，比惟真細小很多。切德和他在一起。他們希望你的任務一切順利。

我說出自己的結論：「我完全不記得那些龍。不過我的確希望自己一切順利。」

我還以為你記得。他警告你不要耽擱。他差一點就失敗了。如果你沒有帶著蕁麻，如果蕁麻沒有她的能力，那麼這世上就只會多出一頭未完成的龍和一個死掉的國王。也許外島人現在已經佔據公鹿堡了。

我們並沒有進行他那樣代價高昂的賭博。

我們賭的只是你的生命，還有我的。

今晚我會好好想一想這件事。

蜚滋。我不想就此消失。為我們做一頭龍。給我那份殘存的生命，讓我再一次嗅到夜晚的空氣，讓我狩獵，讓我感覺到黑夜的清冷和太陽的熾熱。牠的話語中充滿了渴望。我覺得自己很自私。牠在透過我體驗這個世界，但我的感官與牠的相比，實在是遲鈍得可憐。

「夜眼。你是什麼？」

牠停頓了一下。我是一頭狼。你需要我提醒這件事嗎？

「你曾經是一頭狼。你現在又是什麼？一個生活在我體內的幽靈？一個我的記憶的混合體。你所說或所做的事情都是我幻想出來的嗎？」

看上去應該不是如此。我記得惟真，而你不記得他。我曾經陪著蜜蜂旅行，離開了你。那時她能聽到我的聲音。

我希望我能有更多的時間和你聊聊她。向她說她應該知道的故事。那是我答應過她的。那些我都不曾忘記。不過她知道許多我們共同度過的時光，許多關於我的故事。

對此我很高興。

所以，我不是你想像出來的。

你活在我的體內。

是的。如果你死了，我也會和你一起死去。

「狼，我想要回家。我想看看蜜蜂。我要和她在一起。作為一個父親，我需要做好準備。我需要一個機會，讓我能夠更好地對她。」

這就是你對惟真說的。我要重複他對你說的話。會有別人為你做這些事，你必須相信他們會做好，就像他對他的兒子，那個他從未謀面的兒子。

為何要這樣急著雕刻岩石？

我的兄弟，有某種東西正在吃掉你，從你的體內。我能感覺到它，不要再把它藏起來了。

我在那根石柱中的時間太久了。就是這樣。我用銀色的手按住肋骨，感覺到那一根根凸出的骨骼。你認為我體內有蟲子？

我知道你有。牠們吃掉你的速度要比你身體癒合的速度更快。

在我離開溪流，返回採石場的路上，我認真地思考著這件事。我的篝火已經很小了。我撥開木炭，讓火旺起來。然後我在炭上烤熟兩條魚，將它們吃下去。我又看著另外兩條魚。我還是那麼餓，明天我可以捉到更多的魚在路上吃。我撥開更多木炭，將魚放了上去。

你什麼時候做出決定？

很快。

我幾乎能聽見牠的歎息。當牠晚上要去狩獵，而我只是留在家裡，愁眉苦臉地在紙張上書寫，並打算在早晨之前將這些紙燒掉的時候，牠也會這樣歎息。我撥弄著魚，很快就能烤熟了。吃生魚肉只會讓我體內有更多蟲子。我苦澀地一笑。這些蟲子會吃掉狼堅持說我體內已經存在的寄生蟲嗎？我用兩根木棍將魚在木炭上翻過來。要有耐心。

天上落下了雨滴。我感覺到兩滴溫熱的液體落在我的手腕上。不。是血。我的鼻子在流血。我抬手按住了鼻孔。

如果停不下來該怎麼辦？

總會停下來的。

你的身體總是能自我癒合。

過了一段時間，我放開鼻子。沒有血再流出來。看到了嗎？

沒有回應。

「狼，你還和我在一起嗎？」

一聲沉悶的應答。

我忽然有了一個念頭。「如果你無法留在我的體內。如果我發生了不測，你能去蜜蜂那裡嗎？和她在一起，陪她度過一生？」

我會成為一個影子的影子。

「你能做到嗎？」

也許吧。如果她的牆壁放下，一切都沒有問題。但我不會這樣做。

「為什麼不？」

蜚滋，我不是一個你能交給他人的東西，我們是連結在一起的。

我將魚從火中叉出來，用一根小樹枝撥去上面的灰燼。如果不是那麼飢餓，我會剝掉魚皮，

露出魚肉，扔掉皮。現在我幾乎沒有等到它稍微涼一涼，只是將還冒著熱氣的魚肉拋上兩下，讓它們溫度低一些，便將它們塞進嘴裡。把魚吃光以後，我回到水邊，喝了幾口水，感覺好多了。

我抬起頭看著清澈的藍色天空。即使是在夏天，山中的夜晚也很寒冷。我決定再去找些乾柴。在我走向森林的路上，夜眼對著路邊的一塊被遺棄的石料說：我喜歡這一塊。

它不是很大。

我們只有兩個。

為了安慰牠，我走到那塊石頭前。我能看出為什麼這塊石頭會被丟掉。它曾經是從一條粗大的銀色脈絡中挖出來的一大塊岩石的一部分。在它閃閃發光的純黑底色上密布著豐富的白銀脈絡。它並沒有惟真所用的石料那麼大，只是和一輛小馬車的側面相當。我將一隻手按在上面。那種感覺非常奇怪。我發現，精技原石是空的。空無一物，只等待著有東西將它充滿。這是一種無可名狀的觸覺。我想要碰觸它。太陽的照射讓它有一種令人喜悅的暖意。如果我是一隻貓，我一定會蜷臥在它上面。

你真是頑固。

難道你不是嗎？

我曾經是一隻小狼。我曾經想要恨你。你還記得，當你第一次在籠子裡看見我的時候，我是多麼狂野？就在你打算將我從籠中抱出來的時候，我還想要透過柵欄咬你。

那時你還只是一隻小狼，而且你一直在遭受虐待。你沒有理由信任我或者傾聽我對你說的話。

的確。

牠那時很髒，滿身都是臭味，而且瘦得皮包骨，體內只有寄生蟲和滿腔的怒火。但正是那股怒火吸引我們彼此靠近。我們都在因為所處的困境而憤怒，這一點在我們相遇的第一刻就將我們的意識連結在一起。那時我甚至沒有意識到彼此已經心意相通。這段關係是從一道深刻的原智連結開始的，無論我們是否希望如此。

「哦，小狼。」我放聲說道。

那時你就是這樣叫我的。

我意識到我們在做什麼。記憶的涓流正從我們這裡源源不斷地被注入到這塊岩石中。我的手能夠感覺到它。我確切地知道，當我移動手時，又能找到什麼。一片夜眼頸部的黑色皮毛出現了。黑色的剛毛呈現出輕微的漩渦狀分布，它們下面是厚實的灰黑色軟毛。我清楚地記得用手撫摸牠的時候是什麼樣的感覺。我常常會將手按在牠的脖子上，肩並肩地和牠走在一起，或者坐在懸崖邊緣眺望大海。我的手已經習慣落在牠的頸後。這樣的觸摸讓我重新記起我們的連結，就如同重複一個誓言。

能夠再有這種感覺，真的很好。

我很努力才抬起手。它真的在石頭上出現了。那不是皮毛柔軟、噴吐著溫熱氣息的一隻動物。但就在我手掌按過的範圍內，出現了一片毛髮，我能清楚地看到那上面的每一根剛毛。

我深吸了一口氣。不，還不行。我走開了。

夜眼在我體內沉默著。

我必須走過我們的舊營地。珂翠肯那時還那麼年輕。弄臣和我雖然年歲不同，卻完全像是同齡人。現在，蒼老的珂翠肯有了一雙在歲月滄桑中變得睿智的眼睛。那雙眼睛被細密的皺紋所環繞，其中深深隱藏著各種祕密。還有椋音。她曾經像一隻嗡嗡叫的小蟲，令我感到煩惱。我向周圍看了一圈。這些樹更高了。我腳下的岩石上只剩下飽受日曬雨淋、已經腐爛的纖維和繩索碎片。我踢了踢它們，露出一片它們原本的顏色。這藍色應該是珂翠肯的斗篷。我彎腰撫摸那片藍色。我的王后。我心中想著，露出微笑。我繼續翻開腐爛的布片。下面是我鏽跡斑斑的舊短柄斧，幾乎已經認不出來了。我站起身，繼續向前走去。

再向前就是惟真雕刻龍的地方。岩石碎片仍然散布在一片空地上，標明了他的巨龍曾經盤踞的位置。一開始，他還在使用鑿子，並把一塊石頭當做錘子。後來他將雙手浸入到精技原質中，直接用手掌塑造那塊岩石。我的國王，他真的告訴我，現在該由我來雕刻我的龍了？告訴我，我必須將蜜蜂交給其他人去照料？必須放棄我的人類軀體，進入岩石和精技？

不。明天，當黎明到來之時，我會起身捕魚。我會抓上十幾條魚，吃掉牠們全部。然後我會抓更多的魚，用煙燻製牠們。再過一天，我就會起身前往那座被遺棄的市集廣場。我不知道冬天是否殺死了那頭老熊，或者牠還會再次來找我的麻煩？

我們會在你到達那裡之前就死去，蜚滋。這一點我很清楚，為什麼你就是不聽我的？

我不能。

這是實話。我不能放棄回家見到蜜蜂的希望。蟲子不是那麼可怕，博瑞屈知道好幾種除掉它們的方法，公鹿堡的治療師在女人花園中培植了所有草藥。只要回到家，我就能好好休息，再次變得強壯起來。蜜蜂和我能夠在一起生活，我們將離開宮廷和那裡所有的規則。我們一起騎馬旅行，從一座城堡前往另一座城堡，就像吟遊歌者一樣，她將以親身經歷的方式來學習六大公國的歷史和地理。弄臣會和我們一起去，還有小堅。我們輕裝簡行、衣食簡樸，但我們會很高興。

我不會看著你死。

我不打算死。

有誰打算去死？

我抱起滿滿一把乾柴。這裡有許多掉落的枝杈。但我沒辦法砍開那些粗樹枝。我回想起惟真將他的劍仔細端詳一番才交給我的樣子，不由得露出微笑。我又找到那個已經鏽蝕的短柄斧頭，將它握在手中，回憶它，拂去它上面的鏽跡和坑窪，又將它的斧刃捏在拇指和食指之間，想像它是多麼鋒利。給它重新裝上斧柄花費了我更多時間，不過有了它，我砍開了很多粗大的樹枝，將它們全都抱回到我的篝火邊。我還能嗅到烤魚的香氣，只希望還能有更多這種美味。將一兩根柴枝添進篝火之後，我就坐了下來。

深夜，我突然醒來。我正躺在冰冷的石頭上，篝火已經快要熄滅了，我將火焰重新撥旺。我很高興自己身邊有足夠的木柴能夠熬過這一晚，現在我可不想在黑暗中跌跌撞撞地去尋找我放在遠處的那些劈柴。我等待狼責備我的愚蠢和懶惰。

牠沒有。

又過了一段時間，我才意識到牠走了。就這樣走了。

只剩下了我一個。

狼之心

樂惟，如果可以，請你在今天騎馬前往水邊橡林。皮匠瑪莉送信說我訂的書冊已經做好了。我相信你能夠評判它的品質，代我接受它，或者要瑪莉重新製作。一定要確保書頁和封面被牢牢地固定在一起、每一頁紙的品質均屬上乘、封面上的浮雕花紋清晰美觀。如果你認為它值得我為它付出的那筆錢，就請一定將它親手交給我。這是一件送給蜜蜂小姐的禮物，我希望能親自給她一個驚喜。

——發現於細柳林樂惟的文件中

我每天晚上都去找阿憨，儘管這會讓我在白天變得非常愚蠢遲鈍。我不在乎自己因為不記得恰斯語的動詞而遭到斥責，或者不得不從被繡成綠色的雛菊上挑出全部錯誤的絲線。每天晚上，我會先上床睡一小段時間，等待他的音樂輕輕將我喚醒，然後我會穿著睡衣快步跑過走廊，去度過我人生中最美好的時刻。

我想要給他些東西。無論什麼都好。我為樂惟買的鮮豔手帕還在我的衣櫃裡。我用了很長時間才決定可以將它們送給阿憨，但即使是這些也不足以表達我對這位和藹老人的感情。我有用來書寫夢境日誌的墨水和筆，我非常小心地從我的夢境日誌上切下一頁，畫下了煙球在那個線團後面跳舞的樣子。我還給煙球塗上了顏色：綠眼睛和黑色的瞳孔、灰色的皮毛和白色的小爪子。

阿憨很喜歡我的禮物。他答應我會祕密地把它們收好。

我回到自己的房間裡，爬上床，感到又累又高興。

我醒過來的時候，火星正坐在我的床腳。「蜜蜂，醒醒！」她命令我。

「什麼？是妳！妳到哪裡去了？我好想妳！」

「噓。」火星向旁邊慎重正在打鼾的房間歪歪頭，「我一直在公鹿堡。有很多事要做。我們回來之後，蕁麻女士單獨召見了我。謎語大人現在授權我照看妳，要保護妳的安全。」

「因為我那天騎著嚴謹跑掉了？」我感覺到一陣不高興。我做了一件多麼愚蠢的事啊！我的姐姐現在不信任我了，我不配得到她的信任。

火星搖搖頭。「這從我們回來的第一天就開始了。多年以前，妳的姐姐蕁麻還是一個年輕女孩時就來到公鹿堡，那時她在這裡也完全是一個陌生人。她很擔心這裡會有人利用妳，謎語和她有著同樣的擔憂，所以我負責看護妳。每過幾天，我就會向他們報告一次。」

「那我為什麼看不見妳？哦。」我的眼睛轉到了牆壁上。我肯定能在那上面找到一個偷窺孔。

火星微微一笑。「如果我真能隱形，就能更完整地照看妳了。我以前就被教導過如何在公鹿堡各處活動而不被發現。也許有一天，我也會教妳。」

「那為什麼妳又出現了？」

「為了讓妳知道，阿憨是無法保守祕密的。他會讓別人看到他的手帕，他睡覺時還帶著兩條那樣的手帕。總有一天，他會讓別人看到煙球的畫像。他太喜歡它們了，不可能保密，而那幅畫像明顯是妳畫的。沒有人能像妳這樣作畫，更不要說還塗繪了那樣細膩的色彩。」

「蕁麻會禁止我和阿憨交朋友嗎？」

火星聳聳肩。她的頭髮因為哀悼逝者而剪短了，上面還掛著一點蜘蛛網。我伸手為她將那點蜘蛛網拿下來。

「這個要由蕁麻決定，但他們會知道的，因為我必須在明天將這些向他們報告。」

「妳會和他們說，妳已經警告過我了嗎？」

她深深地吸了一口氣，又把這口氣吐出來。「妳會告訴他們，我警告過妳嗎？」

「不，絕對不會。」

「我真是一個糟糕的間諜。」她承認道。我看著她溜出門，不由得露出了微笑。

我完全沒有睡著。到了早晨，我乞求慎重讓我在房間裡吃早餐，這樣我就能推遲可怕的穿衣梳頭了。慎重擔心我生病了，便答應了我的要求。我吃過飯，然後不得不開始整理妝容，穿上繁瑣的衣服，讓慎重盡全力將我的短髮梳理好，用別針固定。然後我就開始履行陪侍艾莉安娜女王的職責。現在她的肚子已經像船頭一樣鼓了起來，我們所有的聊天都圍繞著即將降生的嬰兒，全

部女紅也都和孩子有關。然後，我又去上語言和歷史課程。

我在去吃午餐時，心中充滿了對於無可逃避的事情的恐懼。我和其他貴族一起坐在高臺上，和他們一同進餐。在午餐結束時，謎語邀請我下午與他和蕁麻一同騎馬散心。他的眼神很和善，口吻也很自然。我行了一個莊重的屈膝禮，接受了他的邀請，然後就在隱火女士的陪同下回房。慎重已經為我準備了適切的衣服，我的騎馬裝是綠色和黃色的——細柳林的顏色。這讓我不由得想了想自己在瞻遠家族世襲中的排行位置。

我下樓的時候，已經下定決心，今天要老老實實地跟著一大群隨行人員慢慢磨蹭，但蕁麻連孩子和保姆都沒有帶，謎語趕走了所有馬夫，就連充滿希望在附近晃蕩的小堅也無法靠前。謎語將我抱上馬背，絲毫沒有講究任何禮儀，蕁麻也不需要任何人扶住她的臂肘，而是直接跨上了馬鞍。我們穩步前行，但是剛一出公鹿堡的大門，我們就開始慢跑起來。我們在馬背上都沒有說話，只是讓馬放開四蹄，沿著一條林間小道向前奔跑，一直到了一座有小溪流過的幽靜山谷裡。我們在這裡下了馬，讓馬匹喝水。蕁麻說道：「我知道妳每天晚上會去找阿憨大人。你一定知道，晚上穿著睡衣在城堡中亂跑是不適當的。」

我低下頭，竭力裝出一副吃驚的樣子。

「嗯？」蕁麻向我問道。

「他是我的朋友，教我用精技演奏音樂，我們和他的貓一起玩，他有好吃的東西。就是這樣。」

「妳學會了豎起精技牆，讓我幾乎找不到妳。」

我盯著草叢。「這是為了不讓音樂漏出去。他說，我們不能讓樂聲太大，否則學徒們就睡不安穩了。」

「妳能放下牆，讓我聽聽妳學到的音樂嗎？」

這是一次測試。我是否足夠信任她，願意放下我的精技牆，讓她能看到我向她隱瞞的事實？如果我拒絕……不，我不能拒絕她。我放下了牆壁，感覺到她的意識在碰觸我的意識。我開始了那段貓咕嚕的演奏。

狼父親猛然衝進我的知覺中。強大的力量迫使我坐倒在草地上。我們必須去見王后！

艾莉安娜王后知道你嗎？我感到一陣暈眩，彷彿體內的空氣都被震了出去。我能聽到蕁麻在叫喊，謎語突然跪在我身邊。但我知道狼才是更重要的。「你怎麼會在這裡？我的父親不是已經死了嗎？」我問牠。

「她在說什麼？」蕁麻警惕地問謎語。

他還沒有死。現在還沒有。我需要去見王后，那位和我一同狩獵的王后。珂翠肯王后。我想要與她道別。

道別？

是的。我感覺到牠向我隱瞞了什麼。狼父親還真的很像我的另一位父親。

好吧，我會盡力去做。我抬起頭看著謎語和蕁麻。要想解釋清楚這些事實在是太難了，我幾

乎連嘗試一下的勇氣都沒有。「我沒有生病。夜眼來找我了。我必須馬上去見珂翠肯王后。我的父親還沒有死。夜眼希望向她道別。」當我說出下面一句話的時候，感覺都快要窒息了，「我認為他們正在某個地方，很快就要死了。」

謎語俯身到我面前，用雙手握住我的肩膀。「再解釋一下。從最開始說。」

我能感覺到恐慌在抓撓我。我又試了一次：「有時候，當我的父親不能陪我時，狼父親會來到我這裡。進入我的意識。夜眼。我知道你們都認識牠！牠和我父親有著原智連結，牠死後就居住在父親體內。」

我看著他們關切的面容。他們一定應該是知道這些的，但他們看著我的樣子，就好像我已經瘋了。

「我被劫走時，狼父親一直跟著我。牠努力想要幫我、警告我，讓我知道該怎麼做。但有時候，如果我的牆壁封得太緊，牠就無法和我說話。當我看到父親時，夜眼回到了他體內。就在剛才，我向蕁麻放下牆壁，牠就又找到了我。牠說必須見到珂翠肯王后，因為我的父親就要死了。」我搖搖頭，高聲向夜眼問道：「我的父親為什麼就要死了？小親親不是說他已經死了嗎？為什麼他要對我說謊？為什麼他要丟下我的父親一個人等死？」

他沒有死。蜜蜂，但他現在是孤身一人。他堅持不了很久了。他相信自己只要休息一下就能恢復過來，回到家中。我知道他不能。他必須留在那裡，我們必將雕刻我們的龍。

「蜜蜂！」

什麼？

「蜜蜂。回答我。妳有原智嗎？」蕁麻問道。

「不，我不覺得我有。」我猶豫著。我正在努力理解夜眼對我說的話，而我的姐姐卻問了我一個讓我摸不著頭腦的問題。「我不知道。貓會對我說話，但牠們會對每一個人說話，只要那個人願意傾聽。但這不是原智。我不認為這是原智。牠是我的狼父親。求你們！讓我去見珂翠肯。這很重要！」

蕁麻伸出雙手握住我的肩膀，一字一頓地對我說：「蜜蜂，我們的父親死了。這很難接受，就連我也想要裝作這不是真的。但他死了，弄臣將一切都告訴了我們，他被困在倒塌的樑柱下面，因為劍傷流了很多的血，他將自己最後的力量都給了弄臣，所以弄臣才能把妳救出來。我們的父親不可能還活著，更不要說逃出來了。」

「我可不會拿錢打這個賭。」謎語嚴肅地說道，「除非讓我親眼看見他的屍體。來吧，我們要回公鹿堡了。」

「去找治療師？」蕁麻猶疑地問。

「去找珂翠肯王后。」謎語說道，「蕁麻，我知道妳一定對此充滿懷疑。但我們必須把它當做真實的情況對待！我們去找珂翠肯，去問她是如何想的。然後再做出其他決定。」

「去找珂翠肯。」蕁麻不情願地同意了。

年邁的王后在得到我父親的死訊之後，身體一直都不好。在前往她房間的路上，蕁麻叮囑我，一些治療師認為這樣的訊息對於她可能會造成嚴重的後果。「我很擔心會有不測發生。」蕁麻對謎語說，「也許我們不應該再給她的生活帶去更多打擾？畢竟她已經是那樣脆弱了。」

「我不認為用『脆弱』來形容她是適切的。我認為她現在只是放棄了希望，蕁麻。」

我在回到公鹿堡之後只見過一次珂翠肯。那一天，她真的病了。我能看出她的心中充滿了哀傷。她的寓所一直關著門，還垂下了簾幕。但這一天，我們被請進了一個敞開所有窗戶的房間。陽光大把地傾瀉進來。這是一個簡單的房間，沒有幾件家具──一張矮桌子、幾把椅子，一只幾乎像我一樣高的花瓶裡插著蘆葦和燈芯草，就是這些。石板地面被擦洗得很乾淨，但沒有鋪上地毯。

我們被僕人領進房間後不久，珂翠肯王后就走了進來，沒有任何繁文縟節。她灰色的頭髮編成辮子，盤捲在頭頂。她穿著一件筆挺的淺藍色棉質長袍，腰間繫著腰帶，腳下穿著軟鞋，沒有佩戴任何珠寶，也沒有化妝。現在她的穿著就和市集上的一位老婦人沒什麼兩樣。她用平靜的藍眼睛看著我們，她最接近抱怨的一句話也只是：「這次拜訪非常突然。」

我發現自己正在向她微笑，是非常高興的微笑，幾乎要手舞足蹈起來。不，感到高興的是我體內的夜眼。我深吸了一口氣，努力尋找她熟悉的氣息。「妳走路的樣子仍然像一名林中獵手，腳步輕盈，目光穩定。」我對她說。

「蜜蜂！」蕁麻責備我。

但珂翠肯王后只是向我露出了困惑的微笑。「請坐。」她對我們說道。當她坐下的時候，身體只是稍稍有一點僵硬。「很高興見到你們。我是否應該派人送一些點心過來？」

「有小薑餅嗎？」我問道。這一次我的話又是不假思索脫口而出。我感到很慚愧，便將頭縮在肩膀中間，但還是抬起眼睛看著她。

她向我揚了揚眉毛，關心地問道：「是不是發生了一些我還不知道的事情？」

蕁麻絕望地看著謎語。謎語保持著沉默。蕁麻試著開了口：「蜜蜂相信她的父親還活著。她相信蜚滋派了……」

「不。」我不得不打斷姐姐，「不，他沒有派夜眼來。是夜眼自己找到了我。牠求我來見珂翠肯王后。」

這位曾經的王后是一位皮膚白皙的女子。我覺得她的臉色不可能更白了，但我想錯了。「我已經不再是王后了。」她提醒我。

「對牠而言，妳永遠都是王后。而且不僅於此，妳永遠都是那位在黑暗的時刻給大家帶來光明的持弓獵手。牠很高興能追隨在妳身邊，很高興能為妳衝鋒、為妳驅趕獵物，在妳哀傷的時候給妳帶來安慰。」

珂翠肯的嘴唇微微顫抖著。然後她輕聲說道：「妳的父親和妳講過我們在群山中的故事。」

我將雙臂緊緊抱在胸前，高高抬起了頭。我絕不能表現出發瘋或者歇斯底里的樣子。「王后殿下，我的父親蜚滋很少和我說起那時的事情，我只知道其中一部分。是我的狼父親將這些事情

告訴了我。牠有話要對妳說，然後牠就會回到我父親那裡。我想，牠是要和我的父親一同死去。」

「會是這樣嗎？那頭狼的靈魂怎麼會一直存續到今天？牠怎麼會找到妳？蜚滋在哪裡？還在遙遠的克拉利斯嗎？他還活著？」珂翠肯的嘴唇開始下垂，眼睛裡充滿了悲苦。她正在變得更加蒼老。

我等待著回答從我的喉頭升起。「不，他在群山中的採石場。妳很熟悉那裡，惟真在那裡雕刻了他的龍。沒有氣味的人相信他死了，沒有氣味的人錯了。蜚滋在那裡，但很虛弱，正在受到蟲子的折磨。他很快就要死了，我會和他一起死去。我希望能最後一次見到妳，讓妳知道，妳對我是多麼珍貴。」我停止了講述，卻驚訝地發現我正站在珂翠肯的面前，握著她的一雙手。狼父親又對我說了一段話：妳的母親是蜚滋的好伴侶，她給了他所需要的一切，但這是我為我們挑選的女子。這是一個令人困惑的想法，我知道不能把它大聲說出來。於是我將牠推了回去。「牠堅信妳一定會相信牠的話。」狼父親又給了我一段能夠說出來的回憶：「牠還記得，有時候，在狩獵中，妳的手會因為寒冷而僵硬。妳會摘下手套，將手按在牠喉頭的皮毛中取暖。」

珂翠肯王后慢慢站起身，就如同緩慢升起的噴泉。「我們需要一頂帳篷，還有保暖衣物。夏季的群山在晚上還是很冷的。你要帶我去那裡，還有弄臣，黃金大人，無論他今天是什麼身分。也叫上他。我們今天出發。」

「帶著食物！」我喊道。然後，狼說出了我最不想聽到的事情：「他感染了寄生蟲。它們在吃他。日復一日，他在逐漸衰弱。我不知道我離開他有多久了。」聽到我自己在這樣說，我更是感到一陣窒息，「問問蜜蜂，她知道這樣的死亡，她曾經親眼見過。」

狼父親從我的意識深處消失了，就好像耗盡了力量。我能夠理解牠。我以前從未感覺牠有過這樣的專注和激動，但牠終究是將我丟在三個成年人中間。現在他們都在盯著我，似乎相信我的話，卻又對我充滿了警惕。

我彎下腰，雙手捂住了嘴。我突然明白了。叛徒的死刑。文德里亞向我做過這樣的承諾。我的父親因為我而遭受了這種死刑？

珂翠肯的手抓住我的肩頭，彷彿一隻猛禽的爪子。「站起來。」她嚴厲地說著，強迫我站直身子，「妳要告訴我這是什麼意思。」

將那名信使和她的死亡講述出來是一件恐怖的事情。我不由得想到，小親親對此能知道多少？王后拉鈴召喚僕人送來點心。一名僕人端來了茶和薑餅。我吃了一塊薑餅，淚水卻又流過我的臉頰。我一邊驚訝於薑餅的美味，一邊講述了一個關於血紅色雙眼、蝴蝶斗篷，還有午夜火葬的故事。我本以為父親會將這件事告訴謎語或蕁麻。但很顯然，他對誰都沒有說。蕁麻坐進椅子裡，用雙手捂住臉。「哦，爸爸，你怎麼能這樣？」

我嚥下最後一口薑餅。「那名信使說，這種死亡是無法阻止的。這是他們為叛徒準備的死刑。緩慢、痛苦，必死無疑。」我又拿起一塊薑餅。他們全都在看著我。「他喜歡這個！」我流著淚，看著手中的糕餅。「我的父親就要淒慘地死去了。我們沒辦法阻止。但小薑餅還是這麼好吃。」

「是的。」珂翠肯表示同意。她又將一塊小薑餅放在我的手裡。

我咬了一大口。一時間，我的腦子裡只剩下薑的辛辣和甜美，而大人們正在說話。

「他怎麼能不這樣？」謎語說道。他提醒蕁麻，在披蝴蝶斗篷的信使到來的前幾年，也曾有一名信使在冬季慶時來到細柳林，卻又莫名失蹤了，很可能是被殺害了。蕁麻的臉從手心裡抬起來，皺起眉頭，開始將這兩件事聯繫在一起。珂翠肯只是說道：「他當然會這樣做。這不是他的選擇，而是他認為自己必須如此。不過，蜜蜂，想到妳必須和他一起經歷這些，我感到很難過。但現在我們不能在這種事上浪費時間。謎語，去籌備我們需要的一切。我們要在日落之前離開。」

蕁麻伸出一隻手。「王后殿下，我請求您謹慎考慮。」她吸了一口氣，又瞥了我一眼，彷彿不願意在我面前說這些話。當她開口的時候，謎語不由自主地瑟縮了一下。「我愛我的妹妹，但我認為我們應該理智地考慮這件事。她剛剛經歷了很多磨難。博瑞屈去世的時候，我比她還要大，但我還是會做一些非常真實的夢。博瑞屈會在那些夢中回到家，回到我們身邊。我不認為她在說謊，」她看著我的眼睛，「但我擔心她也許犯了錯。在我們出發遠行以前，請讓我先派遣一支精技小組去那裡進行偵查。如果他們找到了他，就能帶他回家！他們必須騎馬跑上幾天，然後牽著馬進入閃耀女士帶我們找到的那個傾斜的精技石柱。我已經命人將它扶正並進行清潔。它以前曾經被使用過，所以我們認為它是可靠的。精技小組將需要平靜安穩的坐騎以完成這段遠行。

他們到達那座古早市場之後，我相信他們還要走相當長的一段路才能到達採石場。」

「是的。」珂翠肯女士緩緩承認道，「至少現在的天氣還很不錯。那時是冬天，我們用了很長時間趕路，不得不沿途狩獵以補充食物。但這一次，我們可以攜帶補給品。沒有積雪，我們的前進速度只會更快。我還記得那條路。」

「殿下，您上次騎馬是在什麼時候了？」

珂翠肯拱起肩膀，看著自己無法伸直的雙手。「但這是蜚滋。」她輕聲說道。

「一支精技小組找到他的速度會比大隊人馬快得多。我會確保他們之中有至少兩名精技治療師。如果他真的在那裡，他們就一定能帶他回家。」

珂翠肯女士做出了最後的努力。「我有一張自己繪製的地圖，它能使我們加快速度。」

謎語和蕁麻全都沉默了。我一動不動地站著，不知道自己會怎樣。然後我想到了，他們是要把我留下。「我不會被丟下的，我可以騎自己的馬，小堅會陪著我。」

「我會拿著我的地圖。」珂翠肯王后說道。彷彿這就是她的回答。她緩緩站起身，一雙藍眼睛冰冷又剛硬，然後她就離開了房間，邁出每一步的時候都小心地挺直了腰背。

「我必須收拾東西，還要去找小堅。」我說道。

但蕁麻緩慢地搖著頭，看上去非常疲憊。「蜜蜂，妳需要理智一些。珂翠肯王后也是一樣。用不了多久，等她冷靜下來，我會再和她談談。現在沒有必要讓她和妳冒險穿過精技石柱。我會親自去採石場，琋望可以留給謎語照看，我會精心挑選一支精技小組。如果父親在那裡，如果妳

沒有出現嚴重的幻覺，那麼我們就會帶他回公鹿堡。他可以在這裡得到精心治療。艾莉安娜女王剛剛召來了兩名新治療師，一名來自於她的外島，一名曾受訓於遮瑪里亞的莎神祭司。他們全都掌握著新的治療手段和草藥。根據我們的治療師描述，他們全都曾治好不治之症。

「但我不會讓妳冒險穿過精技石柱。妳在短暫的人生裡已經遭遇了太多危險。現在妳應該安全地留在這裡，在妳可以的時候享受童年。妳明白我在說什麼嗎？我不會帶妳穿過精技石柱的。」

我看著她的眼睛，平靜地說：「我明白。」

「重複一遍。」

我沮喪地吸了一口氣。「妳不會帶我穿過精技石柱，去採石場找爸爸。即使他也許就要死了。」

蕁麻抿起嘴唇，謎語向我翻翻眼珠，最後蕁麻說道：「正是如此。」她歎息了一聲，「現在，妳可以走了。去做妳平時要做的事情和妳喜歡做的事情吧，不要對任何人提起這件事。我會親自將此告知晉責國王。哦，還有我們之前要討論的事情。妳當然可以去見阿憨，但要在白天適當的時間，當他有隨員陪同的時候。阿憨一直缺乏自制力，在這一點上，必須有人幫他。我今天就會安排好這件事。妳一定要小心他，他很容易變得過度興奮，有時候很難應對。我們對於妳的精技訓練只能等到我回來再說了。我們也許需要先抑制妳的能力，直到妳能夠更加謹慎地操控它。」

我並不覺得阿憨難應付，但我沒有這樣說。我只是向姐姐行了一個屈膝禮。當我轉過身的時候，她又說道：「蜜蜂，我知道你認為我很嚴厲，甚至很冷酷。但我們是姐妹，我也差一點就失去妳。妳無法想像我那時的感覺是多麼困苦無助。那時我正懷孕，什麼都不能做。我一直在擔心，我的孩子也許永遠都無法見到妳。謎語一直在因為沒能在那裡陪著妳而自責。妳終於回到了我們身邊，我們已經失去了父親，我不會再失去妳。」

我點了一下頭，轉過身，安靜地離開那個房間，在身後關好門，然後我以自己最快的速度跑過走廊。先要找到小親親。他能帶我們通過精技石柱，而且他還欠我一些答案。他怎麼能對我說，我的父親已經死了。現在我知道了父親沒有死，但為什麼又是馬上就要死了？我對他的憤怒已經變成了白熱的火焰。但我知道，我需要他。然後要找到小堅。蕁麻沒有說我不能去，只是說她不會帶我去。

謝天謝地，我還穿著騎馬的衣服，長褲要比那些滑稽又絆腳的裙子好多了。我的意識在飛速旋轉。小親親會不會裝作我們要去野餐，從而為我們準備好足量的食物？小堅能夠從馬廄帶來馬。我們還需要多一匹馬，好帶父親回家。

妳是要去和他道別，而不是帶他回家。妳應該給他帶去食物、臥具和能夠遮風避雨的東西。這能夠幫助他維持生命，直到他將他的任務完成。

我不會接受他的死亡。再也不會了。

一名侍者快步從我身邊走過，又轉回頭看著我。「您還好嗎，蜜蜂女士？」

我意識到淚水正不斷地從我的臉上和下巴滴落。我急忙抹了一把臉。「我騎馬的時候有灰塵吹進眼睛了。謝謝你的關心。你今天上午見到機遇大人了嗎？」

「我看見他上樓去王后花園了。就是位於塔樓頂端……」

「謝謝你。我知道它在哪裡。」

我改變方向，快步從他面前跑走了。但他兩步就追上了我，抓住我的手臂。我大吃一驚，立刻怒氣衝衝地向他轉過頭。但那名侍者突然變成了火星。「怎麼了？出了什麼事？」

「我必須見到機遇大人。馬上。」

火星一抿嘴唇，然後悄聲對我說：「妳不能是現在這種樣子。任何人看見妳，都會知道妳要做破壞規矩的事。面帶微笑，彷彿我們正要去做某件高興的事情。快步走，但不要跑。我會跟在妳身後。」

我從震驚中恢復過來，用袖子擦擦臉，在嘴角掛上笑容，一切都照火星的指示去做。走廊從沒有像今天這樣長。我痛恨登上塔樓的一級級臺階，有兩次，我不得不停下來喘口氣。我希望小親親還在那裡。通向塔樓頂部的外門非常沉重，它需要能抵抗強風和冬季沉重的積雪。火星拿出開鎖工具。我向她亮了亮我的鑰匙。她驚呼了一聲。我們一同將門推開，走進晴和的天空下。

在很高的地方，細長的雲絮正擦過藍色的天空。這裡的風比下面更涼。我沒有馬上看見機遇大人。對於我現在如同油烹的心，這個擺滿了大盆盛開花卉和雕像的地方顯得實在是過於平靜了。我沿著石板鋪成的步道向前走，在道路盡頭看見小親親正背朝我站立著。他在觀看城堡陸地一邊的景色。

「機遇大人！」我喊道。

他向我轉過身，露出一點猶豫的微笑。「嗯，蜜蜂，我想不起妳曾經想要找我作伴。三倍歡迎！」他的聲音充滿了熱情和希望。然後他看見我身後的火星，表情立刻變得警覺起來。「出了什麼事？」

我本以為我能夠保持平靜，但我不能。「你怎麼能對我說，我的父親已經死了，你怎麼能離開他？你怎麼能離開他？你怎麼能不回去找他？」

「蜜蜂！」火星責備我。但我沒有理她。

我的話撕碎了小親親臉上的微笑。他看上去很難過，彷彿被狠狠打了一拳。他想要吸一口氣，卻失敗了，然後他又試了一次。「蜜蜂，蜚滋死了。妳自己也說，妳感覺到他走了。」他用自己赤裸的手緊緊握住戴手套的手，「我感覺到連結斷裂了。他死了。我感覺得到。」他的臉上充滿了哀傷和震驚，「他丟下了我。」他悲苦地說道。我的怒火卻更加熾烈。

「他沒有死！」我狠狠咬著說出口的每一個字，「夜眼說他在採石場，很快就要死了。他正在遭受寄生蟲的折磨，就像那位死去的白色信使。這是一種恐怖的離去方式。你知道。他們稱它叫叛徒的死刑。實際上是一種飛鏢。你卻把他丟下，讓他一個人去死。」

火星抽了一口冷氣。「他們的確向我們射出了飛鏢，就在那場爆炸以前。蜜蜂把他們嚇跑了，他從外衣上拔下了一枝飛鏢……」

希望和恐懼在小親親的臉上發生了劇烈的衝突。「他不可能還活著。」小親親說道。但是天哪，我都能看出來，他是多麼渴望相信我的父親還活著。

「我已經告訴了蕁麻和謎語。我們又去見了珂翠肯王后。她說，她會帶蜚滋回來，但夜眼說他就要死了。儘管我父親自己也不相信這一點。狼說，他應該留在採石場，雕刻一頭龍。牠說他們不應該把他帶回到這裡。」

「雕刻一頭龍？」火星看起來非常困惑。

我聽到凌亂的腳步聲。回過頭，我看見了機敏和小堅。小堅衝口說道：「妳的父親還活著！」機敏也在高喊：「感謝艾達，我們終於找到妳了！」但最讓我們感到驚訝的是小丑突然在這時飛撲下來，落在小堅的肩膀上，高聲鳴叫：「蜚滋！蜚滋！採石場，採石場！」

「我們在夜晚出發。」小親親宣布道。他向欄杆外面望去，突然又宣布說：「珂翠肯和我們一起走。」

「我們該怎麼走這麼遠的路？」火星問道。她似乎顯得很不舒服。

「就像妳和我上次走過的那樣，從地牢中的傳送石前往艾斯雷弗嘉，從艾斯雷弗嘉前往市集廣場，然後從那裡步行前往精技石採石場。火星，我記得妳在上一次穿行中受過多麼大的傷害，這次妳不需要跟我們一起走。」

「我們沒有龍血能夠讓你使用傳送石。」

「我的手指上已經有了巨龍之銀，我相信我能做到。任何害怕這次旅行的人都不必參加。」

「我當然要跟你們一起走。」火星的聲音顯得很苦澀，甚至還有一點挫敗感。

我大聲說道：「如果他能打開傳送石，我知道如何給予精技力量。如果有必要，我能從小堅身上抽取力量。」小堅嚴肅地點了一下頭。機敏沒有說話，但他冷峻的臉上顯露出了決心。

火星將雙臂抱在胸前。「珂翠肯年紀已經很大了，她的關節一直在讓她感到痛苦。她絕對沒辦法跟上我們。」

「哦，妳並不像我這樣瞭解她。」小親親面色嚴峻地說道，「她能夠走完這段路。我不會丟下她的。」

火星將雙手向空中一舉。「這太瘋狂了！我不要想在公鹿堡待下去了，我們全都是在冒著喪失生命和心智的風險。」她轉向機敏和小堅，語氣中冒出了怒火，「為什麼你們還站在這裡？快去準備好我們需要的一切。機遇大人，這件事必須由你去向珂翠肯說。我不會去的。」她又將注意力轉向了我，「妳，去完成妳的每日任務，就好像什麼都沒有發生一樣，還要按時上床睡覺。等我們去找妳。」

48

時間

這只籠子由許多不斷爬行、蠕動的東西組成。籠子裡面的東西曾經是一個男人。一隻黑白兩色的老鼠正在看著他。然後那隻老鼠咯咯地笑著翻起筋斗，拋棄了那個人。

對於這個夢，我絲毫沒有看錯。我覺得它會成為現實，而我會親眼見證。

——《蜜蜂．瞻遠的夢境日誌》

「熊能夠吃的，人就能吃。」博瑞屈曾經這樣告訴我。那是在很久以前，我死在帝尊的地牢之後，我發現自己再一次成為人之前。在我的一次受到監管的出行中，我們無意間遇到了一個被熊殺死的獵物。他用戒備的目光查看那個被樹葉埋起來的獵物，然後以很快的速度從這頭正在腐爛的小獸身上割下了一些肉，便帶著我迅速離開了。

放過一段時間的肉要比剛剛被捕殺的獵物柔軟得多。現在回想起那些肉，我還會有一種親切感。博瑞屈說的話都沒有錯。一個人能夠吃腐爛樹幹下面的蛆，或者是青蛙、柔軟的根和水草的

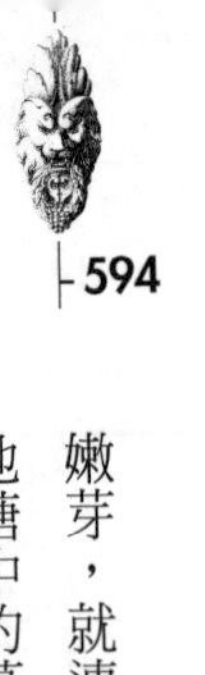

嫩芽，就連池塘上的浮萍也能夠讓湯變得更加濃稠——如果一個人能夠找到些東西煮湯的話。但池塘中的藻類可以一把一把抓來吃，還有那裡的豆瓣菜。香蒲的根可以在小火中烤熟來吃。有時候，我會好奇在珂翠肯和我來到採石場，為他獵捕真正的食物以前，他會不會也是這樣生活的。

我的狼離開我的那天早晨，我醒過來，揉搓著瘦脹的雙眼。當我坐起來的時候，一陣可怕的咳嗽從我的體內爆發出來。直到我終於能夠喘上一口氣，才用手背抹了抹嘴。我的手背上出現了一道血跡。我看著它，一種傷感難受，卻又無可逃避的心情漸漸從胸中生起。突然，我的嘴裡出現了一種可怕的感覺。不是疼痛。我寧願那是疼痛。我向前俯過身子，朝地上嘔吐。吐出來的是血和黏液。還有幾根不斷蠕動的白色東西，還沒有弓弦粗，也不比一個指節更長。

哦。

我走到池塘邊，猛喝池水，繼續向地上嘔吐。又是一條。

一些細小的情報翻滾著進入我的腦海，組成了一個讓我感到威脅的意念。蜜蜂和我焚化的那名白色信使。我仔細思考那段回憶，然後否認了它。夜眼堅持說我的體內有蟲子。的確是有，僅此而已。我仔細研究那些曾在我體內生存的生物。我從未見過這種寄生蟲，無論是在人身上還是動物身上，但它們也不過是一種蠕蟲。我不知道自己是否有運氣能找到野蒜或者金印草。這兩種草藥對於清理體內的寄生蟲都很有用。不過現在更加實際的方法應該是開始我前往那座古早市場的旅程，從那裡返回公鹿堡，接受治療師的治療。

我用雙手舀起水，洗了一下臉。當我放下手掌的時候，掌心裡泛著一點粉紅色。我摸了摸鼻子，再看手指。沒有血。

我用指尖碰了一下眼睛。它們被染成了紅色。看著指尖上的血跡，那種無可逃避的難受心情變得更加確定了。那名信使曾經哭泣流出血淚，她說僕人向她體內注入的蟲子在吃她的眼睛，她幾乎已經什麼都看不見了。我抬起眼睛，環顧四周。我還能看見。

但還能看見多久？

每天我會忠實地完成兩個任務，收集更多木柴、去水邊喝水。我渴望著去小溪旁捕魚，但我的力量已經無法做到這件事。現在我每天都會流鼻血。我的後背和大腿上全都是令人發癢的小潰瘍。在我的腿上，只有被巨龍之銀覆蓋的地方，這種潰瘍傷口才不會出現。

我同意了狼的看法，但現在已經太晚了。我希望牠能夠回到我的身邊，這樣我就能向牠承認自己的錯誤。在牠離開的第三天，我已經無法否認自己精力的衰退。我的狼走了，我知道自己再也無法回家了。我數次嘗試使用精技，卻全都失敗了。也許這是因為我身上的巨龍之銀，或者是因為我的衰弱，或者可能是因為我的周圍全都是精技石。是什麼原因都不重要。我只有孤身一人，我還有最後一個任務要完成。我要為我們準備好一塊石頭，希望狼能夠回來，和我一同進入那塊精技石。

在夜眼和我的手一同開始雕刻的那一剎那之後，我就再也沒有想過那除了一頭狼，還能是什麼。每一天，我都在努力塑造我們的「龍」。我的銀手撫摸那塊岩石，將夜眼和我共同的回憶注

入到它裡面。我驚訝地看到那頭狼從岩石中站出來，露出牙齒，鬃毛倒豎。我們兩個在一起的時候真的有這麼凶猛？我向這塊岩石中注入了我們共同追逐和獵殺的回憶，我們在雪中玩耍、在舊棚屋中捕捉老鼠的回憶；我為牠拔出箭豬的利刺，牠的牙齒緊貼在我的背上，用力為我拔出箭桿的回憶。但我知道，當我的最後一息散去，我靠在這頭冰冷的野獸身上，進入它的身體，然後就留在那裡，沉陷在石頭中，就像乘龍之女那樣，一動不動地站立許多年。

我應該聽夜眼的話。我應該聽牠的。如果夜眼還和我在一起，我們還有可能將更多回憶注入到這狼形的石龍中。

它還只有石頭的顏色。這讓我感到困擾。在我死之前，我想要再一次看到那雙睿智的眼睛。我想要，哪怕是最後一次，看到它的綠色眼睛裡閃動著火光，熠熠生輝。我開始背靠在它的身上睡覺，就像我們以前那樣。這石頭沒有給我任何溫暖，我只是希望我的夢能夠滲入它體內，幫助狼更快地復活。

我在黑夜中醒來。當一個人虛弱而且寒冷時，他會有兩種睡眠。其中一種只是在裝睡。這時的我會不停挪動顫抖的身子，只為了能夠保存一點身體的熱量。我用髒汙的床單裹緊身體，遮住我的頭，以免蟲子飛進耳朵和眼睛。小蟲子都很喜歡將死的動物。但我無法進入第二種睡眠。就是那種寒冷和痛苦無法打斷的昏昏大睡。我知道，這種睡眠正是死亡的先兆。

所以我還是會緩慢而不情願地離開睡眠，不知道夢境在何時變成了現實。有人在說話，還有腳步聲。我從床單裡掙扎出來。我沒有站起身，但我還能睜開眼睛，遲鈍地眨一眨，看到那令人吃驚的黃色燈光晃動著向我靠近。

「我想應該是這邊。」有人在說話。

「我們應該紮下營地，明天早晨繼續搜尋。我在這裡什麼都看不見。」

「我們已經很近了。我知道我們非常近了。蜜蜂，妳不能用精技找到他嗎？他曾經說過，他能感覺到妳的精技。」

「這裡的石頭……不。我沒有經過訓練。你知道我沒有經過訓練！」

燈光如此明亮，我除了它以外什麼都看不見。然後我分辨出了影子和輪廓。是人們，提著燈，還扛著包裹。我虛弱地將我的原智向他們推過去。

「蜚滋！」有人高聲喊道。我意識到我剛才聽到過這樣的喊聲，在我的睡夢中。是它喚醒了我。不僅如此，我認識這個聲音。

「這邊。」我喊道。但我乾裂的喉嚨只能發出細若游絲的聲音。

狼撞在我身上，幾乎像是一股具有實體的力量。牠衝進我不斷萎縮的身體，就像是向我灌注了精技力量。哦，我的兄弟，我找不到你，沒辦法回到你的身體裡。我一直擔心我們已經太晚了，害怕你沒有帶著我就進入了岩石。

我在這裡。

「看，灰燼。他就在那裡！蜚滋！蜚滋！」

「不要碰我！」我一邊喊，一邊將自己的銀色的手按在胸前。他們向我跑過來，許多身影出

現在燈光中。弄臣第一個跑到我面前。但是當燈光將他照亮的時候，他突然停在距離我一臂遠的地方，張著嘴，緊緊地盯著我。我也看著他，等待著。

「哦，蜚滋！」弄臣喊道，「你對自己做了什麼？」

「不比你對我做的更糟，而且你做了兩次。」我努力擠出一絲笑容，然後又用微弱的聲音說，「這不是我選擇的。」

「要比我對你做的所有事情都更糟！」弄臣高聲說道。他的目光掃遍我的全身，最後停留在我銀色的半邊面孔上。他的表情比一面鏡子更能說明我有多麼可怕。「你怎麼能這樣做？為什麼？」

「我沒有這樣做。事情就這樣發生了。是那瓶巨龍之銀，還有我袋子裡的火磚。」我伸出一隻無助的銀手。「爸爸！」蜜蜂瘋狂地尖叫了一聲。我充滿淚水的眼睛看到小堅正用雙臂緊緊抱住我的小女兒，將她向後拖去。

她尖叫著、掙扎著，噘起嘴唇露出牙齒。小堅突然對她說：「蜜蜂，妳沒有那麼蠢！」然後就放開了她。她沒有撲向我。她小步向我走來，仔細審視著我。然後將一雙小手放在我的手臂上，接觸到我沒有被銀色覆蓋的皮膚。我突然能夠深深吸氣了。希望流入我的身體。我能活下來了，我能夠回家了。

然後我意識到她在做什麼。「蜜蜂，不！」我責備她，將手臂從她的手中扯出來，「不要給我精技力量。」

但她沒有放棄，而是向我哀求：「我有力量可以給你。」

「蜜蜂，你們所有人，從現在開始都不能碰我。我正在雕刻我的龍，我們的龍，屬於夜眼和我的龍。我所擁有的一切，都必須注入其中。我絕不能將你們和你們的力量也拉進來。」

弄臣雙手握住蜜蜂的肩膀，其中一隻手還戴著手套。他輕輕將蜜蜂向後拉過去，但我能看出蜜蜂僵硬的身體中散發出的怨恨。片刻間，她還向弄臣的手亮了一下自己的牙齒。機敏和小堅全都在盯著我的臉。他們的表情中既有恐懼，也有憐惜。

弄臣說道：「你可以等一下再解釋。我們先生起篝火，為蜚滋煮一些熱茶和湯。大包裹裡有毯子。」他高聲喊道，「火星！這邊！」我瞥到了另一點晃動的燈光。然後他們全都卸下了肩頭的包裹。弄臣的話聽起來是那樣美妙，我聽到了加有蜂蜜的熱茶，聽到了燻肉和毯子，狼在我的身體裡歡呼跳躍。

我閉上眼睛。當我再次睜開眼睛的時候，大家正在忙著紮營。我無聲地坐著，聽蜜蜂向我講述他們的返家之旅，還有她在公鹿堡中的生活。弄臣一直在不遠處走來走去，有時候會停下來傾聽一下蜜蜂講述的細節，但大部分時間裡都在忙著指揮機敏和小堅豎起帳篷，從包裹中拿出各種物品。我背靠在還沒有完成雕刻的狼身上，心知這將是我們真正的告別，我要盡量從這段時光中得到更多的喜悅。

這時，小丑飛落在我的石狼上。牠側過頭，什麼都沒有說，但我覺得牠正在哀傷地看著我。牠在石頭上磨了磨自己銀色的喙，一下，兩下，我感覺到有某種東西進入了狼體內——關於一個

善良牧羊人的回憶，那個人收養了一隻怪胎雛鳥。然後，小丑躍入空中，落到了木柴堆上。

我的身子被蓋上了一條厚實的羊毛毯，小堅建起了一個大得嚇人的篝火堆。機敏取來水，開始煮茶和煮湯。「先把這個吃了。」火星說著，將一包食物放在我面前。我很驚訝她也來了，但食物的香氣甚至讓我來不及向她問一聲好。我打開油布包。是冷醃肉，上面帶著厚厚的油脂，被夾在大片的黑麵包裡。機敏打開一瓶葡萄酒，放在我的手邊。他們在我身邊走動著，彷彿我是一條隨時可能撲上去咬人的瘋狗，在照顧我的同時又盡量避免和我有任何接觸。我用麵包和肉填滿了肚子，每次都是沒嚼幾口就用令人陶醉的紅酒把食物沖進喉嚨。

火星在用一只大壺煮茶。機敏攪動著一鍋放了乾牛肉、胡蘿蔔和馬鈴薯的熱湯。我能嗅到那濃烈的香氣。強烈的飢餓感讓我全身發抖，我不由得用雙臂將自己抱緊。

「蜚滋。你很難受嗎？」弄臣用充滿憂慮和愧疚的聲音問我。

「當然，」我說道，「它們在吃我，那些小雜種。它們吃掉我，我的身體在重建自己，又被它們吃掉。我幾乎覺得這種情況在我吃過食物以後變得更糟了。」

「我來看看，」一個女人的聲音響起，「我學習過許多用草藥緩解痛苦的智慧。我還帶來了我認為最有用的藥材。」我凝神細看，真的是珂翠肯。我感覺到一陣孩子般的喜悅在心中跳動。我的王后。哦，夜眼。

「珂翠肯，我沒想到妳會來。」

「你從來都想不到。」她說著，露出哀傷的微笑。然後她呼喚火星，要火星從她的背包裡拿出一只小壺，還有一捲裝有各種草藥的藍色長形袋子。

「爸爸，明天你就能感覺更好一些，」蜜蜂對我說，「我們返回那座市場，然後從那裡回家。蕁麻說公鹿堡來了新的治療師，是從很遠的地方來的，他們有新的治療手段。」

「所以是蕁麻派你們來接我回家的？」我突然意識到眼前的一切有多麼荒謬。這是一個將死之人的幻想嗎？我向黑暗中望去，「她沒有派精技小組來？」

蜜蜂的臉上閃過一陣慌亂的表情。她低聲說：「我給她留了字條。」看著滿臉驚愕的我，她又說道：「她不會讓我來的。她要派精技小組來找你，帶你回家。」

「蜜蜂，我不會回家了。我的一生將在這裡結束。」她要握住我的手，我將手藏在手臂下面，「不，蜜蜂。」她用雙手捂住了臉。我越過她的頭頂，看見弄臣正在不遠處梭巡。我竭力想找一些話語來安慰我的小女兒，「一定要相信我，這樣的結局會比我回家更好。而這是我為自己選擇的結局，是我為自己做出的決定。」

弄臣看著我，然後退到了火光之外。珂翠肯走過來，手中拿著一只冒熱氣的小壺和一只粗陶杯。她先將杯子遞給我，我端穩杯子，她便將壺中的藥汁倒進杯子裡。她的手微微有些顫抖。

我喝了一口，嚐到帶我走和纈草的味道，它們能夠緩解疼痛，另外還有振作精神的草藥和薑。珂翠肯又加了很多蜂蜜，讓藥汁很甜。藥效發揮得很快，我的疼痛緩解了，感覺自己的身體彷彿被重新注入了生命力。

「明天你就能恢復足夠的力量，我們會帶你回公鹿堡。那裡有治療師。」珂翠肯充滿希望地說道。

我向她露出微笑。她在篝火旁邊坐下。是的，這將是一場漫長的告別。「珂翠肯，妳以前來過這裡。我們全都知道這將如何結束。妳看到了我背後的狼。我會完成它。現在夜眼又和我在一起了，我們的速度會更快。」我伸手到背後，按在它的爪子上，感覺到它的每一根腳趾和腳趾之間的空隙。我不由得回憶起夜眼張開這些爪子的樣子。我撫摸著一隻爪子光滑的表面，幾乎以為它會氣惱地把爪子抽走，就像以前那樣。

我要睡覺的時候，你總是逗弄我，輕輕撩撥我腳趾之間的軟毛，讓我癢得要命。

我讓這段回憶陷入到岩石中。片刻之間，這個世界裡只剩下了我和它。我聽到珂翠肯收拾起杯子，輕輕走開的腳步聲。

「蜚滋，你能離開那雕像一段時間嗎？先不要雕刻了，恢復一些力氣好不好？」這是機敏的聲音在懇求我。我睜開眼睛。已經過去了很長時間。他們在我和狼的頭頂上搭了一個小帳篷。帳篷前面是篝火，所以帳篷裡變得相當暖和。我非常感激他們。群山的夜晚很冷，他們在篝火的另一邊圍成一個半圓形。我的目光掃過他們。小蜜蜂、我的馬僮、一名刺客學徒、切德的私生子、我的王后，還有弄臣。他也在，就坐在火光的最邊緣。我們目光交會，然後他又別開了視線。他見過這樣的情景，珂翠肯也見過。我需要幫助其他人理解現在發生了什麼。

「一旦開始，這個任務就無法再停下來。我已經將我自己的很大一部分注入到了這頭狼的體內，我還會向它注入更多，而我自己則會變得模糊——就像曾經的惟真那樣。這個任務會吞噬我，就如同吞噬掉他。」我努力集中起精神，讓自己能看清他們焦慮的面孔，「蜜蜂，我現在還能掌握我的意識，所以我要讓妳知道，我會漸漸疏遠妳。當惟真忽略珂翠肯的時候，珂翠肯幾乎為之心碎。但惟真從不曾停止過對她的愛。他將對她的愛注入到他的巨龍體內，因為他沒有想到還能再與她相見。那份愛至今依然存在，就在岩石裡，將永遠存續下去。我對妳的愛也將如此。這頭狼會永遠愛妳。」我看著機敏，然後是火星、小堅，「我對你們每一個人的感情都會留在這石頭中。」我的目光落在弄臣身上，但他沒有看我，而是看著黑暗。

蜜蜂坐在火星和小堅之間。她的頭髮變長了，但還是很短。那一頭燦爛的黃金鬈髮。我從未見過那樣的頭髮，我的鬈髮和我母親的頭髮顏色都很深。我的母親，我要將她注入到狼的身體中嗎？是的。她在擁有我的時候，一直深深地愛著我。

「蜚滋？」

「什麼？」

「你一直在走神。」珂翠肯面帶憂色地看著我。蜜蜂縮起身子，在火邊睡著了。有人給她蓋上了一塊毯子。「你還餓嗎？想要吃東西嗎？」

我低頭看看只剩下一把勺子的空碗。牛肉湯的香味還充滿在我的嘴裡。「是的，是的，請再給我一些。」

「然後你應該睡一下。我們全都應該睡一下。」

「我來值第一班。」機敏說。

「我陪你。」火星說道。

我喝完了湯，有人將湯碗拿走。很快我就會睡著了。儘管美食的味道在我的意識中還很新鮮，但我還是會將它注入到我的狼體內。

在黎明到來之前，我感覺到有人在拉我的袖子。我正在塑造出狼腳底粗硬的胼胝。要塑造一樣我看不見也摸不到的東西，這種感覺很奇特。我低頭看到蜜蜂正盤腿坐在我身邊。她將一本書攤開在面前，還放下了一瓶墨水、畫筆和鋼筆。一切都是那麼整齊。「爸爸，我曾經夢到自己坐在你身邊，你會向我講述你的故事。我現在就想要這樣，因為我擔心我們不會有很多年的時間讓你將這些故事講給我聽了。」

「我記得妳和我說過這個夢。」我向周圍的採石場看了一眼，「這和我想像的不一樣。我以為我會是一個老人，太過衰弱，已經無力寫字。我們會坐在一個舒服的房間裡，在壁爐的火焰前。那時我們已經一同度過了一個漫長又可愛的人生。這是那本我送給妳，讓妳可以在上面寫下每一件事的書嗎？」

「不。那本書已經沉在克拉利斯的海底了。那時派拉岡變成了龍，我們全都落進水裡。這是一本新的書。你要弄臣給我的書，另外還有一本用來記錄我的夢。他讀了那本書，盡力幫助我理解那些夢。但這一本……他已經向我解釋過，你必須將你的全部記憶注入到你的狼裡面，這樣石狼才會活過來，就像惟真變成一頭石龍。但在你灌注記憶的時候，如果你能把它們說出來，我就能把它們寫下來。這樣我至少還能保留一些關於你的事。」

「妳想讓我和妳說些什麼？」我很難把注意力集中在她身上。我的石狼還在等我。

「一切。你在我長大以後會告訴我的一切。你想起來的第一件事是什麼？」

如果我有更長一點的生命，我會將一切都告訴她，這種遺憾對我而言又是一個新的傷痛。我應該說些什麼？我所設想的那個我們永遠無法擁有的未來？我考慮著她的問題。「我能夠清晰想起的第一件事？我知道我有很多舊日的回憶，但我很早以前就將它們深藏。」我深吸了一口氣，再一次將記憶藏起，將這痛苦和喜悅深深銘刻進岩石中，「雨水浸透了我的全身。天氣非常陰冷。那隻握住我的手很硬，生滿老繭，很冷漠，不過並不粗暴。石子路如同冰面。當我滑跌時，那隻手不讓我摔倒，但它也不會讓我轉回頭跑向我的媽媽。」

她將鋼筆在墨水瓶裡蘸了蘸，迅速地寫了起來。我不知道她是否記下了我說的每一個字，當我開始將這些最初的回憶注入到狼體內的時候，她寫了什麼便愈來愈不重要了。

黎明到來了。機敏和小堅依照我的指引去了小溪，抓了魚回來。我們將醃肉和魚一起烹煮，配著麵包一起吃。我感覺到力量在恢復，我的身體終於開始得到足夠的能量，重建被寄生蟲破壞的器官，同時讓我有力氣進行雕刻。他們不停地捉魚，抱回木柴。我已經完全不必離開我的雕刻了。他們對我很好，我將這一點告訴他們，但我對狼雕刻得愈多，我就愈需要將精神集中在它的身上，對他們也就愈缺乏關注。

我知道自己的身上發生了什麼。這不是我第一次將記憶注入到石龍之中。幾十年以前，我將失去莫莉的痛苦注入到乘龍之女體內，把這種劇痛交給岩石，只給我自己留下麻木和解脫。但這種遺忘有著它黑暗的一面。我曾經見到過人們用烈酒、熏煙或其他草藥麻木自己的痛苦，而他們在失去痛苦的同時也往往削弱了自己同這個世界的聯繫，變得不再像人。我也是如此。

每一天，我都會向我的小女兒講故事，每一天，我也會將這些故事的記憶注入到石頭裡。當我講起自己在帝尊地牢中的日子時，她為我哭泣。當我告訴她，在她出生之後，我完全不知道該如何愛這樣一個奇特的嬰孩，她又哭了。也許她是在為母親感到哀傷，莫莉竟然嫁給了這樣一個沒有心肝的男人；或者，是在為自己哀傷，一個孩子竟然得到這樣一個父親。這些想法讓我感到的痛苦，也被我盡數推進了岩石之中。將它們送走實在是一種對我的解脫。

有時候，我會笑著和她談論阿手和我搞出的各種惡作劇，有時候，我會大聲歌唱，告訴她從一個流浪的歌者那裡學到〈火網小組〉這首歌的過程。夜眼和我比以往任何時候都更加緊密地融合成一個整體。我已經極少會聽到牠的想法，因為我會認為那全是我自己的念頭。我也講述了夜眼的許多記憶，關於殺戮與戰鬥，還有在篝火旁安睡。蜜蜂問我第一次遇到弄臣是在什麼時候。這個故事引出了另一段故事，然後又引出了更多的故事。所有那些我們的人生相互碰撞，緊緊纏繞在一起的故事。他的那麼多人生都是屬於我的，而我的那麼多人生也全都是屬於他的。

我不停地工作著，營地中的生活也一直在我的周圍繼續下去。機敏和小堅狩獵、捕魚。火星提水烹製草藥茶，緩解我的痛苦。我背上的一些瘡口綻開了。珂翠肯堅持要用熱水清洗我的後背，用苔蘚將藏在瘡口中的小蟲子刮出來。這難免會影響我的工作，當我表示反對，她便問我：「讓它們在你的狼完成之前就把你吃光難道會更好？」我知道她是對的。她戴著手套把這些蟲子扔進火裡，將它們燒光。

有時候，當我不得不停下工作，進食和飲水，我會看見他們臉上的哀傷。我為我對他們造成的痛苦而愧疚，心中充滿負罪感。這些情緒也都被我注入到我的狼體內。

弄臣和蜜蜂到來的數天之後，又有其他人來了。他們騎著馬來到我們的營地，帶來了更多的食物。麵包、乳酪和葡萄酒，曾經是那麼簡單的食物，當我將對它們的記憶都注入了岩石，它們又讓我感到如此新鮮和美味。那天傍晚，我知道了他們是誰。我看到蕁麻哀痛和震驚的眼睛，幫助她趕來這裡的精技小組，在距離我們不遠的地方搭起了帳篷。他們在我身邊談論我，有時對我說話，但全都難以轉移我對自己任務的執念。蕁麻嚴厲地對蜜蜂、火星、弄臣和機敏說話。我想要干涉，但我想到的只有狼。我沒有時間也沒有情緒再為這種事分神了。

蕁麻在那天傍晚給我帶來了新的食物——美味的宿營麵包在火灰上被烤熱，香氣一直飄到昏暗的天空中。酸蘋果被烤得很軟。還有切片的煙燻火腿。我不停地吃著，每一口食物都讓我得到雙倍的享受，因為我知道，我會將這每一次美妙的感覺注入到我的狼體內。蕁麻不停地問我，是否允許一名精技治療師觸碰我。

「這很危險，」我警告那名治療師，「你不僅有可能被傳染上寄生蟲，還有可能在不經意間被我帶走一些屬於你的東西，進入到我的狼裡面。」

治療師非常謹慎地檢查了我被蟲子咬出的傷口，並嘗試查看了我體內的狀況。他是一個很有能力而且不會說謊的人。「傷害非常廣泛。以他現在虛弱的狀態，我們對他使用任何草藥，都有可能在殺死寄生蟲的同時，也殺死他。」

蜜蜂高聲說道：「難道精技小組不能用精技命令那些寄生蟲去死嗎？」

治療師顯露出驚駭的表情，隨後又陷入深深的思考。「如果這些蟲子有思想的話，也許一位非常強大的精技使用者能夠勸說它們停止心跳。如果它們有心臟的話……不。我很抱歉，孩子，你父親體內的蟲子數量太多了，即使我們能用精技殺死它們，當我們殺掉了其中四分之一的時候，剩下的蟲子也會繁殖出足夠多的新蟲，取代那些被我們殺死的。機遇大人已經告訴我們，在妳父親的潰瘍瘡口中有卵和蛆蟲。它們生活在他的體內，就像白蟻生活在倒下的樹幹裡。我只能明白地告訴妳，蜚滋駿騎親王的死亡無可避免。以他虛弱的狀態，我甚至不確定能否將他帶回公鹿堡。我們最好和最仁慈的方式，也許就是讓他盡量舒適地留在這裡，幫助他在沉睡中走向人生的終點，否則我擔心他只會承受更大的痛苦。」

蜜蜂將臉埋在手中。我看見小堅用手臂摟住她，也看見了蕁麻臉上的淒涼。

「我會進入這塊岩石裡，」我宣布道，「我不確定這是否和死了一樣。」

「這都差不多。你還是會離開我們。」蕁麻苦澀地說。

「這不是第一次了。」我回答道。

「天哪，你說得還真沒有錯。」蕁麻的話語就像一枝箭射中我的胸膛。

我努力清清嗓子，卻發現自己根本無話可說。火星將藥汁倒進杯子裡，機敏把杯子遞給我。

我喝了一口。藥水中還混和著酒。「這是什麼？」我在一陣恍惚之後問道。

「帶我走、纈草、一些柳樹皮，還有另外幾種蕁麻的治療師帶來的草藥。」

「不能讓我沉睡，我完全不想這樣。我必須保持清醒和完全的感知，這樣我才能進入狼體內。就像惟真那樣。」我搖搖頭，「不要為了緩解我的痛苦而用藥造成我失去知覺，讓我保持清醒。」

我的目光越過我的小女兒。小堅正站在她身後。小堅永遠也無法成為至高塔曼了，但他會非常魁梧。他寬闊的肩膀表示他很適合使用戰斧。我應該在自己還有能力的時候考慮好這些事。石頭已經在向我發出召喚，我很難讓自己的目光集中在面前這些人的身上。我深吸一口氣，挺起肩膀。必須在我還能做到的時候將這些事做好。我看著蕁麻。

「對於我的小女兒，蜜蜂，我有一些囑託。我託付妳，蕁麻，還有你，弄臣，還有你，機敏和妳，我親愛的珂翠肯王后，請你們確保我的囑託得以實現。」我說了錯誤的話，我在蕁麻的臉上看到了這一點。太晚了。我從來都不懂得說話，而這番話更沒有經過認真的考慮。「我會向我的老朋友謎語提出同樣的請求，但他比我更睿智，而且他還留在他的女兒身邊，那同樣是需要他照看的人。」我集中起精神看著蕁麻的眼睛，「我以前就做過這種事，不止一次，而是兩次。我覺得這決定不是我做出的，但我現在要為它負起責任。我的女兒們，很抱歉。我應該留在妳們身邊。」無論我如何將這種愧疚送入石狼，那種劇烈的痛楚仍然撕扯著我的心，一想到我的失敗，就感覺心如刀割。弄臣注視著我，他也和我有著同樣的愧疚，而我也無法修補他破碎的心。

我將自己的思緒拉回到眼前的責任上。「小堅，出來。」

那個男孩走過來，瞪大著眼睛站在我面前。不，他已經不是男孩了。我不能再用舊日眼光看他。他已經從一個馬僮成長為一名能夠英勇殺敵的年輕男子。而且他早已有過擊殺敵人的戰績，為了我，也為了蜜蜂。我能夠信任他。「我希望你留在蜜蜂身邊，侍奉她，直到生命的盡頭，或者直到你們兩個中的一個人希望解脫這種關係。在那以前，我不希望任何人將你們分開。我希望你和她一起接受教育，學習每一項禮儀、每一種語言、每一段歷史。你要為她學習劍術和其他武器的使用方法。我沒有東西可以報答你的這份忠誠。我擁有的一切有價值的東西都丟掉了。除了……等等。」我摸索著破爛的襯衫領口。它還在，一直都在。

我用了一點時間才將它解下來，把它放在掌心，仔細看它。這隻小狐狸也在用閃閃發光的眼睛看著我。我抬頭望向珂翠肯。「妳願意讓我把它送給這個男孩嗎？就像妳將它送給我那樣？好不好？」

「這麼多年了，你還……」珂翠肯哽咽著伸出手，我將徽章放在她的手掌中。她看著小堅。「年輕人，你的全名是什麼？」

「殿下，我是細柳林的堅韌不屈，高塔曼之子，塔爾曼之孫。」他憑直覺跪倒在地，低下頭，向珂翠肯露出後頸。

「靠近一些。」珂翠肯命令他。他站起身服從了命令。我看到珂翠肯的手指關節已經變得腫大粗糙，但她仍然平穩有力地將銀色的小狐狸仔細別在小堅公鹿堡藍的外衣上。「全心效忠於她，除了死亡之外，不要讓任何事阻攔你履行這一責任。」

「我會的。」

營地中陷入寂靜。我打破了眾人的沉默。「蕁麻，我親愛的女兒，請代我請求謎語對小堅進行訓練。他自然知道小堅都應該學習什麼。」

「我會的。」蕁麻低聲說。

「我沒有什麼可以給妳，」我繼續對蕁麻說道，「對妳和蜜蜂，我都沒辦法留下什麼。在細柳林，我床腳的箱子裡還有妳們母親的幾樣東西。妳和她必須將它們分配好。哦，還有惟真的劍。不過我相信晉責一定想要它。」我們曾經想要賣掉他父親的劍，但幾天之後我們又把它們買了回來。現在那兩柄劍都是他的了。他的兒子們可以各得到一柄。

我看著機敏和火星，竭力露出一個微笑。「我突然發現，自己實在是一個窮人。竟然沒有東西可以送給任何人。我甚至不敢最後一次握住你們的手腕。」

「你給我的父親寫了一封信。這正是我希望從你那裡得到的。」機敏平靜地說道。

我看著蕁麻。「妳會接納火星吧？」

蕁麻看著那個女孩，乾巴巴地說：「她不能忠實地執行命令。我不知道能信任她多少。」

「她能做針線活嗎？」珂翠肯突然問道。

火星顯得有些驚慌，但還是平靜地回答：「刺繡和鉤針，我都會的，殿下。」

「我還清楚地記得耐辛身邊的蕾細。年輕人，我老了，我正希望身邊能有一個年輕人，隨我生活在公鹿堡，或者去群山王國。妳願意陪我去群山王國嗎？」

火星的眼睛向機敏閃動了一下。機敏低垂下眼瞼，什麼都沒有說。「我也聽說過耐辛女士的蕾細。是的，殿下，我相信我能以同樣的方式侍奉您。」

眾人陷入一陣哀傷的情緒。我本來應該記得這些事，但我體內如同火燒般痛癢兼具的折磨、沒有完成的狼對我的牽扯，還有我的滿腹憂慮讓我無暇再做細想。現在我已經很難集中精神了。不過我還有一件重要的事情要做。

這是我唯一未了的心願了。「蜜蜂，弄臣會作為妳的父親，無論在任何方面，他都能比我做得更好。妳接受他嗎？」

「但謎語……」蕁麻開口道。但蜜蜂打斷了她：「謎語有了一個女兒。就像妳一樣，我的姐姐。我希望妳仍然是我的姐姐，謎語是我的長兄，而不是讓你們成為我的父母。」她露出了幾乎是真心的笑容，「不要忘記，我還有我的哥哥幸運・悅心會照顧我。」她又向我轉回頭，誠摯地說，「我有一位父親。你就是我的父親。現在沒有了父親，我也會走下去。爸爸，你不需要為我擔心。你以你的方式給了我很多。」

「以我的方式。」我不得不承認。痛苦。我對自己感到深深的失望，我將這苦澀的失望也注入到狼的體內。

我們結束了嗎？我問狼。

我相信是這樣。但也許他們對我們還沒有結束。

他們的確還沒有結束。我又繼續雕琢著石狼，喃喃地說著我的故事。蜜蜂坐在我身邊，把它們全部記錄下來。有時候，我看到蜜蜂不是在書寫文字，而是在描繪圖畫，或者用鋼筆畫出素描。她從不提問，只是傾聽我對她講述的一切，關於我和我的歲月。我注意到她的頭在書本上漸漸低垂下去。又過了一段時間，我發現她已經側身躺倒，蜷起身子抱著她的書。她的鋼筆從手中落下，身邊的墨水瓶沒有塞住，但我正在將和莫莉的一次野餐放入到狼體內，沒辦法停下來。

「蜚滋。」弄臣說道。

我向他看過去。他將墨水瓶拿在手中，塞好塞子。我完全沒有察覺到他的靠近。我看他將墨水放到一旁，從蜜蜂的手中拿起那本書，又給她蓋上一條毯子。弄臣盤腿坐下，後背挺得筆直，將書攤開在他的膝頭，開始一頁一頁瀏覽書中的內容。

「她知道你這樣做嗎？」我問道。

「她允許我這樣，只不過對我的態度不是很好。我感覺到我必須這樣做，蜚滋，因為她很少對別人敞開自己。她今天早些時候告訴我，你將許多關於我的記憶注入到了狼體內。她也把它們都記錄了下來。我對此感到有一點警覺。」

我從狼身上移開雙手，坐到他身邊。現在要我做出這樣的動作已經很困難了。我將雙手交疊在膝頭，銀手壓住另一隻手。它們已經是這樣乾瘦了……我不經意地用銀手揉搓另一隻手，用巨龍之銀修復皮肉和筋腱的傷損。這件事我還可以做，只不過需要付出代價。弄臣看著我的動作，「你不能對你的整個身體這樣做嗎？」

「這樣做會消耗我很大的體力。皮肉和力量都需要來自別處，而它們還在一直不停地攻擊我。我還需要我的一雙手，所以我要這樣做。」

弄臣翻開一頁，微笑著看向我。「她寫下了你第一次見到我的時候，桌子下面那些和你在一起的狗的名字。你還記得牠們的名字？」

「牠們是我的朋友。你會記住朋友們的名字嗎？」

「我會的。」弄臣低聲回答。然後他又翻了幾頁，飛快地閱讀著，有時露出微笑，有時陷入沉思。他看著一頁皺起眉頭，然後輕輕合上書，「蜚滋，我不認為我是成為蜜蜂父親的最佳人選。」

「我也不認為。但事情就是這樣。」

他幾乎笑了起來。「確實。她是我的。也不是。因為她不希望如此。你聽到了她說的話，她寧可沒有父親，也不願意要我。」

「她還小，不知道怎樣才是對她最好的。」

「你確定？」

我停下來想了想。「不，但我還能向誰提出這種請求？」

這次輪到弄臣沉默了。「也許沒有人。或者機敏？」

「機敏的生活很複雜，而且很可能會變得更加複雜。」

「幸運？」

「幸運會來看她，作為她的兄長。」

「駿騎或者莫莉其他的兒子？」

「如果他們在這裡，我也許會向他們提出來。但他們不在，而且他們都不知道她經歷過什麼。你知道。你是在求我解除你作為她的父親的責任嗎？你知道，我不能。有些責任是無法推卸的。」

「我知道。」弄臣低聲說。

我的心中生出一點警覺。「你是不是想做什麼事，但又不想告訴蜜蜂？某件你認為有必要去做的事情？」他要離開蜜蜂嗎？就像離開我那樣？

「是的，但在這件事上，我會更認真地對待你的願望，而不是我的。」他眨眨眼睛，壓下淚水。「我已經為我們兩個做了太多決定。現在該讓我接受一個你的決定了，無論這對我來說是多麼困難。就像你經常是那樣困難地完成我的願望。」他突然向前俯過身，將他的手放在一隻狼爪上，「我要讓你知道，當黠謀國王看見你和那些狗一起吃殘羹剩飯的時候，他顯得有多麼驚訝。」片刻之後，他從石狼上抽回手，搖搖頭，彷彿在將身上的水甩掉，「將生命給予石頭，我已經忘記這種感覺了。」他將雙手按在蜜蜂的書本上，低頭看著它，「我還有很多可以給你和你的狼，如果你想要的話。」

我回憶起夜眼曾經對我說的話，便脫口說道：「我可不想看到蜜蜂的父親變成被冶煉的人。如果你將太多的自己給了這塊石頭，你就會是那副樣子。留下你的記憶和你對自己的感覺吧，弄臣。把你自己放進石頭不是一個好主意。」

「我已經很久沒有過好主意了。」弄臣回答道。他將書放回到蜜蜂的手中，悄然離開了我的帳篷。

一天晚上，珂翠肯來到我面前。儘管我再三警告，她還是將手放在我的肩膀上。「不要這樣，」她說道，「你正在將自己撕成碎片。」

搔癢的感覺已經變成了一種難以忍受的干擾。我正在用一塊木柴撓我的後背。她將木柴從我手中拿走，扔進火堆裡。我這才意識到時間已經非常晚了，其他人全都在自己的帳篷裡睡著。「誰在值夜？」我問珂翠肯。

「火星。機敏在陪她。」她平淡地說道。我看不到他們兩個。蜜蜂正蜷縮在我身邊的毯子裡。她將毯子的一角蓋在臉上，擋住蟲子，書被她抱在毯子裡面。我抬起頭，珂翠肯已經走了。

時間變得如此特別。它在一跳一跳地前進，有時候又會整段地滑過去。珂翠肯回來了，手中提著一只罐子。她蹲在我身邊，我聽到她的膝蓋發出喀喀的聲音。「在群山，孩子們冬天裡有時會生蝨子。這種油膏能夠將蝨子悶死。我帶著這個，以為也許能用它拯救你。現在，至少它能夠為你止癢。」

「不要碰它們！」我警告她。但她拿出了一枝小勺子。

我的背上有很多膿包。她讓我轉向火焰，脫下我的襯衫。這件襯衫讓我吃了一驚。它完好無損，而且質料上乘。他們什麼時候給我穿上了這個？

「不要動。」她對我說，然後她在每一處潰瘍的瘡口上都塗了一點油膏。這可能是鵝油或者熊油，其中混有一些香草。是薄荷。薄荷能夠驅趕許多害蟲。她的每一次碰觸都讓我的搔癢有所減輕。她一邊工作，一邊低聲對我說：「我想要和你一起走。我真的好想，但我們還要考慮蜜蜂，我們還有另一個孫兒即將出世。艾莉安娜是那樣希望能有一個女孩。但無論是男是女，我都會很高興。想一想，蜚滋！如果那是一個女孩，她就會成為奈琪絲卡，幫助我們延續與外島的和平。而群山王國也會正式接受誠毅作為他們的犧牲獻祭和大公。這也是我要去群山的原因之一。我要確保權力得到平穩交接。」她屏住呼吸說道：「你還記得我們第一次在群山中相遇的那一刻嗎？我想要給你下毒，因為我以為你要來殺害我的兄弟。」

「我記得。」一點溫暖落到我赤裸的肩頭上，是一滴眼淚。「妳哭泣，是因為妳希望那時能夠成功嗎？」我的問題成功地逗起了她的一陣彆扭的笑聲。

「哦，蜚滋，我們改變了世界，但我真的希望能夠和你一起走。」

我甚至從沒有過這樣的想法。「在來這裡的路上……我滯留在精技石柱中。我不確定停留了多久，也不記得那裡發生了什麼。但夜眼說，惟真在那裡對我說了話。他說我必須向我的孩子道別，相信其他人能夠好好養育她。就像他當初不得不做的那樣。」

「是啊。」珂翠肯只是這樣應了一聲。然後她又說道：「我答應你，我會待她如同自己的孩子。我一直都想要這樣一個孩子！」

她的話讓我吃了一驚。「但我已經求弄臣收養她了。儘管我很難將他想像成一位父親。」

珂翠肯饒有興致地說道：「的確如此。我相信在這件事上，他會做出自己的決定。實際上，如果他還沒有做這個決定，我一定會感到驚訝的。」然後她俯下身，毫無畏懼地吻了我的臉頰。「可能這是我最後的機會了。」她解釋說，「明天，我就要帶火星去看變成龍的惟真。盡量不要在我回來以前離開。」

我點點頭。她撐著不斷發出雜音的膝蓋站起身。我聽到了她離去時裙襬的窸窣聲。然後我向前俯下身，小心地將她的吻送進狼體內。我知道這實際上是給狼的吻。

「我想要結束這一切了。」我對弄臣說。我撫摸著狼粗硬的岩石外皮。它還是沒有顏色，尾巴看起來還有些粗重，眼睛還需要加工，還有它的獠牙、後腿的筋腱。我閉上眼睛。我不能再去點數它的缺陷了。

現在是一個相對安靜的時刻。夜幕正在落下，群山中晚間的寒冷也隨之降臨。帳篷能擋住冷風，但寒意還是會滲透進來。我面對帳篷開口坐著，背靠著我的狼。我覺得現在我必須時刻都貼著它，以防萬一。

弄臣正坐在我身邊的地上，抱著膝蓋，啜飲著茶水。他小心的將茶杯放下。「其實你並不認為自己能夠被允許悄悄死掉，對不對？」他伸出一隻纖細的手，指了指採石場上的營地。現在這裡已經有了數座帳篷和幾堆營火在晚風中微微抖動。在森林邊緣，有人看著拴好的馬匹。這裡有多少人？我猜不出。應該不止三十人。今天又有一些人到了。他們全都是為了來見證我的死亡。

晉責也帶著他的精技小組趕到了。誠毅和繁盛不顧母親的反對，也都來了。深隱本來也想來，但她對於精技石柱還是有著深深的畏懼。幸運也說服他們帶他一起來到這裡，現在正躺在帳篷裡，感到頭暈目眩、噁心反胃。他甚至建議自己騎馬穿過群山王國回家，而不要再闖進精技石柱。誠毅很喜歡他的主意，提議要陪他一起完成這次旅行，「畢竟我很快就要與群山王國結成一體了」。晉責對此則還有些猶豫。他們正在等待去看石龍惟真的珂翠肯回來，以便商討這件事。我能夠感覺到晉責的急躁。他的妻子很快就要臨盆了，他應該在公鹿堡，而不是在這裡看著我死去。我早先就向他承諾過，「我會盡快進入石狼。現在你應該回家。你在這裡什麼都做不了。和你愛的女人在一起，趁你現在還有機會。」

他看上去很困擾，但至今還沒有離開。

我不想再思考這些事了。我的身體就像是海邊懸崖上一個搖搖欲墜的小棚子。我仍然能吃東西，但已經嚐不出任何味道。我的牙齦在流血，鼻子下面總是有乾結的血痂。整個世界都充斥著鮮血的氣息和味道。我全身各處都在發癢，從內到外，新的膿包不斷迸裂。我的喉嚨深處和鼻根處更是有著一種可怕的搔癢感覺。它們簡直讓人發瘋。我比較了一下自己的兩隻手。其中一隻已經軟黏歪曲，但我被巨龍之銀包裹的手仍然光滑強壯。我很遺憾一直都將自己的強壯身軀視作理所當然，沒能好好使用它，我開始用手指削去夜眼尾巴上的一個腫塊。

「晉責對你說了什麼？」弄臣問道。

「還是那些話。他答應會照顧好蕁麻和蜜蜂。他說他會想念我。他很希望我能看到他的第三個孩子降生。弄臣，我知道他所說的對他都很重要，對我也應該很重要。我知道我愛他和他的孩子們。但……我已經沒有剩下多少，已經感覺不到這些了。」我虛弱地搖搖頭，「所有那些讓我和這個世界有所聯繫的記憶，都已經給了狼。我害怕我會傷害他。我希望他能夠帶著他的精技小組回家。」

弄臣緩慢地點點頭，又吮了一口茶。「在惟真最後的日子裡就是這樣，想要和他溝通已經變得非常困難。這讓你感到心痛嗎？」

「是的，但我能理解。」

「那麼晉責和珂翠肯就也能理解。」他的目光轉向一旁，「我也能夠理解。」

他舉起戴手套的手，仔細端詳。第一次他的手指染上白銀只是出於意外。那時他作為惟真的侍從，在無意中碰到了他的白銀雙手。「蜚滋，」他突然說道，「你足以充滿這頭狼嗎？」

我看著我的狼。和惟真的選擇相比，這只是一小塊記憶石。但要比一頭真正的狼大很多。它的肩膀和我的胸口一樣高。不過這種石頭的尺寸似乎和我需要用多少東西來填充它並沒有關係。

「我想可以。在我進去之前，我是無法知道的。」

「你會在什麼時候進去？」

我撓了撓頸後，我的指甲上掛著黑色的血跡。我將它們抹在大腿上。「我想，應該是在我沒有東西可以給牠的時候，或者當我非常接近死亡，必須要走的時候。」

「哦，蜚滋。」弄臣哀傷地說道，彷彿這是他第一次想到這件事。

「這是最好的選擇，」我對他說，同時竭力相信自己的話，「夜眼會再度成為一頭狼，我也會。蜜蜂能夠有你照看，而且……」

「恐怕她並不喜歡我。」

「蕁麻和幸運也都曾經有很多次不喜歡我，弄臣。」

「如果她真的不喜歡我，也許我還能夠好受一些。我覺得她對我其實不是很在意。」他又低聲說，「我曾經那樣確信她會愛我，就像我愛她一樣。我覺得這樣的事情一定會發生，只要我們彼此靠近。但事實並非如此。」

「得到孩子的愛其實並不是為人父母的目的。」

「我愛我的父母。我是那麼愛他們。」

「我沒有辦法做比較。」我平靜地向他指出。

「你有博瑞屈。」

「哦，是的，我有博瑞屈。」我發出冷峻的笑聲，「到最後，我們意識到我們愛著彼此，但那已經是多年之後了。」

「多年之後。」弄臣的聲音顯得哀傷又寂寞。

「要有耐心。」我勸導他，同時還在撫摸著狼的一隻爪子。它們是如此光滑。這樣不對。它們應該有脊線紋路。我還記得冬日黎明一頭公鹿的血腥氣息，牠的血又是如何在寒冰中凝結成粉紅色的小球。我糾正了那隻爪子。

「蜚滋？」

「什麼？」

「你又走神了。」

「是的。」我承認。

「你有沒有將我的很多事注入給它？」

我想了一下。「我給了它你在公鹿堡塔樓上的房間，那時我爬上那些破碎的樓梯。你不在那裡，我驚訝地看著我的發現。我給了他我們在小溪中戲水的那一天，那條小溪距離這裡並不遠。還有你給我唱的那首可怕的歌曲，讓我在公鹿堡的廳堂中羞愧難當。還有鼠兒，鼠兒就在那裡。還有帝尊的暴徒們用袋子套住你的頭，毆打你的那一天，我為你治療傷口。還有你將我扛在背上，走過雪地。那時你還不認識我。」我露出微笑，「我還知道另一些事。黠謀國王將他的徽章給我時，你看我的樣子也被我給了狼。我在桌子下面，那真是一頓大餐，那些看門狗和我一同分享所有的剩飯。然後黠謀走進來，身邊帶著帝尊，還有你。」

一點不確定的微笑出現在他的臉上。「所以你會記得我。當你是一頭石狼的時候。」

「我們會記得你，夜眼和我。」

他歎了一口氣。「好吧，就是這樣了。」

我不得不咳嗽起來。我從他面前轉過頭，不停地咳嗽著。血噴到狼身上，只是一瞬間，在血滲進狼的身體之前，我看見狼身上出現了應有的色彩。我再次咳嗽，吸氣，繼續咳嗽。我將手臂放在狼身上，用前額靠著它，一下又一下地咳著。如果我一定要咳出血，那麼就不要讓任何一滴被浪費掉。當我終於能夠喘上一口氣的時候，我的鼻子又開始流血了。

不會很久了。夜眼悄聲說。

「不會很久了。」我同意。

帳篷裡陷入了平靜。過了一段時間，弄臣在我身邊說道：「蜚滋，我給你帶來了些東西。這是冷茶，裡面有纈草，還有帶我走。」

我吮了一口。「這裡的帶我走不夠，起不了任何作用。我需要更多。」

「我不敢讓藥性太強。」

「我不在乎你敢不敢，再加一些帶我走！」

他看起來很驚駭。過了一會兒，我猛然驚醒，再一次成為蜚滋。「弄臣，我很抱歉。但它們在齧咬我全身所有的地方，從內到外。我有些地方非常癢，卻又完全撓不到。我呼吸的時候就能感覺到它們在我的肺裡爬動。我的喉嚨裡面又癢又痛，我能嚐到的只有血味。」

弄臣什麼都沒有說，只是拿走了杯子。我為自己感到羞愧。我將這種情緒注入到狼體內，足以確定它的上嘴唇。當弄臣再次說話的時候，我被嚇了一跳。「小心，現在茶水很熱了。我必須用熱水讓帶我走的效用溶出來。」

「謝謝。」我從弄臣手中接過茶杯，一口喝乾。熱茶混和著我嘴裡的血，我將它們吞嚥下去，他迅速從我顫抖的手中拿走了杯子。

「弄臣，我們是什麼？」這不是一個無聊的問題。我需要知道它，需要最終理解它，好將它放進狼體內。

「我不知道。」弄臣的回答很謹慎，「朋友，但也是先知和催化劑。在這重關係上，我利用了你，蜚滋。這一點我知道，你也知道。我告訴過你，我對此是多麼悔恨和充滿歉意。我希望你能夠相信，能夠原諒我。」

他說話的樣子非常認真，但這不是我想要討論的問題。我擺擺手，「是的，是的。但我們還有一些別的。我們的關係一直都不僅僅是這樣。你死了，我召喚你回來。在那個時刻，當我們返回我們的身體時，我們彼此穿過，我們……」

我們是一體的，完整的一體。

他在等我繼續說下去。他竟然聽不到狼的聲音，這種感覺真的很荒謬。「我們是一體的，完整的一體。你、我和夜眼。我曾經感覺到一種奇怪的平靜與安寧，就好像我的一切終於融合在一起，所有這些曾經零落的殘片會讓我成為一個完整的……存在。」我搖搖頭，「這是語言無法描述的。」

他將戴著手套的手按在我的袖子上。這一層層纖維阻隔了我們的接觸，但奇異的感覺仍然在我心中放聲歌唱。這不是他在惟真的精技塔樓給予我的那令人震撼的碰觸。我還很清楚地記得那個時刻。那時我蜷縮成了一個球，因為那實在是太強烈，太具有壓倒性，甚至讓我無法完全知曉，那樣一個完完全全的異樣的生命體。夜眼和我，我們只是生物，我們的連結非常簡單。而弄臣則是複雜的，充滿了祕密、陰影和迂迴曲折的理念。就算是現在，儘管有重重阻隔，我還是能感覺到他的存在所展現出的無盡風景，就像眺望遠方地平線時那種天地無限的感覺。但從某種角度，我能夠知道它，擁有它，也創造了它。

他抬起了手。

「你感覺到了嗎？」我問他。

他露出哀傷的微笑，「蜚滋，我不需要碰觸你就能感覺到，從來都是如此。它一直都在那裡，從不會有極限。」

我心中隱約知道這非常重要。它對我曾經是關鍵的關鍵。我竭力想要找到一些詞彙來表達，最終卻只是說：「我會把這個放進我的狼裡。」他哀傷地轉過身，離開了我。

「爸爸？」

我竭力抬起頭。

「他還活著。」有人用驚奇的語氣說道。立刻又有人用噓聲示意他不要這樣說。

「我給你送來了茶，茶裡有很強效的止痛藥。你想喝嗎？」

「眾神啊，想！」我的話大概是這樣的意思。我的身子軟軟地趴在狼身上。我一直都在害怕我會在夜晚死去，害怕我失去知覺，最終無法進入到它裡面。我睜開眼睛，透過一片粉色的薄霧看著這個世界。我的眼睛裡全都是血，就像那名信使一樣。我眨眨眼，視野清晰了一些。蕁麻在我面前。蜜蜂在她的身邊。蕁麻將一杯茶舉到我的唇邊，她稍稍傾斜杯子，茶水流進我的口中。

我喝了一點，竭力嚥下去。有一些進入了我的喉嚨，有一些流在我的下巴上。

我的目光越過蕁麻。珂翠肯正在哭泣，晉責用手臂摟著她，晉責的兩個兒子都跟隨著父親。弄臣和機敏、火星和小堅。他們之後是一群面帶好奇的人——精技小組和其他隨員。所有人都聚集過來，見證我的最後一刻。我終於要做出傳說中原智者才能做到的事情。我將變身為一頭狼。

現下的情形讓我想起了我在帝尊地牢中最後的日子。他們在那裡折磨我，竭力要揭穿我的原智本性，這樣他們就能正當地殺死我。

這有什麼區別嗎？

我希望他們全都走開。

只有弄臣除外。我希望他能夠和我在一起。不知為什麼，我一直都覺得他能和我在一起。現在，我已經想不起這是為什麼了。也許我剛剛將這些心情都埋進了石頭裡。

我聽到了音樂。很奇怪的音樂。我將目光轉向一旁，看見幸運正在演奏一件奇特的絃樂器。他彈撥出幾個音符，然後開始輕聲唱起〈火網小組〉。這是我教給他的歌，已經是許多年以前的事情了。片刻間，我的思緒隨著這段旋律飄蕩，我回憶起教他這首歌時的情景、他是如何將這首歌唱給椋音聽。我回憶起將這首歌教給我的吟遊歌者。我讓這些記憶滲入到狼體內，感覺到它們在我的心中失去了顏色和活力。幸運的歌在我的耳中變得只是一首歌，幸運也只是一名歌者。

我就要死了。我在任何事上都做得不夠。

該是問他的時候了，否則就只能放手了。

一個人不能向朋友提出這種要求。他沒有主動對我說，我就不會提。我不會這樣將他拉走，我會試著去放手，儘管我不知道該怎麼做。

難道你不記得自己是如何在帝尊的牢獄中放棄自己身體的？

那是很久以前的事了。那時，我害怕活著去承受他們將會對我做的事。現在我害怕死亡。我害怕我們只是會簡單地停止、消失，就像一顆氣泡破開。

可能會是這樣。儘管這實在是一件很苦惱的事。

總比無聊等死要好。

我不這麼想。為什麼你不問他？

因為我已經求他照看蜜蜂了。

小狼不需要照看了。

我會放手的。就是現在，我會放手的。

但我不能。

謊言和真實

我努力記錄我的父親一生中的種種事蹟，在他將這些過往注入到他的狼龍中的時候陪伴在他身邊。我能察覺到，當我在他的身邊書寫時，他會非常謹慎地選擇可以講給我聽的事情。我理解他，他一定有許多太過私密的回憶，就連他的女兒也不能知道。

今天，他大部分時間講述的都是那個被他稱為弄臣的人。這真是一個荒謬的名字，但也許，如果我的名字是小親親，我會認為弄臣也許更好聽一些。他的父母在給他取名字的時候是怎麼想的？他們真的以為他遇到的每一個人都會願意叫他小親親嗎？

我早就注意到一件事。當我的父親說到我母親的時候，他有著絕對的信心認為母親是愛他的。我很清楚地記得我的母親。對於父親，她有時會脾氣急躁，嚴苛、愛挑剔而且強勢。但她對父親也很有信心，相信他們共同的愛足以承擔她不算太好的脾氣。其實母親對父親發火經常是因為父親對她有所懷疑，這會讓她很傷心。父親在提起她的時候也清楚地說明了這一點。

但是當父親說到自己和弄臣長久深厚的友誼，他的言語中總會透露出一絲猶豫、一點懷疑。一首嘲笑的歌曲、一陣怒火，當這些出現在他們中間的時候，我的父親總是有些不知所措。他不知道他們之間是誰受到了傷害，也無法決定自己是否要責備對方，又該責備得多深。我看到的是一個被先知利用的催化劑，而且是冷酷無情的利用。一個人能夠對他所愛之人這樣做嗎？我認為這是我的父親正在思考的問題。我的父親在不斷給予，卻又經常感覺他所給予的並不足夠。弄臣總是會向他索求更多，而他的索求往往超出了我父親能夠給予的限度。當弄臣轉身離開，似乎永不會再回頭瞥上一眼的時候，我的父親彷彿被匕首狠狠刺傷了。這是一個永遠無法痊癒的傷口。

這改變了父親對這段關係的看法。當弄臣突然回到我父親的生命中，我的父親也無法完全信任他和他們的友情。他總是在思量，弄臣會不會再一次利用他滿足自己所需，然後再次丟下他一個人。

他過去顯然就是這樣做的。

——《蜜蜂・瞻遠的日記》

「他們應該離開這裡，」我悄聲對蕁麻說，「他是我們的父親。我覺得他甚至不希望我們看見他這種樣子。」我不想看到我的父親變成這樣，軟弱無力地趴在石狼上，就像是搭在籬笆上晾乾的衣服。他的樣子很糟糕，彷彿是用白銀和被蟲子咬爛的皮肉拼接成的一個人。他的氣味比樣子更可怕。我們昨天給他穿上的乾淨長袍現在已經被潑濺出的茶水和其他汙物染髒了。一道道乾血從他的耳孔延伸到脖子上，紅色的唾液沿著他的嘴角不斷流下來，但他被白銀覆蓋的那半張臉依然光滑整潔，沒有一絲皺紋，讓我想起了不久以前的他。

昨天晚上，我看見面色嚴峻的蕁麻清洗了他臉上露出皮肉的那一部分。他想要反對，但蕁麻堅持如此，而他太虛弱了，完全無力反抗。蕁麻非常小心，用布蘸水擦拭他的臉，凡是布巾和父親的臉接觸過的地方都被她摺疊在裡面，她更不會直接碰觸父親的皮膚。不斷扭動的小蟲子從父親的瘡口中掉落出來。蕁麻最後把那塊布巾扔進了火裡。

「他們不關心他。他們來這裡只是想看看狼會不會活起來。」

「這個我知道，他知道，爸爸也知道。」蕁麻搖搖頭，「這沒有關係。」

「如果是我，就會覺得這有關係，我會想要悄悄死去。而不是這樣。」

「他是瞻遠一族，是王室成員。沒有什麼是可以隱私的。蜜蜂，妳現在要學會這一點。珂翠肯說得對，我們是所有人的僕人，他們從我們這裡得到他們需要的、想要的。」

「妳應該回家去照顧孩子。」

「如果這個問題只涉及我一個人，我會的，我非常想念她和謎語。但我不能在眾人面前、在這樣的環境下撇下我的父親和妹妹。妳明白嗎？」她用我母親的眼睛看著我，「我不會這樣對

妳，蜜蜂。我會竭盡全力保護妳，不讓妳在這件事中受傷。但為了保護妳，我就必須求妳盡可能不要惹人矚目。如果妳違抗我，如果妳向我挑釁，不守規矩，所有人的視線都會被吸引到妳的身上。妳應該顯得溫順、不引人注意，這樣妳才有可能有一點屬於自己的生活。」她給了我一個疲憊的微笑，「即使妳的姐姐永遠都知道，妳絕不是一個溫順又不引人注意的小傢伙。」

「哦。」不能說我希望有人能夠早些告訴我，我讓她如此感到為難。不過我還是握住了她的手。

「牆壁築得不錯，」她說道，「阿慭把妳教得很好。」

我點點頭。

天色愈來愈明亮了。我父親的帳篷被掀起來，清晨的暖意能夠進入帳篷，也讓死亡的氣息散出去。我坐在他的狼旁邊，懷中抱著保留著他的記憶的書。他已經有兩天無法說出一句能夠讓我明白的連貫話語了。但我還是留在他身邊，為他告訴我的一段段回憶增加插圖。

蕁麻對這個過程知道一點，她盡力向我做了解釋。似乎過去六大公國的精技小組會在年老的時候來到這裡，雕刻石龍，進入其中。他們是從古靈那裡學得了這一傳統。這能夠讓一個人獲得有限的不朽生命。「這種岩石的活力似乎不會持續很長時間。惟真化作一頭龍戰勝了紅船艦隊、爸爸能夠喚醒沉睡的群龍，讓他們幫助惟真，但他是如何做到的，至今我們都不是很清楚。我發現一些精技小組的成員都在說，等到他們年老的時候，也許也會嘗試這樣做。爸爸曾經告訴我，那首古早的兒歌〈六位智者來到頡昂佩城〉其實講述的就是一支精技小組來到群山，雕刻他們的龍。」

「他們全都以這樣一種醜陋而痛苦的方式死去了？」

「我不這樣認為。但在帝尊將圖書館的精技卷軸出售牟利的時候，關於這件事的紀錄全部散失了。我希望我們能夠在艾斯雷弗嘉的記憶石柱中找到資訊，但至今我們還一無所獲。」

姐姐告訴我的事情沒有讓我得到任何安慰。我的父親爬滿蟲子的身體被展示在眾人面前，就像是恰斯城中一個被關在籠子裡的罪犯。如果他注定要死，我希望他能夠死在舒服的床上，被安排妥當的房間裡，或者像是我的媽媽，就那樣在做著她喜歡的事情時簡單地倒下。我希望能握住他的手，給他帶來安慰。但我只能歎口氣，挪動了一下雙腳。

「妳不必看到這些。我可以讓我的一名精技使用者帶妳回公鹿堡。」

「妳已經解釋了為什麼我不能走。」

「是的。」

夜幕落下。我們生起了篝火。他還沒有死。我覺得我可能會在他之前死掉。空氣中瀰漫著一種可怕的緊張氣氛。我們現在都希望他死去，卻又痛恨我們的這種希望。

我心目中他真正的家人在篝火前圍繞成一個小圈。我們背對著採石場。「我們能幫助他嗎？」小堅突然問道，「我們每一個人是否可以將自己的一些東西注入到他的狼裡面？」他說了我聽過的第一句謊話：「我不害怕這樣做。」

然後他站起身。「小堅！」蕁麻警告他，但他還是伸手按在那頭狼的身上，「我不知道該怎樣做。但我會給你我的母親忘記我、將我趕出門的記憶。我不需要那段回憶。我不需要那種感覺。」

我的父親的人類之手微微抖動了一下。小堅站立在狼身邊，等待著。然後他抬起手，承認說：「我覺得什麼都沒有發生。」

「這沒什麼，」蕁麻對他說，「我相信你必須有一點精技才能這樣做。不過我覺得這是一個好主意。而他也沒有立場阻止我們這樣做。」她以一貫的優雅身姿站立起來，伸手按在狼吻上，「夢境之狼，從我對你的記憶中拿走一些甜蜜吧。」她沒有說那是什麼，但我從她的身體動作中能看出，她給了狼一些東西。

蕁麻坐下之後，機敏站了起來，「我想要試一試，」他說道，「我想要讓他帶走我第一次見到他時的樣子。那時我很害怕。」他將手按在狼的肩膀上，站立了很長時間。然後他將手指放在我父親那隻乾淨的手上，說道：「拿走它吧，蜚滋。」也許他做到了。

火星進行了嘗試，但是失敗了。珂翠肯露出一個小小的微笑。「我早就希望他將一些東西放進我們的狼裡面，所以我早已將那些給了他。」她的話讓我們全都感到一陣好奇。

「不，」幸運說道，「我會留下對他的所有記憶和感情。我需要它們。否則你們以為吟遊歌者是如何譜寫歌曲的？這一點他很清楚。他不會希望我放棄它們的。」

晉責站起身，並示意他的兩個兒子退開。「孩子們，你們需要緊緊守住對於他的那一點不多的回憶。但我的確有一些東西。有一天晚上，我們之間爆發了戰鬥，那時我在恨他。對此，我一直深感悔恨。也許現在它能夠有些用處了。」

他完成之後，抹去臉頰上的淚水，重新坐下。我盯著弄臣。現在他是弄臣了，機遇大人、琥珀女士和黃金大人的所有偽裝都已經被哀傷剝去。他不再是任何人的小親親了。他只是一個傷心欲絕的人，一個心已經碎掉的小丑。但他沒有站起來，也沒有說他會給我的父親什麼。我一動不動地坐著。我需要一個策略，因為我知道，他們會在我能夠取得成功之前就把我拖走。我抱住自己的頭，彷彿是害怕去做那種事。片刻之後，人們又動了起來。火星提出要拿一些茶給我們。

「還要一些涼水，」珂翠肯說道，「我希望至少能濕潤一下他的嘴。他看上去是那樣不舒服。」

現在不行。我絕不能在眾人眼前這樣做。他們已經習慣了我睡在父親的狼身邊。至少他們之中的一部分人會去睡覺。不要現在就死，我拚命向父親這樣想著。我不敢用精技傳出這個想法，同時牢牢豎起精技牆，唯恐蕁麻會聽到我的打算。

夜色從沒有像今天這樣到來得如此緩慢。我們分享著熱茶。珂翠肯用一塊濕布擦抹父親破裂的嘴唇。父親閉著眼睛，可能再也不會睜開了。他瘦骨嶙峋的脊背隨著緩慢的呼吸而起伏不定。火星勸珂翠肯躺下睡一覺。然後她和機敏前往去了採石場值夜。晉責和蕁麻退到一旁，開始專注地交談。兩個王子背靠背坐著，昏昏欲睡。幸運坐在一段距離以外，手指在琴弦上遊走。我知道

他在演奏他的回憶，同時有些好奇這聲音是否能沉入到狼的身體裡。

我蜷縮起來，裝作睡覺的樣子。過了很長一段時間，我睜開眼睛。一切都安靜下來。我裝作在睡夢中活動身體的樣子，一點點向狼靠近。當我抬起手，張開手指要抓住狼腿的時候，弄臣說話了：「蜜蜂，不要這樣做。妳知道我不能允許妳這樣。」

他沒有跳過來阻止我，只是探出身子，將兩塊木柴丟進篝火中。我將手稍稍退回一點。「必須有人這樣做，」我對他說，「他正在拚命堅持著，在承受更多痛苦，讓自己能有一些東西注入到這塊石頭裡。因為他沒辦法將這石頭填滿。」

「他不會希望妳將自己注入他的狼！」

我盯著他，拒絕躲避他的眼睛。我知道這個最可怕的事實。我的父親不會想要我和他一起進入這塊石頭。他想要的是他的弄臣。我差一點就將這個想法大聲說了出來，但還是差了一點。我轉而問道：「為什麼你不去？」

我想要聽到他說他想要活下去，他這一生中還有重要的事情要做，他感到害怕。但他只是非常平靜地說：「我們全都知道是為什麼，蜜蜂。妳寫下了它，他也同樣對我說過，這是他做出的決定，終於是他自己做出的決定。妳的夢境也說明了這一點。妳把它們全都記錄下來，讓我能夠讀到。一隻黑白兩色的老鼠從他面前跑開了。他最後給我寫的信裡說他希望我永遠不要回來，希望他能夠做出自己的決定，而不要受我的影響。他知道我曾經如何利用他，利用了那麼多次。」

他顫抖著吸了一口氣，用雙手捂住自己的臉。一陣可怕的啜泣搖撼著他的身體，「如果他想要為我對他做的一切復仇，那麼他做到了。這是他能對我做的最壞的事情。現在我知道了被拋棄的感覺。就如同我拋棄他。」

我到底做了什麼？

舊日的言辭出現在我的腦海中。我從父親口中聽到過它們。我讀到過，也聽別人說起過：「無論是什麼事，如果你還無法確定做出之後會產生怎樣無可挽回的後果，那麼就不要做。」

他慢慢抬起臉，「這個引用不算恰到好處，但也很接近了。」他看上去滿臉病容，身子彷彿也枯萎了。「『無論是什麼事，如果你還無法確定做出之後會產生怎樣無可挽回的後果，那麼就不要做。』我在很久以前夢到過這句話。於是我走了很遠的路，向黠謀國王說出這句話，這樣他就不會放任帝尊王子殺死駿騎的私生子。我知道，只有我將這句話說給黠謀聽，我才能讓蜚滋活下來。這是第一次，」他搖搖頭，「這是我第一次干涉他的人生，後來我又這樣做過很多次，將他推進他的命運中一個極為狹小的孔洞裡，讓他活下來，成為我撬動世界的槓杆，讓全部未來隨著我的意願而展現。」

整個世界在我的周圍重新拼合起來。我仔細地說出每一個字：「你好蠢。」

驚愕打破了他的痛苦。

我還能挽回我做的事情嗎？他還能去做他應該做的事情嗎？「我說了謊！」我恨恨地悄聲對他說道，「我知道你會看我的日記。我知道你看了我的夢。我寫下了傷害你最深的話！我說了謊，就是為了傷害你，為了讓他在死去的時候你卻還活著，為了得到他更多的愛，為了被他愛得更多！」我吸了一口氣，「他愛你超過我們任何一個人！」

「什麼？」他只說了這麼一個詞，就愣愣地張著嘴，睜大著眼睛。那副吃驚的樣子只讓他顯得更加愚蠢。

難道他真的不知道，他才是父親的最愛？他才是父親的小親親？

「你只知道犯蠢！只知道問這種蠢問題！去找他吧。現在就去。他想要的是你，不是我！去吧！」

我的聲音什麼時候提高了？我不知道，我不在乎。就讓所有人都聽到吧，就讓整個營地裡的人全都跳起來，傻瞪著我吧。該發生的事情注定會發生。晉責跑了過來，手中握緊長劍，環顧四周尋找敵人。那些人全都被我的喊聲驚醒，甚至還沒來得及抹一下惺忪的睡眼。幸運大張著嘴瞪著我。蕁麻恐懼地用雙手按住臉頰——她聽懂了我喊出的事實。

我的父親有了動作，他的面孔飽受蹂躪，看著他就像看到了死亡本身，只有被白銀覆蓋的部位還是那樣光滑潔淨。他那隻人類的手緩緩抬起，手掌翻過來，露出血淋淋的手心。他碎裂的嘴唇歙動著。

小親親。

他說不出這個詞，但我知道。

弄臣也知道。

他站起身，用來包裹肩膀的毯子掉在地上。他摘下手套，也同樣扔在地上。他有些不確定地向前走去，就像是一個被學徒操作的牽線木偶。他向我的父親伸出手，那樣溫柔地將手放進父親的掌心。然後，他向前撲去，整個身子都壓在狼的身上。他的臉轉向父親的臉。他的手臂環繞在父親瘦骨嶙峋的背上，將他向自己拉近，銀色手指按在狼身上。

片刻之間，一切都停止了。我看到小親親的手指輕輕撥動狼背上的軟毛。我的父親和小親親被火光照亮的身體變得柔軟，融為一體。我有了一種無法形容的感覺。就像是屋門打開時吹進來的一陣風，隨後屋門又合上了。我知道這是精技能流。它是那樣強大，我看見蕁麻渾身都在顫抖。比一瞬更短的時間裡，我看見光從他們身上流散開來。一個樞紐、一個命運道路上的連接點。然後，一切都結束了。有一件事最終完成了，正如它本應成就的那樣。

他們的色彩黯淡下來，狼的眼睛映照著月光。一切都非常緩慢，又是那樣突然。他們走了，只有狼留了下來。亮出獠牙的怒容從狼的臉上消失。牠的耳朵豎起，轉動兩下，寬闊的頭開始慢慢扭轉。牠抬起鼻子，嗅了嗅夜晚的空氣。還有那一雙眼睛！它們在黑暗中充滿了燦爛的生命。經過了極短暫的一剎那，光明從它們之中迸發出來，讓它們變成瑩瑩綠色。我們全都一動不動地站著，彷彿被一頭巨大的掠食獸嚇呆了。然後，就像全身被水打濕的狗，那頭狼甩動身體，將岩石碎屑抖向四面八方。

牠的目光緩緩掃過我們，逐一停在我們的臉上。最後，牠凝視著我，目光嚴厲卻又充滿興致。這真是讓我吃驚的謊言，小狼。最讓我想不到，卻又最鼓舞我的心靈。妳在這方面真是有著妳父親的天賦。牠最後抖動了一下自己的皮毛。我要去狩獵了！

牠縱身躍起，爪子在岩石上留下了深深的痕跡，不只越過了篝火，甚至越過了我們所有人。片刻之間，牠化作黑暗中的一道影子，然後就完全消失無蹤。

「牠做到了！」晉責喊道，「牠做到了！」他抱起蕁麻，轉了一個圈。

幸運站起身，以吟遊歌者的聲音向大夢初醒的人們宣布：「西方之狼從岩石中躍起！只要六大公國的人需要牠，牠便會再一次開始狩獵。」

「七大公國。」珂翠肯糾正他。

群山

我認為穿過群山的精技大道即使是在人類、古靈和龍離去之後仍然能夠長久地存在下去。岩石擁有記憶。古靈在很久以前就知曉了這件事，並將這一智慧留給我們。人類會死亡，他們的存在、他們的行為、他們一切的記憶都將漸漸消失。但岩石一直記得自己的任務。

——摘自蜚滋駿騎．瞻遠的紀錄

「這是一個糟糕的主意。」蕁麻再一次說道。

「這是一個非常好的主意，」珂翠肯說，「蜚滋已經將她給了我。不必害怕我會過分驕縱她，妳知道我不會的。」

還不到一天時間，所有帳篷都已經被收拾完畢。晉責服從了母親的意願，準備帶領繁盛、機敏和他的精技小組盡快返回艾莉安娜王后身邊。

誠毅和幸運留了下來。同樣留下來的還有小堅、火星和我。蕁麻的精技小組已經整好行裝，

正在等待她。每一個人都急切地想要返回公鹿堡，要將他們所見證的一切向其他人講述。我早就感覺到了他們和其他精技小組之間進行聯絡的思緒急流。

晉責看看他的兒子，又看看我，然後他轉向自己的母親。「我並不擔心您會溺愛他們。這麼多年裡，我對您有著很多瞭解，所以我對此非常放心。但我還是要對您說，即使您有了我們的馬匹，這對您也絕不是一段輕鬆的旅程。」

珂翠肯穩穩地坐在一匹灰色母馬上。「親愛的兒子，回家的路總會比其他路好走。至少對於我是如此。現在，你必須讓我們出發了。天色還很亮，我會充分利用這段時間的。」

我的姐姐張口想要說話。珂翠肯已經催起了她的坐騎。「再見，蕁麻！把我們的愛帶給謎語和琋望。」

火星跟隨在珂翠肯身後。她騎在那匹棗紅馬背上顯得不是很舒服。誠毅催馬靠近她，我聽到誠毅說：「妳會習慣牠的。」

幸運走到她的另一邊，警告火星：「別聽他的。今晚妳一定會全身痠痛得要命，如果我們沒有被熊吃掉的話。」

「說謊的吟遊歌者。」誠毅說道。他們全都笑了。只是火星的笑聲仍有些緊張。小丑落在幸運的肩膀上，也和其他人一起咯咯地笑起來。吟遊歌者顯然很高興自己被烏鴉選中。我知道小丑其實是在等待機會偷一枚他花俏的耳飾。

小堅站在我身邊，牽著我們的馬轠。

蕁麻擁抱了我，我任由她這樣做。然後我決定讓自己更好一些，便也抱住了她。「我會更加努力，更努力得多。」我對她說。

「我知道妳會的。走吧，不要被丟下了。」

小堅向前邁出一步，但我的姐姐將我抱上了馬。「注意舉止端莊！」她嚴厲地告誡我。

「我會的。」我回答道。

「好好照看她。」她對小堅說過這句話，便轉過身。她沒有哭。我覺得我們都已經沒有眼淚可以再流下了。她向她的精技小組走了過去。「我們要走了。」她對他們說。

我們就這樣分開了。

我和小堅肩並肩地策馬前行。我的馬是最矮小的一匹。牠全身褐色，只有鬃毛和尾巴是黑色的，額頭上還有一顆白色的星星。我們早就發現牠很愛咬人。小堅說他能夠教牠學乖。小堅騎著一匹顏色如同小溪底部淤泥的騸馬。那枚狐狸徽章在他的胸前閃閃發光。

我一直都在想著這些事：咬人的馬和狐狸徽章、偷東西的烏鴉；再過多久，我們的馬才能夠被送到群山？火星和機敏之間的感情到底怎麼樣了？他們會為彼此做些什麼？幸運正在譜寫著新的樂曲和歌詞。「找不到和狼相配的韻腳啊！」我們聽到他在氣惱地高喊。

「一定有的。」誠毅堅持說道。然後他開始提出一連串毫無用處的詞彙。

採石場已經落在我們身後。我驚訝地發現腳下的大路非常平整寬闊，看不見被森林侵蝕的痕跡。這就是精技大道。我稍稍放下牆壁，立刻聽到許多曾經從這條路走過的旅人留下的細碎聲

音。這聲音很煩人。我又關閉了我的牆。

「妳有沒有聽到什麼？」小堅突然問我。

這句話讓我吃了一驚。他沒有魔法，這一點現在早已非常確定了。

「烏鴉一點也不擔心。」幸運說道，「哎呀！」小丑開始對耳環下手了。

小堅的表情卻很認真。「緊跟著我，」他警告我，然後催馬加快了速度。我們在光影斑駁的森林中穿行，他不斷環顧四周。當我們逐漸靠近珂翠肯的時候，他擔憂地說：「有什麼東西在跟蹤我們，就在道路一側的森林中。」

珂翠肯露出了微笑。

（全文完）

中英名詞對照表

A

A way in was also a way out
一條路有出必有入

Abominations　異種

Admiral Wintrow Vestrit
溫特羅・維司奇海軍上將

Alise　愛麗絲

Aljeni's List of Magical Places,
奧傑尼的魔法之地名錄

Alum　埃魯姆

Angar　安佳

Anrosen　安羅森

Ant　安黛

Apprentice Carryl　精技學徒卡利爾

B

baby's breath　嬰息花

Bar　巴爾

Barla　芭爾拉

Bea　碧兒

Bellidy　貝利迪

Bellin　貝琳

Big Eider　大埃德爾

Blood Plague　血瘟

Bolt　閃電

Bosphodi　柏夫笛

Boy-O　歐仔

C

Candral　坎達奧

Capra　卡普拉

Captain Dorfel　多菲爾船長

Captain Osfor　奧斯佛船長

Carot　卡羅特

Carson　卡森

Cartscove　卡特斯寇夫

Cauldra Redwined　寇達・瑞溫德

Chamber of Toppled Doors
傾頹門戶之廳

Changed　被改變者

Circle　教團

Clansie　珂蘭茜

Clef　樂符

Collator Jens　核校者延斯

Collothian Smoke　科洛仙煙

Cora　珂拉

Cord　蔻德

Cottersbay　農工灣

Coultrie　寇爾崔

Crupton　柯普敦

Cullena　庫倫娜

Cypros　西普洛

D

Dancer　舞蹈者號

Della of the Corathin lineage
克拉欣血脈的黛拉

Deneis　黛妮絲

Destroyer　毀滅者

District of the Tinkers　匠人街區

Divvytown　分贓鎮

F

Fellowdy　費洛迪

Ferb　費勃

Finblead　終敵

fireweed　火草

flame-jewels　火焰寶石

Four　四聖

free rides to Auntie Rose's Ladyhouse
羅絲阿姨淑女屋免費門票

G

Golden Dawn　金色黃昏號

Grimsbyford　古林斯比河灘

H

Haff　哈弗

Hall of Crystals　水晶大廳

Harke Rocks　哈克礁岩

Harrikin　哈里金

Heeby　荷比

Hennesey　亨納西

Highest One　至高聖者

Holder Cavala　領主卡瓦拉

Hope　琋望

I

ilistore　埃麗絲多

impervious ships　無損船

Isabom　伊薩博姆

J

Jerd　潔珥德

Jessim　傑西姆

Jock　喬克

Journeyman Shers　精技助手舍爾斯

Joy Chamber　愉悅廳

Judgment Chamber　政事大廳

junctions　連接點

K

Karrig　卡利戈

Karrigvestrit　卡利戈維司奇

Kells　科爾斯

Kendry　康德利號

Kennitsson　柯尼提

Kerl Bay　科爾灣

Kestor　克斯托

Kilp　奇爾浦

Kinectu　金奈圖

Kitl　吉特爾

Kyle　凱爾

L

Lady Aubretia　奧布蕾蒂婭

Lady Clement　溫和女士

Lady Fecund　豐饒女士

Lady Glade　格萊德女士

Lady Simmer　隱火女士

Lady Violet　紫羅蘭女士

Leftrin　萊福特林

Lingstra Okuw　靈思拓・奧庫烏

Lingstra Wemeg　靈思拓・維梅格

Lock of Four　四聖之鎖

Lop　洛浦

Lord Attery　亞特利大人

Lord Chance　機遇大人

Lord Grabandpinch　格拉班丕徹領主

M

Mage Gray　灰白先生

Marden　馬登

marlinspike　馬林針工

Marly the leatherworker　皮匠瑪莉

Maybelle　梅貝爾

Memory-cube　記憶石

Merchants Clifton　商人克利夫頓

Mersenia　梅森尼亞

mess　髒棚子

N

Nexus　樞紐

Nick　尼克

Nopet　諾派特

O

One　唯一聖者

Ophelia　歐菲麗雅號

Others Island　異類島

P

Pelia　佩麗雅

pollen bread　波輪麵包

Promise　允諾

Q

Queen Etta of the Pirate Isles
海盜群島的依妲女王

R

Rasri　拉絲莉

Reden Peninsula　雷登半島

Relpda　芮普妲

Rennolds　瑞諾德斯

Rewtor　瑞托

Ronica　羅妮卡

S

Sadric　塞德里克

Saha　薩哈

Samisal　薩米索

Sea Rose　海玫瑰號

Semoy　賽摩伊

Serchin the Baker　麵包商瑟辛

Serpent Spit　海蛇涎液

Sewel　賽維河

Sewelsby　賽維斯拜

Shale　舍爾

Sisal　西撒奧

Sisefalk　希瑟福克

Six Wisemen came to Jhaampe-town　六位智者來到頡昂佩城

Skalen Cove　斯卡倫峽灣

Skelly　絲凱莉

Skill-cubes　精技石柱

Smokey　煙霧

Sorcor　索科

Sparkle　閃耀

Sterlin　斯特林

Swarge　斯沃格

Sycorn　賽科恩

Sylve　希爾薇

Symphe　西姆菲

T

Tariff Fleet　徵稅艦隊

Tariff House　稅務局

Tatman　柏油人號

Tenira family　登尼拉家族

The trap is the trapper and the trapper is trapped.　陷阱就是設陷阱的人，設陷阱的人落進了陷阱。

thistledwon　薊花絨

Trader Akriel　貿易商愛珂麗

Treasure Beach　寶藏灘

Trellvestrit　德雷維司奇

true Path　真實之道

tubeworm　管蟲

Twan　特萬

Twice-lived Prophet　兩重人生的先知

V

vivacia　薇瓦琪號

W

White of the Porgendine line　珀根丁白者血脈

white prophet Gerda　白色先知葛爾妲

Woolton　羊毛集

Worum　沃魯姆

B
E
S 嚴
T 選 096

刺客系列〈蜚滋與弄臣〉最終部 3 刺客命運（下）

國家圖書館出版品預行編目資料

刺客系列〈蜚滋與弄臣〉最終部3 刺客命運（下）／羅蘋．荷布（Robin Hobb）著；李鏞譯. -- 初版. -- 臺北市：奇幻基地, 城邦文化出版：家庭傳媒城邦分公司發行, 民106.11
面； 公分. --（BEST嚴選：096）
譯自：The Fitz and The Fool Trilogy: Assassin's Fate
ISBN 978-986-95634-3-7 （平裝）

874.57 106020244

ISBN 978-986-95634-3-7

原著書名／The Fitz and The Fool Trilogy: Assassin's Fate
作　　者／羅蘋．荷布（Robin Hobb）
譯　　者／李鏞
校　　對／金文蕙
副總編輯／王雪莉
行銷業務經理／李振東
業務主任／范光杰
行銷企劃／周丹蘋
總 經 理／黃淑貞
發 行 人／何飛鵬
法律顧問／元禾法律事務所　王子文律師
出版／奇幻基地出版
城邦文化事業股份有限公司
台北市 104 民生東路二段 141 號 8 樓
電話：(02)25007008　傳真：(02)25027676
網址：www.ffoundation.com.tw
e-mail：ffoundation@cite.com.tw
發行／英屬蓋曼群島商家庭傳媒股份有限公司城邦分公司
台北市 104 民生東路二段 141 號 11 樓
書虫客服服務專線：(02)25007718．(02)25007719
24 小時傳真服務：(02)25170999．(02)25001991
服務時間：週一至週五 09:30-12:00．13:30-17:00
郵撥帳號：19863813　戶名：書虫股份有限公司
讀者服務信箱 E-mail：service@readingclub.com.tw
歡迎光臨城邦讀書花園　網址：www.cite.com.tw
香港發行所／城邦（香港）出版集團有限公司
香港灣仔駱克道 193 號東超商業中心 1 樓
電話：(852)25086231　傳真：(852)25789337
e-mail : hkcite@biznetvigator.com
馬新發行所／城邦（馬新）出版集團
【Cite(M)Sdn. Bhd】
41, Jalan Radin Anum, Bandar Baru Sri Petaling,
57000 Kuala Lumpur, Malaysia.
Tel: (603) 90578822　Fax:(603) 90576622
email:cite@cite.com.my

封面設計／黃聖文
排　　版／極翔企業有限公司
印　　刷／高典有限公司
■ 2017 年（民 106）11 月 7 日初版
■ 2023 年（民 112）12 月 27 日初版 2.6 刷

售價／ 699 元

廣　告　回　函
北區郵政管理登記證
台北廣字第000791號
郵資已付，免貼郵票

104台北市民生東路二段141號11樓

英屬蓋曼群島商家庭傳媒股份有限公司城邦分公司 收

請沿虛線對摺，謝謝

每個人都有一本奇幻文學的啓蒙書

奇幻基地官網：http://www.ffoundation.com.tw
奇幻基地粉絲團：http://www.facebook.com/ffoundation

書號：1HB096　　書名：刺客系列〈蜚滋與弄臣〉最終部3刺客命運（下）

15 annual

奇幻基地15周年龍來瘋慶典

集點好禮獎不完！還可抽未來6個月新書免費看！

活動期間，購買奇幻基地作品，剪下回函卡右下角點數，集滿點數，寄回本公司即可兌換獎品＆參加抽獎！

集點兌換辦法

2016年6月起至2017年12月20日前（郵戳為憑），奇幻基地出版之新書，剪下回函卡右下角點數，集滿點數貼至右邊集點處，寄回奇幻基地，即可兌換贈品（兌換完為止），並可參加抽獎。

集點兌換獎品說明

5點：「奇幻龍」書擋一個（寬8x高15cm，壓克力材質）

10點：王者之路T恤一件（可指定尺寸S、M、L）

回函卡抽獎說明

1.寄回集滿5點或10點的回函卡，皆可參加抽獎活動！回函卡可累計，每張尚未被抽中的回函卡皆可參加抽獎。寄越多，中獎機率越高！

2.開獎日：2016年12月31日（限額5人）、2017年5月31日（限額10人）、2017年12月31日（限額10人），共抽三次。

回函卡抽獎贈書說明

中獎後，未來6個月每月免費提供奇幻基地當月新書一本！

(每月1冊，共6冊。不可指定品項。)

特別說明：

1.請以正楷書寫回函卡資料，若字跡潦草無法辨識，視同棄權。

2.本活動限台澎金馬。

【集點處】

1	6
2	7
3	8
4	9
5	10

（點數與回函卡皆影印無效）

為提供訂購、行銷、客戶管理或其他合於營業登記項目或章程所定業務之目的，英屬蓋曼群島商家庭傳媒(股)公司城邦分公司，於本集團之營運期間及地區內，將以電郵、傳真、電話、簡訊、郵寄或其他公告方式利用您提供之資料（資料類別：C001、C002、C003、C011等）。利用對象除本集團外，亦可能包括相關服務的協力機構。如您有依個資法第三條或其他需服務之處，得致電本公司客服中心電話(02)25007718請求協助。相關資料如為非必要項目，不提供亦不影響您的權益。

個人資料：

姓名：＿＿＿＿＿＿＿＿＿＿ 性別：□男 □女

地址：＿＿＿＿＿＿＿＿＿＿

電話：＿＿＿＿＿＿＿＿＿＿ email：＿＿＿＿＿＿＿＿＿＿

想對奇幻基地說的話：＿＿＿＿＿＿＿＿＿＿

請剪下右側點數，貼於集點處，集滿5點以上，即可寄回兌換抽獎

1p 2017